Katja Doubek
Die Gräfin Cosel

Zu diesem Buch

Es war die größte Liebesgeschichte des Absolutismus: Gräfin Cosel (1680–1765) und August der Starke. Anna Constantias sprühendem Charme und geistreichem Witz, ihrer Schönheit und Anmut verfällt der sächsische Kurfürst und polnische König vom ersten Augenblick an. Doch die so heftig Umworbene stellt Bedingungen, bevor sie dem König nachgibt: In einem geheimen Ehevertrag läßt sie sich eine enorme Pension festschreiben und steigt bald zur eigentlichen Herrscherin am Dresdner Hof auf. Die gebildete Frau führt ihren eigenen Hofstaat und mischt sich tatkräftig in die Politik ein. Mit der Macht wächst aber auch die Zahl ihrer Feinde: Die Männer am Dresdner Hof spinnen Intrigen, um die Favoritin des Königs zu stürzen – und Anna Constantia verfängt sich darin. Verbannt auf Burg Stolpen verbringt sie fast ein halbes Jahrhundert in Haft. Sie stirbt in Gefangenschaft im Alter von fünfundachtzig Jahren. Eine spannende und ergreifende Biographie – und die größte Liebesgeschichte des Absolutismus.

*Katja Doubek*, geboren 1958 in Lübeck, studierte Germanistik, Geschichte, Philosophie und Psychologie. Sie schrieb für die Frankfurter Allgemeine Zeitung und arbeitete für Rundfunk- und Fernsehsender. Sie lebt als freie Autorin in München und Italien. Zuletzt erschienen von ihr »Blue Jeans. Levi Strauss und die Geschichte einer Legende« und »Katharina Kepler. Die Hexenjagd auf die Mutter des großen Astronomen«.

Katja Doubek

# Die Gräfin Cosel

Liebe und Intrigen am Hof Augusts des Starken

Mit 16 Seiten Farbbildteil und 2 Karten

Piper München Zürich

Mix
Produktgruppe aus vorbildlich bewirtschafteten Wäldern und anderen kontrollierten Herkünften
www.fsc.org Zert.-Nr. GFA-COC-1223
© 1996 Forest Stewardship Council

Ungekürzte Taschenbuchausgabe
Januar 2008

Umschlag: Büro Hamburg, Heike Dehning, Stefanie Levers
Bildredaktion: Alke Bücking, Charlotte Wippermann, Daniel Barthmann
Umschlagabbildung: Staatliche Kunstsammlungen Dresden, Gemäldegalerie Alte Meister
Satz: Satz für Satz. Barbara Reischmann, Leutkirch
Papier: Munken Print von Arctic Paper Munkedals AB, Schweden
Druck und Bindung: Clausen & Bosse, Leck
Printed in Germany ISBN 978-3-492-25095-5

www.piper.de

# *Inhalt*

*Für Josef*

# Vorwort

1694 tritt Friedrich August I. die Nachfolge seines jung verstorbenen Bruders an und wird Kurfürst von Sachsen. Das Land findet nach dem Dreißigjährigen Krieg gerade wieder zu Ruhe und Wohlstand, da bricht unter der Führung des neuen Regenten der Nordische Krieg aus. Hauptgegner Schweden ist schwer zu schlagen. Die fast zwanzig Jahre dauernden Kämpfe fordern hohe Opfer. Bauern, Bürger und Adlige lassen ihr Leben auf den Schlachtfeldern, wer überlebt leidet unter der finanziellen Last. Immer höhere Steuern und Abgaben fordert der Monarch, die Stände protestieren und müssen doch zahlen. Denn auch und besonders wenn er nicht an der Front steht, pflegt »August der Starke« einen kostspieligen Lebenswandel. Er will Dresden zur überregional herausragenden Residenz machen, beschäftigt die berühmtesten Baumeister, Bildhauer und Goldschmiede. Sie entwerfen und gestalten Zwinger, Frauenkirche, die Brühlschen Terrassen, das Taschenbergpalais, Jagdschloß Moritzburg und das Wasserpalais Pillnitz.

Pracht, Macht und Frauen sind die erklärten Leidenschaften des sinnenfrohen Barockfürsten. Prächtig, mächtig und stets eine Schönheit an seiner Seite regiert er das Land.

»Das sächsische Frauenzimmer übertrifft die Engländerin an Wuchs und Schönheit, es hat die Freiheit der Französin und das Feuer der Italienerin. Es hat dem Aussehen nach etwas sehr Sittsames und Unschuldiges, es schlägt aber die Augen insgeheim nur nieder, um mit einem geschärften Blick um so mehr Unheil anzurichten«, berichtet Johann Michael Freiherr von Loen, Großonkel Goethes und Beobachter am Dresdner Hof.

»August der Starke«, Herrscher mit legendärer Lendenkraft, weiß die Qualitäten der so gerühmten Damen wahrhaft zu schätzen, mehr als dreihundert Kinder soll er gezeugt haben. Diese Zahl gehört wohl eher ins Reich der Märchen und Sagen, doch immerhin acht Sprößlinge legitimiert der potente Vater.

Seine Gespielinnen kommen und gehen, sind immer bildschön, oft sehr jung und stammen aus allen Schichten. Die kurfürstliche Gattin Christiane Eberhardine schickt sich drein und weiß, keine kann ihr ihre Position streitig machen – bis eine gefährliche Konkurrentin in der höfischen Gesellschaft erscheint.

Friedrich August I. steht im Zenit seiner Macht, als er 1704 der Liebe seines Lebens begegnet. Als sächsischer Kurfürst und König von Polen in Personalunion zieht er alle Register. Er schmeichelt, buhlt und präsentiert wertvolle Geschenke. Unzählige Frauen sind seinem Werben schon erlegen, doch diesmal ist es anders. Anna Constantia von Hoym ist nicht nur wunderschön, sie ist vor allem klug, und sie beherrscht das höfische Spiel. Nirgends folgen die vermeintlich losen Sitten so festen Regeln wie an den Höfen des Barock. Wer die strengen Kodizes verletzt, riskiert viel – Frau von Hoym hat es vor Jahren am eigenen Leib erfahren. Noch einen Fehler wird sie sich nicht leisten. Sie ist verheiratet, und Ehebruch steht unter Strafe. Standhaft verweigert sie, was der kurfürstliche König um so heftiger begehrt.

Wochen vergehen; »August der Starke« gibt nicht auf – und gelangt schließlich ans Ziel.

Das Paar ist unzertrennlich. Ob in den Schlössern zu Dresden und Warschau, ob auf strapaziösen Reisen oder im Feldlager, Anna Constantia weicht nicht von seiner Seite. Die Höflinge wissen: Keine hat der Regent je so geliebt wie sie, keine stand so lange in seiner Gunst. Drei Kinder schenkt sie ihm, und sogar an ihrem Wochenbett wacht der König. Das hat er nicht einmal bei seiner Gemahlin getan.

Eifersüchtig beobachten Minister und Berater den wachsenden Einfluß der schönen Geliebten. Mit ihrem unbestechlichen und gradlinigen Charakter droht sie zu einer Gefahr für all jene zu werden, die sich hinter dem Rücken des Königs die Taschen füllen.

Die Zahl ihrer Feinde wächst. Gerüchte werden gestreut, Intrigen gesponnen und Netze aus Lügen gewoben. Anna Constantia, inzwischen Gräfin von Cosel, verfängt sich darin.

# Tochter aus gutem Haus

# *Ich möchte eine Schwester*

Zusammengerollt wie ein junger Igel lag Anna Constantia von Brockdorff zitternd vor Angst unter ihrer dicken Decke und hielt sich die Ohren zu. Ein bitterer Wind jagte beißende Winterkälte durch die Fensterritzen in jede Kammer des Gutshauses.

Eine Weile war nichts zu hören gewesen, doch gerade eben hatte wieder ein markerschütternder Schrei das ganze Haus durchdrungen. Constantia begann zu weinen. Das sechsjährige Mädchen steckte den Kopf vorsichtig unter dem Plumeau hervor und lauschte – da! Da war es wieder, das furchteinflößende Geräusch, erst ein Aufschrei, dann eine Sekunde Schweigen und dann folgte wimmerndes Jammern.

Hastig zog Constantia das Federbett wieder über den Kopf. Ihr Herz raste, Hände und Füße waren eiskalt. Was immer dort unten in der Stube geschah, es war schrecklich!

Sie putzte sich die Nase mit dem Zipfel ihres Kissens und krabbelte aus dem Bett. Mit kleinen eiligen Schritten tapste sie zur Tür und flitzte über die knarrenden Flurdielen in die gegenüberliegende Kammer, dann machte sie einen Satz und stand vor dem großen Bett ihres Bruders.

»Christian! Ich fürchte mich so sehr! Bitte laß mich unter deine Decke.«

Christian Detlev von Brockdorff rutschte bereitwillig zur Seite.

»Komm schnell! Und vorsichtig – Joachim liegt schon neben mir, er ist gerade erst eingeschlafen«, flüsterte er.

Constantia schmiegte sich eng an ihren Bruder. Der nahm sie liebevoll in den Arm.

»Hast du Angst, weil die Mutter so schreit?«

»Das ist die Mutter?« Constantias Herz stockte vor Schreck.

»Aber warum? Wer tut ihr denn solches Leid, daß sie so jammern muß?«

Christian drückte seine kleine Schwester noch etwas fester an sich.

»Niemand tut ihr etwas an – wir bekommen noch ein Geschwister. Sie hat bei dir so geschrien, das erinnere ich noch genau. Sie hat vor vier Jahren bei Joachim so geschrien, weißt du das denn nicht mehr? Und«, er machte eine nachdenkliche Pause, »bei mir wird sie wohl auch so geschrien haben.«

»Wir bekommen ein Geschwister? Woher denn? Wie denn? Einen Bruder oder eine Schwester? Ich möchte eine Schwester – wir sind doch schon zwei Brüder.«

Mit diesen Fragen war der elfjährige Christian überfordert. Zwar wußte er seit einigen Wochen von der Mutter, daß Nachwuchs auf dem Weg war, doch was es genau damit auf sich hatte, war nicht aus ihr herauszukriegen gewesen.

»Laß gut sein, Christian, es ist, wie es ist, und es kommt, wenn es kommt. Gebe Gott, daß alles gut geht und das Kind gesund ist und überlebt«, hatte Margarethe von Brockdorff ihrem Erstgeborenen beschieden und sich zur Seite gewandt. Zwei Kinder hatte sie tot zur Welt bringen müssen. Sie fürchtete sich vor der bevorstehenden Entbindung.

Die klirrende Nacht des 29. Januar 1687 war schon einige Stunden fortgeschritten, die letzten großen Holzscheite glühten im Kamin. Anna Margarethe von Brockdorff, geborene Marselis, verwitwete Berns, lag erschöpft im Wochenbett und hielt ihre soeben geborene Tochter Margarethe Dorothee in den Armen.

»Es ist jedesmal ein Wunder, nicht wahr?« sagte sie mit matter Stimme und schaute ihren Mann glücklich an.

Ritter Joachim Brockdorff nickte.

»Sie sieht stark und gesund aus – stark und gesund wie Sie, Liebste. Sie wird leben.« Er strich dem kleinen Mädchen zärtlich über den Kopf.

»Ich möchte trotzdem, daß sie gleich morgen in der Frühe getauft wird. Für den Fall, daß doch noch etwas Schlimmes geschieht.« Bei dem Gedanken fühlte sie einen Kloß im Hals.

»Es wird nichts Schlimmes geschehen. Diesmal nicht. Ich reite noch vor Tagesanbruch und hole den Pfarrer.«

Nie wäre es Joachim Brockdorff eingefallen, seiner schönen Frau einen Wunsch abzuschlagen. Fünfzehn Jahre waren sie ein Paar, und seit fünfzehn Jahren liebte er sie wie am ersten Tag. Ihre Heirat war eine Liebesheirat gewesen – mit einem kleinen Wermutstropfen nur: Sie war nicht standesgemäß.

Die Marselis waren eine Familie mit langer Tradition und entsprechend stolz. Sie handelten mit Salz und Getreide, Spitzen und Instrumenten, pflegten beste Beziehungen zu den wichtigen Höfen Europas und wußten immer, was dort fehlte oder gewünscht wurde. Obwohl bürgerlicher Herkunft, lebte die inzwischen weitverzweigte Kaufmannsfamilie wie die Adligen.

Dann kam der Dreißigjährige Krieg. Mit Geschützen, Kugeln und Schießpulver war sehr viel Geld zu verdienen, und bald galten die Marselis als wahrhaft gemachte Leute.

Anna Margarethe kam im letzten Jahr dieses für ihre Familie so überaus einträglichen Krieges in Hamburg zur Welt.

Im Sommer 1668 heiratete die knapp zwanzigjährige Anna Margarethe Marselis ihren Vetter Albert Berns. Die Hochzeit machte sie zur Herrin auf Schloß Wandsbeck. Ein Jahr und wenige Monate währte das Glück des jungen Paares, da erlag Albert einer tödlichen Krankheit.

Margarethe Berns war keine zweiundzwanzig Jahre alt, verwitwet, sehr schön und sehr reich. Männer aus den ersten Familien der Umgebung warben um die hübsche, selbstbewußte junge Frau, doch die hatte ihre Wahl schon getroffen.

Ritter Joachim von Brockdorff, fünf Jahre älter als seine Braut, hochgewachsen, ungestüm, stolz und klug, aber bedauerlicherweise von verarmtem Adel, war keineswegs nach Wunsch und Willen der Marselis-Familie, die eine lukrativere Verbindung bevorzugt hätte. Da zählte nicht der alte Ritteradel und nicht die Verwandtschaft mit allem, was in der Region Rang und Namen hatte. Die Marselis waren überzeugt: Die beste Verbindung mit Geld war und blieb Geld.

Auch der Bräutigam hatte vor der Heirat große Widerstände zu überwinden. Familie von Brockdorff war nicht gewillt, eine Bürgerliche an seiner Seite zu dulden. Dieser Hürde gewahr, entschied er sich für eine

Schwindelei, gab Margarethe von vornherein als Gräfin Marselis aus und ersparte sich und ihr damit den drohenden Ärger von seiner Sippe.

Knapp ein Jahr kämpfte das Paar, dann siegte die Liebe, und am 1. Oktober 1672 standen die beiden vor dem Altar.

Zwei Güter – Dueholm in Nordjütland und Semb in Norwegen – brachte Margarethe als Mitgift in die Ehe und außerdem eine erhebliche Barschaft von 47 000 Talern. Das Geld wurde dringend gebraucht und verschwand mit rasanter Geschwindigkeit. Ritter Joachim Brockdorff hatte nicht weniger als elf Geschwister, die es auszuzahlen galt, um wenigstens das Brockdorffsche Gut Depenau in Besitz nehmen zu können.

Depenau mit seinen Ländereien, Bauern und Unfreien wurde der Wohnsitz des Paares. Hierher kehrte Joachim Brockdorff immer wieder von seinen Einsätzen als »Oberst zu Pferd« im Generalstab des dänischen Königs zurück. Und hier gebar Margarethe von Brockdorff ihre Kinder.

Als aus der Stube keine Schreie mehr zu hören waren, beruhigte sich auch Constantia. Die Angst wich unüberwindlicher Neugierde. Sie atmete tief ein:

»Ist es vorbei, Christian? Meinst du denn, wir haben jetzt ein Geschwister?«

»Ich weiß es nicht. Sei leise und schlaf jetzt, sonst weckst du noch den Kleinen mit deinem Geplapper. Wir werden es morgen erfahren.«

»Aber bis morgen dauert es noch so lange, ich will es lieber gleich wissen.«

»Gib endlich Ruhe. Bis morgen sind nur noch ein paar Stunden, und so lange wirst du Geduld haben müssen.«

Constantia lag mit offenen Augen auf dem Rücken und lauschte den regelmäßigen Atemzügen ihrer schlafenden Brüder. Behutsam schlug sie die Decke zurück, glitt auf den Boden und verließ auf Zehenspitzen das Zimmer. Die Treppe war der tückische Teil der Unternehmung, denn ihre alten Stufen hatten ein Eigenleben und knackten oder knarrten manchmal sogar, wenn man sie gar nicht berührte. Constantia hielt die Luft an.

Unten angekommen ging sie zielsicher auf die Schlafkammer ihrer Mutter zu. Durch die halbgeöffnete Tür drang das Schnarchen ihres Vaters. Constantia versuchte den Atem ihrer Mutter zu erlauschen, konnte ihn aber nicht ausmachen. Langsam zog sie sich zurück. Schon vor einigen Tagen hatten zwei Knechte ein Bett in die Stube gestellt. Vielleicht schlief die Mutter dort. Constantia drehte sich um und fand auch diese Tür nicht verschlossen. Ein eigenartig fremder, süßlicher Geruch schlug ihr entgegen. Von der Spannung überwältigt achtete sie nicht mehr auf ihre Schritte und trat gegen etwas Hartes. Im selben Augenblick hörte sie das leise Greinen eines Säuglings und eine Sekunde später die Stimme ihrer Mutter, die ihren Oberkörper aufrichtete und sich aus dem Bett beugte.

»Wer ist da?« flüsterte sie und hob ein kleines Bündel aus der Wiege, gegen die Constantia gestoßen war.

»Ich bin es, Mutter«, flüsterte Constantia zurück und trat ehrfürchtig einen Schritt zur Seite. »Ich kann nicht schlafen, weil ich wissen wollte, ob wir ein Geschwister haben.«

Das liebevolle Lächeln ihrer Mutter konnte Constantia zwar nicht sehen, aber an ihren Worten erkannte sie, daß sie keine Schelte zu fürchten hatte.

»Komm zu mir ins Bett, mein Prinzeßchen, sonst erfrierst du mir noch bei dieser Kälte.«

Constantia schlüpfte unter die warme Decke.

»Langsam sonst tust du deiner Schwester weh.«

Margarethe von Brockdorff nahm den Säugling in den linken Arm und küßte Constantia auf die langen schwarzen Locken.

»Eine Schwester! Zeigen Sie sie mir, bitte, ich möchte sie sehen. Ich habe vorhin zu Christian gesagt, ich möchte eine Schwester, denn zwei Brüder sind wir ja schon.«

»Ja, Prinzessin, zwei Brüder sind wir schon, und jetzt sind wir auch zwei Schwestern – aber ich bin sehr müde. Also gedulde dich bis morgen, dann kannst du deine Schwester sehen.«

Constantia kuschelte sich so nah wie möglich an ihre Mutter und schlief augenblicklich ein.

Das alte Herrenhaus Depenau mit seinem romantischen Walmdach wirkte auf den ersten Blick wie ein Plätzchen im Paradies Holstein. Umgeben von einem schützenden Wassergraben war es nur über die mächtige Zugbrücke zu erreichen. Im Sommer schmückten bunte Blumen Fassade und Auffahrt; im Winter bogen sich die Äste der hohen Bäume unter glitzerndem Schnee.

Drinnen dominierte in der großzügigen Diele ein Kamin von enormen Ausmaßen. Das lodernde Feuer schuf wohlige Wärme, die in die rechts und links abgehenden Kammern und den ersten Stock zog. Sonst war im ganzen Haus nur noch ein kleiner Raum beheizbar, der als Bad genutzt wurde. In der Mitte stand ein großer Zuber. Einmal wöchentlich befahl Margarethe von Brockdorff, ihn mit heißem Wasser zu füllen. Während bei Christian und Joachim innige Einigkeit bestand, daß regelmäßiges Waschen und Baden vollkommen überflüssig war, liebten Constantia und die kleine Dorothee das Planschen in der Zinkwanne und verließen diese erst dann freiwillig, wenn das Wasser erkaltet und ihre Hände verschrumpelt waren.

Nicht weit vom Bad befand sich die Küche. Köchin und Mägde waren den ganzen Tag beschäftigt, den Anweisungen der Hausherrin Folge zu leisten.

Margarethe von Brockdorff führte ein strenges Regiment. Täglich kontrollierte sie die Bestände der Vorratskammern, überprüfte gepökeltes Fleisch, getrockneten Fisch, eingewecktes oder gedörrtes Obst und Gemüse und entschied, was auf den Speiseplan kam. Wenn es ihre Zeit erlaubte, rief sie Constantia zu sich, band ihr eine kleine Schürze um und nahm sie mit in die Küche.

»Eines Tages wirst du selbst ein Haus wie dieses führen, Prinzessin, und dafür mußt du wissen, wie man kocht.«

Constantia liebte die seltenen Stunden, in denen sie ihre Mutter ganz für sich allein hatte und war eine gelehrige Schülerin. Sie band Blätter zusammen, damit sie getrocknet und zu Kräutertees verarbeitet werden konnten. Eifrig steckte sie kostbare Zibeben auf kleine

Holzspieße, fertigte aus Wein, Zucker und Mehl einen dünnen Teig, wendete die Früchte darin und backte sie in Olivenöl aus. Sie lernte Fruchtmus und Kompott zu kochen, kleine Törtchen aus feinem Marzipan zu formen, Fische auszunehmen und Fleisch so zu sieden, daß es eine schmackhafte Brühe ergab und dennoch nicht trocken wurde. Wild mußte gebeizt, Geflügel tranchiert werden. Bohnen und Erbsen oder Thymian und Majoran aus dem Kräutergarten ließen sich trefflich trocknen. Gurken, Kopfsalat und Petersilie eigneten sich nur frisch zum Verbrauch. Aal wurde geräuchert, Karpfen gut gespült, damit er den schlammigen Geschmack verlor.

Unter Anleitung ihrer Mutter ging ihr die Arbeit leicht von der Hand. Doch am liebsten hatte sie es, wenn sie mitgenommen wurde in das kleine Steinhäuschen, das rechts von der Zugbrücke stand. Hier braute Margarethe von Brockdorff Bier, brannte Schnaps und destillierte Wasser zur täglichen Gesichtspflege.

»Wenn du es kaufen mußt, ist Bier sehr teuer«, wußte die Mutter und hieß Constantia das feucht keimende Getreide wenden. Emsig kehrte das kleine Mädchen das Unterste des Haufens zuoberst.

In einer Ecke des Häuschens waren mehrere Destillierkolben aufgebaut.

»So, dann wollen wir mal sehen, ob du auch gut zugehört hast, was haben wir denn hier?« Margarethe von Brockdorff begutachtete mit kritischem Blick die Arbeit der vergangenen Woche.

»Das ist für Branntwein«, Constantia dachte angestrengt nach. »Branntwein dürfen Kinder nicht trinken, nur wenn sie Würmer haben, wie Joachim neulich. Und Branntwein schmeckt auch nicht, aber wenn man ein Reißen im Rücken hat wie der Vater und sich damit einreibt, dann geht das Reißen weg, und wenn man sich das Gesicht einreibt damit, wird man so schön wie Sie, Mutter.« Sie schaute auf die Gefäße mit den vergorenen Früchten.

»Und man kann auch altes Obst dazutun, dann schmeckt es wie Kirsche oder Zwetschge oder Birne«, sagte sie und fügte mit einem leichten Anflug des Bedauerns hinzu: »Aber Kinder dürfen es dann trotzdem nicht trinken.« Ihre Mutter lachte.

»Nein, Kinder dürfen es dann trotzdem nicht trinken, denn sonst wird ihnen schlecht, und das wollen wir ja nicht.«

Constantia schüttelte energisch den Kopf. Ihre Mutter nahm sie an die Hand. Sie zog die Türe hinter sich zu, legte den Riegel vor und drehte den großen Eisenschlüssel zweimal gewissenhaft um. Bier und Branntwein mußten gut gehütet werden, die Versuchung für das Gesinde war groß.

Es waren nur ein paar Schritte bis zum Haupthaus, aber Mutter und Tochter liefen sofort zum Kamin, um sich die kalten Hände zu wärmen. Die Diele war das Lebenszentrum der Familie. Vor allem im Winter fand hier der Alltag statt. Unter der massiven Balkendecke taten die Kinder ihre ersten Schritte, las die Mutter aus der Bibel vor und walteten die verschiedenen Hauslehrer ihres Amtes. Hier wurden Flachs und Hanf gesponnen, Kleidungsstücke genäht und ausgebessert, Kerzen gezogen und sogar Gürtel oder Schuhe hergestellt. Die Zeiten waren hart und das Erbe aus dem Haus Marselis längst aufgebraucht. Margarethe von Brockdorff wirtschaftete sparsam und achtete doch geflissentlich darauf, daß es ihren Kindern an nichts fehlte.

»Lieber, unser Sohn ist sehr gescheit und will mehr wissen, als ich ihm beibringen kann. Ich denke wir sollten einen Hauslehrer für Christian engagieren – was meinen Sie dazu?« hatte sie schon vor Jahren zu ihrem Mann gesagt.

Christian liebte seinen Hauslehrer und zeigte nicht nur Begabung, sondern zusätzlich außergewöhnlichen Fleiß, wenn es darum ging, lateinische und französische Vokabeln, die italienische Grammatik, mathematische Formeln und Grundzüge in Kunst und Geschichte zu lernen. Die gebildete Margarethe von Brockdorff hatte große Freude an den Fortschritten ihres Sohnes und lehrte ihn, Dänisch zu sprechen, die Bibel zu lesen und fehlerfrei zu schreiben.

Kaum regte sich ihr Verstand, entwickelte Constantia eine rasende Eifersucht auf den Unterricht ihres Bruders. Da gab es etwas, daß ihrem geliebten Christian offensichtlich Spaß machte, und sie durfte nicht daran teilhaben. Für das vierjährige Mädchen eine unerträgliche

Ungerechtigkeit, gegen die es sich mit allen zu Gebote stehenden Mitteln auflehnte. Aufstampfen, Schreien und jähzornige Ausbrüche brachten jedoch nicht das gewünschte Ergebnis, sondern führten lediglich dazu, daß sie in einer dunklen Kammer eingesperrt wurde. Also verlegte sich Constantia auf Bitten und Schmeicheln.

»Mutter, ich bitte Sie so sehr! Ich will ganz lieb sein und keinen Muckser von mir geben! Ich bin leise, ganz leise, ich will nur zuhören. Bitte!«

»Wie heißt es richtig?« Die Stimme der Mutter klang streng.

»Ich möchte nur zuhören, bitte, bitte!« korrigierte Constantia ihr Flehen und erhielt schließlich die Erlaubnis, auf einem Schemel neben dem Kamin lauschen zu dürfen, wenn der Herr Magister im Haus war. Gespannt verfolgte sie die Lektionen und schnappte im Laufe von Wochen und Monaten viel auf. Eines Mittags bei Tisch versetzte sie ihre Eltern in gehöriges Staunen.

»Je möchte un peu d'eau, s'il vous plaît«, ließ sich Constantia aus der Kinderecke des Tisches vernehmen.

»Was hast du gesagt?« fragte ihr Vater. Constantia legte die Stirn in Falten und suchte nach dem fehlenden Wort.

»Je voudrais un peu d'eau s'il vous plaît«, wiederholte sie flüsternd.

»Prinzessin, wann hast du das gelernt?« Joachim von Brockdorff schenkte seiner Tochter das gewünschte Wasser ein.

»Immer wenn der Herr Magister mit Christian spricht. Aber manchmal spricht er so schnell, dann verstehe ich ihn nicht«, antwortete sie wahrheitsgemäß.

Das Ehepaar Brockdorff beschloß, ein Fräulein zu engagieren, das mit Constantia nur Französisch sprechen sollte.

Für das kleine Mädchen folgten zwei herrliche Jahre, denn Mademoiselle war jung, temperamentvoll und liebte Kinder. Während Christian auch bei schönstem Wetter am Eichentisch in der Diele saß und den Worten seines Lehrers zu folgen versuchte, tanzten Joachim und Constantia mit Mademoiselle im Schatten der Buchen vor dem Haus französischen Ringelreihen, lernten fröhliche Reime und eine Sprache im Spiel.

Margarethe von Brockdorff mochte die junge Frau vom ersten Tage an. So ergab es sich – vor allem, wenn Ritter Brockdorff im Dienst seines Königs außer Haus war – immer häufiger, daß die beiden Frauen die Abende miteinander verbrachten, handarbeiteten und sich dabei unterhielten.

»Madame, gestatten Sie eine Bemerkung?« nahm Mademoiselle ihren ganzen Mut zusammen.

»Aber natürlich, was haben Sie auf dem Herzen?«

»Nun, bitte, es ist nicht mein Ressort, und verstehen Sie mich nicht als Einmischung, aber wenn Sie erlauben, würde ich gerne etwas zu Constantia sagen.«

»Ich verstehe es nicht als Einmischung«, korrigierte Frau von Brockdorff sanft, »bitte, sprechen Sie. Was möchten Sie mir sagen?«

»Sie wissen, daß ich viel mit den Kindern singe und oft auch ein wenig tanze – und ich meine, daß Constantia sehr musikalisch ist. Kein Lied, bei dem sie nicht sofort den richtigen Ton trifft, keine Schrittfolge, die sie nicht auf Anhieb beherrscht. Madame haben eine Klavierzimbel in Ihrem Zimmer. Ich bin sicher, daß es Constantia Freude machen würde, das Instrument zu erlernen.«

Margarethe von Brockdorff runzelte die Stirn. Ihr erster Impuls war eine scharfe Zurechtweisung. Was maßte sich diese Französin an, ihr zu sagen, was gut und richtig für ihre Kinder war.

Als sie die verdüsterte Miene ihres Gegenübers sah, senkte Mademoiselle demütig den Blick. So entging ihr, daß sich die Gesichtszüge ihrer Arbeitgeberin wieder aufhellten.

»Sie haben recht, meinem Mann und mir ist auch schon aufgefallen, daß Constantia eine schöne Stimme und Talent zum Singen hat. Ich werde es mir durch den Kopf gehen lassen. Und was das Tanzen betrifft, ist es ohnehin an der Zeit, daß wir einen Tanzmeister für Christian ins Haus kommen lassen. Überantworten wir ihm die Entscheidung, ob Constantia schon so weit ist.«

Bald darauf erhielt Constantia Unterricht auf der Zimbel und lernte gemeinsam mit ihrem Bruder die ersten Tanzschritte.

»Komm, Christian, laß es uns noch einmal üben«, lockte sie mit eifergerötetem Gesicht. »Nur noch ein einziges Mal. Ich singe die Melodie, und du gibst die Kommandos.«

»Sie hat die Anmut einer Elfe«, sagte der Tanzmeister.

Auch Ritter Brockdorff schaute mit Vergnügen zu, wenn Christian und Constantia vorführten, was sie in seiner Abwesenheit gelernt hatten.

»Es ist jedesmal ein Fest, Vater, wenn Sie nach Hause kommen!« Constantia sprang in seine Arme und drückte ihm einen stürmischen Kuß auf die Wange, während Joachim und Dorothee sich aus den Armen ihrer Mutter befreiten und sich an seinen grobledernen Schaftstiefeln festklammerten.

Gerührt begrüßte er die Kleinen mit zärtlichem Blick und tätschelte ihre Wangen. Christian stand ein wenig verlegen an der Seite. Brockdorff wandte sich zu ihm um und legte den Arm um die Schultern seines Erstgeborenen.

»Mein Junge, wenn du so weiter wächst, muß ich bald zu dir aufschauen«, scherzte er. Sein Sohn glühte vor Stolz.

»So groß wie Sie wäre schön, größer muß nicht sein«, entgegnete er höflich.

»So ist's recht, Söhne so groß wie der Vater, Töchter so schön wie die Mutter.« Brockdorff umarmte seine Frau.

So liebevoll er sich als Vater und Ehemann präsentierte, so streng, unnachgiebig und herrisch war der Hausherr mit Gesinde und Untertanen. Das Gut mit seinen Bauern und Unfreien führte er mit harter Hand – zu hart, wie viele fanden, doch wer wagte, gegen ihn aufzubegehren, bekam die Peitsche, wenn nicht Schlimmeres zu spüren. Auf Depenau bestimmte er die Regeln, machte er die Gesetze. Und wehe dem, der sie nicht befolgte.

In seiner Diele saß Ritter von Brockdorff zu Gericht – war er das Gericht.

Neun Jahre war es jetzt her, daß der berühmt-berüchtigte Ove Fresen und zwei Frauen in den Verdacht gefährlicher Machenschaften geraten und in der Brockdorffschen Diele zur Rechenschaft gezogen worden waren. Ein weiterer Kumpan hatte die Qualen der Folter nicht überlebt und war noch vor dem Prozeß hinter dem Anger verscharrt worden. Fresen, ein einfältiger Bauer aus Stolpe, hatte seinem Gerichtsherrn Rede und Antwort gestanden, wie ihm der Schnabel gewachsen war:

Ja, er hatte den Teufel gesehen, nein, verkleidet war der nicht gewesen, eher ganz normal angezogen, mit Wams und ledernen Hosen – eigentlich so wie der Herr Brockdorff gerade gekleidet war. Die Frechheit kostete Fresen den Kopf.

1687 waren es drei Frauen, die, der Zauberei angeklagt, in der Brockdorffschen Diele Rede und Antwort stehen mußten. Unter der Folter hatten sie bereits gestanden und wiederholten bereitwillig, wie und in welcher Form ihnen der Beelzebub erschienen war, zu welch gräßlichem Treiben und schändlichen Taten er sie verleitet hatte. Antje Sieck, Lehnke Schramm und Gretche Dohsen wurden in Ketten in den gutseigenen Kerker gebracht.

Der August war heiß und trocken. Margarethe von Brockdorff schickte Mademoiselle mit Christian und Constantia auf eine Lichtung in der Nähe des Hauses. Dort war die Schwentine ganz flach und die Kinder durften sich Schuhe und Strümpfe ausziehen und im Flußwasser spielen.

Den dreijährigen Joachim und die kleine Dorothee gab sie in die Obhut der Amme, die mit den beiden in mütterlicher Sichtweite im Schatten spielte.

Auf diese Weise war die Diele frei und Ritter Brockdorff konnte, von den Kindern ungestört, seines gutsherrlichen Amtes walten. Feierlich nahmen die beteiligten Herren ihre Plätze ein. Ritter von Brockdorff am Kopfende des Tisches, zu seinen Seiten Pastor, Notar, Verteidiger und ein wenig abseits der Gerichtsschreiber. Die verhafteten Frauen wurden hereingeführt. Gezeichnet und geschunden von überstandenen Folterqualen, die Haare verfilzt, die Kleider starrend vor Schmutz standen die drei armseligen Delinquentinnen vor ihren Anklägern.

Vom Henkersknecht auf bestialische Weise gemartert, hatten sie längst alles gestanden, was ihnen zur Last gelegt worden war.

»Ja, wir haben uns von Gott abgewandt und vom Teufel taufen lassen, ja, ja, ja!« hatte Antje Sieck unter dem Druck der Daumenschrauben schreiend bekannt, und Gretche Dohsen hätte sogar einen nicht begangenen Mord zugegeben, wenn man sie nur nicht wieder auf die Streckbank spannte.

Joachim von Brockdorff diktierte drei Schuldsprüche im Namen Gottes und der Obrigkeit. Die Akten wurden geschlossen, und bis zur Bestätigung der Urteile verbrachten die drei Frauen die wenigen verbleibenden Wochen ihres kläglichen Lebens im Verlies des Herrenhauses Depenau.

Am frühen Morgen des 21. September 1687 sprang Matthias Liebknecht, der Scharfrichter aus Plön, auf dem Hof vom Pferd und trat mit wichtigen Schritten in die Diele.

»Der Herr Ritter von Brockdorff – er hat mich bestellt, wo finde ich ihn?« richtete er seine Frage an Christian und den Herrn Magister, der seinem Zögling soeben den Satz des Pythagoras erklärte. Christian starrte den Fremden mit offenem Mund an. An seiner Kleidung war leicht zu erkennen, welcher Art seine Arbeit war. Der Herr Magister sah kaum von seinem Papier auf und gab sich gänzlich unbeteiligt.

»So, mein Junge, und jetzt sieh dir die Formel noch einmal ganz genau an, ich werde dem Mann den Weg zum Totenberg weisen, und dann sprechen wir alles noch einmal in Ruhe durch.«

Christian hatte den Mund noch immer nicht geschlossen, nickte mechanisch und versuchte zu kombinieren. Ein Scharfrichter, vom Vater ins Haus bestellt, der Herr Magister keineswegs überrascht – das alles konnte nur bedeuten, daß eine Hinrichtung anberaumt war.

»Es ist nicht weit, Er muß hier den Hügel hinauf und auf der anderen Seite wieder hinunter, dann sieht Er ihn schon, den Totenberg von

Depenau«, hörte der Knabe seinen Lehrer durch die geöffnete Haustür den Weg erklären. Der Scharfrichter bedankte sich, saß wieder auf und galoppierte in die gewiesene Richtung.

»Es wird eine Hinrichtung geben, nicht wahr?« Christian sah seinen Lehrer fragend an.

Der Herr Magister überhörte die Bemerkung und widmete sich wieder der Mathematik.

Am Nachmittag kamen drei Schergen des Henkers und machten Bückling vor Margarethe von Brockdorff.

Die Türe quietschte zum Gotterbarmen, als sie den Kerker öffnete. In der hintersten, dunkelsten Ecke saßen weinend und zusammengekauert die drei Frauen und harrten ihres unabwendbaren Schicksals. Fügsam erhoben sie sich und folgten den Männern ans Tageslicht. Zermürbt von Angst, Haft und Folter waren sie zu schwach zu protestieren und hatten eine wie die andere die gefesselten Hände zum letzten Gebet gefaltet.

Der Totenberg war kaum eine Meile vom Herrenhaus entfernt. Johlend empfing die Menschenmenge den Schinderkarren. Ein Spektakel wie dieses wollten sich die Bewohner der Umgebung keinesfalls entgehen lassen. Selten genug, daß man solch eine Unterhaltung kostenlos geboten bekam.

Christian bemühte sich, den Anweisungen des Herrn Magister zu folgen, doch seine Gedanken schweiften immer wieder zu den drei Frauen, die soeben auf dem schäbigen Wagen abtransportiert worden waren. Endlich entließ ihn der Lehrer.

Der Knabe packte seine Sachen zusammen, verbeugte sich artig und rannte zur Tür. Atemlos stand er wenige Minuten später vor der Mademoiselle.

»Die Mutter schickt mich, Constantia ins Haus zu holen. Sie sollen aber ruhig noch ein wenig mit Joachim hier bleiben«, log er.

»Einen Augenblick, sie muß nur noch ihre Schuhe und Strümpfe anziehen, dann könnt ihr laufen.«

Christian versicherte, daß er auf Constantia achten werde, nahm sie bei der Hand und marschierte los.

»Warum soll ich denn schon nach Hause? Ich wollte lieber noch im Wasser spielen«, maulte das Mädchen.

»Wir gehen nicht nach Hause. Wir gehen auf den Totenberg«, weihte Christian sie in seinen Plan ein.

»Auf den Totenberg! Aber da dürfen wir doch nicht hin! Und wer paßt auf uns auf?«

»Ich passe auf dich auf. Das reicht doch wohl.« Christian hielt die Hand seiner Schwester etwas fester.

Auf dem Totenberg hatten sich inzwischen so viele Menschen eingefunden, daß es für die Kinder ganz leicht war, sich unbemerkt am Rand der Menge aufzuhalten. Sie reckten die Hälse und sahen ihren Vater, wie er den Aufbau des Scheiterhaufens kontrollierte. Er schien nicht zufrieden, denn mit einem festen Tritt stieß er die aufgeschichteten Hölzer nieder. Sogleich machten sich die Schergen des Henkers daran, die Scheite erneut zu stapeln. Ritter Brockdorff ging zu einem hölzernen Plateau. Hier stand der Scharfrichter und überprüfte die Standfestigkeit des Richtblockes und die Schärfe seiner Klinge.

Für Matthias Liebknecht war es ein guter Tag. Besser hätte das Urteil aus seiner Sicht gar nicht ausfallen können, und er war dem Gutsherren von Herzen dankbar. Drei Köpfe mit dem Schwert abschlagen brachte pro Kopf zehn Taler, die anschließende Verbrennung der Körper noch einmal so viel. Liebknecht rieb sich die Hände – sechzig Taler an einem Tag, dafür konnte er ein Dutzend Schweine oder acht Ochsen oder schöne Kleider für seine Frau oder von allem etwas kaufen. Es war sehr umsichtig gewesen, daß Brockdorff hatte Gnade walten und die Frauen nicht einfach bei lebendigem Leibe hatte verbrennen lassen.

»Sieh mal, da drüben rechts, das sind die Frauen.« Christian nahm den Kopf seiner Schwester zwischen die Hände und dirigierte ihren Blick in die richtige Richtung.

»Ich sehe nichts! Heb mich mal hoch.« Um nichts in der Welt wollte Constantia auch nur das kleinste Detail dieses überwältigenden Abenteuers verpassen. Christian nahm seine Schwester auf den Arm, und Constantia sah Antje Sieck, Lehnke Schramm und Gretche Dohsen, wie sie, bewacht von bewaffneten Männern, auf dem Boden knieten und beteten. Sie sah den Scharfrichter, der seinen Platz auf dem gezimmerten Plateau eingenommen hatte. Eine Gänsehaut lief ihr über Rücken und Arme, Constantia wendete sich ab.

»Christian, da hinten, da kommt die Mutter, sie reitet den Rappen, und schau nur wie schnell!« Christian ließ seine Schwester auf den Boden gleiten und streckte sich. Tatsächlich, mit wehenden Röcken galoppierte Margarethe von Brockdorff im Herrensattel auf den Richtplatz zu.

»Wir müssen machen, daß wir fortkommen, wenn sie uns hier findet, gibt es ein paar Wochen nichts Süßes und sicher auch Schläge vom Vater.« Christian griff Constantias Hand und beeilte sich, das schützende Dickicht des Waldes zu erreichen.

Aufgewühlt von Zorn und Sorge gab Margarethe von Brockdorff dem Pferd die Sporen. Vor einer halben Stunde war Mademoiselle nach Hause gekommen, um den kleinen Joachim vor den Stechmücken in Sicherheit zu bringen, die am späten Nachmittag das Flußufer surrend bewölkten. Verwundert hatte die Französin festgestellt, daß die beiden größeren Kinder nicht im Gutshaus eingetroffen waren, und ihrer Herrin wahrheitsgemäß berichtet, daß Christian schon vor Stunden gekommen war, seine Schwester abzuholen.

»Ein Teufelsbraten ist er, mein Herr Sohn«, murmelte Margarethe von Brockdorff und ließ sofort den Rappen satteln. Sie war sicher, daß Christian und Constantia den verbotenen Weg zum Totenberg gegangen und im Gewühl der Zuschauer verschwunden waren – aber ganz gleich wo sie sich versteckten, sie würde sie finden.

»Und dann gnade ihnen der liebe Herrgott!« zischte sie wütend. »Was denkt er sich, selbst noch ein Kind, nimmt er die Kleine zu diesem entsetzlichen Schauspiel mit.« Sie schickte ein Stoßgebet zum Himmel, daß die Hinrichtung noch nicht stattgefunden hatte und ihrer Tochter der schreckliche Anblick erspart bleiben möge.

In unmittelbarer Nähe des Richtertisches brachte sie das Pferd zum Stehen und sprang ab. Ihr Mann hatte das Urteil inzwischen verlesen und sich soeben erhoben. Gerade wurden die drei Frauen über die schmale Leiter auf das Podest geführt.

Margarethe von Brockdorff fühlte eine Welle des Mitleids, warf einem Knecht die Zügel zu und lief zu ihrem Mann.

»Joachim, haben Sie die Kinder gesehen? Christian und Constantia sind verschwunden und ich bin sicher, daß sie hierher gekommen sind, um sich das Grauen anzusehen.« Sie machte eine Kopfbewegung in Richtung des Henkers.

»Nein, hier waren sie nicht«, antwortete ihr Mann. »Ich hätte sie doch gesehen, wenn sie hier aufgetaucht wären. Hat einer von euch Christian und Constantia gesehen?« rief er den anwesenden Knechten zu, doch die schüttelten die Köpfe.

»Laßt alles stehen und liegen und macht euch auf, die beiden zu suchen. Wer sie findet, hält ihnen die Augen zu und bringt sie unverzüglich zu mir! Ich will nicht, daß sie sehen, was gleich geschieht. Also sputet euch!« Margarethe von Brockdorffs Stimme drohte vor Aufregung überzuschnappen. Die Knechte befolgten auf der Stelle ihren Befehl. Zwei Kinder im Gewühl der Schaulustigen zu finden war erheblich schwieriger als gedacht, und so kehrten sie nach einer Weile einer nach dem anderen unverrichteter Dinge wieder zurück.

»Vielleicht irren Sie sich, und die zwei waren nie hier«, wollte Ritter Brockdorff seine aufgebrachte Frau beruhigen, als ein Raunen durch die Menge ging. Antje Sieck hatte ihr letztes Gebet gesprochen und kniete nun, die Hände auf dem Rücken gefesselt, den Kopf auf dem Richtblock, auf dem Podest.

»Gott sei meiner armen Seele gnädig«, hauchte sie, da sauste Liebknechts Schwert auf ihren weißen Hals und trennte mit einem Schlag den Kopf vom Rumpf.

Margarethe von Brockdorff schlug die Hände vor ihr Gesicht.

»Daß Ihr das ansehen könnt. Ich werde mich nie an diese Greuel gewöhnen!« Sie schwang sich wieder auf ihr Pferd, warf einen langen suchenden Blick auf die Menge und ritt davon.

So schnell sie ihre Füße trugen, liefen Christian und seine Schwester den Weg zum Gutshaus. Constantia war müde, hatte Durst und Hunger. Aber die Angst vor der Mutter verlieh ihr ungekannte Kräfte. Sie stolperte, fiel, rappelte sich wieder auf, achtete nicht auf Brombeerdornen, die ihr Kleid zerrissen, und Äste, in denen sich ihre Haare verfingen.

Umsonst – als sie über den freien Teil der Wiese vor dem Haus rannten, hörten die Kinder dicht hinter sich das Getrappel von Pferdehufen.

»Ho! Schwarzer, steh!« Das Pferd parierte, und Margarethe von Brockdorff sah in vier entsetzte braune Augen.

»Rauf mit Euch!« Sie streckte die Hand aus und zog erst Constantia, dann ihren Bruder vor sich in den Sattel. Christian suchte nach einer plausiblen Entschuldigung und wollte gerade anheben, da schnitt ihm seine Mutter das unausgesprochene Wort ab:

»Keinen Ton will ich hören. Ihr geht sofort und ohne Nachtessen in eure Kammern.«

Der folgende Tag begann nicht gut. Bruder und Schwester wurden vor den Vater zitiert. Christian schluckte mehrmals trocken, während er vom Verlauf des gestrigen Nachmittags berichtete. Einen Augenblick schien es, als wären beide Eltern erleichtert, daß Constantia und er zum Zeitpunkt der Hinrichtung schon auf dem Rückweg gewesen waren. Doch dann verdüsterte sich Brockdorffs Miene wieder, und er verhängte vier Wochen Stubenarrest.

## *Das wird sie lehren*

Die Jahre vergingen. Zipperlein zwangen den Herrn Magister, seinen Dienst zu quittieren, ein jüngerer Hauslehrer nahm seinen Platz ein. Und eines Tages verließ auch Mademoiselle die Familie.

Anfang des Jahres 1689 nahm Ritter Brockdorff ehrenhaft seinen Abschied aus den Diensten des dänischen Königs. In den vergangenen Jahren hatte Margarethe von Brockdorff Gut Depenau oft über Monate allein verwalten müssen. Die Ländereien waren groß und unübersichtlich. Immer wieder versuchten Leibeigene, in die Städte zu fliehen. Sie wollten dort ein freieres Leben führen und sich von ihrer Hände Arbeit ernähren, statt alles an die Gutsherren abgeben zu müssen.

Brockdorff war fest entschlossen, dem einen Riegel vorzuschieben. Regelmäßig ließ er seine Wachleute Patrouille reiten, und häufig führte er die Trupps selbst an. Mit Hunden streiften sie durch die Wälder und wehe denen, die sie dort fanden. Armselige, zerlumpte Gestalten, die hofften, ihrem ausgebeuteten Dasein zu entrinnen, wurden aufgespürt, eingefangen wie die Tiere, gefesselt, blutig gepeitscht und in Ketten in den Kerker des Herrenhauses geworfen.

»Das wird sie lehren, mir entwischen zu wollen. Diese miserablen, elenden Gestalten tragen die Schuld daran, daß es mit dem Gut nicht aufwärts geht. Die Seele lasse ich denen aus dem Leib peitschen, die versuchen, mich zu hintergehen!« wetterte Brockdorff, und Constantia, die ihren Vater abgöttisch liebte, hatte plötzlich Angst vor ihm.

Der Gutsherr stützte den Kopf in die Hände und versank in dumpfes Brüten. Gerade hatte er Bescheid bekommen, daß seine Abgaben zum nächsten Ersten steigen würden. Diese verfluchten Kriege! Jeder von ihnen brachte neue Steuerlasten, die bezahlt werden mußten – und wenn es den letzten Halm, die letzte Ähre kostete.

So konnte es nicht weitergehen mit Depenau. Wie bisher betrieben, warf die Landwirtschaft nicht genug ab. Es mußte etwas geschehen.

»Wir werden umstellen auf Milchvieh und Getreidebau – das ist die Lösung. Wir werden vergrößern und doppelt arbeiten, dann sollte es doch mit dem Teufel zugehen, wenn es nicht gelingt, aus dem Land herauszuholen, was wir brauchen«, bestimmte Brockdorff.

»Aber woher wollen Sie die Leute nehmen?« wagte seine Frau einzuwenden.

»Darüber habe ich schon nachgedacht. Als erstes kaufe ich zusätzliches Vieh, und dann lasse ich Holländer aufs Land, die sollen sich um Milch und Käse kümmern.«

Der Beruf der Holländer war neu und hatte seine Wurzeln in den nicht enden wollenden Kämpfen, die in den Niederlanden um Religion und Glauben geführt wurden. Männer, Frauen und ihre Kinder flohen aus ihrer Heimat und suchten als sogenannte Holländer auf den Gütern jenseits der Grenze ihr Auskommen. Sie pachteten fremde Kühe für jeweils ein Jahr und kümmerten sich um Verarbeitung und Verkauf der Milch.

Der Gutsherr erhielt die Pacht und sorgte für Futter und Ställe. Auf zwanzig gepachtete Kühe erwarb der Holländer das Recht, eine eigene Kuh zu halten, die er dann auf Kosten des Gutsherren fütterte. Was beim Herstellen von Käse und Butter an Rückständen blieb, Buttermilch und Molke, nutzten sie für die Schweinemast. Zehn Kühe, so rechnete ein gewiefter Holländer, ernährten ein Schwein, und auch das gehörte dann ihm.

»So können wir sicher sein, daß das Vieh gut versorgt ist, müssen uns aber nicht darum kümmern und haben Kraft und Zeit für andere Dinge.« Brockdorff war stolz auf seine Idee. »Ich werde die Moore unten an der Schwentine und am Stolper See trocken legen, das bringt Land zum Anbau von Roggen, Gerste und Hafer. Ich werde Teile des Waldes verpachten. Wenn unsere Abgaben erhöht werden, müssen auch wir erhöhen, was uns zu zahlen ist. Müller, Schmied und Ziegler werden es nicht gerne hören, aber ich kann nicht helfen.«

Margarethe von Brockdorff nickte zustimmend und bewunderte die Entschlossenheit ihres Mannes.

Der nächste Schritt war schnell getan. Brockdorff erhöhte die Dienstpflicht der Bauern. Das bedeutete noch mehr Arbeit für den Gutsherren, noch mehr Fron und noch höhere Abgaben. Besonders zur Erntezeit lag die Last schwer auf den Schultern der Landarbeiter. Brockdorff verlangte jeden einsatzbereiten Mann und die meisten der Frauen auf seinen Feldern. Die Bauern wußten oft nicht, wann und wie sie ihr eigenes Land bestellen sollten. Wer sich auflehnte oder versuchte, die harten Forderungen zu umgehen, wurde von den herrschaftlichen Häschern aufgespürt und bekam Knüppel, Peitsche oder Kerker zu spüren.

Constantia und ihre Geschwister sahen kaum etwas vom Leid und Elend der Untertanen. Ihnen zeigte sich Brockdorff als strenger aber liebevoller Vater, der nicht müde wurde, an den Kindern das Erziehungsideal seiner Vorfahren zu erfüllen. Ob Knabe oder junges Mädchen, in seiner Tradition reichte es nicht aus, den Geist zu bilden, auch die körperlichen Fähigkeiten mußten geschult sein.

»Springen, laufen, schwimmen, ringen, reiten, schießen, fechten müßt ihr können!«

Brockdorff lehrte Christian und Constantia den Umgang mit Pferden, zeigte ihnen, wie man mit Bogen und Pistolen schoß, und achtete besonders auf gute Haltung beim Fechten. Constantia legte in allen Disziplinen ein außergewöhnliches Talent an den Tag. Furchtfrei jagte sie im Galopp über die Wiesen, beherrschte den Herren- ebenso wie den Damensattel.

»Es gibt nur eines, was ich noch schöner finde als einfach nur reiten«, erklärte sie eines Abends ihrer Mutter, »und das ist die Jagd. Nichts ist so aufregend wie eine Jagd. Das ist das Allerschönste!«

»Und es macht dir nichts aus, daß die Tiere Angst vor dir haben und daß du sie tötest?« Margarethe von Brockdorff schaute ihre Tochter fragend an.

»Aber Mutter, Sie essen doch auch gerne einen guten Braten vom Reh«, sie schnalzte genüßlich mit der Zunge. »Und jemand muß das Reh töten, nicht wahr? Sonst kommt es nicht auf den Tisch«, triumphierte Constantia.

Fürsorglich machte der Vater sich bereits jetzt Gedanken um die Zukunft seiner Kinder.

»Was ist, wenn wir einmal nicht mehr sind und die Mädchen ledig bleiben. Wer wird dann schauen, daß es ihnen gut geht?« sinnierte er.

»Liebster, was haben Sie für dunkle Gedanken? Unsere Mädchen sind schön, unsere Mädchen haben eine gute Ausbildung, ich bin ganz sicher, daß unsere Mädchen nicht unverheiratet bleiben«, Margarethe von Brockdorff sah von ihrer Handarbeit auf.

»Das liegt in Gottes Hand, das wissen Sie so gut wie ich. Wir müssen der Tatsache ins Auge sehen, daß wir nicht viel zu vererben haben. Das Gut soll Christian eines Tages übernehmen, aber der wird damit nicht genug erwirtschaften, um seine Schwestern zu ernähren. Nein, da muß noch eine andere Vorsorge getroffen werden.«

»Was meinen Sie mit einer anderen Vorsorge?« Seine Frau hatte Nadel und Faden in den Schoß gelegt und sah ihn aufmerksam an.

»Ich werde sie in einem Stift anmelden – in Preetz. Ich kenne die Priorin, und sie kennt unsere Familie. Wenn alle Stricke reißen, können unsere Töchter im Kloster als Stiftsfräulein ein ruhiges, sicheres Leben führen.«

In den frühen Morgenstunden des 4. Februar machte sich Joachim von Brockdorff auf den Weg in das Kloster. Sein Gespräch mit der Priorin Ida von Buchwaldt dauerte eine ganze Weile, denn der Ritter hatte ein kompliziertes Anliegen:

»Ehrwürdige Mutter, es geht nicht nur um meine beiden Mädchen Anna Constantia und Margarethe Dorothee. Ihr müßt wissen, daß meine Frau und ich jedes Kind willkommen heißen, das uns der Herrgott schenkt. Und so kann es durchaus sein, daß wir noch ein Töchterchen bekommen, und für dieses würde ich auch einen Platz in Eurem Haus erbitten.«

»Wollt Ihr damit sagen, Ritter, daß Ihr für eine ungeborene Tochter sprecht?« Ida von Buchwaldt war erstaunt. Brockdorff nickte.

»Wenn wir noch ein Mädchen bekommen, wird es Charlotte Sophie heißen und soll versorgt sein, wie ihre Schwestern.«

Nach einigem Hin und Her ließ sich die Priorin schließlich aus, wie sie es nannte, »Gründen der familiären Verbundenheit« erweichen, öffnete ihr schweres, ledergebundenes Urkundenbuch, tauchte den Kiel in die Tinte und schrieb:

*»anno 1689 den 4 february hat H. Joachim brocktorff von Depenau seine Kinder hier einschreiben lassen, und einen revers gegeben, dafern sich finden würde, daß die Mutter sie in der Calvinistischen lehr sollte erziehen, sie alsdan hier nicht sollen angenohmen werden. Die 1. Anna Constantia, die 2. Marguertita Dorothe, 3. Charlotte Sophie Brocktorffen. Dieße letzte ist nicht zur Welt gekommen.«*

Damit war es schriftlich fixiert und verbrieft. Sollten seine Töchter ledig bleiben, war ihnen ein Platz sicher, an dem sie beschützt und verpflegt würden.

Als nächstes galt es die Kavalierstour des Sohnes vorzubereiten. Christian hatte das Alter erreicht, in dem junge Adlige das Haus ihrer Eltern verließen, um ihren Horizont zu erweitern, Erfahrungen zu sammeln, in fremden Ländern die erlernten Sprachen zu praktizieren. Zu diesem Zweck mußte eine gut durchdachte Reise organisiert werden, die zwar einiges an Geld kostete, dafür aber die Chancen des jungen Mannes erheblich steigerte.

Am Tag des Abschieds kam Constantia mit rotgeweinten Augen die Treppe herunter.

»Wie soll es nur werden, wenn er nicht mehr hier ist?« schluchzte sie und umarmte ihre Mutter. Die beherrschte sich und antwortete gegen ihre Überzeugung:

»Prinzessin, es wird nicht sehr anders sein. Vater und ich sind noch da, Joachim und Dorothee, und du wirst sehen, die Zeit geht schneller herum, als du dir im Moment vorstellen kannst.«

»Ich will mir gar nichts vorstellen, vor allem nicht, daß Christian nicht da ist.« Jetzt weinte Constantia hemmungslos.

»Nun mach es mir doch nicht so schwer«, bat Christian als er die Diele betrat, und schloß seine Schwester in die Arme.

Sein Vater mahnte zur Eile.

»Wenn Ihr so weiter macht, sind die zwei Jahre herum und Christian steht noch immer in der Diele. Marsch jetzt, die Kutsche wartet.«

Froh, die Gefühle durch Aktivitäten unterdrücken zu können, gehorchte Christian Brockdorff und folgte dem Vater vor das Haus.

»Sei anständig, schreib von Zeit zu Zeit, das macht vor allem deiner Mutter Freude, bleib gesund und gib nicht zu viel Geld aus«, lauteten dessen Ermahnungen, dann nahm er seinen Sohn in den Arm und brachte ihn zur Kutsche. Christian kletterte in die Karosse und setzte sich neben den Hauslehrer, der glücklich war, seinen Zögling begleiten zu dürfen.

## *So darf man sich in einem Schloß nicht benehmen*

Im Frühsommer 1694 inspizierte Margarethe von Brockdorff die Vorräte und ließ holen, was Keller und Kammern zu bieten hatten. Nach genau einundzwanzig Monaten sollte Christian heute von seiner langen Reise zurückkehren.

»Wie ich mich auf ihn freue! Jetzt wird alles wieder wie früher!« jubelte Constantia und wirbelte die kleine Dorothee im Kreis. »Er wird sich wundern, wie groß du geworden bist, und was du für schöne Locken hast, genau wie ich«, rief sie und setzte ihre Schwester auf dem Boden ab.

»Du hast noch schönere Locken als Dorothee«, wandte Joachim ein, der seine ältere Schwester über alles liebte.

Constantia lachte. »Ich bin ja auch schon größer, da hatten die Haare mehr Zeit zu wachsen, und außerdem ...«, sie hielt mitten im Satz inne und lauschte. Auf dem Hof erklang das Getrappel von Pferdehufen.

»Das muß er sein, das ist er!« Sie rannte zur Tür.

Sie hatte richtig gehört, es war die Kutsche, die ihren Bruder wieder zurück brachte. Christian stieg aus, streckte die Glieder und gähnte herzhaft. Als sie ihn sah, blieb Constantia unwillkürlich stehen. Da stand nicht der Knabe, der vor knapp zwei Jahren abgefahren war. Überall in seinem Gesicht sprossen Bartstoppeln, die Augenbrauen waren dichter geworden. Christian war mindestens zehn Zentimeter gewachsen und ein junger Mann geworden. Sie holte tief Luft und sprang ihm in die Arme. Der Bruder lachte mit ungewohnt tiefer Stimme und drehte eine atemberaubende Pirouette mit ihr.

»Nicht so schnell. Mir wird schwindlig!« Constantia rang nach Luft.

»Meine Güte! Du hast dich aber verändert – aus dir ist ja in der kurzen Zeit ein richtiges Fräulein geworden.« Christian machte einen Schritt nach hinten und begutachtete die Veränderung mit kritischem Blick.

»Nur äußerlich, liebster Bruder, innerlich bin ich ganz die Alte – sagt Mutter jedenfalls – und ich glaube, es gefällt ihr nicht immer. Sie hätte mich lieber etwas damenhafter.« Sie knickste übertrieben tief. »Und außerdem, du mußt gerade reden. Schau du einmal in den Spiegel, nichts an dir ist mehr wie es war. Lauter pieksige Haare im Gesicht und einen Meter höher als vorher.«

Als am Abend auch Ritter Brockdorff eingetroffen war, versammelte sich die Familie am großen Tisch in der Diele.

»Zur Feier des Tages wollen wir einen guten Tropfen trinken.« Brockdorff schenkte dunkelroten Wein ein. Ausführlich mußte Christian erzählen, wie es ihm ergangen war, was er alles erlebt hatte.

Kaum war die Sonne am nächsten Morgen aufgegangen, stand Constantia in Reithosen und einem kecken Oberteil in der Diele und erwartete ihren Bruder.

»Du hast ja schon wieder Hosen an. Du weißt doch, daß ich das nicht schätze«, rügte ihre Mutter.

»Ja, Mutter, entschuldigen Sie bitte, ich weiß es, aber ich wollte so gerne mit Christian ausreiten, und es reitet sich nun einmal besser in der Hose als im Kleid, und außerdem hat es der Vater erlaubt.«

Margarethe von Brockdorff zuckte mißbilligend mit den Schultern.

Die Geschwister blieben beinahe den ganzen Tag fort und brachten ihre Pferde erst am späten Nachmittag wieder in den Stall. Die letzten Sonnenstrahlen genießend, setzten sie sich auf eine kleine Steinbank vor dem Haus.

»Seht nur, was sie für ein entzückendes Paar abgeben.« Ritter Brockdorff stand am Fenster und betrachtete stolz seine Kinder. »Constantia ist wahrhaftig schön wie Sie, meine Liebe, eine echte Marselis, von Statur und Gebaren.«

»Constantia ist ein ungebärdiger Wildfang, der dringend lernen muß, was höfische Sitte ist, und wie sich eine junge Dame zu benehmen hat«, widersprach seine Frau. »Wir sollten damit beginnen, uns Gedanken zu machen, wo wir sie hinschicken werden. Sie muß Depenau noch dieses Jahr verlassen und an einen Hof, denn sonst werden wir ernsthafte Schwierigkeiten bekommen, einen passenden Mann für sie zu finden.«

Brockdorff drehte sich um.

»Nun, nun, so weit sind wir ja wohl noch nicht. Sie ist doch noch ein Kind.«

»Sie ist kein Kind mehr, sie wird in wenigen Wochen ihren vierzehnten Geburtstag feiern. Sie kommt Ihnen nur vor wie ein Kind, weil sie sich oft so benimmt.« Es geschah selten, daß seine Frau derart auf ihrem Standpunkt beharrte.

Christian hatte auf seiner Kavalierstour viel gelernt, seine Sprachkenntnisse vervollkommnet und wußte genau, was er als nächstes anstrebte.

»Ich werde mich, mit Ihrer Erlaubnis, Vater, auf der Universität in Kiel einschreiben, und zwar so bald wie möglich. Ich habe mich für das Studium der Jurisprudenz entschieden, denn mein Eindruck ist, daß mir dieses die besten Möglichkeiten für eine Karriere eröffnet.« Brockdorff war angetan vom Vorschlag seines Sohnes.

Am 7. Juli 1694 verließ Christian Detlev von Brockdorff sein Elternhaus erneut und begab sich nach Kiel, um zu studieren. Diesmal fiel Constantia der Abschied nicht so schwer. Zu sehr war sie mit dem beschäftigt, was ihre Eltern für sie arrangiert hatten.

Die weitverzweigte Familie Brockdorff verfügte über ausgezeichnete Beziehungen zu den ersten Adelshäusern des Landes. Diese Beziehungen zu nutzen, war Margarethe von Brockdorff entschlossen und begann, die entsprechenden Kontakte aufzunehmen. Verschiedene Tanten und Cousinen befanden sich an den Höfen der vier Töchter des dänischen Königs Frederik III. Eine der Töchter war die Herzogin von Gottorf. Sie lebte an dem Hof, an dem vor Jahren Constantias Vater als Kammerjunker gedient hatte. Der Zufall wollte es, daß ihre Tochter, Prinzessin Sophie Amalie von Holstein-Gottorf, in ihrem Hofstaat Platz für ein Hoffräulein hatte und sich gerne dazu bereit erklärte, diese Position mit Anna Constantia von Brockdorff zu besetzen.

Constantia war außer sich vor Freude.

»Ich werde in einem Schloß leben. In einem richtigen Schloß!« Sie klatschte in die Hände und machte einen Luftsprung. Wieder auf dem Boden sah sie das entsetzte Gesicht ihrer Mutter und schlug beschämt die Augen nieder.

»Ja, ich weiß Mutter, so darf man sich in einem Schloß nicht benehmen.«

Margarethe von Brockdorff schüttelte den Kopf und fragte sich, was aus diesem hübschen Geschöpf wohl werden sollte, wenn es nicht gelang, das vom Vater geerbte, ungestüme Temperament zu zügeln.

Ritter Joachim Brockdorff hatte persönlich die Koffer, Kisten und Schachteln seiner Tochter in der Kutsche verstaut und ließ es sich nicht nehmen, Constantia nach Gottorf zu begleiten.

Das Schloß lag auf einer idyllischen Insel in der Schlei.

»Es sieht aus wie eine Burg – nicht wie ein Schloß.« Constantia rümpfte die Nase, als sie das stark befestigte Anwesen aus der Entfernung erspähte.

Die Pferde standen kaum, da eilten bereits vier dienstbare Lakaien herbei und öffneten den Schlag der Kalesche. Ritter Brockdorff stieg aus und reichte seiner Tochter die Hand. Die wollte eben wie ein junger Hund aus dem Gefährt springen, da fiel ihr gerade noch rechtzeitig ein, was die Mutter ihr zum Abschied eingeschärft hatte.

»Mach uns keine Schande. Benimm dich nicht wie ein kleiner Junge, sondern zeig, daß eine Prinzessin in dir steckt!«

Constantia zauberte ihr schönstes Lächeln auf die Lippen und setzte die Füße so zierlich einen vor den anderen, als seien sie zerbrechlich wie chinesisches Porzellan.

Was sie auf den ersten Blick sah, beeindruckte sie so sehr, daß es ihr die Sprache verschlug. Die imposante Vierflügelanlage des Schlosses, ein wundervoller Innenhof, elegant geschwungene Treppen, Blumen und Heckenpflanzen, nach französischer Art angelegt und gestutzt.

Der Empfang war herzlich. Die Herzogin begrüßte Brockdorff wie einen lieben Verwandten. Aber Constantia fühlte sich beobachtet und auf dem Prüfstand und verhielt sich auffallend still.

»Nun, hübsch und anmutig ist sie ja, Eure Kleine, mein lieber Brockdorff. Ein wenig scheu vielleicht …«, bemerkte die Herzogin und ließ nach ihrer Tochter schicken, damit diese das neue Hoffräulein in Augenschein nehmen konnte.

Sophie Amalie war eine gebildete junge Frau von vierundzwanzig Jahren. Die Nase der Prinzessin war ziemlich lang und unvorteilhaft nach unten gebogen. Rechts und links unter den klugen Augen wölbten sich zwei Bäckchen, rund wie Äpfel, und unter dem Mund endete das Gesicht in einem spitzen Kinn.

»Schön ist sie nicht, aber sie sieht nett aus und lächelt freundlich«, dachte Constantia und nahm sich vor, die Prinzessin zu mögen.

Das war nicht schwer, denn Sophie Amalie hatte einen überaus liebenswürdigen Charakter, fast immer gute Laune und war so vielseitig interessiert, daß es nie langweilig mit ihr wurde.

In den ersten Wochen litt Constantia dennoch unter heftigem Heimweh. Sie vermißte die Geschwister, die Eltern, die Pferde, aber vor allem fehlte ihr das freie Leben, das sie bisher geführt hatte. Bei Hof galt es, strengste Regeln einzuhalten, Regeln die ihr nicht vertraut waren und sie einengten. Mühsam versuchte sie sich einzuprägen, wie das höfische Leben funktionierte.

Da gab es zunächst eine peinlich genau festgelegte Rangordnung. Der Hausherr, Herzog Christian Albrecht von Holstein-Gottorf hatte sie selbst verfaßt.

Ganz oben stand die herzogliche Familie – die Eltern und ihre Kinder. Prinzessin Sophie Amalie war die Älteste, dicht gefolgt von ihrem ein Jahr jüngeren Bruder Friedrich. Constantia gefiel er auf den ersten Blick. Hübsch von Angesicht, groß und gut gewachsen, war der Erbprinz außerdem noch klug und sehr temperamentvoll.

Zwei Jahre jünger als der Erbprinz war Christian August, ein sanfter junger Mann von zartem Knochenbau. Ganz anders als sein Bruder bevorzugte er die Zurückgezogenheit seiner Gemächer, liebte die schönen Künste und war oft in der väterlichen Bibliothek zu finden. Bei Hof wurde viel getuschelt und über Christian August ganz besonders. Es dauerte nicht lange, und auch Constantia hörte, was die Höflinge hinter vorgehaltener Hand wisperten. Christian August war anders als die anderen. Er liebte Männer mehr als Frauen.

Das jüngste Kind der Herzogin, Marie Elisabeth, war mit ihren siebzehn Jahren kaum älter als Constantia.

Die Rangordnung der wichtigsten Menschen nach der herzoglichen Familie war festgelegt, und Constantia bemühte sich gewissenhaft, das komplexe System so schnell wie möglich zu erlernen. Sorgsam fertigte sie eine Liste an, schrieb alles feinsäuberlich auf und saß am Abend im Schneidersitz in ihrem Bett und las laut:

»Landräte, Generalmajor, Amtleute, Hofmarschall, Hofkanzler, Hofmeister, Geheime Räte, Kammerräte, Kanzleiräte, Militärs – Zivilisten vor den Militärs, Studierte vor Nichtstudierten.« Sie machte eine Pause und dachte, dann werde es Christian einmal gut treffen, wenn er an einen Hof kommt und vorher studiert hat.

»Der Kammerdiener der Prinzessin vor dem Hofprediger, der Fischmeister vor den Lehrern der Prinzen und Prinzessinnen – das ist aber merkwürdig«, sagte sie zu sich selbst. »Schreiber, Schneider, Trompeter, Gärtner, Mundköche, Bettmeister, Silberdiener und Lakaien.«

Sie hielt einen Teil des Geschriebenen mit der rechten Hand zu und versuchte, es auswendig zu wiederholen.

Wenige Tage später hatte Constantia diesen Teil ihres Pflichtprogramms verinnerlicht. Jetzt hieß es, sich an die Feinheiten zu wagen. Der Rang der Damen richtete sich nach dem ihrer Männer – gleich ob diese noch lebten oder bereits verstorben waren –, das war leicht. Schwieriger wurde es, wenn man zu bedenken hatte, wer welches Zimmer in welcher Reihenfolge betreten durfte, und vor allem, zu welchen Tageszeiten. Und dann noch berücksichtigen sollte, daß einige immer das Privileg genossen, vor anderen einzutreten, andere überhaupt nur zu bestimmten Räumen Zutritt hatten. Schließlich galt es zu beachten, wer älter und wer jünger war, denn es waren immer die Älteren, die das Vorrecht vor den Jüngeren genossen.

»Ich warte einfach immer, bis alle dort sind, wo sie hin wollen und gehe als letzte, dann kann mir nichts passieren«, entschied Constantia. Doch so einfach war es nicht.

»Du bekleidest eine bestimmte Stellung als mein Hoffräulein, und wer dich in dieser Stellung beleidigt, der beleidigt indirekt mich. Du mußt also darauf achten, daß du dich stets deinem Rang angemessen verhältst.« Prinzessin Sophie Amalie lächelte freundlich, doch der Ton ihrer Stimme ließ keinen Zweifel daran, daß dies ein Befehl und keine Bitte war. Constantia unterdrückte einen Seufzer.

»Die Zimmer sind prächtig, wie ich es noch nie gesehen habe, aber ich muß den ganzen Tag stehen«, schrieb sie nach Hause. »Lieber Vater, liebste Mutter, können Sie sich vorstellen, wie meine Füße am

Abend schmerzen – und meine Beine. Manchmal, denke ich, sind sie so dick als wäre ich einhundert Jahre alt. Da bin ich dann immer recht froh, daß die Prinzessin so eine fromme Dame ist. Wir gehen viel in die Schloßkapelle und beten. Dabei erhole ich mich ein wenig.«

Zu den wichtigsten Aufgaben des Alltags gehörte, daß Constantia Prinzessin Sophie Amalie am Morgen beim Ankleiden und am Abend beim Auskleiden half. Wiederum war genauestens festgelegt, in welcher Reihenfolge diese komplizierte Prozedur vor sich zu gehen hatte. Erst nahm die Kammerfrau Unter- und Oberkleid in die Hand, dann reicht sie es an Constantia weiter, die es ihrerseits einem älteren Hoffräulein gab, das es schließlich der Prinzessin präsentierte.

»Jetzt bin ich schon so lange hier und habe noch immer nicht jedes Kleidungsstück in der Hand gehabt, aber eines kann ich schon sagen. Auch hier ist nicht alles Gold, was glänzt«, schrieb Constantia. »Aus edlen Stoffen sind nur die Teile, die man sieht, hinten und unten und dort, wo man nicht so genau hinschauen kann, verwenden die Schneider einfaches Leinen und keinen Samt, Seide oder Brokat... Am langweiligsten finde ich in Gottorf den Tischdienst. Außerdem muß ich immer die Luft anhalten, damit mein Magen nicht knurrt. Stundenlang müssen wir den Herrschaften beim Essen zusehen, und ich habe immer Hunger und muß doch warten, bis alle gegessen haben. Immerhin darf ich der Prinzessin Sophie Amalie jetzt schon vor dem Essen und nach der Mahlzeit das Wasser für die Hände reichen.«

Dann wieder verfaßte sie euphorische Zeilen, vor allem je besser das Wetter wurde und je öfter sie im Gefolge von Prinzessin Sophie Amalie an die frische Luft kam.

»Mit vier Bastionen ist das Schloß befestigt, denken Sie nur, achtzehn Kanonen stehen zu unser aller Schutz darauf und über die Zugbrücke gelangt niemand, der nicht willkommen ist. Sie sollten die Gärten mit ihren kleinen Lusthäusern sehen, liebste Mutter. Meterhoch spritzt das Wasser aus Fontänen, und in den angelegten Teichen tummeln sich bunte Fische.«

Bei schlechtem Wetter verbrachten Constantia und Sophie Amalie viel Zeit in der Bibliothek. Hier befanden sich seltene Bücher und kostbare Manuskripte, von denen viele in Schriften verfaßt waren, die niemand am Hof entziffern konnte. Manchmal kamen Gelehrte nach Gottorf, die sich mit Erlaubnis des Herzogs und gerunzelter Stirn darüber beugten, um sie zu entschlüsseln.

Constantia war eine eifrige Leserin. Wenn Wind und Regen den Aufenthalt in den Gärten oder an der Schlei unmöglich machten und man nicht einmal eine Spazierfahrt in die Stadt Schleswig unternehmen konnte, gehörte es zu ihren bevorzugten Beschäftigungen, der Prinzessin vorzulesen. Dann saß Sophie Amalie in ihrem mit kostbaren Schnitzereien verzierten Lehnstuhl am Fenster und fertigte feine Stickereien, während ihr Hoffräulein mit glühenden Wangen vom Schicksal feiner Damen und liebender Ritter las.

Dem feuchtnebligen Herbst folgte ein eiskalter Winter. Überall in den Kaminen loderten riesige Feuer, doch wenn sie sich nicht in deren unmittelbarer Nähe aufhielt, fröstelte Constantia und hatte das Gefühl, die hohen Räume des Schlosses seien durch nichts zu erwärmen.

Am kältesten war es jedoch in der Schloßkapelle. Dort wurden an den Sonntagen des Advent besonders lange Gottesdienste gehalten. Constantia fror erbärmlich.

Es war der dritte Sonntag vor Weihnachten, als plötzlich ein Raunen durch die Reihen der Gläubigen ging. Der Pfarrer unterbrach die Predigt und eilte zum herzoglichen Ehepaar, um zu helfen. Gestützt von seiner Frau und zwei Kammerherren, sank Herzog Christian Albrecht vor aller Augen in sich zusammen. Das Gesicht aschfahl, die Hände zitternd, die Lippen blau wurde er herausgetragen.

Auf den Fersen der beunruhigten Sophie Amalie lief auch Constantia zu den Gemächern des Herzogs.

»Was ist, was ist mit ihm? Geht es ihm besser, es wird doch nichts Ernstes sein?« Die Prinzessin war kaum zu beruhigen.

»Die Ärzte sind bei ihm und lassen ihn zur Ader. Ein kleiner Schwächeanfall, nichts weiter«, beschwichtigte ihre Mutter, doch bald stellte sich heraus, daß es nicht gut um Christian Albrecht stand. Nicht einmal zum Heiligen Abend konnte er in den großen, festlich geschmückten Saal kommen. Ratlos gaben die Ärzte zu, daß sie nichts für ihn tun konnten und bereiteten die Familie auf das Ende des geliebten Patriarchen vor. Der lag nun schon neun Tage im Bett und wurde zusehends schwächer. Wer bei Hof Rang und Namen hatte, kam, Abschied zu nehmen, und oft war das Schlafzimmer überfüllt mit Menschen, die sich weinend ein letztes Mal vor dem sterbenden Herzog verneigten. In den frühen Morgenstunden des 27. Dezember 1694 verabschiedete sich Christian Albrecht von seiner Frau, empfahl Gott seine Seele und schloß für immer die Augen.

Beherrscht und fromm hielt die Familie fest zusammen und versuchte, gemeinsam das Unerträgliche zu ertragen. Ungezählte Stunden verbrachten sie in der Kapelle, ließen Messe um Messe für den Verstorbenen lesen.

»Ich bin immer an der Seite meiner Prinzessin. Sie ist sehr tapfer und gefaßt, aber wenn sie leise betet, sehe ich, wie ihre Tränen auf die Hände tropfen. Am schlimmsten ist aber, daß der Herzog seine letzte Ruhe nicht finden kann. Draußen ist es so kalt, liegt der Schnee so hoch, daß wir ihn nicht beisetzen können. Wahrhaft barbarische Zustände – ist es auf Depenau auch so kalt? Wie geht es Joachim und Dorothee? Gebt ihnen bitte einen Kuß von mir«, schrieb Constantia den Eltern.

Im Februar begannen die Temperaturen ganz allmählich zu steigen. Wehmütig dachte Constantia an das vergangene Jahr um diese Zeit, als sie auf Depenau Karneval gefeiert und Tage hintereinander getanzt und gesungen hatten. Jetzt und in Gottorf war daran nicht zu denken. Der ganze Hof trauerte um den Verstorbenen. Sie seufzte.

Erst am 1. März waren Wege und Straßen passierbar. In einem würdevollen Zug folgten Adlige aus allen Teilen des Landes der Familie hinter dem herzoglichen Sarg und gaben Herzog Christian Albrecht von Holstein-Gottorf das letzte Geleit zum Dom von Schleswig. Auch Ritter Joachim Brockdorff war unter den geladenen Gästen.

Überall läuteten die Glocken, als der Sarg in die Ahnengruft herabgelassen wurde.

»Jetzt kann er endlich in Frieden ruhen«, flüsterte Constantia nach der Beerdigung. Zwischen Kirche und Festschmaus hatte sie einen Augenblick gefunden, an die Seite ihres Vaters zu gelangen.

»Es gibt wahrhaft schönere Anlässe, sich zu treffen, aber ich freue mich dennoch, dich zu sehen, meine Kleine.« Er schloß seine Tochter fest in die Arme und küßte sie auf die Wange.

»Vater, ich bitte Sie, doch nicht hier, in der Anwesenheit aller.« Constantia lief puterrot an.

»Das sind ja ganz neue Töne – wer hätte das gedacht, daß du so schnell lernen würdest, auf Sitte und Anstand zu achten. Deine Mutter wird sich über die Maßen freuen.«

## *Hoch sollen sie leben*

Kaum ein Vierteljahr nachdem der Herzog bestattet worden war, traf hoher Besuch in Gottorf ein. Herzog Anton Ulrich von Braunschweig-Wolfenbüttel suchte eine Frau für seinen Sohn. Erbprinz August Wilhelm war am 26. Januar 1695 nach vierzehnjähriger kinderloser Ehe durch den plötzlichen Tod seiner Frau zum Witwer geworden. Noch regierte sein Vater das Herzogtum mit strenger Hand, doch das Alter begann ihn zu plagen, und er fühlte, daß es an der Zeit war, seinem Sohn Platz zu machen. Vorher mußte allerdings der Fortbestand der Dynastie gesichert werden, und so schickte Anton Ulrich Boten und Gesandte an die Höfe, an denen er potentielle Heiratskandidatinnen wußte. Eine von ihnen war Prinzessin Sophie Amalie.

»Genau genommen ist es wohl noch ein wenig früh, eine Hochzeit zu feiern. Das Trauerjahr ist längst nicht verstrichen, aber wenn es um dein Glück geht, mein Kind, hätte es dein Vater nicht anders gewollt. Er wäre sicher einverstanden gewesen«, sagte Herzogin Friederike Amalie zu ihrer Tochter und tupfte sich mit dem Spitzentüchlein eine Träne aus dem Augenwinkel. Die Prinzessin nickte folgsam. Erzogen im Bewußtsein, daß Stand und Herkunft nicht nach Liebe fragten, wartete sie auf den Tag, an dem sie ihren Bräutigam kennenlernen sollte.

An einem Donnerstagabend im späten Juni war es so weit. Durch die geöffneten Fenster des Schlosses drang laue Frühsommerluft. Überall brannten Kerzen, und der Hof war mit leuchtenden Lampions geschmückt. Lange nach Anbruch der Dunkelheit traf die prächtige Kutsche derer zu Braunschweig-Wolfenbüttel in Gottorf ein. Dienstbare Geister halfen den hohen Herren beim Aussteigen.

Hinter einem Vorhang verborgen verfolgten Sophie Amalie und Constantia das Geschehen.

Das Hoffräulein beobachtete die Prinzessin von der Seite. Sophie Amalie hielt für den Bruchteil einer Sekunde die Luft an und konnte ein leises Japsen nicht unterdrücken, als sie ihren zukünftigen Mann das erste Mal sah.

Herzog Anton Ulrich ging gemessenen Schrittes auf die geschwungene Treppe zu. In der hellerleuchteten Eingangshalle standen die Prinzen Friedrich und Christian August von Holstein-Gottorf, um die Gäste willkommen zu heißen. Einige Schritte hinter seinem Vater folgte August Wilhelm von Braunschweig-Wolfenbüttel. Nervös zupfte er am Jabot seines Hemdes. Seine ohnehin leicht hervorstehenden Augen quollen noch ein wenig mehr aus den Höhlen als er die Prinzen sah. Jung und gut gewachsen standen sie in ihren Festkleidern nebeneinander und reichten den Gästen die Hände. Die beiden Erbprinzen begrüßten den Herzog zuerst, dann war die Reihe an August Wilhelm. Freundlich lächelnd kam Prinz Friedrich auf ihn zu.

»Was für eine Freude, Euch hier zu sehen.« Er drückte die fleischige Hand seines zukünftigen Schwagers. »Meinen jüngeren Bruder Christian August kennt Ihr?«

Friedrich trat einen Schritt zur Seite.

»Nein, ich glaube nicht, daß wir uns schon einmal begegnet sind.«

August Wilhelms leicht gerötetes Gesicht nahm einen noch intensiveren Ton an. Wenn ich ihn schon einmal gesehen hätte, ich könnte mich ganz sicher erinnern, dachte er. Was für ein Bild von einem jungen Mann. Und diese Züge, so fein. Er konnte sich kaum satt sehen an dem hübschen Prinzen. Christian August senkte verlegen den Blick. Gemeinsam gingen sie in den großen Salon, wo Herzogin Friederike Amalie wartete. Ein livrierter Lakai meldete die Gäste:

»Seine Durchlaucht Herzog Anton Ulrich von Braunschweig-Wolfenbüttel und Seine Durchlaucht Erbprinz August Wilhelm von Braunschweig-Wolfenbüttel erlauben sich Ihrer Durchlaucht Herzoginwitwe ihre Aufwartung zu machen«, rief er in den Raum.

Umgeben von ihren Hofdamen saß Herzogin Friederike Amalie von Kopf bis Fuß in Schwarz gekleidet auf einem bequemen Sessel. Sie nickte den Ankömmlingen zu. Beide Männer hauchten einen Kuß auf die kleine, mit vielen Ringen geschmückte Hand.

»Es ist schon spät und Ihr seid sicher ermüdet von der langen Reise. Ich schlage daher vor, daß wir uns gleich zu Tisch begeben.«

Die Herzogin erhob sich. Noch bevor die Gesellschaft ihre Plätze eingenommen hatte, öffnete sich die Tür des Speisesaals und ein Lakai meldete: »Ihre Durchlaucht Prinzessin Sophie Amalie.«

Erbprinz August Wilhelm, eben noch im angeregten Gespräch mit Christian August, unterbrach mitten im Satz und schaute auf. Gefolgt von ihren Hofdamen betrat die Prinzessin mit kleinen Schritten den Raum. Der Herzog und sein Sohn gingen ihr entgegen.

»Ich bitte um Verzeihung, daß ich erst jetzt erscheine. Ich wurde aufgehalten«, lächelte Sophie Amalie.

»Auf eine Schönheit wie Euch, Prinzessin, würden wir Wochen warten«, zeigte sich der Herzog galant und sah bei diesen Worten Constantia an.

Das ist aber einmal ein wirklich bezauberndes Menschenkind, fuhr es ihm durch den Kopf. Augen so schwarz wie Kohlen und eine Haut weiß wie Schnee. Entzückend!

Während des Abendessens stand Constantia an der Seite ihrer Prinzessin und hatte ausreichend Gelegenheit, den gegenübersitzenden August Wilhelm zu beobachten.

Was für merkwürdige Augen er hat. So hell das Blau, und dann stehen sie hervor, als wären sie gar nicht für dieses Gesicht gemacht. Und überhaupt, was für ein Gesicht und was für ein Körper, von allem und überall zuviel. Zuviel Kinn, zuviel Hals, und erst recht zuviel Bauch! Und die Beine, kurz und drall. Arme Sophie Amalie, dachte sie.

Die Prinzessin tat das Menschenmögliche, ihren zukünftigen Gemahl ein wenig aus der Reserve zu locken. Doch August Wilhelm schien nur mäßig interessiert an einer Konversation mit ihr. Wohl gab er höflich Antwort, wenn sie ihn etwas fragte. Und auch sein Lächeln war freundlich, doch schenkte er es häufiger dem Prinzen Christian August als der jungen Frau, die er demnächst heiraten sollte.

Herzoginwitwe Friederike Amalie erhob sich.

»Für mich ist es Zeit, den Abend zu beenden. Wir werden morgen einen aufregenden Tag und eine lange Nacht haben.«

Von ihren Hofdamen begleitet, verließ sie den Speisesaal und zog sich in ihre Gemächer zurück.

»Die Herzogin hat recht. Wenn ich an morgen denke, sollte auch ich mich zur Ruhe begeben, obwohl der Tokajer wirklich vorzüglich ist.«

Anton Ulrich hob sein Glas, stand auf, brachte einen Toast auf die Gastgeber aus und verließ ebenfalls den Saal. Während alle Anwesenden nach und nach dem Beispiel der beiden folgten, blieben August Wilhelm und Christian August in ein anregendes Gespräch vertieft. Immer wieder mußte der Mundschenk ihre Gläser füllen, und erst als draußen der Morgen graute, sagte August Wilhelm mit einem tiefen Seufzer des Bedauerns:

»Tage- und nächtelang möchte ich am liebsten so mit Ihnen verbringen, lieber Prinz, aber morgen soll die Verlobung gefeiert werden, und wenn ich herausschaue ist morgen schon heute. Ich muß noch ein wenig schlafen.«

»Ihr habt ja so recht, lieber August Wilhelm. Morgen wollen wir ausgiebig feiern, daß Ihr zur Familie gehört – das ist doch wunderbar.« Er sah ihn mit glänzenden Augen an.

»Sie werden uns doch besuchen, liebster Schwager. Sie werden Ihre Schwester und mich doch besuchen, nicht wahr?«

»Selbstredend werde ich Euch besuchen, Euch und meine Schwester. Aber jetzt erlaubt, daß ich Euch zu Eurem Zimmer geleite.«

Sophie Amalie und Constantia hatten soeben den Frühgottesdienst beendet. Die Prinzessin war sehr blaß und alle Hofdamen hatten sie beim Gebet weinen gesehen.

Wie leid sie mir tut. Wenn ich an ihrer Stelle wäre, kein Auge hätte ich zugetan. Was für ein schrecklicher Gedanke, jemanden heiraten zu müssen, der einem nicht gefällt. Constantia hielt der älteren Kammerfrau die fliederfarbenen Ärmel entgegen, die die jüngere Kammerfrau ihr gerade gegeben hatte. Mit flinken Fingern wurde der Stoff in Falten gelegt und mit geübten Stichen an das tiefblaue Mieder genäht, das Sophie Amalie bereits trug.

»Eine Farbe wie für Durchlaucht geschaffen, wenn ich das sagen darf«, schmeichelte die Schneiderin.

»Welche Steine wünschen Durchlaucht um das Dekolleté zu tragen?« fragte die Kammerfrau. Sophie Amalie überlegte:

»Der große Amethyst wäre schön, und dann vielleicht noch die Citrine. Gelb und blau, das sieht doch hübsch aus zusammen, was meinst du, Constantia? Geh und hol mir meine Schatulle.«

Eine halbe Stunde später funkelten die großen goldgefaßten Edelsteine rings um den Ausschnitt des Kleides. Jeden einzelnen hatte die Kammerfrau angenäht. Sophie Amalie betrachtete sich im Spiegel.

»Prinzessin, Ihr seht wunderschön aus«, bewunderte Constantia die Erscheinung ihrer Herrschaft. Die schenkte ihr ein melancholisches Lächeln und atmete tief durch.

Den ganzen Tag dauerten die Feierlichkeiten rund um die Verlobung. Die Herzogin war zufrieden, denn ihre Tochter machte eine gute Partie.

»Dein Vater wäre sehr glücklich gewesen, dich hier so zu sehen«, sagte sie zu Sophie Amalie und Constantia dachte: Der Vater wahrscheinlich schon, aber die Prinzessin ist es nicht.

Herzog Anton Ulrich und die Brautmutter zogen sich in ein ruhiges Zimmer zurück und handelten die Ehepakten aus.

»Ich würde es sehr begrüßen, wenn wir die Hochzeit sehr bald feiern und ich das Paar dann mit nach Wolfenbüttel nehmen könnte«, sagte er.

»Durchlaucht, Ihr werdet verstehen, daß es mir schwer fällt, mein geliebtes Kind so schnell zu verlieren. Und warum die Eile? Es drängt doch nicht! Warum holt Ihr nicht erst Eure Gemahlin und laßt Euren Sohn derweil hier bei uns. Das gibt der Familie Zeit, ihn ein wenig kennenzulernen, und auch er könnte sich mit uns vertraut machen.« Die Herzogin schob ihren Unterkiefer ein wenig vor, ein untrügliches Zeichen, daß sie in diesem Punkt nicht nachzugeben gedachte.

Mehrere Tage zogen sich die Gespräche hin, dann einigte man sich auf einen Kompromiß. Die Hochzeit sollte bereits in der kommenden Woche sein, das Paar würde im Anschluß noch einige Wochen in Gottorf bleiben. Jetzt galt es die Einzelheiten zu besprechen.

Wenig später war alles geregelt – Mitgift, späteres Erbe, mögliche Zusatzzahlungen –, die Pakten umfaßten mehrere Seiten, vom Hofschreiber mit feinem Schwung sorgfältig notiert und von allen Beteiligten unterzeichnet und gesiegelt.

Der 7. Juli 1695 war ein kalter, regnerischer Tag.

»Was habt Ihr Euch nur für ein Wetter ausgesucht«, scherzte Constantia, als sie der Prinzessin bei ihrer Morgentoilette Gesellschaft leistete.

»Ach, Constantia. Du weißt sehr gut, daß ich mir gar nichts ausgesucht habe, und da ist das Wetter noch der geringste Teil.«

»Er gefällt Euch nicht sonderlich, nicht wahr?«

Sophie Amalie schüttelte unmerklich den Kopf.

»Ich kenne ihn kaum, aber der Mann meiner Träume ist er nicht. Wenigstens meine Mutter ist zufrieden, und mein seliger Vater wäre es sicher auch gewesen«, seufzte sie aus tiefster Brust. »Er fehlt mir so sehr. Alles fiele mir leichter, wenn er noch da wäre.«

Der Tag verging mit den Vorbereitungen für das große Ereignis. In der Küche glühten die Kessel, Köche und Mägde hatten alle Hände voll zu tun, das feierliche Mahl vorzubereiten. Im prächtigen Festsaal des Schlosses wurde eine riesige Tafel mit feinstem Geschirr gedeckt. Gold und Silberleuchter verliehen der Dekoration etwas Erhabenes, Feierliches. Das eigens engagierte Orchester probte. Eine Tanzweise nach der anderen klang durch das Schloß, und Constantia freute sich auf den Abend.

Den ganzen Tag trafen Verwandte und geladene Gäste in Gottorf ein. Pagen und Lakaien flitzten die Treppen hinauf und hinab, schleppten Kisten, Koffer und Schachteln, erfüllten Sonderwünsche und suchten von Zeit zu Zeit ein verschwiegenes Eckchen, um sich die müden Waden zu reiben.

Am Abend, um sieben Uhr, gaben sich Prinzessin Sophie Amalie von Holstein-Gottorf und Erbprinz August Wilhelm von Braunschweig-Wolfenbüttel das Jawort. Constantia sah betreten zu Boden, als sie daran dachte, daß die Prinzessin bald Kinder von diesem kleinen, dicklichen Mann empfangen sollte.

Nach der Trauung begab sich die ganze Festgesellschaft in den kerzenerleuchteten Königssaal. Hier war alles für das Bankett vorbereitet. Kleider raschelten, Perücken wurden zurechtgezupft, die ersten Weingläser klirrten. Draußen hatte es noch immer nicht aufgehört zu regnen. Der Sturm peitschte das Wasser gegen die Scheiben und immer wieder mußte ein Page geschwind seine Position verlassen, um ein Fenster zu schließen, das der Wind geöffnet hatte. Eingerahmt von Herzog, Herzogin und den Geschwistern, nahm das Brautpaar die Glück- und Segenswünsche der Gäste entgegen. Und wieder bemerkte Constantia, daß der Erbprinz sich zwar sehr freundlich zu seiner Frau gab, doch ein glückliches Leuchten flackerte nur dann in seinen Augen, wenn er sich mit seinem Schwager Christian August unterhielt. Sollte das etwa bedeuten, daß auch er …? Konnte es sein, daß sie hier zwei Männer sah, die Männer liebten. Den Hofklatsch in Gottorf kannte sie längst, aber konnte es tatsächlich sein, daß der Mann, der da soeben mit ihrer liebenswürdigen Prinzessin vermählt worden war, eigentlich gar keine Frau an seiner Seite suchte? Constantia war verwirrt.

»Hoch sollen sie leben!« hallte es durch den Saal, und donnernde Salutschüsse aus den achtzehn Kanonen des Schlosses übertönten das Brausen des Windes.

Vom Tanz erhitzt verließ Constantia weit nach Mitternacht den großen Saal, um sich ein wenig abzukühlen. Sie nahm den Weg durch die Halle und lief beschwingt die breite Treppe in den ersten Stock herauf, als sie hinter einer Marmorsäule zwei Schatten sah. Sofort verlangsamte sie ihren Schritt, verbarg sich hinter einer Statue und spähte vorsichtig aus ihrem Versteck. Ihr Atem stockte. Sie streckte den Kopf so weit wie möglich hervor und sah deutlich, was eben nur zu ahnen gewesen war. Hinter der ausladenden Säule standen zwei Männer. Das flaschengrüne, prachtvoll goldbestickte Hochzeitsgewand des Erbprinzen von Braunschweig-Wolfenbüttel war nicht zu übersehen. Auf leisen Sohlen schlich Constantia in den ersten Stock und lehnte sich in einer Nische über die Brüstung der Galerie. Die beiden Männer standen sich dicht gegenüber. Sie flüsterten, sahen sich verliebt in die Augen. Das Knarren einer Seitentür des Königssaales schreckte sie auf und trieb sie auseinander. Prinz Christian August verschwand augenblicklich in Richtung Küche. Der frischgebackene Ehemann zog seine Weste gerade, richtete die Perücke und ging gemessenen Schrittes wieder zu seinen Gästen.

Constantia hatte weiche Knie. Sie glitt langsam am Geländer der Galerie hinab und setzte sich auf den Boden. Ihre Gedanken fuhren Karussell: Was soll ich tun? Sophie Amalie erzählen, was ich soeben beobachtet habe? Nein, das kann ich nicht. Sie hat ihn vor ein paar Stunden erst geheiratet. Es bricht ihr das Herz, wenn sie erfährt, daß er ihren Bruder liebt. Nach einer Weile hatte sie sich beruhigt und eine Entscheidung gefällt. Das Ehepaar wird nicht mehr lange hier sein, und Prinz Christian August begleitet seine Schwester sicher nicht nach Wolfenbüttel. Dann wird sich alles von selbst lösen, und die Prinzessin kann doch noch glücklich werden. Sie beschloß, niemand von dem Gesehenen zu berichten, tupfte sich mit einem Tuch Stirn und Oberlippe und kehrte zurück in den Festsaal.

Sophie Amalie und ihr Mann saßen nicht auf ihren Plätzen. Constantia erspähte sie in der Nähe des Orchesters. Der Erbprinz war ein ausgezeichneter Tänzer. Mit weichen, fließenden Bewegungen beherrschte er die vorgegebenen Schrittfolgen, geriet nie aus dem Takt und sah seine Frau mit solch glücklichem Lächeln an, daß man meinen konnte, er sei unsterblich in sie verliebt. Die Prinzessin genoß den Ausklang des Abends ganz offensichtlich. Von Wein und Tanz waren ihre Wangen leicht gerötet, und ihre blauen Augen leuchteten. Jetzt war Constantia sicher, wenn ein Paar so miteinander tanzte, konnte nur alles gut werden.

Aus den geplanten Wochen wurden Monate, die das frisch vermählte Paar in Gottorf verbrachte. Sophie Amalie war irritiert. Ihr Mann machte keinerlei Anstalten, die Ehe zu vollziehen. Tagsüber verhielt er sich freundlich und zuvorkommend, doch am Abend, wenn sie nebeneinander lagen, wünschte er regelmäßig eine gute Nacht und drehte ihr den Rücken zu. Vielleicht braucht er ebenso wie ich noch ein wenig Zeit, schließlich kennen wir uns kaum, vertrieb sie ihre Zweifel und freute sich über jeden Tag, den sie im elterlichen Schloß verweilen konnte. Auch August Wilhelm zeigte kein Bestreben, die Abreise zu beschleunigen. Glücklich verbrachte er die Tage mit seinem Schwager und schwelgte in zärtlicher Verliebtheit.

Das schlechte Wetter prägte den ganzen Sommer, und nach einer verheerenden Ernte brach der Herbst an. Auf Wunsch seines älteren Bruders Friedrich sollte Prinz Christian August eine Reise nach Schweden unternehmen und dort in politischer Mission ein Bündnis gegen die streitlustigen Verwandten in Dänemark sichern. Der Prinz war begeistert, und noch erfreuter zeigte sich sein Schwager, der ihn unbedingt begleiten wollte.

Die Witterung machte den beiden einen Strich durch die Rechnung. Viel zu früh im Jahr fiel der erste Schnee, gewaltige Herbststürme entwurzelten Bäume, deckten Hütten ab und verwüsteten das Land. Friedrich von Holstein-Gottorf änderte seine Pläne.

»Du kannst dich unmöglich den Gefahren der Jahreszeit aussetzen und nach Schweden reisen«, beschied er seinen Bruder.

Der Aufbruch nach Wolfenbüttel stand bevor. Kutschen und Gepäckwagen wurden beladen. Pagen, Hofdamen, Offiziere und ein Arzt machten sich bereit, den Erbprinzen und seine Frau zu begleiten. Es galt mehrere Tagesreisen zu absolvieren, unterwegs würde der Troß in Schlössern des Herzogs übernachten.

Endlich war die Grenze zu Braunschweig-Wolfenbüttel erreicht. Freudig empfing sie der Oberhofmarschall. Herzogin Elisabeth Juliane hatte ihn mit einer Nachricht zu ihrem Sohn geschickt.

»Ihre Durchlaucht, die Herzogin, plant ein großes Fest anläßlich des herzoglichen Geburtstages und zu Ehren der Ankunft Eurer Gemahlin«, meldete der Marschall. »Es soll am 18. Oktober stattfinden und bis dahin streng geheim gehalten werden.«

Sophie Amalie fand den Gedanken bezaubernd. Was für eine freundliche Geste, sie auf diese Weise zu empfangen und in die höfische Gesellschaft einzuführen. Constantia war begeistert.

»Wir werden uns fein herausputzen und Gottorf alle Ehre machen, nicht wahr?« zwitscherte sie vergnügt.

Spät am Abend rumpelten die Kutschen durch dunkle Gassen über das unebene Pflaster der Residenzstadt. Burgähnlich befestigt, von Wassergräben umgeben lag Schloß Wolfenbüttel im Herzen des Städtchens. Schon von weitem sah Constantia die hellerleuchteten Fenster. Sie strich ihren Rock glatt und setzte sich kerzengerade.

Hunderte von Fackeln illuminierten den Schloßhof. Beinahe der ganze Hofstaat hatte sich eingefunden, die Ankömmlinge zu begrüßen. Ludwig Rudolf, der jüngere Bruder des Erbprinzen, riß den Schlag auf. Er umarmte August Wilhelm.

»Das wurde aber auch Zeit, daß du wieder kommst. Wir dachten schon, du wolltest in Gottorf Wurzeln schlagen und wir würden deine Frau niemals kennenlernen.« Er lächelte verschmitzt und reichte Sophie Amalie galant die Hand.

»Willkommen in Wolfenbüttel, liebste Schwägerin«, sagte er herzlich und half ihr aus der Kutsche.

»Das ist meine Frau, Christine Luise. Sie ist die gute Seele des Schlosses und wird sich Ihrer gerne annehmen.«

Constantia war der fröhliche junge Mann auf Anhieb sympathisch. Er sieht viel lustiger aus als sein Bruder, dachte sie und hielt sich dezent im Hintergrund, als Sophie Amalie die Treppe zum Schloß hinaufschritt. Im Portal des Schlosses stand, ebenfalls von leuchtenden Fackeln umgeben, die Hausherrin und erwartete Sohn und Schwiegertochter. Herzogin Elisabeth Juliane war eine imposante Matrone und strahlte eine solche Autorität aus, daß Constantia augenblicklich großen Respekt vor ihr hatte. Die Herzogin trug das graue Haar ungepudert hochgesteckt. Wertvolle Spitze bedeckte Hals und Dekolleté und über ihrem üppigen Busen hingen zwei lange, schwere Ketten.

Sicher ist sie es, die im Schloß das Sagen hat, vermutete Constantia und beobachtete das Begrüßungszeremoniell. Sophie Amalie hatte die obersten Stufen erklommen und sank vor ihrer Schwiegermutter auf die Knie. Die Herzogin beugte sich zu ihr, hob sie auf und küßte sie auf beide Wangen.

»Willkommen, mein Kind. Ich freue mich sehr, Sie endlich zu sehen. Sicher hatten Sie eine anstrengende Reise. Kommen Sie nur schnell herein, da ist es wärmer. Ich habe die Tafel schon decken lassen.« Sie drehte sich um, verließ das zugige Portal und ging mit schweren Schritten voran. Sophie Amalie ließ sich das Reisecape abnehmen und folgte ihrer Schwiegermutter, an deren Seite August Wilhelm gerade in Kurzfassung von den vergangenen Wochen berichtete.

»Es muß dir ja ganz ausgezeichnet gefallen haben in Gottorf. Ich dachte schon, ich sehe dich gar nicht mehr wieder.« Die Stimme der Herzogin war streng und verriet Mißbilligung.

Während des Abendessens erzählte die Herzogin voller Euphorie, welch herrliche Pläne sie für das Fest geschmiedet hatte.

»Und der Herzog weiß von alledem nichts. Er weilt auf Schloß Salzdahlum und ahnt nicht einmal, daß ihr schon hier seid.« Der Gedanke an die bevorstehende Überraschung gefiel ihr sichtlich.

Anders als es in Gottorf Gepflogenheit war, schliefen die Ehegatten in Wolfenbüttel in getrennten Räumen. Sophie Amalie verfügte über ein kaminbeheiztes Schlafgemach mit Vorkammer und einem winzigen Nebengelaß, in dem sich der Nachtstuhl befand.

Wenigstens ist es warm hier, stellte Constantia fest. Seit Stunden wartete sie in der Vorkammer, um der Prinzessin beim Ablegen der Kleidung behilflich zu sein. Sie hatte einen hölzernen Schemel in eine Ecke gerückt und es sich darauf so bequem wie möglich gemacht.

»Was sind denn das für Sitten?« Sophie Amalie zwickte ihr Hoffräulein sanft in die Wange. »Ich brauche deine Hilfe und du lehnst hier wie ein Trunkenbold an der Wand und schläfst. Fehlte nur noch, daß du schnarchst«, scherzte sie.

»Ich bitte vielmals um Verzeihung!« Constantia war mit einem Satz auf den Beinen.

»Ich wollte nicht einschlafen, aber die Müdigkeit war stärker als ich«, gestand sie und unterdrückte ein Gähnen. Die Prinzessin nickte wohlwollend.

»Jetzt bist du ja wach. Also, hilf mir in mein Nachtgewand, und dann kannst du schlafen gehen.«

Constantia legte sorgfältig das Kleid zusammen, stellte die Schuhe an ihren Platz, vergewisserte sich, daß die Kerzen fest in ihren Halterungen steckten und zählte die Stufen bis ins oberste Stockwerk. Dort befand sich die kleine Kammer, die in Zukunft ihr Refugium sein sollte. Direkt gegenüber der Tür war ein winziges Fenster. An der rechten Wand stand ein schmales Bett. Daneben befanden sich ein kleines Waschgeschirr und ein Stuhl. Drei Haken in der linken Wand waren wohl gedacht, Kleidung und Wäsche daran aufzuhängen.

Constantia setzte sich auf ihr Bett und strich mit den Fingern über die Decke. Kratzig gewebt, undefinierbar graubraun, nur das Kissen war weich. Wehmütig dachte sie an ihr dickes Federplumeau in Depenau. Sie stand auf und ging zum geschlossenen Fenster. Eiskalt zog die feuchte Herbstluft durch die Ritzen des verwitterten Rahmens. Sie fühlte Tränen aufsteigen, zog sich mit klammen Fingern aus und streifte das Nachthemd über.

In den frühen Morgenstunden des folgenden Tages surrte bereits das ganze Schloß. Fröstelnd und mit knurrendem Magen verließ Constantia ihre Kammer. Wohlige Wärme schlug ihr entgegen, als sie das Vorzimmer der Prinzessin betrat. Sophie Amalie war schon aufgestanden und ließ sich die Haare kämmen.

»Ich fürchte, heute wird ein unruhiger Tag werden«, begrüßte sie Constantia, die knickste und sie fragend anschaute. »Gerade war eine Kammerfrau der Herzogin hier, um mir mitzuteilen, daß sie jetzt gleich einige Schneiderinnen vorbeischickt, um Maß zu nehmen für unsere Kostüme.«

»Welche Kostüme?« Constantia versuchte sich vorzustellen, wofür sie jetzt, außerhalb der Karnevalszeit, ein Kostüm brauchen könnte.

»Wir werden ein Kostümfest haben, auf Schloß Salzdahlum, anläßlich des Geburtstages von Herzog Anton Ulrich, und die Kleider werden eigens für uns gefertigt.«

Augenblicklich besserte sich Constantias Stimmung.

»Ein Kostümfest – ich liebe Kostümfeste!« jubelte sie. Was für eine herrliche Aussicht, gleich zu Beginn des Aufenthaltes ein großes Fest zu feiern.

Die Vorbereitungen für die Feier nahmen in den kommenden Tagen ihre ganze Kraft und Aufmerksamkeit in Anspruch. Tatsächlich ließ die Herzogin Kostüme für den gesamten Hofstaat ihrer Schwiegertochter nähen. Auch Perücken wurden geknüpft, Schuhe gefertigt. Constantia hatte einen solchen Aufwand noch nie erlebt und fand nicht einmal Zeit, ihrer Mutter einen Brief zu schreiben. Im Schloß wimmelte es von Menschen. Von überall her waren vornehme Gäste eingetroffen, die mit ihrem Hofstaat die Räume des Schlosses bis in die letzte Kammer in Beschlag nahmen. Erst einen Tag vor dem großen Ereignis wurde es ein wenig leerer; ein Teil der Besucher bestieg die Kutschen und machte sich auf den Weg nach Salzdahlum.

Es war der 17. Oktober 1695, Constantias fünfzehnter Geburtstag. Sophie Amalie gratulierte schon am frühen Morgen.

»Komm her, mein kleines Hoffräulein, laß dich umarmen und dir alles Glück dieser Erde wünschen.« Sie drückte Constantia fest an sich.

Etwa um die Mittagszeit des nächsten Tages bestieg Prinzessin Sophie Amalie mit ihrem Gefolge die bereitstehenden Kutschen, um nach Salzdahlum aufzubrechen.

Das Lustschloß der herzoglichen Familie befand sich etwa eine Stunde von der Residenz entfernt. Wie ihre Prinzessin war auch Constantia gespannt, was der Abend bringen würde. Es war der erste feierliche Anlaß im Kreise der neuen Familie, und gemeinhin waren Feste immer dazu angetan, die Menschen etwas näher kennenzulernen. Wenn erst einmal genügend Wein und Bier geflossen war, zeigte manch einer sein wahres Gesicht hinter der höfischen Maske.

Constantia mußte an den Abend der Hochzeit denken, als sie die beiden Prinzen hinter der Säule gesehen hatte. Während der kurzen

Zeit in Wolfenbüttel hatte es kaum Gelegenheit gegeben, den Erbprinzen zu beobachten. Nur eines war unübersehbar: Noch nicht einen Tag hatte es gegeben, an dem Constantia gekommen war, ihrer Prinzessin bei der Morgentoilette behilflich zu sein, und deren Ehemann in ihrem Schlafgemach vorgefunden hatte. Constantia wußte nicht viel von der Liebe, aber sie wußte, daß Eheleute in regelmäßigen Abständen die Nächte miteinander verbrachten. Sie warf einen verstohlenen Seitenblick auf Sophie Amalie.

Die Kutschen der Prinzessin hielten vor der Schloßeinfahrt. Drei Pagen sprangen von den Böcken und liefen voraus. Sophie Amalie und ihre Hofdamen wurden durch schmale Flure heimlich in die Räume der Herzogin geführt. Hier warteten ein halbes Dutzend Schneiderinnen mit Nadel und Faden, um die Damen in ihre Kostüme einzunähen. Nicht lange und Sophie Amalie stand als Minerva verkleidet im Zimmer. Während die Prinzessin eine Erfrischung zu sich nahm, arbeiteten die Schneiderinnen mit flinken Fingern daran, ihren Hofstaat zu schmücken.

Zwei Kammerherren führten die Prinzessin über eine schmale Stiege zum Hintereingang der Bühne. Die Gäste hatten sich inzwischen im Zuschauerraum versammelt und niemand ahnte, was Elisabeth Juliane sich ausgedacht hatte. Von einem göttlichen Spektakel wurde gemunkelt, doch was genau das bedeutete, konnten sich die hohen Damen und Herren nicht erklären. Sophie Amalie gefiel sich in der Rolle der Minerva. Erhobenen Hauptes erwartete sie ihren Auftritt. Wahrhaft imposant sah sie aus, als sie zum Klang der Fanfaren auf die dekorierte Bühne schritt. In Kostümen klassischer Grazien folgten Constantia und die anderen Hofdamen.

Durch das Publikum ging ein Raunen, dann war es einen Augenblick ganz still. Diese Minerva kam allen unbekannt vor. Wer mochte sich in der kunstvoll gefertigten Verkleidung verbergen?

Herzog Anton Ulrich persönlich lüftete das Geheimnis. Auch er hatte den Hals gereckt, um zu sehen, wer auf der Bühne stand.

»Prinzessin, verehrte Schwiegertochter!« erkannte er sie, winkte Sophie Amalie zu sich und schloß sie in die Arme.

»Ich bin entzückt«, zeigte sich Seine Durchlaucht, der Herzog, ehrlich erfreut, und der Busen seiner Gattin bebte vor Stolz. Auf ihren Wink spielte das Orchester. Die holsteinischen Hofdamen tanzten von der Bühne und mischten sich unter das Publikum. Constantia bewegte sich elfengleich zur Musik.

»Was für ein hübsches Mädchen. Sie ist mir schon am Abend der Ankunft aufgefallen. Und wie sie sich dreht und biegt. Wie eine Katze, elegant und leichtfüßig«, sagte Prinz Ludwig Rudolf zu seinem vertrautesten Kammerherren und vergewisserte sich, daß seine Frau ihn nicht hören konnte.

Constantia war in ihrem Element. Sie tanzte mit solcher Hingabe, daß sie gar nicht bemerkte, wie des Erbprinzen jüngerer Bruder immer wieder versuchte, in ihre Nähe zu gelangen

Am 12. November wurde Prinzessin Sophie Amalie offiziell in der Residenz Wolfenbüttel eingeführt. Poeten rühmten sie in blumigen Versen, Bürger huldigten ihr mit tiefen Kniefällen und lauten Vivat-Rufen. Herzogin Elisabeth Juliane war sehr zufrieden mit der liebenswürdig-selbstverständlichen Art, in der ihre Schwiegertochter die repräsentativen Pflichten erfüllte.

»Eine gute Wahl habt Ihr getroffen, mein Lieber«, flüsterte sie ihrem Mann zu.

»Das wird sich dann zeigen, wenn sie ein Kind erwartet.« Der Herzog warf einen mißbilligenden Blick auf den Erbprinzen. »Vierzehn Jahre hat es schon bei der Ersten nicht geklappt, ich hoffe, diesmal stellt er sich etwas besser an«, murrte er immer noch in Richtung seines Sohnes.

»Nun, nun, wer sagt denn, daß es an ihm lag«, beschwichtigte ihn Elisabeth Juliane, die kritische Worte gegen ihren Sohn nur sehr schwer ertragen konnte.

War schon in Gottorf die Bibliothek bemerkenswert gewesen, so galt die Bücher- und Handschriftensammlung in Wolfenbüttel als geradezu legendär. Anton Ulrich war ein akribischer Sammler und hatte im Laufe der Jahre wahre Schätze in seinem Schloß gehortet. Wenn es draußen naß und kalt war, taten Sophie Amalie und Constantia das, was sie schon in Gottorf geliebt hatten. Sie lasen und lernten. Deutlich wahrnehmbar wuchs Tag für Tag das wissenschaftliche Interesse der Prinzessin. Sie war in den letzten Wochen sehr dünn geworden und auffallend blaß. Constantia sah es mit Besorgnis, wagte aber nicht zu fragen. Sophie Amalie sagte von sich aus kein Wort.

»Sie sehen in jüngster Zeit nicht eben wohl aus, meine Liebe. Vielleicht brauchen Sie ein wenig mehr frische Luft?« versuchte die Herzogin der Veränderung auf den Grund zu gehen und hoffte insgeheim, daß ihre Schwiegertochter ein freudiges Geheimnis zu offenbaren hätte. Doch die Prinzessin schüttelte nur den Kopf und antwortete freundlich:

»Ich danke Ihnen für die Fürsorge, doch denke ich, daß es daran nicht liegt.«

Die Wahrheit war ebenso einfach wie kompliziert. Sophie Amalie war unglücklich am Wolfenbütteler Hof. Die anfängliche Liebenswürdigkeit ihres Schwiegervaters wich von Tag zu Tag mehr einem deutlich zur Schau getragenen Unwillen über die Tatsache, daß auch diese Frau nicht in der Lage war, die Dynastie durch einen gesunden Erben zu sichern.

Unwirsch ließ er den Erbprinzen bei jeder Gelegenheit spüren, wie er die Lage einschätzte und scheute nicht davor zurück, auch hinter dem Rücken des Paares seiner Meinung lautstark Ausdruck zu verleihen.

Sophie Amalie hatte im Elternhaus Intrigen, Lügen und Verleumdungen niemals kennengelernt und verabscheute sie zutiefst. Schon in Gottorf waren ihre Ehrlichkeit, Aufrichtigkeit und ein unbeirrbarer Gerechtigkeitssinn sprichwörtlich gewesen. Mehrfach hatten dienstbare Geister der Prinzessin böse Worte des Herzogs zugetragen, doch sie hatte immer geschwiegen. Bis zu dem Tag, an dem eine ihrer Kammerfrauen berichtete, was sie in der Küche des Schlosses aufgeschnappt hatte:

»Durchlaucht, ich bitte sich nicht aufzuregen«, begann sie ihren Rapport, »aber ich habe es mit meinen eigenen Ohren gehört. Es heißt, daß Durchlaucht nicht in der Lage sind, Kinder zu haben, und es heißt, daß es daher ein Fehler war, Durchlaucht mit dem Erbprinzen zu vermählen. Es heißt auch, daß es Durchlaucht – ich bitte untertänigst um Vergebung – nicht gelingt, den Herrn Gemahl überhaupt in das eheliche Bett zu locken, und daß Durchlaucht hier leben wie die ...«, sie schlug die Augen nieder.

»Wie was lebe ich hier?« fragte Sophie Amalie mit zorngerötetem Gesicht. Die Kammerfrau schluckte trocken.

»Wie die Made im Speck«, würgte sie hervor. Sophie Amalie atmete tief ein.

»Laßt mich alle einen Augenblick allein«, befahl sie ihren Zofen und Gesellschafterinnen. Constantia ging als letzte, schloß die Tür hinter sich und legte sofort das Ohr ans Schlüsselloch. Kein Ton drang aus dem Gemach, doch dann vernahm sie erst leises und dann immer heftigeres Schluchzen. Zehn Minuten rang sie mit sich, dann war ihr Mitleid stärker als der Befehl ihrer Herrin. Sie öffnete leise die Tür. Sophie Amalie stand mit dem Rücken zu ihr am Fenster, hatte die Hände vor das Gesicht geschlagen und weinte bitterlich. Constantia machte ein paar Schritte auf sie zu. Vom Knarren einer Diele aufgeschreckt, drehte sich die Prinzessin um und wollte eben anheben zu schelten, da stand ihr Kammerfräulein schon vor ihr und nahm sie in die Arme. Constantia hielt sie fest und strich ihr tröstend über das Haar.

»Was sind das nur für Menschen, zu denen wir hier geraten sind?« Sophie Amalie beruhigte sich allmählich und putzte ihre Nase. »Ich verstehe das nicht. Seit Monaten sind wir nun hier, und ich habe niemand Anlaß gegeben, sich über mich zu beschweren. Seit dem Tage der Hochzeit teilt mein Mann keine Nacht das Bett mit mir. Ich schweige und klage nicht. Meine Schwiegereltern gefallen sich darin, üble Verleumdungen zu verbreiten. Und doch wissen alle, daß ich mit diesem Mann nie Kinder haben werde, weil er, statt sich mir zuzuwenden, kleinen Pagen hinterherschaut.«

Constantia zuckte zusammen. So wußte die Prinzessin also, wie es um August Wilhelm bestellt war. Sie biß sich auf die Unterlippe.

»Wenn überhaupt, habe ich nur mir ein Leid angetan, und dafür soll ich nun auch noch bestraft werden?« Die sonst so sanftmütige

Sophie Amalie schlug mit der Faust auf den Tisch. »Das werde ich mir nicht gefallen lassen! Constantia, bring mir die Waschschüssel, ich will mein Gesicht kühlen und dem Herzog einen Besuch abstatten. Geh du und richte der Herzogin aus, ich lasse sie in das Empfangszimmer ihres Mannes bitten. Dann komm hierher zurück und begleite mich.«

Constantia beeilte sich dem Befehl nachzukommen, lief so schnell es die höfische Sitte erlaubte in den Trakt, den die Herzogin bewohnte und flog zurück zu Sophie Amalie. Die Prinzessin hatte ihre Fassung vollständig wiedergewonnen. Sie warf einen kurzen Blick in den Spiegel und winkte Constantia, ihr zu folgen.

Anton Ulrich traute seinen Augen nicht, als er seine Schwiegertochter zu unerwarteter Stunde und ohne Anmeldung vor sich sah. Die hielt sich nicht lange mit den üblichen Höflichkeitsfloskeln auf, sondern sprach ohne Umschweife.

»Ich bitte um einige Minuten Eurer Zeit und habe mein Kammerfräulein geschickt, auch Ihre Durchlaucht die Herzogin holen zu lassen. Ich hoffe, sie macht es möglich, denn was ich zu sagen habe, geht Euch beide an, und ich sage es nur einmal.«

Die Stimme der Prinzessin war so erregt, daß der Herzog es für geraten hielt, sie nicht weiter aufzubringen, indem er sie auf die Verletzung der Etikette aufmerksam machte.

»Setzen Sie sich, liebes Kind, und lassen Sie mich wissen, was Sie so erzürnt hat«, versuchte er die Atmosphäre zu entschärfen.

Sophie Amalie nahm Platz und saß kaum, da betrat die Herzogin den Raum. Mit gerunzelter Stirn schritt sie über das Parkett und blieb direkt vor ihrer Schwiegertochter stehen.

»Ich hoffe, Sie haben einen guten Grund für diesen Überfall«, raunzte sie verdrossen. Sophie Amalie erhob sich und stand ihrer Schwiegermutter Auge in Auge gegenüber.

»Den habe ich sehr wohl. Und Ihr sollt ihn sofort erfahren. Ich denke allerdings, daß die Kammerherren und Lakaien uns für einen Augenblick allein lassen sollten«, sagte sie mit fester Stimme.

Der Herzog war sichtlich verärgert. Was maßte sich dieses halbe

Kind an, seinem Personal Anweisungen zu erteilen. Gerade wollte er eine entsprechende Zurechtweisung von sich geben, da sah er, daß die Augen der Prinzessin – sonst von strahlendem Blau – tiefschwarz vor Zorn und Ärger funkelten. Anton Ulrich schickte die Bediensteten aus dem Raum. Sophie Amalie trat vor beide Schwiegereltern, sah ihnen gerade in die Gesichter und hob an:

»Es ist wenige Monate her, da habt Ihr, Durchlaucht«, sie ging einen Schritt auf den Herzog zu, »bei meiner Mutter im Namen Eures Sohnes um meine Hand angehalten. Weder meine Mutter noch ich wußten damals um das wohlgehütete Geheimnis, das Ihr gemeinsam mit Eurem Sohn vermutlich seit Jahren vor der Öffentlichkeit zu verbergen versucht.« Der Herzog erblaßte. »Aber Ihr, Durchlaucht, Ihr habt es gewußt. So wie Ihr, Herzogin.«

Jetzt war es an Elisabeth Juliane eine weiße Nase zu bekommen.

»Denn der ganze Hof tuschelt darüber, daß Euer Sohn nicht von ungefähr in den vierzehn Jahren seiner ersten Ehe kein Kind gezeugt hat. Und inzwischen ahne auch ich, woran das liegt. Es ist nicht meine Schuld! Weder bin ich zu jung, noch bin ich zu alt, noch bin ich zu häßlich oder verwachsen, als daß ein normaler Mann nicht mit mir das Lager teilen würde. Ich sage: ein normaler Mann!«

Sie hatte die Stimme erhoben und sah mit Genugtuung, daß Anton Ulrich zitterte.

»Bitte, bitte, mein liebes Kind, nicht so laut, Ihr wißt doch, daß im Vorzimmer mindestens zwanzig Ohren versuchen zu hören, was hier gesprochen wird.« Er wedelte verzweifelt mit den Händen.

»Ich spreche so laut ich möchte, denn im Gegensatz zu dem, was Durchlaucht bisweilen über mich zu verbreiten belieben, sage ich die Wahrheit, und jeder kann sie hören.« Sophie Amalie war nicht gewillt, sich dämpfen zu lassen. »Und so spreche ich hiermit klar und deutlich aus, was jeder in Salzdahlum und Wolfenbüttel hinter vorgehaltener Hand flüstert. Euer Sohn, verehrte Schwiegereltern, ist ein Sodomit! Kein Page, dem er nicht mit seinen hervorquellenden Augen hinterherschielt, kein kleiner Küchenjunge, dem er nicht am liebsten unter die Schürze fassen würde! Doch eine normale Frau wie ich reizt ihn so wenig, daß er es seit unserer Vermählung noch in keiner Nacht über sich gebracht hat, sich mir zu nähern. Auf diese Weise, Ihr werdet mir Recht geben, können keine Kinder entstehen.«

An dieser Stelle verließen Elisabeth Juliane die Kräfte. Mit weichen Knien sank sie auf den Lehnstuhl ihres Mannes und schnappte nach Luft. Die Prinzessin fuhr unbeeindruckt fort:

»Und wenn ich noch einmal höre, daß mir Unfruchtbarkeit oder Fehlgeburten oder gar Verweigerung der ehelichen Pflichten zur Last gelegt werden, wandert er, so wie es das Gesetz verlangt, dafür ins nächste Gefängnis. Ich habe bisher geschwiegen und die Fasson gewahrt. Ich werde mich weiter so verhalten, wie es Anstand und Ehre gebieten, wenn auch Ihr Euch verhaltet, wie es Anstand und Ehre gebieten. Wenn nicht, sehe ich keinen Anlaß, dieses ohnehin traurige Schicksal auf mich zu nehmen, und werde mich gegen Eure Verleumdungen zu wehren wissen.«

Sie drehte sich erhobenen Hauptes um und ging zur Tür.

»Wie ich ihn verachte!« hörte sie den Herzog hinter sich zischen und lächelte voller Genugtuung. Dann öffnete sie die Tür und hätte beinahe Constantia umgestoßen, die gelauscht hatte und nur ganz knapp zur Seite springen konnte.

»Ich gehe davon aus, daß du alles gehört hast«, formulierte Sophie Amalie als Feststellung und nicht als Frage. »Und ich bestehe darauf, daß du kein Wort darüber verlierst – zu niemand!«

Constantia nickte folgsam.

»Nur dieses eine, bitte, möchte ich sagen«, sagte sie leise. »Ich bewundere Euren Mut, Prinzessin.« Sophie Amalie nickte.

Wie immer nahm die herzogliche Familie das Souper gemeinsam ein und Sophie Amalie wußte noch bevor der Wein eingeschenkt war, daß sie auf der ganzen Linie gesiegt hatte. Herzog und Herzogin überboten sich in Freundlichkeiten. August Wilhelm war die Liebenswürdigkeit in Person und Constantia beobachtete mit wachsendem Vergnügen, daß ihre Prinzessin höflich mit jedermann plauderte und sogar von Zeit zu Zeit herzhaft lachte. Die Fronten waren geklärt.

Sophie Amalie verbrachte viel Zeit in der Bibliothek. Constantia begleitete sie fast immer und hörte wißbegierig zu, wenn die Prinzessin sie in die Welt der großen Dichter und Naturwissenschaftler entführte.

Bei gesellschaftlichen Anlässen gab August Wilhelm den liebevollen Ehemann, ansonsten gingen er und seine Frau friedlich getrennte Wege. Der ganze Hof achtete die Prinzessin, die ihr Schicksal stoisch ertrug und das Defizit ihrer unerfüllten Ehe mit zunehmend wachsender Bildung und Wissen kompensierte.

So werde ich niemals leben, dachte Constantia. Bücher sind etwas Herrliches und sicher gereicht es zur Ehre, wenn man viel weiß, aber was ist ein Leben ohne Liebe?

Herzog und Herzogin hatten sich entschieden, Sophie Amalie mit freundlicher Reserviertheit zu behandeln. Seinen Sohn strafte der Vater mit unverhohlener Verachtung.

Constantia erfüllte ihre Pflichten vorbildlich und sehr zur Zufriedenheit der Prinzessin. Sophie Amalie hatte ihr Hoffräulein ins Herz geschlossen. Gemeinsam verfaßten sie Gedichte, von denen manche zu besonderen Anlässen vorgetragen wurden. Viele dieser Werke waren allerdings nicht für die Öffentlichkeit geeignet, denn je älter das Mädchen wurde, um so deutlicher zeigte sich, daß Constantia nicht nur einen scharfen, sondern auch einen überaus spöttischen Verstand besaß.

»Sieh nur zu, daß diese Verse niemand außer uns beiden zu Gesicht bekommt«, kicherte Sophie Amalie. »Wenn das die Herzogin liest, können wir unsere Siebensachen packen und zurück nach Gottorf ziehen, so ungemütlich wird es dann hier: ›... das Kinn so dick wie ein Doppelgesicht, den Hals darunter sieht man nicht ...‹«, zitierte sie und lachte laut auf. »Aber du hast vollkommen recht, sie hat ja wirklich zwei Gesichter.«

Auf Wunsch ihrer Mutter schrieb Constantia bereits seit einiger Zeit in festem Turnus Briefe an die jüngere Schwester. Margarethe Dorothee tat sich ein wenig schwer mit dem Schreiben, und die Mutter hoffte, auf diese Weise nicht nur ein enges Band zwischen ihren Töchtern zu knüpfen, sondern der Jüngeren einen Anreiz zu mehr Drang nach Bildung zu geben. Und wirklich, das inzwischen elfjährige Mädchen konnte es kaum erwarten zu lesen, was ihre große Schwester vom Leben bei Hofe berichtete. Eifrig antwortete sie in krakeligen Buchstaben und erzählte ihrerseits, wie es im heimischen Depenau zuging. Constantia war zufrieden mit ihrem Leben in Wolfenbüttel, doch wenn sie las, wie zu Hause alle gemeinsam die Ernte feierten oder gemütliche Abende in der Diele verbrachten, spürte sie Wehmut und Sehnsucht.

Im Juni 1698 blieben die Briefe der kleinen Schwester plötzlich aus. Zunächst machte sich Constantia keine Gedanken, doch nach vierzehn Tagen war sie beunruhigt.

»Sei unbesorgt«, tröstete die Prinzessin, »erinnere dich an dich selbst in dem Alter. Da hat man auf einmal ganz andere Gedanken, und dann vergißt man das Schreiben schnell«, versuchte sie ihr Hoffräulein aufzumuntern.

»Ich würde mir ja keine Sorgen machen, wenn ich nicht wüßte, wie wichtig es der Mutter ist, daß sie schreibt«, entgegnete Constantia ihr mit krausgezogener Stirn.

Endlich, im Juli, brachte der Postillon einen dicken Umschlag. Constantia öffnete ihn mit fliegenden Fingern, las die ersten Zeilen und brach in Tränen aus. Margarethe von Brockdorff berichtete ihrer Tochter, daß die kleine Schwester sehr krank gewesen und vor wenigen Tagen gestorben war. Untröstlich lief Constantia in ihre kleine Kammer, warf sich auf die Pritsche und weinte. Geschüttelt von tiefen Schluchzern schlug sie wütend mit der geballten Faust auf das Kissen.

Die armen Eltern! Wie leer und einsam mußte es jetzt für sie sein. Beide Brüder aus dem Haus und nun der Verlust der Jüngsten. Constantia rollte sich auf dem Bett zusammen und schlief vor Trauer und Erschöpfung ein.

Es klopfte an der Tür. Constantia erwachte mit einem Schrecken und hatte einen Augenblick Schwierigkeiten, sich zurechtzufinden.

»Constantia! Constantia! Bist du da drin? Mach auf! Die Prinzessin läßt dich rufen«, erklang die Stimme der Kammerfrau.

»Ich komme sofort«, beeilte sich Constantia zu antworten und richtete die vom Schlaf zerzausten Haare.

Sophie Amalie maß sie mit strengem Blick.

»Wo bist du gewesen? Was ist das für ein Gebaren am hellichten Tag einfach zu verschwinden? Was denkst du dir?« rügte sie. »Du hast geweint?«

Constantia nickte und fühlte, wie die Tränen ihr wieder in die Augen stiegen. Unter heftigem Schluchzen erzählte sie, was die Mutter ihr in dem Brief geschrieben hatte. Die Prinzessin hörte ihr zu, stand auf und nahm sie für einige Minuten in die Arme. Constantia drückte sich an sie und weinte noch hemmungsloser. Sophie Amalie löste schließlich die Umarmung, trat einen Schritt zurück und legte beide Hände auf die Schultern ihres unglücklichen Hoffräuleins.

»Contenance, meine Liebe! Beherrschung! Deine Schwester wird von all diesen Tränen nicht wieder lebendig. Ich verstehe deine Trauer, doch bedenke, daß es nicht du bist, die es am härtesten trifft. Deine Eltern sind es, die jetzt des Trostes bedürfen.« Constantia schniefte.

»Schneuz dich!« befahl die Prinzessin mit strenger Stimme. »Und dann folge mir, wir wollen in die Schloßkapelle gehen und ein Gebet für deine Familie sprechen.«

Zwei Monate später kam ein weiterer Brief aus Depenau. Diesmal war der Inhalt erfreulich: Die Mutter schrieb, daß Christian Detlev seine Doktorarbeit geschrieben, auf Latein das Rigorosum gehalten und mit »summo cum applausu« bestanden hatte. Margarethe von Brockdorff berichtete, welche Hoffnungen sich vor allem der Vater auf eine große Karriere seines Filius machte. Constantia teilte den Stolz ihrer Eltern. »Er war schon immer der Klügste von uns«, sagte sie zu Sophie Amalie und nahm ihre Stickerei wieder auf. »Ich bin sehr gespannt, an welchem Hof er seine Kenntnisse der Jurisprudenz jetzt anwenden wird.« Die Prinzessin sah sie aufmerksam an.

»Du hast ihn sehr gern, nicht wahr?« Constantia nickte.

»Ich liebe ihn so, wie man einen großen Bruder eben liebt. Er war immer da, wenn ich Sorgen hatte und hat mich beschützt, wenn ich mich fürchtete. Oft bin ich nachts in sein Bett gekrabbelt, wenn ich schlecht geträumt oder mich ein Geräusch erschreckt hatte.«

Sie dachte an die Nacht, in der die kleine Margarethe geboren wurde. Elf Jahre war das her. Und jetzt war die Schwester tot. Constantias Herz zog sich zusammen.

»Ich muß etwas mit dir besprechen«, verscheuchte Sophie Amalie ihre trüben Gedanken. »Es ist zwar noch ein wenig hin, aber wir werden eine Reise unternehmen.«

»Eine Reise! Wohin? Ich liebe es zu verreisen.« Constantias Stimmung war sofort besser.

»Der Erbprinz und ich werden nach Schweden reisen und Cousin Karl besuchen. Und da ich einen Teil meines Hofstaates mitnehme, wirst du mich selbstverständlich begleiten.«

Es war das erste Mal, daß Sophie Amalie eine längere Reise gemeinsam mit ihrem Mann unternahm. Gewiß, die beiden machten hin und wieder Ausflüge nach Salzdahlum, doch auf Reisen ging August Wilhelm normalerweise allein.

Sophie Amalie lächelte. »Schweden ist wunderschön im Sommer, sagt man. Wir werden im nächsten Sommer fahren und eine ganze Weile unterwegs sein, denn der Erbprinz möchte auch nach Kopenhagen und dort dem König einen Besuch abstatten. Wir werden rechtzeitig mit den Vorbereitungen beginnen. Ich habe schon Modeblätter aus Paris anfordern lassen, damit wir unsere Garderobe auf den neuesten Stand bringen können. Wir wollen uns doch nicht blamieren!«

Constantia sah an sich herunter. Als sie sich am Morgen angezogen hatte, war ihr das safranfarbene Kleid mit den weißen Ärmeln freundlich und hübsch vorgekommen. Jetzt fand sie es schäbig und entsetzte sich bei dem Gedanken, in solchem Aufzug vor den Majestäten Dänemarks und Schwedens zu erscheinen.

»Ich werde sicher ein paar neue Kleider brauchen«, beeilte sie sich anzumerken.

»Als erstes schauen wir einmal durch meine Sachen. Sicher können die Schneiderinnen das eine oder andere Stück für dich verändern.«

Sophie Amalie betrachtete sie kritisch. »Wenn ich dich genauer ansehe, muß ich sagen, du bist wahrhaftig kein Kind mehr. Aus dir ist eine junge Frau geworden.«

Constantia wurde rot.

»Und wenn ich noch genauer hinschaue, muß ich sagen, eine besonders hübsche Frau ist aus dir geworden. Wir werden in Zukunft ein wenig besser auf dich achten müssen, nicht daß du den Männern die Köpfe verdrehst.«

Jetzt glühte Constantia vor Stolz und Scham gleichermaßen. Sie schüttelte heftig den Kopf.

»Ich verdrehe niemand den Kopf, das wißt Ihr sehr gut«, wehrte sie ab und wünschte sich nichts sehnlicher, als daß die verräterische Röte aus ihrem Gesicht verschwand.

Im Sommer 1699 waren alle Vorbereitungen abgeschlossen. Kisten, Schachteln und Koffer, vollgepackt mit Kleidung, Gastgeschenken, Hausrat für die Reise, Bettzeug und allerlei Nützlichem und viel Unnützem wurden auf die Kutschen geladen.

August Wilhelm und seine Frau reisten in getrennten Wagen. Constantia saß ihrer Prinzessin gegenüber und drehte beständig den Kopf von rechts nach links, um aus beiden Fenstern alles zu sehen und nur ja nichts zu verpassen.

In Helsingör mußten sie einige Tage auf das Schiff warten, das sie über den Sund nach Helsingborg bringen sollte. Constantia nutzte die Zeit, um Land und Leute zu betrachten.

»Wie kunstvoll sie ihre Haare mit den blauen und roten Bändern verzieren. Zu hübsch sieht das aus! Und alle sind sie blond. Ich komme mir vor wie aus einer anderen Welt mit meinen schwarzen Locken«, lachte sie.

So sehr sich Constantia auf die Fahrt mit dem Schiff gefreut hatte, so sehr verfluchte sie wenig später, daß sie jemals einen Fuß auf die Planken gesetzt hatte.

»Ich wünschte, ich wäre ein Vogel und könnte über Meere und Flüsse und Sunde und Fjorde und über alles, was Wellen hat, hinweg fliegen. Dieses Schaukeln und Wackeln und Auf und Nieder. Ich kann mich nicht erinnern, wann ich mich das letzte Mal so elend gefühlt habe«, jammerte sie.

In Helsingborg ging sie mit unsicheren Schritten an Land, doch kaum hatte sie festen Boden unter den Füßen, fühlte sie sich besser.

König Karl XII. hatte dafür gesorgt, daß seine Gäste in Stockholm äußerst komfortabel untergebracht waren. Beeindruckt von den prächtig dekorierten hohen Räumen des schwedischen Schlosses half Constantia der Prinzessin, sich behaglich einzurichten.

»Wie ist er denn, der König? Es heißt, er sei noch ganz jung?« Constantia faltete ein Leintuch.

»Vor wenigen Wochen hat er seinen siebzehnten Geburtstag gefeiert, und seit beinahe zwei Jahren schon sitzt er auf dem schwedischen Thron. Er war jung als sein Vater starb. Die Mutter hat er schon als Kind verloren. Aber sein Vater wollte nicht, daß der Sohn so früh die Regierungsverantwortung trägt, und verfügte, daß Karl unter der Vormundschaft seiner Großmutter stehen solle, bis er mit seinem achtzehnten Lebensjahr dann für volljährig erklärt werden könne.«

»Und wie kommt es, daß er schon so lange regiert?«

»Er genoß schon mit fünfzehn Jahren hohes Ansehen bei seinen Militärs und hat eines Tages einfach verkündet, daß er nicht länger die Befehle seiner Großmutter entgegennehmen wolle. Die Soldaten unterstützten ihn, und so wurde er am 24. Dezember vor zwei Jahren zum König gekrönt.«

»Das muß ja ein rechter Teufelskerl sein, daß er so einen Streich wagt«, Constantia war voller Bewunderung und höchst gespannt, den forschen König von Angesicht zu Angesicht zu sehen.

Sophie Amalie trug eine elegante Abendrobe aus blauer Atlasseide. Im großen Saal des Schlosses brannten Hunderte von Kerzen. Constantia folgte ihrer Prinzessin und schaute sich suchend um. In ganz Europa sprach man von dem jungen schwedischen Herrscher, und jetzt war der Moment gekommen, in dem sie ihn persönlich sehen sollte. In der Mitte des Raumes hatten sich etwa zwanzig Höflinge um eine Person geschart und Constantia vermutete, daß dies der König sein müsse.

»Erbprinz August Wilhelm von Braunschweig-Wolfenbüttel und Gemahlin«, flüsterte ein aufmerksamer Kammerherr seinem Regenten ins Ohr und sogleich löste sich Karl XII. aus dem Pulk, der ihn umgab, und ging auf seine Gäste zu. Ein schmaler, bleicher Jüngling, sehr höflich und sehr zurückhaltend, dem festlichen Anlaß nicht angemessen, sondern eher einfach gekleidet, so begrüßte er den Erbprinzen und Sophie Amalie.

Constantia traute ihren Augen nicht. Das sollte der König von Schweden sein? Dieses blasse Geschöpf mit der pockennarbigen Haut, auf der noch kein Barthaar sproß? Das war ja nicht einmal ein junger Mann, das war bestenfalls ein halbes Kind. Sie versank ungläubig in den geforderten tiefen Hofknicks.

König Karl XII. hielt eine kleine Ansprache und Constantia war überrascht, wie sicher und souverän der junge Monarch sprach. Dennoch konnte sie sich während des ganzen Abends nicht darüber beruhigen, daß statt des erwarteten Mannsbildes ein Knabe das Reich der Schweden regierte.

Der sommerliche Aufenthalt im hohen Norden verlief abwechslungsreich und sehr harmonisch. Der schwedische König, bekannt dafür, daß er sich aus höfischen Festen nicht viel machte, ließ dafür sorgen, daß seine Besucher sich nicht langweilten. Während er sich meist entschuldigte und seine Truppen musterte oder über neuen Exerzierplänen brütete, vertrieben Ausflüge, Theateraufführungen und Bälle den Gästen die Zeit bis zum Tag ihrer Abreise.

»Bei dem Gedanken, daß wir wieder auf das Schiff müssen, wird mir jetzt schon ganz anders«, seufzte Constantia und verstaute ihre Kleider in einer dafür vorgesehenen Kiste.

Auf dem Rückweg war ein Aufenthalt in Kopenhagen eingeplant. Dort sollte der dänische König Christian V. Sophie Amalie als Erbprinzessin von Dänemark bestätigen.

Spätsommerlich mild wehte der Wind, die Felder waren abgeerntet. Constantia steckte die Nase aus dem Fenster und sog den Geruch von frischem Heu ein.

»Ich freue mich auf die Rückkehr nach Wolfenbüttel«, verkündete sie fröhlich.

Sophie Amalie betrachtete melancholisch die vorüberziehende Landschaft. Sie hatte es keineswegs eilig, zurück ins Schloß zu kommen. Das Arrangement mit den Schwiegereltern war zwar erträglich, mit den Geschwistern ihres Mannes kam sie gut aus, aber es fehlte die familiäre Innigkeit, wie sie sie in Gottorf gekannt und geliebt hatte. Wehmütig sah sie auf ihre Schuhspitzen. Der dreißigste Geburtstag war nicht mehr weit und sie, die sich immer eine große Familie gewünscht hatte, würde niemals eigene Kinder haben. In Gedanken malte sie sich aus, wie die zukünftigen Jahre wohl werden würden. Sie sah sich am Ende ihrer Tage als geachtete, belesene, kluge, aber von Gram und Alter gebeugte Frau im Wolfenbütteler Schloß zwischen ihren Gemächern und der Bibliothek hin- und herwandeln. Sie lehnte sich in die Ecke der Kutsche, schloß die Augen und schlief ein.

Constantia freute sich auf den Herbst in Wolfenbüttel. Herzog und Herzogin würden sicher wieder Einladungen geben, Feste und Bälle veranstalten. Ich werde tanzen, tanzen, tanzen, bis die Schuhsohlen glühen. Und wer weiß, vielleicht ist unter den Gästen ja ein junger Mann, der mir gefällt. Ich werde nicht warten, bis der Vater mir einen Bräutigam aussucht. Mitleidig schaute sie auf die schlafende Prinzessin. Nein, so ein Leben werde ich nicht führen. Ich will einen Mann, der mich achtet, der mich ehrt und der mich vor allem liebt.

Ein kleines bißchen war Constantia schon vor ihrer Abreise nach Schweden verliebt gewesen. Sie schüttelte den Kopf. Wie gut, daß sie weggefahren waren – das hätte nur furchtbaren Ärger gegeben. Und jetzt, nach all den Wochen, war alles so gut wie vergessen, noch bevor es angefangen hatte.

Herzog Anton Ulrich und seine Frau hatten Gäste geladen. Geplant war das Fest als ein fröhliches Willkommen, doch die Stimmung wurde überschattet von den neuesten Nachrichten aus der großen Politik. Constantia stand am Rand der Tafel und verfolgte das Tischgespräch mit roten Ohren.

»Es scheint mir beinahe unmöglich. Er hat mir doch gerade noch den Orden verliehen, und jetzt soll er tot sein?« kommentierte August Wilhelm, was sein Bruder gerade erzählt hatte.

»Hauptsache, du hast deinen Orden! Ist das alles, woran du denken kannst?« schimpfte der alte Herzog und fing einen zornigen Blick von seiner Frau ein.

»Tatsache ist, daß die Jagdverletzung sich offenbar entzündet und Christian V. getötet hat. Jetzt regiert sein Sohn, und das macht uns allen Sorgen.« Elisabeth Juliane nahm eine Serviette von ihrer Zofe und tupfte sich den Mund.

»Wir haben ihn in Kopenhagen nur kurz gesehen, aber Frederik machte einen sehr vernünftigen Eindruck«, meldete sich Sophie Amalie zu Wort.

»Eindruck hin, Eindruck her«, die Laune des Herzogs wurde nicht besser. »Bei Tageslicht besehen ist es doch so, daß in Dänemark und Schweden Kinder regieren, in Polen sitzt ein Gernegroß auf dem Thron, dem der sächsische Kurhut nicht gereicht hat und in Rußland...«, er machte eine Pause. »Was in Rußland ist, weiß keiner. Dieser Zar ist ein sehr merkwürdiger Mensch nach allem, was man sich über ihn erzählt.«

»Meint Ihr denn, daß wir einen Krieg bekommen?« Christine Luise schaute fragend ihren Mann an. Ludwig Rudolf räusperte sich.

»Wer kann das schon sagen, aber ungefährlich ist dieses vermaledeite Bündnis nicht.«

Constantia beobachtete das Paar und dachte: Diese Christine Luise sieht einfach dümmlich aus. Wie kann ein so lustiger, charmanter und geistreicher Mann wie Ludwig Rudolf sein Leben nur mit so einer Frau verbringen?

»Was du nicht sagst! Was heißt nicht ungefährlich, es ist sogar hochgefährlich!« pflichtete der Herzog seinem jüngeren Sohn bei.

»Da sind drei Kerle, die haben Hunger nach Macht und Land, und sie haben sich zusammengetan, um sich zu holen, worauf sie Appetit haben. Diesem Friedrich August von Sachsen traue ich nicht über den Weg. Der nimmt sich, was er haben will – ohne Rücksicht auf Verluste – zu allem Überfluß ist auch noch verwandt mit Frederik von Dänemark. Und der Zar, nun, man kann sich leicht vorstellen, warum er sich diesem Bündnis angeschlossen hat.«

»Warum hat er sich denn angeschlossen – oh, wie köstlich ist dieser Aal, habt Ihr schon von dem Aal gekostet?« Christine Luise leckte sich die Finger ab und blickte wieder in die Runde.

»Also, warum hat er sich wohl angeschlossen, der Zar?« Ihr Schwiegervater zog die Augenbrauen zusammen.

»Es liegt doch auf der Hand, was die Buben wollen!« polterte er weiter. »Der Zar will einen Hafen, einen Zugang zur Ostsee. Die ganze Küste gehört Schweden, und wenn Karl will, kann er dem Handel der Russen enorme Schwierigkeiten bereiten. Frederik von Dänemark will Schonen wiederhaben und die Alleinherrschaft in Schleswig. Da hat Karl auch seine Finger drin. Und Friedrich August will seinen neuen Untertanen zeigen, was er für ein fabelhafter König ist, indem er ihnen Livland zurückerobert. Das haben die Schweden erst vor ein paar Dekaden annektiert und der Zorn darüber ist noch höchst lebendig im Land.«

Auch nach dem Essen blieb die Gesellschaft beim Thema, und am Ende des Abends waren sich vor allem die Herren einig: Ein neuer Krieg stand vor der Tür.

Damit war die Einigkeit auf Schloß Wolfenbüttel jedoch schon erschöpft. Sophie Amalie stand fest an der Seite Karls XII., der sie in Stockholm so freundlich behandelt hatte. Anton Ulrich, der die Lage mit Akribie beobachtete, entschied sich für eine andere Allianz und hielt mit Beginn des Spanischen Erbfolgekriegs fest zu den Franzosen. Heftige Auseinandersetzungen waren die Folge der unterschiedlichen Positionen, und mehr als einmal bemühte sich August Wilhelm, zwischen seinem Vater und seiner Frau zu schlichten.

»Bitte, ich bitte Euch, haltet an Euch. Warum verderbt Ihr wieder die Stimmung mit Euren Zankereien. Der Krieg geht uns doch gar nichts an. Er ist weit weg, und niemand von uns ist betroffen«, war sein Credo, und eine Weile sah es so aus, als behielte er recht.

Zwischen Polen, Schweden und Dänen wogten die Kämpfe unentschieden hin und her, und noch war keineswegs klar, wer als Sieger hervorgehen würde.

## *Verschließ nicht die Tür – ich komme zu dir*

Auf den Schlachtfeldern verloren Tausende von sächsischen, dänischen, schwedischen, polnischen und russischen Soldaten ihr Leben. Doch in Wolfenbüttel war vom Krieg noch nichts zu spüren.

Die Reise nach Schweden lag zwei Sommer zurück. Ein neues Jahrhundert war angebrochen. Und unter den Augen der Prinzessin geschah, was diese zu verhindern sich vorgenommen hatte: Ihr Hoffräulein verdrehte den Männern die Köpfe.

Constantia hatte ihren zwanzigsten Geburtstag gefeiert und war zu einer bildschönen jungen Frau geworden. Ihre Haare glänzten wie schwarzes Ebenholz und umschmeichelten ihren hellen Teint. Mit feurigen Augen sah sie in die Welt und zeigte beim Lachen zwei Reihen strahlendweißer Zahne. Wer immer zu Gast im Schloß war, kam nicht umhin, sie zu bewundern, und auch die herzogliche Familie wußte, daß das Hoffräulein von Brockdorff kein gewöhnliches Menschenkind war. Ganz besonders gefiel sie Ludwig Rudolf, der neben ihrer Schönheit vor allem Constantias geistvollen, spöttischen Witz bewunderte. Wann immer sich die Gelegenheit bot, suchte er ihre Gesellschaft, und die Häufigkeit, mit der er sie bei Festen zum Tanz aufforderte, blieb nicht verborgen.

»Du hast gestern zum wiederholten Mal beinahe den ganzen Abend mit Constantia verbracht. Was denkst du dir eigentlich dabei? Hast du das Gesicht deiner Frau gesehen? Mein Lieber, so geht das nicht. Ich erwarte, daß du dich in Zukunft etwas umsichtiger verhältst«, fauchte seine Mutter.

Ludwig Rudolf nickte ergeben, gelobte Besserung und ging, um Constantia zu suchen. Er fand sie in der Bibliothek über ein Buch der chemischen Wissenschaft gebeugt.

»Draußen ist so schönes Wetter, und Sie sitzen hier in diesem dunklen Raum und lesen«, begann er das Gespräch. Constantia sah auf.

»Ich habe heute schon einen Spaziergang gemacht und werde sicher später noch einmal an die frische Luft gehen, aber dies hier fesselt mich so sehr, daß ich kaum unterbrechen mag«, antwortete sie.

»So, so! Sie mögen also kaum unterbrechen, nicht einmal wenn ich Sie bitte, mich auf einem Ausritt zu begleiten?« Ludwig Rudolf lächelte spöttisch. Er wußte genau, daß das Reiten Constantias große Leidenschaft war. Drei- oder viermal waren sie schon gemeinsam über die Felder galoppiert und jedesmal war er fasziniert gewesen von der perfekten Leichtigkeit, mit der Constantia die Pferde beherrschte.

»Sie möchten ausreiten? Mit mir? Was sagt Ihre Frau dazu?« Constantia legte das Buch zur Seite.

»Ich habe sie nicht gefragt, aber ich bin sicher, daß sie nicht mitkommen möchte. Sie zieht die häuslichen Beschäftigungen der freien Wildbahn vor.« Der Prinz bemühte sich um einen seriösen Klang in der Stimme.

»Während Sie sich lieber in der freien Wildbahn bewegen, oder sollten wir lieber sagen …«, Constantia schluckte die Zweideutigkeit herunter, die ihr eben über die Zunge zu springen drohte.

»Oder sollten wir lieber was sagen …?« Ludwig Rudolf hatte ein feines Gespür für Ungesagtes und sah mit Vergnügen wie Constantia sich wand.

»Wir sollten lieber nichts mehr sagen«, parierte sie. »Wir sollten statt dessen die Pferde satteln lassen. Ich will nur schnell der Prinzessin sagen, daß ich ein wenig ausreite.« Sie erhob sich.

»Du willst ausreiten? Allein?« Skeptisch blickte Sophie Amalia ihr Hoffräulein an.

»Nein, nicht allein, Prinz Ludwig Rudolf hat mich gefragt, ob ich ihn bei diesem schönen Wetter nicht begleiten möchte, das heißt natürlich nur, wenn Ihr mich entbehren könnt …«

Sie tat ihr Bestes, möglichst gleichgültig zu wirken, und merkte, daß es ihr nicht recht gelingen wollte. Allen guten Vorsätzen zum Trotz waren die Gefühle, die sie schon vor der Abreise nach Schweden für den Prinzen empfunden hatte, längst wieder aufgeflackert. Jeden Abend lag sie in ihrem Bett und dachte darüber nach, wie schön das Leben sein könnte, wenn er nicht gebunden, sondern frei für sie wäre. Jeden Abend nahm sie sich vor, ihn am nächsten Tag zurückzuweisen, wenn er ihre Gesellschaft suchte, nicht mit ihm zu tanzen – oder zumindest nicht so häufig, schränkte sie insgeheim ein. Am nächsten Morgen waren alle guten Vorsätze vergessen, kaum stand der Prinz vor ihr, fühlte sie, wie ihre Knie weich wurden und konnte gar nicht anders, als jedem seiner Vorschläge zuzustimmen.

»Constantia! Hast du gehört, was ich dich gefragt habe?« Sophie Amalies Stimme war streng und Constantia schrak zusammen.

»Ich bitte um Vergebung, ich war in Gedanken. Was habt Ihr gefragt?«

»Ich möchte von dir wissen, ob ich mir Sorgen machen muß deinetwegen. Du bist dir doch im Klaren darüber, daß mein Schwager verheiratet ist, und daß du hier keinen Skandal provozieren darfst?«

»Nein, Prinzessin, Ihr müßt Euch nicht beunruhigen. Ich weiß sehr wohl um seine Situation, wie ich auch um die meine weiß.« Constantia hatte sich wieder in der Gewalt und klang glaubwürdig.

»Nun, dann geh schon, und amüsier dich gut«, verabschiedete sie die Prinzessin lächelnd.

Als er Constantia herankommen sah, schwenkte Ludwig Rudolf seinen Hut mit einer übertriebenen Geste zur Begrüßung, setzte ihn wieder auf und gab seinem Schimmel die Sporen. Das war nach Constantias Geschmack. Sie zückte ihre kleine Gerte und galoppierte in rasantem Tempo hinterher. Nicht lange und sie hatte den Prinzen eingeholt.

»Es ist so unbeschreiblich schön, und es erinnert mich so sehr an meine Kindheit.« Constantia erzählte strahlend von ihrem Vater und wie er ihr das Reiten und später die Jagd beigebracht hatte.

»Wollen Sie damit sagen, daß Sie schießen können?« Ludwig Rudolf staunte.

»Natürlich kann ich schießen. Ihr habt es nur noch nicht gesehen, weil es in Wolfenbüttel nicht üblich ist, daß die Damen an der Jagd teilnehmen. Mein Vater erlaubte mir sogar, Hosen zu tragen und im Herrensattel zu reiten, denn für die Jagd taugt der Damensattel nicht, man sitzt nicht sicher genug.«

»Was für eine reizvolle Vorstellung! Wer hätte gedacht, daß wir eine Amazone in Wolfenbüttel haben.«

»Galopp jetzt, wer zuerst am Schloß ist«, rief Constantia übermütig und gab dem Pferd die Sporen.

Nach einem ehrgeizigen Kopf-an-Kopf-Rennen ließ Ludwig Rudolf ihr galant den Vortritt und Constantia glitt elegant vom Pferd, um mit einem fröhlichen Winken im Schloß zu verschwinden. Ludwig Rudolf sah ihr nach.

Der Karneval stand vor der Tür, und im Schloß herrschte geschäftiges Treiben. Constantia hatte sich ihr Kostüm selbst ausgedacht und verbrachte Stunden mit den Zeichnungen, anhand derer sie der Schneiderin ihren Entwurf zu erklären versuchte.

»Und die Ärmel und den hinteren Teil des Rockes verzieren wir mit gefärbten Federn. Es soll am Schluß aussehen, als wäre ich ein Vogel. Dazu brauchen wir noch eine Maske, aber der Schnabel darf nur angedeutet sein und nicht schwarz – ich will niemand erschrecken.«

In der vergangenen Woche hatte Ludwig Rudolf seine Schwägerin Sophie Amalie zweimal in ihren Gemächern aufgesucht. Jedesmal hatte er einen Vorwand gebraucht und war eigentlich doch nur gekommen, um Constantia zu sehen. Doch die war nicht zugegen gewesen.

»Ich kann Ihnen beim besten Willen nicht genau sagen, wo sie sich gerade befindet, aber ich vermute, daß sie wieder in der Schneiderei steckt. Sie freut sich so sehr auf den großen Ball und will unbedingt, daß ihr Kleid auf jeden Fall rechtzeitig fertig wird«, sagte die Prinzessin.

Ludwig Rudolf suchte sich einen verschwiegenen Platz in der Nähe der Schneiderei und wartete. Es dauerte nicht lange und seine Geduld wurde belohnt. Constantia kam, gefolgt von einer Zofe, aus der Werkstatt.

»Nein, warte, ich glaube, mir wäre doch lieber, wenn du noch ein Auge darauf hättest. Die Maske muß einfach gelingen, sonst ist das ganze Kleid nichts wert«, sagte sie und schickte die Zofe wieder zurück in die Schneiderei.

Ludwig Rudolf witterte seine Chance. Leise pfeifend trat er wie zufällig auf Constantia zu. Die zuckte erschrocken zusammen.

»Ihr hier? Was tut Ihr vor der Schneiderei? Außer den Pagen, die von Zeit zu Zeit etwas herbringen oder abholen, habe ich noch nie einen Mann hier stehen sehen.« Constantia hatte ihre Fassung wieder gewonnen.

»Sie wollen wissen, warum ich hier bin? Nun, das kann ich Ihnen sagen.« Der Prinz kam noch einen Schritt näher. »Ich wollte Sie sehen. Ich will Sie jeden Tag, jede Stunde, jede Minute sehen. Ich begehre Sie so, daß es mich um den Verstand bringt.«

Er legte die Hand um Constantias Taille und beugte sich vor, um sie zu küssen. Constantia bog ihren Oberkörper nach hinten, holte aus und verpaßte Ludwig Rudolf eine schallende Ohrfeige.

»Was bildet Ihr Euch ein, mich hier zu überfallen? Wer gibt Euch das Recht dazu?« fauchte sie erbost. »Ihr seid ein verheirateter Mann, und ich bin das Hoffräulein Eurer Schwägerin. Könnt Ihr Euch vorstellen, was geschieht, wenn dies hier die Runde macht?«

Der Prinz rieb sich die Wange und sah Constantia verschmitzt an. Beschwichtigend streckte er beide Hände aus. Constantia wich zwei Schritte zurück und schmunzelte. Auf der rechten Wange des Prinzen zeichneten sich in feurigem Rot ihre fünf Finger ab.

»Wer sollte etwas erzählen, wie sollte es die Runde machen – es hat uns doch keiner gesehen.« Ludwig Rudolf machte einen weiteren Schritt auf sie zu.

»Noch gab es auch nichts zu sehen, außer Eures unstatthaften Versuches, sich mir zu nähern. Und jetzt seid Ihr schon wieder zu nah.«

Constantia drehte sich um. Der Schreck fuhr ihr in die Glieder, als sie einen Pagen sah, der soeben versuchte, sich hinter dem Treppengeländer zu verstecken.

»Page! Was tust du da! Komm her! Sofort!« Der Junge rannte davon.

»Er hat nichts gesehen, macht Euch keine Gedanken.« Ludwig Rudolfs Stimme klang nicht so sicher wie seine Worte.

Noch am selben Abend war die kleine Episode das Gesprächsthema am Hof. Der Page hatte sehr wohl alles beobachtet und keine Zeit verloren, die Neuigkeit unter Seinesgleichen zu verbreiten. Auf Flügeln gelangte die Nachricht zu den Zofen, von dort an die Kammerfrauen und auf direktem Wege an die Herrschaft. Sophie Amalie rief Constantia zu sich.

»Ich höre Geschichten, die mir nicht gefallen«, eröffnete sie das Gespräch. Constantia wurde rot und ärgerte sich darüber.

»Ihr seht mich erröten, Prinzessin, aber ich habe mir nichts vorzuwerfen. Es ist nichts geschehen, dessentwegen ich mich schämen müßte. Seid versichert, es ist ein kleiner bedeutungsloser Zwischenfall, eine Unüberlegtheit, die es nicht wert ist, näher ausgeführt zu werden.«

Sophie Amalie sah ihr fest in die Augen.

»Das Ganze erfreut mich nicht, wie du dir denken kannst, aber was mir von dir berichtet wird, spricht dich von jeglicher Schuld frei, es sei denn, du hast meinen Schwager provoziert.«

Jetzt war Constantia tief rot.

»Das habe ich ganz sicher nicht getan«, antwortete sie stolz.

Der große Abend des Maskenballs war gekommen, und Constantia sah aus wie eine Gestalt aus dem Märchen. Maßgeschneidert floß das gelbe Kleid an ihr herunter. Die gerafften Ärmel, mit buntgefärbten kleinen Federn bestickt, wirkten wie zarte Flügel. Auf dem Rücken zog sich vom Nacken bis zum Boden eine aus Federn aufgestickte Bahn, die wie der Hauch einer Schleppe wirkte. Die langen Locken waren mit Spangen gebändigt und zu einer kunstvollen Kreation hochgesteckt. Von Nadeln gehalten, prangten hier neben gelben Federn glänzende Edelsteine und ein paar Perlen. Vor dem Gesicht trug Constantia eine goldglänzende Halbmaske, mit Federn beklebt und in Höhe der Nase in einem zierlichen lachsroten Schnäbelchen endend.

Ludwig Rudolf in weißrotem Ritterkostüm sah sie den Saal betreten und stand in Flammen. Ich muß sie haben! Das war sein einziger Gedanke. Er nahm sich vor, die Ausgelassenheit des Karnevals für seine Zwecke zu nutzen.

»Darf ich mich zu Ihnen gesellen?« fragte er höflich und stellte sich zu der Gruppe junger Hofdamen, die eben Constantias Aufmachung bewunderten.

»Ich möchte Ihre Verzeihung erbitten«, flüsterte der Prinz seiner Angebeteten hinter einem vorgehaltenen Spitzentuch ins Ohr. »Bitte gewähren Sie mir einen Augenblick.«

Constantia bekam eine Gänsehaut und nickte. Er entfernte sich, holte zwei Gläser des ungarischen Weißweins und verschwand in einem kleinen Erker. Sie folgte ihm. Der Prinz reichte ihr ein Glas.

»Bitte stoßen Sie mit mir an, auf einen schönen Abend, auf unsere Freundschaft und viele amüsante Tänze.« Er prostete ihr zu.

Constantia nahm einen kräftigen Schluck. Ludwig Rudolf küßte ihr die Hand.

»Sie sind die Schönste heute Abend. Es ist mir eine Ehre, Ihnen Gesellschaft leisten zu dürfen. Und ich hoffe sehr, daß Sie mir nicht mehr böse sind.« Constantia schüttelte den Kopf.

»Vergeben und vergessen«, murmelte sie und spürte, wie der Wein sie wärmte.

Ein Page kam, die Gläser entgegenzunehmen, und die Musiker spielten zum Tanz. Wie immer brillierte Constantia auf dem Parkett. Der Perfektion ihrer Schritte, der Grazie ihrer Haltung und dem Strahlen ihres Lächelns zollte sogar der alte Herzog Respekt.

Unter den geladenen Gästen befand sich noch jemand, dem Constantias Schönheit nicht verborgen blieb. Adolf Magnus Gotthelf von Hoym, am Hofe des sächsischen Kurfürsten Friedrich Augusts I. und polnischen Königs Augusts II., vom Volk August der Starke genannt, ein bedeutender Mann. Der ehrgeizige Hoym hatte es in kurzer Zeit zum wichtigsten Finanzberater seines Fürsten gebracht. Immer wieder imponierte er diesem durch neue Ideen, mittels derer August der Starke aus seinen Untertanen ein Maximum an Steuern und Abgaben herauspresste. Die Karriere des Ministers ließ nichts zu wünschen übrig, und doch fehlte etwas zu seinem Glück: Hoym war auf der Suche nach einer Frau, mit der er im Dresdner Residenzschloß repräsentieren konnte.

Herzog Anton Ulrich war geschmeichelt, den Herrn Minister aus Dresden bei sich willkommen heißen zu dürfen. Hoym hatte sich kaum kostümiert. Er trug lediglich eine kleine Maske in der Hand, die er aus Höflichkeit von Zeit zu Zeit vor das Gesicht hielt. Während er, umgeben von Adligen aus der Region, artig parlierte, ließ er seinen Blick durch den Saal schweifen. Constantia war mit weitem Abstand die schönste Frau auf dem ganzen Fest, und Hoym folgte jedem ihrer Schritte mit scharfen Augen. Stets war sie umgeben von einer ganzen Schar Kavaliere, die sich um ihre Gunst bemühten. Allen voran und am erfolgreichsten ein junger Mann in weißem Ritterkostüm. Minister Hoym erkannte den Prinzen nicht und beschloss, sich Constantia zunächst nicht zu nähern.

Ludwig Rudolf zog alle Register. Keinen Tanz, den er nicht tanzte, und wenn das Orchester kurz pausierte, versorgte er Constantia mit Wein und Gebäck. Sie ließ es gern geschehen, denn die fromme Christine Luise hütete das Bett, konnte also mit unruhigen Blicken das Vergnügen nicht trüben.

Erst in den frühen Morgenstunden waren auch die letzten Gäste so erschöpft, daß die Musiker aufhören konnten zu spielen. Constantia hatte sich schon vor Stunden zurückgezogen. Vom Alkohol leicht benebelt, verabschiedete sie sich von Sophie Amalie, erwies dem Herzogspaar die Reverenz und wollte gerade die Treppe hinaufsteigen, da spürte sie eine Hand auf ihrer Schulter. Ludwig Rudolf stand hinter ihr.

»Nicht umdrehen«, raunte er und hauchte ihr einen zarten Kuß auf die Schulter. »Ich danke für den wunderschönen Abend«, flüsterte der Prinz und umfaßte ihre Taille.

Diesmal wehrte sich Constantia nicht, sondern lehnte sich leicht nach hinten. Der nächste Kuß traf ihren Hals direkt hinter dem Ohr, und Constantia fühlte ein Kribbeln im ganzen Körper. Sie löste seine Hände von ihrer Taille und ging ohne sich umzudrehen mit schwingenden Bewegungen die Treppe hinauf. Er sieht mir nach, spürte sie und wußte plötzlich, daß sie seinem Werben nachgeben würde.

Das gelbe Federkleid lag auf dem Boden, der Haarschmuck bildete ein glitzerndes Häufchen auf dem Tisch und Constantia lag in tiefem Schlaf, als sich die Türe ganz leise öffnete. Stück für Stück entledigte sich Ludwig Rudolf seiner Kleider und schlüpfte lediglich mit einem Hemd bekleidet unter Constantias Decke. Schlaftrunken rutschte sie instinktiv ein Stück zur Seite, erwachte durch die ungewohnte Enge und wollte einen entsetzten Schrei ausstoßen, als der Prinz ihr mit einem Kuß den Mund verschloß.

Während im großen Saal die Kerzen gelöscht wurden und die letzten Gäste in ihre Gemächer wankten, liebte Prinz Ludwig Rudolf von Braunschweig-Wolfenbüttel das Hoffräulein Constantia von Brockdorff auf der schmalen Pritsche in einer Kammer unter dem Dach.

Der Tag brach an, es wurde allmählich hell. Lange bevor Constantia erwachte, hatte sich Ludwig Rudolf behutsam aus ihrer Umarmung gelöst und war über die Hintertreppe ungesehen in sein Gemach geschlichen. Im Halbschlaf tastete ihre Hand nach dem Prinzen. Constantia riß verwirrt die Augen auf. Sie suchte nach einer Spur der vergangenen Stunden.

Ab heute ist nichts mehr wie es war, dachte sie und streckte sich. Sie hatte ihn gefunden, den Mann, der sie liebte. Ihre Phantasie schlug Purzelbäume: Er wird sich scheiden lassen und mich heiraten. Was wohl die Prinzessin sagt, wenn ich sie bei Tisch nicht mehr bediene, sondern ihr Auge in Auge gegenüber sitze. Constantia schmunzelte. Und der alte Herzog erst. Und die Herzogin. Bei dem Gedanken gefror das verschmitzte Lächeln.

Sophie Amalie schlief noch, und so wartete Constantia mit der Kammerfrau im Vorzimmer, bis sie gerufen wurden. Am Kamin war es warm und Constantia hatte Mühe, die Augen offenzuhalten. Immer wieder sackte der Kopf auf ihre Brust, und sie zuckte zusammen, als ihr Name durch die geschlossene Tür erschallte.

Gestützt von hohen Kissen, saß die Prinzessin aufrecht in ihrem riesigen Himmelbett und zupfte die feinen Spitzen ihres Nachtgewandes zurecht.

»Ich muß es dir sagen, das prächtigste Kostüm hast gestern du getragen. Alle haben es bemerkt, sogar mein Schwiegervater, und der äußert sich sonst nicht zu dergleichen.«

Constantia deutete einen Knicks an.

»Aber am schönsten fand dich wohl mein Schwager, ist es nicht so?« Sophie Amalie sah ihr Hoffräulein aufmerksam an.

»Der Prinz war gestern sehr freundlich zu mir«, antwortete Constantia und preßte unter dem weiten Rock unwillkürlich ihre Schenkel zusammen.

»Den Eindruck hatte ich auch. Was für ein Segen, daß seine Frau sich nicht wohl fühlte. Ich bin sicher, daß es ihr nicht gefallen hätte zu sehen, wie häufig ihr miteinander getanzt habt.«

Constantia meinte eine leichte Schärfe in der Stimme zu hören und straffte die Muskeln.

»Nun, nun, warum die Anspannung«, beschwichtigte Sophie Amalie. »Tanzen ist doch erlaubt, denke ich.«

Sie kniff die Augen ein wenig zusammen, als wollte sie ihr Hoffräulein ganz scharf sehen und lehnte sich zurück in ihr Kissen.

»Sei's drum, der Karneval ist vorbei, jetzt beginnt die Fastenzeit, und die wollen wir entsprechend begehen. Hilf mir, mich anzukleiden, und dann begleite mich in die Kapelle.«

Am Abend, die herzogliche Familie war auf dem Weg zum Speisesaal, nutzte der Prinz einen unbeobachteten Augenblick und steckte Constantia im Vorbeigehen ein Billett zu, das sie flink in ihrem Ärmel verbarg. Das Briefchen brannte wie Feuer auf ihrer Haut, zu gerne hätte sie es sofort aufgerissen und gelesen. Doch während der Mahlzeit gab es keine Möglichkeit, sich zurückzuziehen. Nie waren ihr die Pflichten so lang und schwer erschienen wie an diesem Abend. Statt wie sonst noch ein paar Minuten mit den anderen Zofen zu plaudern, entschuldigte sie sich gleich nach dem Essen.

»Ich bin sehr müde«, schwindelte sie und hetzte die Treppe hinauf. Endlich allein nestelte sie den Brief aus ihrem Ärmel.

»Verschließ nicht die Tür, ich komme zu dir, L. R.«, stand in schwungvoller Schrift auf dem kleinen Kärtchen. Constantias Herz schlug bis zum Hals. Sie stieß einen Jubelschrei aus und ging zum Spiegel. Sie löste die Nadeln, die ihre Locken zusammenhielten. Ein paar Bürstenstriche und ihr Gesicht war malerisch umrahmt von einer Vielzahl kleiner glänzender Kringel und Wellen. Sie setzte sich wieder auf ihr Bett und wartete. Die Zeit schien nicht vergehen zu wollen. Constantia wurde müde und lehnte sich mit dem Rücken an die Wand. Sie gähnte herzhaft. Sie begann zu frieren und schlug einen Zipfel der Bettdecke über ihre Beine. Die Geräusche im Schloß verebbten. Es war finstere Nacht, Constantia konnte die Augen nur noch mit Mühe offenhalten. Sie öffnete die Schnallen auf ihren Schuhen und bewegte die Zehen. Das tat gut. Constantia zog sich aus, schlüpfte in ihr Nachthemd und unter die Decke. Binnen Minuten war sie fest eingeschlafen und hörte nicht, als der Prinz weit nach Mitternacht in ihr Zimmer kam. Ludwig Rudolf setzte sich auf die Bettkante und schlang zärtlich seine Arme um sie. Constantia schlug die Augen auf und erwiderte die Umarmung.

Erst als der Morgen graute schlich der Prinz aus der Kammer.

»Ich komme wieder«, versprach er. Um niemandes Verdacht auf sich zu lenken, kamen sie überein, sich tagsüber nicht zu treffen. Constantia schwebte im siebten Himmel. In den folgenden Wochen besuchte Ludwig Rudolf sie in fast jeder Nacht.

Ganz gleich wie viel Arbeit Sophie Amalie ihr aufbürdete, sie erledigte sie mit strahlendem Gesicht. Die Entbehrungen der Fastenzeit, sonst immer ein Greuel für Constantia, machten ihr diesmal überhaupt nichts aus, und wenn sie sich unbeobachtet fühlte, sang sie und drehte kleine Pirouetten. Ihre Augen leuchteten, ihr Teint war klarer denn je zuvor, und nichts konnte ihre gute Laune trüben.

»Mir will fast scheinen, du bist verliebt.« Sophie Amalie sah nicht von ihrer Stickerei auf, sonst hätte sie bemerkt, daß Constantia beinahe in Ohnmacht fiel vor Schreck.

»So fröhlich, wie du in den letzten Wochen durch das Schloß läufst. Du singst, machst kleine Tanzschritte am hellichten Tag und findest noch den strömenden Regen schön.« Die Prinzessin ließ nicht locker.

»Auch strömender Regen riecht dieser Tage nach Frühling. Ich freue mich so sehr auf schönes Wetter und ein wenig Wärme«, fand Constantia eine plausible Erklärung für ihre überschwengliche Stimmung. Die Prinzessin lachte.

»Das habe ich wohl noch nicht gehört. Daß sogar der Regen nach Frühling riecht, aber wenn du meinst ...«

Der Frühling 1702 brachte glückliche Stunden für Constantia und Ludwig Rudolf. Noch immer unentdeckt vom Hof, gelangen heimliche Stelldichein im Schloßwald und zärtliche Rendezvous im herzoglichen Lustschloß Salzdahlum. Dann kam der Sommer und mit ihm kam der Krieg.

In Polen hatten sich der Kurfürst von Sachsen und König der Polen, August der Starke, und sein Gegner, Karl XII. von Schweden, erbitterte Kämpfe geliefert. Die Erde der Schlachtfelder war getränkt vom Blut der Toten und noch immer nicht entschieden, wer den Sieg erringen würde. Herzog Anton Ulrich war besorgt:

»Ich will unter keinen Umständen, daß einer der Frauen an diesem Hof etwas geschieht. Wer weiß wann und in welcher Verfassung die Soldateska bei uns Quartier nimmt. Ich wünsche, daß ihr Wolfenbüttel für die Dauer der Krise verlaßt!« sagte er Frau und Tochter.

Herzogin Elisabeth Juliane folgte dem Wunsch ihres Mannes sofort. Sophie Amalie brauchte etwas mehr Zeit für die Vorbereitung, doch dann brach auch sie auf, um nach Kiel zu reisen, wo ihre Mutter sich inzwischen aufhielt. Constantia begleitete sie.

»Du kommst wieder, und ich werde auf dich warten und da sein, wenn du das Schloß wieder betrittst«, schwor Ludwig Rudolf in der letzten gemeinsamen Nacht. Constantia war untröstlich.

»Ich kann nicht ohne Euch sein, ich will vor allem nicht ohne Euch sein. Wo wäre ich besser beschützt als in Eurer Nähe?«

Doch auch die heißesten Tränen halfen nicht. Am nächsten Tag brach der Troß auf in Richtung Norden.

Vier Monate dauerte der Aufenthalt in Kiel. Constantia blieb nichts anderes übrig, als ihre Sehnsucht für sich zu behalten. Tag für Tag, Abend für Abend hoffte und betete sie inständig, daß aus Wolfenbüttel die Erlaubnis zur Heimkehr käme. An einem Morgen, Ende Oktober, traf sie ein. Endlich war er da, der große Tag. Constantia hatte ein wenig Mühe gehabt, ihr Reisekleid zu schließen, war spät dran und hastete die Treppe hinunter. Die Herzogin und ihr Hofstaat waren schon abgefahren. Sophie Amalie wartete in der Kutsche.

»Wo bleibst du denn so lange?« Sie sah Constantia mißbilligend an.

»Ich bitte um Verzeihung, es war nicht meine Absicht, Euch warten zu lassen«, murmelte Constantia, die sich schämte, den Grund für die Verzögerung zu nennen.

Am späten Nachmittag erreichten sie Wolfenbüttel. Der Herzog und August Wilhelm kamen, um Sophie Amalie zu empfangen. Constantia kletterte aus der Kutsche und folgte dem Diener, der ihre Reisekiste nach oben in ihr Zimmer trug. Langsam durchquerte sie das vertraute Entree des Schlosses, noch langsamer ging sie die Treppe hinauf. Auf jeder Stufe machte sie Halt und sah sich suchend um. Doch der Prinz war nirgends zu sehen. Sie beschleunigte die letzten Schritte, überholte den Diener und öffnete mit klopfendem Herz die Tür zu ihrer Kammer. Abgestanden und klamm wehte ihr die Luft entgegen, aber von Ludwig Rudolf keine Spur. Enttäuscht ließ sich Constantia auf ihr Bett fallen. Ich muß mich zusammenreißen, keine Tränen jetzt. Sie setzte sich auf. Das Reisekleid kniff so sehr in der Taille, daß sie entschied, als erstes ein bequemeres Kleid anzuziehen. Kaum hatte sie den letzten Haken geschlossen, hörte sie auch schon, wie nach ihr gerufen wurde. Sie beeilte sich zu Sophie Amalie zu kommen, um deren Kisten und Schachteln auszupacken.

»So ist es recht, du hast dich schon umgezogen. Die Sachen sind doch immer sehr staubig nach einer solchen Fahrt«, die Prinzessin war bester Laune. »Ich habe es vor ein paar Tagen schon gedacht, und jetzt kommt es mir schon wieder so vor – sag, kann es sein, daß die

Küche in Kiel dir so zugesagt hat, daß du ein wenig rundlicher geworden bist?«

Constantia nickte betreten.

»Nicht wahr, man sieht es. Und ich fühle es vor allem«, verärgert zog sie am Stoff ihres Kleides. »Es spannt und zwickt überall.«

»Ich finde, ein bißchen mehr Fülle steht dir ausgezeichnet. Wir werden die Schneiderin anweisen, deine Kleider ein wenig auszulassen.«

Die Familie hatte sich schon zum Abendessen um den Tisch versammelt, da betrat endlich auch Ludwig Rudolf den Saal. Constantias Miene hellte sich auf. Sie schenkte ihm ihr schönstes Lächeln, doch der Prinz schien sie nicht zu bemerken. Während er seine Frau an ihren Platz führte und freundliche Worte für Mutter und Schwester fand, übersah er Constantia geflissentlich. Sie spürte ein dumpfes Rauschen in ihren Ohren und fühlte wie das Blut aus ihrem Kopf und die Kraft aus ihren Beinen wich. Sie lehnte sich an die kalte Wand und atmete tief ein. Während der gesamten Mahlzeit suchte Constantia Augenkontakt mit Ludwig Rudolf, doch der würdigte sie keines Blickes. Constantia bekam es mit der Angst zu tun. Sie reichte der Prinzessin mechanisch das Wasser zum Waschen der Hände.

»Constantia gib doch acht, was du tust, du machst mich ja ganz naß!« rügte Sophie Amalie verärgert.

Constantia beeilte sich, ihre Haltung zu korrigieren. Ich werde ihn nicht im Bett erwarten. Wenn er heute Nacht kommt, wird er mich angezogen vorfinden. Ich verstehe, daß er mich nicht überschwenglich begrüßen kann, aber einen Blick könnte er mir schenken. Constantia fühlte zornige Trauer.

Der Prinz und seine Frau gehörten zu den ersten, die sich nach dem Essen zurückzogen. Liebend gern wäre auch Constantia auf ihr Zimmer gegangen, doch die Pflicht zwang sie, bei Tisch auszuharren, bis ihre Prinzessin das Signal zum Aufbruch gab. Sophie Amalie unterhielt sich bestens mit ihrem Schwiegervater und ließ sich immer wieder das Weinglas nachfüllen. Constantia spürte ihre Füße kaum noch, als endlich die erlösenden Worte fielen.

Mit der leisen Hoffnung, der Prinz könne in ihrem Zimmer sein, öffnete sie die Türe. Außer den unausgepackten Kisten fand sie nichts vor. Vollständig bekleidet legte sie sich auf ihr Bett, zog die Decke über den Kopf und weinte sich in den Schlaf.

Der Prinz kam nicht in dieser Nacht, und er besuchte sie auch nicht in den folgenden Nächten. In Gesellschaft mied er ihren Blick und ihre Nähe, und wenn sie sich zufällig im Schloß über den Weg liefen, wich er ihr aus und verweigerte jedes Gespräch. Constantia war tief getroffen. Aus verschmähter Liebe und verletztem Stolz entwickelte sich schmerzhafte Verzweiflung.

Der November war schon zur Hälfte vorüber. Die Ballsaison – Constantias liebste Zeit im Jahr – hatte begonnen. Doch statt wie in den vergangenen Jahren mit Anmut und eleganten Schritten die höfische Gesellschaft zu bezaubern, stand das Hoffräulein der Prinzessin meist ein wenig abseits und beobachtete mit traurigen Augen den bunten Trubel.

Sophie Amalie entging die Veränderung nicht. Sie machte sich Sorgen. Mehrmals versuchte sie, mit diskreten Anspielungen etwas zu erfahren, doch Constantia gab sich verschlossen.

Es war im Dezember und tiefer Winter, als Herzogin Elisabeth Juliane ihre Schwiegertochter zu einem Gespräch bat.

»Sie gehört zu Ihrem Hofstaat, liebes Kind, das weiß ich wohl, aber wenn mich nicht all meine Erfahrung täuscht, stehen wir bald vor einem Problem, das wir lösen sollten, bevor es öffentlich wird.«

»Ich weiß nicht genau, was Sie meinen, Durchlaucht. Ich will damit sagen, ich habe Constantias Stimmungswandel auch bemerkt, aber so etwas ist doch kein ernsthaftes Problem. Das wird wieder vergehen, spätestens wenn der Frühling kommt.«

Elisabeth Juliane sah die Prinzessin scharf an.

»Wollen Sie damit sagen, daß Sie nicht wissen, wovon ich spreche? Ist Ihnen denn nicht aufgefallen, in welcher Form der Leibesumfang Ihres Hoffräuleins in den letzten Wochen zugenommen hat?«

Sophie Amalie erschrak.

»Doch, aufgefallen ist mir das durchaus, aber ich habe es auf die üppige Küche in Kiel zurückgeführt.« Sie knetete beunruhigt ihr Spitzentaschentuch. »Sie meinen, Durchlaucht ...« Die Prinzessin vermochte den Satz nicht zu beenden.

»Ich meine, daß Sie eine ernsthafte Unterhaltung führen und der Sache auf den Grund gehen sollten, bevor es zu spät ist«, sagte Elisabeth Juliane scharf.

Den ganzen Tag grübelte die Prinzessin, wie sie es anstellen sollte, die Wahrheit aus Constantia herauszubekommen. Schließlich entschied sie sich für den direkten Weg. Der beste Ort war die Bibliothek, denn dort waren sie fast immer allein.

»Setz dich«, forderte sie Constantia am späten Nachmittag auf. »Ich muß dich jetzt etwas fragen und bitte dich, mir ehrlich Rede und Antwort zu stehen.« Constantia wurde bleich. »Du weißt, daß ich dich im Laufe der Jahre sehr ins Herz geschlossen habe, deswegen frage ich dich jetzt ohne Umschweife, ob es etwas gibt, das ich wissen sollte – aus deinem Mund wissen sollte –, bevor es im Laufe der nächsten Wochen ohnehin offenbar wird.«

Constantia schwieg und sah zu Boden. Große Tränen kullerten über ihre Wangen. Ein dicker Kloß in ihrem Hals machte es unmöglich zu antworten. Sophie Amalie sah sie mitleidig an.

»Es ist also wahr? Du bist in anderen Umständen?« rang sie sich endlich durch.

Constantia schluchzte heftig und nickte. Die Prinzessin fühlte ihr Herz schlagen und war nun selbst den Tränen nahe. Sie stand auf und nahm Constantia in den Arm.

»Wer ist der Vater?« wollte sie wissen. Constantia schüttelte den Kopf.

»Du willst es mir nicht sagen, oder du kannst es mir nicht sagen?« fragte Sophie Amalie sanft.

»Ich kann nicht!« brachte Constantia stockend hervor.

»Ich will jetzt nicht weiter in dich dringen. Hör auf zu weinen und ruh dich ein wenig in deinem Zimmer aus. Ich muß nachdenken.«

Sophie Amalie verharrte etwa eine Stunde in der holzgetäfelten Bibliothek, dann ging sie zu ihrer Schwiegermutter. Elisabeth Juliane sah sie erwartungsvoll an.

»Ihr habt recht gehabt, Durchlaucht. Das Hoffräulein Anna Constantia von Brockdorff erwartet ein Kind.« Die Herzogin nickte.

»Wissen Sie von wem?« Sophie Amalie schüttelte den Kopf.

»Sie will oder kann es mir nicht sagen.«

»Nun, es ist auch einerlei, mit welchem Knecht oder Kammerherren sie das Lager geteilt hat. Sie wird ihren Bastard nicht hier in Wolfenbüttel zur Welt bringen. Treffen Sie alle Vorbereitungen, und schicken Sie die Person so bald wie möglich zurück nach Hause – am besten gleich morgen. Ich dulde eine derartige Schande nicht hier im Schloß!« befahl die Herzogin mit harter Stimme.

»Vielleicht gibt es noch eine andere Lösung«, wagte die Prinzessin zaghaft zu widersprechen. »Wir könnten sie während der kommenden Monate an einem verschwiegenen Ort verstecken, daß sie ihr Kind zur Welt bringen und an den Hof zurückkehren kann? Wenn wir sie in Schimpf und Schande nach Hause schicken, zerstören wir ihre Zukunft. Wäre es nicht schade um so ein begabtes und reizendes Geschöpf?«

»Was ficht mich an, wie begabt oder reizend sie ist. Die Schande, die ihr bevorsteht, hat sie sich selbst zuzuschreiben. Soll sie die Suppe auslöffeln, die sie sich eingebrockt hat. Wir haben alle unser Päckchen zu tragen!« Sie sah ihre Schwiegertochter mit einem vielsagenden Blick an. Die Prinzessin nickte.

»Dennoch, ich habe sie sehr gern. Sie war mir in den vergangenen sieben Jahren eine treue Gefährtin, und ich würde ihr gerne die Schmach ersparen, vom Hof gejagt zu werden wie ein räudiger Hund. Das müßt Ihr doch verstehen, Durchlaucht.«

Elisabeth Juliane schaute aus dem Fenster.

»Wer, glauben Sie, ist der Vater? Sie haben Sie doch beinahe Tag und Nacht um sich. Haben Sie denn gar nichts beobachtet? Ist es vielleicht in Kiel geschehen?« fragte sie schließlich.

Die Prinzessin schüttelte den Kopf.

»Nein, es muß bereits vorher geschehen sein. Und ich denke, was ich beobachtet habe, habt auch Ihr beobachtet.«

Die Augen der Herzogin funkelten böse.

»Ich verbiete Ihnen, weiter zu sprechen. Wenn es ist, wie Sie andeuten, kann das nur ein Grund mehr sein, das Fräulein von Brockdorff noch heute in eine Kutsche zu setzen.«

»Durchlaucht, ich bitte Euch! Es ist schon dunkel. Wir wollen nichts überstürzen. Auf einen Tag kommt es doch nicht an.«

»In diesem Fall kommt es auf jeden Tag an«, zürnte die Herzogin.

Am frühen Abend schlossen die beiden Frauen einen Kompromiß. Constantia würde in den nächsten Tagen nach Hause fahren, aber am Hof sollte niemand den wahren Grund für ihre plötzliche Abreise erfahren.

»Überlegen Sie sich eine Erklärung, und lassen Sie mich wissen, wie die offizielle Version der unappetitlichen Geschichte lauten soll«, ließ sich die Herzogin erweichen und stand auf.

Sophie Amalie erfüllte am kommenden Tag ihre traurige Pflicht:

»Ich habe alles versucht, aber du kennst den Starrsinn der Herzogin, sie duldet dich nicht länger am Hof und verlangt, daß du Wolfenbüttel so schnell wie möglich verläßt.«

Constantia nickte betrübt.

»Wir werden sagen, daß du in Depenau gebraucht wirst, und niemand wird den wahren Grund erfahren. Aber damit das sichergestellt ist, muß es jetzt schnell gehen.«

Constantia wurde noch blasser.

»Bald?« fragte sie zaghaft, in der Hoffnung auf etwas mehr Zeit.

»Am besten wird sein, du packst deine Sachen gleich heute abend, dann kannst du morgen oder spätestens übermorgen die Kutsche besteigen.«

Constantia wußte, daß der Befehl unumstößlich war und befolgte ihn. Einen Tag konnte sie noch herausschinden, dann war es so weit.

Sophie Amalie verbarg ihre Gefühle. Obwohl ihr der Abschied zu Herzen ging, lächelte sie aufmunternd, als Constantia die Kutsche bestieg. Herzog und Herzogin verließen ihre Gemächer nicht. Einem Hoffräulein unter diesen Umständen Lebewohl zu sagen, kam nicht in Frage.

Der Schnee war noch nicht geschmolzen, und der Kutscher hatte Mühe, die Pferde voranzutreiben. Im Inneren des Wagens saß Constantia, in eine warme Reisedecke gehüllt, und zitterte. Sie fürchtete sich vor ihrem Vater. Doch noch mehr als vor der väterlichen Wut fürchtete sie sich vor den traurigen Augen ihrer Mutter.

Je näher sie dem Gutshaus kamen, um so ruhiger wurde Constantia. Zwischen den entlaubten Bäumen sah sie aus der Ferne den Wehrturm von Depenau, und obwohl der Anlaß alles andere als erfreulich war, freute sie sich plötzlich, nach all den Jahren in Gottorf und Wolfenbüttel wieder nach Hause zu kommen.

Der Kutscher lud das Gepäck vom Wagen und trat unschlüssig von einem Fuß auf den anderen.

»Warte Er einen Augenblick und schirr Er die Tiere ab. Ich will einen Knecht rufen, der sie in den Stall führt. Er kann dann in die Küche gehen, eine heiße Suppe wird es schon geben für Ihn.«

Sie ließ ihre Kisten und Schachteln stehen und stapfte durch den knirschenden Schnee ins Haus. Wie früher brannte im Kamin ein großes Feuer. Constantia durchquerte die völlig unveränderte Diele und wärmte sich die Hände.

»Holla! Wie seid Ihr denn hereingekommen, junge Frau!« rief jemand von hinten. Constantia erkannte die Stimme der Altmagd und drehte sich um

»Durch die Tür, wie es bei uns üblich ist«, lächelte sie und konnte gerade noch verhindern, daß die überraschte Magd vor Schreck einen Stapel frisch gewaschener Küchentücher fallen ließ.

»Das Fräulein Constantia! Ja – aber warum sagt mir denn niemand, daß Sie kommen? Die Eltern sind nicht im Haus, kehren erst in ein oder zwei Stunden zurück. Nein, wie sind Sie schön geworden, wenn ich es mir erlauben darf. Bitte ...«, sie legte die Tücher auf den Tisch, »bitte, lassen sie sich das Cape abnehmen. Und was soll ich richten? Sie haben doch sicher Hunger?«

»Ich danke dir, mach dir um mich keine Sorgen, ich komme schon zurecht, aber draußen wartet der Kutscher. Ich habe ihm einen Teller Suppe versprochen. Es wird doch eine im Kessel sieden, oder?«

»Bei dieser Kälte haben wir immer eine Suppe heiß. Ich will den Mann gleich hereinrufen, sonst holt er sich noch den Tod vor der Tür.«

Constantia stieg langsam die alte knarrende Treppe hinauf. Die Kammern oben waren verwaist. Sie öffnete eine Tür nach der anderen. Das Zimmer der Brüder war fast leer und wirkte verlassen. Nur noch der Schrank in der Ecke und das große Bett, in dem sie als Kind so oft Zuflucht gesucht hatte, erinnerten daran, daß hier einmal zwei muntere Buben ihr Unwesen getrieben hatten. Constantia ging über den Flur. Ihr ehemaliges Zimmer war verschlossen. Der Schlüssel steckte von außen. Die Tür sprang sofort auf. Constantia wich entsetzt einen Schritt zurück. Was sie sah, hatte nichts mehr mit ihrem Zimmer zu tun. Schwere Samtvorhänge verdunkelten den Raum. Sie kniff die Augen zusammen, um sich an das diffuse Licht zu gewöhnen. Da stand ein Kindertisch, ein prachtvolles Bettchen mit Himmel, ein kleiner brokatbezogener Sessel und ein allerliebstes Kinder-Waschgeschirr. Puppen, handgefertigte Tiere aus Stoff, hölzerne Reifen und Kugeln waren sorgfältig dekoriert, so als wäre das Zimmer vor ein paar Minuten erst verlassen worden. An der Wand hing ein großes goldgerahmtes Portrait ihrer verstorbenen Schwester. Constantia schluckte. Arme Mutter, wie muß sie unter dem Tod der kleinen Dorothee gelitten haben und noch immer leiden, daß sie ihr Andenken so bewahrt. Constantia entschied, im Knabenzimmer Quartier zu nehmen und verschloß die Türe wieder.

Aus der Diele drang lautes Gepolter. Jemand stampfte mit den Füßen auf den Holzboden und Constantia hörte die Stimme ihres Vaters.

»Was soll denn das ganze Gerümpel hier mitten im Raum? Haben wir Besuch? Ohne Anmeldung?«

»Das sind Constantias Sachen, Lieber«, hörte sie ihre Mutter.

»Constantia! Mein Mädchen! Bist du es?« rief ihr Vater.

Constantia kam die Treppe herunter und fiel ihm um den Hals.

»Was ist geschehen? Weshalb bist du hier? Laß dich anschauen!«

Er hielt seine Tochter auf Armeslänge entfernt. »Gut siehst du aus – ein wenig blaß vielleicht.«

»Meine Prinzessin, komm her und gib mir einen Kuß«, mischte sich jetzt Margarethe von Brockdorff ein, die inzwischen ihr dickes Wolltuch abgelegt und leichtere Schuhe angezogen hatte.

Constantia flog ihrer Mutter in die Arme und drückte sie. Margarethe von Brockdorff hielt ihre Tochter fest in den Armen und flüsterte glücklich: »Wie habe ich dich vermißt, mein liebes, liebes Mädchen! Wie habe ich dich vermißt.«

Constantia kamen die Tränen. Angst und bange wurde ihr bei dem Gedanken, was geschehen würde, wenn sie den Eltern erklärte, warum sie so unverhofft nach Hause gekommen war. Und doch würde sie es gleich beim Abendessen tun. Je länger sie es hinausschob, um so schlimmer wurde es.

Draußen dämmerte es, und Constantia spürte, daß sie den ganzen Tag noch nichts gegessen hatte.

»Seid mir nicht böse, aber ich habe einen Bärenhunger. Vielleicht kann der Knecht mein Gepäck nach oben bringen, dann würde ich zu gern etwas essen, und dabei kann ich Euch alles erzählen.«

»Dann essen wir heute eben etwas eher als gewöhnlich. Ich bin so durchgefroren, daß ich nichts gegen etwas Warmes im Magen einzuwenden hätte.« Ihr Vater rief den Knecht.

Constantia ließ sich auf Christians Bett fallen, vergrub ihr Gesicht im Kissen und atmete tief ein. Das Federbett roch noch genau so, wie sie es aus ihrer Kindheit erinnerte. Sie drehte sich auf den Rücken und sah an die Decke. Die pudrige Aura Ludwig Rudolfs schien durch das Zimmer zu schweben und senkte sich auf die Bettkante. Constantia schloß die Augen. Was hat er nur mit mir gemacht? Wie konnte ich mich auf all das einlassen und nicht erkennen, daß es für ihn nur ein Spiel war? Sie richtete sich auf. So werde ich es den Eltern erklären. Mir war es ernst – das ist die Wahrheit –, und der Prinz suchte nur ein kleines Amusement.

Die Hälfte ihrer Kleider lag noch im Zimmer verstreut, als ihre Mutter plötzlich in der Tür stand.

»Gerade wollte ich dich bitten, hier Logis zu nehmen. In deiner Kammer hat Dorothee gewohnt, und ich habe nach ihrem Tod alles so gelassen, wie es war.« Sie trat näher. »Was hast du für entzückende Kleider.« Sie strich mit der Hand über die hellgrünen Ärmel eines Sommerkleides.

»Überhaupt, ich finde dich so verändert, nicht nur erwachsener, nein fraulicher, scheinst du mir geworden.« Sie sah ihre Tochter prüfend an. »Aber vielleicht liegt es ja tatsächlich an deiner eleganten Garderobe. Bleibst du denn so lange, daß es sich lohnt, auch die dünnen Sachen für den Sommer mitzubringen?« Fragend runzelte sie die Stirn.

»Ich werde wohl eine Weile hier sein, wenn Sie erlauben«, antwortete ihre Tochter, um unbeschwerten Tonfall bemüht. »Aber das berichte ich Ihnen gleich, wenn wir unten beisammen sitzen.« Sie senkte den Blick.

Ritter Joachim von Brockdorff hatte zur Feier des Tages einen besonderen Wein aus dem Gewölbe geholt.

»Deine Mutter und ich sind sehr froh, dich zu sehen, mein Kind.« Er hob sein Glas. »Doch jetzt laß uns endlich wissen, welch glücklichem Umstand wir deinen Besuch verdanken.« Er nahm einen kräftigen Schluck Wein und sah seine Tochter erwartungsvoll an.

Constantia fühlte, wie alles Blut aus ihrem Gesicht schwand.

»Es ist kein glücklicher Umstand, Vater, und ich bin zu Tode betrübt über den Kummer, den ich Ihnen mache. Und doch kann ich nicht anders, als es gleich geradeheraus zu sagen, denn alles andere hätte ohnehin keinen Sinn.« Constantia legte unbewußt die Hände auf die Wölbung ihres Bauches.

»Du erwartest ein Kind!« Margarethe von Brockdorffs Stimme bebte. Constantia sah sie nicht an, nickte nur mit dem Kopf.

»Du erwartest ein Kind!« Ritter Brockdorff war mit puterrotem Gesicht aufgesprungen und schlug auf den Tisch, daß sein Glas umfiel und der Rotwein spritzte.

Constantia zuckte zusammen und wagte nicht, zu antworten.

»Wer ist der Vater? Wie konnte das geschehen? Hast du nichts als

Haferstroh im Kopf?« Ihr Vater stand mit geballten Fäusten vor ihr. Constantia begann zu weinen.

»Ich liebe ihn, und er hat gesagt, er liebt mich auch«, schluchzte sie. »Wir hatten Pläne, wollten zusammen sein, und dann bin ich nach Kiel gefahren, und dann war alles vorbei.«

»Das kann man wohl sagen, daß alles vorbei ist! Was hatten wir für Hoffnungen in dich gesetzt! Dachten immer, du bist nicht nur schön, sondern auch klug! Und jetzt! Sieh dich an! Klug bist du sicher nicht, denn das passiert nur den dümmsten aller Gänse! Geh mir aus den Augen, aber sofort, daß ich nicht die Gerte nehme und dich windelweich schlage!« schrie ihr Vater.

Constantia beeilte sich, die Treppe hinaufzukommen. Durch die geschlossene Tür konnte sie Brockdorff toben und brüllen hören. Gelegentlich unterbrach die Stimme der Mutter seinen Wutanfall, bis die Haustür zuschlug und der Ausbruch ein Ende hatte. Constantia lag zitternd auf dem Bett. Sie hörte Schritte auf der Treppe.

»Du mußt etwas essen.« Margarethe von Brockdorff stellte Suppe und Fleisch auf den Tisch. Constantia trocknete ihre Tränen.

»Ich danke Ihnen. Und bitte verzeihen Sie mir. Ich schäme mich so sehr.« Sie küßte ihrer Mutter die Hände.

»Daß du dich schämst, hilft uns nicht weiter. Wir werden in den nächsten Tagen darüber nachdenken, wie wir die Schande abwenden und deine Zukunft sichern können. Am besten bleibst du hier oben, bis dein Vater sich ein wenig beruhigt hat. Dann sehen wir weiter.« Sie strich ihrer Tochter über das Haar.

Vier volle Tage verließ Constantia das obere Stockwerk nur, wenn Brockdorff außer Haus war. Dann faßte sie sich ein Herz und erschien in der Diele.

»Bitte, ich würde mich gerne zu Ihnen setzen. Es wird noch ein paar Wochen dauern, bis ich mein Kind auf die Welt bringe, und bis dahin kann ich doch nicht den ganzen Tag eingesperrt bleiben.«

Brockdorff sah stur auf seinen Teller, würdigte sie keines Blickes.

»Vater! Ich bitte Sie! Wenn alles vorüber ist, nehme ich mein Kind und verlasse Depenau. Ich werde Ihnen nicht zur Last fallen. Aber ich flehe Sie an, helfen sie mir dieses eine Mal. Ich habe doch nur Sie.« Constantias Stimme zitterte.

»Wir haben eine Entscheidung gefällt.« Margarethe von Brockdorff sah ihrer Tochter gerade ins Gesicht. »Und wenn du willst, daß wir dir helfen, Schmach und Schande so gering wie möglich zu halten, wirst du sie akzeptieren.«

»Alles, was Sie wünschen, Mutter, nur bitte schicken Sie mich jetzt nicht fort.« Margarethe von Brockdorff schüttelte den Kopf.

»Nein, wir werden dich nicht fortschicken. Du wirst hier bei uns bleiben, bis du entbunden hast. Ich werde einen Platz finden, wo das Kind gepflegt und gut versorgt wird. Du wirst dich erholen, und dein Vater wird einen Mann für dich finden. Du wirst andere – eheliche – Kinder haben und ein ganz normales Leben führen.«

Constantia war weiß wie ein Leintuch.

»Aber ...«, widersprach sie matt.

»Kein Aber. Es wird so geschehen, wie deine Mutter und ich es beschlossen haben. Es ist die einzige Möglichkeit, dir eine anständige Zukunft, ein Leben in Ehre und Achtbarkeit zu verschaffen.« Ihr Vater duldete keinen Widerspruch.

Unter Tränen löffelte Constantia ihre Suppe. Sie sagte kein Wort, in wildem Durcheinander rasten die Gedanken durch ihren Kopf. Ich werde mein Kind nicht weggeben. Ich werde es nehmen und fliehen. Oder soll ich lieber gleich heute noch meine Sachen packen und mich davonmachen? Nein, bis zur Geburt bleibe ich hier. Aber ich werde ihnen nicht sagen, daß ich mir mein Kind nicht nehmen lasse. Sie blickte auf und nickte.

»Es wird so geschehen, wie Sie es wünschen«, log sie.

»Du hast uns in eine schreckliche Lage gebracht, und wir können nur hoffen und beten, daß möglichst wenig Menschen davon erfahren. Aber deine Mutter hat recht. Es hat keinen Sinn, über verschüttete Milch zu weinen, und so wollen wir sehen, daß wir retten, was zu retten ist. Du wirst hier auf dem Gut bleiben, bis der Tag gekommen ist. Du wirst keine Ausflüge machen und auch keinen Besuch empfangen. Die Diener werden niemandem sagen, daß du wieder hier bist. Und wenn alles überstanden ist, werde ich einen Mann für dich finden. Bis dahin wünsche ich nicht, daß in meiner Anwesenheit auch nur ein weiteres Wort darüber verloren wird, einstweilen ist alles gesagt!« Ihr Vater leerte sein Glas in einem Zug.

## Dieser Schwiegersohn wird von großem Nutzen für uns sein

Tag für Tag saß Constantia in ihrem Zimmer oder in der Diele und fertigte die Erstausstattung für ihr Kind. Wenn schönes Frühlingswetter sie zu sehr lockte, unternahm sie lediglich kleine Spaziergänge rings um das Haus.

Gerade wollte sie an einem sonnigen Vormittag im April zu einem Rundgang aufbrechen, da spürte sie ein heftiges Ziehen im Unterleib. So heftig, daß sie keinen Schritt mehr tun konnte und sich zusammengekrümmt auf eine Stuhllehne stützen mußte. Nach wenigen Minuten war der Schmerz vorüber. Constantia ging zurück ins Zimmer. Das sind die Vorboten der Geburt, wußte sie. Beide Eltern hatten das Haus früh verlassen. Constantia zog Schuhe und Kleid aus und legte sich hin. So fand sie die Magd, die gegen Mittag in den ersten Stock kam, um Bescheid zu sagen, daß das Essen gerichtet war.

»Fräulein Constantia! Ist Ihnen nicht wohl, daß Sie am hellichten Tag im Bett liegen?« Constantia lächelte.

»Doch, noch ist mir recht wohl, aber wenn die Zeichen nicht trügen, ist es bald so weit.« Sie deutete auf ihren Bauch.

»Himmel hilf!« Die Magd schlug die Hände zusammen. »Die Herrschaft ist nicht da, kommt erst am Nachmittag zurück. Ich will gleich gehen, den Geburtsstuhl holen und alles vorbereiten lassen.«

Stunden später trat Margarethe von Brockdorff an das Bett ihrer Tochter. Vorsichtig tastete sie deren Bauch ab.

»Das dauert nicht mehr lange«, sagte sie voller Überzeugung und rief nach der Magd.

»Heißes Wasser und Tücher. Das Übliche. Du weißt, was gebraucht wird«, befahl sie und setzte sich zu ihrer Tochter. »Ich lasse nach der Wehmutter schicken und bin gleich wieder bei dir.«

Constantia nickte.

Es dunkelte schon, aber die Hebamme war noch nicht eingetroffen. Constantia saß auf dem Geburtsstuhl und preßte.

Unten in der Diele starrte Ritter Brockdorff auf einen Folianten mit Bilanzen und konnte sich nicht konzentrieren. So unmäßig sein Zorn auf Constantia gewesen war, so sehr sorgte er sich jetzt um sie. Jeder Schrei, der durchs Haus gellte, ging ihm durch Mark und Bein. Er hob den Kopf und lauschte. Erst war es still, dann hörte er ein leises Greinen. Brockdorff sprang auf. Es war überstanden. Er schloß die Augen.

»Lieber!« Seine Frau kam die Treppe hinunter.

»Wie geht es Constantia?« Brockdorff sah sie nervös an.

»Nicht gut. Sie hat viel Blut verloren, ist sehr schwach. Aber sie ist jung und wird schon wieder auf die Beine kommen.« Margarethe von Brockdorff sprach nicht weiter.

»Sagen Sie mir nicht, was es ist, ich will es nicht wissen, ich will es auch nicht sehen!« befahl ihr Mann barsch. Sie nickte.

»Wie Sie wünschen, Lieber. Ich werde jetzt nach dem Pfarrer schikken. Die Taufe sollte so schnell wie möglich sein«, sagte sie sanft.

»Hat das nicht Zeit bis morgen?«

»Ich fürchte nein.«

Die Magd hatte das Bett frisch gerichtet und Constantia geholfen, ein sauberes Leinenhemd anzuziehen. Constantia hielt den frisch gebadeten, in weiße Tücher gewickelten Säugling im Arm, als ihre Mutter zurückkehrte.

»Der Pfarrer wird gleich da sein, hoffe ich.« Sie sah besorgt auf das kleine Bündel. »Es ist sehr klein und schwach, scheint mir. Bereite dich auf das Schlimmste vor, mein Kind.« Constantia hatte Tränen in den Augen.

»Was sollte wohl das Schlimmste sein, Mutter? Sie werden es mir doch ohnehin nehmen. Vielleicht ist es besser, es kommt gleich in den Himmel, als daß es bei fremden Menschen aufwachsen muß.« Sie wandte sich ab.

Kurz vor Mitternacht traf der Pfarrer ein und zelebrierte eine kurze Taufe. Die fromme Margarethe von Brockdorff atmete auf. Was immer jetzt geschah, das Kind war in die Gemeinde Christi aufgenommen, sein Seelenheil gerettet.

Zwei Tage lebte das Kind in den Armen seiner Mutter. In den frühen Morgenstunden tat das fieberheiße kleine Menschlein seinen letzten Atemzug. Constantia war verzweifelt, als Margarethe von Brockdorff kam, ihr das Kind zu nehmen.

»Du mußt jetzt stark und tapfer sein. Wir werden es anständig begraben. Dein Leben aber geht weiter. Sammle deine Kräfte und bete.«

Constantia weinte einen ganzen Tag und die darauffolgende Nacht. Dann hatte sie keine Tränen mehr und sank erschöpft in die Kissen. Drei Wochen lag sie im abgedunkelten Zimmer und wollte mit niemandem sprechen. Joachim von Brockdorff reiste nach Sachsen, sich in Dresden und Leipzig nach einem passenden Mann umzusehen. Kostbaren Seidenstoff im Gepäck kehrte er Ende April zurück und fand Constantia blaß, aber aufrecht im Garten.

»Ich habe dir Stoff für ein neues Kleid mitgebracht«, begrüßte er sie und machte damit klar, daß er nicht gedachte, über die Ereignisse der jüngsten Vergangenheit zu sprechen. Constantia ging ihm entgegen.

»Wie lieb von Ihnen, daß Sie an mich gedacht haben.« Sie gab ihm einen zarten Kuß auf die Wange. Gerührt erwiderte Brockdorff ihre Umarmung.

»Du wirst sehen, es wird sich alles zum Guten wenden. Nicht lange und wir werden Besuch bekommen. Sieh, daß dein Kleid bis dahin fertig ist, damit du wieder die Schönste von allen bist.«

Constantia zuckte zusammen. Er hatte also Ernst gemacht und einen Mann für sie ausgewählt. Bei diesem Gedanken schlug ihr Herz bis zum Hals. Sie würde niemals so leben, wie sie es sich immer erträumt hatte. Statt dessen würde sie vermählt werden mit einem Mann, den sie nicht kannte, den ihr Vater ausgesucht hatte, den sie nicht liebte und von dem sie nicht einmal wußte, ob er sie respektieren, geschweige denn lieben würde. Sie biß sich auf die Lippen.

Während seines Besuches in Leipzig hatte Ritter Brockdorff einige

Männer aus dem engsten Umfeld des Kurfürst-Königs kennengelernt. Trotz des Nordischen Krieges besuchte August der Starke auch in diesem Jahr die Leipziger Frühlingsmesse. In Begleitung seiner wichtigsten Berater logierte er in der Nebenresidenz. Leipzig war eine bedeutende Stadt. Hier wurden viele sächsische Geldgeschäfte getätigt und abgewickelt. So befand sich auch Finanzminister Adolf Magnus Gotthelf von Hoym im kurfürstlich-königlichen Gefolge. Die Noblen der Stadt wechselten sich mit abendlichen Einladungen ab, und bei einer dieser Gelegenheiten wurde Brockdorff dem Minister vorgestellt. Diesem war Constantia seit dem Fest in Wolfenbüttel nicht mehr aus dem Kopf gegangen. Die Angst sich als suchender Hagestolz zu blamieren, hatte ihn jedoch von weiteren Schritten abgehalten. Jetzt spielte das Schicksal ihm einen entscheidenden Trumpf in die Hand. Der Vater des schönen Kindes stand vor ihm.

»Nun, mit dieser Pracht hier kann ich natürlich nicht konkurrieren.« Ritter Brockdorff machte eine weite Geste. »Aber mit Frau und Tochter lebe ich sehr kommod auf meinem Gut Depenau.« Hoym horchte auf.

»Ich hatte einmal Gelegenheit, einen Ball besuchen zu dürfen im Schloß Wolfenbüttel. Es war im Karneval des vergangenen Jahres. Da gab es ein Hoffräulein, auffallend schön, wenn ich so sagen darf, das trug den gleichen Namen wie Ihr. Es hieß, sie käme aus Depenau?« Er sah Brockdorff fragend an.

»Exzellenz erweisen mir zu viel der Ehre, wenn Sie sich an meine Tochter erinnern. Ja, es ist wahr, Constantia war bis vor kurzem dort am Hof. Jetzt weilt sie zu Besuch bei uns – zu einem längeren Besuch«, korrigierte er sich.

Hoym konnte sein Glück kaum fassen. Er wechselte das Thema.

»Ihr sagt, Ihr bewirtschaftet ein Gut?« Brockdorff nickte.

»Ja, Exzellenz, und es ist nicht einmal klein, oben im Holsteinischen gelegen.« Er suchte nach einem Köder, um Hoym nach Depenau zu locken.

»Ihr wißt es besser als jeder andere, in diesen Zeiten haben wir alle unsere Schwierigkeiten. Der Krieg verlangt seinen Tribut, und ich bin auf dem Gebiet der Finanzen kein Fachmann. Oft denke ich, daß ich noch mehr erwirtschaften könnte, aber dazu bedürfte es eines klug ausgetüftelten Planes, und dafür wiederum fehlen mir Zeit und Erfahrung.« Brockdorff hatte seine bescheidenste Miene aufgesetzt. Hoym jubilierte innerlich.

»Der Zufall will es«, griff er zu einer Lüge, »daß ich in der nächsten Zeit ohnehin in den Norden reisen werde. Ich möchte mich Euch nicht aufdrängen, verehrter Ritter, aber wenn es genehm wäre, könnte ich einen kleinen Abstecher einrichten und bei der Gelegenheit einmal einen Blick auf Eure Folianten werfen.«

»Aber bitte, Exzellenz, es wäre mir Freude und Ehre zugleich, Euch empfangen zu dürfen. Wenn Ihr Euch tatsächlich die Mühe machen wollt. Laßt mich wissen wann, und Ihr werdet alles bereit finden ...«

Hoym zögerte nicht lange. Es war in den ersten Maitagen, als Constantia fröhlich mit einem Arm voller frisch geschnittener Birkenzweige die Diele betrat. Drinnen saß Brockdorff mit einem Besucher, an dessen Gesicht sie sich aus weiter Vergangenheit zu erinnern glaubte. Sie küßte ihren Vater überschwenglich auf die Stirn und begrüßte dann den Gast.

»Constantia, wir haben hohen Besuch. Das ist Seine Exzellenz, der Herr Minister und Direktor des General-Akzise-Kollegiums, Adolf Magnus von Hoym«, stellte Brockdorff vor. Seine Tochter versank in einen tiefen Knicks.

»Bitte, bitte, schönes Kind, erheben Sie sich. Ich bin doch nicht der König.« Hoym lachte charmant. Constantia sah ihm gerade ins Gesicht.

»Willkommen auf Depenau, Exzellenz.« Er hat Pausbacken wie ein Kind, dachte sie, aber das Grübchen im Kinn sieht nett aus. Der Mund ist schön, die Augen auch. Der Bauch – nein, der Bauch ist zu dick. Wie alt er wohl ist? Ist er es, den der Vater für mich ausgesucht hat? Wenn er es ist, hätte ich es schlimmer treffen können. Sie lächelte.

»Entschuldigt mich bitte, ich will die Zweige ins Wasser stellen«, sagte sie freundlich und verschwand in der Küche. Hoym sah ihr nach.

»Sie ist es, Ritter Brockdorff, Eure Tochter ist tatsächlich die junge

Dame, die ich vor Jahr und Tag in Wolfenbüttel gesehen habe. Noch schöner ist sie geworden, scheint mir.« Brockdorff blies stolz den Brustkorb auf.

Hoym war entzückt von Constantia. Während des gemeinsamen Abendessens machte er ihr ein Kompliment nach dem anderen.

»Nicht einen Tag habe ich Sie vergessen, seit ich Sie seinerzeit auf dem Ball sah. Aber man hat uns einander leider nicht vorgestellt.« Er nahm einen Schluck Wein. »Aber wie hätte man uns auch vorstellen sollen? Sie waren ja in einer Weise von Galanen umringt, nicht ein Tanz war frei, wenn ich mich recht erinnere.«

Hoym bemerkte gar nicht, wie sich Brockdorffs Miene dabei verdunkelte.

»Nein, kein Tanz war mehr frei«, wiederholte der Gast gespielt bekümmert. »Immer war dieser Kerl im weißen Ritterkostüm an ihrer Seite. Wer er war, blieb mir verborgen, aber er hat sich sehr um Eure Tochter bemüht«, sagte er scherzend zu Brockdorff, dem bei dieser Anspielung der Appetit verging.

»Wir waren ja alle maskiert«, Constantia verhaspelte sich beinahe. »Es waren doch Knaben, eine Horde tollender Hunde, niemand, der es mit Euch aufnehmen könnte, Exzellenz.«

Die Stirn ihres Vaters glättete sich wieder.

Am nächsten Morgen ritten die beiden Männer aus, das Gut und seine Anlagen zu inspizieren.

»Verehrter Ritter! Ich habe noch nicht mit Eurer Tochter gesprochen, weil ich es für ziemlich halte, erst mit dem Vater Einigkeit zu erlangen«, hob Hoym an. Brockdorff verzog keine Miene.

»Einigkeit worüber?« täuschte er Ahnungslosigkeit vor.

»Einigkeit über eine Sache, die nicht ohne Bedeutung ist«, drohte sich Hoym in Phrasen zu verheddern. Brockdorff schwieg.

»Machen wir es kurz: Was würdet Ihr sagen, wenn ich hier und jetzt um die Hand Eurer Tochter anhielte?« Hoym brachte sein Pferd zum Stehen.

Joachim Brockdorff mußte sich beherrschen, um seine Freude nicht zu deutlich zu zeigen.

»Ich kann eine solche Entscheidung nicht über den Kopf meiner Tochter hinweg fällen, das werdet Ihr sicher verstehen. Aber wenn ich mein Kind richtig einschätze, wüßte ich nicht, was sie gegen diese Ehre einzuwenden haben sollte. Ich werde es gleich nach unserer Rückkehr mit ihr besprechen.«

»Wenn Ihr Euer Einverständnis gebt, hielte ich es für angemessen, wenn ich sie selbst fragte«, widersprach der Minister.

»Wie Ihr wünscht, meinen Segen habt Ihr von ganzem Herzen. An Eurer Seite weiß ich Constantia gut aufgehoben, und mehr kann sich ein Vater wohl nicht wünschen.«

Hoym zeigte keine Eile. Erst nach dem Mittagessen sagte er höflich:

»Bei diesem herrlichen Wetter würde ich zu gerne einen kleinen Spaziergang machen. Fräulein Constantia, würden Sie mir das Vergnügen bereiten, mich zu begleiten.«

Constantia sah überrascht auf.

»Sehr gerne, Exzellenz, wenn Ihr Euch nur einen Augenblick geduldet, so bin ich gleich bei Euch.«

Sie erhob sich und ging in ihr Zimmer. Er hat also mit dem Vater gesprochen, und jetzt wird er mich fragen, ob ich seine Frau werden will. Er ist freundlich, klug und hat gute Manieren. Aber ich liebe ihn nicht. Soll ich mein Leben wirklich an der Seite eines Mannes verbringen, den ich nicht liebe? Aber was habe ich für eine Wahl? Der Vater wird mich davonjagen, wenn ich ablehne. Sie atmete tief durch und schloß die Augen. Ganz gleich wie sie es drehte und wendete, eine bessere Partie als diesen Minister würde sie nicht machen können. Sie straffte die Schultern, setzte ihr fröhlichstes Gesicht auf und ging wieder hinunter.

Adolf Magnus von Hoym erwartete sie vor dem Haus. Galant reichte er ihr den Arm.

»Sie kennen sich besser aus, die Route bestimmen also Sie. Ich werde Ihr gehorsamer Diener sein und Ihnen auf Schritt und Tritt folgen.« Er lächelte liebenswürdig.

Untergehakt gingen sie vom Hof.

»Er will sie heiraten«, triumphierte Brockdorff. Seine Frau sah aus dem Fenster.

»Wollen wir hoffen, daß sie ein wenig Glück bei ihm findet«, seufzte sie.

Es wurde ein ausgedehnter Spaziergang. Hoym erzählte von Dresden, vom Leben in der Residenzstadt, von den opulenten Festen am kurfürstlich-königlichen Hof und von seinem Haus. Je länger er sprach, um so begeisterter war Constantia. Was für eine köstliche Aussicht, in dieser großen Stadt zu leben, Einladungen zu geben, Feste zu feiern und einen Mann zu haben, der genug Geld besaß, die schönsten Kleider zu bezahlen. Was waren Depenau oder Wolfenbüttel gegen den Hof Augusts des Starken. Was war die ländliche Einsamkeit des Elternhauses gegen den Trubel und all die Vergnügungen, die sie in der Stadt erwarteten.

»Es ist wahr, was ich gestern sagte«, riß Hoym sie aus ihren Träumen. »Seit ich Sie vor mehr als einem Jahr gesehen habe, verging kein Tag, an dem ich nicht an Sie gedacht habe.« Er blieb stehen, nahm Constantias Hand und sah ihr fest in die Augen. »Und deshalb möchte ich Sie etwas fragen: Fräulein von Brockdorff, wollen Sie meine Frau werden?« Obwohl Constantia mit dem Antrag gerechnet hatte, verschlug es ihr die Sprache.

»Sie kennen mich noch nicht gut, aber ich kann Ihnen versichern, Sie werden es nicht bereuen. Ich werde Ihnen das Leben einer achtbaren Dame der höchsten Gesellschaft bieten. Sie werden in den ersten Kreisen verkehren, und man wird Ihre Schönheit überall im Land preisen. Sagen Sie ja! Ich bitte Sie von ganzem Herzen.« Er zog ein längliches Etui aus der Tasche seines Gehrockes. »Dies soll mein Pfand und Verlobungsgeschenk sein. Ich hoffe, es gefällt Ihnen.«

Constantia schwieg noch immer. Sie öffnete die Schatulle und stieß einen kleinen Schrei aus. Sanft glänzend schimmerte auf purpurrotem Samt ein dreireihiges Perlenhalsband.

»Ich bin überwältigt«, brachte sie endlich hervor. »Überwältigt von Eurem Antrag und von der Schönheit dieses Geschmeides.«

Hoym nahm die Perlen und legte sie ihr um den Hals.

»Wie lautet also Ihre Antwort?« fragte er, seines Sieges gewiß.

»Wie soll sie lauten? Sie kann doch nur ja lauten!« Constantia sah ihn unsicher an. Hoym nahm ihr Kinn in die Hand und küßte sie.

»Wir wollen zurückgehen und es Ihren Eltern sagen. Sie machen mich zum glücklichsten Menschen unter der Sonne.« Der Minister strahlte über das ganze Gesicht. »Mit Ihrem Vater habe ich schon gesprochen, er ist einverstanden.« Constantia nickte und hoffte inständig, daß damit auch in den Augen ihrer Eltern Schmach und Schande ausgelöscht, ihr Fehltritt vergeben und vergessen sein würde.

Das Ehepaar Brockdorff saß erwartungsvoll am Tisch.

»Sie wird zustimmen, ich bin ganz sicher, sie weiß doch, was sie uns schuldig ist«, hatte Margarethe gerade gesagt, da standen Constantia und Hoym in der Tür.

»Verehrter Ritter, Frau von Brockdorff, Ihre Tochter hat soeben eingewilligt, meine Frau zu werden. Ich bitte höflichst um die Ehre, in diesem Haus als zukünftiger Schwiegersohn angesehen zu werden.«

Während Hoym und Brockdorff den Bund mit einem Handschlag besiegelten, umarmte Margarethe gerührt ihre Tochter.

Noch am selben Abend handelten die beiden Männer den Ehevertrag aus. Zwei Wochen blieben für die Hochzeitsvorbereitungen, denn der Minister der Akzise mußte wieder zurück nach Dresden.

Constantia war glücklich. Sie hatte den festen Vorsatz gefaßt, dem mächtigen Steuerpräsidenten eine gute Frau zu werden.

Am 2. Juni 1703 wurde auf Gut Depenau Hochzeit gefeiert. Beide Brüder waren angereist und sehr beeindruckt von dem einflußreichen Mann, dem die Schwester ihr Jawort gab.

»Dieser Schwiegersohn wird von großem Nutzen für uns sein. Denk nur, was er für die Jungen tun kann.« Brockdorff legte den Arm um seine Frau.

»Mit seiner Protektion können Christian und Joachim vielleicht am sächsischen Hof oder im Heer unterkommen. Das würde uns die Sorge um die Zukunft der beiden mit einem Schlag nehmen.«

Die Mutter zeigte keine Regung.

Constantia sah bezaubernd aus. Die Wangen vor Aufregung leicht gerötet, das Haar sorgfältig frisiert, wirkte sie in ihrem bodenlangen

Kleid wie eine Prinzessin. Um den Hals trug sie ihr prächtiges Verlobungsgeschenk, ihre dunklen Augen leuchteten. Hoym konnte sich gar nicht satt sehen an seiner jungen Frau und zerbarst beinahe vor Stolz, als der Segen gesprochen und sie zu Mann und Frau erklärt waren.

Margarethe von Brockdorff hatte ein üppiges Hochzeitsmahl bereiten lassen. Die Tische bogen sich unter den Köstlichkeiten und in Dutzenden von Karaffen funkelte roter Wein. Mit Musik und Tanz schritt der Abend voran, und Constantia konnte sich nicht erinnern, ihre Eltern jemals so ausgelassen und fröhlich gesehen zu haben.

Drei Tage dauerten die Festlichkeiten, dann hieß es Abschied nehmen. Constantia von Hoym und ihr Mann reisten in einer vornehmen Kutsche nach Dresden.

# Mächtige Mätresse

## *Das lasse ich mir nicht gefallen*

Der zweifach verwitwete Ludwig Gebhard von Hoym stand erwartungsvoll am Fenster seines prächtigen Hauses in der Dresdner Kreuzgasse. Sein Sohn hatte ihm durch einen Boten mitteilen lassen, daß er und seine schöne Gattin im Laufe des Nachmittags eintreffen würden. Er rieb nachdenklich sein Kinn. Seit Jahr und Tag lag er im Streit mit seinem Sohn, weil dieser sich weigerte die Verbindung mit einer der Dienstmägde des Zweimännerhaushalts zu lösen. Inzwischen hatte die Frau sogar ein Kind geboren, und das machte es noch schwerer, etwas gegen sie zu unternehmen.

Constantia saß in der Kutsche und beobachtete ihren Mann. Er lehnte, den Kopf von einem Kissen gestützt, ihr gegenüber in der Ecke und schlief. Constantia sah aus dem Fenster. Dresden konnte nicht mehr weit sein.

Adolf Magnus von Hoym öffnete die Augen und klappte den Mund zu. Mit der Spitzenmanschette seines Ärmels wischte er sich den Speichel vom Kinn und gähnte herzhaft.

»Jetzt ist es nicht mehr weit. Gleich werden wir die staubige Landstraße verlassen und das Stadttor passieren. Dann am Altmarkt vorbei und kurz vor der Kreuzkirche biegen wir links ein, und schon sind wir zu Hause. Ich habe uns ankündigen lassen, damit meine schöne Frau auch würdig empfangen wird.« Er lächelte sie an.

»Zu freundlich sind Sie zu mir.« Constantia lächelte zurück. »Da! Da ist es, ich sehe das Stadttor!« Sie lehnte sich aus dem Fenster.

Der Kutscher knallte ein letztes Mal mit der Peitsche, die Pferde standen. Constantia konnte es kaum erwarten, aus dem Wagen zu kommen. Auf der obersten Stufe der Treppe, die zum Haus führte, stand Ludwig Gebhard von Hoym und maß seine Schwiegertochter von Kopf bis Fuß mit strengem Blick. Was er sah, gefiel ihm so sehr, daß er ihr ein paar Stufen entgegenkam. Eine kleine Verbeugung, der Hauch von einem Kuß auf ihre Hand, und der alte Hoym geleitete Constantia durch die große doppelflügelige Haustür.

»Willkommen in Dresden, mein schönes Kind. Ich hoffe sehr, daß Sie sich wohl fühlen werden bei uns. Auf jeden Fall kann ich jetzt schon sagen, daß Ihre Erscheinung strahlendes Licht in dieses Haus bringt.« Constantia bedankte sich höflich.

Adolf Magnus von Hoym zeigte seiner Frau persönlich das Haus.

»Das hier werden Ihre Gemächer sein.« Er führte sie in eine aus vier hellen Räumen bestehende Suite. Constantia klatschte begeistert in die Hände.

»So hell und prächtig, und die Wandbespannungen, wie schön sie sind.« Ihr Mann nickte stolz.

»Das hat alles meine verstorbene Mutter ausgesucht. Meine Schwester Rahel Charlotte hat hier bis zu ihrer Hochzeit gewohnt. Ich habe Ihnen von Ihr erzählt, Sie werden sie bald kennenlernen.«

Constantia fürchtete sich ein wenig vor dem Treffen mit ihrer Schwägerin. Hoym hatte so sehr von ihr geschwärmt, daß Constantia Konkurrenz witterte.

»Sie ist schön, sie ist elegant, sie ist charmant und geistreich – und sie ist mit Friedrich Vitzthum zu Eckstädt verheiratet, einem der engsten Freunde unseres Kurfürst-Königs. Zur Zeit weilt sie allerdings nicht in der Residenz. Sie ist mit dem Hof in Warschau. Ich denke, um die Weihnachtszeit wird sie nach Dresden zurückkehren«, hatte Hoym auf der Reise erzählt.

Constantia war nicht unglücklich darüber. So blieb ihr ein wenig Zeit, sich einzugewöhnen, bevor sie dieser außerordentlichen Dame vorgestellt würde.

Die ersten Tage verbrachte Constantia damit, im Zweispänner die nähere Umgebung des Hauses zu erkunden. Ihr Schwiegervater schien keinen großen Wert auf weibliche Gesellschaft zu legen, und auch das Personal gab sich auf eigenartige Weise distanziert. Ihr Mann verließ am Morgen das Haus und kam oft erst nach Einbruch der Dunkelheit zurück. Gemeinsam mit dem Schwiegervater nahm das Paar dann das Essen ein, danach zogen sich die Männer meist sehr schnell zurück.

Der August war heiß. Constantia litt unter der stickigen, stinkenden Luft. Dennoch unternahm sie kleine Spazierfahrten. Die Stadt wurde ihr allmählich vertraut. Häuser, eines prachtvoller als das andere, lagen an weiten hellen Plätzen. Der lebendigste von ihnen war der Altmarkt. Hier gab es alles zu kaufen, was das Herz begehrte. Lebensmittel, Brennholz, Gewürze und Kerzen. Marktweiber schrien von früh bis spät durcheinander. Kinder wuselten zwischen den großen Warenkörben durch die ebenerdigen Gewölbe, Bettler näherten sich, wurden verscheucht und schlichen wieder heran.

Der Herbst kam. Das Wetter wurde schlechter, und mit dem Barometer fiel die Stimmung im Hause Hoym. Schon seit einigen Wochen wunderte sich Constantia, daß ihr Mann die Nächte nur so selten bei ihr verbrachte. Er wird doch nicht von ähnlichen Anlagen geplagt sein wie der Erbprinz Wilhelm August von Braunschweig-Wolfenbüttel, sorgte sie sich und verwarf den Gedanken wieder. Nein, das kann nicht sein, schließlich hat er in den ersten Monaten durchaus das Bett mit mir geteilt und keinen Zweifel daran gelassen, daß er ein richtiger Mann ist. Für meinen Geschmack sogar ein bißchen zu viel Mann. Besonders zärtlich ist er wahrhaftig nicht.

Doch nicht nur, daß der Minister sie nachtens sehr selten aufsuchte, gab ihr zu denken. Auch sein alltägliches Verhalten hatte sich merklich verändert. Komplimente hörte sie nur noch selten, bei den gemeinsamen Mahlzeiten schwieg er meist, und von den vielen versprochenen Einladungen und Gesellschaften hatte bis jetzt noch keine stattgefunden. Constantia wahrte die Fassung und zeigte sich freundlich und liebenswürdig.

Der November war kalt. Constantia fuhr dennoch fast jeden Tag aus. Das Dach der Kutsche war jetzt geschlossen, doch die feuchtneblige Luft kroch durch die Ritzen des Wagens. Constantia wurde krank. Hohes Fieber und ein stechender Husten zwangen sie nieder.

Eines Nachts erwachte sie mit unbändigem Durst. Die Karaffe neben ihrem Bett war leer. Constantia läutete nach dem Dienstmädchen.

Einmal, zweimal, ein drittes Mal, im Haus rührte sich nichts. Verärgert stand sie auf, um sich aus der Küche etwas zu trinken zu holen. Gerade stand sie auf dem Flur, da knarrte eine Diele. Ein Schatten huschte um die Ecke und verschwand im Zimmer ihres Mannes. Constantia wartete einige Minuten, doch alles blieb still. Dann schlich sie auf leisen Sohlen den Gang entlang und legte das Ohr an die Tür. Was sie hörte war eindeutig und ließ keinen Zweifel zu. Ihr Mann hatte Damenbesuch. Mit weichen Knien schlich sie zurück, vergaß den Durst und sank mit klopfendem Herzen auf ihr Bett.

Nachdem sie sich von ihrem Schrecken erholt hatte, war Constantias erster Impuls, in Hoyms Zimmer zu stürmen und ihn zur Rede zu stellen. Dann wollte sie ihre Sachen packen und zurück nach Depenau fahren. Sie malte sich die Situation aus und zitterte am ganzen Leib. Was für eine Schande, was für ein Skandal. Nein, das konnte sie den Eltern nicht antun. Constantia beschloß, den Mund zu halten und ihren Mann bei passender Gelegenheit und unter vier Augen zur Rede zu stellen.

Zwei Tage verbrachte sie mit bedrückter Miene und schwerem Herzen, dann kam der Abend, an dem das Ehepaar Hoym seinen ersten handfesten Streit hatte. Der Schwiegervater war ausgegangen. Constantia und ihr Mann saßen sich an den jeweiligen Enden des langen Kirschholztisches gegenüber. Das Essen war aufgetragen.

»Laßt uns bitte allein«, schickte Constantia die beiden Dienstmädchen aus dem Raum. Hoym schaute sie überrascht an.

»Was sind denn das für Sitten? Soll ich mir die Schüsseln vielleicht selbst heranziehen – oder möchten Sie aufstehen und mir servieren?« fragte er mürrisch.

»Was die Sitten betrifft, so bedürfen einige von ihnen dringend der Änderung«, antwortete Constantia schnippisch. Hoym hörte auf zu kauen, legte ein Stück kalten Bratens aus der Hand und sah sie mißtrauisch an.

»Und welche wären das? Was bringt Sie denn derart auf, daß Sie in diesem Ton mit mir sprechen?« Seine Stimme war scharf.

»Oh! Da ist allen voran die eigenartige Sitte zu nennen, daß Ihr nachts Damen – oder solche, die sich dafür ausgeben – empfangt. Das ist eine Sitte, die kenne ich so nicht, und ich kann sagen, daß sie mir ganz und gar nicht gefällt.« Ihre Augen blitzten kalt.

Hoym schluckte den Bissen herunter und zögerte für den Bruchteil einer Sekunde.

»Nun, so wissen Sie es bereits. Ich habe schon darauf gewartet. Über kurz oder lang mußte es ans Tageslicht kommen. Ich will ehrlich mit Ihnen sein ...« Er suchte nach den passenden Worten. »Es ist Elsbeth, mit der ich seit langem eng verbunden bin. Sie können das eine üble Sitte nennen, Sie können sich dagegen auflehnen, Sie können sich aber auch gleich daran gewöhnen. Letzteres wäre sicher für uns alle die beste Lösung.«

Constantia spürte einen Stich in der Magengrube. Jetzt verstand sie. Elsbeth war die junge Frau, die ihr vom ersten Tage an mit spürbarer Distanz begegnete, die vermied, ihr in die Augen zu sehen und nur das Nötigste mit ihr sprach.

»Elsbeth hat einen kleinen Sohn«, wagte sie einen Vorstoß.

Hoym nickte. »Ich sagte bereits, ich bin ihr seit langem eng verbunden.«

»Dann ist der Knabe Ihr Kind?« Constantia rang nach Luft.

Hoym nickte wieder.

Constantia stand auf.

»Verstehe ich recht? Ihr wohnt unter diesem Dach seit Jahr und Tag mit einer Metze, die ein Kind von Euch hat, das hier in diesem Haus aufwächst? Und ich soll damit leben – hier in diesem Haus, als Eure Frau? Das kann doch nicht Euer Ernst sein!«

»Es ist mein voller Ernst. Ich habe Ihnen versprochen, daß Sie das Leben einer achtbaren Dame führen und in der feinsten Gesellschaft Dresdens verkehren werden. Ich halte mich an mein Versprechen. Ich habe Ihnen gesagt, daß Sie wunderschön sind, daß ich stolz und glücklich bin, Sie an meiner Seite zu haben. Aber ich habe nie gesagt, daß ich Sie liebe. Wie könnte ich auch? Ich liebe Elsbeth. Aber Sie werden verstehen, daß ich in meiner Position Elsbeth nicht heiraten und in der Öffentlichkeit präsentieren kann.«

Constantia hielt sich die rechte Wange, als hätte ihr Hoym soeben eine heftige Ohrfeige verpaßt. Sie schüttelte den Kopf.

»Das ist ein Leben, das ich nicht führen kann und will. Ich habe gelobt, daß ich Euch eine gute Frau sein werde, und das erfülle ich gern, aber nur, wenn Ihr diese Hure morgen aus dem Haus schickt.«

Wütend nahm sie die silberne Bratenplatte und warf sie gegen die Wand. Fleisch und Soße hinterließen eine fettige, braune Spur auf der Seidenbespannung. Constantia raffte ihre Röcke und verließ zornbebend das Speisezimmer. Hoym wartete reglos, bis sie die Tür mit einem heftigen Schlag hinter sich geschlossen hatte, dann aß er schweigend weiter.

Constantia lag auf ihrem Bett, das Gesicht in den Kissen vergraben und weinte. Sie schlug mit der geballten Faust auf die Decke. »Wir werden ja sehen, wer diesen Kampf gewinnt! Ich! Constantia von Hoym, Frau des Steuerpräsidenten, oder eine kleine hergelaufene Hure, die nicht einmal gut genug ist, mir bei Tisch das Wasser zu reichen!«

Der Winter begann. Im Hause Hoym hatte sich nichts geändert. Unter den Augen seiner Frau führte Hoym das Verhältnis fort. Manchmal kam es Constantia so vor, als ginge er seit jenem Abend sogar noch freier mit Elsbeth um. Der Schwiegervater war auf ihrer Seite, doch er war ein alter Mann und hatte nicht die Kraft, sich gegen seinen herrischen Sohn durchzusetzen. Gelähmt vor Kummer, verbrachte Constantia unglückliche, einsame Tage.

An einem späten Vormittag klopfte es laut am Portal des Hauses in der Kreuzgasse. In der Eingangshalle stand ein hochgewachsener Mann in Uniform. Haare und Kleidung waren voll Schnee. Der Mann zitterte vor Kälte. Constantia ging die Treppe hinunter.

»Wer ist Er? Was führt Ihn in dieses Haus?« Der Mann salutierte.

»Ich komme aus Warschau, bin ein Bote seiner kurfürstlich-königlichen Durchlaucht und bitte ergebenst um Erlaubnis, den Minister der Akzise sprechen zu dürfen, ich habe eine Nachricht für ihn.«

»Der Minister ist nicht da, komm Er näher und wärm Er sich am Kamin. Er ist ja völlig durchgefroren. Ich lasse Ihm etwas zu essen und zu trinken bringen.«

Zum ersten Mal seit Tagen spürte Constantia wieder Leben in ihren Adern. Ein Bote des Königs, in ihrem Haus. Was mochte er für eine Nachricht haben? Sollte jetzt endlich das gesellschaftliche Leben beginnen, das Hoym ihr versprochen hatte? Sie konnte ihre Neugierde kaum bezähmen.

»Er kann mir ruhig anvertrauen, was der König meinem Mann mitzuteilen wünscht«, versuchte sie den Soldaten auszuhorchen. Doch der schüttelte nur den Kopf.

»Bedauere, aber ich habe strengste Anweisung, Brief und Siegel nur dem Herrn Minister persönlich auszuhändigen.«

»Nun, dann bleibt Ihm nichts anderes übrig, als hier auf ihn zu warten.« Sie ging in ihr Zimmer und lehnte die Tür an, um zu hören, was sich unten abspielte.

Hoym betrat das Haus am späten Nachmittag. Er warf seinen pelzgefütterten Umhang auf den Boden und ging mit gewichtigen Schritten in sein Arbeitszimmer. Der Soldat folgte ihm. Constantia spitzte die Ohren, doch so sehr sie sich anstrengte – es war unmöglich ein Wort von dem zu verstehen, was die beiden Männer sprachen. Sie wartete. Kaum hatte der Soldat das Haus verlassen, rief Hoym seinen Kammerdiener.

»Packen! Wir reisen morgen nach Warschau!« lautete der Befehl.

Nach Warschau! Constantia jubelte. Endlich geschah etwas! Sie würde nach Warschau fahren, ihren Mann an den polnischen Hof des Königs begleiten. Im Geiste sah sie sich schon umgeben von höfischer Eleganz und Pracht. Hoym klopfte an ihre Türe und machte die Vorfreude mit einem Satz zunichte.

»Der König wünscht mich an seiner Seite. Ich werde morgen nach Polen aufbrechen und um Weihnachten herum wieder hier sein.« Constantia sah ihn fassungslos an.

»Heißt das, ich werde Euch nicht begleiten?«

»Natürlich nicht! Was wollen Sie um diese Jahreszeit in Polen? Es ist kalt, die Reise ist lang, und ich habe zu arbeiten.«

»Was ich in Warschau will? Vielleicht endlich das Leben führen, das Ihr mir versprochen habt. Hier in Dresden habe ich bisher nicht viel davon gemerkt, oder könnt Ihr Euch erinnern, daß wir auf irgendeinem Fest gewesen wären, geschweige denn selbst eine Einladung gegeben hätten?« Constantia war verärgert.

»Wen hätten wir einladen sollen? Wo hätten wir hingehen sollen? Der Hof ist in Warschau, wie Sie wissen!«

»So ist es! Und eben deswegen möchte ich Euch begleiten. Ihr könnt mich doch hier nicht mit Eurem Vater und Eurer Hure allein lassen!« flehte Constantia

»Sie sind meine Frau, dies ist Ihr Haus, ich wüßte nicht, was daran auszusetzen ist, ein paar Tage hierzubleiben, während ich im Dienst seiner Majestät verreise.« Hoym sah sie eisig an und schloß die Türe hinter sich.

Sie stellte sich vor den Spiegel. »Ich bin jung, ich bin schön, ich bin klug und ich bin die Frau des Steuerpräsidenten«, sagte sie zu sich selbst. »Der Herr Minister, er wird schon sehen, was er davon hat, mich so zu behandeln. Das lasse ich mir nicht gefallen!«

## *Hat man solche Courage schon gesehen?*

Die Tage der Vorweihnachtszeit waren für Constantia alles andere als friedlich und erbaulich. Ludwig Gebhard von Hoym bemühte sich zwar, seiner Schwiegertochter das Leben angenehm zu machen, doch auch er war nicht in der Lage, Elsbeth aus dem Haus zu entfernen. Die Dienstmagd wußte um ihre unantastbare Stellung und nutzte sie aus. Dennoch vermied sie eine offene Konfrontation mit Constantia.

Am 21. Dezember 1703 schneite es dicke Flocken und Constantia beschloß auszufahren. Vermummt in wärmende Pelze, ließ sie sich in der Kutsche durch das winterliche Dresden chauffieren. Etwas war verändert. Auf den Straßen herrschte mehr Leben als sonst, in den Häusern glänzten Lichter, eine beständige Geschäftigkeit erfüllte den Altmarkt.

Zwei Tage später erfuhr Constantia den Grund. Ihre Durchlaucht, die kurfürstliche Königin Christiane Eberhardine hatte ihr Schloß in

Torgau verlassen und war für die Weihnachtsfeierlichkeiten mitsamt ihrem Hofstaat in Dresden angekommen. Wenige Stunden später traf auch die allseits überaus beliebte Madame Royale, Königinmutter Anna Sophie, von ihrem Witwensitz, Schloß Lichtenburg, ein. Dresden hallte wider von den begrüßenden Salutschüssen, und Constantia war glücklich. Endlich würde ihr gesellschaftliches Leben beginnen.

Es konnte kein Zweifel bestehen – wenn Königin und Königinmutter in Dresden weilten, war auch August der Starke nicht weit. Die Städter waren begeistert, endlich würde ihr Regent wieder ein paar Monate in Sachsen verweilen, den Glanz seines Hofes auf die Menschen um ihn herum übertragen. Denn Friedrich August I. war ein glänzender Monarch, der seinem großen Vorbild Ludwig XIV. in Pracht und Herrlichkeit kaum nachstand. Rauschende Feste wußte er zu feiern, herrliche Abende und Nächte, in denen oft Hunderte von Gästen köstlich bewirtet und unterhalten wurden. Was machte es da schon, daß die Königin sich meist früh zurückzog und nach einem ausgiebigen Gebet die Tür ihres Schlafgemaches schloß. In Dresden war es ein offenes Geheimnis, daß der lebens- und liebeslustige König seit der Geburt seines Sohnes und Thronfolgers dort ohnehin keinen Einlaß mehr begehrte.

Am Nachmittag des 31. Dezember erreichte Seine Majestät, König August II. von Polen, Friedrich August I., Kurfürst von Sachsen, sein Schloß in Dresden. Wie ein Lauffeuer verbreitete sich die Nachricht, daß der Regent bereits am nächsten Morgen weiterfahren wollte, die Messe in Leipzig zu besuchen. In aufgeregter Eile packten Höflinge, Kammerherren und Hofmeisterinnen zusammen, was fur den Aufenthalt in der Nebenresidenz benötigt wurde.

»Diesmal werde ich Sie begleiten.« Constantia sah ihren Mann herausfordernd an.

»Sie haben noch immer nicht verstanden. Sie sind nicht diejenige, die in diesem Haus Forderungen zu stellen hat und werden tun, was ich von Ihnen verlange.« Hoym sprach mit schneidender Schärfe. »Und ich gedenke nicht, Sie nach Leipzig mitzunehmen.«

Constantia wurde vor Wut abwechselnd rot und blaß.

»Oh! Ihr gedenkt also nicht, mich nach Leipzig mitzunehmen. Vielleicht darf ich auch erfahren warum?« keifte sie.

»Nun, das ist ganz einfach. Sie haben hier ein sehr schönes Haus, in dem es Ihnen an nichts fehlt. Warum sollte ich mir unnötige Kosten aufbürden, indem ich Sie in Leipzig einquartiere? Ich habe entschieden, daß Sie hier bleiben und damit Schluß.« Er drehte sich um und ging zur Tür.

Constantia griff nach einem schweren Leuchter, und warf ihn mit aller Kraft nach ihrem Mann. Krachend knallte das Silber gegen den Türrahmen und hinterließ eine tiefe Kerbe im Holz. Hoym sprang erschrocken zur Seite, machte einen Satz auf Constantia zu und packte sie am Handgelenk.

»Wollen Sie mich umbringen?« brüllte er.

»Warum eigentlich nicht?« schrie sie zurück, entwand sich seinem Griff und rauschte aus dem Zimmer.

Fest entschlossen, wenn nötig auf eigene Faust nach Leipzig zu fahren, gab Constantia ihrer Zofe Anweisung zu packen.

Am Vormittag des folgenden Tages bekam sie Unterstützung von unerwarteter Seite. Ihre Schwägerin Rahel Charlotte von Vitzthum war endlich aus Warschau zurückgekehrt und machte ihre Aufwartung. Sie begrüßte Constantia mit so entwaffnend herzlicher Natürlichkeit, daß diese sofort ihre ursprünglichen Vorbehalte gegen die Schwester ihres Mannes vergaß.

»Leider habe ich nicht viel Zeit, liebe Freundin. Es ist noch so viel zu erledigen, bevor wir mit dem Hof nach Leipzig reisen. Aber dort werden wir dann sicher ausreichend Gelegenheit haben, uns näher kennenzulernen.« Rahel von Vitzthum stand auf und reichte Constantia die Hand zum Abschied.

»Zu diesem Zweck müßte es erst einmal gelingen, Ihren Bruder umzustimmen. Gestern hat er mir mitgeteilt, daß er nicht gedenkt, in meiner Begleitung zu reisen.« Constantia sah keine Veranlassung, ihrer Schwägerin etwas zu verschweigen.

»Er will Sie nicht mitnehmen?« Rahel von Vitzthum setzte sich wieder. »Aber das ist doch völlig ausgeschlossen. Der ganze Hof fährt.

Sogar die Königin wird da sein. Was sollen Sie denn hier alleine in Dresden. Das ist doch sterbenslangweilig. Ich werde mit meinem Bruder sprechen.«

»Ich wünsche mir, daß Sie erfolgreicher sind, als ich es war.« Constantia geleitete sie zur Tür.

Rahel von Vitzthum brauchte etwas mehr als eine Stunde, dann hatte sie Hoym überredet, seine Frau mitzunehmen. Constantia war überglücklich. Voller Dankbarkeit stattete sie ihrer Schwägerin am nächsten Tag einen Gegenbesuch ab.

War Constantia bereits von ihrer Erscheinung beeindruckt gewesen, so stellte sie schnell fest, daß Rahel von Vitzthum eine in jeder Hinsicht ungewöhnliche Frau war. Das große Haus führte sie mit leisem Geschick. Sie sah und bemerkte alles, hielt im Hintergrund die Fäden zusammen und vermittelte doch niemals das Gefühl, bestimmend zu dominieren. Ihr Mann, seit eh und je ein enger Freund des Königs, ließ seine diplomatisch kluge Frau gewähren. Bis hin zu den Geldgeschäften, die sie außerordentlich erfolgreich führte, übertrug er ihr alle Entscheidungen. Constantia nahm sich vor, die Freundin ihrer Schwägerin zu werden.

»Es war sehr liebenswürdig von Ihnen, sich für mich zu verwenden. Ich danke Ihnen dafür und freue mich sehr auf Ihre Gesellschaft in Leipzig.«

Rahel von Vitzthum erwiderte Constantias Sympathie und hoffte vor allem, daß Hoym an der Seite dieser schönen Frau endlich das Verhältnis mit seiner Dienstmagd beenden würde.

Gemeinsam reisten die Ehepaare Hoym und Vitzthum in einer geräumigen, weich gepolsterten Kutsche. Trotz der winterlichen Kälte hatte sich Constantia sehr auf die Fahrt gefreut und war enttäuscht über das Verhalten ihres Mannes. Verärgert, daß er sich gegen seine Schwester nicht hatte durchsetzen können, saß er mürrisch in seiner Ecke und sprach kaum ein Wort.

Rahel und Friedrich von Vitzthum bemühten sich, sein garstiges Benehmen mit besonderer Freundlichkeit zu überspielen.

»Sie werden Leipzig lieben! Die Stadt ist natürlich kleiner und nicht so elegant wie Dresden, aber die Messe möchte man um nichts in der Welt missen. Es ist herrlich, dort einzukaufen – und so ungezwungen. Sogar der König nutzt die Gelegenheit und mischt sich unter das Volk.«

Friedrich von Vitzthum Eckstädt war Constantia auf den ersten Blick sympathisch. Der gutaussehende, hochgewachsene Mann schien keine Launen zu kennen, war die Freundlichkeit in Person und so höflich und hilfsbereit, daß Hoyms unleidliches Auftreten doppelt auffiel.

Vom ersten Besuch der Messe war Constantia hellauf begeistert. Leder, Tücher, Pelze, Stoffe – es gab zu kaufen, was das Herz begehrte und Constantias Herz begehrte viel. Zu ihrem Ärger zeigte sich Hoym keineswegs gewillt, ihre Wünsche zu erfüllen.

»Nun, dann muß ich eben sehen, daß ich für mein eigenes Geld sorge. Ihre Schwester wird mich lehren, wie man das macht«, sagte Constantia verdrossen.

Rahel von Vitzthum war eine Meisterin ihres Fachs, wenn es darum ging, Geld zu vermehren. Sie kaufte Grundstücke, Landgüter, ließ Häuser bauen und handelte sehr geschickt damit. Die Schwägerin hatte großes Verständnis für Constantias Unzufriedenheit und versuchte, ihr den Aufenthalt in Leipzig so angenehm und abwechslungsreich wie möglich zu gestalten.

»Ich habe eine Kleinigkeit für Sie arrangiert. Morgen werden Sie der kurfürstlichen Königin vorgestellt.«

Constantia glühte. Alles schien sich zum Guten zu wenden. Sie brauchte Stunden, bis sie sich für ein Kleid entschieden hatte.

»Es darf nicht zu auffällig sein, aber auch nicht so, daß man mich übersieht«, sagte sie zu ihrer Zofe und wählte schwarzen Samt mit roten Applikationen.

Christiane Eberhardine war eine füllige Frau mit klugen Augen und einer sanften Stimme. Sie hatte ein zurückhaltendes, stilles Wesen und galt überall im Land als sehr fromm und gläubig. Schweigend litt sie unter den Eskapaden ihres Mannes, der ihr nicht nur mit seinen ständig wechselnden Mätressen Kummer machte. Den schwersten

Schlag hatte ihr August der Starke zugefügt, als er, um in den Besitz der polnischen Krone zu gelangen, die Konfession gewechselt und sich zum katholischen Glauben bekannt hatte. Für seine streng protestantische Gemahlin ein schrecklicher Verrat am Glauben und eine Gefahr für das Seelenheil. Täglich betete sie mehrmals für den Abtrünnigen und weigerte sich seit Jahren, ihn als seine Königin nach Polen zu begleiten. Jetzt logierte sie mit ihrem Hofstaat in einem vornehmen Leipziger Haus, kam gewissenhaft ihren repräsentativen Pflichten nach, gab Empfänge und Audienzen.

Constantia stand früh auf und machte sorgfältig Toilette. Strahlend schön stand sie schließlich vor dem Spiegel, bereit, die Kutsche zu besteigen.

Umgeben von ihren Höflingen saß die Königin auf einem hochlehnigen Stuhl. Im Vorzimmer befanden sich etwa fünfzig Frauen und Männer, die darauf warteten, vorgelassen zu werden. Constantia im Schlepptau schritt Rahel von Vitzthum an ihnen vorbei. Seit ihrer Hochzeit genoß sie ganz besonderes Ansehen bei Hof. Der König selbst hatte die Heirat seines liebsten Freundes mit der tüchtigen Schwester seines Finanzberaters arrangiert. Das Ehepaar Vitzthum war überaus beliebt. Rahel durchquerte den imposanten Salon und sank vor der Königin in einen tiefen Hofknicks. Constantia tat es ihr gleich. Christiane Eberhardine bedeutete den beiden Frauen mit einem Wink, sich zu erheben.

»Majestät, darf ich Eurer Durchlaucht meine Schwägerin, die Frau meines Bruders, Anna Constantia von Hoym, vorstellen.«

Christiane Eberhardine nickte wohlwollend und warf einen freundlichen Blick auf Constantia, die beugte die Knie, nahm den königlichen Rocksaum aus blauer Seide in die Hand und hauchte zum Zeichen der Verehrung einen Kuß darauf.

»Ich freue mich, daß unser Minister eine Frau gefunden hat, die ihn so formvollendet zu vertreten weiß.« Die Königin erlaubte Constantia, wieder aufzustehen. »Ist dies Ihr erster Besuch in Leipzig?«

Constantia errötete leicht. Was für eine Ehre, daß die hohe Dame das Wort an sie richtete. Sie nickte.

»Ja, Durchlaucht. Die vergangenen Monate habe ich in Dresden verbracht, und dies ist das erste Mal, daß ich Leipzig besuche.« Constantia hielt inne.

»Und wie gefällt Ihnen die Messe?«

Rahel von Vitzthum lächelte zufrieden. Constantia hatte ganz offensichtlich das königliche Wohlgefallen gefunden, denn es kam nicht häufig vor, daß die scheue Christiane Eberhardine gleich mehrere Fragen hintereinander stellte.

»Die Messe ist sehr beeindruckend, Durchlaucht«, antwortete Constantia höflich.

»Ich gebe dieser Tage ein kleines Souper zu Ehren von Madame Royale, vielleicht möchten die Damen mir die Freude machen und meine Gäste sein.« Christiane Eberhardine sah Rahel von Vitzthum fragend an.

»Durchlaucht, die Freude ist ganz auf unserer Seite, wir kommen sehr gerne.«

Mit Constantia verneigte sie sich mit einem vollendeten Hofknicks, dann verließen sie den Audienzsaal. Schweigend gingen die beiden Frauen nebeneinander, bis sie außer Hörweite der Höflinge waren.

»Das war ein gelungener Anfang. Mein Bruder kann sehr stolz auf Sie sein, ich kann mich nicht erinnern, wann die Königin das letzte Mal eine Einladung in dieser Form ausgesprochen hat.« Rahel von Vitzthum kicherte vergnügt.

Als Hoym vom Erfolg seiner Frau hörte, hellte sich sein Gesicht ein wenig auf. Die Einladung zum Souper bestätigte ihn. Constantia war eine Schönheit mit geschliffenen Manieren und würde ihm bei Hof zur Ehre gereichen. Deswegen und nur deswegen hatte er sie geheiratet.

Bei der Königin hatte sich eine illustre Gesellschaft versammelt. Madame Royale, Kurfürstinwitwe Anna Sophie, war bester Stimmung. Constantia beobachtete sie diskret, aber genau. Die Mutter des Königs war eine würdevolle Dame, die trotz einer gewissen Strenge sehr viel Güte ausstrahlte. Aufmerksame graue Augen dominierten das Gesicht, über dem Doppelkinn lächelte ein feingeschwungener kleiner Mund. Die gebürtige Königstochter aus dänischem Haus war erfreut, Constantia zu sehen. Sie hatte gehört, daß die junge Frau des Finanzministers mütterlicherseits eng mit den Dänen verbunden war, und Gleichgesinnte zu treffen, bereitete Anna Sophie immer großes Vergnügen.

»Was für ein bildschönes Kind«, flüsterte sie mit Blick auf Constantia hinter vorgehaltenem Spitzentuch ihrer Schwiegertochter zu. Christiane Eberhardine stimmte ihr zu.

»Sie paßt gar nicht zu dem griesgrämigen Hoym«, flüsterte sie zurück und lächelte verbindlich.

Die Königinmutter verzog den Mund zu einem spöttischen Grinsen.

»Nun, die Frau, die zu diesem Mann paßt, habe ich noch nicht kennengelernt.« Sie winkte Constantia zu sich heran.

»Meine Liebe, wie ich sehe, amüsieren Sie sich prächtig.«

»Madame Royale, welche Ehre, daß Ihr meine Befindlichkeit wahrzunehmen beliebt. Es ist ein wundervoller Abend, und ich bin dankbar und glücklich, ihn in Eurer Gesellschaft verbringen zu dürfen.« Constantia zeigte ihre strahlend weißen Zähne.

»Ich denke, wir sind in der Lage, Ihr Glück noch zu steigern.« Die Königin Mutter sah ihre Schwiegertochter verschmitzt an.

»Was meinen Sie, liebes Kind, wollen wir die reizende Frau von Hoym nicht zum königlichen Ball laden?« Constantia stockte der Atem. Hatte sie richtig gehört, war das eben eine offizielle Einladung zu dem Ball, den Kurfürst-König August der Starke am folgenden Samstag geben sollte?

»Von Herzen gerne, wenn Sie es wünschen, soll es mir eine Freude sein, Madame Hoym willkommen zu heißen«, fand Christiane Eberhardine Gefallen an der Idee.

Constantia hätte am liebsten vor Freude einen Luftsprung gemacht.

Vor Aufregung konnte sie kaum schlafen. Nur drei Tage blieben, um das passende Kleid zu wählen, drei Tage, in denen Constantia ihre gesamte Garderobe mehrmals an- und auszog, sie immer wieder neu kombinierte. Am Nachmittag vor dem großen Ereignis entschied sie sich für ein lachsfarbenes Oberteil mit einem langen Rock, dessen Ton einige Nuancen dunkler war. Die Ärmel schimmerten in hellem Rosé und endeten in kunstvoller Spitze.

»Dazu werde ich die passenden Satinschuhe tragen. Wie lange brauchst du, um mir die Ärmel anzunähen?« fragte Constantia ihre Zofe. »Doch nicht länger als eine Stunde, nicht wahr?«

Das Mädchen schüttelte den Kopf. Constantia stand mitten im Zimmer. Rock und Mieder waren schon mit festen Stichen vernäht, die Falten rund um die Taille mit weichem Papier unterfüttert.

»Sorgt nur ja, daß da nichts ins Rutschen gerät, man stelle sich die Blamage vor, wenn unter meinem Rock plötzlich Papierfetzen herausschauen.« Bei dieser Vorstellung lachte sie laut.

Kutschen, eine prächtiger als die andere, standen in der breiten Auffahrt des vornehmen Fürstenhauses, in dem August der Starke mit seinem Hofstaat Quartier genommen hatte. Es gehörte dem reichen Kaufmann und Handelsherren Andreas Dietrich Apel und befand sich in zentraler Lage am Markt. Seit Jahr und Tag hatte der Kurfürst-König einen Vertrag mit Apel, der ihm gestattete, dort, wann immer er die Nebenresidenz besuchte, zu logieren. Seine prächtige Hofhaltung kostete die Stadt Leipzig jedesmal eine ordentliche Stange Geld. Dreißigtausend Taler kalkulierte der Rat für eine zwei- bis dreiwöchige königliche Visite und war dennoch beglückt, wenn der Regent der Stadt die Ehre seines hohen Besuches erwies.

Das Haus am Markt war hell erleuchtet. Die Klänge der Musik hallten bis in den Hof, Constantia zitterte ein wenig. Ob vor Kälte oder Aufregung konnte sie nicht sagen. Am Arm ihres Mannes schritt sie die Treppe zum Portal empor. Ein königlicher Ball! Wer hätte noch vor einem Jahr gedacht, daß sich ihr Leben in dieser Weise verändern würde. Constantia dachte an Depenau, ihre Eltern und die Brüder und bedauerte, daß sie sie nicht sehen konnten, hier in diesem glanzvollen Haus, zwischen all den mächtigen Menschen mit ihren prächtigen Kleidern.

August der Starke stand in der Mitte des Ballsaales, umringt von seinem Hofstaat. Offensichtlich war er bester Laune, denn immer wieder hallte das Gelächter der Gruppe durch den weitläufigen Raum. Constantia versuchte, diskret einen Blick auf ihn zu werfen. Doch Männer und Frauen standen so dicht um den Fürsten herum, daß sie nur eine Ahnung seiner dunklen langen Locken erhaschen konnte. In einer eleganten mintgrünen Abendrobe kam Rahel von Vitzthum auf sie zu und begrüßte Bruder und Schwägerin. Hoym nutzte die Gelegenheit und ließ den Arm seiner Frau los. Während Constantia mit Rahel plauderte, steuerte ihr Mann zielstrebig auf den König zu und gesellte sich zu den Umstehenden. Constantia sah ihm unwirsch nach. Er wird mich doch nicht hier stehen lassen, ohne mich vorzustellen. Das Schwarz ihrer Augen wurde vor Zorn noch dunkler.

»Liebste Rahel, sicher wird gleich zu Tisch gerufen, ich werde sehen, ob ich meinen Mann dort vorne im Gewirr finden kann, vielleicht hat er die Güte, mich in den Speisesaal zu begleiten«, sagte sie kokett scherzend und ging zielstrebig in die entsprechende Richtung.

August der Starke stand noch immer in der Mitte seiner Höflinge und Minister. In der Hand hielt er ein großes Glas, das ihm von dienstbaren Geistern sofort wieder aufgefüllt wurde, wenn er es mit einigen Schlucken geleert hatte. Der König schien sich bestens zu amüsieren, hatte für die Herren freundliche Gesten, für die Damen galante Worte und bemerkte Constantia erst, als sie kaum mehr als zwei Meter von ihm entfernt stand. Er heftete seinen Blick auf die grazile Gestalt, die er bis dahin noch nicht gesehen zu haben glaubte, und fragte seinen Freund Vitzthum:

»Mein lieber Friedrich, wer ist denn dieser bezaubernde Engel? Wie kann es sein, daß ich sie heute zum ersten Mal erblicke?«

»Majestät! Wollt Ihr damit sagen, daß Euch bisher niemand die schöne Frau von Hoym vorgestellt hat? Sie ist die Gattin Eures Finanzministers.«

Kurfürst Friedrich August I. hörte die letzten Worte schon nicht mehr, so konzentriert betrachtete er Constantia. Statt, wie es die Etikette vorschrieb, den Blick zu senken, sah sie dem König offen und lächelnd ins Gesicht. Was sie sah, gefiel ihr ausnehmend gut. Dunkle große Augen dominierten das markante Gesicht des Regenten. Von stattlichem Wuchs und Leibesumfang strahlte er die Autorität einer erfolgsgewohnten Persönlichkeit aus. Und erst seine Kleidung: über und über mit Edelsteinen bestickt, auf den Schuhen prangten glitzernde Brillantschnallen. Was für ein König, was für Mann, dachte sie.

August der Starke kam auf sie zu. Tuschelnd wichen die Hofdamen zur Seite. Constantia senkte jetzt ganz leicht den Kopf, erwiderte aber noch immer standhaft seinen Blick. Erst als er kaum noch einen halben Meter von ihr entfernt war, beugte sie die Knie zum Knicks. Der Monarch betrachtete ihr Haar, ihre Schultern, den weißen Nacken und die zarten Hände mit den feinmanikürten Fingernägeln. Er winkte Constantia, sich zu erheben.

»Anna Constantia von Hoym, Eure Durchlaucht«, sagte sie und setzte ihr gewinnendstes Lächeln auf. Ein Raunen ging durch die Reihen der Höflinge.

»Unglaublich! Sie hat sich selbst vorgestellt, was für eine Impertinenz!« zischte Jungfer Hülchen.

»Hat man solche Courage schon gesehen, sagt einfach frisch von der Leber weg, wie sie heißt«, sagte die mächtige Frau von Reuß aus dem Hause Friesen.

Friedrich August bedeutete Constantia, ihm zu folgen, ging ein paar Schritte zur Seite und wechselte einige Sätze mit ihr. Sie glühte vor Stolz. Was für ein Gefühl! Der König plauderte mit ihr! Sie hatte es geschafft. Sollten sie nur alle glotzen! Sie, Anna Constantia von Hoym, verstand es, den König so für sich einzunehmen, daß er ein Gespräch mit ihr begann, ohne daß sie ihm offiziell vorgestellt worden war.

Mit silbernen Glöckchen wurde zu Tisch geläutet, und Hoym trat mit einer tiefen Verbeugung hinzu:

»Majestät erlauben?« fragte er und reichte seiner Frau den rechten Arm, um sie zu Tisch zu geleiten.

»Nur zu, nur zu, mein lieber Hoym«, sagte der König leutselig und nickte Constantia zum Abschied zu.

Kaum hatte er sich entfernt, um Christiane Eberhardine in den Speisesaal zu begleiten, ließ Hoym seiner Wut freien Lauf.

»Wie konnten Sie es wagen, sich dem König selbst zu präsentieren! Was für eine Unverfrorenheit.«

»Wie konntet Ihr es wagen, mich stehen zu lassen und mich dem

König nicht vorzustellen – was für eine Respektlosigkeit!« Sie verzog keine Miene, sondern strahlte an der Seite ihres Mannes, als sei nichts gewesen.

## *Ich verfluche Euch*

Nach dem Essen spielten die Musiker zum Tanz. Constantia amüsierte sich auf dem Parkett, während ihr Mann und die anderen Minister dem Befehl des Königs folgten und kräftig mit Seiner Majestät zechten. August der Starke vertrug enorme Mengen Alkohol und machte sich einen Spaß daraus, die wichtigen Männer seines Landes unter den Tisch zu trinken. Keiner war seiner Trinkfestigkeit gewachsen, und bis auf den hartgesottenen Jakob Heinrich von Flemming fürchteten alle die königlichen Exzesse, bei denen Durchlaucht es pro Abend auf sechs bis sieben Flaschen Wein brachte.

In Pommern geboren, war Flemming seit 1693 in kursächsischen Diensten und wurde Friedrich Augusts wichtigster Berater, als er ihm vier Jahre später zur polnischen Krone verhalf. Überaus intelligent, gleichermaßen verschlagen und von Ehrgeiz zerfressen, war er dem Monarchen mit unverbrüchlicher Loyalität ergeben.

Erst in den frühen Morgenstunden fuhren Constantia und ihr Mann nach Hause. Hoym lehnte im Sitzpolster und schnarchte, kaum daß die Kutsche auf die Straße gerattert war.

Vor dem Haus rüttelte Constantia ihn, zog an seinem Ärmel und rief ihn mehrfach beim Namen, bis er endlich die Augen öffnete und sich verwirrt umschaute. Mit behäbigen Bewegungen kletterte er aus der Kutsche und wankte schweren Schrittes ins Haus.

Constantia verschwand in ihren Gemächern. Eilig entkleidete sie sich, löschte die Kerzen und kroch unter ihre Bettdecke. Während sie sanft in den längst überfälligen Schlaf glitt, sah sie bunte Bilder vor ihrem inneren Auge. Da war der König, wie er sie nach ihrem Wohlergehen fragte, Gräfin Reuß, die ihr sagte, wie schön sie sei, Friedrich von Vitzthum, der so wundervoll Menuett tanzte, und ihre Schwägerin Rahel, die sich so freundlich um sie gekümmert hatte. Hoyms barsche Stimme schreckte sie auf.

»Machen Sie sich bereit! Ich bin gekommen, meine ehelichen Pflichten zu erfüllen!« Ihr Mann stand in der Tür. Das Haar hing wirr um seine Stirn. Er trug keine Schuhe und Strümpfe, aus der offenen Hose hingen die Zipfel seines weißen Hemdes. Constantia sah ihn entsetzt an.

»Ihr werdet Euch doch in diesem Zustand nicht nähern wollen!« In ihrer Stimme klang mehr Furcht mit, als sie sich wünschte.

»Sie sind meine Frau und ich habe ein Recht auf Ihren Körper«, lallte Hoym und stützte sich an der Wand ab.

»Ich bin Eure Frau, aber Ihr habt deswegen nicht das Recht, mich in diesem Zustand zu belästigen!« widersprach Constantia und zog schützend die Decke unter das Kinn.

Hoym ging mit unsicheren Schritten auf ihr Bett zu.

»Ich bin der Herr im Haus und habe die Rechte, die ich mir nehme.« Er ließ sich schwer neben sie fallen.

Constantia wußte, daß es zwecklos war, sich zu wehren. Mehrmals schon hatte sie ähnliche Situationen über sich ergehen lassen müssen. Hoym war stärker als sie. Je mehr sie sich auflehnte, um so brutaler ging er mit ihr um. Sie schloß die Augen und ließ angeekelt geschehen, was nicht zu verhindern war.

Hoym rollte sich zur Seite und schlief augenblicklich ein. Constantia weinte vor Wut und Widerwillen.

Gegen Mittag erwachte ihr Mann und ging wortlos aus dem Zimmer. Constantia stand auf, wusch sich gründlich, rief ihre Zofe und wählte ein Kleid.

»Ich werde ausfahren, du kannst in der Küche sagen, daß ich heute nicht zu Hause speise«, lautete der knappe Befehl, bevor sie die Kutsche anspannen ließ und zu ihrer Schwägerin fuhr.

Rahel Charlotte von Vitzthum empfing sie herzlich.

»Schon auf den Beinen? Und schön wie der junge Morgen. Wie machen Sie das nur. Mir steckt eine solche Nacht am nächsten Tag immer in den Knochen.« Constantia lachte.

»Das kann ich gut verstehen. Meine Füße sind auch noch sehr mitgenommen vom vielen Tanzen, aber ich habe es so sehr genossen, die Gesellschaft, die Musik, das erlesene Essen. Es war ein wunderschöner Abend. Und Ihnen verdanke ich, daß ich daran teilnehmen durfte.« Rahel wehrte ab.

»Nein, das verdanken Sie nur sich selbst. Sie sind nicht nur eine Augenweide, sondern auch durch ihren Geist und Witz eine Bereicherung für jede Einladung. Ein Tölpel, wer Sie nicht bittet, sein Gast zu sein.«

»Sie schmeicheln mir, und ich wünschte, Ihr Bruder dächte ähnlich über mich. Aber statt dessen behandelt er mich, als sei ich leibeigen.« Sie sah traurig aus dem Fenster. »Manchmal sogar mit roher Gewalt. Und noch immer lebt diese Frau in unserem Haus und ganz gleich, wie sehr ich ihn bitte, er weigert sich, sie fortzuschicken.« Constantia fing an zu weinen.

»Beruhigen Sie sich, ich bitte Sie. Ich werde mit ihm sprechen. Sie haben recht, das muß ein Ende haben. Er wird es einsehen. Haben Sie nur noch ein wenig Geduld, ich will eine günstige Gelegenheit abpassen.« Rahels Zuversicht beschwichtigte Constantia.

Am 29. Januar 1704 reiste August der Starke nach Krakau. Seine Frau und Madame Royale hatten beschlossen, den Winter im komfortablen Dresden zu verbringen. Komödien wurden aufgeführt, große Diners veranstaltet und die ersten Maskenbälle gegeben. Constantia war immer eingeladen, und die beiden königlichen Damen ließen keinen Zweifel daran, wie sehr sie ihre Gesellschaft schätzten.

Doch in der Kreuzgasse änderte sich nichts. Rahel von Vitzthum erntete eine scharfe Zurechtweisung ihres Bruders, als sie es wagte, ihn auf seine Geliebte anzusprechen.

»Du weißt, daß ich dich sehr verehre, Rahel, doch wenn du glaubst, es steht dir zu, dich in meine Angelegenheiten einzumischen, wirst du mich von einer sehr unangenehmen Seite kennenlernen.«

Das Gespräch mit seiner Schwester veranlaßte Hoym zu noch größerer Grobheit. Ohne Rücksicht drang er in Constantias Räume ein, nahm sich roh, was ihm per Gesetz zustand und hinterließ seine unglückliche Frau ohne ein freundliches Wort. Constantia war verzweifelt.

»Was bleibt mir für eine Wahl? Eine Scheidung kommt nicht in Frage. Sie wäre mein gesellschaftlicher Untergang«, sagte sie zu ihrer Schwägerin.

Rahel von Vitzthum zögerte. »Nun, es ist immer eine Frage des Standpunktes. Noch leben wir in einem Land, in dem Ehebruch unter Strafe steht. Sie wissen, daß das Vergehen zwischen Verheirateten sogar mit dem Tode bestraft wird, und Unverheiratete kommen an den Pranger. Vielleicht sollten Sie darüber einmal sprechen.«

»Ihm drohen! Nein, das kommt auf keinen Fall in Frage. Sie ahnen ja nicht, wie böse und gefährlich er werden kann. Ich habe einige Auseinandersetzungen mit ihm gehabt, da fürchtete ich, er könnte mich schlagen.« Constantia schüttelte sich bei der Erinnerung.

»Er wird sich von dieser Metze nicht trennen. Sie ist in Wirklichkeit mehr seine Frau, als ich es je sein werde. Und sie weiß es. Sie sollten einmal sehen, wie sie sich aufführt. Es ist demütigend.« Sie seufzte, stand auf und umarmte ihre Schwägerin.

»Was täte ich nur ohne Sie. Sie wissen gar nicht, wie dankbar ich Ihnen für Ihre Freundschaft bin! Jetzt muß ich mich leider verabschieden, denn Gräfin Reuß erwartet meinen Besuch.«

Die einflußreiche Gräfin Reuß hatte Constantia in den vergangenen Wochen beobachtet.

»Diese Frau ist etwas ganz Besonderes«, das war die feste Überzeugung der Gräfin. Sie faßte den Entschluß, daraus persönlichen Nutzen zu ziehen.

Mit der überwiegenden Mehrzahl der Höflinge teilte auch die verwitwete Gräfin die Ansicht, daß die derzeitige Geliebte ihres Monarchen eine überhebliche, geldgierige und schädliche Person sei. Ursula Lubomirska, die Nichte des polnischen Kardinalprimas, war eine attraktive Frau. Sie wußte um ihre Schönheit und nutzte den Einfluß, den sie auf August den Starken ausübte, vor allem, um sich zu bereichern. Ihr offen zur Schau getragener Hochmut hatte ihr am Hof viele Feinde gebracht.

Doch noch hatte sie einen guten und vermeintlich sicheren Stand bei August dem Starken. Erst kürzlich hatte der Kaiser sie auf Betreiben des kurfürstlichen Königs zur Reichsfürstin erhoben. Stolzer denn je trug sie das Haupt über alle erhoben und übersah dabei, daß sich eine Fraktion gebildet hatte, die hinter dem Rücken des Königs an ihrem Niedergang arbeitete. Allen voran Gräfin Henriette Amalie von Reuß.

»Haben Sie gesehen, wie aufmerksam der König die junge Frau Hoym gemustert hat?« Gräfin Reuß sah von ihrer Stickerei auf. »Haben Sie es gesehen oder nicht?« In ihrer Stimme schwang unüberhörbar die Vorfreude auf eine erfolgreiche höfische Intrige mit.

Jungfer Hülchen zwinkerte beflissen mit den Augen.

»Natürlich habe ich das bemerkt, Gräfin. Majestät waren sehr angetan von Schönheit und Anmut der jungen Dame.« Sie sah die Gräfin erwartungsvoll an.

»Angetan ist das richtige Wort dafür. Ich würde sogar noch einen Schritt weiter gehen und behaupten, sie hat ihm gefallen«, spekulierte Gräfin Reuß.

»Ja, Exzellenz, sie hat ihm gefallen. So weit kann man ohne weiteres gehen«, pflichtete die ältliche Jungfer bei.

Die Gräfin sinnierte einen Moment.

»Wir sollten die schöne Frau von Hoym möglichst bald zu uns bitten, was meinen Sie? Ich könnte mir vorstellen, daß sie sich über ein wenig nachmittägliche Ablenkung freut.« Sie rief nach ihrer Zofe und ließ sich Tinte und Papier bringen.

»... wäre mir Ihre Aufwartung eine Ehre ...«, las die Gräfin den Schlußsatz der kleinen Notiz vor. »Punkt, Siegel und Streusand drauf und schon kann die Einladung in die Kreuzgasse gehen.« Frau von Reuß betrachtete zufrieden ihr Werk.

Nach einer heftigen Auseinandersetzung mit ihrem Mann saß Constantia in ihrem Zimmer und versuchte Ordnung in das Chaos ihrer Gefühle zu bringen. Zum wiederholten Male hatte sie Hoym vergeblich gebeten, ja sogar angefleht, um des Friedens in ihrer Ehe Willen, seine Geliebte endlich aus dem Haus zu schicken.

»Wenn Sie nicht so ein zänkisches Weib wären, hätten wir Frieden in diesem Haus. Schließlich war es auch friedlich, bevor Sie hier ankamen!« Hoym schlug die Tür hinter sich zu.

Als ihre Zofe die Zeilen der Gräfin brachte, besserte sich Constantias Gemütsverfassung augenblicklich.

Gräfin Reuß war eine hervorragende Gastgeberin. Sogar eine kleine Visite am Nachmittag verstand sie zu einem Ereignis zu machen. Ein Lakai führte Constantia in den Salon, dessen Wände mit prächtigen Tapisserien bespannt waren. Die Gräfin erhob sich und ging Constantia einige Schritte entgegen.

»Meine Liebe Frau von Hoym, was für ein Glück, daß Sie die Zeit erübrigen konnten«, sie nahm Constantias Hände und drückte sie herzlich. »Ich bin überglücklich Sie zu sehen, kommen Sie, setzen Sie sich zu uns.«

Constantia begrüßte auch Fräulein Hülchen, die ihr mit einem fröhlichen Lächeln entgegentrat.

»... und es war tatsächlich das erste Mal, daß Sie Seine Majestät gesehen haben?«

»So ist es Gräfin. Es war das erste Mal, daß ich ihm begegnet bin, und ich muß sagen, es war ein unvergeßliches Erlebnis. Seine Majestät verfügen über eine ganz besondere Ausstrahlung und sind von großer Liebenswürdigkeit.«

»Und haben Sie auch Madame Lubomirska kennengelernt?«

Constantia schüttelte den Kopf.

»Nein, daran kann ich mich nicht erinnern. Wer ist die Dame?«

Die Gräfin zog die Stirn kraus.

»Aber meine Liebe, wo leben Sie? Sie ist die Frau an des Königs Seite. Eine Polin, die in Warschau, Krakau und seit neuestem auch hier in Dresden mit ihm lebt – seine Mätresse, Ursula Lubomirska Reichsfürstin Teschen!«

Constantia fühlte, wie eine unangenehme Hitze in ihr aufstieg. Überall saßen sie, diese Weiber, die Frauen ihre Ehemänner abspenstig machten. Kein Wunder, daß auch ihr Mann zu denen gehörte, die diesen Zustand für normal hielten. Der König lebte es schließlich vor.

»Den Namen Lubomirska habe ich wohl schon gehört, ihm aber keine größere Bedeutung beigemessen«, sagte sie wahrheitsgemäß und löste damit Heiterkeit bei den Damen Reuß und Hülchen aus.

»Keine große Bedeutung, par Dieu! Wenn das der König hören könnte. Die Lubomirska ist sein Augenstern.« Jungfer Hülchen kicherte in ihren dicken Hals hinein.

»Ein Stern, der allerdings ein wenig sinkt, meine ich«, warf die Gräfin ein und beobachtete Constantia aufmerksam. Aus deren Gesicht war keine Reaktion abzulesen.

»Nun, das möchte man der Königin wünschen, nicht wahr? Ich meine, daß Seine Majestät wieder zu ihr zurückfindet.«

Jetzt wollten sich Jungfer und Gräfin schier ausschütten vor Lachen.

»Aber ich bitte Sie, dieser König verehrt seine Frau und liebt den gemeinsamen Sohn und Thronfolger, aber Ablenkung und Vergnügen sucht und findet er woanders.« Frau von Reuß sprach voller Überzeugung. Constantia hätte gerne das Thema gewechselt, doch die Gräfin bestimmte den Gesprächsverlauf:

»Die Königin ist eine wunderbare Frau, wir sind alle ganz und gar auf ihrer Seite. Sie scheint nur im Temperament so grundverschieden von Seiner Majestät, daß ihm gar nichts anderes übrig bleibt, als sich anderwärts zu zerstreuen.«

Constantias Blick verdunkelte sich.

»Es ist sicher so, daß für Ihre Majestäten andere Regeln gelten, als für uns, aber ich finde es dennoch für die liebenswürdige Königin überaus demütigend, daß sie immer wieder ertragen muß, ihren Mann mit anderen Frauen glücklich zu sehen.«

Constantias Bemerkung war vehementer ausgefallen als geplant. Die beiden Frauen sahen sie irritiert an.

»Nun, daß Fürsten Mätressen haben, ist so, seit es Fürsten und Mätressen gibt«, wandte Frau von Reuß beschwichtigend ein. »Und wenn alle Beteiligten sich damit arrangieren, nimmt doch niemand Schaden. Ich verstehe Ihre Heftigkeit nicht, liebe Frau von Hoym.«

»Wenn alle Beteiligten sich arrangieren mag es ja angehen, so zu leben. Ich hatte die Ehre, mehrmals bei der Königin eingeladen zu sein, und mein Eindruck war, daß sie sehr an Seiner Majestät hängt, und sich ganz und gar nicht arrangiert hat«, widersprach Constantia.

»Sie haben Recht, meine Liebe.« Die Gräfin wollte keinen ernsthaften Disput, und Constantia entschied, daß es an der Zeit war aufzubrechen.

Es war schon dunkel, als sie das Haus betrat. Hoym war nicht da, und so zog sie sich in ihr Zimmer zurück. Auf der Treppe stieg ihr ein fremder, eigenartiger Geruch in die Nase. Sie blieb stehen und schnupperte. Je näher sie ihrem Zimmer kam, um so intensiver wurde die Wahrnehmung, und als sie ihre Tür öffnete schlug ihr eine regelrechte Wolke entgegen. Constantia schloß die Tür wieder und hielt sich angewidert ihre Nase zu. Sie rief nach ihrer Zofe.

»Geh hinein und öffne die Fenster so weit es eben geht, und dann sieh, ob du entdecken kannst, was da in meiner Abwesenheit geschehen ist.«

Das Mädchen erblaßte.

»Madame, ich bitte um Verzeihung, aber ich weiß, was dort vorgefallen ist. Ich habe es durch einen Zufall gesehen.« Sie sah sich furchtsam um.

»So rede!« forderte Constantia.

»Madame, nicht hier auf der Galerie. Das Haus hat Ohren.«

»Dann müssen wir eben hineingehen in diesen Gestank, wenn es so heimlich ist, was du mir zu sagen hast.« Constantia war neugierig geworden.

Die Zofe schloß sorgfältig die Tür hinter ihrer Herrin und öffnete die Fenster. Sie trat ganz nah an Constantia heran.

»Als Madame das Haus verlassen hatte, ist die Elsbeth in Euer Zimmer geschlichen. Sie hatte ein Körbchen mit Kräutern am Arm und einen langen Fidibus darin.«

»Willst du damit sagen, daß die Elsbeth versucht hat, mich mit magischen Kräutern auszuräuchern?« Die Zofe bekreuzigte sich.

»So ist es, Madame. Ich bin ganz sicher, daß sich hinter diesem Geruch ein Zauber verbirgt, der gegen Euch gerichtet ist.«

Als Constantia ihrem Mann am Abend von dem Vorfall erzählen wollte, tat dieser die Angelegenheit mit einer wegwerfenden Handbewegung ab.

»Lassen Sie mich in Ruhe mit solchem Geschwätz. Zauberkräuter! Ich habe Sie für klüger gehalten!«

Constantia verließ einige Tage das Haus nicht, erst als ein Bote die Nachricht brachte, daß Madame Royale und die Königin ihre Abreise vorbereiteten und sie zum Abschied noch einmal sehen wollten, machte sie sich sofort auf den Weg.

Die Stunden bei Königin und Königinmutter waren herzlich und amüsant, um so größer der Schrecken, als Constantia zurückkehrte und der Geruch von verbrannten Kräutern das Haus erneut durchzog. Weinend warf sie sich auf ihr Bett. Plötzlich durchzuckte sie ein Gedanke. Warum diese Angriffe nicht für sich nutzen, warum nicht den Spieß umkehren? Sie trocknete ihre Tränen und erwartete ihren Mann.

Griesgrämig und wortkarg saß Hoym ihr beim Essen gegenüber.

»Ich habe etwas mit Euch zu besprechen und erwarte Euch in meinem Salon.« Constantia stand auf und ging in ihr Zimmer. Sie saß an ihrem kleinen Tisch und wartete, bis ihr Mann die Tür hinter sich geschlossen hatte.

»Bitte nehmt doch Platz«, sie machte eine einladende Handbewegung. Hoym setzte sich ihr gegenüber.

»Was ist denn so wichtig, daß wir es hier besprechen müssen?« Er sah seine Frau feindselig an.

»Ich habe Euch schon vor einigen Tagen berichtet, daß Eure Geliebte versucht, mir mit Zaubermitteln das Leben schwer zu machen.«

»Ach, diese leidige Geschichte. Meine Meinung dazu kennen Sie, das ist eine Narretei, die niemand ernst nehmen kann.« Hoym wollte aufstehen.

»Bleibt bitte, denn die Sache liegt anders: Sie hat einen zweiten Versuch unternommen, und ganz gleich, wie Ihr darüber denkt, ich spüre, daß ihre Mixtur wirkt. In mir ist ein großer Widerwille und eine Abneigung entstanden, die ich nicht zu bezwingen vermag.«

»Abneigung und Widerwillen wogegen?« Hoym zog die Stirn kraus.

»Eine Abneigung gegen Euch. Ganz so, wie es Eure Geliebte wohl geplant hat.« Ihr Mann sah sie ungläubig an.

»Eine Abneigung gegen mich, und wie macht sich diese Abneigung bemerkbar?« Er hatte sich erhoben und sah spöttisch auf Constantia herab.

»Ich spüre, daß mir in Eurer Anwesenheit nicht wohl ist, daß es mir besser geht, wenn Ihr mir nicht zu nahe kommt.« Constantia sprach mit fester Stimme.

Hoym zögerte einen Augenblick, dann machte er einen Schritt auf sie zu, packte sie am Handgelenk und zog sie hart von ihrem Stuhl.

»So, meiner Gemahlin ist also wohler, wenn ich ihr nicht zu nahe komme, nun, das werde ich zu kurieren wissen und zwar jetzt und hier auf der Stelle.«

Er zerrte sie hinter sich her in ihr Schlafgemach und warf sie brutal auf das breite Himmelbett. Constantia wehrte sich, doch ihr Mann zwang sie, auf dem Rücken liegen zu bleiben.

»Wagen Sie es nicht, gegen mich aufzubegehren oder einen Laut von sich zu geben, Madame, sonst breche ich Ihnen den schönen Hals«, zischte Hoym und schob Constantias Röcke hoch.

»Was für ein Mann seid Ihr, daß Ihr mir immer wieder Gewalt antut?« Constantia verpaßte ihm eine schallende Ohrfeige und wand sich unter seinem festen Griff.

»Gewalt nennen Sie das? Das ist keine Gewalt. Aber wenn Sie nicht stillhalten, werde ich Sie an Händen und Füßen festbinden – hier an den Pfosten Ihres eigenen Bettes. Das können Sie dann Gewalt nennen.«

Er drückte seine linke Hand so unbarmherzig auf Constantias Hals, daß sie keinen Ton mehr hervorbrachte. Immer noch strampelte sie mit den Beinen und versetzte ihrem Peiniger einen Tritt, der ihn vom Bett schleuderte. Hoyms Zorn war grenzenlos. Mit einem heftigen Schlag nahm er ihr die Luft und warf sich erneut auf sie. Constantia verkrallte ihre Hände in seinen Haaren. Hoym spürte vor Wut keinen Schmerz mehr und vergewaltigte seine Frau. Als er endlich von ihr abließ, war Constantia wie betäubt. Reglos lag sie auf dem Rücken und bewegte sich nicht. Hoym stand auf, brachte seine ramponierte Garderobe notdürftig in Ordnung und ging zur Tür.

»Ich verfluche Euch!« schrie Constantia. »Ich verfluche Euch und schwöre bei allem, was mir heilig ist, daß Euch das nie wieder gelingen wird! Nie wieder! Hört Ihr! So lange ich lebe! Geht Ihr zu Eurer Hure – von mir bekommt Ihr nicht einmal mehr ein freundliches Wort!«

Der Morgen brach an und Constantia wollte nach einer schlaflosen Nacht soeben ihr Zimmer verlassen, da hörte sie lautes Schreien, das in giftiges Kreischen überging. Worte waren nicht zu verstehen, aber es war eindeutig Elsbeths Stimme. Dazwischen mischte sich der scharfe Tonfall ihres Mannes. Über eine Stunde zog sich der Lärm, dann schlug eine Tür und plötzlich herrschte Totenstille im Haus. Constantias Herz klopfte. Sie ging hinunter in den Salon. Ihre Zofe stand am Fenster und blickte hinaus.

»Was gibt es da zu sehen?« Das Mädchen zuckte zusammen.

»Er hat sie fortgeschickt«, flüsterte sie.

»Wer hat wen fortgeschickt«, fragte Constantia, die die Antwort auf ihre Frage ahnte.

»Der Herr. Er hat die Elsbeth fortgeschickt. Sie ist mit Sack und Pack aus dem Haus.« Die Zofe sah Constantia unsicher an.

»Zu spät«, murmelte diese.

Die folgenden Wochen waren die Hölle. Zunächst verhielt sich Hoym, als wäre nichts geschehen. Seine Frau begegnete ihm mit eisiger Kälte. Drei Tage ließ Hoym sie gewähren, dann stand er eines Nachts vor ihrem Bett und schlug die Decke zurück. Diesmal verstand Constantia sich zu wehren. Sie schlug, biss und kratzte, bis ihr Mann erbost aufgab. Dergleichen Auftritte wiederholten sich und Hoym wurde immer zorniger. Die Eheleute schrien sich an, bewarfen sich mit Gegenständen und bösen Worten. Hoym reizte seine körperliche Überlegenheit kein zweites Mal bis zum Ende aus. Statt dessen beschimpfte er seine Frau, drohte ihr.

»Sie werden sehen, wohin Ihr Benehmen führt. Wie eine räudige Hündin werde ich Sie vor die Tür jagen.«

»Ich habe keine Angst vor Euch. Wovor soll ich noch Angst haben, nach dem, was Ihr mir angetan habt. Habt Ihr wirklich gedacht, es reicht, das Weib aus dem Haus zu schicken? Es ist zu spät! Das hättet Ihr vor Monaten tun sollen, dann hätte sich vielleicht alles zum Guten gewendet. Schert Euch zum Teufel, denn da gehört Euresgleichen hin!« Constantia stampfte mit dem Fuß auf.

»Dies ist mein Haus, und ich schere mich nirgendwo hin, da können Sie Gift und Galle spucken, bis Sie daran ersticken. Wenn jemand dieses Haus verläßt, dann sind Sie es. Und überall werde ich erzählen, welch feine Sitten die feine Frau Hoym hinter der glänzenden Fassade ihrer hübschen Fratze verbirgt.« Hoym spie auf den Boden.

»Gift! Was für eine ausgezeichnete Idee! Warum sollte ich Euch nicht einfach Gift ins Essen geben? Es gibt tödliche Substanzen, die schmeckt und riecht Ihr nicht. Und wenn Ihr etwas merkt, ist es leider zu spät. Ich werde lachend danebenstehen, wenn Ihr Euch unter Schmerzen windet! Auf Eurem Grab werde ich tanzen!« höhnte Constantia und sah mit Genugtuung, daß ihr Mann leichenblaß wurde.

Tag für Tag wiederholte sich das unwürdige Spektakel. Die Diener liefen nur noch mit gesenkten Köpfen durch die Zimmer. Angstvoll hielten sie sich außer Reichweite des Hausherren, der in seinem Jähzorn nicht davor zurückschreckte, beim kleinsten Versehen einem Unschuldigen Kerzenleuchter oder Schüsseln nachzuwerfen. Dann kam der Tag, an dem kein geringerer als der König dem ehelichen Elend ein Ende machte.

In Warschau durchlebte August der Starke schwierige Zeiten. Der Nordische Krieg kostete Tausenden von Soldaten auf allen Seiten das Leben. Eine friedliche Lösung der Konflikte war nicht in Sicht und der Kurfürst-König sah, wie ihm das Geld durch die Finger rann. Sein Finanzminister mußte her. Hoym erhielt den Befehl, sofort nach Polen zu reisen und brach noch am selben Tag auf.

Endlich kehrte ein wenig Ruhe in der Kreuzgasse ein. Jetzt erst merkte Constantia, wie sehr die Auseinandersetzungen sie mitgenommen hatten. Sie wurde krank. Tiefe Ringe unter ihren traurigen Augen zeugten vom Grad ihrer Erschöpfung, und in der Küche jubelte die Köchin, als ihre Herrin nach mehr als zwei Wochen zum ersten Mal wieder mit Appetit aß. Im Mai unternahm Constantia die erste Spazierfahrt und allmählich traten die Schrekken des Frühlings in den Hintergrund. Alles wurde wieder lebendig, als ein Brief aus Polen kam. Hoym schrieb, daß er auf seinem Recht bestehen und die Scheidung einreichen werde, wenn sich seine Frau nicht ihrer Pflichten besinnen und ihm zu Willen sein würde.

Wenn Hoym tatsächlich die Scheidung verlangte, bedeutete das das gesellschaftliche Aus für sie. Andererseits schien ihr unmöglich, das Leben so zu führen, wie er es von ihr verlangte. Der Minister der Akzise hatte sich als selbstgerechter Grobian entpuppt und entsprach nach elf Monaten Ehe keineswegs mehr dem, was er vorgegeben hatte zu sein. Constantia sah keinen Ausweg. Einen Monat später – es war Ende Juni 1704 – hatte sie sich zu einer Entscheidung durchgerungen. Sie griff nach ihrem Briefpapier und schrieb:

*»... weillen euch mein umbgang und manier unerdräglich scheinet, ich dergleichen sentiments auch von euch habe und mich euher hartes tractament so desperat macht, dasz ich mich vielmals den dodt wunsche, würde also meine verdrislichkeiten und chagrins (Gram) abzuhelffen mir in der welt nichs liebers wiederfahren können, als wen euher bedrohung nach unsere gäntzliche separation balt befördert würde, wormit verbleibe*

*Monsieur*

*Votre servante (Eure Dienerin)*

*A.C.b.d.Hoym«*

Mit einem Siegel vor fremden Augen gesichert, schickte sie den Brief an ihren Mann.

Der Sommer ging allmählich in den Herbst über und Hoym hatte nicht auf Constantias Zeilen geantwortet. August der Starke hielt sich mit Teilen des Hofstaates noch immer in Polen auf, in Dresden waren viele Adelshäuser verschlossen. Um so lieber folgte Constantia den Einladungen der munteren Gräfin von Reuß. Längst wußte sie, daß die verwitwete Frau ein überaus enges Verhältnis zum Statthalter des Königs pflegte. Anton Egon Fürst von Fürstenberg war ein kluger, charmanter Mann, deutlich älter als seine etwa dreißigjährige Geliebte und ein galanter Unterhalter. Dank seiner Stellung, war auch Henriette Amalie von Reuß eine einflußreiche Frau, die jederzeit und über alles bestens informiert war. Sie führte einen beliebten Salon, in dem man sich in bester Gesellschaft beim Glücksspiel vergnügte. Hier wurde nicht nur Wissenswertes ausgetauscht, sondern auch so manche Intrige gesponnen.

Gräfin Reuß sah sich zufrieden um. Die Stimmung im Salon war superb. An den mit grünem Filz bespannten Tischen wurde gespielt, in kleinen Grüppchen unterhielt sich der Adel über die neuesten Nachrichten aus dem Nordischen Krieg und der Tagespolitik.

Constantia stand an einem der großen Fenster und lachte herzlich über einen Scherz des Statthalters. Fürstenberg betrachtete sie mit sichtlichem Wohlgefallen und zwinkerte seiner Geliebten verschwörerisch zu.

Sowohl der Statthalter als auch Henriette Amalie von Reuß gehörten zu den erklärten Gegnern von Ursula Lubomirska, Reichsfürstin Teschen. Die Geliebte Augusts des Starken hatte wenig Freunde bei Hof, aber niemand betrieb ihren Niedergang so zielstrebig und konsequent wie Fürstenberg und seine Freundin.

»Ihr Einfluß auf den König ist schädlich für das Land, sie lebt auf großem Fuß, verlangt immer mehr Geschenke, Schmuck, Ländereien, Häuser. Das kann so nicht weitergehen. Das Geld wird für wichtigere Dinge gebraucht!« war sich das Paar einig.

»Außerdem ist sie völlig unbrauchbar, denn sie hat wirklich nichts als ihre eigenen Interessen im Kopf. Es fällt ihr gar nicht ein, sich einmal für jemand anderen einzusetzen«, monierte Gräfin Reuß. Anton Egon von Fürstenberg pflichtete ihr bei.

»Ich denke, es könnte eine Lösung geben. Es wird ein wenig Zeit brauchen, und die Sache will gut vorbereitet sein, aber laßt mich nur machen.« Frau von Reuß lächelte.

Mehrere Wochen hatte sich die Gräfin um Constantias Vertrauen bemüht, sie immer wieder eingeladen, ihrerseits kurze Gegenbesuche im Hoymschen Haus gemacht und war endlich zu dem Schluß gekommen, daß ihr Plan eine gute Chance hatte.

»Sie ist bildschön, daran besteht gar kein Zweifel. Sie ist geistreich, sehr charmant und verfügt über einen scharfen Witz – und die Spatzen pfeifen es schon von den Dächern: Sie ist sehr unglücklich mit ihrem Mann«, weihte sie ihre Freundin Hülchen ein. »Sie ist die ideale Mätresse für Seine Majestät und wird uns in dieser Position sehr nützlich sein. Wir müssen es nur klug anstellen.« Die Gräfin kniff ein wenig die Augen zusammen.

»Aber unser kurfürstlicher König hat doch bereits eine Mätresse!« Fräulein Hülchen konnte ihrer Freundin nicht ganz folgen.

»Ach, die Teschen!« Die Gräfin verzog verächtlich die Mundwinkel. »Wenn es so geht, wie ich es mir vorstelle, sind die Tage dieser Fürstin gezählt und unsere schöne Frau von Hoym wird sich demnächst schon an der Seite des Königs präsentieren.«

In den letzten Novembertagen kursierte in der Stadt das Gerücht, der König kehre aus Warschau zurück.

»Wenn es von allen Ecken und Enden kommt, ist meistens etwas Wahres dran, aber wann genau er eintreffen wird, weiß auch ich nicht«, sagte Anton Egon von Fürstenberg zu seiner Geliebten.

In der Nacht zum 30. November 1704 traf August der Starke ohne Vorankündigung in Dresden ein, und im Laufe des Tages folgten Hofstaat und Minister. Constantia erschrak, als sie den Wagen ihres Mannes vor dem Portal anhalten sah.

Dank ihrer hervorragenden Quellen gehörte Gräfin Reuß zu den ersten, die von des Königs Rückkehr erfuhren. Sie stürzte sich sofort in die Vorbereitung eines festlichen Abends zu Ehren Seiner Majestät. Fürstenberg sollte der Gastgeber sein, doch im Hintergrund zog die Gräfin alle Fäden und Register.

»Wir wollen die Ankunft Seiner Durchlaucht in erlesenem Kreis mit erlesenen Speisen und Weinen feiern«, erklärte sie dem Küchenchef und orderte mehrere hundert Austern.

»Der König liebt Austern, er soll sich richtig daran satt essen können«, erklärte sie die ungewöhnliche Menge.

Für den 2. Dezember plante sie einen prächtigen Ball in ihrem Haus. Es verstand sich von selbst, daß unter den ausgewählten Gästen auch das Ehepaar Hoym sein sollte, und die Enttäuschung der Gräfin war grenzenlos, als ein Bote die Nachricht brachte, der Herr Minister der Akzise ließe sich und seine Frau entschuldigen. Damit hatte Frau von Reuß nicht gerechnet. Sie war verärgert.

»Diesmal kann ich es nicht mehr ändern, aber beim nächsten Mal entkommt er mir nicht. Was denkt er sich, abzusagen, wenn ich zum Ball bitte!« zischte sie empört.

Am folgenden Tag fuhr sie in die Kreuzgasse, um die nächste Einladung persönlich auszusprechen.

»Ich bin untröstlich, daß es Ihnen gestern nicht möglich war zu kommen«, flötete sie und musterte Constantia von oben bis unten. »Sagen Sie, geht es Ihnen nicht gut, meine Liebe? Sie scheinen mir außergewöhnlich blaß zu sein. Sie werden doch nicht krank? Ich möchte Sie am kommenden Sonntag unbedingt auf meinem Ball sehen. Alle haben zugesagt, sogar der König wird kommen.« Die Gräfin konnte ihren Stolz nicht verhehlen.

»Danke für Ihre liebenswürdige Fürsorge. Nein, ich bin nicht krank, ich habe nur sehr unruhig geschlafen in der letzten Nacht«, schwindelte Constantia mit einem Seitenblick auf Hoym. In Wirklichkeit hatte sie sich die ganze Nacht mit ihrem Mann gestritten und seine Zudringlichkeiten abgewehrt.

»Nun, dann darf ich also mit Ihnen und Ihrer schönen Frau rechnen, mein lieber Hoym«, die Gräfin wandte sich jetzt direkt an den Hausherren.

Hoym nickte. Es war für ihn völlig unmöglich, eine persönliche Einladung der Gräfin abzuschlagen, ganz besonders, wenn der König zugegen sein würde.

Sonntag, der 7. Dezember 1704, war ein kalter, regnerischer Tag. Hoym hatte das Haus schon verlassen und wollte erst später zum Ball der Gräfin Reuß kommen. In Constantias Gemächern leuchteten Dutzende von Kerzen. Auf dem Bett lag sorgfältig ausgebreitet ein nagelneues Ballkleid in glänzenden Petroltönen. Die safrangelben Ärmel mußten noch angenäht werden. Es war bereits später Nachmittag, als Constantia sich vor den Spiegel setzte und prüfend ihre hochgesteckten Haare betrachtete.

»Sehr gut«, kommentierte sie ihr Aussehen.

Sie schlüpfte in ihr Kleid, ließ die Ärmel befestigen und überprüfte soeben die Polsterung der Hüftfalten, da drang ein beißender Geruch in ihre Nase.

»Was ist das für ein Gestank? Es riecht nach Feuer. Ist im Kamin ein Scheit verrutscht? Bitte sieh nebenan nach, ob dort alles in Ordnung ist«, befahl sie der Zofe und sah sich besorgt um. Das Mädchen öffnete die Tür und schlug sie augenblicklich wieder zu.

»Madame! Es brennt!« schrie sie und rannte in Panik aus dem Zimmer. Constantia machte einen Satz zur Tür und riß sie auf. In ihrem Schlafgemach loderten hohe Flammen an den Wänden. Vorhänge und Wandbespannung hatten Feuer gefangen. Die schweren Stoffe brannten wie Zunder.

»Feuer! Feuer!« rief sie aus Leibeskräften, raffte ihren langen Rock, griff die Schmuckschatulle, die auf dem Tisch stand, und hetzte die Treppe hinunter. Aufgeregt versammelten sich die Dienstboten vor dem Haus und starrten verängstigt auf die beiden Fenster im ersten Stock. Das erste Glas war bereits gesprungen, die Flammen züngelten gierig an der Hauswand entlang. Constantia hatte ihre Fassung wieder gewonnen.

»Steht hier nicht herum und haltet Maulaffen feil. Holt die Eimer und Wasser. Wir müssen retten, was zu retten ist.« Ihre Stimme war durchdringend und fest. Lakaien, Küchenmägde und das restliche

Personal gehorchten sofort. Nachbarn, vom Lärm alarmiert, kamen herbeigeeilt, um zu sehen, was die Ursache für den Aufruhr war. Constantia stand vor dem Haus und erteilte Befehle. Mit gefüllten Ledereimern rannte das gesamte Gesinde zwischen dem nächstgelegenen Brunnen und der Kreuzgasse hin und her. Männer mit Spaten versuchten, die Flammen auszuschlagen. Trotz der Anstrengungen breitete sich das Feuer blitzschnell im ersten Stock aus und fraß sich in den Dachstuhl. Aus den Luken drang dunkler Qualm. Von seinem Beobachtungsposten sah der Türmer die ersten Flammen aus dem Dach schlagen und blies Alarm. Dann stieg er zur Feuerglocke und läutete. Jetzt wußte die ganze Stadt, daß Gefahr drohte.

Helfer kamen aus allen Richtungen, doch die Flammen waren stärker und der alte Fachwerkbau mit seinen trockenen Balken ein gefundenes Fressen. Entsetzt mußte Constantia mit ansehen, wie der Dachstuhl einstürzte und große Teile der Treppe unpassierbar machte. Aufrecht stand sie im rötlichen Widerschein des Feuers und versuchte mit ihren Befehlen das Chaos zu organisieren.

Auch der König hatte die dumpfen Klänge der Feuerglocke vernommen. Er befand sich inmitten einer Gesellschaft, die sich soeben zu Tisch begeben wollte, um vor dem großen Ball noch eine Kleinigkeit zu essen. August der Starke befahl, nach seinem Wagen zu rufen und ließ sich unverzüglich in die Kreuzgasse bringen. Hier rannten noch immer rußverschmierte Männer in verzweifelter Eile hin und her und versuchten Wasser heranzuschaffen, um das Schlimmste zu verhindern. Niemand nahm Notiz von der Tatsache, daß die Karosse des Königs über das Pflaster rumpelte.

»Anhalten. Ich steige aus. Hier ist kein Durchkommen, und die Kutsche nimmt zu viel Platz ein.« Friedrich August wartete nicht, bis ihm der Schlag geöffnet wurde. Er sprang auf die Straße und marschierte mit festen Schritten zur Stelle des Unglücks. Seine langen braunen Locken wippten auf der goldenen Verbrämung seines Festgewandes. Mit der Rechten hielt er seinen Zierdegen umklammert. Der Regen hatte aufgehört, und ein leichter Wind verteilte kleine Aschepartikel in der Luft. Je näher er kam, um so deutlicher spürte

August der Starke die Hitze des Feuers. Sein Gesicht glänzte. Vor dem Haus angekommen, bahnte er sich wortlos seinen Weg durch die Menschenmenge, die sich in der Kreuzgasse versammelt hatte.

»Mon Dieu! Es war Hoyms Haus«, murmelte er entsetzt, als er sah, welchen Schaden die Flammen angerichtet hatten. Constantia war trotz der Hitze noch keinen Fußbreit von ihrem Posten gewichen und erteilte noch immer Befehle.

»Nach rechts müßt ihr gehen, da kann nichts mehr herabfallen! Seht zu, daß ihr die Flammen auf dem Boden löscht«, dirigierte sie zwei Männer.

Was für eine außergewöhnliche Frau. Was für ein Mut! Sie steht direkt vor den Flammen und zeigt nicht die geringste Furcht. Der König war beeindruckt von Constantia und ging auf sie zu. Direkt vor ihm stand der Viertelmeister und redete auf sie ein:

»Madame! Ihr müßt ein paar Schritte zurücktreten. Ihr steht viel zu nah am Haus. Was, wenn Euch ein herabstürzendes Fensterkreuz auf den Kopf fällt?« Der Mann duldete keinen Widerspruch und drängte Constantia einen Meter zurück. Jetzt stand sie direkt neben dem König, den sie in der Aufregung jedoch nicht wahrnahm.

»Kommen Sie noch ein Stück zurück. Es ist viel zu gefährlich in dieser Hitze zu stehen«, Friedrich August sprach sie besorgt von der Seite an. Constantia machte eine abwehrende Handbewegung.

»Ich stehe hier sehr gut, wenn ich noch weiter zurücktrete, verliere ich den Überblick.« Sie sah ihn aus den Augenwinkeln an und erkannte, wer da mit ihr sprach.

»Durchlaucht! Ich bitte untertänigst um Vergebung! Wie konnte ich wagen, Euch zu widersprechen. Ich wußte nicht ...« Sie machte einen tiefen Knicks. August der Starke lächelte.

»Meine Bewunderung, verehrte Frau von Hoym! Ich habe Sie von weitem gesehen. Ihre Haltung nötigt mir großen Respekt ab. Sie müssen sich nicht bei mir entschuldigen. Es ist schließlich Ihr Haus, das da vor unser aller Augen verbrennt.« Er rief den Viertelmeister zu sich. Der Mann machte eine tiefe Verbeugung.

»Sie werden retten, was zu retten ist. Tun Sie ihr möglichstes, daß die Flammen nicht auf die anderen Häuser übergreifen. Ich bringe Frau von Hoym in Sicherheit.«

Constantia wollte protestieren, doch der Gesichtsausdruck des kurfürstlichen Königs brachte sie zum Schweigen. Galant geleitete August der Starke Constantia zu seiner Kutsche. In ihren festlichen Gewändern waren die beiden nicht zu übersehen und ein Raunen ging durch die Menge, als die Menschen sahen, daß es der König persönlich war, der die schöne Frau von Hoym begleitete.

»Seien Sie unbesorgt. Man wird sich um alles kümmern. Wir beide können hier ohnehin nichts mehr tun. Kommen Sie mit mir auf den Ball zur Gräfin Reuß, und vergessen Sie für ein paar Stunden, was geschehen ist.« Constantia sah den Monarchen fassungslos an.

»Majestät werden verzeihen, aber das sagt sich einfacher, als es ist. Ich weiß ja nicht einmal, wo ich heute Nacht schlafen soll.«

»Wir werden schon ein komfortables Plätzchen für Sie finden – und natürlich auch für Ihren Herrn Gemahl. Wo ist er überhaupt? Weiß er es schon?« Constantia schüttelte den Kopf.

»Das kann ich nicht beantworten, Durchlaucht.«

Henriette Amalie von Reuß und ihre Gäste staunten, als Seine Majestät der Kurfürst-König in Constantias Begleitung den Ballsaal betrat. Der Brand war das Gespräch des Abends, und Constantia erholte sich unter der fürsorglichen Aufmerksamkeit des Regenten von den Strapazen der vergangenen Stunden. Hoym war außer sich, als er von der Katastrophe erfuhr.

»Kein Stein steht mehr auf dem anderen, und selbst wenn morgen alles ein wenig abgekühlt ist, glaube ich nicht, daß wir in den Trümmern etwas finden, das noch zu gebrauchen ist.« Er seufzte und leerte ein großes Glas Wein.

»Mein lieber Hoym, machen Sie sich keine Sorgen. Was zu kaufen ist, kann man wieder kaufen, und bis Sie etwas besseres gefunden haben, werde ich Ihnen und Ihrer zauberhaften Frau einige Zimmer im Fraumutterhaus zur Verfügung stellen. Ich habe meine Beamten schon angewiesen, dafür zu sorgen, daß alles so komfortabel wie irgend möglich für Sie hergerichtet wird.«

Hoym traute seinen Ohren nicht: Der König sorgte sich um seine Unterkunft? Constantia lächelte.

»Majestät sind zu freundlich. Wir wissen gar nicht, wie wir Euch danken sollen.«

»Es wird sich schon ein Weg finden und eine Gelegenheit ergeben.« August der Starke sah sie wohlwollend an.

## *Ich bin um einen solchen Preis nicht zu haben*

Vis-à-vis der Trümmer, die das Feuer vom Hoymschen Haus übrig gelassen hatte, lag das Fraumutterhaus, ebenfalls in der Kreuzgasse. Schon vor über einhundert Jahren hatte das Gebäude mit den reichverzierten Erkern und Gauben als Witwensitz einer Kurfürstinwitwe gedient, und seither war es im Besitz des jeweiligen sächsischen Regenten. Noch in der Nacht hatte der König dafür gesorgt, daß ein geräumiges Zimmer für seinen Finanzminister und dessen Frau hergerichtet wurde. Die Dienstboten des Paares kamen in kleinen Dachkammern unter.

Entsetzt stellte Constantia fest, daß sie gezwungen war, das Zimmer mit ihrem Mann zu teilen. Adolf Magnus von Hoym hatte seinen Zorn mit sehr viel Wein heruntergespült, doch jetzt übermannte ihn die Wut über den Verlust erneut.

»Wie konnte das nur passieren!« blaffte er. »Am Ende haben Sie das Haus absichtlich in Brand gesteckt! Nur um mir zu schaden! Das Haus meiner Eltern liegt in Schutt und Asche. Es wird ein Vermögen kosten, das alles wieder herzurichten.«

Constantia schwieg zu den absurden Vorwürfen. Sie war zu müde, um sich zu streiten, legte sich so weit wie möglich an die Bettkante und zog die Decke über beide Ohren.

Am folgenden Tag gab die Gräfin Reuß eine weitere Einladung. Wieder waren die Hoyms unter den Gästen, und wieder kam auch der König. August der Starke suchte Constantias Nähe. Voller Mitgefühl erkundigte er sich nach ihrem Befinden.

Henriette Amalie von Reuß warf ihrer Freundin Hülchen einen zufriedenen Blick zu. Alles schien sich wie erhofft zu entwickeln, schneller und besser sogar.

»Wir müssen dafür sorgen, daß Seine Majestät möglichst viel Gelegenheit erhält, mit ihr zusammen zu sein«, flüsterte Jungfer Hülchen verschwörerisch und die Gräfin nickte.

Im Vorraum des Saales war ein Spieltisch aufgebaut. Etwa ein Dutzend Damen und Herren amüsierte sich mit Würfeln und Karten.

»Wie wäre es, mein lieber Hoym. Wollen wir beide nicht ein Spielchen wagen. Nach all Ihrem Pech sollten Sie jetzt doch ein wenig Glück haben.«

Gräfin Reuß hakte den Minister unter und führte ihn aus dem Raum. Hoym sah sich noch einmal um und erblickte über die Schulter seine Frau, die nun schon seit mehr als zwei Stunden mit dem König ins Gespräch vertieft war. Ein Stich fuhr ihm in die Magengrube.

Constantia wußte nicht recht, wie ihr geschah. Träumte sie, oder war es Wirklichkeit, daß sie hier neben dem mächtigsten Mann des Reiches stand und dieser offenes Interesse für sie bekundete? August der Starke ließ sich von Depenau erzählen, von Gottorf und Wolfenbüttel. Constantia blühte auf und sprühte vor Charme. Geistreich und mit buntem Witz erzählte sie heitere Episoden aus ihrer Vergangenheit und brachte den König zum Lachen. Statthalter Fürstenberg stellte sich neben die Gräfin.

»Es sieht ganz so aus, als ginge Ihr Plan auf, meine Liebe. Ich hätte nicht gedacht, daß es so einfach sein würde, Seine Majestät zu becircen. Bis jetzt hatte ich immer den Eindruck, daß die Teschen ihn fest im Griff hält. Wissen Sie eigentlich, daß die Reichsfürstin dieser Tage erwartet wird?« Gräfin Reuß zuckte zusammen.

»Nein, das wußte ich nicht. Wann soll sie denn eintreffen?«

»Ich kann es Ihnen nicht genau sagen. Der König bespricht diese Dinge nicht immer mit mir. Aber was halten Sie davon, wenn ich morgen abend ein Essen gebe? So wie die Dinge jetzt stehen, bin ich sicher, daß der König kommen wird, wenn man ihm avisiert, daß Ihre reizende Freundin auch da sein wird.« Die Gräfin nickte begeistert.

Constantia plauderte noch immer mit Friedrich August. Der flirrende Blick des Königs beunruhigte sie. Am eigenen Leibe hatte sie bitter erfahren müssen, wie schnell aus leichten Gesprächen Ernst werden konnte und fürchtete sich ein wenig vor der königlichen Aufmerksamkeit. Es galt, klug zu taktieren, darauf zu achten, daß keine heikle Situation entstand. Sie war eine verheiratete Frau und wollte sich auf keinen Fall zu Vertraulichkeiten hinreißen lassen, die sie später nur bereuen konnte. Auf der anderen Seite war der Monarch ihre große Chance, die Freiheit von Hoym zu erlangen und dennoch eine unbescholtene Existenz führen zu können. Wenn es wirklich zur Scheidung kam und Hoym, wie er androhte, auf »bösliches Verlassen« klagte, konnte in letzter Instanz nur der König als oberster Gerichtsherr dafür sorgen, daß sie nicht verfemt und dazu gezwungen wurde, nach der Trennung unverheiratet zu bleiben.

August der Starke hatte Feuer gefangen. Vergessen die Reichsfürstin Teschen, vergessen die jungen Damen der höfischen Gesellschaft, mit denen er sich sonst gerne Zeit und Nächte vertrieb. Er hatte nur noch Augen für Constantia von Hoym.

»So eine Frau habe ich in meinem ganzen Leben noch nicht kennengelernt«, sagte er zu seinem Freund Vitzthum. »Diese Augen, haben Sie diese funkelnden schwarzen Augen gesehen? Man weiß ja gar nicht, wo man zuerst hinschauen mochte. Die Haut so hell wie Marmor, der Mund von edelstem Schwung, und die Anmut, mit der sie sich bewegt. Ich kann mich nicht erinnern, jemals eine Frau so vollendet tanzen gesehen zu haben.«

Friedrich von Vitzthum schmunzelte und schwieg.

»Sie werden es nicht glauben, aber ich kenne den König jetzt schon so viele Jahre und, wenn mich nicht alles täuscht, wird er versuchen, unsere Schwägerin zu erobern«, sagte er zu seiner Frau.

Rahel Charlotte von Vitzthum dachte einen Moment nach.

»Es geht zwar gegen meinen Bruder, aber nach allem, was wir bisher sehen und hören mußten, wäre das für Constantia ein Glück.«

Statthalter Fürstenberg, Gräfin Reuß und das Ehepaar Vitzthum wechselten sich ab und luden Abend für Abend die gesamte höfische

Gesellschaft zu sich ein. Tagsüber ging der König seinen Regierungsgeschäften nach, inspizierte die Truppen, studierte Akten und gab Audienzen. Die Abende verbrachte er in Constantias Gesellschaft.

Am 19. Dezember 1704 feierte der ganze Hof den vierunddreißigsten Geburtstag der Königin. Schon lange war Christiane Eberhardine nicht so glücklich gewesen, wie an diesem Tag. Die Ankunft der Reichsgräfin Teschen hatte sich verzögert, eine andere Mätresse gab es nicht, und endlich schenkte ihr Mann ihr wieder einmal die Aufmerksamkeit, die sie so oft und schmerzlich vermißte.

Der Jahreswechsel nahte, und August der Starke reiste zur Leipziger Neujahrsmesse. Am späten Abend des 31. Dezember brach er in Begleitung der Vitzthums und seines vertrautesten Ministers, Jakob Heinrich von Flemming, auf. In einem weiteren Wagen saßen Anton Egon von Fürstenberg und die Gräfin Reuß.

»Mein lieber Hoym, ich wünsche Sie und Ihre Gemahlin in wenigen Tagen ebenfalls in Leipzig zu sehen«, hatte der König vor seiner Abfahrt befohlen. Hoym kochte innerlich, doch einer so deutlich ausgesprochenen Anweisung konnte er sich nicht widersetzen. Constantias Herz hüpfte vor Freude. Mit dem Hofstaat zur Messe nach Leipzig! Glücklich ordnete sie die neuen Kleider, alle gerade erst fertiggestellt, nachdem beinahe ihre ganze Garderobe verbrannt war.

In den ersten Januartagen bestieg das Ehepaar Hoym die Kutsche. Über zehn Stunden dauerte die Fahrt, und Hoym wechselte kaum ein Wort mit seiner Frau. Constantia hing ihren Gedanken nach. Ob wir wohl wirklich geschieden werden? Und was wird dann? Wird der König sich für mich verwenden? Und wie ist es wohl im Winter in Leipzig? Sie zog die dicke Pelzdecke hoch. Wo wir wohl wohnen werden? Hoffentlich nicht wieder in einem Zimmer. Sie schüttelte sich.

Henriette Amalie von Reuß hatte die kurze Zeit in Leipzig zu nutzen gewußt und für sich und Fürstenberg eine sehr komfortable Bleibe in der Stadt gefunden. Das Haus lag direkt neben dem Domizil des Königs und war durch eine Tür mit diesem verbunden. Die Gräfin rieb sich die Hände: »Jetzt werden wir sehen, ob sich alles so findet, wie ich es mir erträume.«

Auch für die Hoyms hatte sie eine hübsche Wohnung zur Miete organisiert, die nur ein paar Schritte entfernt lag. Constantia war zufrieden. Wenigstens standen ihr hier zwei Zimmer zur Verfügung. Während die Zofe das Gepäck auspackte, machte sie der Gräfin ihre Aufwartung.

Henriette Amalie von Reuß saß am Kamin und erwartete ihre Besucherin mit heißer Schokolade und frischem Gebäck.

»Meine Liebe, wie Sie sehen, habe ich dafür gesorgt, daß wir ganz alleine sind, denn ich möchte etwas mit Ihnen besprechen.«

Constantia sah sie fragend an.

»Sicher ist auch Ihnen nicht entgangen, was wir alle seit einigen Wochen beobachten.« Die Gräfin räusperte sich. »Wie es scheint, hat seine Majestät, der Kurfürst-König, großen Gefallen an Ihnen gefunden, und ich will ganz offen mit Ihnen sprechen. Wenn die Anzeichen nicht trügen, wird es nicht mehr lange dauern, und er wird Sie bitten, seine Mätresse zu werden.«

Sie hielt inne und wartete auf eine Reaktion. Schon bei den ersten Worten hob Constantia unwillig die Hände.

»Seine Majestät war von ausgesuchter Höflichkeit mir gegenüber, wenn das die vermeintlichen Anzeichen sind, von denen Sie sprechen. Aber ich kann Ihnen versichern, daß sich dahinter keinerlei unehrenhafte Absichten verbergen«, sagte sie wider besseres Wissen. »Soweit ich weiß, hat der König bereits eine Mätresse. Und was mich betrifft, so bin ich eine verheiratete Frau und gedenke nicht, mich mit einem anderen Mann, und sei es auch der König persönlich, in Vertraulichkeiten einzulassen.« Constantia war aufgestanden.

»Bitte, beruhigen Sie sich doch. Ich verstehe Ihre Aufregung nicht. Niemand zweifelt an Ihrem Anstand. Aber Sie wissen doch selbst, was es bedeutet, die Frau zur Linken eines so bedeutenden Monarchen zu sein. Bedenken Sie den Einfluß, den Sie hätten, was Sie alles für Ihre Freunde tun könnten, und bedenken Sie vor allem die Reichtümer, mit denen der König sie überhäufen würde. Ich habe es selbst gesehen. Schließlich kannte ich sie alle. Gräfin Königsmarck, Gräfin Esterle, Frau von Spiegel und Reichsfürstin Teschen. Glauben Sie mir, keine der Damen hat je bereut, das Lager des Königs geteilt zu haben. Und wer sich geschickt anstellt und sich seine Freundschaft bewahrt, braucht sich um das eigene und das Wohl möglicher königlicher Sprößlinge keine Sorgen zu machen.« Gräfin Reuß sprach sehr sachlich.

»Gräfin, verzeihen Sie, aber wenn Sie Ihre eigenen Worte soeben gehört hätten, wie ich sie gehört habe, dann wüßten Sie um das Unvorstellbare. Jetzt schon ist die Liste der königlichen Mätressen um einiges länger, als es sich mit meiner Vorstellung von Moral und Ehre vereinbaren läßt. Wie können Sie davon ausgehen, daß ich mich in die Reihe dieser Damen stellen lasse?« Vor Aufregung verkrampfte Constantia ihre Hände. Frau von Reuß lenkte ein.

»Aber bitte, Sie wissen, wie sehr ich Sie schätze, und so sollten Sie auch wissen, daß ich Ihnen keinesfalls zu nahe treten wollte. Vergessen Sie, was ich gesagt habe und greifen Sie zu.« Sie reichte einen Teller mit Konfekt.

Am nächsten Morgen stattete Friedrich August I. dem Ehepaar Hoym einen Besuch ab. Das gestrige Gespräch noch in Kopf und Herz, bemühte sich Constantia um höfliche Distanz, doch die Liebenswürdigkeit, mit der der König auch ihren Mann bedachte, ließ die Vorbehalte schmilzen und nach wenigen Minuten herrschte die gleiche Vertrautheit wie in Dresden.

»Morgen trifft die Königin in Leipzig ein, dann fehlen nur noch ein paar Damen und Herren des Hofes, und wir werden ein prächtiges Fest geben. Ich freue mich jetzt schon darauf, Sie beide zu diesem Anlaß zu sehen«, verabschiedete sich der Regent. Hoym sah ihm mißlaunig nach.

Constantia verbrachte glückliche Wintertage. Wenn das Wetter es erlaubte, besuchte sie die Messe und machte in verschiedenen Häusern ihre Aufwartung. In ihrer Wohnung empfing sie vor allem Rahel Charlotte von Vitzthum, die sie in die Geheimnisse des Immobilienhandels einwies.

»Das Wichtigste ist, daß Sie sich vergewissern, daß Sie Land oder Häuser immer unter dem eigentlichen Wert erwerben. Die Zeiten sind schwierig, und es gibt genug Menschen, die Geld benötigen und sich deshalb von ihren Gütern oder Ländereien trennen. Bleiben Sie liebenswürdig, aber zeigen Sie sich als harte Verhandlungspartnerin. Und vor allem überlegen Sie sich immer im voraus, was der Höchstpreis ist, den zu zahlen Sie bereit sind. Wenn es dann nicht zum Geschäft kommt, hängen Sie Ihr Herz nicht daran – es gibt andere«, schärfte die Schwägerin ihr ein.

Gerne verbrachte sie ihre Zeit im Haus der Gräfin. Henriette Amalie von Reuß tat, als hätte nie eine Meinungsverschiedenheit bestanden, und Constantia fühlte sich wohl in ihrer Gesellschaft.

Mitte Januar machten heftige Schneefälle die Ausfahrten beinahe unmöglich. Constantia richtete sich in ihrer behaglichen Wohnung ein, handarbeitete, las und war froh, daß wichtige Geschäfte ihren Mann täglich aus dem Haus zwangen.

Sie saß am Fenster und stickte, als das Kammerfräulein Besuch meldete.

»Aber der Herr Minister ist nicht da. Hast du das nicht gesagt?«

»Doch Madame, aber die beiden Monsieurs möchten zu Ihnen.« Die Zofe knickste. Constantia schüttelte den Kopf. Sie legte den Stickrahmen aus der Hand und strich ihren Rock glatt.

»Sag den Herren, ich lasse bitten. Sie möchten sich einen Augenblick gedulden, ich komme in den Salon.«

Graf Anton Egon von Fürstenberg und Friedrich von Vitzthum zu Eckstädt wärmten sich am Kamin, als Constantia den Raum betrat. Vom König in einer heiklen Mission geschickt, hatten sie schon auf dem Weg das Vorgehen heftig diskutiert. Beide Männer machten einen tiefen Bückling und küßten Constantia die Hand.

»Ich wundere mich über Ihren Besuch, meine Herren, was führt Sie zu mir? Bitte nehmen Sie doch Platz.« Sie deutete einladend auf die zierlichen Damastmöbel, die in der Nähe des Kamins standen.

»Verbindlichsten Dank!« Vitzthum setzte sich, während Fürstenberg mit auf dem Rücken verschränkten Händen stehen blieb.

»Verehrte Frau von Hoym, ich würde gerne sofort zur Sache kommen.« Fürstenberg fühlte sich sichtlich unwohl in seiner Rolle.

Constantia sah ihn erwartungsvoll an.

»Aber sehr gerne, niemand in diesem Raum hindert Euch daran, lieber Fürst.« Sie konnte einen spöttischen Unterton nicht unterdrücken.

»Spotten Sie nicht, ich bitte Sie. Es ist eine delikate Angelegenheit«, wand sich Fürstenberg.

»Lieber Schwager«, wandte sich Constantia an Vitzthum. »Was ist es, das Sie mir sagen sollen und das so schwer über die Lippen geht?«

Vitzthum stand auf.

»Oh, mir geht es ganz leicht über die Lippen, denn es ist eine große Ehre, die Ihnen zuteil werden soll, und solche Nachrichten überbringt man gerne.«

Wie geschickt er das einfädelt, dachte Fürstenberg, der die Sache unter diesem Gesichtspunkt noch gar nicht betrachtet hatte. Er räusperte sich.

»Gnädige Frau, wir kommen als Boten Seiner Majestät, unseres durchlauchtigsten Kurfürsten und Königs, der uns schickt, mit Ihnen in Verhandlungen zu treten.«

Constantia fühlte eine Hitzewelle in sich aufsteigen. Ihre Muskulatur verspannte sich. Sie dachte an ihr Gespräch mit Henriette Amalie von Reuß. Sollte die Gräfin recht behalten haben? Sie schwieg. Fürstenberg räusperte sich erneut. Doch bevor er weitersprechen konnte, ergriff Vitzthum das Wort:

»Der König, meine Liebe, der König persönlich hat uns geschickt, mit Ihnen zu verhandeln über die Bedingungen, unter denen Sie bereit wären, seine Frau zur Linken, seine Mätresse, zu werden.«

Er strahlte über das ganze Gesicht, als handle es sich um die beste Nachricht, die man einer Dame überhaupt mitteilen konnte. Constantia sah ihn fassungslos an. Es war tatsächlich geschehen, aus dem höfischen Spiel, das in der Nacht des Brandes – gerade einen Monat war es her – begonnen hatte, war Ernst geworden. Fieberhaft überlegte sie, wie sie sich elegant aus der Affäre ziehen konnte. Das Ganze mit einem Lachen überspielen – nein, dazu war es schon zu spät. Sie wußte, daß ihr das blanke Entsetzen ins Gesicht geschrieben stand.

»Sie können sich denken, daß ich überrascht bin. Schließlich wird mir so ein Antrag nicht alle Tage unterbreitet. Aber ich bin keineswegs so aus der Fassung, als daß ich nicht eine Antwort für seine Majestät parat hätte. Bitte richten Sie ihm aus, daß er sich ganz und gar in meiner Person getäuscht hat, wenn er annimmt, daß ich, die ich mit einem seiner Minister verheiratet bin, auch nur im entferntesten erwägen könnte, ein solches Angebot anzunehmen. Im Gegensatz zu dem, was andere Menschen offensichtlich denken, empfinde ich es keineswegs als Ehre, die Position einer ...«, Constantia biß sich auf die Lippen, beinahe wäre ihr das Wort »Hure« herausgerutscht. »... die von Seiner Majestät gewünschte Position anzunehmen«, korrigierte sie sich. »Zumal diese Position, wie wir alle wissen, bereits besetzt ist – wie geht es übrigens der Reichsfürstin Teschen? Ich habe gehört, der Winter setzt ihr sehr zu und sie befindet sich ganz und gar nicht wohl?«

Vitzthum schmunzelte. Das war es, neben vielem anderen, das seinem König so gut an dieser Frau gefiel. Sie war gescheit und hatte Mut für ein ganzes Regiment.

»Verehrte Frau von Hoym, ich darf Sie beruhigen. Was Ihren Herrn Gemahl betrifft, so bin ich befugt zu sagen, daß er unlängst bei seiner Majestät um ein Darlehen ersucht hat. Ein Darlehen, um präzise zu sein, in Höhe von über fünfzigtausend Talern. Ich nehme an, er will das Geld für den Wiederaufbau des niedergebrannten Hauses verwenden. Seine Durchlaucht, der König, hat bereits avisiert, daß er gesonnen sein könnte, Ihrem Mann dieses Darlehen zu gewähren.«

Anton Egon von Fürstenberg fand, daß er meisterlich formuliert und ganz im Sinne seines Königs gesprochen hatte. Constantia stand mit zusammengekniffenen Augen vor ihm.

»Sie wagen es, mir mitzuteilen, daß der König bereit ist, meinem Mann fünfzigtausend Taler als Ablösesumme für mich zu zahlen? Ist es das, was Sie mir soeben in Ihren eleganten Worten vermitteln wollten? Dann will ich Ihnen in weniger eleganten Worten sagen, was ich davon halte.« Ihre Wangen waren vor Rage gerötet.

»Sagen Sie Seiner Majestät, daß er sich für diese Summe sicher eine prächtige Herde Stuten – sagen Sie Stuten! – kaufen kann, ich aber bin um einen solchen Preis nicht zu haben – für niemand! Und jetzt bitte ich Sie beide, das Haus zu verlassen. Das Gespräch beginnt mich anzustrengen. Sie entschuldigen mich.« Hocherhobenen Hauptes rauschte sie aus dem Zimmer.

Während Fürstenberg ihr verdattert nachsah, konnte Vitzthum sein Amüsement nicht verbergen.

»Sie hat Recht! Eine Rassestute wie sie, ist so billig nicht zu haben. Genau so werden wir es dem König überbringen.«

»Das übernehmen Sie, wenn ich bitten darf. Sie stehen Seiner Majestät doch ein wenig näher als ich.« Fürstenberg fürchtete sich vor den legendären Tobsuchtsanfällen seines Königs.

Friedrich August I. sah seinen Freund ungläubig an.

»Das hat sie wirklich gesagt? Eine ganze Herde Stuten! Was für eine Frau!« Er lachte schallend. »Nun denn, das klingt ja gerade so, als wenn es eine Frage des Preises wäre. Also mein lieber Vitzthum, geh und verhandle den Preis, bis er der Dame genehm ist. Ich bin sicher, es wird dir gelingen, denn alles im Leben hat seinen Preis, auch sie.«

Während Friedrich von Vitzthum hinter den Kulissen an einem Plan arbeitete, mit dem er Constantias Ablehnung in Zustimmung umzuwandeln gedachte, umwarb August der Starke sie mit unveränderter Liebenswürdigkeit. Kein Wort und keine Geste ließen darauf schließen, daß er ihre Zurückweisung übel nahm. Das Gegenteil war der Fall. Der Mann, dem alle zu Füßen lagen und schmeichelten, fühlte sich besonders herausgefordert durch diese Frau, die nicht bereit war, sich ihm widerstandslos zu ergeben. Gräfin Reuß und ihre Anhänger bemerkten erfreut, daß das letzte Wort längst nicht gesprochen war, denn auch Constantia tat, als habe die Unterredung in ihrem Salon niemals stattgefunden.

## *Die neue Favoritin ist Frau von Hoym*

Adolf Magnus von Hoym war verärgert. Obwohl August der Starke ihm eine Zusage für das Darlehen bereits angedeutet hatte, ließ das Geld auf sich warten. Seine Beziehung zu Constantia verschlechterte sich jeden Tag. Die Eheleute sprachen kaum noch ein Wort miteinander. Hoym zog die Konsequenzen und reichte am 22. Januar 1705 beim Oberkonsistorium in Dresden die Scheidungsklage ein. Böswillig habe ihn seine Frau verlassen, begründete er den Schritt. Sechs Tage später verfaßte er noch einen Nachtrag und verlangte, daß Constantia als die Schuldige nie wieder heiraten dürfe.

Am 29. Januar fand die erste Verhandlung statt. Beide Eheleute wurden vorgeladen. Das hohe Kirchengericht bestand aus streng dem Glauben verhafteten lutherischen Geistlichen, die die Ehe als Sache der Kirche ansahen und sich deshalb die Entscheidung über deren Auflösung vorbehielten.

Constantia sollte sich zuerst zu den Vorwürfen ihres Mannes äußern. Dem Anlaß entsprechend hatte sie ein züchtiges, schlichtes Kleid gewählt, das Gesicht dezent geschminkt und trug kaum Schmuck.

»Beklagte, es ist an Ihnen, zu den gegen Sie erhobenen Vorwürfen Stellung zu nehmen.« Der Richter sah Constantia freundlich an. »Ihr Mann sagt, Sie hätten eine unüberwindbare Abneigung gegen ihn entwickelt, und wünscht daher die Scheidung. Wie lautet Ihre Einlassung dazu?«

Constantia tupfte sich mit einem Spitzentuch die Augenwinkel und begann mit gekonnt stockender Stimme zu sprechen:

»Bei wem immer Sie sich erkundigen, Herr Richter, Sie werden von niemand hören, daß ich ein böses Weib bin. Ich kann beschwören, daß ich nach Dresden kam, meinem Mann eine gute und treue Frau zu sein, und treu, Herr Richter, treu bin ich ihm bis auf den heutigen Tag. Aber gegen den Zauber, den seine Metze benutzt hat, bin ich machtlos, und deswegen verweigere ich ihm die Beiwohnung.«

»Ein Zauber? Was für ein Zauber?« Der Richter runzelte die Stirn.

»Mindestens zweimal hat sie versucht, mich mit magischen Kräutern aus dem Haus zu treiben. Meine Zimmer, mein Bett, meine Kleider hat sie ausgeräuchert. Ich habe meinem Mann alles erzählt, aber er hat mich nur verhöhnt. Zauberei gibt es nicht, hat er gesagt, aber ich spüre ja am eigenen Leibe, daß es sie sehr wohl gibt. Vorher war ich ihm in Zuneigung verbunden, und jetzt besteht ein solcher Widerwille, daß ich es kaum ertrage, wenn er sich mir nähert.«

Constantia bemühte sich um einen Ausdruck zwischen Ekel und Trauer. Der Richter betrachtete sie aufmerksam. Wie konnte dieser Hoym es wagen, die Kraft der Magie anzuzweifeln! Jeder wußte doch, daß es Zauberkräfte gab. Dennoch, seine Pflicht war es zunächst, die Ehe dieser beiden vornehmen Leute zu retten.

»Was Sie sagen, erscheint mir sehr glaubhaft. Und ich schließe daraus, daß die Klage Ihres Mannes keinen Grund hat. Hier handelt es sich nicht um bösliches Verlassen. Wenn Magie im Spiel ist, kann ich darauf nicht erkennen. Aber ich kann deswegen auch keine Scheidung aussprechen und bitte Sie eindringlich, sich noch ein wenig in Geduld zu üben. So wie der Zauber gekommen ist, wird er mit Gottes Hilfe auch wieder verschwinden und dann zieht die alte Verbundenheit wieder in Ihrem Haus ein.«

Constantia schüttelte energisch den Kopf.

»Herr Richter, ich kann hier und vor Gott beschwören, daß ich schon lange Geduld gehabt habe und in mir keine Kraft mehr verspüre, weiter an der Seite meines Mannes zu leben. Wenn Sie mich jetzt dazu zwingen wollen, muß ich ihn ohne Urteil verlassen.«

Der Richter entließ sie. Hoym wurde hereingerufen. Stolz stand der Finanzminister vor dem hohen Gericht und beantwortete die Fragen.

»Ach, was soll das schon gewesen sein mit dieser Zauberei. Meine Frau benutzt diese lächerliche Sache nur, um sich unter einem Deckmantel von mir trennen zu können.«

»Die Ehe ist Gottes Werk«, mahnte der Richter, dem diese allzu weltliche Einschätzung nicht gefiel. »Und Gottes Werk sollte nicht vom Teufel zerstört werden.«

»Ob es der Teufel oder sonst jemand war, der es zerstört hat, ist doch am Ende gleich. Was soll ich mit einer Frau, die mir das gemeinsame Lager verweigert.«

Der Richter schlug unwirsch mit der Faust auf den Tisch.

»Vielleicht könnten Sie einmal versuchen, Ihrer Frau mit etwas mehr Freundlichkeit zu begegnen. Sie können gleich damit anfangen. Man rufe Anna Constantia von Hoym in den Saal!« befahl er.

Ohne ihren Mann anzuschauen, trat Constantia erneut vor den Richtertisch. Hoym machte einige Schritte zur Seite.

»Ich werde ihr nicht mehr Freundlichkeit als bisher entgegenbringen. Wie sollte ich das auch tun bei jemand, der eine solche Abneigung gegen mich zeigt«, murrte er.

»Ich kann nichts dafür, versteht Ihr das nicht. Hättet Ihr das Weib gleich von der Schwelle gejagt, wäre es nie so weit gekommen. Ich bin doch kein Unmensch, Herr Richter!«

Sie ging ganz nah an den Tisch heran.

»Bedenken Sie, daß ich im Haus sogar ein Kind von dieser Frau vorgefunden habe, das ich bis heute auf meine Kosten erziehen, kleiden und verköstigen lasse. Und ich bin sicher, es ist sein Kind!« Sie zeigte empört auf Hoym. »Aber wenn es nach ihm ginge, würde das arme Wurm ganz und gar verwahrlosen! Und das im Haushalt des Herrn Finanzministers! Nein, ich bin wahrhaftig keine schlechte Frau. Aber ich kann mit diesem Mann nicht länger leben!«

Die Geistlichen hatten ihr Urteil bereits gefällt. Sie sahen es als erwiesen an, daß die Beklagte durch einen Zauber von ihrem Mann entfernt worden war.

»Wir werden dem Teufel nicht die Macht geben, Euren Bund zu lösen. Zieht also von dannen und bemüht Euch um ein gemeinsames Leben in Frieden«, lautete das Urteil des Vorsitzenden.

Zornig verfaßte Hoym noch am gleichen Tag einen Brief, in dem er erneut um die Aufhebung der Ehe bat, doch das Gericht ließ sich nicht umstimmen. Jetzt blieb dem Minister der Akzise nur noch ein Weg. Er mußte sich an seinen König wenden.

August der Starke fand das Schreiben bei seinen Akten und las es sorgfältig.

»Nichts täte ich lieber als das, mein lieber Vitzthum«, sagte er zu seinem Freund und Vertrauten. »Aber ich glaube nicht, daß es der Sache dienlich ist, wenn ich mich in die Angelegenheit der Kirche einmische.«

Friedrich von Vitzthum dachte einen Augenblick nach.

»Wenn Majestät erlauben, möchte ich hier ganz und gar zustimmen. Es hat so viel böses Blut gegeben, als Majestät seinerzeit zum katholischen Glauben übergetreten sind, um die polnische Krone annehmen zu können. Es ist sicher nicht klug und zweckmäßig, jetzt den Protestanten Befehle zu erteilen. Ein solches Vorhaben könnte weitreichende Unruhen zur Folge haben. Auch wenn ich Majestät nur zu gut verstehe. Was wäre besser, als wenn die Ehe der Hoyms geschieden würde.« Er lächelte verschwörerisch.

»Wohl wahr!« Der König seufzte. »Wie weit sind wir denn mit den diesbezüglichen Verhandlungen? Haben wir schon etwas erreicht?«

Vitzthum schüttelte den Kopf.

»Noch ist nichts geschehen, Majestät, aber ich bitte, mir zu vertrauen. Ich arbeite mit Fürstenberg an einem Plan. Gemeinsam sind wir der Ansicht, daß wir im Hinblick auf den gewünschten Erfolg mit Fingerspitzengefühl vorgehen sollten. Ein falscher oder voreiliger Schritt würde mehr zerstören, als Majestät lieb sein kann.«

»Wenn ich jemandem vertraue, dann dir, Friedrich. Ich bin sicher, du wirst eine Lösung finden und ich werde es dir nicht vergessen.« Er räusperte sich. »Also, schreiben wir Hoym, daß wir uns nicht in die Belange der Kirche einmischen werden. So ist es, und so bleibt es, punctum.«

Hoyms Enttäuschung war grenzenlos. Fest hatte er darauf gebaut, daß der König ihn unterstützen würde. Jetzt gab es nur noch eines zu tun. Fakten mußten geschaffen werden. Der Finanzminister rief seinen Kammerdiener.

»Pack meine Sachen zusammen – deine auch – wir ziehen um.«

Ohne, daß er mit ihr darüber gesprochen hatte, sah Constantia durch das Fenster, wie ihr Mann mit Sack und Pack die gemeinsame Bleibe im Fraumutterhaus verließ und direkt gegenüber bei einer Stadtbekannten Kurtisane Quartier nahm. Besorgt fuhr sie zu ihrer Schwägerin.

»Ehe Sie es aus zweiter Hand erfahren, bin ich gekommen, Sie persönlich zu unterrichten. Ihr Bruder ist heute am Morgen ausgezogen. Er hat seine persönlichen Dinge einpacken und gegenüber in die Wohnung einer Dame schaffen lassen, deren Namen ich hier nicht in den Mund nehmen möchte, die uns aber allen bekannt ist.«

Rahel von Vitzthum legte den Arm um Constantias Schulter.

»Dann ist doch ein wesentlicher Schritt getan. Sie haben endlich Ihre Ruhe. Der Rest wird sich finden. Eine Ehe, die keine Ehe mehr ist, wird irgendwann auch geschieden. Ich werde mit Friedrich sprechen. Er kann sicher etwas für Sie tun«, flötete sie, wohl wissend, was ihr Mann im Begriff war einzufädeln.

»Das ist es aber nicht allein. Ich sorge mich, daß ich jetzt nicht mehr zu den Festen in der Residenz eingeladen werde.« Constantias Stimme zitterte.

»Aber liebste Schwägerin, wie töricht von Ihnen! Sie wissen doch nur zu genau, wie sehr der König Ihre Anwesenheit schätzt.«

»Darüber denke ich gar nicht nach. Sie wissen, was ich Ihrem Bruder gesagt habe. Und meine Meinung hat sich seither nicht geändert«, sagte Constantia energisch.

Frau von Vitzthum behielt recht. Allabendlich fuhr Constantias Zweispänner vor dem Schloß vor, und selbstverständlich war es der König persönlich, der ihre Anwesenheit wünschte. Zum ersten Teil des Vitzthumschen Planes gehörte es, den Finanzminister mit Aufträgen und Befehlen so zu beschäftigen, daß es ihm nur selten möglich war, an den königlichen Lustbarkeiten teilzunehmen. Ob Maskenball, Theateraufführung oder Jagdausflug, stets war alles so organisiert, daß Constantia in des Königs Nähe war. Der wiederum zeigte sich stets von seiner charmantesten Seite. Und ganz allmählich trat ein, was Vitzthum, Fürstenberg und die Gräfin Reuß erhofften: Constantia fand Gefallen an der Gesellschaft des Monarchen. Aus dem Gefallen wurde mehr, und eines Tages wußte sie, sie hatte sich in August den Starken verliebt.

Rahel Charlotte von Vitzthum war die erste, die es bemerkte.

Adolf Magnus von Hoym war in der Zwischenzeit nicht untätig gewesen. Nachdem weder die kirchlichen Richter noch sein König ihm zu der gewünschten Scheidung verholfen hatten, wendete er sich an einen berühmten Professor der Universität Halle. Der Rechtsgelehrte Christian Thomasius war bekannt dafür, daß er die enge Verquickung von Kirche und Jurisprudenz nicht schätzte und schien

Hoym aus diesem Grund der ideale Verbündete für sein Anliegen. Schriftlich bat er ihn um ein Gutachten, in der Hoffnung, die Meinung des weltlich gesinnten Juristen würde beim König den Ausschlag zu seinen Gunsten geben.

Als hätte sich alle Welt gegen ihn verschworen, mußte der Finanzminister einige Wochen später lesen, daß auch Thomasius den Urteilsspruch der geistlichen Richter unterstützte. Im Falle Hoym läge mit der Abneigung der Beklagten kein Scheidungsgrund vor, darüber hinaus riet auch er von einem Eingreifen Seiner Majestät dringend ab. Zwei Tage durchdachte Hoym die Angelegenheit, dann faßte er einen Entschluß und stattete Constantia einen Besuch ab.

»Sie sehen es selbst, wir können uns nicht scheiden lassen. Ich bin des Streitens müde und bitte Sie hiermit offiziell, zu mir zurückzukehren und fortan als meine mir angetraute Gemahlin mit allen Konsequenzen zu leben.« So sein Angebot. Constantia sah ihn lange und traurig an.

»Ich habe alles gesagt, was dazu zu sagen war. Ich werde nie wieder Euer Lager teilen«, antwortete sie leise aber bestimmt. Hoym verließ das Fraumutterhaus ohne ein weiteres Wort.

Zur gleichen Zeit küßte Friedrich von Vitzthum zu Eckstädt die Hand seiner Frau.

»Ich habe es immer gewußt, Sie sind mehr wert als jeder Schatz aus Gold«, sagte er, als Rahel ihm erzählte, daß Constantia ihre Gefühle für August den Starken entdeckt hatte. »Wir müssen das Eisen schmieden, solange es heiß ist, jede, aber auch jede Gelegenheit soll genutzt werden. Wir wollen unserer Schwägerin viele glückliche Stunden mit dem König schenken.« Vitzthum war sicher, daß sein Plan aufgehen würde.

Seit Jahren schon litt der kurfürstliche König an einem unentdeckten Diabetes. Für den trinkfesten und eßlustigen Friedrich August waren die Schübe seiner Krankheit ein heftiges Ärgernis. Immer wieder mußte er Tage, manchmal sogar Wochen im Bett verbringen. In der zweiten Märzhälfte 1705 fiel er in eine tiefe Ohnmacht. Der Zustand Seiner Majestät beunruhigte den ganzen Hof, denn der sonst so tatkräftige König war kaum in der Lage, das Bett zu verlassen. Immer wieder sank er, von heftigem Schwindel gepackt, in die Kissen. Die Mediziner rückten seinen Schwächeanfällen mit guten Ratschlägen und Aderlässen zu Leibe.

»Eure Durchlaucht haben wieder zu ausschweifend gelebt«, wagte sein Hofmedicus zu rügen. »Drei bis vier Flaschen Wein an jedem Tag sind zu viel, aber das sage ich Euch schon lange.«

August der Starke sah ihn grimmig an.

»Drei bis vier Flaschen sind gerade so viel, wie ich brauche, um mich wohl zu fühlen, aber die fünfte, sechste und siebte am Abend, die mögen wohl manchmal nicht bekömmlich sein«, gab er matt zu. Dieses Mal ging es ihm wirklich schlecht.

Über sechs Wochen dauerte der elende Zustand des Regenten nun schon an, ohne daß die Ärzte ihm helfen konnten. Constantia war unglücklich, denn die höfische Etikette machte Besuche beim König unmöglich. Täglich erkundigte sie sich nach seinem Befinden und wartete vergeblich auf gute Nachrichten aus dem Krankenzimmer.

»Seine Durchlaucht unterzieht sich einer Kur«, gaben die Mediziner bekannt und schwiegen über Erfolg oder Mißerfolg ihrer Maßnahmen. Bis zum 6. Mai verließ August der Starke seine Gemächer nicht.

»Jetzt ist es genug! Schluß mit dem Herumliegen! Morgen wünsche ich auszufahren.«

Erleichtert nahm der Hof zur Kenntnis, daß der König seine Krise überstanden hatte. Am 8. Mai brach er auf, um in Leipzig die Messe zu besuchen, Höflinge und Adel folgten, und sogar die Königin wurde erwartet. Constantia fand sofort zu ihrer guten Laune zurück.

»Jetzt fahren wir doch!« jubelte sie über die gute Nachricht.

»Und ich fürchtete schon, dieser Frühling könnte vergehen, ohne daß wir nach Leipzig kommen.«

August der Starke erholte sich von einem Tag auf den anderen. Er hatte an Gewicht verloren, doch seine Kräfte kehrten schnell zurück, und wenig später empfing er all jene, die wochenlang auf seine Genesung gewartet hatten. Ganz besonders eilig wünschte er Constantia in Leipzig zu sehen.

»Sie ist doch in der Stadt, die schöne Frau von Hoym?« erkundigte er sich bei Vitzthum, der ihn beruhigte.

»Sie wird noch heute am Nachmittag eintreffen.«

»Schickt ihr einen Boten, ich will sie so schnell wie möglich um mich haben. Ihr fröhliches Lachen und die gute Unterhaltung habe ich sehr vermißt.«

Constantia erhielt die Botschaft, kaum daß sie aus der Kutsche gestiegen war. Hektisch wechselte sie ihr verstaubtes Reisekleid gegen eine Robe aus grünem Taft, wusch sich das Gesicht, legte ein wenig Schminke auf und fuhr zum Schloß. Der König war entzückt.

»Mir scheint, Sie haben in den letzten Wochen an Schönheit noch gewonnen. Wie konnte ich es nur die ganze Zeit ohne Sie aushalten? Kein Wunder, daß ich nicht gesund geworden bin. Vermutlich hat mir Ihre Anwesenheit gefehlt. Das wäre die Medizin, die mich auf die Beine gebracht hätte.« Galant bot er Constantia den Arm. »Kommen Sie, wir werden ein wenig promenieren, und danach wäre es mir eine Freude, wenn Sie mir bei einer Tasse Kaffee Gesellschaft leisteten.« Constantia deutete einen Hofknicks an.

»Ich wüßte nichts, das ich lieber täte, Majestät.« Sie legte ihre Hand auf des Königs angewinkelten Unterarm. Der Spaziergang durch den kleinen Garten war kurz. Vom Hofstaat beäugt, drängte es August den Starken nach einem ruhigeren Ort. Constantia folgte ihm in sein Arbeitszimmer.

Der Abend brach an, Lakaien kamen, um Kerzen anzuzünden, und August der Starke machte keine Anstalten, sich in den großen Saal zu begeben, wo der Hofstaat auf ihn wartete.

»Meint Ihr nicht, es wäre angebracht, dem König zu sagen, daß das Nachtessen vorbereitet ist?« Rahel Charlotte sah ihren Mann fragend an.

»Wir sollten jetzt nicht stören«, erwiderte der.

»Später könnte es noch unpassender werden«, gab sie zu bedenken. Friedrich von Vitzthum ließ sich beim König melden.

»Mein lieber Friedrich, tritt näher.« August der Starke war offensichtlich bester Laune.

»Das Nachtessen ist angerichtet, haben Majestät denn heute keinen Appetit?«

»Keinen Appetit! Soll das ein Scherz sein? Ich habe Hunger wie ein Wolf und Durst wie ein Esel. Ist es denn schon so spät?« Der König sah aus dem Fenster. »Tatsächlich, es ist dunkel.«

Er zögerte einen Moment.

»Aber mir ist nicht nach großer Gesellschaft heute. Ich fühle mich doch noch ein wenig schwach«, schwindelte er. »Laß hier oben für uns eindecken. Frau von Hoym und ich wünschen heute hier zu speisen. Sie erweisen mir doch die Ehre und leisten mir Gesellschaft?« sagte er zu Constantia gewandt.

»Mit Vergnügen, Durchlaucht. Über mangelnden Appetit kann auch ich nicht klagen.«

»Das gefällt mir!« August der Starke klatschte in die Hände. »Also hurtig, wir haben Hunger, schafft herauf, was die Küche zu bieten hat, Kaviar, Geselchtes und Gesottenes und Austern! Viele Austern! Und daß ihr den Keller nicht vergeßt! Malvasier auf den Tisch, damit Frau von Hoym und ich nicht verdursten!«

Binnen weniger als einer halben Stunde stand mitten im Zimmer ein festlich gedeckter Tisch, der sich vor Köstlichkeiten bog. Suppe, Fisch, Fleisch, Pasteten, Gemüse und Wein, viel Wein.

»Mit soviel Lust habe ich mich seit Wochen an keinen Tisch mehr gesetzt. Und das ist nur Ihr Verdienst. Darauf wollen wir trinken.« Er hob sein Glas und stieß mit Constantia an. »Und jetzt gleich noch eins darauf! Laßt uns Bacchus ein Opfer bringen!« Er trank das zweite Glas in einem Zug aus und setzte sich.

Mitternacht war längst vorüber, da befahl der König den drei Kammerburschen:

»Bringt mehr von dem Wein hier, ein köstliches Gesöff, und tragt den Tisch heraus. Und dann schert euch vor die Tür, hier drinnen werdet ihr nicht mehr gebraucht.«

Jetzt oder nie, durchzuckte es Constantia. Entweder ich gehe jetzt oder nie. Leicht benebelt vom schweren Wein und glücklich über den Verlauf der vergangenen Stunden brachte sie es nicht über sich aufzubrechen. Friedrich August stand auf und nahm eine Auster von der vergoldeten Platte.

»Madame, Sie gestatten?« Seine Augen glitzerten schelmisch, als er den Inhalt der edlen Muschel in Constantias Dekolleté gleiten ließ.

»Majestät belieben zu scherzen«, stammelte Constantia verwirrt.

»Keineswegs, nein, keineswegs«, gab der König wollüstig zurück und beugte sich blitzschnell über sie, um die Auster von ihrer Haut zu schlürfen.

»Madame, Ihr Leib duftet süßer als Balsam. Sie bringen mich um den Verstand«, flüsterte er und streichelte ihre Brust.

August der Starke erwies sich als zartfühlender und aufmerksamer Liebhaber. In seinen Armen legte Constantia jede Furcht ab. Vergessen die rohe Brutalität, mit der Hoym sie geschunden hatte, vergessen Angst und Widerwillen. Constantia war selig. Friedrich August liebkoste selbstvergessen ihre Schulter.

»Schöner als der weißeste Marmor, so zart, daß mir der Vergleich fehlt und ein Mund, der mehr als tausend Küsse wert ist«, wisperte er in ihr Ohr. Constantia bekam eine Gänsehaut.

»Wir werden ein Fest feiern! Ein großes Fest. Anlaß gibt es wahrlich genug. Ich bin dem Tod von der Schippe gesprungen, außerdem habe ich morgen Geburtstag, aber der einzig wahre Grund, den wissen nur wir beide – Sie sind und bleiben für immer die Meine!« Zufrieden schloß der König die Augen und schlief ein.

Constantia lauschte seinen regelmäßigen Atemzügen. In den Schläfen pochte es, während in ihrem Kopf die Gedanken ein wildes Durcheinander bildeten. Er ist der Mann, den ich liebe. Er ist der Mann, den ich immer gesucht habe. Aber ich kann seine Mätresse nicht sein. Ich kann meinen Eltern nicht noch mehr Schande machen. Erst Wolfenbüttel, dann die gescheiterte Ehe. Und jetzt das hier – es geht nicht. Sie rutschte ein Stück zur Seite. Der König bewegte sich nicht. Vorsichtig stand Constantia auf, zog sich an, richtete ihre Haare und schlich aus dem Zimmer. Aus dem Saal klang Tanzmusik. Leise ging sie die Treppe hinunter und mischte sich unter die Gesellschaft. Rahel Charlotte von Vitzthum war die erste, die sie bemerkte.

»Da sind Sie ja endlich! Wo ist Seine Majestät?«

»Der König ist eingeschlafen«, Constantia versuchte gleichgültig zu klingen. »Vielleicht war er doch noch etwas angegriffener, als er selbst dachte«, fügte sie hinzu.

Ihre Schwägerin musterte sie prüfend.

»Und ich bin auch müde, es war ein langer Tag. Morgen soll das Geburtstagsfest sein. Ich werde mich zurückziehen.«

So müde sie sich körperlich fühlte, so hellwach war ihr Kopf. Hin- und hergerissen zwischen Euphorie und Zweifel warf sie sich von einer Seite auf die andere und fand keinen Schlaf. In den frühen Morgenstunden faßte Constantia von Hoym einen Entschluß. Ich werde meinem Mann sagen, daß ich das Lager des Königs geteilt habe, das kann ihm nicht gleichgültig sein und er wird aufhören, mich zur Rückkehr bewegen zu wollen. Aber die Mätresse des Königs werde ich nicht. Es soll bei dieser einen Nacht bleiben. Erschöpft schlummerte sie ein.

Am späten Vormittag fuhr Constantia erschreckt aus den Kissen. Donnernde Salutschüsse hallten durch Dresden. Sie rieb sich die Augen. Es war der 12. Mai 1705, des Königs fünfunddreißigster Geburtstag. Gäste aus allen Teilen des Landes, Gesandte aus Polen, Dänemark und Preußen hatten sich eingefunden, um Seiner Majestät Glückwünsche zu überbringen. August der Starke war bester Laune. Huldvoll empfing er die Gratulanten und feierte mit perlendem Schaumwein, an seiner Seite Christiane Eberhardine und der neunjährige Thronfolger. Die Königin strahlte. Wie lange war es her, daß sie ihren Gemahl in so guter Stimmung erlebt hatte.

»Seine Majestät ist die Liebenswürdigkeit in Person«, freute sie sich und wurde von ihrem Mann mit einem Handkuß bedacht.

Zwölf Jahre lag die Hochzeit des kurfürstlich-königlichen Paares zurück. Zwölf Jahre, in denen Christiane Eberhardine von Brandenburg-Bayreuth die meiste Zeit allein verbracht hatte. Nur an die ersten gemeinsamen Wochen knüpfte sie glückliche Erinnerungen. Damals war Friedrich August lediglich Kurfürst von Sachsen gewesen und hatte seine junge Frau zuvorkommend und galant behandelt. Doch kaum war das Paar aus dem Elternhaus der Braut in Dresden eingetroffen, zeigte sich der Alltag von seiner häßlichsten Seite. Kisten und Koffer waren noch nicht ausgepackt, da reiste August der Starke nach Venedig, um sich im dortigen Karneval nach Herzenslust zu amüsieren. Im Laufe der Jahre mußte Christiane Eberhardine lernen, sich damit abzufinden, daß ihr Mann es vorzog, das Bett mit anderen Damen zu teilen. Sie, die sich immer eine glückliche Ehe und viele Kinder gewünscht hatte, gebar nur einen Sohn und war gezwungen mit anzusehen, wie der Kurfürst-König seine jeweiligen Mätressen schamlos in aller Öffentlichkeit präsentierte. Die heftigste Krise durchlitt das ungleiche Paar, als August der Starke im Juni 1697 zum katholischen Glauben übertrat. Zum ersten Mal fügte sich die streng protestantische, sanfte, langmütige und bescheidene Christiane Eberhardine nicht den Wünschen ihres Mannes. Sie weigerte sich, zur Krönung nach Polen zu reisen und an seiner Seite als polnische Königin zu repräsentieren. August der Starke bat, befahl, schickte Briefe und schaltete sogar seinen Schwiegervater ein, aber die kurfürstlich-königliche Gattin ließ sich nicht umstimmen.

»Nichts und niemand wird mich jemals dazu bringen, in einem katholischen Land zu leben«, lautete ihre beharrliche Antwort, der sich sogar der frischgekrönte König beugen mußte.

Christiane Eberhardine hatte für den Abend ein prächtiges Fest zu Ehren ihres Mannes vorbereiten lassen und schwelgte den ganzen Tag in der Hoffnung, die schweren Zeiten ihrer Ehe könnten vorüber sein.

Gegen Mittag beendete Constantia ihre aufwendige Morgentoilette. Die Spuren der vergangenen Nacht waren beseitigt, und die Galarobe für den großen Anlaß lag bereit. Sorgfältig stellte sie den passenden Schmuck zusammen und betrachtete sich zufrieden im Spiegel. In der stolzen Gewißheit, alle anderen Damen mit ihrer Schönheit zu überstrahlen, brach sie am Nachmittag auf.

Das Fest war ein glänzender Erfolg. Die höfische Gesellschaft spielte, tanzte und amüsierte sich bis der Morgen graute. Constantia hatte dem König gratuliert und war seither sehr darauf bedacht, sich nicht zu häufig in seiner unmittelbaren Nähe aufzuhalten. Die Damen Reuß und Hülchen beobachteten es mit Besorgnis.

»Und gestern hätte ich geschworen, daß er sie erobert hat.« Die Gräfin schüttelte den Kopf.

»Er wird sie erobern. Seien Sie ganz unbesorgt. Ich habe heute morgen mit ihm gesprochen«, bemerkte Vitzthum, der ihre Worte gehört hatte.

»Die neue Favoritin Seiner Majestät ist Frau von Hoym.« Fräulein Hülchen zischelte die Neuigkeit einer Gruppe Hofdamen zu, die nichts Eiligeres zu tun wußten, als das Gerücht in Windesgeschwindigkeit weiterzugeben.

Vom König mit leuchtenden Augen beobachtet, tanzte Constantia ein kompliziertes Menuett.

»Sie beherrscht es wie keine andere am Hof«, flüsterte General kriegsminister Jakob Heinrich Graf von Flemming bewundernd.

»Sie ist wie keine andere am Hof, und sie beherrscht noch so manches andere«, gab August der Starke mit vom Wein gelöster Zunge zurück.

Flemming horchte auf und zog die Augenbrauen hoch.

»Majestät wissen wie immer mehr als wir.« Flemming hoffte auf eine Bestätigung für seine Vermutung.

»Es wird nicht mehr lange dauern und Sie wissen es auch, mein lieber Flemming.« Der König konnte den Stolz in seiner Stimme nicht unterdrücken. Er stellte das Glas ab und winkte seiner Frau zu. »Kommen Sie, wir werden einen gemeinsamen Tanz wagen.«

Christiane Eberhardine konnte ihr Glück kaum fassen und ließ sich auf das Parkett führen.

Vogelgezwitscher kündigte den beginnenden Tag an, die letzten Gäste brachen soeben auf, und Christiane Eberhardine saß an der langen Tafel, um noch einen Schluck Wein zu trinken. Mit dem Rücken zu ihr standen drei Hofdamen, die aufgeregt miteinander tuschelten. Die Königin spitzte die Ohren.

»Ich weiß es von Jungfer Hülchen, und die hat es von der Gräfin Reuß, und die weiß es von Vitzthum, und der weiß alles«, kicherte die eine.

»Könnt ihr euch vorstellen, was die Teschen für ein Theater aufführen wird, wenn sie es erfährt?«

»Vielleicht ahnt sie es und ist deswegen heute nicht hier gewesen«, mutmaßte die erste.

»Nein, daß glaube ich nicht. Wer sollte ihr denn gesagt haben, daß die Hoym endlich nachgegeben hat.«

Christiane Eberhardine fühlte einen messerscharfen Stich. Die Tränen schossen ihr in die Augen. Das also war der Grund, warum ihr Mann in den vergangenen Stunden so aufmerksam und liebenswürdig zu ihr gewesen war. Wieder einmal war ihm eine Eroberung gelungen, und das hatte ihn in derart gute Stimmung versetzt, daß er sogar seine betrogene Frau daran teilhaben ließ.

»Packen! Wir reisen bei Tagesanbruch ab!« wies die Königin ihre Zofe an, die seit Stunden völlig übermüdet darauf wartete, ihrer Herrin beim Auskleiden behilflich zu sein.

## *Ich werde unterschreiben*

»Wie kann sie es wagen, die Stadt einfach zu verlassen, ohne mich in ihre Pläne einzuweihen!« Friedrich August war verärgert. »Ich will, daß ihr sofort ein Bote nachgeschickt wird, der ihr meinen Befehl überbringt, sich umgehend wieder hier einzufinden!« donnerte er. »Was ist denn das für ein kindisches Gebaren. Hat sie etwa Grund gehabt zu klagen. Gestern konnte sie sich beim besten Willen nicht beschweren. Weibische Launen dulde ich nicht. Flemming! Sorgen Sie dafür, daß sie hier erscheint.«

Jakob Heinrich Graf von Flemming verbeugte sich und gab die königliche Order umgehend weiter. August der Starke sank schwerfällig in seinen Lehnsessel.

»Vitzthum, ich brauche eine Biersuppe. Etwas Warmes wird mir den Zorn vertreiben.« Die Aussicht auf das geliebte Frühstück hob seine Laune.

»Sag doch du einmal, diese Weiber, eine komplizierter als die andere.« Plötzlich lächelte er milde.

»Ich will, daß du einen Auftrag übernimmst.«

»Ein Wort von Euch genügt.« Friedrich von Vitzthum sah seinen König aufmerksam an.

»Es könnte ein wenig heikel werden. Du mußt noch einmal bei Frau von Hoym vorsprechen und mit ihr verhandeln.«

Vitzthum machte eine abwehrende Geste.

»Ja, ja, ich weiß, sie hat dich vor ein paar Wochen grob behandelt, aber die Dinge haben sich verändert. Sie wird dich nicht noch einmal vor die Tür setzen. Außerdem wünsche ich, sie zu sehen. Schick ihr einen Wagen. Ich will mit ihr speisen.«

Constantia war sehr zufrieden mit dem Verlauf des vergangenen Abends. Obwohl es ihr nicht leicht gefallen war, hatte sie Distanz zum König gewahrt. Das Kammerfräulein meldete einen Boten. Der Mann machte einen tiefen Bückling.

»Der König schickt einen Wagen für Madame und läßt Madame bitten, unverzüglich bei ihm zu erscheinen.«

»Jetzt? Sofort? Ist etwas passiert?« Constantia stand auf.

»Es tut mir leid, aber diese Frage kann ich Madame nicht beantworten. Ich habe nur Order, Madame so schnell wie möglich zum König zu bringen.«

Constantia vergaß ihre Vorsätze und fuhr zum königlichen Quartier.

»Sie haben uns gestern so schnell verlassen, daß ich gar nicht dazu kam, mich bei Ihnen für Ihre reizende Gesellschaft zu bedanken und zu verabschieden.« August der Starke wählte mit Bedacht eine Formulierung, die sich sowohl auf die gemeinsamen Stunden als auch den gestrigen Abend beziehen ließ. Constantia errötete.

»Majestät sind zu gütig, aber es waren so viele Menschen, daß ich Majestät nicht behelligen wollte.« Der König nickte bedächtig.

»Rücksichtsvoll und verständig – sehr angenehm«, murmelte er.

Während des Mittagessens wurde nicht viel gesprochen. Flemming saß Constantia gegenüber und ließ sie keine Sekunde aus den Augen. Sie ist wirklich wunderschön. Und diese selbstbewußt-anmutige Ausstrahlung, der König ist wahrhaftig zu beneiden. Flemming spürte, wie ihn zum ersten Mal, seit er seinem Herren diente, eine leise Eifersucht beschlich.

»Mir scheint, hier haben sich noch nicht alle vom gestrigen Abend erholt?« August der Starke lachte und hob sein Weinglas. »Trinkt mit mir! Das weckt die Lebensgeister!« Er stieß mit Constantia an. »Madame, so schweigsam heute? So kenne ich Sie gar nicht.«

»Verzeiht, Majestät, aber vermutlich habt Ihr recht, daß die Nacht ein wenig kurz war.«

Constantia schämte sich, daß man ihr den inneren Widerstreit anmerkte. Gerade hatte sie darüber nachgedacht, wie sie die vertrackte Situation handhaben sollte. Es gab keinen Zweifel, die Ehe mit Hoym mußte aufgelöst werden. Es gab aber auch keinen Zweifel, daß sie sich dem König nicht wie alle ihre Vorgängerinnen hingeben würde. Sie hob stolz den Kopf. Dieser König, dafür wollte sie schon sorgen, würde sich für den Rest seines Lebens nach ihr verzehren, und nie mehr würde es eine andre an seiner Seite geben. Constantia sah Flemming geradewegs ins Gesicht.

»Graf von Flemming, stoßen Sie mit mir an, auf unseren einzigartigen Monarchen, auf seine wiedergewonnene Gesundheit und ein langes königliches Leben.«

Als sie am Nachmittag zurück in die Kreuzgasse fuhr, wußte Constantia, daß es kein Zurück gab. Kaum in ihrem Zimmer angekommen, schickte sie den Burschen in das Quartier ihres Mannes.

»Sag ihm, ich warte hier auf ihn, er soll sich so schnell wie möglich auf den Weg machen.«

Hoym erhielt die Nachricht am frühen Abend. Wie alle anderen am Hof hatte er auf dem Geburtstagsfest beobachtet, daß sich seine Frau dem König gegenüber auffallend distanziert verhielt. Vielleicht hat sie es sich doch anders überlegt und kehrt zu mir zurück, schloß er daraus. Constantia empfing ihn freundlich.

»Ich danke, daß Ihr meiner Bitte so schnell gefolgt seid. Ich habe etwas Wichtiges mit Euch zu besprechen.« Sie war erstaunt über ihre eigene Ruhe und Bestimmtheit. Hoym setzte sich.

»Ich habe Euren Vorschlag, sich einander wieder anzunähern, in den vergangenen Tagen mit Wohlwollen geprüft, denn auch ich tue mich schwer mit dem Gedanken an eine Scheidung.« Hoym hoffte.

»Jetzt ist allerdings etwas geschehen, das diesen Schritt ein für alle Mal unmöglich macht«, fuhr Constantia fort. Ihr Mann hob fragend die Augenbrauen.

»Ich habe das Lager des Königs geteilt«, teilte sie ihm unumwunden mit. Aus Hoyms Gesicht wich die Farbe. Bleich und sprachlos starrte er seine Frau an.

»Sie wagen es, mir ins Gesicht zu sagen, daß Sie unter meinen Augen Ehebruch begangen haben?« stammelte er.

»Aber ich bitte Euch, dieses Spiel brauchen wir nicht zu spielen. Ihr habt es über Monate gewagt, unter meinen Augen in meinem Haus Ehebruch mit einer Magd zu begehen. Den Empörten zu geben, steht Euch nicht zu.« Hoym zuckte zusammen.

»Ich habe Euch um dieses Treffen gebeten, weil ich möchte, daß Ihr noch einmal all Euren Einfluß geltend macht, um die Scheidung endlich voranzubringen und das unselige Kapitel unserer Ehe in Frieden abzuschließen.«

»Und dann? Werden Sie die Mätresse Seiner Majestät? Werden Sie sich einreihen in den Reigen seiner Huren?« Hoyms Stimme zitterte vor gekränkter Eitelkeit. Der König würde besitzen, was ihm zustand und seit Monaten verweigert wurde. Er haßte Constantia dafür.

»Laßt meine Sorge sein, was ich mit meinem Leben anfange, kümmert Euch einfach darum, daß wir beide wieder frei sind.« Constantia erhob sich.

Wenige Tage später reiste Friedrich August mit seinem Hofstaat nach Dresden, um dort die Staatsgeschäfte zu ordnen, bevor er sich auf Rat seiner Leibärzte zu einer Kur nach Karlsbad begab.

»Man hat mir eine Trinkkur, eine Badekur, eine Trinkkur und noch eine Badekur verordnet. Wenn ich all das mit Tokajer und Malvasier, meinetwegen sogar mit Bier absolvieren könnte, würde es mir gar nichts ausmachen!« Der König grinste Constantia vergnügt an. »Aber, ich weiß nicht, wie ich vier Wochen ohne Ihre Gesellschaft aushalten soll. Sie müssen mitkommen.« Constantia nickte.

»Majestät schmeicheln mir und können ganz beruhigt sein, der ganze Hof wird folgen, und mit dem Hof komme auch ich.«

Im warmen Juni 1705 war es so weit. August der Starke und sein Gefolge reisten nach Karlsbad – Statthalter Fürstenberg und Gräfin Reuß, das Ehepaar Vitzthum, Graf von Flemming und natürlich auch das Ehepaar von Hoym.

Spaziergänge, Gesellschaften, Bäder in den Quellen, die Dresdner amüsierten sich prächtig, und der kurfürstliche König tat ohne Widerspruch, was seine Ärzte von ihm verlangten. Sein Wunsch, Constantia zu seiner Mätresse zu machen, wuchs mit jedem Tag. Aber so sehr er sich auch bemühte, sie zu umgarnen, eine Wiederholung des Schäferstündchens gelang ihm nicht.

Für den Regenten gingen auch in Karlsbad die Staatsgeschäfte weiter. Der große Konflikt mit Schweden war keineswegs gelöst. Beinahe täglich baten Gesandte aus aller Herren Länder um Audienz bei Seiner Majestät und berichteten von den neuesten Entwicklungen an fernen Höfen.

Neben dem politischen Alltag und seinen Kuren fand der König noch immer ausreichend Zeit, sich zu amüsieren. Weinproben, Ausflüge, Musik, und stets war Constantia an seiner Seite.

»Ohne Sie wäre dies alles hier gar nicht zu ertragen, es ist und bleibt nur Ihre Gesellschaft, die mir wirklich Vergnügen bereitet«, schmeichelte er ihr.

Constantia war inzwischen sicher, im König den Mann ihres Lebens gefunden zu haben. Sie glaubte fest an die Kraft der Liebe und daran, daß sich, wenn sie es nur geschickt genug anstellte, alles zum Guten wenden würde. Fröhlich begleitete sie August den Starken, wann immer dieser es wünschte, achtete aber darauf, nie mit ihm alleine zu sein. Der König konnte sein Verlangen kaum noch zügeln.

»Vitzthum, mit meiner Geduld ist es nicht mehr weit her. Hast du schon mit ihr gesprochen?« Sein Vertrauter verneinte.

»Es war noch nicht die richtige Gelegenheit. Aber glaubt mir, ich werde den Zeitpunkt finden und mit einem Ergebnis aufwarten, daß Eure Durchlaucht zufrieden stellt.«

Just in diesem Moment traf eine Nachricht aus der Residenz ein. Der ehemalige Oberhofmarschall von Haugwitz, jahrelang ein treuer

Begleiter der kurfürstlichen Familie, war verstorben. Sein Haus, direkt neben dem Schloß gelegen, stand zum Verkauf. Der König nahm sich keine Zeit zu trauern. Diese Gelegenheit galt es zu nutzen.

»Vitzthum, schick den schnellsten Reiter nach Dresden. Ich will dieses Haus, koste es was es wolle. Dann laß Frau von Hoym holen.«

Kaum hatte Constantia den Audienzraum betreten, da schickte der König alle anderen Anwesenden vor die Tür. Constantia sah ihn irritiert an. August der Starke musterte sie von oben bis unten.

»Seit Wochen sage ich es Ihnen nun schon, und jetzt ist der Zeitpunkt gekommen, die Konsequenzen zu ziehen.« Sie wich zwei Schritte zurück.

»Kommen Sie näher und setzen Sie sich, meine Liebe, es gibt keinen Grund, den Rückzug anzutreten. Sie wissen, daß ich mein Herz an Sie verloren habe. Ich bin bereit, Ihnen jede Bedingung zu erfüllen, wenn ich Sie nur an meiner Seite haben kann. Soeben habe ich einen Boten nach Dresden geschickt, er wird ein Haus direkt neben dem Schloß für mich kaufen. Dieses Haus wird das Ihre sein, doch nicht nur das Haus allein. Ich werde die umliegenden Häuser und Grundstücke erwerben und Ihnen einen Palast bauen, wie ihn Dresden noch nicht gesehen hat. Sie sollen residieren, wie es einer Königin angemessen ist, Sie sollen meine Königin sein. Sagen Sie ja, und diktieren Sie mir Ihre Wünsche, ich lege Ihnen Sachsen und Polen zu Füßen.«

Die letzten Worte hatte Constantia wie durch Watte gehört. Königin, hatte er wirklich gesagt, sie solle seine Königin sein?

»Majestät, ich bin überwältigt und glücklich. Bitte laßt mir ein wenig Zeit, Ihr wißt, ich bin noch immer eine verheiratete Frau.« Sie stand auf.

»Ich schicke Ihnen Vitzthum, der wird alles weitere mit Ihnen besprechen. Bis dahin vergehe ich vor Ungeduld und in der Hoffnung, Sie bald in meinen Armen halten zu dürfen.«

Friedrich von Vitzthum zu Eckstädt und Jakob Heinrich von Flemming waren fassungslos, als Constantia ihnen wenige Tage später ihre Bedingungen vortrug.

»Sie bekommt, was sie haben will«, lautete die kurfürstlich-königliche Anweisung, aber Flemming sah sich dennoch genötigt, ihr zu widersprechen.

»Madame, Sie haben in mir Ihren größten Bewunderer und Verehrer gefunden, aber eine Ehefrau zur Linken, so wie Sie es sich vorstellen, kann und wird Seine Majestät nicht nehmen.«

Constantia sah ihn scharf an.

»Hat er es Ihnen selbst gesagt, oder nehmen Sie mit diesen Worten seinen Entscheid vorweg?«

»Madame, lassen Sie mich die Situation des Königs erklären. Sie werden selbst sehen, daß auch ein König, und sei er noch so mächtig, nicht frei von Zwängen zu handeln vermag.« Flemming holte Luft. »Ich weiß, daß es immer wieder Gutachten gegeben hat, die bestätigen, daß Monarchen eine zweite Frau als ›Ehefrau zur Linken‹ nehmen können. Nun ist es aber so, daß eine solche Zweitehe nur mit Genehmigung der ersten Gemahlin stattfinden kann; und unser kurfürstlicher König ist ganz sicher, daß die fromme Königin dem niemals zustimmen würde. Hinzu kommt, daß Seine Majestät auf jeden Fall eine Auseinandersetzung mit der Geistlichkeit vermeiden muß. Es ist ein offenes Geheimnis, daß die Lutheraner auf der Seite der Königin stehen und jeden Schritt unseres katholischen Königs mit äußerstem Argwohn betrachten. Ich bin sicher, daß wir eine einvernehmliche Lösung finden, aber von Ihrer diesbezüglichen Forderung werden Sie Abstand nehmen müssen.«

Constantia schwieg nachdenklich. Ursprünglich war es ihr fester Vorsatz gewesen, gerade in diesem Punkt auf keinen Fall nachzugeben. Doch Flemmings Argumenten konnte sie sich nicht verschließen.

»Ich bitte um ein wenig Zeit«, sagte sie schließlich.

»Wenn es Ihnen möglich ist, könnten wie uns morgen zu dieser Stunde noch einmal hier einfinden und die Angelegenheit dann hoffentlich zu einem guten Abschluß bringen.« Flemming erhob und verbeugte sich. »Wir werden pünktlich bei Ihnen sein«, sagte er und verließ gemeinsam mit Friedrich von Vitzthum das Zimmer.

Anna Constantia Freifrau von Hoym,
ab 1706 Reichsgräfin von Cosel.

Dresden um 1680. *Kupferstich von Johann Peter Wolff Dehne.*

Schön, geistreich und charmant:
Gräfin Cosel im Alter von etwa 31 Jahren.
*Gemälde von Adam Manyoki, um 1711.*

Kurfürst Friedrich August I. von Sachsen
wurde 1697 als August II. zum König von Polen gewählt.

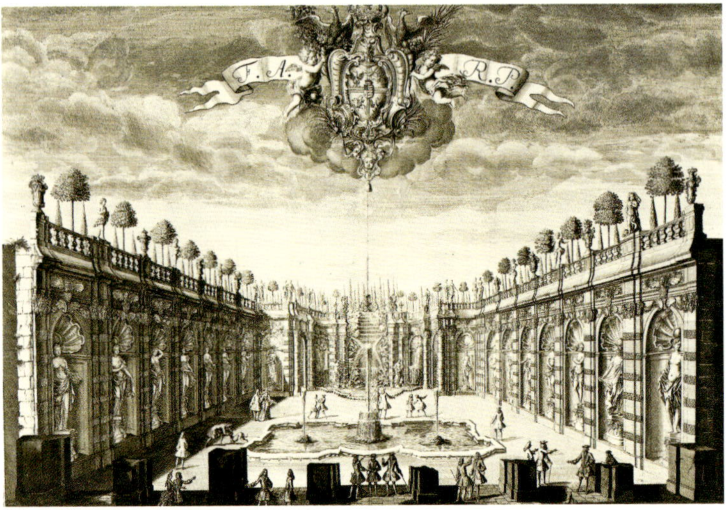


Eine der großartigsten barocken Brunnenanlagen:
Das Nymphenbad im Dresdner Zwinger.
*Kupferstich nach Matthäus Daniel Pöppelmann*, 1729.

Adolf Magnus Gotthelf von Hoym,
Anna Constantias Ehemann.

Das Nymphenbad mit Blick zum französischen Pavillon.
*Kupferstich nach Matthäus Daniel Pöppelmann*, 1729.

Christiane Eberhardine,
Kurfürstin von Sachsen und
Gemahlin Friedrich Augusts I.

Mätresse und heimliche Gemahlin des Königs:
Anna Constantia auf der Höhe ihrer Macht.

Wegen seiner legendären Kraft wurde Friedrich August I.
im Volksmund »August der Starke« genannt.
*Gemälde von Louis de Silvestre, 1718.*

Schloß Pillnitz:
eine der schönsten Schloß- und Parkanlagen Europas
im heiteren und festlichen Stil des Dresdner Barock.
August der Starke schenkte das Schloß
im Jahr 1707 seiner Mätresse Gräfin Cosel.

Das Wasserpalais entstand 1720–1723 nach Plänen von Matthäus Daniel Pöppelmann und Zacharias Longuelune.

Der Chinesische Pavillon im Schloßpark.

Der Dresdner Neumarkt um 1750.
Im Hintergrund die Frauenkirche.
*Gemälde von Bernardo Bellotto, genannt Canaletto.*

Jakob Heinrich von Flemming,
der gefährlichste Gegenspieler
der Gräfin Cosel.

Der berühmte »Canalettoblick«:
Dresden vom rechten Elbufer unterhalb der Augustusbrücke.
*Gemälde von Bernardo Bellotto, genannt Canaletto*, 1748.

Die polnische Gräfin Maria Magdalena
von Dönhoff wurde 1712 die neue
Mätresse Augusts des Starken.

König August II. von Polen und Friedrich Wilhelm I. von Preußen. Im Tausch gegen Deserteure der preußischen Armee lieferte Friedrich Wilhelm I. die Gräfin Cosel an August den Starken aus. *Gemälde von Louis de Silvestre.*

Die Kinder von Gräfin Cosel und August dem Starken.
Erst nach dem Tod des Vaters durften sie ihre Mutter
auf Burg Stolpen besuchen.
Augusta Constantia von Cosel, ab 1725 Gräfin Friesen.
Alexandra von Cosel, ab 1730 Gräfin von Mosczynski.
Friedrich August Graf von Cosel.

Die Verhaftung der Gräfin Cosel während der Flucht nach Warschau.
*Holzstich, um 1890, nach einem Gemälde von Karl Gampenrieder.*

Gräfin Cosel im Johannisturm
auf Burg Stolpen.
*Holzstich, um 1860.*

Burg Stolpen in Sachsen.
Neunundvierzig Jahre wurde die Cosel an diesem Ort gefangengehalten – ohne Anklage, ohne Prozeß. Ein unschuldiges Opfer politischer Interessen und höfischer Intrigen.

Anna Constantia von Cosel im Alter.
*Gemälde eines unbekannten Künstlers, 18. Jahrhundert.*

Constantia runzelte die Stirn. Vierundzwanzig Stunden hatte sie, um eine Lösung zu finden, die sie rechtlich absicherte und ihr einen Status verschaffte, der über dem einer normalen Mätresse lag.

»Was, wenn ich einen Vertrag mit dem König schließe. Einen Vertrag, in dem er mit seiner Unterschrift garantiert, daß ich im geheimen seine Ehefrau zur Linken bin. Darin könnte festgeschrieben sein, daß er mich im Falle des Todes seiner Gemahlin heiratet und als seine Königin anerkennt, und wenn wir Kinder haben sollten, müssen sie natürlich als legitime Prinzen und Prinzessinnen erzogen werden«, murmelte sie und lächelte. So bekam sie, was sie wollte, August der Starke mußte den Klerus nicht verärgern und konnte sie bei Hof als offizielle Mätresse präsentieren. Constantia notierte ihre restlichen Forderungen, die im wesentlichen aus zwei weiteren Punkten bestanden.

Friedrich August I. sollte sich ganz von seiner jetzigen Mätresse, der Reichsfürstin von Teschen, trennen, sie am besten mitsamt ihres Sohnes vom Hof verbannen.

Außerdem verlangte sie eine jährliche Apanage von hunderttausend Talern. Diese Summe, das wußte sie, war annähernd so hoch wie der Betrag, den die Königin zur Verfügung hatte. Damit befand sie sich an der Spitze des Dresdner Hofes. Der Rest wird sich finden, dachte Constantia und betrachtete zufrieden die trocknende Tinte.

Die Herren Flemming und Vitzthum staunten, als Constantia den Vorschlag am folgenden Tag präsentierte.

»Natürlich müssen wir jetzt noch besprechen, was geschieht, wenn ich des Königs Witwe werde, und vor allem, wie das Erbe unserer gemeinsamen Kinder geregelt wird. Aber das, meine Herren, können dann meine Bevollmächtigten mit Ihnen aushandeln.«

»Madame, Sie wollen jetzt bereits den Zustand einer möglichen Witwenschaft absichern?« Flemming konnte eine gewisse Mißbilligung nicht unterdrücken.

Constantia sah ihn mit blitzenden Augen an.

»Graf, was würden Sie tun, wenn Sie an meiner Stelle wären?« fragte sie geradeheraus. »Würden Sie sich darauf verlassen, daß es das Schicksal gut mit Ihnen meint, und Ihr Leben von einem Tag auf den anderen leben? Meine Erfahrungen lehren mich, daß es besser ist, im voraus abzusichern, als später das Nachsehen zu haben.«

»Madame, Sie befinden sich unter dem persönlichen Schutz seiner Majestät!« Friedrich von Vitzthum war empört.

»Lieber Schwager, so ist es, und wir wollen hoffen, daß es immer so bleibt, aber eine Garantie gibt es dafür nicht. Ich werde Feinde und Neider bei Hof haben. Ich werde Intrigen ausgesetzt sein. Es gibt genügend Gründe sich zu schützen. Und deswegen muß ich darauf bestehen, daß meine Bedingungen in allen Einzelheiten erfüllt werden.«

Die Unterhändler des Königs gingen, um seiner Majestät das Ergebnis der Gespräche mitzuteilen. August der Starke hörte ihnen aufmerksam zu.

»Sie ist zweifellos eine kluge Frau«, schmunzelte er. »Noch vor dem ersten bindenden Kuß den Witwensitz beanspruchen, ich muß schon sagen, wenn das nicht von einem ausgeprägten Geschäftssinn zeugt. Seis drum, ich werde unterschreiben.« Er faltete die Hände.

»Vitzthum, was ist mit Pillnitz? Du weißt, der Landsitz, den mein verstorbener Bruder damals für seine Geliebte gekauft hat. Das Gut gehört doch zur Zeit dem Oberhofmeister meiner Mutter, nicht wahr?«

Friedrich von Vitzthum war mit einer Antwort überfordert, aber Graf Flemming wußte Bescheid.

»Soweit mir bekannt ist, Majestät, ist es derzeit im Besitz der Tochter des Oberhofmeisters und wird auch von ihr genutzt.«

»Kündigen Sie uns dort an, wir werden das Gut für Frau von Hoym kaufen«, beschied ihn Friedrich August I. »Und jetzt will ich Wackerbarth sehen!«

Generalfeldmarschall Christian August Graf von Wackerbarth war bereits 1685 als ganz junger Knabe an den kurfürstlichen Hof gekommen und stand seither im Dienst der Familie. Der König schätzte vor allem das diplomatische Geschick des gebürtigen Lauenburgers und betraute ihn bevorzugt mit heiklen Missionen.

»Ich will Pillnitz zurückkaufen und bitte Sie, umgehend dorthin zu fahren und alles vorzubereiten. Es wird nicht einfach werden, aber ich habe da eine Idee …«

Während der König Wackerbarth seinen Plan unterbreitete, führte Constantia ein langes Gespräch mit ihrem Mann. Hoym verzog keine Miene, als sie ihm mitteilte, daß sie ab sofort an der Seite Augusts des Starken zu leben gedachte.

»Es kann also nur in unser beider Interesse sein, wenn Ihr die Scheidung betreibt«, sagte sie bestimmt. Hoym gab sich geschlagen und sagte zu, sich um eine baldige Auflösung der Ehe zu bemühen.

Noch bevor der Vertrag endgültig formuliert und unterzeichnet war, begab sich Constantia von Hoym auf eines der kurfürstlich-königlichen Schiffe und reiste mit August dem Starken nach Pillnitz. Vor Jahren hatte er das weitläufige Rittergut von seinem Bruder geerbt. Der Krieg gegen die Schweden kostete viel Geld, und so war der Landsitz verkauft worden.

Constantia war überwältigt. Das Gut mit all seinen Ländereien und Dörfern, einer Elbinsel und herrlichen Weinbergen war weit größer und prächtiger als Depenau. August der Starke ließ eine üppige Mittagstafel ausrichten, bei der auch seine Mutter zugegen war. Madame Royale hörte gern, daß ihr Sohn das Gut wieder in seinen Besitz bringen wollte und unterstützte ihn bei seinen Verhandlungen. Am Ende der opulenten Mahlzeit waren sich alle Beteiligten einig – Pillnitz würde wieder der Krone gehören. Eine Woche später reiste der Hofstaat nach Torgau.

Es waren schwere Stunden für Christiane Eberhardine, als ein Bote ihr die Kunde brachte, ihr Mann und seine Mätresse wollten in ihrem Schloß logieren. Torgau war ihr Refugium, der Ort, an den sie sich zurückgezogen hatte, um den mitleidigen und spöttischen Blicken der Höflinge zu entgehen. Diese Frau von Hoym, das spürte sie, stand dem König näher als je eine ihrer Konkurrentinnen zuvor. Christiane Eberhardine trauerte um den endgültigen Verlust der Liebe ihres Mannes. Doch den Wünschen Seiner Majestät hatte sie sich zu fügen, und so gab sie Anweisung, die entsprechenden Gemächer herzurichten. Unglücklich schrieb sie ihrem geliebten Vater einen Brief:

*»Ewer Gnaden wenten Dero vetterl. gnad und hertz nicht von mir, die ich ohne dem die unglückseeligste auf erden bin, welche mit so vielen leuden umgeben, daß ich wohl tegl. und stüntl. nach meiner erlößung seufze und ein seeliges ende mir ales guht machen könte.«*

Constantia bezog ihr Zimmer im Schloß. Sie fühlte sich unwohl.

»Friedrich«, nannte sie den König beim Ruf- und Kosenamen, »ich bitte Euch herzlich darum, den Aufenthalt so kurz wie möglich zu gestalten. Unser Besuch ist sowohl für Eure Gemahlin als auch für mich kein Vergnügen.«

Friedrich August, der auf dergleichen Befindlichkeiten normalerweise keine Rücksicht nahm, rechnete seiner Mätresse die Feinfühligkeit hoch an und schenkte ihr einen kostbaren Ring.

»Nehmen Sie ihn zum Zeichen meiner Liebe.«

Constantia betrachtete lächelnd den großen Diamanten und versprach: »Ich werde ihn täglich tragen.«

Gemeinsam reisten sie kurz darauf weiter durch Sachsen, um Truppen zu mustern und den Zustand der Gräben und Wälle zu überprüfen. Constantia begleitete den König auf Schritt und Tritt. Angetan von ihrer Beobachtungsgabe und ihren klugen Kommentaren, suchte er häufig ihren Rat. Die mitreisenden Minister und Geheimen Räte, besonders aber Jakob Heinrich von Flemming, bemerkten es mit Mißfallen.

»Er behandelt sie, als wäre sie sein oberster Militär«, murrte der General und kniff verärgert die Lippen zusammen.

Constantia schwebte im siebten Himmel. August der Starke las ihr jeden Wunsch von den Augen ab, wollte sie stets und ständig um sich haben und gab ihr das Gefühl, nicht nur seine Geliebte, sondern auch sein bester Freund zu sein.

Am 24. August 1705 war ihr Glück perfekt. In Dresden bezog sie das für sie gekaufte Taschenbergpalais. Der Regent hatte nicht nur das Haus des verstorbenen Oberhofmeisters Haugwitz, sondern auch noch ein weiteres Gebäude erworben. Jetzt beauftragte er seinen hochgeschätzten Hofbaumeister Matthäus Daniel Pöppelmann mit dem Entwurf für ein prächtiges Palais, das dem Rang und der Stellung seiner schönen Geliebten gerecht werden sollte. Die Möbel für den repräsentativen Bau spendierte der Kurfürst-König aus den Beständen des Grünen Gewölbes, seiner persönlichen Schatzkammer. Spiegel und Tische aus Silber, wertvolles Geschirr, massive Leuchter, Gobelins für die Wände und Teppiche aus der fernen Türkei.

»Die ganze Welt soll wissen, was Sie mir wert sind!« Der verliebte Monarch beorderte zwei Wachposten vor Constantias Haus.

»Nicht einmal ich habe zwei Posten! Sie ist die Mätresse und nicht die Königin!« zischte Flemming erbost im Hintergrund. Während die noch immer nicht geschiedene Frau von Hoym ihren neuen Besitz mit Leben füllte und sich häuslich einrichtete, wartete sie gemeinsam mit dem Regenten auf ihre Erhebung zur Reichsgräfin. Der Akt, der vom Kaiser genehmigt und vollzogen werden mußte, bedeutete mehr als Rang und Ehre. Nur mit diesem Titel war es der Mätresse erlaubt, bei allen Festlichkeiten und diplomatischen Anlässen gegenwärtig zu sein. Kaum hielt August der Starke das Dokument in den Händen, eilte er zu seiner Geliebten.

»Von nun an dürfen Sie sich Reichgräfin von Cosel nennen!« Stolz präsentierte er die Urkunde.

Jetzt war Constantia eine mächtige Frau. An mehreren Nachmittagen in der Woche ging es in ihrem Vorzimmer zu wie in einem Taubenschlag. Gesandte und Diplomaten machten ihre Aufwartung. Als offizielle Mätresse des Königs stand sie höher als jeder Minister. Verärgert beobachtete Flemming, wie sich Scharen von Menschen bei ihr einfanden, um über sie das Wohlwollen des Königs zu erlangen. Doch die frischgebackene Gräfin Cosel bewies bemerkenswerte Intelligenz und Intuition. Zielsicher wußte sie die Spreu vom Weizen zu trennen und verwendete sich niemals für Leute, die aus zwielichtigen oder gar zu eigennützigen Gründen um ihre Unterstützung buhlten. August der Starke war stolz. An seiner Seite lebte nicht nur die schönste Frau des Landes, er konnte sich auch noch damit brüsten, daß sie klüger war als beinahe alle seine Minister.

In den wenigen privaten Stunden, die das Paar miteinander verbrachte, verwöhnte Constantia ihren König auf alle erdenkliche Weise.

Immer wieder überraschte sie ihn mit neuen unterhaltsamen Ideen, bereitete persönlich die köstlichen Zibeben, so wie es ihre Mutter ihr beigebracht hatte, und vermochte ihn mit klugen Gesprächen derart zu fesseln, daß er manches Mal bereits eingegangene Verpflichtungen vergaß und, statt bei Staatsterminen zu erscheinen, in Constantias Salon sitzenblieb. Einziger Wermutstropfen des Glückes war Constantias Scheidung. Ein Gutachten der juristischen Fakultät in Tübingen, das eigentlich die Lösung im königlichen Sinne bringen sollte, versetzte den Liebenden einen Schrecken. Umständlich und akribisch hatten die Herren Professoren die Lage überprüft und mehrfach hin und her gewendet, um dann zu dem Schluß zu kommen, daß die Ehe der Hoyms zwar zu scheiden, die schuldige Gattin jedoch nach der Trennung außer Landes zu verbannen sei. Constantia fühlte sich einer Ohnmacht nahe, als sie Kenntnis von dem fatalen Spruch erhielt.

»Wir werden es von der Leipziger Fakultät überprüfen und ändern lassen«, tröstete August der Starke sie zuversichtlich. Doch diesmal irrte der Monarch. Die Leipziger Juristen kamen zum gleichen Schluß wie ihre Tübinger Kollegen. Der König zog die Stirn kraus und fegte den ärgerlichen vierzigseitigen Folianten vom Tisch.

»Ich werde nicht umhin kommen, doch tätig zu werden in dieser Angelegenheit«, murmelte er. Doch zunächst galt es dringlichere Probleme zu lösen.

Karl XII. von Schweden gab keine Ruhe. Aus Polen kamen schlechte Nachrichten. Auf Druck des siegreichen Schwedenkönigs hatte der Adel August den Starken abgewählt und an seiner Stelle am 14. Oktober 1705 gegen den Willen des Papstes einen Gegenkönig eingesetzt. Stanislaus Leszczynski, Wunschkandidat Karls XII., wurde gekrönt und als neuer Regent ausgerufen.

»Ah! Welche Demütigung! Aber noch ist das letzte Wort nicht gesprochen. Wir wollen doch mal sehen, ob ich diese Krone nicht zurückerobern kann!« Der abgesetzte König lachte bitter. »Was heißt zurückerobern! Ich habe sie ja noch. Dieser Tölpel hat sich eine billige Kopie auf den dummen Kopf setzen lassen. Das Original ist in meinem Besitz, und ich werde es nicht herausgeben – niemals!«

Ab sofort nur noch Kurfürst von Sachsen, ertränkte er seinen Zorn in mehreren Flaschen Wein. Die Botschaft aus Warschau machte den Aufbruch eilig. Unter Tränen verabschiedete sich Constantia von ihrem Geliebten, der trotz all ihrer Bitten, sie mitzunehmen, hart blieb.

»Machen Sie uns das Leben nicht schwerer als nötig. Sie wissen so gut wie ich, daß Sie mich in der jetzigen Situation nicht begleiten können. Ich muß alles dafür tun, den polnischen Adel wieder auf meine Seite zu bringen. Die Polen haben mir kaum verziehen, daß meine Frau das Land nicht betritt. Wenn ich jetzt mit einer deutschen Mätresse ankomme – und sei sie auch so schön, wie Sie es sind – ist alles verloren.« Constantia fügte sich und rang ihm das Versprechen ab, sie nicht ohne Nachricht zu lassen.

»Wenn ich wieder komme, werden Sie geschieden sein, und wir können unser ungetrübtes Glück genießen. Ich habe Befehl erteilt, Ihre Ehe so schnell wie möglich aufzuheben.« Friedrich August I. hatte sich allen bisherigen Grundsätzen zum Trotz in die Angelegenheit der Kirche eingemischt und diese Tatsache bis zum Tag des Abschieds für sich behalten. Die Wirkung seiner Worte war wie beabsichtigt – Constantia strahlte.

Nach der Abreise des Kurfürsten verkroch sie sich zwei Tage in ihrem prächtigen Haus, dann besann sich die Reichsgräfin von Cosel ihrer Stellung und öffnete ihr Vorzimmer wieder für Besucher.

August der Starke schickte beinahe täglich Kuriere, die kleine Liebesbriefe und Berichte vom Tage brachten. Doch kaum eine Epistel machte Constantia so viel Freude wie der unterzeichnete Vertrag, den sie am 12. Dezember 1705 endlich in den Händen hielt. Der Kurfürst war tatsächlich auf alle ihre Bedingungen eingegangen. Er hatte unterschrieben, sie immer zu lieben, ihr die Treue zu halten und gemeinsame Kinder zu legitimieren. Das Gut Pillnitz sollte ihr gehören und ihr Vermögen nach ihrem Tod nicht etwa dem Kurfürsten zufallen, sondern auf ihre Erben übergehen:

*»Wir Friedrich August von Gottes Gnaden König von Pohlen ec. Urkunden hiermit. Demnach vor Unserem chursächsischen Oberconsistorio zu Dresden Frau Constantia Gräfin von Cosel geb. von Brockdorff von ihrem*

*vormaligen Ehemann, Unsern wirklichen Geheimbten Rath und lieben getreuen Herrn Adolf Magnus Freyherrn von Hoym vermöge Reichs und Land üblicher Gesetze und Rechte der Ehe halber gänzlich geschieden worden, Wir uns genugsam erheblichen und sonderbaren Ursachen Uns dieselbe nach Art der Könige von Frankreich und Dänemark, auch anderen Souverainen in Europa als Unsere legitime épouse beylegen lassen, derogestalt, daß Wir in Kraft eines ehelichen Eydes versprechen und halten wollen, dieselbe herzlich zu lieben und beständig treu zu verbleiben, dahero wollen Wir solches hiermit vor Unserm Geheimen Rath declarieren und mit Unserer geliebten Gräfin von Cosel künftig erzeugenden Kinder männ- und weiblichen Geschlechts vor Unsere rechte natürliche Kinder kraft dieses erkennen, leben auch der gewissen Hoffnung, daß auf den Fall, der in Gottes des Allmächtigen Handen stehet und Uns nach seinem allerheiligsten Rath und Willen begegnen kann, da Wir dieses Zeitliche mit dem Ewigen verwechselten, Unseres Churprinzens Ldn. Und übrige Nachfolger in der Chur, diese Unsere geliebte Gräfin von Cosel und die von Uns mit derselben erzeugten Kinder hiervor erkennen, selbige bey dem gräflichen Stande und demjenigen, was sie von Uns oder sonst an Lehn und Erbe, beweg- und unbeweglichem Gut erhalten, geruhig lassen, die Succession unseren natürlichen Kindern gestatten, auch selbige auf begebene Fälle bey Unsern Lehnhof der widrigen Observanz ungeachtet, damit belehnen, in mehrer Betrachtung, daß dieses alles im Röm. Reich nicht ungewöhnlich, auch bey des Gottseligen Churfürsten zu Sachsen Friedrich des Dritten und nach dessen Tode also beachtet worden. Zu dessen Urkunde haben Wir diese mit gutem Bedacht aufgesetzte Declaration und Verordnung Unserem Geheimen Raths Collegio versiegelt und überreichet, auch selbige Unserer geliebten Gräfin von Cosel zugestellet und ist Unser Wille und Meinung, daß hierbei in künftigen Zeiten fest gehalten werde. Gegeben …«*

Alles war so niedergelegt, wie sie es gefordert hatte. Constantia unterzeichnete ihrerseits die Urkunde, deren Inhalt in Kraft treten sollte, sobald sie geschieden war.

Ich bin eine reiche und mächtige Frau! Mit diesem Gedanken und ihrem neuen Wappen versiegelte sie das Schreiben und gab es Hofrat Stryk.

»Bringen Sie dieses Päckchen zu meinem Vetter Graf Christian Detlev von Rantzau auf Gut Drage. Er weiß, was er damit zu tun hat. Und schwören Sie hier und bei Gott, daß Sie niemals verraten werden, ganz gleich wer Sie danach fragt, wohin Sie es getragen haben!«

»Ich schwöre bei allem, was mir heilig ist, und bei meinem Leben!« Stryk war seiner Herrin treu ergeben.

## *Madame, ein Brief für Sie*

Sechs euphorische Tage verbrachte Constantia in der Gewißheit, daß ihr Leben nun endlich in köstlichen und sicheren Bahnen verlaufen würde, da erhielt sie ein Schreiben, das ihre Stimmung mit einem Schlag verdarb. Am 18. Dezember brachte ein Kurier eine erneute Bestätigung des Oberkonsistoriums, daß sie als Beklagte unter allen Umständen verpflichtet sei, ihren ehelichen Pflichten nachzukommen. Constantia, die den Brief freudig geöffnet hatte, hielt ihn nun mit zitternden Fingern. Bis zum 8. Januar, so stand es geschrieben, hatte sie ihre Pflicht zu erfüllen, sollte dies nicht der Fall sein, werde sie als »bösliche Verlasserin« geschieden. Die königliche Einmischung hatte keinerlei Veränderung gebracht. Noch immer bestanden die geistlichen Richter auf der Fortführung der Ehe, während die weltlichen Gutachter ihr im Falle der Scheidung mit Verbannung drohten. Constantia war verzweifelt. Wie sollte sie dieses Problem alleine lösen – August der Starke war weit fort, kämpfte in Polen um seine Krone.

Nach wie vor schickte Friedrich August kurze Nachrichten. Er hatte seine Armee verlassen und war nur in Begleitung einiger seiner engsten Vertrauten durch Polen gereist, um nach Krakau zum russischen Heer zu gelangen. Briefe und Kassiber an den Schweden vorbei nach Sachsen zu schmuggeln war schwierig, und so wartete Constantia manchmal länger als eine Woche auf Neuigkeiten.

Doch die Zeit verging schnell, denn ihre Verpflichtungen hatten mit der Abwesenheit des Monarchen nicht abgenommen. Am Hof weilte zu dieser Zeit ein politisch ebenso wichtiger wie gefährlicher Mann:

Johann Reinhold von Patkul, ein Adliger aus Livland, bat um ein Gespräch mit der Reichsgräfin von Cosel.

Vor Jahren hatte Patkul als Geheimer Rat unter August dem Starken gedient und ihn zum Krieg gegen die Schweden überredet. Inzwischen hatte der Livländer den Dienstherren gewechselt und sprach mit Constantia in seiner Funktion als Gesandter des russischen Zaren.

Er betrat den Raum und begrüßte sie mit einer tiefen Verbeugung.

»Madame, ich komme in dringender Angelegenheit. Sie werden erfreut sein über das, was ich zu überbringen habe.« Constantia sah ihren Gast skeptisch an.

Seit mehr als zehn Jahren auf der Flucht vor den Schweden, die ihn wegen seiner politischen Aktivitäten in Abwesenheit zum Tode verurteilt hatten, kannte er keine Furcht und tat alles, um die Interessen seines von den Schweden besetzten Landes zu ertrotzen. Jakob Heinrich von Flemming war es gewesen, der ihn 1699 August dem Starken vorgestellt und in der höfischen Gesellschaft Dresdens eingeführt hatte. Während der folgenden Jahre stand Patkul so lange in der Gunst des Regenten, bis er diesem während einer heftigen Auseinandersetzung in unziemlicher Weise gedroht hatte. Ein Fauxpas, den er bitter bereuen sollte. Sensibel für jede Stimmungsschwankung ihres Herren reagierte die Dresdner Gesellschaft prompt und Patkul mußte feststellen, daß die Zahl seiner Freunde täglich geringer wurde. Lediglich Madame Royale, Anna Sophie, fühlte sich ihm noch verbunden, denn als Dänin vertrat sie eine so vehemente Position gegen die Schweden, daß ihr jeder Verbündete recht war.

Patkul zog einen ledernen Beutel aus seinem Rock und übergab ihn Constantia.

»Das, Madame, sind dreißigtausend Taler, die der Zar König August für den Krieg zur Verfügung stellt, leihweise, versteht sich.« Er reichte ihr eine Schuldverschreibung. Constantia konnte ein Leuchten in ihren Augen nicht unterdrücken. Dreißigtausend Taler waren eine hohe Summe. Der Krieg verschlang Unmengen Geldes, und Friedrich August würde sicher hocherfreut sein. Dennoch blieb sie reserviert.

»Ich danke Ihnen im Namen Seiner Majestät und nehme das Darlehen des Zaren gerne für den König an«, antwortete sie mit kühler Höflichkeit.

»Madame, da ist noch eine Sache, eine leidige Angelegenheit, die ich bereits mehrfach, aber erfolglos angesprochen habe. Wie Sie wissen, überwintern über sechstausend russische Soldaten in Sachsen. Ich habe Seine Majestät wiederholt darauf aufmerksam gemacht, daß die Männer unterbezahlt, schlecht ernährt und dürftig gekleidet sind. Viele sind krank und vor Schwäche in einem erbärmlichen Zustand. Vielleicht ...« Constantia unterbrach ihn vehement.

»Ich weiß von diesen Gesprächen und ich erinnere mich genau, was Seine Majestät Ihnen geantwortet hat: Soldaten sind überall unterbezahlt – waren das nicht seine Worte?«

»Ihr Gedächtnis ist bemerkenswert, Madame, ich dachte nur, im Hinblick auf die veränderte Situation«, er deutete auf den Lederbeutel, »könnten wir vielleicht Abhilfe schaffen.«

»Ich sehe keine Möglichkeit, Seiner Majestät vorzugreifen. Er ist es, der über die Verwendung des russischen Geldes zu entscheiden hat«, beschied Constantia den Livländer, dem die Verärgerung deutlich ins Gesicht geschrieben stand.

Wenige Tage später zog er eigenmächtig die Konsequenzen aus der Unterredung und schloß mit dem Wiener Botschafter des Kaisers einen Vertrag. Die Urkunde besagte, daß dem Kaiser etwas mehr als sechstausend Soldaten überlassen werden sollten. Ab sofort hatte Wien für deren Versorgung aufzukommen. Eine solche Aktion konnte am Hof nicht unbemerkt bleiben, und General Schulenburg, der das Militär befehligte, reagierte entsetzt. In Absprache mit den Geheimen Räten schickte er einen Vertreter zu Patkul, der diesen auffordern sollte, das Ganze sofort rückgängig zu machen oder zumindest die Truppen nicht nach Wien zu schicken, ehe August der Starke informiert war und seine Befehle erteilt hatte. Patkul zuckte mit gespieltem Bedauern die Schultern:

»Mein Herr, es tut mir aufrichtig leid, aber der Vertrag ist unterzeichnet. Das einzige, was ich noch für Sie tun kann, ist mit dem kaiserlichen Gesandten sprechen und um Aufschub bitten.«

Sofort tagten die Geheimen Räte und suchten nach einer Lösung des Problems. General Johann Matthias von Schulenburg erhob sich. Seit 1702 in kursächsisch-polnischen Diensten verfügte der altgediente Militär über großen Einfluß am Augusteischen Hof. Seine Tapferkeit war sprichwörtlich, er galt als intelligent und unterhaltsam, böse Zungen behaupteten allerdings, er bereichere sich auf Staatskosten. Jetzt gab er den entscheidenden Impuls:

»Meine Herren, ganz gleich, wie wir die Sache drehen und wenden, wir müssen alles tun, um die Truppen hier in Sachsen zu halten, bis Seine Majestät sich zu dem Vorfall geäußert hat. Es darf auf keinen Fall sein, daß wir über sechstausend Männer, mit denen auch der Zar fest rechnet, nach Wien schicken, in einer Zeit, in der ein Angriff gegen die Schweden nur noch eine Frage von Tagen sein kann. Doch auch wenn noch heute ein Kurier reitet, wird es dauern, bis wir eine Antwort aus Polen erhalten. Ich sehe keine andere Möglichkeit, als Herrn von Patkul zu verhaften und so lange festzusetzen, bis der König Order erteilt hat, wie weiter zu verfahren ist. Wir riskieren mit diesem Schritt zwar die Verärgerung der Gesandten aus anderen Ländern, doch fällt mir beim besten Willen kein anderer Ausweg ein.«

Adolph Magnus von Hoym meldete sich zu Wort.

»Ich schließe mich General von Schulenburg in jedem Punkt seiner Rede an. Wir haben es hier mit einem Akt des Hochverrats zu tun. Patkul ist General der russischen Hilfstruppen, und damit untersteht er dem sächsischen Oberkommando. Bedenken Sie, meine Herren, ein General, der im Angesicht der Offensive seine Leute einem anderen vermietet – wenn das kein Verrat ist!« Die übrigen Mitglieder des Geheimen Rats stimmten ihm zu.

Noch in der Nacht klopfte ein bewaffnetes Kommando an Patkuls Tür. Ohne Vorankündigung stürmten sechs Soldaten Patkuls Schlafzimmer und verhafteten ihn. Vergeblich protestierte der Livländer, drohte mit diplomatischen Reaktionen. Man verfrachtete ihn in eine Kutsche und brachte ihn auf die Festung Sonnenstein.

Am nächsten Tag geschah, was Schulenburg befürchtet hatte. Die Gesandten aus Dänemark und allen anderen Ländern verließen empört den sächsischen Hof. Keiner von ihnen wollte die Verletzung der diplomatischen Rechte eines der ihren unwidersprochen hinnehmen.

Der Geheime Rat schickte einen Kurier nach Polen. Sechs Wochen später, Ende Januar 1706, traf die Antwort Augusts des Starken in Dresden ein. Der Kurfürst billigte das Verhalten seiner Räte und sagte zu, sich in persönlichen Gesprächen mit Rußland um eine friedliche Beilegung des ärgerlichen Zwischenfalles zu bemühen. Doch noch bevor er sich darum kümmern konnte, rückte Karl XII. mit seinem Heer in bedrohliche Nähe. August der Starke gab Befehl, daß seine sächsischen Soldaten binnen weniger als einer Woche nach Polen abzumarschieren hätten. Mit den Truppen zogen die Generäle, und auch bei Hof machte man sich bereit, Richtung Osten aufzubrechen.

Constantia wußte nicht, wie sie sich verhalten sollte. Seit drei Wochen war sie endgültig geschieden. Das Oberkonsistorium hatte sie schuldig gesprochen und verbot ihr im Urteil eine zweite Ehe. Immerhin hatte man sie nicht des Landes verwiesen, alles andere würde August der Starke zu gegebener Zeit regeln. Solange sie an seiner Seite war, konnte ihr nichts geschehen, doch wie sollte sie in diesen Tagen an seine Seite kommen, und war es überhaupt richtig, mit dem Hof nach Polen zu reisen?

Schon länger hatte sie keine Nachricht mehr von Friedrich August erhalten. Endlich kam ein Kassiber mit besten Neuigkeiten. August der Starke befand sich in Warschau und hielt Hof, als hätte es nie einen Gegenkönig gegeben.

In der zweiten Januarhälfte trafen die schwedischen Pässe ein. Nur mit Hilfe dieser Dokumente war es Reisenden aus Sachsen und anderen Ländern möglich, die von den Schweden besetzten Gebiete ohne Schwierigkeiten zu passieren. Constantia schloß sich dem Troß des Oberhofmarschalls Pflugk an.

August Ferdinand Graf von Pflugk stammte aus einer alten Meißener Familie und war ein gefährlicher Mann. Vor Jahren hatte er als Page Augusts des Starken gedient, seither genoß er dessen uneingeschränktes Vertrauen. Der König schätzte vor allem, daß er ihn immer mit Informationen versorgte, die andere Höflinge vor ihm zu verbergen versuchten. Pflugk war sein bester Spion und außerdem ein Zechkumpan erster Güte. Bei Hof hieß es, sein Magen sei besser als sein Kopf, denn der Oberhofmarschall konnte auch nach zehn Flaschen Wein noch aufrecht stehen. Constantia begegnete ihm mit Skepsis, doch jetzt blieb nichts, als sich ihm anzuvertrauen.

In ihren wärmsten Pelz gehüllt, eine dicke Felldecke auf dem Schoß, bedauerte sie die Bediensteten, die ungeschützt auf den harten Sitzbänken der Proviantwagen fahren mußten.

»Spätestens wenn wir die Oder überquert haben, werden wir in Männerkleidern reisen«, wies sie ihre beiden Zofen und die Kammerfrau an. Die Frauen kicherten.

»Da gibt es nichts zu lachen. Männerkleider sind wärmer, bequemer und auf jeden Fall praktischer, sollten wir überfallen werden und fliehen müssen.« Das Kichern erstarb.

»Nun, macht nicht so betroffene Gesichter, wir werden schon alles gut überstehen – schließlich kann ich immer noch mit diesen umgehen.« Constantia zog zwei Pistolen aus einer verborgenen Tasche ihres Pelzmantels. »Und wenn Banditen meinen, sie haben hier einen Wagen mit hilflosen Frauen vor sich, dann werden wir ihnen zeigen, wie hilflos wir sind.«

Vergnügt steckte sie die Waffen wieder an ihren Platz.

Polen war ein weites Land und es dauerte eine halbe Ewigkeit, bis der Zug endlich in Warschau ankam. Neugierig betrachtete Constantia die prächtigen Kirchen, Paläste und Bürgerhäuser. Durch die engen vereisten Gassen ging es langsam Richtung Stadtmitte, und erst als sie beinahe davorstanden, konnte Constantia das Schloß mitten in der Altstadt sehen.

Sie war ein wenig enttäuscht. Das sollte ein Schloß sein, der Ort, an dem August der Starke hoffte, die Königswürde wiederzuerlangen. Aufmerksam schaute sie den altmodischen Bau an. Nichts erinnerte an die Pracht der Dresdner Residenz. Grobe Steine, das Gebäude glich eher einer Festung als der prächtigen Residenz eines Königs.

Friedrich August I. stand vor einem mächtigen Kamin und beriet sich mit seinen Vertrauten.

»Ich denke nicht, daß wir hier noch länger als zwei Wochen bleiben werden. Wir sollten sehen, daß Pferde und Wagen in ordentlichem Zustand sind, und dann müssen wir aufbrechen und unserer Armee zur Seite stehen. Ich gebe Polen und die Krone noch nicht verloren, auch Karl der XII. ist nicht unbesiegbar. Wir werden ihm zeigen, zu was die sächsische Armee mit ihren Verbündeten in der Lage ist«, sprach der entmachtete König seinen Leuten Mut zu. In diesem Moment trat von Vitzthum ein.

»Majestät! Ihr habt hohen Besuch, seid Ihr bereit, eine Überraschung zu erleben?« Der Freund zwinkerte mit dem linken Auge.

»Du weißt, daß ich Überraschungen nicht besonders schätze! Schon gar nicht in diesen Zeiten. Also sprich, wer ist es?«

»Majestät, Ihr könnt Euch auf mich verlassen, Ihr werdet die Überraschung mögen!« Vitzthum lächelte verschmitzt.

»Nun, dann soll sie eintreten, die Überraschung, aber wehe dir, wenn du mich zum Narren hältst!«

Die doppelflügelige Tür wurde geöffnet, und ein junger Mann betrat den opulent eingerichteten Marmorsaal. Dick vermummt, den dreikantigen Hut tief ins gesenkte Gesicht gezogen, schritt der Gast grußlos an allen Anwesenden vorbei und machte erst kurz vor dem Regenten halt. Friedrich August wich einige Schritte zurück und wollte das ungehörige Betragen gerade rügen, da riß sich der junge Mann den Hut vom Kopf. Eine Kaskade schwarzer Locken quoll hervor, und Constantia versank in einen tiefen Hofknicks. Dem König verschlug es die Sprache. Mit einem Lächeln trat er auf seine Mätresse zu, hob sie auf, küßte ihr die Hand und beugte sich zu ihr.

»Madame, in dieser Aufmachung bringen Sie mich auf den ersten Blick um den Verstand. Sie sollten immer Männerkleider tragen«, flüsterte er in ihr Ohr. Constantia errötete.

»Ganz wie Majestät befehlen«, flüsterte sie strahlend zurück.

August hielt noch immer ihre Hand und sah sie begehrlich an. Dann besann er sich seiner Umgebung und sagte laut:

»Es ist eine große Freude, Sie hier zu sehen, Madame. Sicher werden Sie sich ein wenig erholen und frisch machen wollen. Man soll

Ihnen angenehme Räume zuweisen. Mich müssen Sie noch eine Weile entbehren, denn die Staatsgeschäfte nehmen leider keine Rücksicht auf freudige Anlässe wie Ihren Besuch.«

Constantia stutzte. Damit hatte sie nicht gerechnet. So viel regierende Geschäftigkeit, daß nicht Zeit für eine kleine Unterbrechung war – sie sah ihn mißtrauisch an, fing sich jedoch sofort wieder und nickte.

»Zu Eurer Verfügung, Majestät, Ihr wißt, wo ich zu finden bin.«

Vitzthum hatte alle notwendigen Anweisungen erteilt, und als Constantia den Marmorsaal verließ, führte der Kammerherr sie in ein prächtiges Gemach. Ein loderndes Feuer verbreitete wohlige Wärme und die Gräfin Cosel war froh, sich nach der langen strapaziösen Reise in einem geheizten Raum waschen und frische Kleider anlegen zu können.

Ihre gute Laune verschwand mit einem Schlag, als das Nachtessen bereitet und die höfische Gesellschaft versammelt war. Constantia hatte ihre Garderobe mit großer Sorgfalt gewählt und betrat den Speisesaal absichtlich als eine der letzten. Ein großer Auftritt sollte es werden, ihr erster Abend in Warschau – die ganze Gesellschaft sollte erkennen, daß sie, die Frau zur Linken des wichtigsten Mannes am Hof, sich in ihrer Funktion zu präsentieren verstand. Hocherhobenen Hauptes trat sie ein. Das huldvolle Lächeln auf ihren Lippen gefror, als sie August den Starken in vertrautem Gespräch mit einer Dame sah, deren Anwesenheit sie nicht vermutet hatte. Durch den ganzen Saal schallte das fröhliche Lachen der Reichsgräfin Teschen. Friedrich August I. war so gefangen von der heiteren Konversation, daß er Constantia zunächst nicht bemerkte. Erst das betretene Schweigen der Umstehenden ließ ihn aufblicken. Freundlich, doch mit distanzierter Miene hieß er seine Mätresse mit einem Nicken willkommen. Constantia stockte der Atem. War es nicht Teil des Vertrages gewesen, daß er diese Person aus seiner Umgebung entfernte! Einen Augenblick war sie versucht, einen handfesten Skandal zu provozieren. Dann besann sie sich eines besseren und durchquerte den Raum. Mit ausgesuchter Höflichkeit begrüßte sie ihre Konkurrentin und stellte sich neben den Regenten. Bis tief in die Nacht wahrte Constantia die Beherrschung und ließ sich ihren Ärger nicht anmerken. Die meisten Damen hatten sich längst zurückgezogen, da saß sie noch immer am Tisch und prostete Friedrich August zu. Ursula von Teschen war ganz offensichtlich nicht willens, das Feld kampflos zu räumen. Auch sie leerte Glas um Glas und wich nicht von ihrem Platz. Constantia verwickelte den Monarchen in ein angeregtes Gespräch. Sie hatte viel zu erzählen, berichtete von Dresden, ließ in einem Nebensatz fallen, daß sie endlich geschieden worden war.

»Einzelheiten werde ich Majestät dann zu einem geeigneteren Zeitpunkt berichten«, kündigte sie an und sah ihm tief in die Augen. Der Abend war noch nicht vorüber, da schlug das Herz des Königs wieder für die bezaubernde Gräfin von Cosel. Gemeinsam verließen sie die Tafel, und Ursula von Teschen wußte, daß sie verloren hatte.

Am folgenden Morgen stellte die Zofe fest, daß Constantias Bett unberührt war. Sie hatte die Nacht im königlichen Schlafgemach des Schlosses verbracht und triumphierte innerlich, als Friedrich August sie im Morgengrauen mit einem zärtlichen Kuß weckte. Die alte Vertrautheit schien wieder hergestellt, und Constantia beschloß, ihren Zorn zu vergessen. Mit großem Interesse verfolgte sie die politischen Entwicklungen und war auch bei den wichtigsten Besprechungen anwesend. Beratern und Ministern ging ihre Einmischung zu weit. Warum konnte diese Frau sich nicht wie alle anderen Damen des Hofes damit begnügen, hübsche Kleider zu tragen, die Tage mit Gesellschaften und Ausfahrten zu verbringen und am Abend elegant zu repräsentieren. Constantia wußte wohl, daß böse Zungen hinter ihrem Rücken zischelten, doch sie gab nichts darauf. Wann immer ihre Vertrauten ihr davon berichteten, winkte sie herablassend ab.

»Ich bin die Frau an seiner Seite, und was ihn betrifft, betrifft auch mich«, gab sie als Antwort. Nebenbei sorgte sie mit bezahlten Spionen dafür, daß sie über alles auf dem Laufenden gehalten wurde. Nirgends gab es so viele Gespinste und Intrigen wie an einem fürstlichen Hof, und wenn sie ihre Macht behalten und sogar ausbauen wollte, war es überlebensnotwenig, daß sie informiert war. So wenig sie die üble

Nachrede einiger Hofschranzen aus der Fassung brachte, so sehr entsetzte sie eine Botschaft, die ihr eines Tages anonym zugestellt wurde.

»Madame, ein Brief für Sie.« Die Zofe knickste artig und hielt Constantia das Schreiben entgegen. Das Siegel war verschmiert und man konnte das Wappen nicht erkennen. Sie entfaltete das Blatt und las. Schon nach den ersten Zeilen wurde sie blaß, und ihre Hände begannen zu zittern. Tränen schossen ihr in die Augen, und sie konnte gerade noch ihre Zofe aus dem Zimmer schicken, bevor sie die Beherrschung verlor und hemmungslos zu weinen begann. Sie warf den Brief auf den Boden und trat mit beiden Füßen darauf herum. Dann nahm sie ihn wieder auf, glättete die Zeilen notdürftig und las noch einmal. Hier stand es schwarz auf weiß: Der kurfürstliche König hatte sie in ihrer Abwesenheit nicht nur mit der Reichsgräfin Teschen hintergangen, er hatte auch seine intime Beziehung mit Fatima von Spiegel fortgesetzt.

1702 hatte die dunkelhaarige Schönheit einen Sohn von August dem Starken zur Welt gebracht und war daraufhin mit seinem Kammerherrn und engen Vertrauten von Spiegel verheiratet worden. Belohnt mit Geld und Karriere, unterschrieb von Spiegel einen Vertrag, in dem er zusagte, sowohl den Sohn als auch weitere Kinder, die der König mit Fatima zeugen könnte, als seine leiblichen Kinder anzuerkennen.

Jeder bei Hof kannte die Geschichte, jeder wußte, daß die aparte Fatima dem Regenten über alle Maßen gefiel und daß sein ewig loyaler Kammerherr dem leidenschaftlichen Begehren seines Herren niemals im Wege stand. Und jetzt las Constantia, daß Fatima tatsächlich ein zweites Kind von August dem Starken erwartete.

»Die Tinte ist noch nicht trocken unter dem Vertrag, und er hält sich nach wenigen Monaten schon nicht mehr an das, was darin steht. Habe ich ihm nicht deutlich gesagt, daß ich mich nicht behandeln lasse wie all die anderen Frauen, die nicht schnell genug unter seine Decke schlüpfen können? Versteht er nicht, daß ich ihn wirklich liebe, daß er sich immer und zu jeder Zeit auf mich verlassen kann, wenn er sich nur an das hält, was er mir versprochen hat!« Sie unterdrückte ihren Impuls, schnurstracks in das Audienzzimmer zu stürmen und Friedrich August eine Szene zu machen, die er sein Leben lang nicht vergessen würde.

»Nein, das hilft nicht. Wenn ich ihn vor allen Leuten blamiere und beschimpfe wendet er sich am Ende gegen mich. Ich werde warten, bis wir allein sind. Er soll wissen, daß er mich unglücklich macht. Das will er nicht, denn er liebt mich, und am meisten liebt er mich, wenn ich lache. Aber lachen kann ich nur, wenn er mich nicht traurig macht.«

Sie trocknete ihre Tränen und wusch sich das Gesicht. Dann trug sie ein wenig Rouge auf und zog sich trotz der winterlichen Temperaturen ein helles, aufreizendes Kleid an. Den Nachmittag verbrachte sie damit, ihre Worte für den Abend vorzubereiten und wie eine Rede auswendig zu lernen. Keine zufällige Silbe sollte ihr entschlüpfen, doch erbost wie sie war, ging das nur, wenn sie ganz sicher war, was sie sagen wollte.

Weit nach Mitternacht betrat August der Starke ihr Zimmer. Bester Stimmung ging er auf Constantia zu, die reglos in ihrem damastbezogenen Sessel verharrte.

»Ich habe Sie vermißt! Wo sind Sie gewesen? Warum haben Sie nicht mit mir zur Nacht gegessen?« Er legte liebevoll seinen Arm um ihre Schulter. Doch Constantia griff nach seiner Hand und schob sie zur Seite.

»Majestät tun mir zu viel der Ehre, wenn Ihr sagt, daß Euch meine Abwesenheit aufgefallen ist. So viele Menschen sind bemüht darum, Seine Majestät zu amüsieren, wie solltet Ihr da wohl bemerken, daß ich nicht dabei bin?« Sie hielt die Lider gesenkt. Friedrich August schwankte leicht und fiel in einen Sessel.

»Was sollen diese melancholischen Töne? Wie kann ich nicht bemerken, daß Sie nicht an meiner Seite sind! Sie sind weit und breit die schönste Frau – nein! Sie sind überhaupt die schönste und amüsanteste Frau, die ich jemals kennengelernt habe! Was für ein abwegiger Gedanke, daß ich Ihr Fehlen nicht sofort und schmerzlich wahrnehmen könnte.« Constantia fühlte einen Kloß im Hals.

»Wenn ich Euch so viel bedeute, Majestät, warum fügt Ihr mir dann solches Leid zu?« Sie sah ihm gerade ins Gesicht.

»Ich? Ihnen Leid zufügen? Aber nichts liegt mir ferner, als Ihnen auch nur den geringsten Kummer zu bereiten. Was betrübt Ihr Gemüt?« Constantia schüttelte unwillig den Kopf.

»Majestät, es ist mir zutiefst zuwider, Euch Vorwürfe zu machen, aber eine Frage bitte ich doch stellen zu dürfen.«

August der Starke sah sie aus trüben Augen an. Der Wein und die späte Stunde machten ihn schläfrig. Viel lieber, als sich Constantias Rede anzuhören, hätte er sie in die Arme geschlossen und sie in sein königliches Schlafgemach geführt. Er nickte zustimmend.

»Majestät, aus sicherer Quelle weiß ich, daß Ihr nach wie vor enge Beziehungen zur Reichsgräfin Teschen unterhalten habt, solange ich mich in Dresden befand.« Er runzelte die Stirn.

»Aber was soll das denn jetzt, Ursula von Teschen hat auf Ihren Wunsch den Hof verlassen und ich habe Ihnen versprochen, daß Sie sich ihretwegen keinerlei Gedanken mehr machen müssen. Wenn ich mich recht erinnere, habe ich es Ihnen sogar schriftlich gegeben.« Ungehalten griff er nach der Weinkaraffe. Constantia brachte ein verkrampftes Lächeln zustande.

»So ist es, mein König, Ihr habt mir sogar schriftlich gegeben, daß Ihr Eure Nähe zur Reichsgräfin aufgeben wolltet, nur daran gehalten habt Ihr Euch nicht.« Ihr Ton war schärfer als geplant. Friedrich August fühlte sich in die Enge getrieben und war verärgert.

»Ich darf Sie darauf hinweisen, Madame, daß die Reichsgräfin die Mutter eines meiner Söhne ist, und wie Sie wissen, liegt mir das Wohl aller meiner Kinder sehr am Herzen.« Er leerte sein Glas in einem Zug und schenkte nach. Constantias Blässe war einer zornigen Röte gewichen.

»Dann darf ich daraus schließen, Majestät, daß Euer Kontakt zu Frau von Spiegel demnächst noch enger wird. Der ganze Hof klatscht darüber, daß sie ein zweites Kind von Euch erwartet.« Um ein Haar wäre Constantia das Wort Bastard herausgerutscht, doch noch hatte sie sich unter Kontrolle.

Jetzt war es der König, der erbleichte. Liebend gern hätte er verhindert, daß die schöne Gräfin Cosel von dieser Schwangerschaft erfuhr, aber an seinem Hof blieb so gut wie nichts geheim, und so hatte er bereits befürchtet, daß das Aufflammen seiner Liaison mit der reizenden Fatima nicht verborgen bleiben würde.

»Madame, ich bitte Sie! Frau von Spiegel, Sie wissen es, hat bereits einen Sohn von mir, und was vor einigen Wochen geschah, ich gebe es unumwunden zu, läßt sich nicht mehr rückgängig machen. Was soll ich dazu sagen, außer, daß ich Ihnen versichere – aus tiefstem Herzen versichere –, es hat mit meiner Liebe zu Ihnen nichts zu tun. Sie waren weit fort und ich ein einsamer Mann mit vielen Problemen. Da ergab es sich, daß Frau von Spiegel zur Stelle war, als ich des weiblichen Trostes bedurfte.« Er kratzte sich verlegen am Kopf.

»Aber ich sage es noch einmal, ich liebe auf der ganzen Welt nur Sie. Ich habe nie eine Frau geliebt, wie ich Ihnen zugetan bin und kann Sie nur auf Knien ersuchen«, bei diesen Worten rutschte er von seinem Sessel und kniete vor Constantia nieder, »daß Sie mir diese kleine, völlig unbedeutende Eskapade verzeihen. Zwischen uns kann dergleichen wahrhaftig keinen Schaden anrichten, wenn Sie die Sache nicht wichtiger nehmen als sie ist.«

Constantias Unterlippe zitterte, Tränen liefen über ihr Gesicht. Der König stand auf und küßte sie auf den Mund.

»Nicht weinen! Es gibt keinen Anlaß zu weinen. Stellen Sie sich vor, daß eine Nacht in den Armen einer anderen mir nichts weiter bedeutet, als ein Stück Konfekt zu essen. Ich tue es, genieße den Augenblick und vergesse es augenblicklich wieder. Aber wenn ich etwas Süßes esse, ist das doch auch kein Grund für Tränen, also kommen Sie mit mir und gemeinsam vergessen wir in den nächsten Stunden alles, was uns jemals traurig gemacht hat. Ich schwöre Ihnen, daß Sie sich wegen Frau von Spiegel niemals mehr auch nur einen Gedanken machen müssen. Sie wird ihr Kind bekommen, ich werde es versorgen, aber mein Herz gehört bis in alle Ewigkeit nur Ihnen.« Er nahm Constantias Hand und küßte sie zärtlich.

»Nichts was ich lieber täte, Friedrich, aber Ihr müßt verstehen, daß ich Euch aufrichtig von ganzem Herzen liebe und schreckliche Angst davor habe, Euch zu verlieren. Ich habe mich Euch mit Leib und Seele ausgeliefert, mein Schicksal in Eure gütigen Hände gelegt, Euch mein ganzes Dasein untergeordnet, tretet es nicht mit Füßen, und bedenkt, daß ich kein Konfekt bin, das man einen Augenblick genießt und dann vergißt.« Sie stand auf und folgte ihm in sein Schlafzimmer.

## *Ich werde nicht zögern, Euch zu erschießen*

Kaum eine Woche war vergangen, da beschlich Constantia das Gefühl, der König verheimliche ihr etwas. Häufiger als sonst zog er sich in sein Retiradegemach zurück, einen komfortabel ausgestatteten Raum, der nur zu seiner Verfügung war. Nicht einmal seine nächsten Vertrauten durften das Gemach ohne ausdrückliche Aufforderung betreten. Auch Constantia hielt sich an das ungeschriebene Gesetz, den Monarchen dort nicht zu stören. Dennoch ließ ihr sein Verhalten keine Ruhe. So gut ihre Spione normalerweise funktionierten, diesmal gab es niemand, der ihr die gewünschten Informationen hätte geben können.

Der Abend war noch jung, Constantia und der König hatten das Nachtessen gemeinsam eingenommen und saßen am Kamin. Constantia schaute in die lodernden Flammen und dachte darüber nach, wie sie ihre Frage nach dem eigenartigen Benehmen der letzten Tage am besten formulieren sollte, da erhob sich Friedrich August abrupt und griff nach seinem Zierdegen.

»Ich muß Sie leider noch einmal verlassen. Eine geheime Unterredung mit einem polnischen Grafen, der mir Wichtiges über mögliche Verräter mitteilen will, zwingt mich aus dem Schloß.« Constantia sah ihn zweifelnd an.

»Zu dieser Stunde? Ist es nicht ein bißchen spät für geheime Unterredungen.« Ihr Instinkt sagte ihr, daß er nicht die Wahrheit sprach.

»Meine Liebe! Für wirklich geheime Unterredungen kommen in der Regel nur Stunden wie diese in Frage. Was denken Sie, in welche

Gefahr sich der junge Pole begibt, wenn er in meiner Gegenwart entdeckt wird.« Friedrich August lachte und Constantia war gewiß, daß es falsche Töne waren, die sie hörte.

»Ihr seid in Gefahr, wenn Ihr zu dieser Stunde das Schloß verlaßt. In Warschau wimmelt es von finsteren Gestalten, und wenn auch viele Polen nichts sehnlicher wünschen, als Euch wieder auf dem Thron des Landes zu sehen, so gibt es doch eine große Zahl von Bösewichtern, die Euch nach dem Leben trachten. Mein Herz zieht sich zusammen bei dem Gedanken, daß Ihr in einen Hinterhalt geraten und verletzt werden könntet.« Der König tat ein paar Schritte zur Tür.

»Solche Worte ausgerechnet aus Eurem Mund! Mutig kenne ich Euch und ohne Furcht, wie kann es sein, daß Ihr wegen einer solchen Kleinigkeit verzagt?«

»Und eben weil ich eine mutige Frau bin, werde ich jetzt eilen und mir Männerkleider anziehen und Euch bewaffnet als Leibwächterin begleiten!« triumphierte Constantia.

»Das kann ich auf keinen Fall zulassen! Aber ich mache Ihnen einen Vorschlag. Es soll das letzte Mal sein, daß ich den Mann außerhalb dieser Mauern treffe. Und damit Sie keine Furcht haben müssen, nehme ich Ihren Vetter Rantzau mit. Er soll mich bewachen. Zu ihm müssen Sie Vertrauen haben, denn Sie haben ihn mir selbst als Adjutanten empfohlen.« Er strich ihr sanft über die Haare.

»Statt Ihrer wird er mit mir durch die Stadt gehen. Sie werden es sich kommod machen und eine erquickliche Nacht verbringen.«

Constantias Nacht verlief alles andere als erquicklich. Mit angewinkelten Beinen kauerte sie Stunde um Stunde in ihrem Sessel, fand keinen Schlaf und schwankte zwischen aufrichtiger Sorge um das Leben ihres Geliebten und der Angst, er könne sie ein weiteres Mal hintergehen.

Vor dem Tor des Schlosses wartete eine kleine Kutsche. Gemeinsam mit seinem Adjutanten ging Friedrich August die lange Auffahrt hinunter und bestieg das unauffällige Gefährt. Rantzau nannte dem Kutscher das Ziel der Fahrt. Es war eine kleine Schenke mitten in Warschau. Der Besitzer, ein Mann namens Duval, war bekannt für seine vorzüglichen Weine. Doch die eigentliche Attraktion des Etablissements war Duvals bildhübsche Tochter Henriette. Kaum ein Offizier von Stand, der ihr nicht den Hof machte. Doch Henriette hielt fröhlich und selbstbewußt jeder Schmeichelei stand, wies auch die wertvollsten Geschenke zurück und gab sich in einer Weise tugendhaft, daß es manchen Herren von Rang und Namen schier um den Verstand brachte. Rantzau war es gewesen, der das Mädchen bei einer Tour durch das nächtliche Warschau entdeckt und seinem König sofort von ihr erzählt hatte.

»Niemand kommt an sie heran! Und nicht einmal Euch gäbe sie sich hin, wenn Ihr sie nicht vorher heiraten würdet«, schwor er und entfachte damit Friedrich Augusts Eroberungsinstinkt. Ein Mädchen, das er nicht haben konnte, das gab es nicht, das war unmöglich.

August der Starke saß schweigend in der Kutsche. Seine Gedanken waren bei Constantia. Was für eine Frau! Bot ihm tatsächlich an, ihn als Mann verkleidet zu begleiten, um sein Leben zu schützen. Nein, wahrhaftig, so etwas war ihm in seinem ganzen Leben nicht begegnet. Aber sich an die Kette legen lassen wie ein alternder Hofhund! Das kam nicht in Frage.

»Ich werde mich ihr nicht zu erkennen geben!« hatte er zu Rantzau gesagt und mit ihm gewettet, daß er den Stolz der kleinen Duval dennoch brechen würde. »Sie werden dafür sorgen, daß niemand im Haus erfährt, wer ich bin. Darauf verlasse ich mich, sonst ist es nur der halbe Spaß. Ich wette: eine Woche! Mehr als eine Woche brauche ich nicht. Wenn ich es bis dahin nicht geschafft habe, zahle ich den Einsatz, wenn ich gewinne, stehen Sie hoch in meiner Schuld«, feixte er.

Es war der dritte Abend, den er in der hinteren Stube der Kneipe verbrachte. Das Zimmerchen war für besondere Gäste reserviert, und daß dieser ein besonderer Gast war, hatte der Wirt auf den ersten Blick erkannt. Der fremde Besucher sprach wenig, verstand etwas von gutem Wein, konsumierte beeindruckend viel und zahlte hervorragend. Was lag da näher, als dem Herren, dessen Identität er nicht kannte, jeden Wunsch von den Augen abzulesen. Doch der Herr hatte nur einen Wunsch: Keine andere als Henriette sollte ihn bedienen.

Erst in den frühen Morgenstunden kehrte August der Starke ins Schloß zurück. Das Holz im Kamin glühte weiß, die hohen Flammen waren erloschen. Constantia saß mit tiefen Ringen unter den verweinten Augen noch immer in ihrem Sessel.

»Madame! Haben Sie etwa die ganze Nacht hier verbracht?« Der König schwankte leicht und war verärgert.

»Ich habe auf Euch gewartet Friedrich, gelobt sei Gott, daß Ihr bei guter Gesundheit seid.« Sie stand auf und wollte ihn umarmen. Er wich zurück.

»Madame! Was sind das für Kindereien. Ich wünsche nicht, daß Sie die Nacht durchwachen, wenn ich ausgehe. Es bereitet mir Unbehagen, und ich verabscheue Unbehagen!« polterte Friedrich August mit schlechtem Gewissen. Brüsk drehte er sich um und ging in sein Schlafgemach.

»Ich möchte meinen Vetter Rantzau sehen!« befahl Constantia später am Tag.

»Wo ist der König in der vergangenen Nacht gewesen? Was hat er gemacht? Wen hat er getroffen? Und wage nicht, mich zu belügen! Wenn du es tust, ich schwöre dir, ich werde es herausfinden, und dann bist du deine Stellung bei Hof so schnell los, wie ich sie dir verschafft habe.«

Rantzau schluckte trocken. Das war eine Drohung, die in den Wind zu schreiben gefährlich werden konnte. Aber die Loyalität zum König zu brechen war noch gefährlicher, entschied er und log seiner Cousine mit fester Stimme ins Gesicht.

»Ich habe Seine Majestät den ganzen Abend nicht aus den Augen gelassen. Ich darf nicht sagen, wo er war, aber ich kann bei meinem Leben versichern, daß er sich mit einem polnischen jungen Mann getroffen hat, um zu erfahren, wer seine Widersacher im Land sind.«

Constantia spürte, daß es keinen Sinn hatte, in ihn zu dringen. Sie mußte mit Friedrich August selbst sprechen, um ihren Verdacht zu zerstreuen. Der Abend war bereits angebrochen, als der König kam.

»Sie sehen müde aus – und Sie haben wieder geweint.« Er nahm sie tröstend in den Arm.

Constantia versuchte, das Gespräch auf die vergangene Nacht zu lenken, doch der König berichtete statt dessen von der Versammlung seiner Räte und dem, was über den Fortgang des Nordischen Krieges beschlossen worden war. Sonst immer höchst interessiert, hörte Constantia ihm nur mit einem halben Ohr zu.

»Und weil die Lage eben so verteufelt kompliziert ist, muß ich heute Nacht noch einmal mit meinem Gewährsmann sprechen.«

»Noch einmal? Und wieder die ganze Nacht? Majestät können mich in Stücke hauen lassen, aber ich glaube Euch nicht!« schrie Constantia. August der Starke wurde wütend.

»Habe ich Ihnen nicht gestern schon gesagt, daß es keinen Anlaß für Ausbrüche dieser Art gibt. Wenn Sie mich wirklich so lieben, wie Sie stets beteuern, verschonen Sie mich gefälligst mit törichten Vorhaltungen. Ich habe Ihren Verdacht nicht verdient!« brüllte er. »Die Sache ist beschlossen, die Verabredung getroffen, und auch Sie werden mich nicht davon abbringen.« Er mäßigte seinen Ton.

»Also seien Sie bitte vernünftig und gehen Sie zu Bett. Ich will Sie nicht wieder halb erfroren vor dem Kamin finden, wenn ich zurückkomme!« Mit diesen Worten verließ der Monarch eilig Constantias Gemach.

Drei qualvolle Tage verbrachte Constantia in ihren Zimmern. Hadernd und weinend blieb sie sämtlichen offiziellen Mahlzeiten fern und verzweifelte beinahe daran, daß August der Starke sich, wenn überhaupt, nur für wenige Minuten bei ihr blicken ließ. Noch immer konnte ihr keiner ihrer Spione etwas Genaues sagen. Nur ein Kammerdiener des Regenten rückte schließlich mit einer vagen Vermutung heraus.

»Ich kann Madame nur berichten, daß der König viele Stunden in seinem Retiradegemach verbringt und daß oft ein junger Mann bei ihm ist. Man könnte beinahe meinen, es wäre eine Dame, die als Mann verkleidet ist, so heimlich und diskret geht es zu, wenn er hereingeführt wird.«

Constantia entlohnte den Mann fürstlich und fand sich in ihren Ahnungen bestätigt. Ich werde meine Koffer packen und ihn verlassen, war ihr erster Gedanke. Aber wo soll ich hingehen, der zweite. Hin und her gerissen zwischen Wut und Verzweiflung, stockte ihr der Atem als August der Starke plötzlich vor ihr stand.

»Was fehlt Ihnen?« fragte er unumwunden. »Ich habe Sie seit Tagen nicht mehr gesehen. Sie meiden die Gesellschaft, und wie ich sehen kann, haben Sie noch immer nicht aufgehört zu weinen.« Constantia schluchzte laut auf.

»Sagt um Gottes und der Gerechtigkeit Willen die Wahrheit, Majestät! Es heißt, Ihr empfangt eine als Mann verkleidete Frau im Retiradegemach. Ist es so?« August der Starke schloß sie fest in seine Arme.

»Was für ein Unfug. Es ist noch immer der Mann, der nicht erkannt werden darf. Es gilt, ein Mordkomplott gegen mich aufzudecken, und dabei hat er versucht zu helfen. Wenn Sie so sicher sind, daß es sich anders verhält, warum sind Sie nicht einfach gekommen und haben sich überzeugt?« Mit dieser Frage nahm er Constantia den Wind aus den Segeln. Niemals würde sie wagen, das Retiradegemach zu betreten, und das wußte er genau. Die Selbstverständlichkeit, mit der er jetzt so tat, als hätte sie freien Zugang zu seinem Refugium, entwaffnete sie. Die innere Anspannung der letzten Tage entlud sich in einem heftigen, tränenreichen Wortschwall.

»Friedrich, wenn es so ist, wie Ihr sagt, will ich Euch glauben. Aber seid gewiß! Wenn es sich anders verhält und Ihr mich allen schönen Worten zum Trotz betrügt, ich werde nicht zögern, Euch zu erschießen. Und Ihr wißt, ich verstehe mit Pistole und Gewehr umzugehen!« Sie schneuzte sich geräuschvoll. »Erst Euch und dann mich, denn ohne Euch will ich nicht weiterleben!« fügte sie pathetisch hinzu. August der Starke zuckte zusammen.

»Das wird nicht nötig sein. Wir haben alle Probleme gelöst. Betrachten Sie die Angelegenheit als erledigt, und verfügen Sie über mich nach Ihrem Belieben.«

Noch am selben Abend befahl Constantia, ihr Bett in das Schlafgemach des Königs zu stellen. Der junge polnische Graf tauchte nicht wieder auf, und Rantzau stand tief in seines Regenten Schuld.

Die Krise war überstanden, und Constantia verbrachte an der Seite des Königs glückliche Tage. Jede Nacht schlief sie im königlichen Gemach. August schien mit der Lösung zufrieden.

»Ich habe Befehl erteilt, daß die Pension, die die Fürstin Teschen jedes Jahr aus der Hofkasse erhalten hat, nicht mehr wie bisher ausgezahlt werden soll, sondern statt dessen an Sie zu entrichten ist«, überraschte er seine Mätresse, die ihn dankbar umarmte. Fünfzehntausend Taler im Jahr zusätzlich katapultierten die schöne Gräfin Cosel an die Spitze derer, die vom Hof besoldet wurden. Sie jubilierte. Wenn das kein Zeichen der Liebe war! Sie hatte gewonnen, ihre Konkurrentinnen aus dem Feld geschlagen! Die Teschen war entmachtet. Fatima von Spiegel würde ihr Kind irgendwo in aller Stille auf die Welt bringen und es wie den ersten königlichen Sproß gemeinsam mit ihrem Mann großziehen.

Mitten in das Glück platzte ein Kurier. Die große und wichtige Schlacht bei Fraustadt, von August dem Starken sorgfältig geplant und äußerst bedeutsam, um Karl XII. in seine Schranken zu weisen, war verloren. Sachsens Armee, achtzehntausend Mann stark, hatte am 13. Februar 1706 entsetzliche Verluste gegen die zehntausend schwedischen Soldaten hinnehmen müssen. Gerüchten zufolge war der kommandierende General von Schulenburg tot. Wer den schwedischen Kanonen, Degen und Pistolen lebendig entkam, lief entweder zum Feind über oder floh mit wehenden Fahnen von einem Schlachtfeld, das es nach Aussage altgedienter Offiziere so furchtbar noch nie gegeben hatte. Mit ihren Bajonetten metzelten die Schweden alles und jeden nieder. Haß und Angst entluden sich in einer Gewalttätigkeit ohne Grenzen. Nach wenigen Stunden war die Erde getränkt vom Blut der Toten und Verwundeten. Wer fliehen konnte, plünderte auf seinem Weg, was nicht niet- und nagelfest war. Hungrige, müde und frustrierte Soldaten nahmen den Bauern, was die ohnehin zu wenig zum Leben hatten, schändeten ihre Frauen, Schwestern und Töchter und zogen in Horden brandschatzend von einem Dorf zum nächsten.

Binnen Stunden wurde aus fruchtbaren Äckern schwelendes Brachland. Die Bauern rächten sich grausam. Sie liefen auf die Schlachtfelder und nahmen den Ermordeten, was sie meinten brauchen zu können. Ringe wurden brutal von steifen Fingern gerissen, und wo das nicht ging, wurden die Finger einfach abgeschnitten. Halbnackte Tote blieben zurück, und niemand scherte sich darum, daß wilde Tiere und Hunde ihnen das Fleisch von den Knochen fraßen.

August der Starke war entsetzt, und auch die Tatsache, daß er einige Tage später erfuhr, daß General Schulenburg zwar verletzt, aber mit dem Leben davon gekommen war, milderte seine Verzweiflung nicht. Der Schlag, den er hatte hinnehmen müssen, war mehr als nur eine verlorene Schlacht. Er konnte den endgültigen Verlust der polnischen Krone bedeuten.

»Wir brechen auf«, sagte der König zu Constantia. Es war der 18. Februar, morgens um fünf Uhr, und Friedrich August erwartete, daß sie binnen kürzester Zeit reisefertig war. Wenig später stand seine Mätresse in Männerkleidung vor ihm. Die polnische Krone in einem Extrakoffer wohlverwahrt, brachen sie auf nach Piltze, wo wenig später auch Schulenburg und Flemming eintrafen. General Schulenburg gab eine eindringliche Schilderung der vernichtenden Schlacht.

»Majestät sehen in mir einen treuen Diener und Weggefährten vor sich. Und dennoch war es mir nicht möglich, den Kampf fur uns zu entscheiden. Von einer Kugel in die rechte Hüfte getroffen, konnte ich dennoch die verbleibenden Männer gegen die Schweden führen, doch so schrecklich es auch ist, die Wahrheit bleibt, daß unsere Leute in dem Augenblick, in dem sie die feindlichen Soldaten auch nur sahen, ihre Waffen streckten und in den nahen Wald oder gleich zum Feind liefen. Mir blieb nichts übrig, als mich ebenfalls zurückzuziehen, andernfalls hätten die Schweden mich gefangengenommen, und niemand möchte auch nur daran denken, was dann mit mir geschehen wäre. Ich bitte Majestät um Erlaubnis, ein Kriegsgericht abhalten lassen zu dürfen. Die Fahnenflüchtigen müssen zur Rechenschaft gezogen werden, und zwar auf das Strengste!«

August der Starke sah den hageren Mann unverwandt an.

»Sie haben mein Pardon, Schulenburg. Halten Sie das Kriegsgericht ganz nach ihrem Gusto. Es war ein unglücklicher Tag, aber wir werden das Blatt wenden. Sachsen hat mehr als fünfzehntausend Dörfer, wenn jedes von ihnen auch nur einen Mann stellt, hätten wir wieder ein Heer von der Stärke dessen, was wir gerade verloren haben.«

Flemming schüttelte skeptisch den Kopf.

»Majestät haben eine verführerische Rechnung aufgemacht. Aber Ihr müßt bedenken, wie die Stimmung in der Heimat ist. Sachsen will diesen Krieg nicht mehr. Vom geringsten Bürger bis zum höchsten Adligen ist man der Meinung, daß genug Blut geflossen ist. Der Geheime Rat hat getagt und fordert, daß Ihr auf die polnische Krone verzichtet und dem Land den Frieden zurückgebt.«

»Ah! Der Geheime Rat fordert mich also auf, die Krone herzugeben, sie vielleicht diesem widerrechtlich gewählten Stanislaus von Schwedens Gnaden persönlich auf den Kopf zu setzen? Der Geheime Rat denkt weniger an das Land als an die eigenen Interessen. Meine Macht, die Macht der Monarchie, will er beeinträchtigen. Denkt Ihr vielleicht, ich wäre dumm genug, das nicht zu wissen?« schnaubte Friedrich August. Flemming und Schulenburg sahen betreten auf ihre Schuhspitzen. Endlich ergriff Flemming das Wort.

»Majestät gestattet eine Bemerkung. Es geht bei alledem nicht nur um Macht und ihre Beschränkung, es geht auch um Geld, um viel Geld. Die Kosten für diesen Krieg haben die Menschen um ihr Letztes gebracht. Mit Hoyms Hilfe haben wir jeden Florin aus ihnen herausgepreßt. Die Leipziger Messe steht vor der Tür, und die Menschen haben Angst, daß der Krieg die Kaufleute davon abhält, anzureisen und ihre Geschäfte zu machen.« Der König schlug mit der Faust auf den Tisch.

»Dieses Gerede von einem schwedischen Einfall in Leipzig. Bin ich denn der einzige, der das richtig einzuordnen weiß? Mit dem Geschwätz will Karl doch nur genau das erreichen! Die Menschen sollen verunsichert und unser Handel zerstört werden. Sagt den Kaufleuten, daß es grober Unfug ist, kein Schwede wird auch nur einen Stiefel in die Stadt setzen. Sie sollen alles für die Messe vorbereiten!« Er kehrte den beiden Männern den Rücken zu.

Constantia hatte während des ganzen Disputes kein Wort gesagt. Jetzt, da sie mit Friedrich August allein war, stand sie auf.

»Friedrich, ich glaube, daß Ihr recht habt mit Eurer Einschätzung des Geheimen Rates. Dennoch mahne ich zur Vorsicht. Ihr seid schon lange nicht mehr in Dresden gewesen, und Flemming spricht wahr, wenn er sagt, daß die Kosten für den Krieg die Menschen aufs äußerste belasten. Das Land ist gegen diesen Krieg, und auch wenn Eure Untertanen Euch die polnische Krone von Herzen gönnen, sind sie nicht bereit, jeden Preis dafür zu zahlen. Es dient der Sache nicht, wenn das ganze Land gegen Euch aufgebracht ist. Laßt Schulenburg das Kriegsgericht halten, aber nicht zu streng. Was nutzen aufgeknüpfte Soldaten? Sie können nicht mehr für Euch kämpfen, und ihre Leichname bringen die Lebenden höchstens gegen Euch auf.«

Der Regent zog nachdenklich die Augenbrauen hoch.

»Constantia, Sie sind nicht nur die Sonne, die mein Herz wärmt, Sie sind mir auch der klügste aller Ratgeber.«

In den folgenden Monaten tat August der Starke nach außen, als beuge er sich zumindest in einigen Punkten den Forderungen des Geheimen Rates. In Wirklichkeit brütete er jedoch über einem Konzept, das ihm mehr statt weniger Macht verschaffte und die Möglichkeit gab, eine neue Armee aufzustellen.

Constantia wich ihm nicht mehr von der Seite und gewann täglich mehr Einfluß.

»Es konnte keine andere Entwicklung eintreten, Friedrich, Ihr wart so lange abwesend, und natürlich haben die Herren des Geheimen Rates in dieser Zeit eine Unabhängigkeit gewonnen und ausgebaut, die Ihr so nie gewollt habt. Am besten könnt Ihr es doch am Verhalten Fürstenbergs sehen. Ursprünglich diente er nur Euren Interessen, und jetzt haben manche seiner Worte und Taten den Anschein, als gehe es ihm mindestens ebenso stark um seine eigenen Anliegen.« Friedrich August nickte bedächtig.

»Und eben weil das so ist, muß ich eine ganz neue Ordnung in meine Politik bringen«, murmelte er und beugte sich wieder über den Folianten, an dem er seit Stunden arbeitete.

Am 1. Juni 1706 ordnete Friedrich August I., Kurfürst von Sachsen, ein neues Regierungssystem an. Dreh- und Angelpunkt der Veränderungen bildete das Geheime Kabinett. Jakob Heinrich Graf von Flemming war – abgesehen von Constantia – der erste, der die Reform zu sehen bekam. Der König musterte seinen Minister aufmerksam.

»Und was sagen Sie, mein lieber Flemming. Eine gelungene Sache, nicht wahr!« Stolz erwartete er die Antwort seines Vertrauten.

»Ein großer Wurf, Majestät, und ganz in Eurem Sinne. Ich fühle mich sehr geehrt, mich an solch prominenter Stelle bei Euren Plänen berücksichtigt zu finden.«

Das neue System war einfach. Statt sich wie bisher mit seinen Räten zu besprechen und ihnen dadurch Macht und Einfluß auf das politische Geschehen zu geben, würde August der Starke ein Kabinett etablieren. Er allein wollte ab sofort alle Entscheidungen fällen, sie dann aus seinem Arbeitszimmer als seinen Wunsch und Befehl verkünden und sich in komplizierten Fragen nur mit einem ganz kleinen Stab von engen Vertrauten beraten. Zum Vorsitzenden des gesamten Ministeriums würde er Oberhofmarschall Pflugk ernennen. Die auswärtigen Angelegenheiten sollte Flemming übernehmen. Für Steuern und Finanzen hatte er Adolf Magnus von Hoym vorgesehen, den er mit dieser wichtigen Funktion für den Verlust seiner Frau reichlich entschädigte. Jeder seiner drei Minister war vor allem dafür da, die Befehle des Regenten auszuführen und ihre Umsetzung zu überwachen. Um die Geheimen Räte nicht gegen die Neuerung aufzubringen, ließ der Kurfürst ihnen ihre offiziellen Funktionen.

»Nichts als Schall und Rauch sind die Titel, denn wenn ich sie nicht frage, haben sie auch nichts zu sagen«, lachte er, und Constantia lachte mit ihm.

»Friedrich, Ihr seid ein Genie, denn so können sie zwar protestieren, aber nicht mehr stören. Nur noch verwalten. Aber meint Ihr nicht, daß drei Berater in Krisenzeiten zu wenig sind? Vielleicht wäre es gut, ein paar kluge Herren in Reserve zu haben? Wenn Ihr wünscht, will ich mich gerne nach solchen Männern umsehen. Einen wüßte ich schon, den ich sehr empfehlen kann. Mein Vetter Baron von Löwendahl. Er ist klug, loyal und sehr gebildet. Ein Wort von Euch und ich stelle ihn Euch vor.« Friedrich August war angetan.

»Wenn Sie so große Stücke auf ihn halten, warum nicht, es kann tatsächlich nicht schaden, Männer zur Seite zu haben, die nicht mit dem sächsischen Adel versippt und verschwägert sind.«

Woldemar von Löwendahl bekam dank Constantias Fürsprache einen wichtigen Posten. Der König ernannte ihn zum vierten Kabinettsminister. Pflugk blieb der Leiter des Kabinetts, Hoym übernahm zusätzlich die inneren Angelegenheiten, Löwendahl trug die Verantwortung für die Steuer, und Flemming leitete wie bisher die äußeren Geschäfte. Der bisherige Statthalter Fürstenberg verlor seine Funktion und war auf einen Schlag entmachtet. Jakob Heinrich von Flemming war begeistert von der Reform. So zentralisiert würde sich die Macht im Land wesentlich besser bündeln und konzentrieren lassen, und er befand sich an einer der entscheidenden Schaltstellen. Anders Graf von Fürstenberg und seine Gefährtin Gräfin Reuß. Düpiert stellten sie fest, daß ihr einstiger Protegé, endlich aufgestiegen zur Reichsgräfin Cosel, sich weigerte, als höfische Marionette im Interesse ihrer Gönner zu fungieren.

Im Laufe der vergangenen Monate war es August dem Starken tatsächlich gelungen, erneut ein stattliches Heer zu rekrutieren. Constantia immer an seiner Seite, zog er mit seinen Soldaten durch die Sommerhitze Polens. Höchste Vorsicht war geboten, denn auch Karl XII. und seine Generäle befanden sich auf dem Terrain, versuchten immer wieder, die polnische Armee einzukesseln. Doch wieder einmal erwies sich Friedrich August als geschickter Taktierer und führte seine Männer unbeschadet bis nach Litauen, wo berittene Militärs auf ihn warteten.

»Ihr habt es geschafft, mehr als zwanzigtausend Männer sind bereit, Eure Befehle zu befolgen und die Schweden zu schlagen.« Constantia sah ihn bewundernd an.

»Ich hoffe, daß wir eine Schlacht vermeiden können. Mir wäre ein Frieden mit Karl bei weitem lieber. Es sind genug Männer gestorben.«

»Meint Ihr denn, daß Euer Vetter Karl sich auf Friedensverhandlungen einlassen wird?« Constantia war skeptisch.

»Es ist schwer zu sagen, ob er Verhandlungen zustimmt oder darauf besteht, in Sachsen einzumarschieren.« Friedrich August schmunzelte. »Man kann ihm nur raten zu verhandeln, denn was er in Sachsen vorfindet, wird ihn nicht erfreuen.« Wenn die königlichen Befehle befolgt worden waren, würde Karl XII. mit seinen Soldaten in ein leeres, ödes Land kommen. August der Starke hatte bereits im Juni Order erlassen, alles, was transportabel war, in die befestigten Städte bringen zu lassen. Vom Vieh bis zum letzten Getreidehalm wollte er auf diese Weise die Vorräte seines Landes vor den Schweden schützen. Ohne Versorgung für Menschen und Pferde würde der Feind nicht weit kommen und umkehren müssen.

Die Sonne stach vom Himmel, als die königlichen Zelte in der zweiten Augustwoche in Nowogrodek aufgeschlagen wurden. Erschöpft vom langen Ritt zog sich Constantia in den Schatten zurück und ruhte sich aus. Trotz der Strapazen fühlte sie sich beschwingt und glücklich wie kaum jemals zuvor. Heute nacht würde sie den König mit einer freudigen Nachricht überraschen. Constantia legte lächelnd die Hände auf ihren Unterleib. Was sie seit einigen Wochen vermutet hatte, war zur Gewißheit geworden: Sie erwartete ein Kind – einen Sohn, wie sie hoffte, der ihre Bindung noch enger werden lassen sollte. Der Abend brach an und zum Klang der Trompeten hatte sich der Hof soeben niedergelassen, um zu speisen, da meldeten die Wachen einen Besucher.

Georg Pfingsten, Geheimer Referendar aus Dresden, hatte die lange Reise auf sich genommen, um seinem Herren eine Botschaft aus der Residenz zu überbringen. Friedrich August winkte ihn an die Tafel und lud ihn ein, neben Constantia Platz zu nehmen.

»Majestät, ich weiß die Ehre zu schätzen, doch möchte ich zuerst meinen Auftrag erfüllen und Euch diese Denkschrift überreichen.« August der Starke entrollte das Pergament und las. Schon nach den ersten Worten verdunkelte sich sein Blick. Senkrechte Falten erschienen zwischen den buschigen Augenbrauen. Constantia konnte seine aufsteigende Wut spüren. Beschwichtigend legte sie die Hand auf seinen Unterarm. Der König ließ das Schriftstück sinken und sah Pfingsten durchdringend an.

»Sie kennen den Inhalt?« Der Geheime Referendar nickte. Friedrich August wandte sich an Constantia.

»In Dresden will man, daß ich zur Rettung Sachsens auf die polnische Krone verzichte. Ich schließe daraus, daß meine Befehle, das Land für die Schweden nutzlos zu machen, nicht befolgt worden sind.« Er heftete den Blick wieder auf Pfingsten, der unbehaglich von einem Fuß auf den anderen trat. Der Monarch wartete seine Antwort nicht ab.

»Das bringt mich in eine sehr schlechte Lage, denn jetzt gilt es, um jeden Preis zu verhindern, daß die Schweden in Sachsen einmarschieren. Ich werde mir bis morgen früh überlegen, mit welchen Angeboten wir einen Frieden aushandeln, und Sie, Pfingsten, werde es sein, der mit den Schweden spricht.« Der Zorn des Königs war kalter Rationalität gewichen. Schweigend und schneller als gewöhnlich nahm er das Abendessen ein, um sich danach sofort in sein Zelt zu begeben. Constantia folgte ihm.

»Wir haben wenig Zeit. Also werde ich noch heute einen Brief an Karl schreiben lassen und ihn bitten, Vorschläge zu machen, wie ein Frieden aussehen kann. Zu gerne wäre ich in der Lage, die Bedingungen zu diktieren, aber die Schweden sind in der stärkeren Position.«

»Was werdet Ihr Pfingsten mitgeben, wie weit sollen seine Befugnisse gehen?« Constantia flüsterte, damit keines ihrer Worte durch die dünnen Stoffwände drang.

»Ich werde anbieten, keine weiteren Soldaten nach Polen zu holen und komme wohl nicht darum herum, diesen lächerlichen Gegenkönig Stanislaus zumindest vorübergehend anzuerkennen. Und wenn das alles nicht reicht, um Karl aus Sachsen herauszuhalten, dann muß ich auf Polen verzichten. Aber das ist das allerletzte Mittel. Und so werde ich es Pfingsten auch auftragen.«

Constantia nickte zustimmend.

Sie war längst eingeschlafen, als August endlich zur Ruhe kam und sich neben sie legte.

Am 16. August verließ Georg Pfingsten, ausgestattet mit einem Brief an Karl XII. sowie allen notwendigen Instruktionen und Vollmachten, das Lager. Kaum war er außer Sichtweite, besserte sich die Laune des Königs. Mit einem Krug Wein setzte er sich in den Schatten eines ausladenden Baumes.

»Constantia, meine Schöne, kommen Sie zu mir. Hier im Schatten ist es herrlich, lassen Sie uns die Schweden und den Krieg für einen Moment vergessen.«

Constantia zögerte nicht.

»Ihr sucht nach ein wenig Ablenkung, da seid Ihr bei mir richtig.« Sie lächelte schelmisch. »Soll ich Euch eine kleine Geschichte erzählen, die Euch auf andere Gedanken bringt?« Sie lehnte den Kopf an seine Schulter. Zärtlich küßte sie sein Ohr.

»Das ist aber eine nette Geschichte, die Sie mir da erzählen. Und tatsächlich, sie bringt mich gleich auf andere Gedanken!« Friedrich August legte seinen Arm um ihre Taille, zog sie noch näher zu sich heran und drückte ihr einen Kuß auf das Dekolleté.

»Nein, das ist die Geschichte noch nicht, das ist nur der Anfang. Jetzt haltet still und hört zu«, sagte Constantia verschmitzt. »Es war einmal ein König, der war mutig und stark und stattlich – so wie Ihr, liebster Friedrich. Eines Tages nahm dieser König eine Ehefrau zur Linken, eine Frau, die ihn aufrichtig liebte und ihm überallhin folgte, so wie ich Euch überallhin folge. Ob Krieg oder Frieden, ob Schloß oder Feldlager, die Frau wich ihm nicht von der Seite. Tagsüber ritt sie neben ihm auf dem Pferd, nachts teilte sie sein Lager, und ihr Glück wäre vollkommen gewesen, wenn sie ihrem König ein Kind hätte schenken können.« Constantia rückte ein paar Zentimeter nach rechts und räusperte sich. »Majestät – seit ein paar Tagen ist diese Frau vollkommen glücklich, denn sie erwartet das Kind, das sie sich so sehr gewünscht hat.«

»Sie sind guter Hoffnung! Die wundervolle Gräfin Cosel bekommt mein Kind!« August sprang auf und zog Constantia an sich. »Das ist wirklich eine schöne Geschichte. Sie enthält nur eine kleine Bitterkeit, fürchte ich.«

»Von welcher Bitterkeit sprecht Ihr?« Constantia war beunruhigt.

»Nun, wenn Sie ein Kind erwarten, können Sie nicht mit mir und der Armee durch das Land ziehen. Sie brauchen Ruhe und die Obhut einer festen Bleibe. Ein Heer ist nicht die Gesellschaft, in der eine Frau wie Sie entbinden sollte. Wir werden einen Trupp zu Ihrem Schutz abstellen und Sie heil und gesund nach Dresden bringen lassen.«

»Aber ich will Euch nicht verlassen!« protestierte Constantia.

»Dies ist eine Angelegenheit, bei der ich keine Widerworte dulde. Der Gedanke, mich von Ihnen zu trennen, ist auch mir nicht angenehm, aber Ihre Gesundheit ist wichtiger. Sie werden die Armee verlassen.«

## Ihre Launen haben keinen Einfluß auf mein Land

Constantias Troß machte sich wenige Tage später auf den Weg nach Westen. Im Gepäck führte sie die polnische Krone mit sich.

»Außer Ihnen das Kostbarste, was ich habe – passen Sie gut darauf auf«, sagte August der Starke, als er sie zum Abschied küßte. Constantia ließ das wertvolle Kleinod während der knapp zwei Wochen dauernden Reise keinen Moment aus den Augen.

Inzwischen marschierte Karl XII. mit seinen Soldaten immer weiter Richtung Sachsen. Georg Pfingsten hatte den schwedischen König nicht persönlich aufgesucht, sondern Friedrich Augusts Brief an ihn weitergeleitet. Jetzt war der Geheime Refrendar wieder in Dresden und beriet sich dort mit den Geheimen Räten.

»Seine Majestät wünscht Friedensverhandlungen und hat mich zu weitgehenden Schritten bevollmächtig«, machte er sich wichtig. »Ich erbitte als Begleitung den Geheimen Rat Anton von Imhoff. Gemeinsam könnten wir den schwedischen König vielleicht dazu bewegen, das Angebot seiner Majestät anzunehmen und unser Land zu verschonen.« Die Geheimen Räte stimmten zu.

Als Constantia in Sachsen eintraf, fand sie das Land in einem beängstigenden Zustand. Nachdem der Geheime Rat die kurfürstlichen

Befehle nicht befolgt und die Umgebung der Städte nicht hatte evakuieren lassen, war höchste Eile geboten. Hastig versuchten Bauern und Bürger, ihre Habe in Sicherheit zu bringen. Wer Pferd und Wagen besaß, machte sich auf den Weg, um vor dem drohenden Einmarsch der Schweden zu fliehen.

Am 5. September überschritten die Schweden die Grenzen des Landes. Drei Tage später, erste Nachrichten von Greueltaten der Soldateska flogen durch Sachsen, konferierten die Geheimen Räte und beschlossen, sich nicht auf einen Kampf mit dem Feind einzulassen.

»Wir werden die geforderten Gelder zahlen, Tribut in Naturalien entrichten und hoffen, daß sie unsere Männer nicht erschlagen und die Frauen verschonen«, lautete die einhellige Meinung.

Karl XII. zeigte sich von seiner härtesten Seite. Unnachgiebig gedachte er Rache zu nehmen an denen, die den Krieg mit ihrem Einfall in Livland begonnen hatten. Für die sächsische Idee, Friedensverhandlungen zu beginnen, hatte er nur ein verächtliches Lächeln.

Königin Christiane Eberhardine sorgte dafür, daß ihr Sohn und Madame Royale das Land verließen. Zum Schutz des Kronprinzen stimmte die Mutter Augusts des Starken zu, mit ihrem Enkel und einem Hofstaat von mehr als einhundert Personen nach Holstein zu reisen. Christiane Eberhardine war erleichtert. Sie, die sich niemals in die Politik ihres Mannes eingemischt hatte, setzte nun, da ihr Kind außer Gefahr war, alles daran, das Herz des harten Schwedenkönigs zu erweichen und erreichte tatsächlich, daß die Herren Imhoff und Pfingsten am 11. September zu einem Gespräch empfangen wurden. Der schwedische General Karl Graf Piper erteilte den beiden sächsischen Abgesandten eine kurze Audienz, deren Inhalt niederschmetternd war.

»Auf einen Waffenstillstand, meine Herren, können Sie nur hoffen, wenn Sie härteste Bedingungen akzeptieren. Kommen Sie morgen mit den entsprechenden Vollmachten in unser Hauptquartier nach Bischofswerda.«

Christiane Eberhardine nutzte den Abend des selben Tages, um zu ihren Eltern nach Bayreuth zu fahren. Binnen weniger Stunden fand sich Anna Constantia Gräfin von Cosel allein in der Residenz und sah sich gezwungen, ihren ursprünglichen Plan, die Entbindung in aller Ruhe abzuwarten, aufzugeben. Ihr erster Gedanke war, nach Depenau zu fahren, doch das Gut lag zu weit weg, und außerdem spürte sie einen schalen Beigeschmack bei der Idee, ein zweites Mal schwanger bei ihren Eltern zu erscheinen. Sie sann nach einer anderen Lösung. Wolfenbüttel! Wie lange hatte sie die Prinzessin Sophie Amalie nicht gesehen. Dort war sie unter Freunden und in Sicherheit. Mit kleinem Gepäck, die polnische Krone sorgfältig verstaut, machte sie sich in Begleitung weniger Bediensteter auf den Weg.

In Wolfenbüttel mietete sie eine kleine Wohnung und ließ sich am Hof melden. Sophie Amalie behauptete zwar, sich über den Besuch ihres ehemaligen Hoffräuleins zu freuen, doch die Ehre und Achtung, mit der die Gräfin Cosel empfangen zu werden erwartete, versagte sie ihr. Constantia schwankte zwischen Zorn und Enttäuschung.

»Ich bin dem König angetraut«, schwindelte sie in der Hoffnung, damit ihren Status verbessern zu können, doch Sophie Amalie war nicht zu erweichen.

»Ich werde mit Herzog Anton Ulrich sprechen«, vertröstete sie Constantia. Dessen Reaktion war wie erwartet.

»Was will sie? Als Frau zur Linken eines Königs hier bei uns ein und ausgehen? Kann sie beweisen, daß er sie geehelicht hat? Nein? Dann ist sie nichts anderes, als das, was sie war, als wir sie das letzte Mal davon schickten! Eine ledige Person, die ein uneheliches Kind erwartet. Ich will sie nicht sehen.«

Tiefgekränkt verbrachte Constantia die Tage in ihrer Wohnung und hoffte stündlich auf einen Brief von Friedrich August, mit dessen Hilfe sie ihren Stand beweisen konnte.

Georg Pfingsten und Anton Albrecht von Imhoff versuchten verzweifelt, einen für die Sachsen akzeptablen Frieden auszuhandeln, aber Karl XII. wich nicht von seinen ursprünglichen Vorstellungen, und so mußten sie am 24. September in Altranstädt einen Vertrag unterzeichnen, der zwar einen zehnwöchigen Waffenstillstand garantierte, ansonsten aber demütigende Konditionen enthielt. Am schlimmsten traf die sächsische Bevölkerung die Höhe der zu entrichtenden Kontributionen. Der schwedische König plante, seine erschöpften Truppen und Tiere auf Kosten seiner Gegner durch den Winter zu bringen.

Während all das in Sachsen geschah und geheim gehalten wurde, eroberte August der Starke Polen Stück für Stück zurück. Das Blatt schien sich zu seinen Gunsten gewendet zu haben, da erfuhr er, daß die Schweden in Sachsen einmarschiert waren. Er brach sofort auf, um seine Untertanen vom feindlichen Joch zu befreien. Noch ahnte er nichts von den beschämenden Bedingungen, die der in seinem Namen unterzeichnete Vertrag beinhaltete.

Wochen vergingen mit kleinen und größeren Scharmützeln, dann kam es zur alles entscheidenden Schlacht. Am 29. Oktober 1706 schlug Friedrich August I. die Schweden bei Kalisch derart vernichtend, daß seine Männer in einen Siegesrausch verfielen und er, in jeder Hand eine Flasche Wein, noch in voller Kriegsmontur auf dem Rücken eines Offiziers einen Brief an Constantia schreiben ließ.

»Sie muß es sofort erfahren! Der Kurier soll gleich losreiten und ihr die guten Neuigkeiten bringen!« triumphierte er.

Kaum hatte Constantia gelesen, da schickte sie einen Boten an den Wolfenbütteler Hof.

»Es eilt! Bring Er diesen Brief zum Herzog«, befahl sie in der Gewißheit, daß die Zeit der Demütigungen beendet war.

Landauf, landab feierten die Menschen August den Starken als ihren Befreier von der schwedischen Invasion. Der Regent sah sich belohnt für die Strapazen der vergangenen Monate und wußte die polnische Krone in greifbarer Nähe. Abseits von den ausschweifenden Feierlichkeiten hielt sich Georg Pfingsten, der sich nicht traute, seinem Monarchen den unterzeichneten Friedensvertrag zu zeigen. Ein Page war es, der August dem Starken die bittere Nachricht in Warschau überbrachte, doch der Kurfürst-König glaubte ihm nicht und bezeichnete den schmählichen Vertrag verächtlich als Fälschung. Um so größer sein Entsetzen, als aus Sachsen Flemming, Schulenburg und Hoym eintrafen, die das Schreckliche bestätigten.

Friedrich August hüllte sich zunächst in bedrohliches Schweigen. Dann entlud sich ein Tobsuchtsanfall, wie die Minister ihn selten erlebt hatten.

»Ich habe gesiegt, ich habe das Land befreit – und jetzt soll ich freiwillig auf alles verzichten? Soll Patkul ausliefern, das Land ausbluten, damit die Schweden sich auf unsere Kosten fettfressen können. Niemals werde ich mich an diesen Vertrag halten!« brüllte er. »Ich bin doch nicht des Wahnsinns!« Der schlimmste Teil des Ausbruches traf Georg Pfingsten.

»Majestät, vergeßt nicht, daß wir bevollmächtigt waren, in Eurem Namen zu verhandeln. Von Euren Siegen haben wir nichts gewußt!« versuchte er sich zu verteidigen.

»Verhandeln nennen Sie das?« schrie ihn der Monarch an. »Verhandeln?! Eingesperrt und ohne Bewußtsein hätte ich keine miserableren Konditionen erwirken können! Sie werden mir dafür büßen, Pfingsten, Sie und Imhoff! Auf den Königstein werde ich Sie sperren lassen!«

Pfingsten zuckte zusammen. Die Festung Königstein – eine gräßliche Vorstellung, dort den Lohn für seine Dienste zu empfangen.

»Die schwedischen Minister haben durchblicken lassen, daß es noch Erleichterungen geben kann, wenn Majestät endgültig auf die polnische Krone verzichtet«, wagte er einen erneuten Vorstoß, wurde dafür aber so zusammengeschrien, daß er es vorzog, nichts mehr zu sagen.

In Wolfenbüttel hatte Constantia endlich ihr Ziel erreicht. Der Brief vom Schlachtfeld verfehlte seine Wirkung nicht, und Herzog Anton Ulrich konnte nicht mehr anders, als ihr die höfische Ehre zu erweisen, die sie seit Wochen forderte. Eine schwierige Zeit lag hinter ihr, doch nun waren auch die anfänglichen Unpäßlichkeiten der Schwangerschaft vorüber, und Constantia plante eine Reise zu August dem Starken.

»Ich gehöre an seine Seite, und jetzt, da es mir gut geht, steht dem nichts im Wege. Pack unsere Sachen zusammen, damit wir so schnell wie möglich aufbrechen können.« Die Zofe knickste ergeben.

Es war der 15. Dezember 1706 und Dresden vibrierte vor Aufregung. Nach monatelanger Abwesenheit war der Kurfürst-König in den frühen Morgenstunden eingetroffen. August der Starke gönnte sich einige Stunden Schlaf, dann berief er die Geheimen Räte ein.

»Diesen Frieden haben Sie beschlossen, dann sagen Sie mir auch, wie es weitergehen soll.« Vorwurfsvoll schaute er auf die Männer, die betreten ihre Augen niederschlugen. Längst hatte der Monarch eine Entscheidung gefällt, und bereits drei Tage später brach er auf, um seinen Vetter und Gegner Karl XII. zu treffen. Während Friedrich August, prächtig gewandet, hoffte, die harten Bedingungen verbessern zu können, kam der schwedische König wie immer schlicht gekleidet mit groben Stiefeln und einer einfachen Offiziersmontur. Die beiden Männer umarmten sich, als hätten sie nie einen Krieg geführt, und August der Starke schöpfte Zuversicht, Karl erweichen zu können. Die Hoffnung trog, denn der blasse Schwede zeigte sich zwar von seiner freundlichsten Seite, weigerte sich aber strikt, auch nur ein Wort über die politische Lage zu wechseln.

»Die Verhandlungen sind geführt, den Rest sollten wir unseren Ministern überlassen«, beharrte er.

Am nächsten Tag reiste August der Starke nach Leipzig, dort war inzwischen auch Constantia eingetroffen.

»Wie froh ich bin, Sie zu sehen – und so wohlauf, wie mir scheint. Was für ein Glück, daß die vergangenen Wochen Ihnen und dem Kind nicht geschadet haben.«

Constantia verschwieg ihm, wie sehr sie sich in Wolfenbüttel gegrämt hatte.

»Ihr habt Euch gestern mit Karl getroffen. War es ein erfolgreicher Besuch?« Sie sah ihn neugierig an.

»Die Frage läßt sich so einfach nicht beantworten. Ich werde nicht schlau aus meinem Cousin. Er behandelte mich mit äußerster Zuvorkommendheit, aber über den Friedensvertrag wollte er nicht mit mir sprechen. Ich habe mich entschieden, einen weiteren Versuch zu unternehmen, um wenigstens einige Punkte zu verändern.«

»Von welchen Punkten sprecht Ihr?«

»Zu allererst habe ich beschlossen, die polnische Krone zu behalten. Wir haben in Polen großartig gekämpft. Es gibt keinen Anlaß, diesen lächerlichen Stanislaus als König anzuerkennen. Ich werde die geforderten Zahlungen an die Schweden reduzieren, denn ich kann guten Gewissens nicht zulassen, daß das Volk in dieser Form geknechtet und ausgeblutet wird. Außerdem will ich Patkul nicht ausliefern. Es wäre sein Tod, und vor allem würde der russische Zar es mir auf das höchste verübeln, wenn ich seinen Gesandten den Schweden übergebe.« Constantia nickte.

Am 21. Dezember besuchte Karl XII. Leipzig. August bewirtete ihn fürstlich, scheiterte jedoch mit seinen Plänen wie beim ersten Gespräch, und auch ein weiteres Treffen in Altranstädt führte nicht zum gewünschten Erfolg. Schließlich blieb ihm nichts anderes übrig, als am letzten Tag des Jahres den verhaßten Vertrag persönlich zu unterschreiben.

»Ich habe lediglich erreicht, daß ich den Königstitel zur Zeit weiter tragen darf«, sagte er am Abend entmutigt zu Constantia.

»Gebt die Hoffnung nicht auf, Friedrich, Ihr habt das Blatt in Polen gewendet. Mit ein wenig Glück und Geschick wird es Euch auch gelingen, den Schweden größeres Entgegenkommen abzuringen.«

Doch Karl XII. blieb hart und weigerte sich allen Bitten zum Trotz, auch nur einen Punkt des Vertrages zurückzunehmen. Friedrich August war verzweifelt. In dieser Stimmung erhielt er in der zweiten Januarhälfte einen Brief des Schweden, der ihn in unmißverständlicher Deutlichkeit aufforderte, die ausgehandelten Bedingungen zu erfüllen. Patkul sollte baldigst ausgeliefert, die polnische Krone ebenso schnell herausgegeben und darüber hinaus ein Formular unterzeichnet werden, mit dem August der Starke alles, was er bisher gegen den Friedensvertrag vorgebracht hatte, für nichtig erklärte.

Zwei Tage versank der sächsische Kurfürst in dumpfem Brüten. Am 19. Januar unterzeichnete er das Dokument und schloß sich für den Rest des Tages ein. Von eigener Hand bereitete Constantia die Lieblingsspeisen des Regenten und trat vor seine verschlossene Tür.

»Majestät, geliebter König, Ihr seid nun schon seit Stunden hier vergraben. Kommt zu mir und laßt uns gemeinsam zur Nacht essen. Es ändert sich nichts, wenn Ihr Euch hier vor der Welt versteckt.«

Drinnen wurde ein schwerer Stuhl gerückt. August der Starke öffnete die Tür. Seine Kleidung war derangiert. In der rechten Hand hielt er eine Flasche schweren Rotweins und sah Constantia aus glasigen Augen an. Schwer legte er den Arm um ihre Schulter und folgte ihr schweigend. Wortlos setzte er sich und blickte auf den Tisch.

»Sie sind eine kluge Frau, und Sie sagen, Sie lieben mich«, eröffnete er endlich das Gespräch.

»Friedrich, Ihr wißt, daß es auf der Welt keinen Menschen gibt, den ich so liebe wie Euch.«

»Ich habe vor einigen Tagen nach meiner Frau schicken lassen. Sie soll aus Bayreuth zurückkommen und mit Karl sprechen. Sie ist eine fromme Person, und ich erhoffe mir von diesem Gespräch, daß sie ihn umstimmen kann.« Mit leeren Augen fixierte er die flackernde Flamme einer Kerze.

»Heute kam ein Bote aus Bayreuth. Die Königin weigert sich, nach Leipzig zu kommen, solange Sie hier sind. Sie hat Gerüchte gehört, daß Sie sich öffentlich als meine Frau ausgeben und besteht darauf, daß Sie Leipzig verlassen, bevor sie herkommt.« Constantia zuckte zusammen.

»Ich habe dem Boten eine Nachricht mitgegeben und ihm gesagt, daß Sie nicht meine Frau sind und daß Sie Leipzig verlassen werden, wenn Christiane Eberhardine kommt«, fuhr Friedrich August fort. Eine Mischung aus schlechtem Gewissen und Herausforderung lag in seinem Blick. Constantia erhob sich zitternd vor Zorn.

»Aber ich bin Eure Frau! Ihr habt mich Kraft Eures Wortes dazu gemacht, habt Ihr das schon vergessen? Ich werde demnächst Euer Kind auf die Welt bringen! Jedermann kann es sehen, und jedermann weiß, daß es von Euch ist. Ich will und werde Euch nicht verlassen. Ich werde das Kind hier in Leipzig zur Welt bringen, oder wollt Ihr mir zumuten, in diesem Zustand durch den Winter nach Dresden zu reisen? Soll ich bei Frost und Schneetreiben in einer Kutsche entbinden?« Ihre Stimme war schrill und scharf. August leerte sein Glas und wischte sich mit dem Handrücken den Rotwein von der Oberlippe.

»Ein Kind von mir haben schon andere vor Ihnen auf die Welt gebracht. Und was ist ein Kind gegen das Schicksal des ganzen Landes. Sie müssen einsehen, daß hier mehr auf dem Spiel steht als eine Eitelkeit.« Seine Zunge war schwer vom Wein.

»Eitelkeit! Habe ich recht gehört, haben Majestät Eitelkeit gesagt! Es geht um Ehre, und zwar um meine! Wißt Ihr eigentlich, wie sehr ich in Wolfenbüttel gedemütigt wurde, wie eine Dirne hat man mich behandelt! Und jetzt wollt Ihr mich vom Hof jagen, als sei ich tatsächlich nicht mehr als eine Hure, wenn auch die Hure eines Königs – nein! Ich habe es Euch immer gesagt, in die Reihe Eurer leichten Mädchen gehöre ich nicht! So lasse ich mich auch nicht behandeln!«

Jetzt erhob sich auch August der Starke. Mit einem schwankenden Schritt stand er vor seiner Mätresse und sah sie kalt an.

»Was maßen Sie sich an, Madame! Es geht hier um Politik! Ich brauche meine Frau in ihrer Funktion als Regentin! Das hat mit Gefühlen nichts zu tun. Wenn Sie nicht lernen zu unterscheiden, wann Zeit für Privates und wann Zeit für Staatsgeschäfte ist, wird Ihnen an meiner Seite nicht einmal genug Zeit bleiben, sich in die Reihe meiner, wie Sie sie zu nennen belieben, leichten Mädchen zu stellen!« Drohend erhob er die Hand. Draußen im Vorzimmer hatten sich die Bediensteten dicht vor der Tür versammelt. Einen derartigen Streit zwischen dem kurfürstlichen König und seiner schönen Gräfin hatte es bisher nicht gegeben.

»Ihr hebt die Hand gegen mich? Wagt es nicht! Ich lasse mich nicht schlagen, auch von einem König nicht!« Wie eine Furie ging Constantia auf ihn los. Der wehrte ihren Angriff mit einem Arm ab und versetzte ihr einen Stoß. Taumelnd fiel sie auf ihren Stuhl.

»Die Sache ist ganz einfach. Sie können hier in Leipzig auf Ihre Niederkunft warten, ich werde morgen nach Lichtenburg fahren. Ihre Launen haben keinen Einfluß auf mein Land!«

Als Constantia am nächsten Tag mit verweinten Augen erwachte, hatte August der Starke die Stadt bereits verlassen. Unglücklich machte sie sich auf den Weg nach Dresden. Die Kutsche rumpelte über die gefrorenen Wege, und Constantia spürte jede Unebenheit wie einen

Schlag mit der Faust. Nach mehr als zwei Tagen erreichte sie endlich die Residenz und legte sich sofort auf ihr klammkaltes Bett. Doch auch die Ruhe beendete das Ziehen in ihrem Unterleib nicht. Constantia hüllte sich in wärmende Decken, das Ziehen wuchs zu einem gleichmäßigen Schmerz.

## *Fürwahr, diese Frau ist stark*

Fast vierundzwanzig Stunden dauerten die qualvollen Wehen. Der Morgen des 29. Januar 1707 war soeben angebrochen, da hielt die Hebamme einen totgeborenen Knaben in den Händen. Constantia lag in einer tiefen Ohnmacht. Geschwächt von Blutverlust und Anstrengung, atmete sie nur ganz flach. Beim Anblick ihres bleichen Gesichtes waren die Ärzte sicher, das letzte Stündlein der Gräfin nahte. Durch Schnee und Eis jagte ein Kurier nach Lichtenburg, wo der König mit Madame Royale und seinem Sohn, dem Kronprinzen, zu Mittag speiste. Ohne ein Wort des Abschieds sprang Friedrich August von der Tafel auf, rief nach seinem treuen Kammerherren Spiegel und rannte aus dem Schloß. Noch nie waren Pferde so getrieben worden wie das Viergespann, das die königliche Kalesche nach Dresden bringen sollte.

»Schneller! Viel schneller! Geht es denn nicht schneller, um Himmels willen!« brüllte der König von Zeit zu Zeit aus dem Fenster. Endlich hielten die erschöpften Tiere vor Constantias Haus. Friedrich August rannte die Treppen herauf und stürmte in das Zimmer der erschöpften Wöchnerin. Constantia lag totenbleich im Bett. Er kniete an ihrer Seite nieder, nahm die eiskalte Hand seiner Geliebten und küßte sie.

»Constantia! Mein Engel, mein Alles! Öffnen Sie die Augen! Ich bitte Sie um alles in der Welt, Sie dürfen mich nicht verlassen! Geben Sie mir ein Zeichen, und lassen Sie mich wissen, daß noch Leben in Ihnen ist.« Tränen rannen über seine Wangen. Ohne die Lider zu heben, erwiderte Constantia schwach den Druck seiner Hände. Lautlos bewegte sie die Lippen.

»Sie werden wieder gesund! Sie müssen wieder gesund werden!

Holt meine Leibärzte, alle! Jemand muß ihr doch helfen können.« Die sonst so feste Stimme des Regenten zitterte.

Alle Ärzte versammelten sich um das Bett.

»Was ist mit ihr?« August der Starke sah die Mediziner verzweifelt an. »Doktores! Ich habe fünf gesunde Kinder von vier gesunden Müttern! Diese hier ist die stärkste von allen Frauen, die ich je gekannt habe!« Friedrich August hielt Constantias Hand noch immer fest umklammert. Ihr Leibarzt trat vor.

»Majestät, ich habe Euren totgeborenen Sohn auf die Welt geholt. Fürwahr, diese Frau ist stark, aber Schmerz, Blutverlust und Enttäuschung sind manchmal noch stärker. Wir haben das Menschenmögliche für sie getan. Jetzt liegt es in Gottes Hand, daß er ihr neuen Lebensmut und Kraft gibt.«

Die ganze Nacht wachte August der Starke wortlos an Constantias Bett. Von hohem Fieber waren ihre Wangen gerötet, Schüttelfrost und Schweißausbrüche wechselten.

»Friedrich! Mein König! Mein Kind!« schrie sie im Delir.

»Ich bin hier, neben Ihnen. Seien Sie ganz ruhig, Sie werden bald wieder gesund sein«, flüsterte er und benetzte ihre Lippen mit Wein.

Es dauerte mehrere Wochen, bis sich Constantia erholte. Erst im Februar kam sie wieder zu Kräften. Friedrich August verbrachte jede freie Minute bei ihr. Glücklich schloß er sie in die Arme, als sie das Bett zum ersten Mal mit wackeligen Schritten verließ.

»Ich habe es immer gewußt, Sie sind die Stärkste von allen. Ich wußte, daß Sie genesen und wieder an meiner Seite sein würden.« Plötzlich verdunkelte sich seine Miene.

»Würden Sie mich auch lieben, wenn ich kein reicher mächtiger Mann mehr wäre?« fragte er aus heiterem Himmel. Constantia sah ihn entsetzt an.

»Ich habe in der letzten Zeit immer wieder darüber nachgedacht. Was, wenn ich einfach abdanken und in Zukunft gemeinsam mit Ihnen ein beschauliches Leben führen würde?« Constantia zögerte nicht.

»Ich würde Euch trotzdem lieben, so wie ich Euch heute liebe und Euch immer lieben werde, aber Ihr seid nicht der Mann, der sein Volk in schwierigen Zeiten allein läßt. Ich kann mir nicht vorstellen, daß Ihr den Schweden alles kampflos überlaßt.«

August der Starke nahm ihre Hand.

»Nein, Sie haben recht, wir werden nicht aufgeben. Ich bin es meinen Untertanen schuldig, daß ich die Bürde der Verantwortung weiter trage.«

Ein besonders unangenehmer Teil dieser Bürde war Johann Reinhold von Patkul. Noch hatte man ihn den Schweden nicht übergeben, und Friedrich August hoffte, das Leben des Livländers retten und damit den russischen Zaren besänftigen zu können. Doch Karl XII. blieb unerbittlich. Er wollte den Mann, der schon unter seinem Vater als Erzfeind des Landes gegolten hatte, endlich seiner gerechten Strafe zuführen. Zar Peter von Rußland setzte alles daran, seinen Verbündeten vor der Auslieferung zu bewahren und beschwor August den Starken um des polnisch-russischen Bündnisses willen, seine schützende Hand über Patkul zu halten.

Doch der schwedische König war nicht bereit, auf Patkul zu verzichten. Am 8. April 1707 wurde der livländische Edelmann ausgeliefert. Friedrich August zog sich in seine Gemächer zurück und spülte Zorn und Kummer mit Wein herunter. Was half es, daß die beiden Unterhändler dieses unsäglichen Friedens verhaftet und auf dem Königstein festgesetzt waren. Karl XII. hatte seinen Willen bekommen, und es war besser, sich das Schicksal Patkuls nicht auszumalen. Allein der Gedanke daran bereitete dem sächsischen Regenten heftige Magenbeschwerden. Tagelang verließ er seine Gemächer nicht, setzte sich aber gegen den Rat seiner Ärzte vehement zur Wehr.

»Jetzt ist nicht der Zeitpunkt, eine Kur zu machen. Karlsbad muß warten, zuviel steht auf dem Spiel«, schimpfte er und preßte die Hände auf seinen schmerzenden Leib.

Constantia pflegte ihn liebevoll.

»Sagen Sie mir, wie ich es ihnen vergelten kann«, stöhnte Friedrich August von Krämpfen gequält, und Constantia nutzte die Gunst der Stunde.

»Mein Bruder Christian Detlev dient jetzt schon so lange in Eurem

Heer. Er ist klug und gebildet und könnte hier bei Hof von größerem Nutzen für Euch sein. Wenn es Euer Befinden erlaubt, würde ich mir eine Audienz für ihn wünschen.«

Christian Detlev von Brockdorff betrat das Zimmer als Offizier und verließ es als königlicher Kammerherr. Stolz ging Constantia mit ihm durch den langen Flur.

»Mir scheint, ich freue mich mehr als du. Du wirkst bedrückt. Was ist mit dir?« Sie sah ihn von der Seite an. Christian zögerte.

»Auf Depenau sind schlimme Dinge geschehen«, sagte er leise. »Du weißt, wie streng der Vater ist, und diesmal hat er es übertrieben. Es hat einen Aufstand der Bauern gegeben, er ist so in Rage geraten, daß er einen Mann erschossen und einige andere verletzt hat.«

Constantia schlug entsetzt die Hände vor das Gesicht.

»Jemand hat es bei König Frederik zur Anzeige gebracht. Sie haben den Vater arrestiert und ihn vor Gericht gestellt. Inzwischen ist er zwar freigesprochen, aber der König hat ihm die Verwaltung des Gutes entzogen. Wenn du kannst, tu etwas für ihn und sorg dafür, daß diese Entscheidung rückgängig gemacht wird. Auf Depenau herrschen schreckliche Zustände, und die Mutter grämt sich zu Tode.«

Constantia dachte nach, dann schüttelte sie betrübt den Kopf.

»Der König befindet sich so schlecht, daß es nicht der richtige Zeitpunkt ist, ihn damit zu konfrontieren. Aber ich werde mich darum kümmern.« Christian Detlev nickte.

In der zweiten Hälfte des Jahres 1707 mehrten sich die Anzeichen dafür, daß die Schweden endlich ihren Abzug vorbereiteten. Constantia wußte seit einigen Wochen, daß sie ein Kind erwartete und betete Abend für Abend, es lebend zur Welt zu bringen.

Ende August kam endlich die erlösende Botschaft: Die Schweden verließen Sachsen. Augenblicklich vergaß der Kurfürst-König seine Magenschmerzen.

»Bringt mir den besten Wein! Das muß gefeiert werden. Wir können endlich aufatmen, müssen niemand mehr durchfüttern, keine Tribute mehr zahlen, was für ein glücklicher Tag für das Land.« Er prostete seiner Mätresse zu.

Ende Oktober kam ein Kurier an den Hof.

»Ich komme aus Kasimierz, Majestät. Man hat mich beauftragt, Euch die Nachricht vom Tode des Johann Reinhold von Patkul zu überbringen.« Der Bote schlug die Augen nieder.

»Hat er ihn endlich umgebracht!« stieß Friedrich August bitter hervor und trat mit dem Fuß so fest gegen seinen Schreibtisch, daß Constantia es im Nebenzimmer hörte und alarmiert eintrat.

»Berichte Er mir, was genau geschehen ist!« befahl August der Starke.

»Man hat ihm am Tag vor der Hinrichtung einen Pfarrer geschickt, der bis zum frühen Morgen bei ihm blieb. Dann wurde auf dem Hinrichtungsplatz das Urteil verlesen. Es lautete Landesverrat.«

Friedrich August ballte die Hände zu Fäusten. Landesverrat, das bedeutete einen qualvollen Tod.

»Sie haben einem Bauern befohlen, ihm mit dem Rad die Knochen zu brechen.« Constantia unterdrückte ein Stöhnen und war versucht, sich die Ohren zuzuhalten. Mit dem Rad die Gliedmaßen einzeln zerbrochen zu bekommen war eine furchtbare Marter.

»Dann hat er ihm den Kopf abgeschlagen«, sagte der Bote und verschwieg, daß es vier Schläge gebraucht hatte, bis Patkul endlich seinen letzten Atemzug tat. Friedrich August wandte sich totenbleich ab und sah aus dem Fenster. Constantia trat zu ihm und bedeutete dem Kurier, den Raum zu verlassen.

»Majestät, Euch trifft keine Schuld, Ihr habt alles getan, was Ihr tun konntet. Er war nicht zu retten.«

»Verfluchter Imhoff, verfluchter Pfingsten, niemand als die beiden haben mir das alles eingebrockt. Sie sollen mir dafür büßen«, knirschte er zwischen den Zähnen hervor.

»Denkt nicht mehr daran. Denkt an schöne Dinge, an Dinge, die Euch erfreuen. Pöppelmann war vorhin bei mir und hat vom Fortschritt in Pillnitz berichtet. Vielleicht lenkt es Euch ab zu hören, daß die Arbeiten so gut voranschreiten, daß wir bald dort wohnen können.«

Vier Wochen später, am 8. Dezember, war es so weit, das Gut konnte bezogen werden. Stolz und glücklich nahm Constantia den Landsitz mitsamt der Untertanen in Besitz.

# Augusta Constantia soll sie heißen

Seit jeher war Friedrich August I. fest davon überzeugt, daß es wichtig für sein Land war, etwas herzustellen, das in die ganze Welt exportiert werden und die Staatskasse füllen konnte.

Wertvoll wie Gold war feines chinesisches Porzellan. August der Starke war besessen vom Ehrgeiz, sächsisches Porzellan herstellen zu lassen und investierte viel Geld in die Ausstattung der Männer, die das möglich machen sollten.

Constantia und er hatten gerade eine Morgenschokolade zu sich genommen. Draußen schien die Sonne, die klare Januarkälte klirrte.

»Madame, wie fühlen Sie sich heute?« fragte der König mit Blick auf Constantias deutlich gerundeten Bauch.

»Danke der Nachfrage, Majestät, ich fühle mich gut.« Sie faltete die Hände über dem Bauch und lächelte, doch ihre Augen sagten, daß sie nicht die Wahrheit sprach. Je näher der Termin der Geburt rückte, um so ängstlicher wurde sie. Vor einigen Tagen hatte sie sogar ein Testament verfaßt, für den Fall, daß sie die bevorstehende Niederkunft nicht überleben würde.

»Ich dachte, wir könnten heute eine kleine Spazierfahrt unternehmen. Ich wollte längst sehen, wie weit Tschirnhaus und Böttger gediehen sind mit ihrer Erfindung. Es wäre mir ein Vergnügen, wenn Sie mich begleiteten.« Eine Kutschfahrt bei dieser Kälte, Constantia war nicht begeistert, ließ sich jedoch nichts anmerken.

Johann Friedrich Böttger und Walther Tschirnhaus standen mit glühenden Gesichtern vor dem großen Brennofen. Das Schicksal hatte die beiden Männer auf eigenwillige Weise zusammengeführt.

Der Mathematiker und Kurfürstliche Rat Ehrenfried Walther von Tschirnhaus arbeitete schon seit Jahren für seinen Landesherren an einer Rezeptur, mit der er feines weißes Porzellan herstellen sollte. August der Starke verfolgte die Experimente mit großer Aufmerksamkeit und unterstützte ihn nach Kräften. Eines Tages schickte der kurfürstliche König dem Wissenschaftler einen jungen Mann, der kurz zuvor für großes Aufsehen gesorgt hatte. Johann Friedrich Böttger,

Laborant in einer Apotheke, behauptete, Gold herstellen zu können, blieb den Beweis jedoch schuldig und wurde verhaftet. Doch Böttger war kein gewöhnlicher Aurifex, der vorgab, sich auf die Kunst der Alchimie zu verstehen, und so befahl Friedrich August, ihn zwar in Gewahrsam zu behalten, ihn jedoch in den Dienst von Tschirnhaus zu stellen. Gemeinsam suchten die Männer in einem eigens für sie hergerichteten Labor nach der richtigen Mischung von Kaolin, Feldspat und Quarz.

Constantia betrat das Gewölbe, in dem die Wissenschaftler arbeiteten. Neugierig ließ sie sich erklären, auf welche Weise Tschirnhaus und Böttger das kostbare Porzellan herstellen wollten.

»Ich weiß, daß wir ganz kurz davor stehen. Es wird nicht mehr lange dauern, und wir können melden, daß es Seiner Kurfürstlich-Königlichen Durchlaucht gelungen ist, eigenes sächsisches Porzellan fertigen zu lassen!« Tschirnhaus sprach mit dem Brustton der Überzeugung.

»Das hoffe ich sehr, denn sonst müßte ich Euch in den tiefsten Kerker meines Landes werfen und hart bestrafen lassen!« Der Monarch betrachtete die Töpfe und Tiegel, in denen die Zutaten aufbewahrt wurden.

»Ich verstehe ohnehin nicht, warum es so lange dauert«, beschwerte er sich und sah Böttger herausfordernd an.

»Die Mischung, Majestät, die richtige Mischung zu finden, ist überaus schwierig. Seht selbst.« Er griff nach einem Buch und schlug es auf. »Wir führen klarstes Protokoll über alles was wir tun. Jede kleinste Veränderung in der Zusammensetzung der Ingredienzien schreiben wir auf.« Er reichte ihm das Buch.

»Laß Er mich mit den mißlungenen Versuchen in Ruhe, und zeig Er mir, wenn Er etwas vorzuweisen hat! Sonst ...« Der König erhob drohend die Faust.

Zurück in der Kutsche schmiegte sich Constantia eng an ihn.

»Was für eine wunderbare Idee, dieser Ausflug, Ihr habt mir eine große Freude gemacht.« Friedrich August legte den Arm um sie.

»Jetzt, da die Wogen des Krieges geglättet sind, ist endlich wieder ein wenig Zeit für Freude, Gott Lob.«

»Die größte Freude hoffe ich Euch in wenigen Wochen zu machen, Majestät, die Ärzte sagen, Euer Kind wird bald zur Welt kommen.«

Am 24. Februar 1708 betrat Constantia soeben ihr Amtszimmer, da spürte sie einen stechenden Schmerz. Kurz darauf übermannte sie eine zweite Wehe. Die Geburt zog sich über den ganzen Tag, und wieder litt Constantia unsäglich.

»Ich will nicht, daß der König informiert wird. Erst wenn das Kind auf der Welt ist, soll er es erfahren«, wies sie ihre Kammerfrauen und die Hebamme an.

Endlich am frühen Abend war alles überstanden. Anna Constantia Reichsgräfin von Cosel war glückliche Mutter einer gesunden Tochter. Eilig wurde der König herbeigerufen, der sofort in das Zimmer der Wöchnerin eilte.

»Majestät, wir haben eine Tochter – Augusta Constantia soll sie heißen und damit das Zeugnis unserer Liebe sein«, flüsterte Constantia erschöpft und zeigte ihm das dunkelhaarige Mädchen. Gerührt betrachtete der König das Kind. Constantia hatte einen bequemen Stuhl neben ihr Bett stellen lassen. Ein Lakai brachte Speisen und Wein.

»Sie wird leben, Majestät, ich fühle es. Sie hat Eure Stärke.« Constantia nippte am Rotwein.

Am nächsten Morgen hatte sie so hohes Fieber, daß sie immer wieder das Bewußtsein verlor. Die Ärzte verordneten Wadenwickel und Portulak, doch ihr Zustand verschlechterte sich zusehends. Der König vernachlässigte die Staatsgeschäfte und wachte an ihrem Bett.

»Man muß doch mehr für sie tun können, als Tücher um ihre Beine zu schlingen. Wofür habt Ihr studiert?« herrschte er die Ärzte an.

Nach einer Woche sank das Fieber allmählich. Constantia erholte sich langsam. Genährt von einer Amme, gedieh ihre Tochter prächtig. Friedrich August dankte Gott. Er hatte einen Schreibtisch in das Zimmer der Wöchnerin stellen lassen und erledigte einen Teil seiner Geschäfte von dort aus. Mit halbgeschlossenen Lidern lag Constantia in seidenen Kissen und lauschte dem kratzenden Geräusch der Feder, mit der er die von Flemming vorgelegten Papiere unterzeichnete. Da klopfte es an der Tür, und ein Lakai brachte die Briefe des Tages.

»Soll ich sie wieder für Euch durchsehen, Majestät?« Constantia hatte sich aufgerichtet und streckte die Hand nach der Post aus. Er nickte und fuhr fort mit seiner Arbeit. Constantia legte den Stapel auf die Bettdecke und öffnete Siegel um Siegel. Bittbriefe wechselten mit Berichten über die politische Lage im Ausland und Reporten von getätigten Geschäften. Constantia ordnete die Schreiben nach Inhalt und Wichtigkeit.

Etwa die Hälfte hatte sie durchgesehen, als ihr eine Epistel auffiel, die sich deutlich von den anderen unterschied. Das feine, leicht parfümierte Papier war eindeutig von Frauenhand beschriftet und weckte ihr besonderes Interesse. Sie riß den Brief auf und überflog die wenigen Zeilen. Die Unterzeichnete, eine gewisse Henriette Duval, war ihr unbekannt. Was sie schrieb, ließ Constantias Herz jagen und führte zu einem rasenden Wutanfall. Ohne auf Anstand und Sitte zu achten, sprang sie aus dem Bett und ging wie eine Furie auf den König los. Flemming macht einen Satz zur Seite und schloß diskret die Augen, als der Ausschnitt von Constantias Nachtgewand den Blick auf ihre Brust freigab.

»Was ist das?« Constantia knallte den Brief auf den Schreibtisch. Das Tintenfaß fiel um und hinterließ eine dunkelblaue Spur, die sich auf den Boden ergoß. Friedrich August schreckte zurück.

»Wollt Ihr mir sofort sagen, was dieses Geschmier zu bedeuten hat!« kreischte Constantia und machte Anstalten, ihm eine Ohrfeige zu verpassen. Er sprang auf und packte sie am Handgelenk.

»Sind Sie vom Teufel besessen. Wovon reden Sie?« Er griff mit der freien Hand nach dem Corpus delicti und warf einen Blick darauf. Für den Bruchteil einer Sekunde mußte er lächeln. Die hübsche Weinhändlerstochter aus Warschau! Sie schrieb, daß sie am 23. November des vergangenen Jahres eine Tochter – seine Tochter – auf die Welt gebracht und auf den Namen Anna Katharina getauft habe. Höflich bat sie um Anweisungen, was mit dem kleinen Mädchen, das ja immerhin die Tochter des polnischen Königs sei, zu geschehen habe. Während Friedrich August versuchte, seine Mätresse zur Räson und zurück ins Bett zu bringen, erfaßte Flemming den Inhalt des Schreibens aus dem Augenwinkel und zog sich wortlos zurück.

Constantia war weiß vor Zorn.

»Die Metze wagt zu fragen, was mit dem Kind geschehen soll!« tobte sie. »Ich schlage vor, sie schmeißt es in den nächsten Fluß und springt gleich hinterher!«

Sie brach in Tränen aus. August der Starke stand ihr hilflos gegenüber. Er legte den Arm um ihre Schulter und führte sie zum Bett.

»Madame, ich bitte Sie, machen Sie nicht so ein Gewese wegen dieser Kleinigkeit. Ich bin hier bei Ihnen, und allein das zählt.«

»Ihr werdet diese Person aber nicht wieder sehen, das müßt ihr mir versprechen!« Constantia sah ihn flehend an.

»Nein, ich werde sie nicht wieder sehen. Wenn Sie möchten, schwöre ich es hier und jetzt.«

Der Stachel saß tief, doch Constantia beschloß, den Schmerz zu verdrängen. Sechs Wochen nach der Entbindung zeigte sich Gräfin Cosel das erste Mal in der Öffentlichkeit, und wenig später nahm sie ihre repräsentativen Pflichten wieder auf.

## *Diesmal werde ich das Ziel meiner Reise nicht preisgeben*

Der Umbau des Taschenbergpalais war vollendet. Friedrich August hatte persönlich dafür gesorgt, daß ein Verbindungsgang zwischen der Residenz und Constantias Domizil gebaut worden war und nutzte diesen täglich mehrmals, um seine Geliebte zu besuchen. Constantias Macht wuchs mit jedem Tag. Immer enger band sie den König an sich, und manchem Höfling wurde die Dauer der Beziehung unheimlich. Neider tuschelten hinter ihrem Rücken und kritisierten ihre Einmischung in die Staatsgeschäfte. Constantia nahm kaum Notiz davon. Um so akribischer verfolgte Jakob Heinrich von Flemming die Entwicklung. Nach der Mätresse stand er dem König am nächsten und wollte diese Position um nichts in der Welt verlieren. Seine Strategie war so einfach wie wirkungsvoll. Friedrich August gegenüber bewahrte er stets unbedingte Loyalität. Constantia gegenüber verhielt er sich formvollendet höfisch und versicherte sie seiner Freundschaft.

»Gräfin, Sie wissen, daß Sie in mir Ihren größten Verehrer haben. Sie sind von vollkommener Schönheit und ihr geistvolles Temperament wird weit über Sachsens Grenzen hinaus bewundert«, schmeichelte er. »Erlauben Sie, daß ich Ihnen eine Kleinigkeit zu bedenken gebe?«

Constania nickte liebenswürdig.

»Ein Rat von Ihnen, lieber Flemming, soll mir stets willkommen sein«, ermunterte sie ihn.

»Gräfin, ich bin Ihr ergebenster Freund in der Residenz, und als solcher möchte ich Sie warnen.«

»Warnen wovor?« Constantia runzelte die Stirn.

»Warnen vor Menschen, die Ihnen nicht so wohlgewogen sind wie ich. Gräfin, Sie sind von so vollendeter Liebenswürdigkeit, daß Sie, wie mir scheint, manchmal vergessen, darauf zu achten, wem Sie Ihre Freundlichkeit schenken. Nicht jeder meint es ehrlich mit Ihnen. Sie sind eine mächtige Frau und Macht ruft Neider auf den Plan.« Constantia lächelte.

»Graf, ich bitte Sie herzlich, mich wissen zu lassen, wenn ich mich in acht nehmen muß.« Sie griff nach ihrem Federkiel und beugte sich über die Papiere auf ihrem Schreibtisch.

Überall bei Hof bezahlte sie Spione, die ihr zutragen sollten, was man vor ihr zu verheimlichen suchte. Am wichtigsten war ihr, immer genau zu wissen, mit wem sich August der Starke traf, wann er das Schloß verließ und wo er hinging. Ihre ganze Aufmerksamkeit galt den Damen, die dem König aus ihrer Sicht zu nahe kamen. Was wußte Flemming schon, wo die wirklichen Gefahren lagen. Anna Constantia von Cosel war sicher, daß niemand in der Residenz die Macht hatte, ihr die Position streitig zu machen. Nur eine Frau konnte ihr gefährlich werden.

Der Frühling zeigte sich von seiner schönsten Seite. Immer wieder reiste Constantia nach Pillnitz und freute sich an ihrem herrlichen Besitz. Wie einst auf Depenau legte sie einen Kräutergarten an, pflanzte

Blumen, ließ Hecken und Bäume in Form schneiden, kümmerte sich um das Spalierobst und sah im Gewächshaus nach den südländischen Pflanzen, die hier überwintert hatten. Auf dem Landsitz genoß sie, wie ihre kleine Tochter wuchs und gedieh.

Ein Brief ihrer Mutter zerstörte die Idylle. Traurig schrieb Margarethe von Brockdorff, daß Constantias Bruder Joachim in einem Duell getötet worden war. Constantia weinte bitterlich. Sie fuhr zurück nach Dresden.

In der Residenz war einige Tage zuvor ein Besucher eingetroffen, den der König mit großem Wohlwollen empfing: Georg Ludwig von Haxthausen, der Sohn des verstorbenen Erziehers Augusts des Starken. Fehlgeschlagene Geschäfte hatten aus dem einst wohlhabenden Mann einen Adligen ohne Geld gemacht. Jetzt suchte Haxthausen nach einem Amt bei Hof. Er war ein amüsanter, gebildeter Gesprächspartner, liebte wie Constantia das Spiel und die leichte Unterhaltung und wurde ein häufiger, gerngesehener Gast im Palais der Gräfin Cosel. Bald begannen die Höflinge zu tuscheln, ob da nicht mehr als nur Freundschaft sei.

»Er und Löwendahl sind mir von allen am nächsten«, vertraute sie dem König an. »Aber keiner ist mir so nah wie Ihr, mein Friedrich, Ihr werdet niemals auch nur ahnen, wie sehr ich Euch liebe.« Sie knabberte zärtlich an seinem Ohrläppchen.

Wenn Constantia nicht für den König repräsentierte, Audienzen hielt oder ihren aufwendigen Hofhalt kontrollierte, beschäftigte sie sich vor allem mit Geldgeschäften. Im Laufe der Zeit hatte sie sich zu einer überaus erfolgreichen Geschäftsfrau entwickelt. In Dresden vermietete sie Wohnungen, verlieh Geld gegen Zinsen und machte Geschäfte mit dem Bankier Berend Lehmann.

Friedrich August I. hatte dem geschäftstüchtigen Mann 1696 die Niederlassung als Hofjude gestattet und die Entscheidung nicht bereut. Bereits ein Jahr später verschaffte ihm Lehmann – einer der größten jüdischen Finanziers seiner Zeit – zehn Millionen Reichstaler zum Erwerb der polnischen Krone. Als Dank erhielt der Bankier für sich und seine große Familie einen kurfürstlich-königlichen Schutzbrief für seinen Aufenthalt in der Residenz, änderte seinen Namen von Isachar Halevi Bermann in Berend Lehmann und avancierte zum geachteten Mitglied der Gesellschaft.

Um der stickigen Stadthitze zu entgehen, war der König mit Constantia und Tochter Augusta nach Pillnitz gefahren. Die Staatsgeschäfte ruhten, doch so sehr seine Mätresse es sich auch wünschte, August der Starke hielt das Familienleben nicht lange aus.

»Ich habe während des Krieges viel zu wenig Zeit gehabt, durch das Land zu fahren und nach dem Rechten zu sehen. Ich werde mit Pflugk und Löwendahl eine kleine Reise unternehmen und Bergwerke und Fabriken inspizieren«, kündigte er eines Abends an.

Constantia zögerte mit ihrer Antwort. Sollte sie ihn begleiten, schon um sicher zu sein, daß es keine andere tat, oder sollte sie mit ihrer Tochter in Pillnitz bleiben? Der Gedanke, durch enge Bergwerke zu gehen und über staubige Straßen zu fahren, schreckte sie ab.

»Wenn Majestät wünschen, werde ich mitkommen, doch wenn Ihr mich nicht braucht, ziehe ich es vor, hierzubleiben«, sagte sie schließlich. August der Starke zeigte Verständnis.

»Ich bin nicht lange fort, und wenn ich zurückkomme, werden wir einiges in der Umgebung unternehmen. Es gibt noch so viel, was Sie nicht gesehen haben.« Constantia war beruhigt.

Knapp vier Wochen dauerte die Tour durch das Land, dann standen die königlichen Kutschen wieder in Pillnitz. Constantia hatte ein rauschendes Fest arrangiert und brillierte als Gastgeberin. Der König war geschmeichelt und beobachtete sie mit Wohlwollen.

»Nichts ist köstlicher, als diese Frau zu besitzen«, flüsterte er Flemming zu.

Die Reisegesellschaft gönnte sich zwei Tage Erholung auf Pillnitz, dann brach ein kleiner Teil des Hofstaates zu einem Ausflug auf. Ziel war die Festung Stolpen. Mächtig und erhaben thronte die Burg auf ihrem Felsen und sah schon von Ferne so abweisend aus, daß Constantia bedauerte, dort übernachten zu sollen. Das Fürstenzimmer im Zeughaus erwies sich dann jedoch als außerordentlich komfortabler Raum, und der Kommandant der Festung hatte zu Ehren des hohen

Besuches eine Jagd im Park organisiert. Die Gräfin und der König waren begeistert. Zurück in Pillnitz hoffte Constantia auf ein paar ruhige Tage, doch den König hielt es nicht. Kaum war der Juli zu Ende, drängte es ihn in die Residenz.

»Aber Friedrich, es ist die heißeste Zeit des Jahres. Was um Himmels willen treibt Euch ausgerechnet jetzt nach Dresden? Die Luft ist dunstig und überall stinkt es nach den Abfällen.« Constantia rümpfte die Nase und schüttelte verständnislos den Kopf.

»Madame, ich habe auf der ersten Reise erfahren, wie wichtig es ist, daß ich mich im Land blicken lasse. Diesmal werde ich das Ziel meiner Reise nicht preisgeben, so daß die Menschen sich nicht auf meine Ankunft vorbereiten können. Ich will sehen, in welchem Zustand die Straßen sind, wo etwas zu reparieren ist, Brücken erneuert werden müssen. Wann soll ich es tun, wenn nicht jetzt. Sie wissen, daß mich die polnische Angelegenheit ab dem Herbst wieder mehr und mehr beschäftigen wird.«

Constantia wußte, daß August sich wieder als legaler König profilieren wollte. Widerwillig ließ sie ihn ziehen, als er am Abend des 30. Juli nur in Begleitung seines Freundes Vitzthum und einiger Diener aufbrach. Die Höflinge waren sich einig: Dies war ein schlechtes Zeichen. Zum zweiten Mal in kurzer Zeit verreiste der König, und seine Mätresse, die bis dahin nicht von seiner Seite gewichen war, begleitete ihn nicht. Sollte dies etwa der Anfang vom Ende der stolzen Gräfin von Cosel sein? Pillnitz hallte vom Getuschel wider.

Friedrich August verbrachte die Nacht in Dresden, wo sich seine Mutter mit dem Kurprinzen aufhielt. Gegen ihren Willen befahl er dem zwölfjährigen Thronfolger, mit ihm zu reisen.

»Er ist mein Sohn, er wird mein Erbe antreten. Seien Sie also unbesorgt, ich werde ihn heil wieder zurückbringen«, beschied er Madame Royale, und schon rasselte die Kutsche vom Hof der Residenz.

Am 12. August erhielt Constantia die Nachricht, daß August in Brüssel eingetroffen sei.

»Brüssel? Warum Brüssel? Was hat das mit sächsischen Straßen und Brücken zu tun?« zischte sie erbost und nahm sich vor, ihn zur

Rede zu stellen. Doch es sollte mehrere Monate dauern, bis sie ihn wiedersah, denn August der Starke hatte kurzfristig seine Pläne geändert.

Unter falschem Namen amüsierte er sich in Brüssel und ging fast jeden Abend in die Oper. Dort gab es eine Sensation zu bestaunen. Angélique Duparc, die beste Tänzerin der Welt, wie es hieß. Friedrich August war entzückt von der anmutigen Darbietung. Er schickte ein Billett in die Garderobe der jungen Frau und lud sie nach der Vorstellung zu einem Abendessen ein. Angélique Duparc war niemals abgeneigt, mit einem neuen Verehrer zu soupieren. Erfreut stellte der König fest, daß sie schon nach dem zweiten Glas Wein auftaute und ihm fortan bestens gelaunt bis tief in die Nacht zuprostete. Der Abend endete zu seiner vollsten Zufriedenheit. Ohne das Pseudonym zu lüften, versprach er der Tänzerin ein Engagement in Dresden, und Angélique Duparc folgte ihm freudig in seine Gemächer. Der Beginn einer kurzen, aber heftigen Affäre.

»Sie ist so unbeschwert und immer guter Laune. Es ist eine Freude, die Zeit mit ihr zu verbringen. Du kannst es mir glauben, so ein junges Ding macht einen selber wieder jung«, teilte der König seinem Freund Vitzthum mit, der sich in höfliches Schweigen hüllte.

Bis in den Herbst hinein blieb Constantia in Pillnitz. Hier war sie die uneingeschränkte Herrin und mußte sich nicht gegen höfische Schandmäuler zur Wehr setzen, die immer unverhohlener mutmaßten, daß die Zeit ihres Abstiegs gekommen sei.

Die ersten Stürme fegten die Blätter von den Bäumen. Es wurde Zeit, den Landsitz zu verlassen. Constantia reiste nach Leipzig, um dort anläßlich der Herbstmesse ihre Geldgeschäfte zu tätigen. Dann ging es zurück nach Dresden. Vom König kamen kaum Nachrichten. Constantia schwankte zwischen Wut, Unsicherheit und Verzweiflung.

Der November war kalt und naß, Constantia wartete. Der Dezember begann, Schnee bedeckte die Straßen Dresdens, die Gräfin wartete noch immer.

Am 24. Dezember, nachmittags gegen fünf Uhr, hörte sie aus der Empfangshalle plötzlich lautes Stimmengewirr. Gerade wollte sie ihre Kammerfrau schicken, um die Ursache zu erkunden, da öffnete sich die Tür. Sichtlich erschöpft, aber mit strahlendem Lächeln stand Friedrich August vor ihr und breitete seine Arme aus. Alle Gefühle der vergangenen Wochen und Monate entluden sich in einem Jubelschrei, als Constantia von ihrem Sessel aufsprang und ihm entgegen flog.

Den König außer Landes wähnend, waren die meisten Adligen über Weihnachten auf ihre Landgüter gefahren, und so blieben zwei herrliche Tage ohne höfische Feste und Verpflichtungen, die nur davon überschattet wurden, daß der kurfürstliche König unter heftigen Zahnschmerzen litt. Constantia versuchte die Pein mit Kamille und Arnika zu lindern, und die Höflinge nahmen erstaunt zur Kenntnis: Ein liebevolleres Paar hatte man selten gesehen. Der Adel kehrte zurück, und Constantia richtete mehrmals hintereinander Feste aus, die in ihrer Pracht kaum zu überbieten waren. Der Hof sollte es sehen: Sie war die mächtigste Frau im Land und stand höher in der Gunst des Königs als je zuvor.

## *Der Einsatz war hoch, doch er hat sich gelohnt*

»Es war eine lange Reise, doch komme ich mit einem erfreulichen Ergebnis zurück, denn das Ausland hat zwar noch nicht zugesagt, mich militärisch gegen Karl XII. zu unterstützen, aber man wird tolerieren, wenn ich für meine Rechte in Polen kämpfe«, berichtete Friedrich August nach seiner Rückkehr.

»Bedeutet das, daß Ihr den Frieden von Altranstädt brechen werdet?« Constantia sah ihn unsicher an. Auf der königlichen Stirn erschien eine steile Falte, die sich immer bildete, wenn ihm etwas mißfiel.

»Ich habe diesen Frieden so nie gewollt und betrachte ihn nicht als bindend. Ich bin König von Polen, und wenn der Rücktritt des Gegenkönigs nur gewaltsam zu erzwingen ist, dann werde ich das tun.«

Constantia verschränkte die Arme vor der Brust. Ein neuer Krieg war also beschlossene Sache. Niemals würde Karl XII. freiwillig von seinen Forderungen ablassen.

Das Jahr 1709 begann ungewöhnlich kalt. Wege und Straßen lagen unter dicken Eisdecken. Dennoch brachen Constantia und der König am 3. Januar auf, um mit Schlitten zur Neujahrsmesse nach Leipzig zu reisen. Das Domizil war bei weitem nicht so komfortabel wie die Dresdner Residenz, aber Constantia war entschlossen, Friedrich August nicht wieder alleine zu lassen. Zwei Wochen blieb der Hofstaat in Leipzig, dann ging es zurück nach Dresden.

Neben den Staatsgeschäften widmete sich August der Starke vor allem der Vorbereitung eines Festes, wie es die Welt noch nicht gesehen hatte.

»Gute Politik macht man am besten bei gutem Wein und Essen. Was jetzt bevorsteht, verlangt nach etwas Besonderem.« Der König suchte nach einer außergewöhnlichen Idee. Er hatte seinen Vetter Frederik IV. von Dänemark nach Sachsen eingeladen. Es galt, um jeden Preis den Dänen auf seine Seite zu ziehen. Mit Frederik und dem russischen Zaren gab es eine reelle Chance, den schwedischen König endlich in seine Schranken zu weisen. Gemeinsam mit Constantia brütete er über einem Konzept.

»Es muß so sein, daß man über alle Grenzen hinweg davon spricht. Göttlich muß es sein!« rief er aus und lieferte damit das Stichwort.

»Warum veranstalten wir nicht ein Fest von Göttern für Götter. Mit einem Umzug durch die Stadt, bei dem wir alle in der Verkleidung von Göttern auftreten?« gab Constantia den entscheidenden Impuls.

»Was täte ich ohne Sie, Madame! Der ganze Hof soll in göttlichen Kostümen auftreten und wir werden Künstler aus der ganzen Welt zu Gast haben.« Friedrich August war begeistert und beauftragte das Oberhofmarschallamt, sich um die Organisation zu kümmern.

»Ich werde natürlich alles persönlich kontrollieren«, versicherte er Constantia, »aber schließlich habe ich auch noch andere Dinge zu tun.« Er legte seinen Zierdegen um und überprüfte den Sitz seines Leibrockes.

»Majestät, Ihr geht aus?« Constantia war noch immer mißtrauisch, wenn der König ohne größere Vorankündigung die Residenz verließ. Sie lag im Bett und wartete auf Zofen und Kammerfrauen, die ihr bei der Morgentoilette helfen sollten.

»Geschäfte, Madame, Geschäfte, wie jeden Tag«, bemühte sich Friedrich August, seiner Stimme einen möglichst selbstverständlichen Klang zu geben. Constantia sah ihm beunruhigt nach.

Kurz zuvor war aus Brüssel Angélique Duparc in Dresden eingetroffen. Ein sächsischer Graf hatte ihr in Brüssel versprochen, sie zur Primaballerina der Oper zu machen, und jetzt kam sie, um diese Stelle anzutreten. Der mysteriöse Graf hatte dafür gesorgt, daß ihr ein angenehmes Haus zur Verfügung gestellt wurde, und durch die Stadt ging das Gerücht, daß er ihr ein kostbares Kleid und noch kostbarere Juwelen geschickt habe. Bei Hof blieb wenig verborgen, und schon züngelten die Schranzen: Der König hat eine neue Favoritin. Doch was sich in Brüssel als leichte Affäre angelassen hatte, bereitete Seiner Majestät in Dresden nur halb so viel Vergnügen. Friedrich August mußte sich eingestehen, daß sein Herz Anna Constantia Reichsgräfin von Cosel gehörte. Keine war wie sie, und selbst die, die jünger waren, konnten ihr weder an Schönheit und schon gar nicht an Geist das Wasser reichen. Die Duparc spürte, daß ihr vermeintlicher Graf nicht recht bei der Sache war und sah sich nach einem anderen Gefährten um.

So kalt der Winter gewesen war, so naß wurde der Frühling. Es regnete in Strömen, als der König und seine Gräfin am 21. April nach Leipzig aufbrachen, um die Frühjahrsmesse zu besuchen. Constantias Geldgeschäfte waren ausgezeichnet gelaufen und sie befand sich in einer mitreißenden Stimmung.

»Sie werden von Tag zu Tag schöner«, flüsterte ihr August ins Ohr.

»Ich nehme das Kompliment mit Freude an, denn Ihr seid der Grund dafür«, flüsterte sie strahlend zurück. »Wir werden im späten Herbst ein zweites Kind bekommen.«

Friedrich August sah sie lächelnd an und schwieg. In Gedanken zählte er: der Kronprinz, der kleine Moritz, den ihm Aurora von Königsmarck geboren hatte, Georg, sein Sohn von der Teschen, die beiden Kinder, die Fatima zur Welt gebracht hatte, die Tochter der schönen Henriette Duval, Augusta Constantia und jetzt noch ein Kind von der Cosel. Er konnte seinen Stolz kaum verbergen.

Was für eine Dynastie ich hätte begründen können, wenn es mit meiner Ehefrau im Bett nur nicht so unsäglich langweilig gewesen wäre, dachte er.

»Wo sind Eure Gedanken?« fragte Constantia.

»Bei Ihnen und dem Kind, Madame«, log Friedrich August und umarmte sie.

Als der Hofstaat nach Dresden zurückkehrte, waren die Vorbereitungen für das große Fest abgeschlossen. Endlich traf eine Nachricht des heißersehnten Gastes ein. Mit einem Gefolge von nicht weniger als einhundertsechzehn Personen kündigte sich Frederik IV. an. Der Oberhofmarschall rechnete und kam zu dem Ergebnis, daß etwa dreihundert Besucher zu erwarten waren. Im Schloß wurde auch die kleinste Kammer verplant, und dennoch mußten in aller Eile noch Wohnungen und Häuser in der Stadt angemietet werden.

»Es ist höchste Zeit, daß etwas geschieht!« seufzte der König, der soeben einen Brief seiner Anhänger aus Polen erhalten hatte. Seine Getreuen schrieben, daß er allerspätestens im Juni eintreffen müßte, andernfalls könnten sie nicht garantieren, daß die Stellung für ihn weiter zu halten sei. Der Brief beunruhigte ihn heftig, doch vorläufig gab es nichts, das er tun konnte.

Am Abend des 26. Mai war es so weit. Mit donnernden Salutschüssen hieß Friedrich August den dänischen Vetter willkommen. Das große Fest konnte endlich beginnen.

Aus den ursprünglich geplanten zwei Wochen wurde ein voller Monat. Ringrennen, Theateraufführungen, Opernbesuche, Maskenbälle, musikalische Darbietungen von erlesenster Qualität wechselten ab mit ausgedehnten Soupers und fantastischen Wirtschaften im Freien. Constantia war in ihrem Element. Geschmückt mit Kostbarkeiten aus dem Grünen Gewölbe zeigte sie sich von ihrer unterhaltsamsten Seite und zog den dänischen Gast derart in ihren Bann, daß August der Starke manches Mal nicht wußte, ob er geschmeichelt oder irritiert sein sollte.

Ihre höfische Pflicht erfüllend, war auch Christiane Eberhardine nach Dresden gekommen. Jeder brillante Auftritt ihrer Nebenbuhlerin versetzte ihr einen Stich ins Herz. Triumphierend saß Constantia

Abend für Abend an der königlichen Tafel und zeigte stolz, daß sie die Frau an der Seite des kurfürstlichen Königs war. Ein prächtiges Ringrennen und ein spannendes Wettschießen lagen schon einige Tage zurück, als am 22. Juni endlich der Aufzug der Götter stattfand. Als Apoll und Diana verkleidet zogen Friedrich August und Constantia in prunkvollen Gewändern am frühen Abend zu Pferd und Wagen durch Dresden. Es war der Höhepunkt der Festlichkeiten und Frederik, als Kriegsgott Mars verkleidet, war begeistert von Phantasie und Pracht des sächsischen Herrschers. Friedrich August I. hatte sein Ziel erreicht, der Vetter war auf seiner Seite.

Am 28. Juni unterzeichneten die beiden Monarchen ein Bündnis gegen die Schweden.

»Der Einsatz war hoch, doch er hat sich gelohnt!« prostete Friedrich August am Abend Constantia zu.

»Ich beglückwünsche Euch, Majestät, heute seid Ihr der polnischen Krone ein wesentliches Stück näher gekommen.« Sie stieß mit ihm an.

Während Constantia sich von den Strapazen der vergangenen vier Wochen erholte, reiste der König gemeinsam mit Frederik von Dänemark nach Preußen, um in Potsdam Friedrich I. zu einem Bruch mit den Schweden zu überreden. Doch der preußische König zierte sich.

»Die Schweden sind mächtig, ich will sie nicht zu Feinden haben«, wiederholte er ein ums andere Mal. Es wurde Mitte Juli, bis er sich endlich dazu durchrang, zumindest einen Verteidigungspakt mit seinen Gästen zu schließen.

»Ich werde ihn nicht bekämpfen, aber wenn er mit seinem Heer durch mein Land ziehen will, werde ich das verhindern«, versprach Friedrich I., als er mit schwungvoller Feder unterschrieb.

Bester Stimmung kehrte August der Starke am 22. Juli nach Dresden zurück. Constantia empfing ihn erholt und strahlend.

»Jetzt kann ich den Feldzug in Ruhe planen. Die Schweden werden sich wundern, und Polen wird mich mit offenen Armen empfangen«, verkündete er stolz. Kaum hatte er seinen schweren Leibrock abgelegt und es sich im Gemach seiner Mätresse bequem gemacht, da wurde die traute Zweisamkeit durch heftiges Klopfen an der Tür gestört. Außer Atem und kaum fähig zu sprechen, stand Flemming in der Tür. Die Etikette mißachtend trat er grußlos ein.

»Majestät, Gräfin, ich bitte um Verzeihung, aber dies verträgt keinen Aufschub.« Er reichte dem König einen Brief. »Ein Kurier aus Polen hat die Nachricht soeben gebracht.«

»Das ist ja ungeheuerlich! Flemming wissen Sie, was das bedeutet?« August der Starke war aufgesprungen. Flemming nickte.

»Das bedeutet blitzartiges Handeln, Majestät.« Constantia streckte die Hand nach dem Schreiben aus, und Flemming spürte heftiges Mißfallen. Dies waren ernste politische Angelegenheiten, und er würde nie verstehen, wie der König es zulassen konnte, daß seine Mätresse sich so selbstverständlich damit beschäftigte. Constantia las und runzelte die Stirn.

Zwei Wochen war es her, daß der russische Zar in einer Schlacht bei Poltawa das schwedische Heer zerschmettert hatte, doch jetzt ging das Gerücht, Zar Peter habe schon vor einiger Zeit den polnischen Thron seinem Favoriten Prinz Eugen von Savoyen angeboten.

August der Starke handelte schnell. Vom Papst erbat er ein Schreiben, mit dem er den Frieden von Altranstädt für zweifelhaft, wenn nicht gar ungültig erklärte. Als der Pontifex erfuhr, unter welchen Bedingungen die Ratifizierung zustande gekommen war, entband er den sächsischen Regenten von seinen Verpflichtungen, stellte jedoch eine Bedingung: Der König mußte ihm im Gegenzug versprechen, seinen Sohn und Thronfolger zum katholischen Glauben übertreten zu lassen. Das war eine schwer zu erfüllende Auflage, denn sowohl Christiane Eberhardine als auch Madame Royale, in deren Händen die Erziehung des Kurprinzen lag, waren überzeugte und fromme Protestantinnen. Doch der König hatte keine andere Wahl. Wollte er die Zustimmung des Papstes, mußte er sich auf den Handel einlassen. Noch bevor er die Epistel aus Rom in Händen hielt, arbeitete Friedrich August fieberhaft an einem Manifest. Es erschien am 8. August 1709 und hatte nur den Zweck, öffentlich zu erklären, daß er seinen Anspruch auf den polnischen Thron ab sofort einzulösen gedachte.

Vier Tage später reiste der kurfürstliche König nach Guben, wo sein Heer stationiert war. Er schickte ein kurzes Billett nach Dresden.

Constantia las beunruhigt, daß er die polnische Grenze überschritten und mit seinem Heer in Richtung Warschau marschiert war. Die fortschreitende Schwangerschaft zwang sie, in der Residenz zu bleiben. Entschlossen, ihrem Geliebten nach der Niederkunft so schnell wie möglich zu folgen, suchte sie nach einer Möglichkeit, Augusta Constantia und das noch ungeborene Kind sicher unterzubringen. Das nächstliegende war, ihre Eltern zu fragen, doch Ritter Joachim von Brockdorff zeigte keine Bereitschaft, seine Enkel aufzunehmen. Die Kinder eines Königs reisten immer mit Bediensteten und diese mußten versorgt werden. Gut Depenau war hochverschuldet, und Brockdorff fürchtete sich einerseits vor der finanziellen Belastung, andererseits ließ es sein Stolz nicht zu, Geld von seiner Tochter anzunehmen. Constantia schrieb ihrer Mutter einen langen Brief und bat um ein Treffen.

»Sie werden verstehen, daß ich in höchstem Maße um die Sicherheit meiner Kinder besorgt bin«, eröffnete sie das Gespräch und Margarethe von Brockdorff nickte.

»Doch es ist nicht nur der Krieg allein, der mich zwingt, Sie um Hilfe zu bitten, es gibt da noch einen anderen Grund.« Constantia seufzte. »Der König wird, wenn alles nach seinem Plan verläuft, gezwungen sein, geraume Zeit in Polen zu verbringen. Ich bin lange genug an seiner Seite, um zu wissen, daß dies zu einer großen Gefahr für mich werden kann. Bin ich nicht bei ihm, wird man versuchen, ihn mit einer polnischen Mätresse zu schmücken. Seine Frau weigert sich, nach Polen zu gehen, Gott Lob, wie ich nur sagen kann, aber er braucht eine Frau, die die repräsentativen Pflichten an seiner Seite übernimmt. Und diese Frau bin ich – muß ich sein.« Sie sah ihre Mutter flehend an.

»Warum nimmst du die Kinder nicht mit?« fragte Margarethe von Brockdorff. Constantia schüttelte den Kopf.

»Es ist Krieg, in Polen herrscht die Pest, ich hätte keine ruhige Minute. Noch ist nichts sicher und niemand weiß, wie die Konflikte ausgehen.«

Ihre Mutter zeigte Verständnis.

»Ich werde noch einmal mit deinem Vater sprechen.«

Joachim von Brockdorff lehnte weiterhin ab. Constantia war verzweifelt. Die Entbindung stand in wenigen Wochen bevor. In ihrer Not wandte sie sich an ihren Freund und Verwandten Woldemar Baron von Löwendahl.

»Ich weiß nicht, was ich tun soll.« Sie war den Tränen nahe. »Ich muß nach Polen, sobald es geht, aber was soll mit meinen Kindern werden? Hier kann ich sie nicht lassen, mitnehmen kann ich sie noch weniger, und meine Eltern weigern sich, mir zu helfen.«

Kammerpräsident Löwendahl tröstete sie und schrieb noch am selben Tag hinter Constantias Rücken einen Brief an Margarethe von Brockdorff. Eindringlich schilderte er die Verzweiflung ihrer Tochter und appellierte an ihre Mütterlichkeit. Gegen den Willen ihres Mannes reiste Frau von Brockdorff nach Dresden.

Am 24. Oktober 1709 brachte Constantia ihre zweite Tochter auf die Welt. Wieder war es eine schwere Geburt, und wieder verlor sie sehr viel Blut. Als das kleine Mädchen am späten Abend endlich geboren war, schwebte Constantia in einem Zustand zwischen Ohnmacht und Bewußtsein und war kaum ansprechbar. Margarethe von Brockdorff bestimmte, daß das Kind am folgenden Tag getauft werden sollte. Friederike Alexandra schlief friedlich in den Armen ihres Paten Löwendahl, als der Pfarrer die segnenden Worte sprach. Knapp eine Woche später hatte sich Constantias Befinden derart verschlechtert, daß die Ärzte sie aufgaben. Statthalter Fürstenberg, den August der Starke vor seiner Abreise wieder in seine alten Funktion eingesetzt hatte, gab erste Anweisungen für den Fall des Todes der Gräfin und schickte einen Boten nach Polen.

Friedrich August war entsetzt. Unruhig wartete er zwei weitere Tage, ob der betrüblichen Botschaft vielleicht eine erfreulichere folgte. Constantia war auch von den beiden anderen Geburten nur langsam genesen, warum sollte es diesmal anders sein. Doch die erlösende Nachricht kam nicht, und so entschloß sich der König nach Dresden zu reisen. Als er am 19. November dort eintraf, war das Schlimmste überstanden.

»Gott sei gelobt, es geht Ihnen besser, als ich dachte«, Friedrich August, dem man die Strapazen der Reise ansah, sank in einen Sessel.

»Wo ist das Kind?« Constantia lächelte matt.

»Ihr habt sie um ein paar Stunden verpaßt. Meine Mutter ist heute morgen mit beiden Mädchen und einem kleinen Stab nach Depenau aufgebrochen.«

Tatsächlich war es Constantia gelungen, Margarethe von Brockdorff in den vergangenen Tagen davon zu überzeugen, sich dem Willen ihres Mannes zu widersetzen. In Begleitung von Hofmarschall, Amme, Kinderfrau, Magd und Gouvernante hatte sie sich mit Säugling und Kleinkind auf den Weg gemacht.

»Machen Sie sich wegen des Geldes keine Sorgen. Ich habe genug davon und gebe es von Herzen«, stattete Constantia sie großzügig aus.

Der König zeigte sich sehr zufrieden mit der Entscheidung seiner Mätresse.

»Das heißt, Sie werden mich nach Polen begleiten, sobald Sie das Bett wieder verlassen können?« Constantia war glücklich über die Freude, die ihm dieser Gedanke offensichtlich bereitete.

»Ich weiß, was Sie für mich auf sich nehmen und worauf Sie um meinetwillen verzichten müssen, und deswegen habe ich etwas mitgebracht, das Ihnen hoffentlich eine kleine Entschädigung ist.« Er schnippte mit den Fingern nach einem Pagen.

Constantia schielte neugierig nach dem goldverzierten Kästchen, das der Diener seinem Herren übergab. Der König reichte es an sie weiter. Constantia öffnete den Deckel und blickte auf zwei zusammengerollte Schriftstücke.

»Nun lesen Sie schon!« Friedrich August war ungeduldig. Constantia entrollte das erste Pergament und stieß einen spitzen Schrei des Entzückens aus.

»Ihr habt es getan! Ihr habt unsere Töchter legitimiert! Eine schönere Überraschung kann ich mir nicht vorstellen!« Sie sprang aus dem Bett und küßte ihn stürmisch. Der König lächelte zufrieden. Mit dieser Urkunde war der Stand der Kinder über jeden Zweifel erhaben und die Mädchen bis an ihr Lebensende abgesichert.

August der Starke nutzte den ungeplanten Aufenthalt in Dresden, um Meißen einen Besuch abzustatten. Dort hatte Friedrich Böttger Anfang Oktober tatsächlich herausgefunden, wie ein Porzellan herzustellen war, das dem chinesischen Vorbild in nichts nachstand. Seinem langjährigen Gönner und Weggefährten blieb der Triumph versagt, Ehrenfried Walther von Tschirnhaus war ein Jahr zuvor gestorben.

»Da hat Er es also doch noch zustande gebracht! Es ist wahrhaftig von der chinesischen Ware nicht zu unterscheiden«, lobte Friedrich August und betrachtete die zierlichen weißen Gefäße eingehend. Das lange Warten hatte sich gelohnt, endlich verfügte Sachsen über ein Produkt, um das man sich in der ganzen Welt riß. Das Porzellan würde die vom Krieg geschwächten Kassen des Landes auffüllen.

»Wir werden eine Fabrikatur gründen, auf der Albrechtsburg, dort sind Böttger und sein kostbares Geheimnis sicher«, ordnete der König an und machte aus dem freiheitsdurstigen, unglücklichen Böttger einen »Ehrenhäftling« der Sächsischen Krone.

Inzwischen bereitete Constantia ihre Abreise nach Polen vor. Geldgeschäfte mußten abgewickelt, der geliebte Landsitz Pillnitz verpachtet werden. Es galt, Möbel und Hausrat zu sortieren, ein Teil sollte mit nach Warschau, ein anderer ordentlich verpackt und gelagert werden. Besonders Wertvolles wurde in das Grüne Gewölbe, die königliche Schatzkammer, gebracht. Anfang 1710 brach August der Starke auf; Constantia folgte ihm am 5. März.

## *Gräfin Cosel hat sich beschwert*

Die Gräfin bemühte sich, ihre Gemächer im Warschauer Schloß so behaglich wie möglich einzurichten, und der König genoß für jedermann spürbar, daß seine Mätresse rund um die Uhr an seiner Seite war. Selbst Jakob Heinrich von Flemming mußte zugeben, daß das Paar eine Nähe und Zuneigung ausstrahlte, die jedes bisherige Gerücht bezüglich einer möglichen Trennung Lügen straften.

»Sie werden mich wieder als ihren König anerkennen«, wußte August der Starke bereits Anfang April.

»Es gilt nur noch, ein paar Unstimmigkeiten aus dem Weg zu räumen.« Constantia hob fragend die Augenbrauen.

»Es gibt Stimmen, die mich dazu veranlassen wollen, meinen Sohn in Sachsen jetzt schon als Nachfolger zu etablieren«, warnte der König.

»Aber er ist doch noch so jung, wozu soll das denn gut sein? Er bräuchte Hilfe und Vormünder, um die Regierungsgeschäfte zu übernehmen«, wunderte sich Constantia.

»Sie haben Recht, Madame, aber diese Leute denken so weit nicht, sie denken nur daran, daß ich dann stets für Polen da sein könnte. Das ist alles, was sie interessiert.«

»Nun, wenn endlich Ruhe einkehrt und keine Kriege mehr zu führen sind, habt Ihr doch ausreichend Zeit, Euch um beide Länder zu kümmern. Ihr werdet doch die Heimat nicht aufgeben wollen?«

»Um keinen Preis, und genau das werde ich auch öffentlich mitteilen«, sagte Friedrich August bestimmt.

Am 16. April 1710 setzte ihn der polnische Adel wieder in seine Rechte ein. Constantia konnte ihr Glück kaum fassen. Sie war die Frau an der Seite eines Königs. Dresden, Torgau, Leipzig, Christiane Eberhardine, das alles lag in weiter Ferne. Sie war seine Frau, und die ganze Welt konnte es sehen.

Sachsen war fern, aber nicht aus der Welt. Inzwischen hatten Madame Royale und Christiane Eberhardine erfahren, welchen Preis der Papst für seine Unterstützung forderte. Die Mutter des kurfürstlichen Königs war außer sich.

»Der Junge ist Protestant und wird es bleiben! Schlimm genug, daß sein Vater den Glauben gewechselt hat.« Sie schnappte vor Wut nach Luft.

»Kurfürst von Sachsen wird er eines Tages durch seine Geburt. Und der Kurfürst von Sachsen soll ein Protestant sein. Polen ist eine Wahlmonarchie! Wer weiß denn schon, ob sein Vater ihm den polnischen Thron überhaupt als Erbe sichern kann!«

Heimlich und in aller Eile bereitete sie mit der Unterstützung ihrer

Schwiegertochter die Konfirmation des Kurprinzen vor. Am 14. Oktober war es so weit. In Lichtenburg, Madame Royales Witwensitz, wurde der sächsische Kurprinz in Anwesenheit von Mutter und Großmutter feierlich konfirmiert.

Als Friedrich August die Nachricht von der Konfirmation seines Sohnes erhielt, bekam er einen seiner gefürchteten Tobsuchtsanfälle.

»Man wagt es, sich meinen Plänen zu widersetzen, aber ich werde einen Weg finden. Ich bin der König, ich habe die Macht! Mein Sohn soll mein Nachfolger werden, und dazu muß er Katholik sein, so wie ich katholisch geworden bin! Ich habe es dem Papst versprochen! Und wehe denen, die sich dem in den Weg stellen!« schrie er. Die Höflinge verstummten. Constantia, die seine Einstellung nicht teilte, war entsetzt. Mit keinem Wort hatte August der Starke ihr jemals zu verstehen gegeben, daß er plante, seinen Sohn konvertieren zu lassen. Dies war ein gefährliches Zeichen. Ihr Einfluß konnte nur Bestand haben, wenn sie Kenntnis von seinen Plänen besaß, und sie hatte nicht einmal geahnt, daß Friedrich August dem Papst eine entsprechende Zusage gemacht hatte. Doch jetzt war der König so zornig, daß sie entschied, einen günstigeren Zeitpunkt abzuwarten, um ihre Meinung zu vertreten. Vielleicht würde es ihr gelingen, zuvor Flemming zu ihrem Verbündeten zu machen, schließlich war auch er ein frommer Protestant. Sie bat den Minister zu einem vertraulichen Gespräch. Am 29. November 1710 empfing sie ihn hinter sorgfältig verschlossenen Türen.

»Graf, was sagen Sie zu dieser Angelegenheit«, kam sie unverblümt zur Sache. Flemming zog fragend die Augenbrauen hoch.

»Sie wissen sehr gut, wovon ich spreche. Der König will seinen Sohn zum Katholizismus zwingen. Doch wofür? Wer sagt ihm, daß das eine Garantie für den polnischen Thron ist?« Flemming schwieg noch immer.

»Bitte, Graf von Flemming, ich weiß, daß es Ihnen nicht gleichgültig sein kann. Sie lieben den König, sind ihm seit Jahren treu ergeben. Sie werden ihn doch nicht offenen Auges einen solchen Fehler machen lassen wollen.« Flemming atmete tief durch.

»Madame, ob es ein Fehler ist, muß sich erst noch herausstellen. Es ist zumindest der Wille Seiner Majestät. Darüber hinaus, Madame, sollte die große Politik kein Thema zwischen uns sein. Sie sind eine wunderschöne Frau, ich verehre Sie, aber nehmen Sie meinen Rat, und mischen Sie sich nicht in diese Dinge.« Constantias Herz schlug bis zum Hals. Was für ein Affront!

»Ich werde mit dem König sprechen«, beendete sie wütend die Unterredung.

Ein paar Tage später war Friedrich Augusts Zorn verraucht. Entspannt und guter Stimmung saß er vor einer Weinkaraffe und plauderte mit seiner Mätresse. Dies war die Gelegenheit, auf die sie gewartet hatte.

»Friedrich, erlaubt Ihr ein ernsthaftes Wort?«

»Jedes, Schönheit, jedes Wort von Ihnen ist mir eine Freude, wenngleich ich sagen muß, daß mir gerade jetzt die weniger ernsthaften lieber wären.« Er zwinkerte ihr zu.

»Vor kurzem hatte ich ein Gespräch mit dem Grafen von Flemming, das, wie ich meine, sehr unerfreulich verlief. Ich bat ihn um seine Meinung in einer wichtigen Angelegenheit, und er wies mich zurecht, indem er mir sagte, Politik sei meine Sache nicht. Majestät, ich bitte Euch, Eurem Minister mitzuteilen, daß mich alles betrifft, was Euch betrifft. Ich lebe an Eurer Seite, teile Euer Schicksal und habe ein Recht darauf, zu erfahren, wie die Dinge stehen.« Der König runzelte nachdenklich die Stirn und schaute in die Flammen.

»Nun, Sie hören seit Jahr und Tag alles von mir. Ich sehe daher keinen Anlaß, Flemming zu befragen. Was war es denn, das Sie von ihm wissen wollten.« Constantia zauderte.

»Es ging um den Kronprinzen und seine Religion, Majestät. Ich konnte mich nicht daran erinnern, daß Ihr mir davon berichtet hättet, und wollte von Flemming die Zusammenhänge erfahren.«

»Da gibt es nichts zu erfahren, Madame! Und schon gar nicht von Flemming. Dies ist einzig und allein meine Entscheidung. Ich wünsche, daß mein Sohn eines Tages mein Reich übernimmt, und dazu bedarf es eines Religionswechsels. Wie Sie an meiner Person sehen, überlebt man einen solchen Schritt unbeschadet.« Seine Stimme war scharf und Constantia spürte, daß es besser war, das Thema zu verlassen.

»Ich möchte nur, daß Flemming entschieden zurechtgewiesen wird. Es steht ihm nicht zu, darüber zu bestimmen, wozu ich mich äußere und wozu nicht.«

»Madame, ich bitte Sie, nehmen Sie sich das doch nicht so zu Herzen. Sie wissen um Ihre Stellung an meiner Seite, und Sie wissen auch, daß nach oder neben Ihnen Flemming mein wichtigster Mann ist. Ich wünsche nicht, daß es zwischen Ihnen beiden zu Auseinandersetzungen kommt.«

Am nächsten Tag stellte der König seinen Minister zur Rede.

»Gräfin Cosel hat sich beschwert. Sie verwahrt sich dagegen, von Ihnen zurechtgewiesen zu werden. Respektieren Sie das.« Flemming verbeugte sich und schwieg.

Der Dezember war angebrochen. Karl XII. hatte eine schwere Niederlage erlitten, war aber noch nicht gewillt aufzugeben. Er fand einen Verbündeten im Sultan der Türkei und brachte diesen dazu, sowohl Polen als auch Rußland den Krieg zu erklären. Die zermürbenden Kämpfe gingen weiter. Mitte des Monats beschloß August der Starke, nach Dresden zu reisen. Constantia jauchzte:

»Endlich zurück nach Hause!«

Im Januar 1711 brach der Hof wie gewöhnlich auf, um zur Leipziger Messe zu fahren. Die Geschäfte liefen denkbar schlecht. Noch immer grassierte in vielen Teilen des Landes die Pest und forderte Tausende von Opfern. Menschen, die noch vor gar nicht allzu langer Zeit vermögend gewesen waren, hatten durch hohe Abgaben und Mißgeschicke ihr Geld verloren. Constantia prüfte ihre Kreditgeschäfte und mußte gemeinsam mit ihrem Bankbevollmächtigten Joseph Löbel Pörlhäffter feststellen, daß ihre Außenstände Hunderttausende von Talern betrugen.

»Gott Lob haben Sie sich gewissenhaft abgesichert, Madame«, sagte Pörlhäffter bewundernd.

»Das habe ich fürwahr, aber bis ich die ganzen Ländereien und Anwartschaften dann wirklich mein Eigen nennen kann, werden noch einige Prozesse zu führen sein, befürchte ich«, antwortete Constantia und beugte sich wieder über die Bücher.

Zurück in Dresden fand sie einen langen Brief ihrer Mutter vor. Augusta und Friederike befanden sich wohlauf, gediehen prächtig und brachten Leben in das Haus der Großeltern. Margarethe von Brockdorff bat ihre Tochter, sich möglichst bald nach einer neuen Gouvernante für die Mädchen umzusehen, denn die bisherige Erzieherin wollte Depenau verlassen und zurück in ihre Heimat.

Der Karneval stand vor der Tür und weder Geldmangel noch Staatsgeschäfte konnten August den Starken davon abhalten zu feiern. Der Hof amüsierte sich bei Maskeraden und Wettspielen.

Trotz des fröhlichen Trubels vergaß der König keinen Augenblick, daß Sachsen sich im Krieg befand. Überall im Land waren Werber unterwegs, die Männer für neue Truppen rekrutieren sollten.

»Flemming! Ihr werdet mein neuer Generalfeldmarschall«, beförderte er seinen Minister, der damit das Oberkommando über die gesamte sächsische Armee erhielt. »Ich werde den Landtag einberufen, das Heer muß vergrößert werden. Ich will mindestens dreißigtausend Soldaten marschieren sehen. Wir brauchen mehr als zwei Millionen Reichstaler. Die Stände müssen das Geld bewilligen.«

Doch die Vertreter der Stände wollten die verlangte Summe nicht freigeben. Friedrich August tobte.

»Es ist genug jetzt mit diesem ewigen Hereingerede. Ich bin der König, und was ich befehle hat zu geschehen!«

Die Stände protestierten, doch der König lehnte Verhandlungen ab und setzte sich durch. Damit waren die Voraussetzungen für weitere militärische Schläge geschaffen. August der Starke plante die Rückkehr nach Polen.

»Madame, bereiten Sie sich vor, wir können nicht ewig hierbleiben. Ich muß zurück nach Warschau, und ich wünsche, daß Sie mich begleiten.« Constantia beherrschte ihre Gesichtszüge.

»Ein Wort von Euch, Majestät, und ich bin bereit«, antwortete sie und betete inständig, daß irgend etwas geschehen möge, das die Abreise noch ein wenig hinauszögerte.

Am 21. April 1711 kam ein Bote aus Wien. Die Kaiserin hatte ihren schnellsten Kurier nach Dresden geschickt, um in der Residenz zu melden, daß Kaiser Joseph I. vier Tage zuvor den Pocken erlegen war. Für August den Starken bedeutete dies, daß er gemeinsam mit dem Kurfürsten von der Pfalz bis zur Neuwahl eines Kaisers die Reichsgeschäfte zu führen hatte.

Constantia war stolz. Reichsvikar – was für ein klangvoller Titel! Und sie war die Frau an seiner Seite.

Polen mußte warten und August der Starke nutzte das Vikariat zunächst, um zu erledigen, was er lange hatte tun wollen. Flemming, Hoym und Vitzthum fanden sich, durch Urkunden bestätigt, im Stand von Reichsgrafen wieder. Seine Töchter Augusta und Friederike erhob er zu Constantias Freude in den Stand von ehelich geborenen Gräfinnen. Nur für Constantia selbst konnte er nichts tun. Sie strebte den Titel einer Reichsfürstin an, doch den vermochte nur der Kaiser persönlich zu verleihen, und der mußte erst gewählt werden. Was den Kandidaten betraf, war Europa gespalten. Aus Wien kam die Nachricht, daß man Erzherzog Karl, den jüngeren Bruder des soeben verstorbenen Joseph I., gerne auf dem Thron sehen würde.

Am 12. Mai richtete Constantia dem König ein rauschendes Geburtstagsfest aus. Gratulanten aus allen Teilen des Landes bildeten eine lange Schlange, und wer nicht selbst hatte kommen können, schickte zumindest schriftliche Segenswünsche. August öffnete die versiegelten Briefe persönlich.

»Sieh an, sogar am kaiserlichen Hof denkt man an mich«, schmunzelte er und erbrach das prunkvolle Siegel. Doch das Schreiben aus Wien war nur zufällig an seinem Ehrentag eingetroffen. Statt zu gratulieren, fragte die Kaiserin, wie es denn um die Zustimmung des kurfürstlichen Königs und amtierenden Reichsvikars stünde. Würde er seine Stimme ihrem Favoriten geben?

»Das ist eine großartige Gelegenheit, militärische Unterstützung aus Wien zu erhalten. Man wünscht Eure Stimme und ist sicher bereit, eine Gegenleistung zu erbringen«, vermutete Constantia richtig. August rieb sich die Hände.

»Schönheit, Ihr Verstand, scharf und brillant wie immer. Sie bringen mich auf eine Idee. Soldaten werde ich aus Wien nicht bekommen, aber ...«, er lächelte verschmitzt, »aber eine Prinzessin kann ich auf diesem Wege vielleicht erringen – für meinen Sohn natürlich«, beeilte er sich anzufügen, als er sah, daß Constantias Augenbrauen sich zusammenzogen.

»Ich werde Wien erklären, daß man sich auf meine Stimme verlassen kann, wenn der Kurprinz auf die Hand von Maria Josepha, der ältesten Tochter des Kaisers, rechnen darf.« Er leerte sein Weinglas.

»Und weil Sie so schön und klug sind und es mein Geburtstag ist, werde ich noch heute einen Gesandten zu Karl schicken und ihm ausrichten lassen, daß ich sein Wort erbitte, Sie zur Reichsfürstin zu erheben und unsere Töchter noch einmal mit dem kaiserlichen Siegel zu legitimieren, wenn ich ihn zum Kaiser gemacht habe«, sagte er großspurig.

Die friedlichen Tage näherten sich ihrem Ende. Der russische Zar bestand auf einem Treffen mit dem kurfürstlichen König, um eine gemeinsame Strategie gegen die schwedische Bedrohung festzulegen. Er bat August den Starken ins polnische Jaroslau.

»Ich kann gar nicht anders, als diese Einladung anzunehmen. Er ist unser stärkster Verbündeter und hat ein Recht darauf, daß ich komme.« Constantia schwieg.

»Madame, was ist mit Ihnen? Ich sehe ein bekümmertes Gesicht.« Friedrich August schaute sie besorgt an.

»Ich weiß nicht, wie ich es Euch sagen soll, aber ich fürchte mich vor einem erneuten Aufflammen des Krieges. Mit Entsetzen denke ich an meinen demütigenden Aufenthalt in Wolfenbüttel, als Ihr das letzte Mal kämpftet. Friedrich, ich habe eine große Bitte an Euch und hoffe, daß Ihr sie mir erfüllt.«

»Heraus damit, Sie wissen, daß ich Ihnen alles erfülle, solange es in meiner Macht steht.«

»Wenn es zu neuen Kämpfen kommt, möchte ich nicht wieder fliehen müssen. Deswegen würde ich gerne einen Teil meiner Möbel außerhalb Sachsens verwahren, um die Möglichkeit zu haben, einen eigenen Haushalt zu führen, bis das Schlimmste vorüber ist.« Der König runzelte die Stirn.

»Wohin wollen Sie denn gehen? Nach Depenau zu Ihren Eltern?« Constantia schüttelte den Kopf.

»Nein, dort sind schon unsere Töchter, wenn ich noch dazukäme, es wäre zu viel. Ich dachte daran, einige Stücke vielleicht in Hamburg zu deponieren. Dort kann ich dann jederzeit darüber verfügen.«

»Wenn es Sie beruhigt, Madame, werde ich jetzt gleich einen Befehl unterschreiben. Nehmen Sie aus dem Grünen Gewölbe, was Ihnen lieb ist, und verfügen Sie nach Belieben darüber.« Constantia atmete erleichtert auf.

## Er muß konvertieren

Am 24. Mai verließ der kurfürstliche König seine Mätresse, um den Zaren zu treffen. Zuvor verabschiedete er sich von seinem Sohn. Der Kurprinz setzte sich in die Reisekutsche und sah ihn mit großen, traurigen Augen an.

»Wird es sehr lange dauern, bis ich Euch wieder sehe?«

»Du tust ja gerade so, als würdest du mich vermissen.« Friedrich August streichelte ihm über den Kopf. Der Kurprinz nickte.

»Ich vermisse Euch immer, wenn Ihr nicht da seid«, sagte er aufrichtig.

»Ja, wenn das so ist. Möchtest du mich begleiten?«

»Nichts, was ich lieber täte, wenn ich nur die notwendigen Sachen bei mir hätte, würde ich gar nicht erst aus der Kutsche aussteigen.«

»Darüber zerbrich dir nicht den Kopf, was du brauchst, werden wir unterwegs schon auftreiben.« Friedrich August ließ den Schlag der Kutsche schließen und befahl die Abreise.

Christiane Eberhardine und Madame Royale waren empört, als sie erfuhren, daß August der Starke seinen Sohn ohne Absprache mitgenommen hatte.

»Er hat ihn entführt! Was erlaubt er sich!« zürnte die Königinmutter.

Währenddessen war Constantia damit beschäftigt, einen kompletten Haushalt in Kisten verpacken zu lassen. Die Höflinge beobachteten jeden ihrer Schritte. Was mochte es bedeuten, daß Gräfin Cosel ganz offensichtlich ein anderes Ziel hatte als der König. Sollten dies Anzeichen für einen Zwist sein? Hellhörig verfolgte die Gesellschaft ihr Treiben. Eine Woche nach des Königs Abreise war alles organisiert. Vom Geschirr über die Lüster bis hin zu den Prunkbetten hatte Constantia zusammenstellen lassen, was ihr nötig schien. Über dreißig große Kisten umfaßte die Fracht, dann war Anna Constantia von Cosel bereit, die Residenz zu verlassen.

»Ich fahre nach Holstein«, verkündete sie. »Dort werde ich meine Töchter und meine Eltern besuchen. Ich habe die Mädchen so lange nicht mehr gesehen.«

Die Höflinge tuschelten weiter.

In Hamburg angekommen, brachte Constantia ihr Gepäck im Lager einer großen Bank unter. Die Quittung, einen Depositenschein, verwahrte sie sorgfältig in ihrer Schmuckschatulle und reiste durch die frühsommerliche Hitze nach Depenau.

Je näher sie dem Gut kam, um so heftiger klopfte ihr Herz. Endlich würde sie ihre Töchter wiedersehen. Und den Vater, wie lange war es her, daß sie ihn umarmt hatte. Aufgeregt sprang sie aus der Kutsche und war enttäuscht, feststellen zu müssen, daß die beiden Mädchen sie nicht erkannten.

»Du mußt ihnen ein wenig Zeit geben«, flüsterte Margarethe von Brockdorff, hinter deren weitem Rock sich Augusta und Friederike verbargen. Constantia nickte.

Das Nachtessen mit den Eltern verlief anders, als sie es sich gewünscht hatte. Statt der erhofften entspannten Atmosphäre, in der sie von ihrem Leben an Augusts Seite berichten und von ihrer Mutter alles über ihre Töchter erfahren wollte, dominierte Ritter Brockdorff mit schlechter Laune.

»Wie lange soll das noch so gehen!« polterte er. »Du hast uns deine Kinder aufgehalst und scherst dich nicht einmal darum, daß die verfluchten Kriegssteuern uns das Leben sauer machen.«

Constantia setzte zu einem heftigen Protest an, da griff die Mutter begütigend nach ihrer Hand.

»Vater, ich bitte sehr! Ich schicke doch regelmäßig Geld, und wenn es nicht genügt, dann müssen Sie mich das wissen lassen. Ich werde den Betrag sofort erhöhen.« Der neunundsechzigjährige Brockdorff nickte besänftigt.

Nach zwei glücklichen Wochen mit ihren Kindern ging der Aufenthalt in Depenau zu Ende. Friedrich August erwartete Constantia in Karlsbad.

»Kannst du nicht noch ein paar Tage verlängern?« bat ihre Mutter. »Wer weiß schon, wann wir uns wiedersehen.« Ihre Stimme klang flehend.

»Mutter, mir sind die Hände gebunden. Seine Majestät wünscht mich an seiner Seite, und ich tue besser daran, diesen Wunsch zu erfüllen.«

Nachdem August der Starke den russischen Zaren getroffen und seine Verhandlungen geführt hatte, wollte er von Jaroslau aus nach Karlsbad reisen, um sich dort mit Hannibal Albani, dem päpstlichen Nuntius, zu beraten. Während der ganzen Reise hatte der kurfürstliche König immer wieder mit seinem Sohn gesprochen und versucht, diesen zum Übertritt zum katholischen Glauben zu bewegen. Doch der Kurprinz widersetzte sich.

»Ich bitte Euch, laßt dieses Thema nicht zwischen uns stehen. Mutter und Großmutter haben mich zu einem frommen Protestanten erzogen. Es bräche ihnen das Herz, mich als Katholiken von dieser Reise wiederkehren zu sehen.«

Auch wenn es seinen Interessen entgegenstand, konnte Friedrich August nicht anders, als die Standhaftigkeit seines Sohnes zu bewundern. Sein Plan, Albanis Rat einzuholen, wurde von der Tagespolitik durchkreuzt. Eine wichtige Konferenz verlangte seine Anwesenheit in Dresden. Constantia reiste ebenfalls in die Residenz.

Am 9. Juli 1711 trafen Regent und Kurprinz wieder im Schloß ein. Madame Royale erfuhr auf ihrem Witwensitz Lichtenburg von der Rückkehr ihres Enkels und bereitete seine Ankunft vor.

Friedrich August hatte jedoch andere Pläne mit seinem Sohn. Inzwischen war er mit Albani zusammengetroffen, und der päpstliche Nuntius hatte eine zündende Idee gehabt.

»Er muß konvertieren, und er muß es freiwillig tun. Aber um das zu erreichen, muß ich ihn dem Einfluß von Mutter und Großmutter entziehen.« Der König sah Constantia herausfordernd an. »Das ist doch nicht so schwer zu verstehen?«

»Nein, Majestät, Eure Sichtweise ist nicht schwer zu verstehen, aber ob sie deswegen auch richtig ist, wage ich zu bezweifeln.« Constantia war aufgestanden und ging im Zimmer auf und ab.

»Eines Menschen Glaube ist seine Herzenssache und kann nicht einfach geopfert werden, nur weil es für die politischen Ziele vielleicht opportun ist. Ihr habt so gehandelt, Majestät, und es hat Euch viel Kritik eingebracht. Was meint Ihr, wieviel böse Stimmen es erst geben wird, wenn Ihr Euren Sohn zu diesem Schritt zwingt.« Constantia wußte, daß es gefährliches Terrain war, das sie betrat und beeilte sich fortzufahren, bevor der König etwas entgegnen konnte.

»Vertraut mir, Friedrich, hört auf mich. Es ist nicht richtig, den Glauben des Kurprinzen für den polnischen Thron zu verraten.«

Friedrich August sah sie durchdringend an. Er wußte, daß sie recht hatte, und er wußte auch, daß er dennoch anders handeln würde. Es war beschlossene Sache. Sein Sohn sollte ihn am 12. Oktober in Frankfurt bei der Wahl des Kaisers vertreten, um anschließend auf Kavalierstour zu gehen. Und das alles, ohne Christiane Eberhardine oder seine Großmutter noch einmal gesehen zu haben. So war es mit Albani abgesprochen, so würde es geschehen. Schließlich war August der Starke auf die Unterstützung des Papstes angewiesen, besonders im Zusammenhang mit einer eventuellen Hochzeit mit Maria Josepha von Habsburg.

Der Krieg hinterließ überall Spuren der Verwüstung. Die Menschen in Dörfern und Städten reagierten mit immer heftigeren Protesten. Wo die Soldaten auftauchten, leerten sie Vorrats- und Kornkammern, schlachteten das Vieh, und zu allem Überfluß grassierte an vielen Orten die Pest. Tausende starben an der verheerenden Seuche, die den Militärs folgte wie ein tödlicher Schatten. August der Starke hatte sich mit dem dänischen König im Feldlager Stralsund getroffen, um von dort aus das weitere Vorgehen zu steuern.

Seit Anfang September 1711 war auch Constantia im Feldlager. Was sich zunächst anließ wie ein spannendes Abenteuer, wurde durch mangelnde Lebensmittel und schlechte Nachrichten von den verschiedenen Fronten zu einer zermürbenden Qual.

»Wir müssen etwas unternehmen. Die Truppen sind unzufrieden, und mit unzufriedenen Männern kann man keinen Krieg gewinnen.« Friedrich August stand unschlüssig vor seinem Zelt.

»Ist es nicht besser, auf die russische Unterstützung zu warten?« Constantia fürchtete sich vor den Konsequenzen eines Angriffs aus unterlegener Position.

»Zwölftausend Soldaten wollte er schicken, der Zar, und noch immer ist kein einziger von ihnen eingetroffen. Flemming verhandelt und verhandelt, aber wer weiß, ob überhaupt noch jemand kommt. Bald wird es kalt, und dann sinken unsere Chancen auf einen Sieg, nein, es gilt zu handeln, und zwar schnell.« Der kurfürstliche König sprach mehr zu sich selbst, als daß er ihre besorgte Frage beantwortete.

Am 18. Oktober brachen Teile des dänischen und sächsischen Heeres auf, um die Peenemünder Schanze zu erobern. Constantia stand Todesängste aus, die sich in überbordendem Jubel entluden, als die Nachricht vom Sieg im Lager eintraf.

Doch auch dieser Erfolg konnte nicht davon ablenken, daß die Lage sich zuspitzte.

»Ich habe Angst um unsere Töchter. Die Pest wütet jetzt auch in

Holstein. Ich bete zu Gott, daß sie Depenau nicht erreicht.« Es war Nacht, und Constantia konnte nicht schlafen.

»Ich tue alles, was in meiner Macht steht, aber auf die Pest habe ich keinen Einfluß. Versuchen Sie, ein wenig zu schlafen«, murmelte Friedrich August müde.

Am nächsten Tag kam unerwarteter Besuch.

»Er nennt seinen Namen nicht, Majestät, ein Kerl in lumpigem Gewand, der Euch dringend zu sprechen wünscht«, meldete der Soldat.

»Man lasse ihn vor«, entschied der König. Wenig später stand sein Gast vor ihm. Friedrich August betrachtete den Mann.

»Ich kenne Ihr Gesicht, aber ich erinnere mich nicht.« Er kniff die Augen zusammen.

»Majestät machen mir ein großes Kompliment, wenn Ihr mich nicht erkennt, ist meine Verkleidung gelungen. Mein Name ist Johann Baptist Salerno, Gesandter des Papstes.« Friedrich August stand auf.

»Salerno, was soll dieser Mummenschanz?« Der König musterte die ärmliche Garderobe des vornehmen Mannes.

»Der Krieg zwingt mich dazu, Majestät. Es schien mir der sicherste Weg, bis zu Euch vorzudringen.« Salerno lächelte. »Ich habe dringend etwas mit Euch zu besprechen. Es geht um Euren Sohn. Der Kurprinz hat Euch bei der Kaiserwahl würdig vertreten. So jung er ist, hat er seine Sache sehr gut gemacht. Aber er hat seinen Aufenthalt in Frankfurt auch anderweitig zu nutzen verstanden und sich an Euren Vetter Frederik und die englische Königin gewandt. Er bittet um Unterstützung gegen die Versuche, ihn zum katholischen Glauben zu bekehren.«

Zwischen des Königs zusammengezogenen Brauen bildeten sich die gefährlichen senkrechten Falten.

»Warum versteht der Bursche nicht, daß ich das alles nur zu seinem Besten tue. Was nutzen Krone und Kurhut, wenn niemand da ist, sie zu übernehmen.« Er bedeckte sein Gesicht mit den Händen.

»Wenn Majestät die Zustimmung geben, biete ich an, ab jetzt nicht mehr von des Kurprinzen Seite zu weichen. Ich werde zu verhindern wissen, daß es weiterhin Einflüsse gibt, die ihn in seinen Gedanken bestärken. Dann sollte es eigentlich nur noch eine Frage der Zeit sein, und er wird sich dem väterlichen Willen beugen.« Salerno sprach mit überzeugender Zuversicht.

»So soll es sein. Am Ende muß er mir gehorchen«, stimmte Friedrich August dem Gesandten zu.

Die Kälte machte eine weitere Belagerung Stralsunds unmöglich. Die Truppen bezogen Winterquartiere. Nach vier entbehrungsreichen Monaten konnte Constantia ihre Abreise aus dem Feldlager vorbereiten. Am 5. Januar 1712 brach sie mit dem Schlitten auf, um endlich nach Dresden zurückzukehren.

»Ich wünsche eine gute Reise und folge, so schnell ich kann«, versicherte der König.

Berittene Boten waren vorausgeeilt, und als Constantia nach zehn Tagen in der Residenz eintraf, war das Taschenbergpalais hell erleuchtet und überall in den Kaminen loderten Feuer.

»Ich habe kaum noch gewußt, wie schön es ist, wenn man nicht friert«, sagte Constantia am Abend zu ihrer Zofe und betrachtete sich prüfend im Spiegel. »Zehn Jahre älter sehe ich aus, nach dieser Schlittenfahrt.«

Als August der Starke ein paar Tage später ebenfalls Dresden erreichte, strahlte seine Mätresse, als sei nie etwas gewesen. Voller Elan kümmerte sie sich um die Geschäfte, die sie so lange hatte vernachlässigen müssen, und schrieb Brief um Brief.

»Es ist wahrhaftig ein Ärgernis, aber meine Ernennung zur Reichsfürstin ist noch immer nicht vollzogen«, beschwerte sie sich beim König.

»Machen Sie sich keine Gedanken, Schönheit, ich habe den Gesandten schon angewiesen, sich darum zu kümmern. Karl VI. ist gewählt, und das hat er auch unserer Stimme zu verdanken, jetzt soll er gefälligst die Gegenleistung erbringen.« August der Starke saß an seinem Schreibtisch und arbeitete sich mürrisch durch den hohen Stapel von Papieren, der sich in seiner Abwesenheit angesammelt hatte.

»Nimmt diese leidige Angelegenheit denn gar kein Ende«, murrte er und legte einen Brief seiner Mutter auf das Schreiben, das er von Christiane Eberhardine erhalten hatte. Beide Frauen baten ihn, den Kurprinzen endlich wieder nach Hause zu holen.

»Er wird seine Kavalierstour absolvieren, wie es üblich ist! Der Knabe ist doch kein Kind mehr«, zürnte er. »Ich werde meine Mutter besuchen. Gemeinsam mit der Königin scheint sie hinter meinem Rücken gegen meine Interessen zu wirken. Der Kurprinz hat geschrieben, und aus seinen Briefen geht hervor, daß da eine heimliche Korrespondenz stattfindet.«

»Das hat er Euch geschrieben?« Constantia sah ihn ungläubig an.

»Nein, Madame, nicht mir, sondern seiner Mutter und seiner Großmutter. Aber seine Briefe sind in meinen Händen«, triumphierte Friedrich August.

Der Besuch bei Madame Royale verlief unerfreulich.

»Wenn Sie so weitermachen, wird es einen Skandal geben. Sachsen will keinen katholischen Kurprinzen. Es ist schon schlimm genug, daß es einen katholischen Kurfürsten hat!« las sie ihrem Sohn unumwunden die Leviten.

»Sie handeln gegen den Willen des Landes, das Sie von Ihren Ahnen übernommen haben.« Sie sah ihn zornig an.

Im März reiste Friedrich August nach Polen, wo kurz darauf auch Constantia eintraf. Eilig stieg sie aus der Kutsche, nahm sich nicht einmal die Zeit, ihre Reisekleidung abzulegen, und lief sofort in den Audienzsaal. August der Starke war im Gespräch mit Flemming, als Constantia hereinstürmte und ihm um den Hals fiel. Sie begrüßte Flemming mit einem kühlen Kopfnicken.

»Majestät, verzeiht, aber ich muß Euch in einer dringenden Familiensache um Rat fragen – allein!« Sie sah Flemming durchdringend an. Der Minister verließ den Raum. Constantia nestelte ein zerknittertes Schreiben aus ihrer Tasche.

»Das ist ein Brief meines Vaters, Majestät, ich habe ihn wenige Stunden vor meiner Abreise erhalten. Mein Vater ist sehr krank und schreibt, daß er die Sondersteuern, die für den Krieg erhoben werden, nicht mehr zahlen kann. Ich bitte Euch, Majestät, gebt mir die Erlaubnis, mich für ihn zu verwenden. Man muß ihm das Geld erlassen, sonst ist Depenau verloren, und dort leben unsere Kinder.« Ihre Stimme zitterte. Der König griff nach dem Brief und überflog ihn.

»Verfahren Sie ganz nach Ihrem Gutdünken, Madame, und seien Sie meiner Unterstützung gewiß.« Constantia knickste.

Der Aufenthalt in Warschau stand unter keinem guten Stern. Am 8. April starb Oberhofmarschall Pflugk. Der König betrauerte den Verlust seines langjährigen Weggefährten.

»Er war mir so viele Jahre ein treuer, zuverlässiger Begleiter. Wie soll ich nur seine Stelle besetzen«, sinnierte er. Constantia sah ihn nachdenklich an.

»Es wird nicht leicht sein, einen Ersatz zu finden, aber ich wüßte jemand, der ihm zumindest an Treue und Zuverlässigkeit in nichts nachsteht.«

»Und wer könnte das sein?« August sah sie aufmerksam an.

»Baron von Löwendahl«, antwortete Constantia ohne zu zögern und fügte überzeugt hinzu: »Er ist Euch tief verbunden und würde niemals etwas tun, das Euch oder dem Land schaden könnte.«

»Löwendahl«, wiederholte August sinnierend. »Warum eigentlich nicht. Ich werde mit Flemming darüber sprechen.«

Sein dirigierender Minister war ganz und gar nicht begeistert von der Idee, hütete sich aber, seine Meinung zu deutlich zum Ausdruck zu bringen. Löwendahl war Constantias Protegé, und Flemming wollte ihren Einfluß um nichts in der Welt stärken. Vorsichtig tastete er sich vor.

»Nun, Majestät, ich will ganz offen sprechen. Baron von Löwendahl ist ohne Frage ein fähiger Mann, doch vielleicht darf ich einen Gegenvorschlag machen. Denn ich werde es sein, der mit ihm zusammenarbeitet und …«

»Flemming, reden Sie nicht so lange um den Kern herum, wen möchten Sie auf dem Platz des verstorbenen Pflugk sehen?« Es war Mittag, und der König hatte Hunger.

»Nach meiner Einschätzung wäre Graf Wackerbarth der Richtige für das Amt des Oberhofmarschalls. Er dient Euch seit Jahr und

Tag, an seiner Treue besteht kein Zweifel.« Der König sah seinen Minister durchdringend an.

»Wackerbarth, Sie haben recht, auch für ihn spricht vieles. Ich werde darüber nachdenken.«

Hinter verschlossenen Türen entspann sich ein heftiger Machtkampf zwischen Constantia von Cosel und Jakob Heinrich von Flemming. Beide versuchten, ihren Wunschkandidaten beim König durchzusetzen, und beide hatten das Ziel, damit die eigene Position bei Hof zu stärken. Constantia gewann das zähe Ringen. Ohne Rücksicht auf den murrenden Flemming ernannte der König Woldemar von Löwendahl zum Oberhofmarschall.

»Majestät, Sie werden die Ernennung Löwendahls nicht bereuen, und jetzt, da die Entscheidung gefallen ist, werden Eure Leibschmerzen sicher bald wieder vergehen«, sagte Constantia und reichte ihm ein starkes Kamillenextrakt. »Trinkt das, es wird Euren Magen beruhigen.«

Friedrich August rümpfte die Nase.

»Mein Magen ist am besten durch etwas Anständiges zu essen und zwei oder drei Flaschen Wein zu beruhigen«, knurrte er.

»Die Ärzte sind da anderer Ansicht«, widersprach seine Mätresse.

Tatsächlich rieten die königlichen Leibärzte dem Monarchen dringend, noch einmal nach Karlsbad zu reisen und dort eine heilende Kur zu absolvieren. Anfang Mai hatte der König sich einer Untersuchung unterzogen und dabei ein Gewicht von über einhundertzwanzig Kilo auf die Waage gebracht. Das und seine ständigen Schmerzen bewogen die Mediziner dazu, ihm eine Veränderung seines Lebenswandels, insbesondere aber die Reduzierung seines Weinkonsums zu empfehlen.

»Quacksalber! Alles Quacksalber!« schimpfte der Patient, aber Constantia überredete ihn schließlich, auf die Herren Doktores zu hören.

Am 24. Mai traf der Hof in Karlsbad ein. Friedrich August beugte sich den medizinischen Verordnungen. Gerade hatte er sich ein wenig erholt, da stellten sich bei Constantia gesundheitliche Beschwerden ein.

»Ich schlafe schlecht. Und wenn ich schlafe, träume ich noch schlechter. Aber vor allem habe ich flatternde Nerven. Ich fürchte mich vor dem Krieg.«

»Sie haben vergessen zu erwähnen, daß Sie außerordentlich reizbar sind in letzter Zeit«, fügte Friedrich August hinzu.

Constantia versuchte, die aufsteigenden Tränen zu unterdrücken. Einige Wochen später gab es eine Erklärung für ihren aufgewühlten Gemütszustand: Die Gräfin war schwanger.

Wieder in Dresden besänftigte der König den noch immer grollenden Flemming und machte ihn zum mächtigsten Mann des Ministeriums. Dank eines neuen Erlasses gab es nichts mehr, das der Minister nicht zu sehen bekam, bevor es dem König präsentiert wurde. Flemming hatte die uneingeschränkte Gewalt über jeden Vorgang, der das Land betraf und entschied ganz allein, wann und in welcher Form August der Starke in Kenntnis gesetzt wurde.

»Friedrich, Ihr begebt Euch ganz und gar in die Hand dieses Mannes«, warnte Constantia, doch der Monarch wollte nicht auf sie hören.

»Schönheit, lassen Sie das meine Sorge sein. Achten Sie auf Ihr Befinden und darauf, daß Sie ein gesundes Kind zur Welt bringen.« Constantia schwieg und beschloß, mit Flemming zu sprechen.

Der Minister begegnete ihr mit ungewöhnlicher Kühle und die Unterredung verlief nicht, wie Constantia wünschte. Jakob Heinrich von Flemming drehte ihr jedes Wort im Mund um, verwahrte sich gegen den Vorwurf, er könne dank seiner neuen Position die Geschehnisse über Gebühr beeinflussen und bestand auf seiner Loyalität dem König gegenüber.

»Ich diene dem König, so wie ich es immer getan habe, und jeder, der sich zwischen mich und Seine Majestät zu stellen wagt, begeht einen schweren Fehler«, drohte er unverhohlen.

August der Starke hatte mit Constantia das Nachtessen eingenommen und war danach nicht – wie es zu ihrem Bedauern in letzter Zeit öfter geschah – ausgegangen. Entspannt saß er in seinem Schlafrock in ihrem Gemach. Constantia nutzte die Gunst der Stunde.

»Friedrich, es wird nicht mehr lange dauern, und Ihr werdet wieder nach Warschau gehen. Die Ärzte sagen, ich darf keine lange Reise unternehmen, ich kann Euch also in diesem Zustand nicht begleiten.« Sie legte die Hände auf ihren gewölbten Bauch. »Aber ich werde Euch natürlich nach der Geburt sofort folgen, ganz gleich, wo Ihr Euch dann befindet.« August lächelte.

»Auch wenn es wieder ein Feldlager ist? Sie wissen, Madame, der Krieg ist noch nicht zu Ende.«

»Ich werde auch in ein Feldlager kommen, wenn Ihr dann in einem Feldlager seid. Mein Platz ist an Eurer Seite, und daran wird sich nie etwas ändern.« Dergleichen Beteuerungen hörte der Regent gerne.

»Doch bis es so weit ist, kann noch viel geschehen, und wir wissen beide nicht, was das Schicksal für uns bereit hält. Deshalb möchte ich Euch um etwas bitten.« Friedrich August nahm einen kräftigen Schluck Wein und sah versonnen auf den Boden des Glases.

»Eine Bitte? Lassen Sie hören«, sagte er milde.

»Unsere Liebe ist mit einem Vertrag besiegelt. Doch Ihr wollt, daß dieser Vertrag geheim bleiben muß, und ich beuge mich. Was aber, wenn ich durch die Kriegswirren in die mißliche Lage gerate, meinen Besitz legitimieren zu müssen? Was, wenn ich plötzlich beweisen muß, daß Pillnitz und die Häuser auf dem Taschenberg, daß mein Silbergerät und die Juwelen, die Ihr mir geschenkt habt, wirklich mir gehören? Ich habe nichts in der Hand. Und darum bitte ich Euch, mir zu meiner Sicherheit ein Schreiben zu geben, mit dem ich eben diese Dinge nachweisen kann, wenn es nötig wird.« Der König lächelte.

»Wenn es Sie beruhigt, sollen Sie ein solches Dekret erhalten. Immerhin werden Monate vergehen, bis wir uns wiedersehen und ich möchte nicht, daß Sie sich unnötige Sorgen machen.«

Am 8. Juli 1712 erhielt Constantia das gewünschte Schreiben. Vom König unterzeichnet, waren alle ihre Besitztümer aufgelistet und somit gegen den Zugriff Fremder geschützt. Constantia war glücklich und noch zufriedener, als sie erfuhr, daß eine Kopie an den Geheimen Rat gegangen war.

In den letzten Julitagen herrschte reges Treiben in der Dresdner Residenz. Friedrich August I. bereitete seine Abreise nach Warschau vor. Die bevorstehende Trennung machte Constantia schwer zu schaffen.

Doch für sie und das ungeborene Kind war es besser, in Dresden zu bleiben. So machte sie gute Miene zum bösen Spiel und beherrschte ihre Unruhe.

»Schönheit, es fällt mir schwer, Sie zu verlassen, und schon jetzt vermisse ich Ihre muntere Gesellschaft«, sagte Friedrich August zum Abschied. Er stieg in seine Reisekutsche und warf ihr durch das offene Fenster einen Handkuß zu.

Der 17. Oktober 1712 war Constantias zweiunddreißigster Geburtstag. Schon am frühen Vormittag standen in Dresden die Gratulanten Schlange, und die hochschwangere Gräfin Cosel nahm mit leuchtendem Gesicht ihre Glückwünsche entgegen. Für den Abend hatte sie ein Souper für ihre engsten Freunde vorbereiten lassen. Etwa fünfzig Gäste wurden erwartet.

»Ich werde mich ein wenig ausruhen, damit ich den Abend gut überstehe«, sagte sie nach dem Mittagessen zu ihrer Kammerfrau und zog sich zurück. Doch das Souper mußte ohne sie stattfinden, denn am Nachmittag setzten die Wehen ein.

»Was für ein Geburtstagsgeschenk!« scherzte sie eine Stunde später und betete inständig, daß diese Geburt anders verlaufen möge als die bisherigen. Am Abend waren die Wehen so heftig, daß Constantia nicht mehr zu Scherzen aufgelegt war.

»Ich bin nicht geschaffen für dieses Geschäft!« stöhnte sie und klammerte sich mit verzerrtem Gesicht an die Lehnen des Geburtsstuhles. Die Hebamme sprach ihr tröstend zu, und kurz vor Mitternacht hielt Anna Constantia von Cosel einen kleinen Jungen im Arm.

»Friedrich August sollst du heißen, wie dein Vater«, hauchte sie und sank erschöpft in ihre Kissen. Wieder wurde Constantia im Wochenbett von heftigen Fieberschüben geschüttelt, und wieder hing ihr Leben an einem seidenen Faden. Doch diesmal wachte Friedrich August nicht an ihrem Bett.

In Warschau brauten sich dunkle Wolken zusammen. Graf Flemming hatte sich fest vorgenommen, Constantias Abwesenheit zu nutzen, um ihren Einfluß auf den König ein für alle Mal zu zerstören. Eine willige Helferin für seine Intrige fand er in seiner Cousine Frau von Brebentau, der Gattin des polnischen Krongroßschatzmeisters. Jan Jerzy von Brebentau war dem König tief ergeben, verwaltete die polnische Generalakzise und versorgte seinen Regenten oft auch unter der Hand mit Geld. August der Starke schätzte ihn und seine Frau über alle Maßen.

»Es gilt, eine Schönheit zu finden, die das Zeug dazu hat, Seine Majestät in ihren Bann zu ziehen. Wenn sich die Königin schon weigert, nach Warschau zu kommen, sollte er wenigstens eine polnische Mätresse haben«, verschleierte Flemming seine wahren Beweggründe. Die Brebentau nickte stolz.

»Was für eine Ehre, daß Sie mich ins Vertrauen ziehen, Graf. Lassen Sie mir ein wenig Zeit. Ich werde mich umhören.«

Schneller als gedacht, gelangte sie ans Ziel. Es hatte nur eines Gespräches bedurft, und ihre Freundin Dönhoff, eine verarmte Adlige, war sofort bereit gewesen, Tochter Maria Magdalena in das königliche Bett zu befördern. Frau von Brebentau eilte zu Flemming.

»Sie werden entzückt sein, mein lieber Cousin. Die junge Gräfin Dönhoff ist ein bezauberndes Wesen. Mit ihren neunzehn Jahren unverbraucht und stets heiter. Sie liebt amüsanten Zeitvertreib und versteht es, dank ihrer reizenden Proportionen, in jeder Gesellschaft die Blicke der Herren auf sich zu ziehen.« Der Minister nickte erfreut.

»Auf Sie wartet jetzt die Aufgabe, dem König die junge Dame schmackhaft zu machen«, sagte er unverblümt. »Wir beginnen ganz unverfänglich mit einer kleinen Einladung. Ich werde die Gräfin neben Seiner Durchlaucht plazieren.« Flemming rieb sich die Hände. Wenn der Plan aufging, waren die Tage der Gräfin Cosel gezählt. Er brauchte nur noch dafür zu sorgen, daß sie von der Affäre erfuhr, alles andere würde sich dank ihrer Eifersucht finden.

Am 27. November 1712 gelang Salerno, was so lange unmöglich

erschien. Der Kurprinz trat zum katholischen Glauben über. In aller Heimlichkeit und Stille legte er das Bekenntnis ab. In Dresden hatte Constantia Besuch von Georg Ludwig von Haxthausen und ließ ihrem Zorn freien Lauf.

»So hat der König seinen Willen auch diesmal durchgesetzt.« Sie ballte die Hände zu Fäusten. »Wie gut, daß ich hier bin. Er hätte keine Freude an dem, was ich ihm sagen würde.«

Ihr Freund Haxthausen sah sie ungläubig an.

»Gräfin, heißt das, Sie reisen nicht so bald wie möglich zu ihm nach Warschau?«

»Im Augenblick, lieber Freund, liegt mir nichts ferner als das. Sie können gar nicht ermessen, wie sehr ich mich daran freue, zu sehen, wie mein kleiner Sohn wächst und gedeiht.«

»Gräfin, bedenken Sie, daß der König Ihre Anwesenheit wünscht. Es ist nicht gut, ihn warten zu lassen.«

»Ach, der König. Ich weiß, daß er auf mich wartet. Wie oft war ich es, die warten mußte.« In Constantias Stimme schwang Groll.

»Mit Verlaub, Gräfin, das hat Sie sicher verdrossen, ist aber etwas anderes.« Haxthausen registrierte besorgt, daß seine Freundin sich verändert hatte. Wenn sie sich nicht schnell in die polnische Residenz begab, würde es ein Unglück geben. Flemming hatte ihn vor nicht allzu langer Zeit gewarnt, den Umgang mit der Gräfin Cosel nicht zu intensiv zu betreiben. Eine solche Warnung verhieß nichts Gutes.

»Ich sage Ihnen das, weil ich Sie schätze, Haxthausen, aber ich nehme Ihnen hiermit den Eid ab, daß Sie niemand – auch der Gräfin – gegenüber ein Wort von unserem kleinen Gespräch verlauten lassen«, hatte der Minister ihn beschworen und ihm damit den Mund versiegelt. Der Mann war gefährlich und stets in des Königs Nähe.

Constantia ahnte nichts. Sobald es ihre Gesundheit zuließ, begann sie wieder Einladungen und Empfänge zu geben. Glücklich residierte sie im Taschenbergpalais und genoß ihre Stellung in der höfischen Gesellschaft.

Wie mit Flemming verabredet, hatte Frau von Brebentau eine Einladung gegeben und die junge Maria Magdalena von Dönhoff neben den König gesetzt. Die Gräfin zog alle verfügbaren Register und gab ihr Bestes, Friedrich August zu betören, doch der Regent war so leicht nicht zu erobern. Erstens gefiel ihm die Dönhoff nicht so gut, wie die Urheber der Intrige gehofft hatten, zweitens durchschaute er das Spiel. Zum dritten aber, und das hörte Flemming gar nicht gern, liebte der König Anna Constantia Gräfin von Cosel. Er, der einem kleinen Intermezzo nie abgeneigt war, vermißte seine Mätresse, von der er jetzt schon seit Monaten getrennt war. Graf Flemming beschloß, der Sache mehr Nachdruck zu verleihen.

»Majestät, ich bitte Euch, nicht zu übersehen, daß Ihr hier in Polen eine ganze Reihe Widersacher habt, die nur darauf warten, Euch Schwierigkeiten zu bereiten. Es ist allerhöchste Zeit, daß das Volk eine Polin an Eurer Seite sieht. Nur so gewinnt es Vertrauen und erkennt, daß es Euch ernst ist mit dem Land und Euer Herz nicht nur für Sachsen schlägt.« Friedrich August reagierte unwirsch.

»Soll mein Geschick in Polen etwa davon abhängen, ob ich mit dieser, wenn auch hübschen, so doch geistig recht unbedarften Person mein Bett teile?«

»Majestät, die Unbedarftheit muß kein Nachteil sein, so mischt sie sich wenigstens nicht in die hohe Politik ein und schweigt zu Dingen, von denen sie nichts versteht. Die junge Dame soll Euch amüsieren, für Pläsier sorgen und ein wenig an Eurer Seite repräsentieren. Dafür scheint sie mir mit ihrem heiteren Wesen gerade die Richtige zu sein.«

Constantia war im fernen Dresden und machte keine Anstalten, nach Warschau zu kommen. Maria Magdalena von Dönhoff nutzte die Zeit und zog die ausgeworfenen Netze immer enger um Friedrich August zusammen. Eines Abends gelangte sie ans Ziel und wurde die Geliebte des Königs. Eifrig sorgten Flemming und Frau von Brebentau, daß der ganze Hof von der ersten gemeinsamen Nacht erfuhr. Auch die Herren Löwendahl und Haxthausen wurden informiert. Der leitende Minister baute darauf, daß sie die Botschaft nach Dresden tragen würden und bat Löwendahl zu einem vertraulichen Gespräch.

»Tun Sie, was ich Ihnen rate, und ich versichere Ihnen, es wird ihr Schaden nicht sein«, schloß er die Unterredung. Am nächsten Tag brach Löwendahl nach Dresden auf. Was Flemming von ihm verlangte, schien ein wenig zu weit zu gehen. Doch war man gut beraten, den Wünschen des mächtigen Ministers nachzukommen. Auch Haxthausen kehrte in die Residenz zurück und fürchtete sich davor, Constantia zu besuchen. Was er in Warschau gehört und gesehen hatte, würde die Gräfin tief treffen, und er war nicht der Mann, sie zu belügen, wenn sie ihn direkt fragte.

Anna Constantia von Cosel erwartete den Besuch ihres Freundes mit Sehnsucht. In den vergangenen Wochen hatte sie mit großer Besorgnis zur Kenntnis nehmen müssen, daß die königlichen Briefe aus Warschau immer seltener wurden. Gerüchte von einer neuen Geliebten waren bereits zu ihr gelangt, sogar den Namen Dönhoff hatte man ihr zugetragen.

»Ist es wahr, daß mein Mann mit dieser jungen Gräfin ein offenes Verhältnis hat?« fragte sie unumwunden, kaum daß Haxthausen das Zimmer betreten hatte. Der Freund sah sie unsicher an.

»Sagen Sie mir die Wahrheit. Gibt es in Warschau eine Favoritin, die sich ungeniert an seiner Seite zeigt?« Haxthausen nickte.

»Gräfin, es ist mir entsetzlich, derjenige sein zu müssen, der Ihnen diese traurige Bestätigung gibt.«

Constantia schlug die Hände vor das Gesicht und begann zu weinen. Haxthausen versuchte, sie zu trösten, doch seine Worte konnten den Tränenstrom nicht aufhalten. So zog er es vor, den Besuch zu beenden.

Vier Tage später erreichte ihn ein handgeschriebenes Billett. Constantia hatte es in großer Eile verfaßt und bat ihn inständig, schnellstens zu ihr zu kommen. Eine halbe Stunde später stand er vor Constantia. Die traurige Blässe war leuchtender Zornesröte gewichen.

»Was ich Ihnen jetzt erzähle, werden Sie nicht für möglich halten, gleichwohl ist es die pure Wahrheit. Vor zwei Stunden war Baron von Löwendahl bei mir. Woldemar von Löwendahl, mein Vetter, den ich aus Holstein an den Hof geholt und dem ich zu einer herausragenden Position verholfen habe. Und wissen Sie, was er sich erdreistet hat zu tun?« Haxthausen schüttelte den Kopf.

»Er hat die unglaubliche Frechheit besessen, mir die Frage zu stellen«, sie stockte, »mir den Vorschlag zu machen ... Kurzerhand, er wollte, daß ich mich ihm hingebe. Was sagen Sie dazu? Ich habe ihm eine Ohrfeige verpaßt und ihn sofort aus dem Raum gewiesen. Was denkt sich dieser Mann?« Constantia rang nach Atem. Haxthausen starrte sie an.

»So sagen Sie doch etwas! Das kann Sie doch nicht unberührt lassen!« flehte Constantia. Georg Ludwig von Haxthausen versuchte seine Gedanken zu ordnen.

»Gräfin, ich weiß nicht, was ich zu so einer Unverfrorenheit sagen soll. Ich verstehe Ihre Erregung!«

»Erregung ist gar kein Wort, ich kann mich nicht erinnern, wann ich das letzte Mal so außer mir war. Ich werde noch heute an den König schreiben und ihm nahelegen, diesen undankbaren Mann aller Ämter zu entheben und aus seinem Umfeld zu entfernen!« Sie rieb sich die Schläfen.

»Madame, darüber sollten Sie erst noch einmal nachdenken. Wenn Sie einen solchen Brief verfassen, wird Löwendahl alles abstreiten, und in Warschau ist die Situation zur Zeit nicht die günstigste für ein solches Schreiben.«

»Was reden Sie da, Sie meinen doch nicht etwa, daß diese mausköpfige Polin den König und mich auf Dauer entfremden kann!«

»Madame, ich habe Sie schon vor Wochen gewarnt, die Dinge sind kompliziert, und manches hat Hintergründe, die sich Ihnen zur Zeit nicht erschließen.« Constantia stellte sich ganz dicht vor ihn.

»Ich verstehe Ihre nebulösen Andeutungen nicht. Sprechen Sie in deutlichen, klaren Worten!« Haxthausen sah sie mitleidig an.

»Madame, das kann ich nicht, so gerne ich es würde. Aber mir sind die Hände gebunden.«

»Dann gibt es für mich nur eine Möglichkeit: Ich werde nach Warschau reisen und mit Seiner Majestät sprechen. Es wird sich alles aufklären.«

»Madame, hören Sie auf mich, Sie wissen, daß ich nur Ihr Allerbestes im Sinn habe – fahren Sie nicht, ich beschwöre Sie!« Haxthausen umfaßte Constantias Handgelenke. »Lassen Sie mich in der Sache für

Sie tätig werden und einige Erkundigungen einziehen, dann können wir gemeinsam beraten, wie am besten zu verfahren ist.« Constantia sah ihn traurig an.

»Sie sind ein wahrer Freund. Was würde ich nur ohne Sie tun.«

Sie wollte ihn umarmen, doch Haxthausen trat einen Schritt zurück.

»Nicht doch, Gräfin, ich weiß Ihr Vertrauen sehr zu schätzen, aber Sie sollten besonders im Augenblick alles vermeiden, was Sie kompromittieren könnte. Türen und Wände haben Ohren.« Constantia nickte und geleitete ihn zur Tür.

## *Madame, begehen Sie keine Torheit*

Inzwischen war es Flemming gelungen, den opportunistischen Baron von Löwendahl auf seine Seite zu ziehen und endgültig gegen Constantia aufzuwiegeln. Auf Betreiben des leitenden Ministers war dieser ein zweites Mal so weit gegangen, ihr einen unsittlichen Antrag zu machen.

»Wenn es Ihnen gelingt, die Gräfin zu einem Tête-à-Tête zu bewegen, sind alle unsere Probleme gelöst. Der König wartet nur auf einen Anlaß, sie in Schimpf und Schande vom Hof zu jagen, und diesen Anlaß müssen wir schaffen. So wie die Dinge sich gestalten, wird die Gräfin das Feld nicht freiwillig räumen.«

Löwendahl nickte. Er hatte seine Karriere bereits fest an die Existenz der neuen Geliebten gekoppelt und fürchtete die Rückkehr der Cosel. Sollte es ihr gelingen, August den Starken noch einmal für sich einzunehmen, war für ihn alles verloren. Niemals würde sie verzeihen, daß er das Lager gewechselt und sich auf Flemmings Seite geschlagen hatte. Binnen weniger Wochen war aus Constantias Günstling einer ihrer heftigsten Widersacher geworden. Um sicherzugehen, daß sie auch hinter seinem Rücken keinerlei Möglichkeit hatte, sich an den König zu wenden, erließ er am 6. April 1713 den Befehl, ab sofort ihre Post zu zensieren. Er behielt sich vor, Briefe zu öffnen, zu lesen, kopieren zu lassen und bisweilen einfach einzubehalten.

Als Haxthausen davon erfuhr, machte er sich sofort auf den Weg zu Flemming.

»Graf, was hat sie getan, daß man sie so erniedrigt?« fragte er unumwunden. Der Minister sah ihn kühl an.

»Es geht nicht um das, was sie getan hat, es geht vielmehr um das, was sie tun wird, und um das, was der König tun wird. Ich kann Ihnen, mein lieber Haxthausen, nur raten, ab sofort eine allzu deutliche Nähe zur Gräfin zu vermeiden. Ihr Sturz ist beschlossene Sache, und sie wird jeden mit sich ziehen, der sich nicht rechtzeitig von ihr distanziert.«

»Das ist völlig unmöglich!« protestierte Haxthausen. »Die Gräfin war immer eine gute Freundin. Ich werde sie unter keinen Umständen verraten oder verlassen!«

Flemming zuckte die Achseln. In seinen Augen war Haxthausen ebenso naiv wie Anna Constantia von Cosel. Beide glaubten an wahrhaftige Gefühle und Begriffe wie Ehre und Tugend. Doch an einem Hof, der so bestimmt war von Intrigen und Heimlichkeiten, hatten diese Werte wenig Gewicht.

Täglich faßte Constantia den festen Vorsatz, sofort nach Warschau aufzubrechen und von Angesicht zu Angesicht alle Probleme mit dem König aus der Welt zu schaffen. Dann wieder klangen ihr die Worte Haxthausens im Ohr.

»Wenn Sie so sicher sind, daß es ein Fehler ist, nach Polen zu fahren, dann will ich mich noch ein wenig gedulden und den König hier in Dresden erwarten. Bis jetzt ist er noch in jedem Frühjahr gekommen.«

Obgleich tief verletzt, war sie fest davon überzeugt, daß es ihr gelingen würde, die junge Nebenbuhlerin aus dem Feld zu schlagen, wenn sie nur die Gelegenheit dazu erhielte. Einziger Trost in diesen trüben Tagen war ihr kleiner Sohn.

»Nicht mehr lange und dein Vater wird hier sein. Ich werde schön sein, ich werde ihm keine Vorhaltungen machen, ich werde wieder die Frau an seiner Seite sein«, flüsterte sie dem Säugling ins Ohr.

Constantia saß vor dem Spiegel, als ein Brief aus Warschau eintraf, der ihr den Atem nahm. August der Starke befahl, daß sie für eine Weile aus ihrem Haus ausziehen sollte. Er plante einen Umbau, der nicht begonnen werden konnte, solange sie dort wohnte. Constantia wußte, daß sie sich fügen mußte und sah sich nach einer geeigneten Bleibe um. Doch wo immer sie vorsprach, gab man ihr ausweichende Antworten. Dresdens Adel fürchtete sich davor, die gefallene Mätresse des Königs zu beherbergen, und so faßte sie einen Entschluß. Gezielt ließ sie verbreiten, sie werde nach Hamburg gehen und dort ein Haus suchen. In Wirklichkeit plante sie, heimlich nach Polen zu reisen und den König zur Rede zu stellen. Unbehelligt gelangte die Gräfin bis nach Breslau. Doch Anton Egon von Fürstenberg hatte zwei Spione in ihrem Troß und informierte den König, daß sie nicht auf dem Weg nach Hamburg, sondern in Richtung Warschau unterwegs war.

Am polnischen Hof schlug die Nachricht ein wie eine Bombe.

»Sie wird mich töten, sie wird uns alle töten«, kreischte Maria Magdalena von Dönhoff hysterisch und erlitt einen Schwächeanfall.

»Sie wird niemand erschießen!« donnerte August der Starke. Immer wieder schweiften seine Gedanken zu Constantia und zu seinem jüngsten Sohn, den er noch nicht einmal gesehen hatte. Was, wenn er sie einfach um Verzeihung bitten und das gemeinsame Leben wieder aufnehmen würde? Sollten sich die Schranzen doch ihre Mäuler zerreißen! Er war der König, und seine Entscheidungen waren Gesetz.

»Majestät, Ihr werdet Euch doch den Eskapaden dieser Dame nicht ausliefern. Was hat sie hier in Polen zu suchen? Hier gelten andere Regeln. Bedenkt, wie wichtig es ist, daß sich eine polnische Mätresse neben Euch zeigt«, raunten seine Berater. Friedrich August zog die Brauen zusammen. Die Minister hatten Recht. Auch wenn sein Herz ihm etwas anderes sagte, er mußte dafür sorgen, daß Constantia nicht nach Warschau gelangte. In aller Eile stellte er einen kleinen Trupp der Garde zusammen, setzte zwei Männer seines Vertrauens an die Spitze und befahl, die Gräfin Cosel notfalls mit Gewalt daran zu hindern, ihre Reise fortzusetzen.

»Ich wünsche, daß sie zurück nach Dresden fährt und dort auf meine Verfügungen wartet.«

Constantia und ihre kleine Reisegesellschaft speisten soeben in einem einfachen Gasthaus zu Mittag, als die Gesandten des Königs eintrafen.

»Was für ein Zufall, daß wir uns hier treffen, darf ich Sie beide an meine Tafel bitten«, lud sie die beiden Männer ein.

»Es ist uns eine Ehre, mit Ihnen zu speisen, Gräfin, doch muß ich Ihnen sagen, daß wir nicht zufällig hier sind. Seine Majestät hat uns geschickt, Sie aufzuhalten und nach Dresden zurückzubringen!« platzte der jüngere der beiden heraus. Constantia sah ungläubig von einem zum anderen.

»Sie sind gekommen, mich zu hindern?« Sie lachte auf.

»Ein kleiner Kammerherr und ein Militär wollen mir die Weiterreise verwehren?«

»Gräfin, wir haben Befehl, Sie notfalls mit Gewalt nach Dresden zu bringen.« Der Kammerherr warf sich mit wichtiger Miene in die Brust.

»So, dann wollen wir doch einmal sehen, wie Sie das anstellen!« Constantia stand auf, öffnete eine kleine Tasche und drehte sich blitzartig um. Entsetzt blickten die beiden Gesandten in die Läufe zweier auf sie gerichteten Pistolen.

»Nun! Halten Sie mich auf, meine Herren, nur zu!« triumphierte Constantia. Während der jüngere der beiden Männer die Flucht ergriff, hob der andere abwehrend die Hände.

»Madame, begehen Sie keine Torheit. Bedenken Sie, daß wir auf Befehl Seiner Majestät hier sind. Ich kann Ihnen versichern, daß ich persönlich nicht die geringste Abneigung gegen Sie hege. Aber in dieser Sache muß ich dennoch hart bleiben, denn sonst werde ich bestraft.« Er sprach in ruhigem, sachlichem Ton.

»Gräfin, bringen Sie Seine Durchlaucht nicht gegen sich auf, indem Sie seinen Befehl mißachten. Kehren Sie zurück in die Residenz. Der König wird kommen, und Sie werden Gelegenheit erhalten, in Ruhe mit ihm zu sprechen«, beschwichtigte er Constantia, die verwirrt die Waffen senkte und nachgab.

Unglücklich und gedemütigt wartete sie auf Nachrichten aus Warschau. Was ihr zu Ohren kam, verdüsterte ihr Gemüt.

Löwendahl hatte sich verrannt in sein Ziel, Anna Constantia von

Cosel zu stürzen. Wenn es darum ging, ihr zu schaden, scheute er auch vor den größten Unwahrheiten nicht zurück. Um ihr Ansehen zu ruinieren, dichtete er ihr sogar zweimal kurz hintereinander Liebschaften an. Es oblag Flemming, mit den betreffenden Herren zu sprechen, die jedoch beide nur beste Zeugnisse für Constantias Tugendhaftigkeit ausstellten.

Die Gräfin war verzweifelt. Da es noch immer keine Anzeichen dafür gab, daß Friedrich August in absehbarer Zeit nach Dresden zurückkehren würde, schrieb sie ihm schließlich einen langen Brief und schickte ihn mit einem schnellen Reiter nach Polen.

»Jetzt können wir beide nur hoffen, daß dein Vater dieses Schreiben auch erhält. Und dann wollen wir sehen, wie er reagiert. Wenn er darauf besteht, mit dieser jungen Metze zu leben, kann ich im Moment nicht viel für uns beide tun, mein Kleiner.« Sie sah ihren Sohn traurig an. »Aber ich habe noch immer den Vertrag, den er mir gegeben hat. Und jetzt ist es an der Zeit, ihn daran zu erinnern, daß ich Kraft seiner Unterschrift seine Frau bin!« Der kleine Friedrich August sah sie aus großen braunen Augen an.

Anfang Dezember wartete Constantia noch immer vergeblich auf eine Antwort des Königs aus Polen. Statt des erhofften Briefes trafen in der Vorweihnachtszeit kurz hintereinander gleich zwei Befehle aus Warschau ein. August der Starke gab Anweisung, die Wachen vor dem Taschenbergpalais zurückzuziehen. Außerdem ordnete er an, den Verbindungsgang zum Schloß abbrechen zu lassen. Constantia war schockiert, als Flemming noch am selben Abend den Beginn der Arbeiten befahl.

Kurz darauf bat Baron von Löwendahl um ein Gespräch mit dem leitenden Minister.

»Seine Majestät ist auf dem Weg nach Dresden und wünscht, daß die Gräfin Cosel die Stadt verläßt und sich für die Dauer seines Aufenthaltes nach Pillnitz zurückzieht. Sie werden sicher verstehen, daß ich es vorziehe, nicht derjenige zu sein, der ihr diese Nachricht überbringt.« Flemming zupfte an seiner Perücke.

»Haxthausen soll zu ihr gehen und ihr die Augen öffnen«, entschied der Minister.

Georg Ludwig von Haxthausen gehorchte widerwillig.

»Jetzt soll ich nicht nur mein Haus verlassen! Jetzt soll ich auch gleich noch die Stadt verlassen! Warum verweist er mich nicht gleich des Landes, vor lauter Angst mir zu begegnen!«

Haxthausen, der ihr Temperament gut kannte, wußte, daß dies erst der Anfang eines länger dauernden Ausbruches war und schwieg.

»Was haben die Menschen nur aus ihm gemacht. Hat er denn alles vergessen, was uns verband?« Sie begann bitterlich zu weinen. »Eine Bestie ohne Herz ist er! Lebt nur dem eigenen Vergnügen!« steigerte sich Constantia in eine Rage, aus der sie mehr als eine halbe Stunde nicht wieder herausfand. Endlich beruhigte sie sich ein wenig.

»Es tut mir leid, lieber Freund.« Sie sank erschöpft in einen Sessel. Jetzt erst ergriff Haxthausen das Wort.

»Gräfin, ich wünschte, ich könnte etwas tun, das Ihnen Ihr schweres Los leichter erträglich macht. Aber im Augenblick kann ich Ihnen nur raten, sich dem Wunsch des Königs ohne viel Aufsehen zu beugen und Dresden in den nächsten Tagen zu verlassen. Nichts haßt Seine Majestät so sehr wie Widerstand und Szenen, und beides befürchtet er von Ihnen. Beweisen Sie ihm Ihre Liebe, indem Sie Ihren Kummer seinem Wohl unterordnen.« Constantia trocknete ihre Augen.

»Sie haben sicher recht, aber was würde wohl geschehen, wenn ich mich weigere?« Haxthausen hob abwehrend die Hände.

»Tun Sie das nicht, Gräfin. Flemming hält den Befehl in seinen Händen. Er wird veranlassen, daß er mit Gewalt durchgesetzt wird. Lassen Sie sich eine solche Schmach nicht zufügen. Bleiben Sie eine freie Frau, verlassen Sie die Stadt nicht in militärischem Gewahrsam.«

Constantia dachte nach und sah ihm gerade ins Gesicht.

»Sie sind mein Freund und wollen mir wohl. Ich werde tun, was Sie mir raten. Seien Sie ganz unbesorgt, ich werde mich beeilen, meine Abreise aus der Stadt vorzubereiten.«

Am 22. Dezember 1713 verließ Anna Constantia Gräfin von Cosel in Begleitung ihres Sohnes und mit ihrem Gefolge Dresden, um Platz für August den Starken und seine polnische Geliebte zu machen.

# Gefangene zweier Könige

## *Ihre Feinde in Dresden sind mächtig*

Zwei Tage später traf August der Starke in der Residenz ein und registrierte zufrieden, daß Constantia seinem Befehl Folge geleistet hatte. Er rief Statthalter Fürstenberg zu einem Gespräch.

»In wenigen Tagen wird die Gräfin Dönhoff ankommen. Aus verständlichen Gründen möchte ich sie nicht im Schloß logieren lassen und habe an Sie die Bitte, ihr einige Zimmer in Ihrem Haus zur Verfügung zu stellen.« Fürstenberg verbeugte sich.

»Ich werde sofort alle nötigen Anweisungen erteilen und dafür sorgen, daß es der Gräfin an nichts mangelt«, versicherte er. Kaum hatte er den Audienzraum verlassen, begab er sich sofort zu Henriette Amalie von Reuß, um ihr die Neuigkeit mitzuteilen. Seine Lebensgefährtin strahlte.

»Welche Ehre, die polnische Gräfin beherbergen zu dürfen. Damit ist das Schicksal der Cosel endgültig besiegelt. Wenn Seine Majestät sie nicht nur aus der Stadt schickt, sondern auch noch die neue Frau an seiner Seite in der Residenz präsentiert, ist es mit ihrer Macht vorbei.« Sie rieb sich die Hände. »Das heißt, auch für uns bricht eine neue Zeit an. Eine bessere Gelegenheit, als die Dame im eigenen Haus zu haben, kann sich uns gar nicht bieten.«

Gräfin Dönhoff zog mit Pomp und großem Gepäck in Dresden ein. Wer sie in Warschau noch nicht kennengelernt hatte, beeilte sich, seine Aufwartung zu machen. Maria Magdalena von Dönhoff genoß die Aufmerksamkeit und begegnete allen mit der ihr eigenen Freundlichkeit. Doch selbst Constantias größte Feinde konnten nicht anders, als sich zu wundern, daß August der Starke, diese unbedarfte Polin der weltgewandten Gräfin von Cosel vorzog. In den ersten Wochen seiner Rückkehr widmete sich der König vor allem den Staatsgeschäften. Immer wieder mußte er jedoch an Constantia denken.

»Alles wäre viel einfacher, wenn die Dönhoff in Polen geblieben wäre, so wie ich es eigentlich wollte, aber sie hat mir einfach keine Ruhe gelassen. Ich mußte sie mitnehmen, sonst hätte es einen Skandal gegeben«, vertraute er seinem Freund Vitzthum an.

Constantia verbrachte die Wintermonate mit ihrem Sohn in Pillnitz. Noch hatte sie es nicht aufgegeben, Friedrich August wiederzusehen, doch ihre Briefe blieben unbeantwortet. Rückhalt fand sie allein bei ihrer Familie. Vor allem ihr Bruder Christian schrieb ihr häufig und riet ihr, Geduld zu bewahren und weiter darauf zu hoffen, daß sich alles zum Guten für sie wenden würde. Voreilig versprach er, sich für sie zu verwenden. Doch Christian Detlev von Brockdorff machte Versprechungen, die er nicht einlösen konnte. Ohne den Schutz seiner mächtigen Schwester galt er nichts in der höfischen Gesellschaft. Als er merkte, daß seine Position nicht dazu angetan war, auch nur das geringste für Constantia zu erreichen, tat er das, was alle taten. Er stellte sich gegen sie und versuchte, dem Strudel zu entgehen, der Anna Constantia von Cosel herabzog. Seine Briefe wurden seltener und merklich kühler. Schließlich griff er Constantia sogar an, machte ihr Vorwürfe und unterstellte, sie selbst trage die alleinige Schuld an ihrer mißlichen Lage. Constantia war empört und brach den Kontakt zu ihrem Bruder ab.

Im Frühsommer 1714 traf unerwarteter Besuch in Pillnitz ein. Generaladjutant Benedict Detlev von Thienen bat, der Gräfin Cosel seine Aufwartung machen zu dürfen. Im Gepäck hatte er eine Vollmacht Augusts des Starken, der ihn beauftragte, mit ihr zu verhandeln. Punkt für Punkt hörte sich die Gräfin an, was der Unterhändler zu sagen hatte. Der Besuch dauerte einige Tage, und als Thienen Pillnitz verließ, war er in Constantia verliebt.

»Gräfin, seien Sie ganz unbesorgt, ich werde mein möglichstes tun und mich gewissenhaft für Sie einsetzen. Verlassen Sie sich auf mich«, sagte er zum Abschied. Zurück am Dresdner Hof erging er sich in begeisterten Schilderungen der Gräfin.

»Schön ist sie, klug ist sie und kein böses Wort kommt über ihre Lippen. Es ist eine Schande mit anzusehen, wie diese Frau ganz allein in Pillnitz lebt, während in der Residenz der Glanz, den sie zu verbreiten versteht, so sehr fehlt«, sagte er so laut, daß seine Worte dem König eilig kolportiert wurden.

»Was maßt sich dieser Wicht an! Natürlich ist sie schön, und wie sollte ihre Klugheit vergehen. Aber ich brauche ihn nicht, um das zu wissen.« Friedrich August schlug mit der Faust auf den Tisch, und wer ihn dabei beobachtete, wußte, der König liebte die Cosel noch immer.

Flemming und Löwendahl beschlossen, in Zukunft einen weniger parteiischen Unterhändler zu schicken. Die Wahl fiel auf Christoph Heinrich Watzdorf, der den beiden mächtigen Männern verpflichtet und ergeben war. Dank Löwendahls Protektion hatte er es bis zum Finanzminister gebracht. Wenig später stand er mit präzisen Anweisungen des Barons vor Constantia.

»Was für eine Freude, Sie zu sehen, Gräfin. Sie sind schöner denn je. Die Landluft scheint Ihnen gut zu bekommen«, begrüßte er sie, tat zwei Schritte auf Constantia zu und versuchte sie zu umarmen. Eine schallende Ohrfeige war der Lohn für diesen Überfall.

»Wer immer Ihnen gesagt hat, daß ich verfügbar bin, hat nicht die Wahrheit gesprochen. Auch hier in Pillnitz gehört mein Herz einzig dem König. Wenn Sie sich damit abfinden, können Sie gerne zum Essen bleiben«, beschied sie ihn kühl. Watzdorf rieb sich die gerötete Wange und dachte an das, was Löwendahl ihm aufgetragen hatte.

»Einen Versuch ist es allemal wert. Ich werde es Ihnen reichlich entgelten, aber wenn es Ihnen nicht gelingt, die Gräfin zu einem Schäferstündchen zu überreden, nehmen Sie einfach die Verhandlungen auf, als wäre nichts geschehen.« Watzdorf hielt sich an den Befehl und wahrte während der Mahlzeit die schickliche Distanz. Dann unternahm er einen weiteren Vorstoß.

»Gräfin, ich bin ein einflußreicher Mann, wenn Sie mir ein wenig entgegenkommen, werde ich Ihnen das Leben um einiges erleichtern, wenn nicht …« Er ließ die begonnene Drohung im Nichts verhallen.

»Ich wüßte nicht, womit ich Ihnen entgegenkommen könnte, danke aber sehr für das Angebot«, sagte Constantia und beherrschte sich mühsam, ihn für die erneute Unverschämtheit nicht einfach vor die Tür zu setzen.

In der folgenden Woche kam Georg Ludwig von Haxthausen nach Pillnitz. Kaum war er eingetroffen, berichtete sie dem Freund von Watzdorfs Unverfrorenheit.

»Das hat ihm Löwendahl eingeflüstert«, sagte Haxthausen voller Überzeugung.

»Ich werde Ihnen einen Brief an den König mitgeben. Ich habe die ganze Begebenheit so aufgeschrieben, wie sie sich zugetragen hat und möchte, daß Seine Majestät erfährt, was man mir hinter seinem Rücken zumutet.« Constantia reichte Haxthausen das versiegelte Schreiben, doch der schüttelte abweisend den Kopf.

»Tun Sie das nicht, Madame, wer weiß, wer hinter dieser Sache steckt. Sie müssen bedenken, daß Watzdorf sehr enge Verbindungen zur Gräfin Dönhoff hat. Es könnte sein, daß dies eine abgesprochene Geschichte ist, und dann wendet es sich am Ende noch gegen Sie«, warnte er.

»Sie haben mir bis jetzt immer gute Ratschläge gegeben, also werde ich auch diesen befolgen. Aber es fällt mir schwer, hier zur Untätigkeit verdammt zu sitzen und darauf zu warten, daß in der Residenz etwas geschieht, das mein Schicksal ändern könnte.« Constantias Stimme zitterte.

Während Löwendahl und Flemming weiter ihre intriganten Netze spannen, geschah etwas, das ganz Dresden in Aufruhr versetzte. Es war ein lauer Sommerabend, und der Hofstaat hatte sich versammelt. Maria Magdalena von Dönhoff war stundenlang in ihrem Zimmer damit beschäftigt gewesen, sich für den Anlaß zurechtzumachen. Endlich war sie mit dem Ergebnis ihrer Bemühungen zufrieden und begab sich zum König, um mit ihrer sorgfältig ausgewählten Garderobe alle anderen Damen der Gesellschaft zu überstrahlen. Als sie den mit Kerzen illuminierten Raum betrat, würdigte der Regent sie zunächst keines Blickes. Maria Magdalena bahnte sich ihren Weg grüßend durch die Menschen, bis sie endlich vor ihm stand. Kokett vollführte sie eine halbe Drehung und wartete auf ein Kompliment. Friedrich

August musterte sie von Kopf bis Fuß. Seine Augenbrauen zogen sich zusammen, die gefährliche Falte stand senkrecht über seiner Nasenwurzel. Plötzlich schnellte seine rechte Hand nach vorne und verkrallte sich im überdimensionalen Kopfputz der Gräfin. Mit einem Griff riß er ihr die mit Spitzen und Perlen geschmückte Fontange aus den Haaren und schleuderte sie zu Boden. Maria Magdalena von Dönhoff legte die Hände schützend auf ihre derangierten Locken, da ging der König mit einem lauten Schrei erneut auf sie los und zerrte mit beiden Händen an ihrem Manteau. Die Höflinge wichen entsetzt zurück. Mit schreckgeweiteten Augen und offenem Mund starrte die Dönhoff den Monarchen an. Jetzt lag auch das Aufsteckkleid zu ihren Füßen, und niemand half der Mätresse, als Friedrich August ihr vor aller Augen den Rock vom Körper riß. Die Musik verstummte, während der König noch immer zornige Laute ausstieß und keine Ruhe gab, bis die Gräfin kein Kleidungsstück mehr am Leib trug. Sein Atem ging schwer und stoßend, er starrte sie einen Augenblick wie in Trance an.

Maria Magdalena stand splitterfasernackt im Saal. Zitternd bedeckte sie Brüste und Scham und wagte kaum zu atmen. Schnaubend warf August der Starke ihr einen zornigen Blick zu, trat gegen den vor ihm liegenden Kleiderhaufen und verließ mit eiligen Schritten die Gesellschaft. Kaum hatte er die große Flügeltür hinter sich zugeschlagen, fing die polnische Gräfin an zu schreien. Gräfin Reuß und Jungfer Hülchen lösten sich aus ihrer Starre und bildeten mit anderen Damen einen schützenden Kreis um die verzweifelte junge Frau. Sie rannte in ihr Gemach, wo sie einen Weinkrampf erlitt und hysterisch nach ihrer Mutter rief.

Tagelang war der Vorfall das Gesprächsthema bei Hof, doch niemand hatte eine Erklärung für das absonderliche Verhalten des Königs. Nur Flemming und Löwendahl waren sich einig:

»Er ist von einem Zauber besessen, und es gibt nur eine Person, die diesen Zauber ausgelöst haben kann«, bemerkte Löwendahl und Flemming nickte bedeutsam.

»Wir sollten sie der Hexerei bezichtigen und verklagen. Das wird ihr das Genick endgültig brechen. Es geht doch nicht mit rechten

Dingen zu, daß er sie ohne Hilfsmittel derart liebt, daß er zu so einer Attacke fähig wäre«, antwortete Flemming und fügte besorgt hinzu: »Wenn Sie mit ihren magischen Kräften erfolgreich ist, ist sie auch in der Lage, an den Hof zurückzukehren, und was dann geschieht, wage ich mir gar nicht auszumalen. Sie wird sich auf grauenhafte Weise an uns allen rächen, die wir gegen sie gewesen sind.«

»Ich werde gegen sie vorgehen. Es muß mir gelingen, ihr den Pakt mit dem Teufel nachzuweisen.« Entschlossen machte sich Löwendahl an die Arbeit und gab offiziell bekannt, daß gegen Anna Constantia Gräfin von Cosel wegen Hexerei ermittelt würde. Wer etwas gesehen oder zu sagen hätte, sollte sich melden.

Als Constantia von dieser neuen Schikane erfuhr, brach sie in schallendes Gelächter aus. Haxthausen, der ihr die Nachricht überbracht hatte, brachte sie sanft, aber bestimmt zum Schweigen.

»Gräfin, Sie verkennen den Ernst der Lage. Ihre Feinde in Dresden sind mächtig, und es werden sich Wichtigtuer und Denunzianten sogar in Ihrem Umfeld finden.« Tatsächlich gingen schon in den nächsten Tagen die ersten Hinweise in Dresden ein. Die Gräfin habe ein Labor, hieß es, in dem sie mit geheimen Tinkturen experimentiere. Die Gräfin stelle seltsame Gebräue her, nehme eigenartige Dinge zu sich, versetze sich in befremdliche Zustände.

Constantia bekam Angst. Mit Schrecken dachte sie an die Hexenprozesse auf Depenau und schrieb zu ihrer Verteidigung einen langen Brief an Flemming. Noch immer ahnte sie nicht, daß er zu den treibenden Kräften hinter dem Spektakel gehörte. Der Minister legte den Brief zu den Akten und nutzte eine lange Audienz beim König, um einen weiteren Schlag gegen Constantia zu führen.

Anfang Juli 1714 befand sich August der Starke mitten in den Vorbereitungen seiner Abreise. Die polnischen Staatsgeschäfte verlangten seine Anwesenheit, und vorher mußten die Dresdner Angelegenheiten geregelt werden.

»Majestät, gestattet die Frage, wie ist weiter mit der Gräfin Cosel zu verfahren. Sie hat jetzt schon mehrfach darum gebeten, nach Dresden zurückkehren zu dürfen. Und dann ist da noch etwas von größter

Wichtigkeit, das geklärt werden sollte, bevor Majestät nach Polen aufbrechen. Was soll mit dem Vertrag geschehen, den Majestät vor Jahr und Tag unterschrieben hat. Die Gräfin hält ihn noch immer in der Hand, und er trägt Eure Unterschrift und Euer Siegel.«

Friedrich August sah mit leerem Blick aus dem Fenster.

»Ja, der Vertrag, sie hat ihn noch, nicht wahr?« Der Anflug eines Lächelns huschte über sein Gesicht. Flemming wertete es als Ausdruck sentimentaler Erinnerung und beeilte sich diese zu zerstören.

»Sie hat ihn noch, und damit hat sie vor allem viel Macht! Ich brauche Majestät nicht daran zu erinnern, was die Dame Euch seinerzeit abgerungen hat«, sagte er scharf. Des Königs Züge wurden streng.

»Nein, das brauchen Sie nicht, Flemming, ich weiß sehr wohl, was ich unterschrieben habe. Ich werde darüber nachdenken.«

## *Noch ist nicht alles verloren*

Kurz bevor August der Starke am 12. Juli 1714 nach Polen aufbrach, gab er Order, den Ehevertrag zurückzufordern.

»Sie haben mich überzeugt, Graf, der Vertrag gibt ihr mehr Macht, als uns gut tut. Ich lege es in Ihre Hände, dafür zu sorgen, daß sie ihn herausgibt und wünsche nicht, daß die Angelegenheit öffentlich wird«, sagte er streng, und Flemming garantierte die notwendige Diskretion. Persönlich machte er sich auf den Weg nach Pillnitz und unterrichtete die Gräfin.

»Der König besteht auf der Herausgabe des Vertrages, und Sie sollten dem in Ihrem eigenen Interesse so schnell wie möglich nachkommen.« Constantia sah ihn scharf an.

»Nein«, antwortete sie nach einer Weile des Schweigens. »Ich werde den Vertrag nicht zurückgeben, auch wenn der König dies noch so sehr wünscht. So wie die Dinge zur Zeit stehen, ist er meine einzige Sicherheit. Sie werden verstehen, daß ich darauf unter keinen Umständen verzichten kann.«

»In diesem Fall, Gräfin, obliegt mir die unangenehme Pflicht, Ihnen mitteilen zu müssen, daß Sie in Pillnitz unter Arrest stehen. Es wird noch heute Befehl ergehen, Sie nicht durch das Stadttor von Dresden zu lassen, sollten Sie versuchen, in die Stadt zu kommen. Überdies wird Finanzminister Watzdorf bei Ihnen vorstellig werden und mit Ihnen über den Verkauf Ihres Besitzes verhandeln. Der König will seine Häuser zurück«, sagte er barsch.

»Was heißt seine Häuser – diese Häuser gehören mir, er hat sie mir geschenkt!« protestierte Constantia.

»Eben darum wird er sie Ihnen zu einem angemessenen Preis abkaufen. Sie erkennen daran die Großzügigkeit seiner Majestät, er könnte sie einfach annektieren«, sagte Flemming kalt.

»Und Sie sehen daran, wie wichtig dieser Vertrag für mich ist, denn dort ist auch festgelegt, daß meine Kinder meinen Besitz eines Tages erben können«, erwiderte Constantia ungehalten. Der Minister verbeugte sich.

»Gräfin, ich hoffe, Sie sind sich im Klaren darüber, was Sie tun. Ich bin und bleibe zu Ihrer Verfügung«, heuchelte er und reiste ab.

Es dauerte keine vier Wochen, und Constantia bekam erste Konsequenzen zu spüren. Besonders schmerzlich traf sie, daß Ihre Bezüge aus der Staatskasse, wenn überhaupt, nur sehr unpünktlich bezahlt wurden. In Ihrer Verzweiflung wandte sie sich an Flemming und bat ihn, sich für sie zu verwenden. Statt einer positiven Antwort kamen weitere Schikanen aus Dresden. Ihre Widersacher beschuldigten sie, sich unrechtmäßig bereichert zu haben – das kam dem Vorwurf des Diebstahls gleich. Dennoch weigerte sich Constantia noch immer, auf den Ehevertrag zu verzichten.

Während Flemming, Löwendahl und Watzdorf eifrig an ihrem endgültigen Untergang arbeiteten, saß die Gräfin einsam in Pillnitz und erhielt nur von Zeit zu Zeit Besuch von ihrem Freund, dem Bankier und Hofjuden Joseph Löbel Pörlhäffter. Auch er wurde ausspioniert, doch alles, was die Informanten berichten konnten, war, daß der Gast die Gräfin im Schachspiel unterwies.

Im April 1715 tauchte Watzdorf auf und brachte ein konkretes Angebot des Königs für Constantias Häuser.

»Sie erwarten doch nicht, daß ich hier und mündlich auf diesen Vorschlag eingehe? Wenn überhaupt, bestehe ich darauf, daß ein ordentlicher Kaufvertrag abgefaßt wird. Außerdem will ich, daß mein Arrest aufgehoben wird. Seit mehr als einem Jahr kann ich meine Geldgeschäfte nicht mehr ordentlich führen. Ich muß dringend nach Leipzig, denn eine ganze Reihe von Gläubigern nutzt meine augenblickliche Lage und zahlt die Zinsen nicht. Gehen Sie, und nehmen Sie diese Botschaft mit nach Dresden!« schickte Constantia ihn zurück.

Aus der Residenz kam keine Antwort, und Constantia verbrachte den Frühling in zermürbender Ungewißheit. Der Hausarrest schlug aufs Gemüt, und im Sommer war sie so weit, auf alle Bedingungen des Königs einzugehen, wenn sie nur ihre Freiheit wieder erhielte. Sollte er die Häuser doch wiederhaben, nur die Möbel und den Hausrat, auch den, den sie in Hamburg deponiert hatte, erbat sie für sich und die drei gemeinsamen Kinder. August der Starke stimmte zu. Unter Tränen übergab Constantia die Schlüssel des Taschenbergpalais und den wertvollen Ring, den sie seit Jahr und Tag zum Zeichen der Liebe getragen hatte.

Der Preis war hoch, doch Constantia genoß die wiedergewonnene Freiheit. Eifrig suchte sie eine Bleibe in Dresden.

»Nach einigen Fehlschlägen habe ich endlich eine passende Wohnung gefunden. Noch herrscht Durcheinander, doch bin ich guten Mutes, daß ich die Räume beziehen kann, bevor der König aus Warschau zurückkehrt. Meinen Sohn habe ich bereits aus Pillnitz holen lassen, um ihn seinem Vater zu präsentieren, wenn dieser in der Residenz weilt«, schrieb sie fröhlich an ihren Freund Thienen.

Der Brief gelangte wie alle anderen in Löwendahls Hände, der sich sofort daran machte, Constantias Plan zu vereiteln. Kaum war des Königs Ankunft angekündigt, erhielt die Gräfin von Cosel den offiziellen Befehl, sich für die Dauer seiner Anwesenheit wieder nach Pillnitz zu begeben. In der Hoffnung, die Gunst Seiner Majestät durch Wohlverhalten wiedererlangen zu können, gehorchte sie. Und tatsächlich, kaum war Friedrich August in der Residenz, wurden die Verhandlungen, die so lange gestockt hatten, plötzlich sehr konkret. Bis er ihr den ganzen Kaufpreis für ihre Häuser bezahlen konnte, versprach der König, Zinsen zu zahlen, und im Dezember 1715 traf Watzdorf in Pillnitz ein, um der Gräfin ein Dekret zu überreichen. Der Regent sagte darin zu, ihre Pension so lange zu zahlen, wie sie in Sachsen lebte und unverheiratet blieb. Sie sollte sich überall dort aufhalten dürfen, wo er sich nicht befand. Sogar das Erbe des gemeinsamen Sohnes war Gegenstand des Schriftstückes. Zweimal las Constantia jedes Wort, dann küßte sie das königliche Siegel.

»Noch ist nicht alles verloren«, triumphierte sie und wandte sich an Watzdorf.

»Bestellen Sie Seiner Majestät, daß ich mich in allen Punkten einverstanden erkläre, aber die folgenden Bedingungen daran knüpfe: Ich will meinen Rang behalten, und daraus folgt, daß ich in Zukunft zu allen Vorwürfen gehört werde, gleichgültig von wem sie gegen mich erhoben werden. Ferner möchte ich als Entschädigung dafür, daß ich gehe, wenn der König kommt, den Ring wieder haben, den Sie mir abgenommen haben. Und als letztes bestehe ich darauf, daß der König in Wien dafür sorgt, daß ich wie versprochen zur Reichsfürstin erhoben werde.« Watzdorf sah sie zweifelnd an.

»Machen Sie sich auf den Weg, damit wir die leidigen Punkte bald erledigt haben.« Constantia lachte siegesgewiß.

Gemeinsam mit Löwendahl und Flemming präsentierte Watzdorf die Wünsche der Gräfin in einer Form, die den König verärgerte.

»Sie wird die Erlaubnis, sich frei zu bewegen, dann erhalten, wenn ich den Vertrag habe. Und solange bleibt sie in Pillnitz. Das ist mein letztes Wort. Punctum, und dabei bleibt es.«

Constantia verstand den plötzlichen Sinneswandel nicht.

»Was soll dieses Hin und Her? Erklären Sie es mir, Watzdorf. Erst bringen Sie mir ein Dekret, das mir erlaubt, in Dresden zu leben, und jetzt, da der König wieder in Polen ist, heißt es, ich muß hier bleiben, bis ich den Vertrag herausgegeben habe. Wie soll ich das tun? Er ist nicht hier. Seit Jahren verwahre ich ihn an einem sicheren Ort, aber wie soll ich dahin gelangen, wenn ich in Pillnitz wie eine Gefangene gehalten werde?«

»Wo befindet sich denn dieses Papier, das Seine Majestät so dringend haben möchte? Vielleicht kann ich behilflich sein, es zu besorgen.« Watzdorf witterte eine Chance im Ansehen des Königs zu steigen.

»Das wird wohl kaum möglich sein. Es ist eine komplizierte Geschichte. Und Sie können mir glauben, daß ich schon viel Zeit und Mühe darauf verwandt habe, sie zu lösen, aber meine entsprechenden Briefe sind bis dato alle unbeantwortet geblieben, und ich fürchte, wenn ich nicht selbst reisen darf, bleibt alles so, wie es ist.«

»Wohin müßten Sie denn reisen, um das Problem zu lösen?« Watzdorf war ganz besessen von der Idee, den königlichen Wunsch zu erfüllen.

»Nach Berlin. Dort weilt zur Zeit die einzige Person, die mir Zugang zu dem Vertrag verschaffen kann.«

»So befindet sich der Vertrag in Berlin?«

»Nein, nicht der Vertrag, sondern die Person, die ihn verwahrt, befindet sich in Berlin. Sie brauchen nicht weiter in mich zu dringen, ich werde Ihnen nicht verraten, wo das Schriftstück ist. Aber wenn Sie mir die Erlaubnis erteilen, Pillnitz zu verlassen, werde ich es holen, und Sie werden es sein, der das ermöglicht hat!« schmeichelte Constantia, die Watzdorf durchschaut hatte. Er zögerte einen Moment. Die Versuchung war groß.

»Es steht nicht in meiner Macht, das Reiseverbot des Königs aufzuheben, aber ich kann Ihnen versprechen, daß ich schweigen werde. Vorausgesetzt, Sie geben mir Ihr Wort, so schnell wie möglich zu handeln und zurückzukehren.« Constantia atmete erleichtert auf.

»Sie haben meine Garantie, Watzdorf.«

Noch wußte die Gräfin nicht, ob ihre Mission Erfolg haben würde. Ihr Vetter Christian Detlev von Rantzau, dem sie den Vertrag zur Verwahrung im Familienarchiv zu Drage seinerzeit übergeben hatte, befand sich in großen Schwierigkeiten. Am 9. Mai 1715 war er eines homosexuellen Verhältnisses bezichtigt, angezeigt und in Berlin verhaftet worden. Seither saß er in der Festung Spandau.

Constantia packte in aller Eile und gab ihre Wertsachen in sicheren

Gewahrsam. Jonas Meyer, Schwager von Berend Lehmann und ebenfalls königlicher Hofjude, hatte sich in den letzten Jahren immer wieder als zuverlässiger Mann erwiesen. Ihm überließ sie ein Dutzend Koffer und zwei riesige Holzkisten, in denen sich ihre in die Bestandteile zerlegte vergoldete Kutsche befand.

»Es ist mir gleich, mit welchem Weib der König als nächstes aus Polen kommt, und ich kann nicht verhindern, daß sie in meinem Haus logiert, aber in meiner Kutsche fährt sie nicht!« zischte sie.

»Ich werde Ihnen auch den Großteil meines Schmuckes geben. Sorgen Sie dafür, daß er nicht in falsche Hände gerät. Es sind über einhundert Stücke, Perlen, Diamanten.« Meyer schluckte.

»Ich werde mich würdig erweisen«, versicherte er pathetisch und nahm die Juwelen in seine Obhut.

»Das Silber, es sind immerhin fünfzehn Kisten, schicke ich Pörlhäffter. So bleibt nicht die ganze Last auf Ihren Schultern.« Constantia überwachte die Abfahrt der beladenen Wagen persönlich. Dann ging sie mit Tränen in den Augen in das Zimmer ihres Sohnes. Sie schloß ihn fest in die Arme und bedeckte sein Gesicht mit Abschiedsküssen.

Am 12. Dezember 1715 trat Anna Constantia Gräfin von Cosel in Begleitung zweier Bediensteter ihre heimliche Reise nach Berlin an. Als sie zwei Tage später in der Stadt eintraf, hatten Pillnitzer Spione Baron von Löwendahl bereits informiert. Entsetzt sprach er gleich in der Frühe des 13. Dezember bei Statthalter Fürstenberg vor.

»Es kann sich nur um ihre Flucht handeln. Was sollte sie sonst vorhaben? Seine Majestät wird toben«, stieß er hervor.

»Es muß keine Flucht sein, wie ich die Gräfin kenne, führt sie Schlimmeres im Schilde. Vermutlich reist sie dem König hinterher! Er befindet sich auf dem Weg nach Warschau und Danzig. Sie wird versuchen, ihn zu treffen. Das wäre eine Katastrophe. Wir müssen handeln.« Fürstenberg ließ seinen Sekretär aus dem Bett holen und diktierte dem verschlafenen Mann zwei Briefe.

»Dieser geht mit dem schnellsten Kurier nach Leipzig. Der Gouverneur soll die Cosel aufhalten. Und dieser«, er griff nach dem zweiten versiegelten Schreiben, »geht mit einem noch schnelleren Boten zum König persönlich, damit er wenigstens vorgewarnt ist. Mehr können wir im Moment nicht tun. Hoffentlich ist es noch nicht zu spät.« Der Statthalter sah Löwendahl beunruhigt an.

August der Starke hatte gerade seine Mittagsruhe beendet, als ihm der Bote aus Dresden gemeldet wurde. Er erbrach das Siegel, überflog Fürstenbergs Zeilen und schleuderte den Brief wütend von sich.

»Sie hat es gewagt, sich meinen Anordnungen zu widersetzen. In den Kerker gehört sie für ihre Frechheit!«

Watzdorf, der neben ihm stand, spürte, wie ihm die Angst in die Knochen kroch. Wenn der König ihn als Mitwisser entlarvte, waren auch seine Tage gezählt.

»Majestät, ich bitte um einen Augenblick Eurer Aufmerksamkeit. Die Dinge sind nicht ganz so, wie sie scheinen, erlaubt mir zu erklären, wie es sich wirklich verhält.« Friedrich August sah ihn unwirsch an. In wenigen Worten berichtete Watzdorf von seinem letzten Besuch in Pillnitz und seiner Absprache mit der Gräfin.

»Und ich versichere Eurer Majestät, daß die Gräfin keinerlei unehrenhafte Absichten hegt, sondern nur und einzig das Ziel hat, Eurem Befehl nachzukommen und das Papier zu besorgen, das Ihr zu besitzen wünscht.« Die Miene des Königs hellte sich auf.

»Das klingt besser. Auch wenn mir lieber wäre, dergleichen geschähe nicht hinter meinem Rücken.« Erleichtert nickte Watzdorf und straffte die Schultern.

»Ihr wart nicht zugegen, und die Entscheidung mußte schnell getroffen werden, so habe ich mir angemaßt, die Verantwortung zu übernehmen.«

Constantia hatte in Berlin eine kleine, bescheidene Wohnung genommen und sich den Decknamen Madame la Capitaine zugelegt. Unter diesem Inkognito bemühte sie sich um die Erlaubnis, ihren Vetter zu besuchen. Spandau war eine sehr gut gesicherte Festung und Besuch dort nicht gern gesehen. Tag um Tag verging, ohne daß Constantia den notwendigen Passierschein erhielt. Während sie wartete, schrieb sie an Freunde, die sie um Fürsprache beim König bat, und versuchte, den kläglichen Rest ihres Vermögens in Sicherheit zu bringen.

Je länger sich ihr Aufenthalt in Berlin hinzog, um so ungeduldiger wurde August der Starke. Täglich ließ er sich informieren, und immer wieder konnte Watzdorf ihm nichts anderes berichten, als daß die Gräfin noch immer nicht nach Sachsen zurückgekehrt sei.

»Von Anfang an hatte ich den Verdacht, daß das alles nur ein Vorwand gewesen ist, um aus dem Land zu fliehen. Sie will das Papier gar nicht beschaffen. Sorgen Sie dafür, daß sie sich wieder unter mein Regime begibt, und sagen sie ihr, daß sie mich andernfalls von einer Seite kennenlernt, die ihr nicht gefallen wird!« polterte der König und sein Minister verbeugte sich beflissen.

»Ich werde sofort eine Depesche an die Gräfin schicken«, beeilte er sich zu versichern.

Einige Tage später erhielt Constantia die Erlaubnis, ihren Cousin zu sehen.

»Constantia, was für ein Glück, daß du da bist. Du bist meine letzte Rettung!« empfing Christian Detlev von Rantzau seine Besucherin.

»Ich deine Rettung?« Constantia lachte bitter. »Eher verhält es sich anders herum.«

Rantzau sah sie verständnislos an.

»Was sollte ich in meiner vermaledeiten Situation wohl für dich tun können?« Constantia räusperte sich.

»Du erinnerst dich an das kleine versiegelte Päckchen, daß ich dir seinerzeit schickte mit dem Auftrag, es im Familienarchiv für mich zu bewahren?« Rantzau nickte.

»Dieses Päckchen brauche ich jetzt dringend. Du mußt mir helfen, es zu bekommen. Meine Freiheit, wenn nicht gar mein Leben, hängt davon ab.«

Das war die Chance, auf die Rantzau seit Wochen gewartet hatte. Der Besuch seiner wohlhabenden Cousine versprach die Lösung all seiner Probleme.

»Nun, an das Päckchen, ganz gleich, wie wichtig es für dich ist, kannst du nur mit meiner Hilfe und in meiner Begleitung gelangen. Dafür muß ich hier erst einmal herauskommen, dabei kannst du mir helfen.«

»Ich wüßte nicht, wo es in meiner Macht steht, gegen die Verhaftung durch den preußischen König zu agieren.« Constantia sah Rantzau zweifelnd an.

»Alles hat seinen Preis, meine Liebe, und der für meine Freiheit beträgt fünfzehntausend Taler. Soviel verlangt der König, um mich aus diesem fauligen Verlies zu entlassen. Besorg das Geld, und ich begebe mich stehenden Fußes mit dir nach Drage.«

»Fünfzehntausend Taler!« stammelte Constantia. »Woher, denkst du, soll ich so viel Geld nehmen? Alles, was ich noch besitze – es ist ohnehin nicht mehr viel –, ist in Sachsen festgelegt. Ich verfüge nicht über eine solche Summe.«

»Kein Geld, keine Freiheit für mich, kein Päckchen für dich. So einfach ist die Gleichung. Wenn das kleine Paket wirklich so wichtig für dich ist, wirst du einen Weg finden, mich hier herauszuholen.« Rantzau lächelte siegessicher. Constantia funkelte ihn zornig an.

»Du bist wahrhaftig ein Schuft! So oft habe ich mich für dich verwendet, und jetzt, da ich einmal deiner Hilfe bedarf, setzt du mich unter Druck.«

Rantzau zuckte gleichgültig mit den Achseln.

»Nenn es, wie du willst, es ist meine einzige Chance, aus diesem Loch herauszukommen.«

»Ich kann so viel Geld nicht aufbringen, nicht in der gebotenen Eile. Sag mir, wie ich an das Päckchen komme, und ich werde für dich tun, was mir möglich ist.« Constantia sah ihn bittend an.

»Ich werde doch nicht mein einziges Pfand aus der Hand geben. Statt dich mit mir zu streiten, solltest du dich um das Geld kümmern. Bis du es nicht aufgetrieben hast, ist alles gesagt. Du weißt ja, wo du mich findest.« Rantzau rasselte mit den Ketten an seinen Händen.

Wortlos verließ Constantia die Festung und ging mit gesenktem Kopf nach Hause.

Dort fand sie einen Brief von Watzdorf, der ihr mitteilte, der König verlange, daß sie sofort nach Sachsen zurückkehre. Eilig setzte sie sich an ihren kleinen Schreibtisch, um eine Antwort zu verfassen. Sie schilderte Watzdorf ihre Situation und verschwieg auch nicht, daß sie –

völlig mittellos – gezwungen sei, ihre Juwelen zu versetzen, um Geld zum Leben zu haben. Er möge dem König mitteilen, daß sie sich keineswegs freiwillig in Berlin aufhalte und nach Sachsen reisen werde, sobald sie das Papier in den Händen halte. Watzdorf informierte erst den König und dann Jakob Heinrich von Flemming.

»Graf, mir scheint, außer dem König und der Gräfin Cosel sind Sie der einzige, der um den Inhalt dieses wichtigen Schriftstückes weiß«, versuchte er etwas aus Flemming herauszubekommen. Doch der Minister nickte nur und schwieg.

Noch immer war er derjenige, der im Hintergrund die Fäden zog und nicht abließ, Constantias Untergang zu zementieren. Mit klugen Worten und geschickten Versprechungen war es ihm gelungen, Benedict Detlev Thienen auf seine Seite zu ziehen. Der Mann, der noch vor Jahresfrist so verliebt in die schöne Gräfin Cosel gewesen war, daß er sich zu jeder Dummheit bereit gefunden hätte, arbeitete jetzt als Spion für ihren größten Gegner.

»Ich habe mit dem König gesprochen. Wenn es Ihnen gelingt, die Gräfin von Berlin nach Sachsen zu locken, sind Ihnen tausend Gulden aus der Staatskasse sicher. Außerdem möchte Seine Majestät wissen, warum die Gräfin sich so lange in Preußen aufhält. Wir vermuten, daß sie das Papier längst in den Händen hält und die Herausgabe absichtlich verzögert. Kann sich der König auf Sie verlassen?«

Der ehemalige Generaladjutant und frischgebackene Spion schlug mit einer zackigen Verbeugung die Hacken zusammen.

»Ich werde Sie nicht enttäuschen.« Thienen machte sich auf den Weg nach Berlin, wo er am 29. April 1716 eintraf.

Constantia freute sich aufrichtig, den vermeintlichen Verbündeten zu sehen.

»Man spielt mir übel mit. Watzdorf versichert mir zwar immer wieder, daß die Kaufverträge für meine Häuser längst fertig sind, aber ich kriege sie nicht zu Gesicht! Überhaupt muß ich Beschwerde führen, daß die Vereinbarungen, die man in des Königs Namen mit mir getroffen hat, nicht eingehalten werden und ich nie sicher sein kann, ob ich wenigstens meine Pension gezahlt bekomme.«

Thienen sah sie mit geschäftiger Miene an.

»Der König wünscht, daß Sie Berlin verlassen und nach Sachsen gehen. Er ist fest davon überzeugt, daß Sie Ihren Aufenthalt hier absichtlich herauszögern.« Constantia war wütend.

»Was für ein Unsinn! Welches Vergnügen sollte ich wohl daran finden, hier zu sitzen, getrennt von meinem Sohn und allem, was mir lieb ist. Der König will ein bestimmtes Dokument von mir, und allein dessentwegen bin ich hier. Wenn ich es hätte, ich gäbe es sofort an Seine Majestät weiter!«

Nachdem Thienen sie verlassen hatte, um seinen Bericht über das Treffen an Flemming zu schicken, schrieb Constantia an Watzdorf und versicherte ihm zum wiederholten Mal, daß sie alles in ihrer Macht Stehende getan habe. Um die Sache zu beschleunigen, fehlten ihr fünfzehntausend Taler, vielleicht möge ja der König diese Summe bei einem Bankier hinterlegen. Dann könne sie garantieren, daß sie das Schriftstück sehr schnell übergeben werde.

August der Starke dachte gar nicht daran, eine solche Summe zur Verfügung zu stellen, sondern schickte statt dessen Watzdorf nach Berlin.

»Sorgen Sie dafür, daß dieser Spuk ein Ende hat. Meine Geduld ist zu Ende. Ich will, daß sie sich nach Pillnitz begibt, unsere beiden Töchter aus Depenau holt und allen drei Kindern eine anständige Erziehung gibt. Wenn sie auf meine Gnade Wert legt, soll sie gehorchen. Andernfalls werde ich den Kindern Erzieher geben und einen Hofhalt, und die Kosten dafür ziehe ich von ihrer Pension ab.«

Watzdorf erfüllte den königlichen Befehl mit großer Eindringlichkeit, doch Constantia war nicht gewillt, so kurz vor dem Ziel aufzugeben. In Hamburg hatte sie immerhin acht der geforderten fünfzehntausend Taler aus ihrem Vermögen freistellen können.

»Und den Rest treibe ich auch noch auf. Sie müssen mich verstehen, Watzdorf, ich kann doch nicht bis zum Ende meiner Tage wie eine Gefangene in Pillnitz leben. Der König will das Dokument, er soll es haben, aber er muß mir die notwendige Zeit lassen.«

»Gräfin, ich fürchte, die Geduld Seiner Majestät ist erschöpft. Packen Sie Ihre Koffer und fügen Sie sich.«

Constantia schüttelte den Kopf und blieb in Berlin.

Im Juli 1716 kam Watzdorf ein zweites Mal. Die Gräfin bat ihn erneut um Geld, doch Watzdorf bestand im Namen des Königs darauf, daß sie zuerst das Papier herbeischaffen müsse. Ihre Beteuerungen, daß sie dies nicht ohne Geld könne, ließen ihn unbeeindruckt.

## *Ich brauche Hilfe*

In Polen formierte sich eine beständig wachsende Gruppe von Adligen, die unzufrieden mit den Entscheidungen des Königs war. Der nicht enden wollende Krieg mit Karl XII. von Schweden zermürbte Land und Leute, und immer lauter wurden die Stimmen, die nach einem anderen Regime riefen. Weniger Absolutismus und mehr Mitspracherecht für den Adel forderten die Aufrührer. August der Starke war sich der kritischen Situation bewußt, hielt aber an seinen Plänen fest. Um alles in der Welt wollte er die polnische Wahlmonarchie für das Haus Wettin und seinem Sohn damit die Nachfolge auf den Thron sichern. Außerdem sollte der Kurprinz die österreichische Prinzessin heiraten und damit eine feste Verbindung zum Kaiserhaus schaffen. Noch waren diese Ziele nicht offiziell, doch immer wieder gab es Gerüchte, die die Polen verunsicherten. So sehr verunsicherten, daß sie sich an Zar Peter von Rußland wendeten und ihn um Hilfe baten. Der wiederum war bei Friedrich August im Wort und konnte sich nicht gegen ihn stellen.

»Majestät, es muß etwas geschehen. Die Menschen im Land werden zunehmend unruhig und sperren sich immer heftiger gegen alles, was aus Sachsen kommt. Wir müssen Ruhe schaffen, doch das ist nicht so leicht getan. Wenn wir uns allerdings auf die Unterstützung des preußischen Königs verlassen könnten, sähe die Sache besser aus.« Flemming sah seinen Monarchen besorgt an.

»Ich weiß, daß Ihr ein großmütiger Regent seid, aber habt Ihr schon einmal daran gedacht, daß die Gräfin Cosel in Berlin nicht nur ein Ärgernis, sondern vielleicht sogar eine große Gefahr darstellt?« Der Minister machte eine kleine Pause.

»Sie weiß viel und kann Euch beträchtlichen Schaden zufügen, wenn sie an der falschen Stelle plaudert. Wer garantiert, daß sie nicht versucht, sich bei König Friedrich Wilhelm Hilfe für ihre persönlichen Angelegenheiten zu holen und bei dieser Gelegenheit Dinge verrät, die keinesfalls an dessen Ohren dringen sollten?« Flemming legte nach: »Majestät wissen, daß sie bereits geredet hat, Kleinigkeiten, gewiß, aber doch dazu angetan, Euren Ruf zu beschädigen.«

»Wovon zum Teufel reden Sie, was soll sie gesagt haben, das mir schaden könnte, und warum höre ich erst jetzt davon?« brauste Friedrich August auf.

Flemming zupfte eine Spitzenmanschette zurecht.

»Nun, wir haben Thienen auf sie angesetzt. Er horcht sie aus. Von ihm wissen wir, daß sie sich über Euch beschwert. Sie behauptet, sie bekäme kein Geld für ihre Häuser und Möbel. Gemachte Zusagen würden nicht eingehalten. Das ist nicht eben schmeichelhaft für Euch und sicher nicht dazu angetan, den preußischen König für Euch einzunehmen.«

»Sie wagt davon zu sprechen, daß ich mein Wort nicht einhalte. Was für eine unverfrorene Person. Wir werden dem einen Riegel vorschieben!« August der Starke ging aufgeregt im Zimmer umher. Flemming rieb sich zufrieden die Hände, jetzt hatte er den König da, wo er ihn haben wollte.

»Majestät, ich habe mir bereits Gedanken gemacht und sehe nur eine Möglichkeit – wenn Ihr erlaubt …?«

»Faseln Sie nicht! Was raten Sie mir?« Friedrich August sah ihn unwirsch an.

»Ich könnte noch heute eine Depesche an unseren Gesandten in Berlin schicken und darauf dringen, daß er bei Hof die Auslieferung der Gräfin nach Sachsen betreibt. Schlimmstenfalls kostet das Bestechungsgeld, aber dann wäre die Gefahr zumindest gebannt.«

Der König zögerte, dann seufzte er tief.

»Es ist jammerschade, aber sie hat es selbst forciert. Schicken Sie den Boten noch heute los.«

Es war ein heißer Augusttag. Der sächsische Gesandte Ernst Christoph von Manteuffel hatte sich soeben von einem üppigen Frühstück erhoben, da meldete man ihm einen Kurier aus Warschau. Der Mann machte eine tiefe Verbeugung und überreichte ihm das Schreiben des Ministers.

Kopfschüttelnd überflog Manteuffel die Zeilen und murmelte: »So schnell, wie die Herren in Polen meinen, wird das nicht gehen. Ein solcher Streich will wohl vorbereitet sein. Die Gräfin hat sich hier nichts zuschulden kommen lassen. Ich muß darüber nachdenken.«

Constantia erfuhr nichts von dem drohenden Unheil. Nachdem sie bei Watzdorf keine Freigabe ihrer sächsischen Gelder hatte erwirken können, war sie sicher, daß es nur einen Weg geben konnte, an die notwendigen Mittel zu gelangen. Sie mußte nach Leipzig zur Herbstmesse reisen. Dort hatte sie Schuldner, die seit mehr als einem Jahr die fälligen Beträge nicht zahlten. Persönlich wollte sie die Herren ermahnen und notfalls zwingen. Leipzig selbst schien ihr kein sicheres Pflaster, der König hatte überall seine Spione, und so faßte sie den Entschluß, an die sächsische Grenze nach Halle zu fahren, sich dort einzuquartieren und ihre Finanzen in Ordnung zu bringen. Constantia überantwortete zwei Koffer, in deren einem sich der Depositenschein aus Hamburg befand, gegen Quittung Personen ihres Vertrauens, versiegelte ihre Wohnung und reiste ab.

Anfang Oktober bezog sie in Halle eine winzige Unterkunft in einer kleinen Seitenstraße und hatte soeben Kontakt mit ihrem Leipziger Gewährsmann aufgenommen, da klopfte es heftig an die Tür.

»Aufmachen! Im Namen des Königs! Öffnen Sie die Tür! Wir wissen, daß Sie da sind!« brüllte eine befehlsgewohnte Männerstimme. Constantia öffnete persönlich.

»Warum schreit Er so? Ich bin nicht taub und höre Ihn wohl. Was ist denn so wichtig, daß Er sich in dieser Lautstärke bemerkbar machen muß?«

Der Uniformierte wich einen Schritt zurück und senkte die Stimme.

»Ich habe Befehl, dies hier persönlich zu überbringen«, schnarrte er und reichte Constantia ein Schreiben auf dessen Rückseite die Gräfin das Siegel des preußischen Königs erkannte.

Der Gesandte Manteuffel hatte seine Vorbereitungen geschickt getroffen. Entsetzt las Constantia, daß Friedrich Wilhelm König von Preußen den Befehl erlassen hatte, sie unter Arrest zu stellen.

»Was hat Er für eine Order?« fragte sie den Soldaten.

»Madame darf das Haus nicht verlassen und ich habe Weisung, Posten zu beziehen und Sie zu bewachen«, stammelte der Mann.

Wortlos bedeutete Constantia ihm mit einer kühlen Geste, den Raum zu verlassen und machte sich sofort daran, dem preußischen König einen Brief zu schreiben. Höflich fragte sie nach dem Grund für ihre Gefangenschaft und bat eindringlich, nach Berlin zurückkehren zu dürfen. Weder Friedrich Wilhelm noch der Gesandte Manteuffel antworteten ihr. Vergeblich sandte sie mehrere Briefe. Um zu beweisen, daß sie nichts zu verbergen hatte, schickte sie schließlich ihren Berliner Wohnungsschlüssel nach Potsdam. Am 13. Oktober 1716 meldete sich ein preußischer Oberst bei ihr.

»Winterfeld ist mein Name, Madame, wir haben Befehl, ihren Arrest zu verschärfen. Ab jetzt werde ich vor ihrem Zimmer postieren.«

Der Mann war von außerordentlicher Höflichkeit, konnte den Grund für seinen Befehl jedoch nicht nennen. Woche um Woche verbrachte Constantia unter strengster Aufsicht in Halle. Einer ihrer Bewacher, ein junger preußischer Offizier namens d'Hautcharmois, verliebte sich in sie, und Constantia machte sich seine Gefühle zunutze.

»Leutnant, Sie sind meine letzte Hoffnung. Es gibt eine ganze Reihe wichtiger Papiere, die ich unbedingt in Sicherheit bringen muß. Wenn Sie mir dabei nicht helfen, weiß ich nicht, wie ich mich noch retten soll«, flehte sie ihn mit Tränen in den Augen an.

»Jeden Wunsch will ich Ihnen erfüllen, und wenn es noch so gefährlich sei«, gab er zurück und sorgte dafür, daß die Geschäftsbücher der Gräfin, in denen all ihre Schuldner und Außenstände verzeichnet waren, unentdeckt aus dem Haus geschmuggelt wurden.

»Und jetzt bitte ich Sie noch um eine letzte Freundlichkeit. Ich habe einen Koffer in Berlin in Verwahrung gegeben. Hier ist die Quittung dafür. Ich möchte, daß Sie ihn an sich nehmen. Sprechen Sie mit niemand darüber.«

Während der ganzen Zeit ihrer Verhaftung verging kein Tag, an dem Constantia nicht an den preußischen König schrieb und nach dem Grund für ihr Elend fragte. Gleichzeitig ließ Manteuffel in Potsdam nicht locker und verhandelte zäh um die Auslieferung der Gräfin. König Friedrich Wilhelm von Preußen begann sich zu wundern.

»Sie wollen, daß ich Ihnen eine Frau ausliefere, die mir jeden Tag schreibt, daß sie sich keiner Schuld bewußt ist, und Sie selbst können mir auch nicht so recht erklären, worin ihr Vergehen bestehen soll«, herrschte er Manteuffel an. »Besorgen Sie mir ein Schreiben seiner kurfürstlich-königlichen Durchlaucht zu dem Fall.«

Löwendahls Spione arbeiteten sehr effektiv.

»Sie hat ihren Wohnungsschlüssel verschickt und Seine Majestät Friedrich Wilhelm geradezu darum gebeten, ihre Bleibe zu durchsuchen«, berichtete der Baron nach Warschau.

Friedrich August wurde blaß vor Schreck. Wenn bei einer solchen Durchsuchung der Vertrag gefunden wurde, erfuhr der preußische König von dem heimlichen Eheversprechen, das er Constantia gegeben hatte. Und wenn es der preußische König erfuhr, würden es auch andere Herrscher erfahren. Nicht gerade eine Empfehlung an den Kaiserhof nach Wien, wo die Hochzeit seines Sohnes mit Maria Josepha von Habsburg endlich in greifbare Nähe rückte. August der Starke suchte nach einer Lösung.

Ich muß das Papier an mich bringen und mich dieser Frau entledigen, war sein einziger Gedanke. Abgesehen von Flemming kannte keiner den Inhalt des Vertrages. Der König beschloß, Manteuffel einzuweihen und ihm für die Verhandlung mit dem preußischen Regenten genaue Instruktionen zu erteilen. Er stand auf und griff zur Feder. Detailliert legte er fest, wie sein Gesandter vorzugehen habe, verfaßte die geforderte Erklärung für Friedrich Wilhelm von Preußen sowie einen Brief an Watzdorf. Ihn wies er an, die Gräfin Cosel nach ihrer

Auslieferung ehrenhaft zu behandeln und an einen sicheren Ort zu bringen. Er schlug die Schlösser Meißen oder Nossen vor, stellte Watzdorf die endgültige Entscheidung jedoch anheim.

Die Schriftstücke waren noch nicht versiegelt, da errang Manteuffel den lang ersehnten Erfolg: Im Austausch gegen nach Sachsen geflohene preußische Deserteure lieferte Friedrich Wilhelm von Preußen Anna Constantia Gräfin von Cosel aus.

Am frühen Nachmittag des 21. November 1716 verlangte der sächsische Oberst Thiemann Zutritt zu Constantias Wohnung. Unfreundlich konfrontierte er sie mit einem Befehl, der ihm das Recht gab, sowohl die Zimmer als auch ihre persönliche Habe bis hin zu den Kleidern, die sie am Leib trug, zu durchsuchen. Die Gräfin leistete keinen Widerstand, und der Offizier kehrte das Unterste zuoberst. Am Abend befahl er ihr, sich in ihre Kutsche zu begeben.

»Sie werden jetzt zur Grenze gebracht und dort dem sächsischen Militär überantwortet«, sagte er barsch und weigerte sich, Fragen zu beantworten.

Bei Nacht und Nebel gelangten sie an die Grenze. Constantia wurde angewiesen, den Wagen zu wechseln. Ängstlich folgte sie dem Befehl. Zwei Offiziere waren zu ihrer Bewachung abgestellt, doch auch diese Männer sprachen kein Wort mit ihr. In Merseburg hielt der kleine Troß, um für die Nacht in einem abgelegenen Haus Quartier zu beziehen. Constantia legte sich in ihren Kleidern auf das schmuddelige Bett. Zu ihrer Bewachung hatten vor der Tür zwei Soldaten Posten bezogen, die aus großen Humpen Bier tranken.

»Sie ist nichts als eine abgelegte Königshure und als solche genießt sie keinen Schutz. Warum nehmen wir uns nicht, was einst des Königs war? Wenn sie für Seine Majestät gut genug war, wird sie wohl auch für uns gut genug sein«, flüsterte Thiemann und die Augen des anderen leuchteten. Drei weitere Humpen Bier flossen die Kehlen hinunter, dann drangen sie in das Zimmer der Gräfin ein. Constantia erwachte aus ihrem leichten Schlaf und richtete sich auf.

»Was ist? Ist etwas geschehen?« fragte sie beunruhigt. Die Männer lachten roh.

»Noch ist nichts geschehen, aber gleich wird etwas geschehen«, grölte der eine und warf sich auf sie. Constantia roch seinen fauligen Atem und wandte angeekelt das Gesicht ab. Mit beiden Armen versuchte sie, den Mann von sich zu stoßen.

»Was soll das! Weiß Er nicht, wen Er vor sich hat! Verschwinde Er, und nehme Er seinen Kumpan gleich mit!« schrie sie.

Der Soldat versuchte sie zu küssen. Constantia wehrte sich mit aller Kraft. Sie biß, trat, schlug und kratzte, doch die beiden Männer waren stärker und vergingen sich an ihr. Anna Constantia von Cosel verlor das Bewußtsein. Nach drei Vergewaltigungen hatten die Männer genug und überließen die ohnmächtige Gräfin ihrem Schicksal.

Am nächsten Tag verfrachteten sie die geschändete Frau wortlos in die Kutsche. In Leipzig angekommen, machten sie in einem Gasthaus Rast. Constantia nutzte einen unbewachten Moment, um mit der Wirtin zu sprechen.

»Ich brauche Hilfe! Sie vergewaltigen mich, und niemand schützt mich. Sie soll alles haben, was ich besitze, wenn Sie mir nur einfache Kleider bereit legt, mit denen ich mich verkleiden und fliehen kann«, flehte sie. Die Frau sah sie ohne Mitgefühl an.

»Das wird nicht gehen, Madame, die Wachen sind in der Überzahl, und ich will keinen Ärger.« Sie verließ das Zimmer und informierte Thiemann. Wenig später stand der Oberst vor seiner Gefangenen.

»Sie glauben also tatsächlich, daß Sie uns entkommen können?« hohnlachte er.

»Was für ein törichter Gedanke. Ich werde Ihnen zeigen, was ich für Sie tun kann.« Er öffnete seine Hose. Constantia kauerte in der äußersten Ecke des Bettes und streckte abwehrend die Hände aus.

»Sie brauchen nicht versuchen, sich zu wehren, das hat Ihnen schon gestern wenig genützt.«

Als Thiemann von ihr abließ, hatte Constantia erneut das Bewußtsein verloren. Mit groben Schlägen auf ihre Wangen versuchte er vergeblich, sie zu wecken. Der Offizier bekam Angst.

»Die Gräfin fühlt sich nicht wohl, wir brauchen einen Arzt!« befahl er der Wirtin.

Der Doktor saß an Constantias Bett und hielt ihr ein Riechfläschchen unter die Nase. Langsam kam sie zu sich und sah den fremden Mann entsetzt an.

»Haben Sie keine Angst, Gräfin, ich bin hier, Sie zu kurieren. Sie haben einen Schwächeanfall erlitten. Nehmen Sie dies hier, dann werden Sie sich gleich besser fühlen«, sprach er mit sanfter Stimme. Constantia weinte.

Inzwischen hatte Christoph Heinrich Watzdorf in Dresden eine Entscheidung gefällt. Das Renaissanceschloß Nossen, ehemals eine gutbefestigte Burg, schien ihm der passende Aufenthaltsort für die Gefangene. Der 23. November war kalt, es regnete in Strömen. Als die Kutsche im Schloßhof hielt, stieg Constantia mit zitternden Knien aus.

Drei schäbige Zimmer und eine winzige Kammer hatte man für sie, das Dienstmädchen, den Kammerdiener und ihren Sekretär zur Verfügung gestellt. Siebzig Soldaten bewachten das Schloß. Oberst Thiemann studierte Watzdorfs Instruktionen und stellte Posten vor Constantias Zimmer auf.

»Hier kommt keiner ohne mein Wissen herein, und vor allem verläßt es niemand, ohne daß ich davon erfahre. Keine Gespräche mit der Gefangenen! Keine Briefe, jeder Korb und jede Tasche wird kontrolliert! Ist das verstanden?«

Die Soldaten nickten beflissen und Thiemann verschwieg, daß in seinen Anweisungen auch stand, daß der Gräfin mit Höflichkeit begegnet werden sollte. Was focht es ihn an – seine Tage waren gezählt. Er wartete auf seine Ablösung durch Oberst Johann Holm, der in Nossen das Kommando übernehmen würde.

Das Schloß war Sitz eines Amtmannes und seiner Behörde. Zu den Bewohnern gehörte auch Frau von Meggenburg, eine freundliche ältere Dame, die auf den ersten Blick erkannte, daß es der Gräfin sehr schlecht ging.

»Sie müssen etwas essen, mein Kind. Wie wollen Sie denn wieder zu Kräften kommen, wenn Sie nichts zu sich nehmen?« Constantia öffnete matt die Augen.

»Ich kann nichts essen. Keinen Bissen bringe ich herunter. Ich bitte

Sie nur, helfen Sie mir, von hier fortzukommen. Ich habe fünfhundert Taler bei mir, die will ich Ihnen sofort geben und noch viel mehr, wenn ich erst wieder frei bin.« Tränen kullerten ihre Wangen herab.

»Von hier zu fliehen ist unmöglich«, Frau von Meggenburg streichelte Constantias Hand.

»Es sind siebzig Soldaten, die Sie bewachen, vier davon stehen rund um die Uhr vor Ihrem Zimmer, und die Fenster sind vergittert«, sagte sie mit aufrichtigem Bedauern. »Außerdem sind Sie viel zu schwach. Wo wollen Sie denn in diesem Zustand hin? So nehmen Sie doch wenigstens ein paar Löffel von dieser stärkenden Brühe.« Sie hielt Constantia eine dampfende Schale hin.

Constantia wandte sich ab. Mehrmals täglich besuchte Frau von Meggenburg die Gräfin. Immer brachte sie etwas zu essen, doch bis auf einige Schlucke Wein nahm Constantia nichts zu sich.

Am 27. November trug die liebenswürdige Frau einen Teller mit frischen Rebhühnern aus der Küche in den ersten Stock. Die Wache inspizierte die Speise und öffnete dann die Tür. Es war gegen sieben Uhr am Abend, als Frau von Meggenburg an das Bett der Gräfin trat. Entsetzt ließ sie den Teller fallen und stieß einen spitzen Schrei aus.

»Hilfe! Rufen Sie sofort den Oberst! Es eilt!« schrie sie den Wachmann an, der durch das Geräusch alarmiert den Kopf hereingesteckt hatte. Vollkommen starr, mit weit aufgerissenen Augen lag Constantia totenbleich auf dem Bett. Aus ihrem Mund rann Speichel, zwischen ihren Beinen hatte sich eine Urinlache gebildet. Zehn Minuten später stand Oberst Johann Holm neben dem Bett. Anders als sein grober Vorgänger war er ein pflichtbewußter Offizier mit Herz und Verstand und erkannte den Notfall. Frau von Meggenburg und das Kammermädchen versuchten, mit feuchten Tüchern, Riechsalz und Branntwein Constantia zu wecken. Zweimal flatterten deren Augenlider, und es schien, als könnte sie ihre Umgebung wahrnehmen, doch noch bevor sie ein Wort gesprochen hatte, glitt sie erneut in eine tiefe Ohnmacht.

Oberst Holm überließ den Frauen die Pflege der Kranken und schrieb einen besorgten Brief an seinen Vorgesetzten. In wenigen eindringlichen Worten schilderte er den katastrophalen Zustand der Gräfin und erbat Order, wie weiter zu verfahren sei. Noch während er schrieb, ging es Constantia zusehends schlechter. Sie zitterte am ganzen Körper und wurde von schweren Krämpfen geschüttelt.

»Das läßt sich mit Hirschhornsalz nicht beheben. Wir müssen den Apotheker holen – und am besten gleich auch noch einen Pfarrer«, sagte Frau von Meggenburg. »Wenn wir zögern, stirbt sie uns unter den Händen.«

Sie raffte ihre Röcke und eilte in die Stadt. Als der Apotheker eintraf, befand sich Constantia in einem Schwebezustand zwischen Bewußtsein und Ohnmacht. Sie redete wirr und war gleichzeitig nicht ansprechbar. Der Mediziner untersuchte sie gründlich, dann wandte er sich an Frau von Meggenburg.

»Die Dame hat einen Schlaganfall erlitten. Ihre ganze rechte Seite ist gelähmt, und ich glaube nicht, daß sie uns im Augenblick verstehen kann. Ich würde empfehlen, einen Arzt aus Dresden kommen zu lassen. Einen guten Arzt, denn wenn hier noch zu helfen ist, dann muß er ein Meister seines Faches sein.«

Oberst Holm war hinzugetreten.

»Ich habe bereits einen Kurier geschickt und warte auf weitere Befehle.« Frau von Meggenburg sah ihn beunruhigt an.

»Wenn es wirklich ein Schlagfluß ist, kann jede verlorene Minute tödlich sein. Ich lasse anspannen und fahre nach Dresden. Ich werde schon jemand auftreiben, der mit mir kommt.«

Holm nickte, und kaum eine Stunde später saß die resolute Dame in ihrer Kutsche und war auf dem Weg in die Residenz. Dort stieß sie mit ihrem Anliegen zunächst auf taube Ohren. Jeder in der Stadt wußte, daß Constantia die Gunst des Königs verloren hatte, und man fürchtete, in Ungnade zu fallen, wenn man ihr half. Frau von Meggenburg gab nicht auf. In einer Eildepesche setzte sie Flemming in Kenntnis, daß die Gräfin von Cosel sterben würde, wenn nicht sofort ein Arzt zu ihr geschickt würde. Flemming zögerte nicht. Die Verantwortung für ihren Tod wollte er auf keinen Fall übernehmen, und so wies er den königlichen Leibarzt Tropaneger an, nach Nossen zu fahren.

Hofrat Tropaneger war ein kluger, gütiger Mann. Seit jeher gehörte er zu denen, die Constantia schätzten und verehrten. Als er in Nossen eintraf, begrüßte er Holm mit knappen Worten und eilte an das Krankenbett. Constantia war bei Bewußtsein. Sie erkannte den Arzt und brach in Tränen aus.

»Hofrat, daß ich Sie hier sehen darf, endlich ein liebes, vertrautes Gesicht. Helfen Sie mir, ich bin so miserabel, daß ich nicht ein noch aus weiß.«

Tropaneger ließ sich in aller Ruhe die Symptome schildern und bestätigte die Diagnose des Apothekers.

»Sie werden wieder gesund. Sie sind stark, Sie sind jung«, sprach er ihr Mut zu.

Zwei Tage verbrachte er in Nossen, verordnete Medikamente und überwachte Constantias Zustand. Dann schien sie auf dem Weg der Besserung. Der königliche Leibarzt kehrte zurück in die Residenz. In den frühesten Stunden des folgenden Tages litt Constantia, die endlich etwas gegessen hatte, unter heftigem Erbrechen und derart heftigen Krämpfen, daß Oberst Holm nach Dresden depeschierte, man möge den Hofrat so schnell wie möglich wieder nach Nossen schikken. Bis der Arzt eintraf, wachte er persönlich an ihrem Bett. Constantia versuchte aufzustehen, brach zusammen und weinte heftig.

»Ich will dem König schreiben, aber das hat nur einen Sinn, wenn ich auch sicher sein kann, daß er meinen Brief erhält. Man fängt meine Briefe ab und leitet sie nicht weiter«, klagte sie. Holm, der von den Intrigen nichts wußte, schüttelte den Kopf.

»Madame, wenn Sie dem König einen Brief schreiben, werde ich dafür sorgen und haften, daß er ihn erhält.« Constantia schloß die Augen.

»Sie sind ein guter Mensch, aber auch Sie können nicht verhindern, daß schlechte Menschen gegen mich sind«, sagte sie traurig und schlief ein.

Am Abend war Tropaneger wieder zur Stelle. Constantia wand sich nach wie vor in Krämpfen, delirierte, und mehrmals sah es so aus, als habe ihr letztes Stündlein geschlagen. Der Hofrat tat sein Bestes, wich nicht von ihrer Seite, orderte Medizin aus Dresden, erlesene Speisen und den Oberhofprediger, der Constantia Trost zusprechen sollte. Tatsächlich schien es nach einigen Tagen, als schlüge seine Therapie an. Die Gräfin wurde ruhiger, die Krämpfe seltener. Constantia war jetzt beinahe die ganze Zeit bei Bewußtsein, und obgleich sie heftige Kopf- und Magenschmerzen hatte, begann sie wieder zu essen und erholte sich allmählich. Sie rief ihren Kammerdiener zu sich.

»Ich muß wissen, wie es meinem Sohn geht. Fahr Er nach Pillnitz, bringe Er mir Geld von dort, und erstatte Er mir Bericht. Und fahr Er auch nach Dresden, und versuche Er herauszubekommen, was mit meinen Sachen in Berlin geschehen ist. Ich werde nicht dorthin zurückkehren, aber meinen Haushalt möchte ich wiederhaben. Beeil Er sich. Die Zeit drängt!« wies sie ihn an.

Die Tage vergingen, und Constantia wartete sehnsüchtig auf eine Nachricht ihres Dieners. Doch der Mann ließ nicht von sich hören und kehrte auch nicht zurück. Schließlich erfuhr sie auf Umwegen, daß er auf Löwendahls Befehl in Dresden arrestiert worden war.

Oberst Holm machte sich Sorgen. Offenbar war seine Gefangene in etwas verwickelt, das an höchster Stelle von Interesse war. Je besser es ihr gesundheitlich ging, um so schwerer würde es sein, sie in Nossen zu bewachen. Nicht auszudenken, wenn es der Gräfin trotz der strengen Kontrolle gelänge zu fliehen. Der Oberst fürchtete um seine Karriere und schrieb einen langen Brief an Löwendahl, in dem er ihn bat, ihn des Kommandos zu entheben und die hohe Dame an einen sichereren Ort bringen zu lassen.

Als erstes befahl Löwendahl eine erneute Durchsuchung von Constantias persönlichen Dingen. Dann bestand er darauf, den Mann zu finden, der von der Verhaftung des Kammerdieners gewußt und geplaudert hatte, um auch ihn in den Kerker zu sperren, und zu guter Letzt schickte er einen Kurier nach Nossen. Oberst Holm sollte alles bereit machen, um die Gräfin Cosel in ein anderes Gefängnis verlegen zu lassen.

Holms Befürchtung, Constantia könnte Fluchtgedanken hegen oder gar in die Tat umsetzen, erwies sich als unbegründet. Immer wieder wurde die Gräfin von schmerzhaften Krämpfen gequält und lag matt und elend in ihrem Bett.

Löwendahl hatte inzwischen seinen König von Holms Brief unterrichtet und den Vorschlag unterbreitet, den Aufenthaltsort der Gefangenen nach Stolpen zu verlegen. Unterstützt von Watzdorf, pries er die Vorteile der Festung.

»Stolpen liegt völlig isoliert, so daß die Gräfin mit niemand Kontakt aufnehmen kann, ohne daß ihre Bewacher davon Kenntnis erhalten. Außerdem ist es ein Leichtes, das vorhandene Militär so aufzustocken, daß sie zu jeder Stunde unter Aufsicht ist.« August der Starke stimmte zu und diktierte eine Liste dessen, was bei Constantia beschlagnahmt werden sollte.

»Ich verlange, daß wir ihre gesamten Papiere, den Schmuck und ihr Geld erhalten. Sie muß Geld haben, sonst hätte sie der Wirtin nichts anbieten können, damit sie ihr zur Flucht verhilft. Aber sie soll einen Beleg darüber bekommen. Sonst heißt es noch, ich hätte sie beraubt«, sagte er und setzte hinzu: »Watzdorf soll sich darum kümmern, daß der gesamte Besitz der Gräfin Cosel zu unserer Verfügung ist. Ich will endlich diesen vermaledeiten Vertrag haben. Es kann doch nicht angehen, daß es einem Weib gelingt, den König über so lange Zeit zu narren. Er soll sich alles aushändigen lassen, ob in Berlin, Pillnitz oder Halle. Und alles belegen!« August siegelte das Schreiben und übergab es Flemming.

Währenddessen hatte Löwendahl ein Kommando nach Nossen geschickt, das die Gräfin auf ihrem Weg nach Stolpen bewachen sollte.

Am Nachmittag des 23. Dezember 1716 betrat Holm Constantias Zimmer.

»Aus Warschau ist der Befehl gekommen, daß Sie Nossen verlassen sollen. Weisen Sie Ihre Kammerfrau an, Ihre Sachen zu packen. Sie werden morgen abreisen.« Er salutierte und verließ den Raum so eilig, daß Constantia nicht einmal fragen konnte, wohin sie gebracht werden sollte.

»Ich nehme an, daß wir nach Pillnitz oder Dresden geschickt werden«, mutmaßte sie.

»Sie werden mich auch dort unter Arrest stellen, aber vielleicht gelingt es mir dennoch, Kontakt zum König aufzunehmen. Wenn ich ihm alles erkläre, wird er verstehen, daß ich ihn nicht erzürnen will.« Sie sank zurück in die Kissen.

Am Morgen des 24. Dezember verließ Anna Constantia von Cosel ihr Krankenlager. Gestützt von Kammerfrau und Sekretär, setzte sie mühsam einen Fuß vor den anderen. Zu schwach, aus eigener Kraft die Kutsche zu besteigen, stand sie mit zitternden Knien davor und blickte sich hilfesuchend um. Oberst Holm reichte ihr den Arm und legte sie in den Wagen.

»Bleiben Sie liegen, Gräfin, Sie sind noch zu erschöpft und können die lange Fahrt nicht im Sitzen überstehen.« Constantia sah ihn müde an.

»Eine lange Fahrt wird es? Wohin wird man mich bringen?« Holm zögerte einen Augenblick. Jetzt, da er sah, in welch elendem Zustand sich seine Gefangene noch immer befand, schämte er sich für seine Angst, sie könne aus Nossen fliehen.

»Man wird Sie nach Stolpen bringen, Madame«, flüsterte er und schloß den Schlag. Eskortiert von mehreren Offizieren und Soldaten rumpelte die Karosse vom Hof.

Constantia dachte an den Ausflug, den sie vor Jahren mit August nach Stolpen gemacht hatte. Die glücklichen Stunden auf der Jagd lagen mehr als eine Ewigkeit zurück. Erschöpft schloß sie die Augen. Sie lag unter einer dicken Decke und fror doch erbärmlich, spürte jedes Loch in der Straße, jeden Stein. Gegen Mittag befahl der kommandierende Hauptmann, in einem Wirtshaus zu rasten.

»Ich möchte nicht aussteigen, lassen Sie mich hier liegen. Ich bringe ohnehin keinen Bissen herunter. So kann ich wenigstens ein wenig ausruhen«, bat sie.

»Meine Männer haben Hunger, und wenn Sie hier bleiben, muß ich

Sie bewachen lassen. Das verzögert die Reise.« Der Hauptmann zwang sie, die Kutsche zu verlassen.

Es war später Abend, als der Troß Stolpen erreichte. Bedrohlich und düster lag die Burg auf dem harten Basaltfelsen. Anna Constantia von Cosel war zu schwach, um aus dem Fenster zu schauen. Seit Stunden litt sie unter heftiger Übelkeit und unerträglichen Kopfschmerzen.

»Um mich herum dreht sich alles, und ich habe das Gefühl, als zerplatze mir die Schädeldecke«, hauchte sie, bevor sie in Ohnmacht fiel. Die Kammerfrau versuchte vergeblich die Lebensgeister ihrer Herrin zu wecken. Das Ende der Reise erlebte Constantia in tiefer Bewußtlosigkeit.

Major Johann Friedrich von Wehlen, Kommandant der Festung, begrüßte die Neuankömmlinge. Hauptmann Johan Bernhard Heineke salutierte.

»Wir werden gut zusammenarbeiten, und ich hoffe, wir machen Ihnen nicht allzu viele Umstände. Man hat mich abkommandiert, mich speziell um die Gräfin zu kümmern, so daß Sie Ihren ganz normalen Geschäften nachgehen können.«

»Nun, ganz normal werden die Geschäfte mit einer so bedeutenden Gefangenen wohl kaum werden, allein die vierzig Mann zusätzlich, die zu ihrer Bewachung hergeschickt wurden, verändern einiges.«

»Die stehen unter meinem Kommando«, meldete sich jetzt Oberst Lauterbach zu Wort und stellte sich vor.

»Wir sollten die Gräfin in ihr Zimmer bringen, es ist bitterkalt und sie ist bei schlechter Gesundheit.« Von Wehlen nickte, ging zum Wagen und öffnete die Tür. Die Kammerfrau sah ihn ängstlich an.

»Madame ist seit Stunden ohne Bewußtsein. Man muß sie zu Bett bringen und den Arzt rufen«, sagte sie und schlug die Augen nieder.

Wehlen leitete alle notwendigen Maßnahmen ein. Behutsam wurde Constantia in die obere Etage des Zeughauses getragen.

Sie erwachte in einem frisch bezogenen Bett. Im Schein einer flackernden Kerze erkannte sie Hofrat Tropaneger, den man eilig aus Dresden geholt hatte.

»Wo bin ich? Was tun Sie hier? Wie bin ich hierhergekommen? Ich erinnere mich an nichts.« Constantia sah den Arzt unglücklich an.

»Gräfin, Sie haben hohes Fieber und sollten nicht sprechen. Ich bleibe bei Ihnen, versuchen Sie zu schlafen. Morgen werden Sie sich besser fühlen.« Tropaneger sah sie mitleidig an.

Constantia schloß die Augen und seufzte: »Was habe ich nur verbrochen, daß man mir all das antut.«

Der Hofrat wachte die ganze Nacht am Bett seiner Patientin, deren Zustand sich am nächsten Morgen ein wenig gebessert hatte.

»Ich möchte einen Brief an den König schreiben. Ich bitte Sie, ihn an sich zu nehmen und weiterzuleiten. Das tun Sie doch für mich, nicht wahr?« Der Arzt nickte. Constantia schickte die Kammerfrau, ihr Feder und Papier zu bringen, und versuchte zu schreiben.

»Die Hand gehorcht mir noch immer nicht, sehen Sie nur!« Verzweifelt zeigte sie Tropaneger die mühsam gekritzelten Buchstaben.

Der Arzt wollte eben anbieten, sich von ihr diktieren zu lassen, da faßte sich Constantia an die Schläfe, stieß einen kleinen Schrei aus und verlor das Bewußtsein. Während ihrer Ohmacht kehrten die Krämpfe zurück. Sie fieberte hoch und phantasierte. In wenigen klaren Momenten offenbarte sich deutlich, daß sie große Gedächtnislücken hatte.

»Wir waren einen Monat in Nossen eingesperrt, und vorher haben wir in Halle gewohnt. Und von Nossen hat man uns hierher gebracht«, versuchte ihre Kammerfrau, Brücken der Erinnerung zu bauen. Constantia weinte und konnte keine Zusammenhänge herstellen.

»Es muß doch etwas geben, das mir hilft!« flehte sie Tropaneger an. Der schüttelte nur traurig den Kopf und murmelte:

»Da können nur Gott und die Zeit helfen. Ich bin machtlos.«

Hauptmann Heineke hatte Mitleid mit der Gefangenen und verfluchte insgeheim die Befehle, die ihn zur Härte zwangen. In seiner Angst, Constantia könnte Staatsgeheimnisse ausplaudern, Vertraute gewinnen und Fluchtpläne schmieden, hatte der König Order erteilt, daß niemand alleine mit Constantia sprechen durfte. So standen mehrmals täglich die Herren von Wehlen, Heineke und Lauterbach an ihrem Bett, weil der mitfühlende Heineke wissen wollte, wie es ihr ging.

Anfang des Jahres 1717 hatte sich ihr Zustand noch immer nicht gebessert. August der Starke erhielt zwar Berichte darüber, doch sein Interesse an der ehemaligen Mätresse war erloschen. Besessen von dem Gedanken, den Ehevertrag endlich zurückzubekommen, beschloß er wütend, dem erfolglosen Watzdorf die Aufgabe zu entziehen und den Grafen Werther, einen ihm treuergebenen jungen Adligen, mit der Sache zu betrauen.

Im Bewußtsein, die Sache in gute Hände gegeben zu haben, widmete sich der König familiären Angelegenheiten und verfügte, daß seine beiden Töchter aus Depenau nach Dresden zu bringen seien. Großmutter Anna Margarethe von Brockdorff weigerte sich jedoch, ihre Enkelinnen herauszugeben. Friedrich August schickte ihr Geld für die Mädchen und teilte ihr gleichzeitig mit, daß dies seine letzte finanzielle Zuwendung sei. Sie dürfe die Kinder bis zum Frühjahr noch behalten, danach werde er sie notfalls mit Gewalt nach Dresden holen. Den kleinen Friedrich August von Cosel ließ er aus Pillnitz in die Residenz bringen und gab ihm einen eigenen Hofmeister, der für seine Erziehung zuständig war.

Constantia fristete ihr Dasein auf Burg Stolpen völlig isoliert, schrieb Briefe, die von der Zensur abgefangen und nicht weitergeleitet wurden, wartete auf Post, die sie nie bekam. Nur ein paar Zeilen von Löwendahl wurden ihr zugestellt. Der Minister forderte sie auf, endlich den Vertrag herauszugeben.

Inzwischen in etwas besserer Verfassung, schrieb die Gräfin einen langen Brief an den König. Bitter beklagte sie sich über erlittenes Unrecht und darüber, daß alle Vereinbarungen, die man in seinem Namen mit ihr getroffen hatte, nicht eingehalten wurden. Und jetzt hatte man sie gar auf eine Festung gesperrt. Sie, die sich nichts zuschulden kommen ließ, außer daß sie den Vertrag nicht in der gewünschten Schnelligkeit hatte beischaffen können. Aber auch das sei nicht ihre Schuld, denn des Königs Schergen waren es, die sie an der Erfüllung dieses Wunsches hinderten, indem sie ihr das notwendige Geld versagten und sie gefangennahmen. Doch das alles war noch nicht genug: Warum verweigerte man ihr jedes Gespräch, fragte sie. Warum kam trotz ihrer inständigen Bitten niemand vom Hof zu ihr, um ihr wenigstens die Punkte der gegen sie vorgebrachten Anklagen mitzuteilen?

Wie alle anderen las Johann Friedrich von Wehlen auch diesen Brief und runzelte die Stirn.

»Wenn davon nur die Hälfte stimmt, wird dieser Dame übel mitgespielt«, sagte er zu Heineke. Als nächster erhielt Baron von Löwendahl das Schriftstück und spürte ein beißendes Unwohlsein. Diesen Brief an Seine Majestät konnte er nicht – wie so viele vor ihm – verschwinden lassen. Die Kommandanten der Festung kannten ihn, er mußte ihn an den König weiterleiten.

Nachdem er Constantias Schreiben erhalten hatte, verbrachte August der Starke eine unruhige Nacht. Konnte es sein, daß die Gräfin die Wahrheit sprach? Sie war immer temperamentvoll gewesen, bisweilen launisch bis zur Unerträglichkeit, aber gelogen hatte sie nie. Er warf sich in seinem Bett hin und her. Schließlich stand er auf und griff zur Feder. Eine Fülle von Vorwürfen ergoß sich auf das Papier, vor allem, daß sie sich weigere, den Vertrag auszuhändigen, aber auch, daß sie ihm übel nachgeredet und sich seinen Befehlen zu entziehen versucht habe. In den frühen Morgenstunden übergab er die Epistel einem Kurier und befahl, sie nach Stolpen zu bringen. Als Löwendahl erfuhr, daß es Constantia gelungen war, dem König eine Antwort abzuringen, sorgte er als erstes dafür, daß der freundliche Kommandant Heineke seines Amtes enthoben wurde.

»Der Mann ist nicht hart genug, und sie ist gefährlich«, begründete er seine Entscheidung und setzte an Heinekes Stelle Hauptmann Johann Holm, der sich in Nossen als so umsichtig und geeignet für die Aufgabe erwiesen hatte.

Der Brief war geschrieben, der König hatte seinen Standpunkt klargemacht, und dennoch nagte weiterhin ein leiser Zweifel an ihm. Er entschloß sich, einen Gesandten nach Drage zu schicken und die Angelegenheit ein für alle Mal aus der Welt zu schaffen. Christian Detlev von Rantzau saß noch immer in Spandau, dafür befand sich sein jüngeren Bruder Wilhelm Adolf von Rantzau auf dem Gut. Er würde einem Abgeordneten des Königs wohl kaum die Auskunft über das Archiv verweigern.

Als der Bevollmächtigte in Drage ankam, bereitete ihm der jüngere Rantzau einen kühlen Empfang. Mehrere Tage vergingen, bis er endlich widerwillig zugab, daß im Familienarchiv ein mit mehreren Siegeln verschlossenes Päckchen lag, das an Constantia von Hoym adressiert war.

»Zwar befindet sich dieses kleine Paket tatsächlich bei uns, aber Sie werden verstehen, daß ich es Ihnen nicht so ohne weiteres herausgeben kann.« Rantzau zeigte sich unnachgiebig. Erst als eine schriftliche Versicherung des Königs eintraf, daß nichts zu befürchten und er im Gegenteil gegen alle etwaigen Ansprüche der Gräfin durch seine Majestät abgesichert sei, übergab er das Päckchen.

Endlich war August der Starke am Ziel. Eigenhändig zerriß er den Vertrag in kleine Schnipsel und stieß einen Seufzer der Erleichterung aus. Flemming war Zeuge der Prozedur und lächelte.

»Lange genug hat es gedauert!«

»Hat es wohl«, stimmte Friedrich August zu, »aber eines müssen wir zugestehen. Die Gräfin hat, wie es die ganze Zeit meine Vermutung war, nicht gelogen. Sie hatte das Schriftstück tatsächlich nicht in ihrem Besitz.« Flemming sah ihn beunruhigt an.

»Was gedenken Majestät jetzt zu tun?« fragte er vorsichtig. Der König zuckte mit den Schultern.

»Ich weiß es noch nicht. Die Sache will gut überlegt sein. Was ist Ihr Ratschlag?« fragte er zurück. Flemmings Hirn arbeitete fieberhaft. Ein falsches Wort und Constantia war eine freie Frau. Sie würde zurückkehren an den Hof, sie würde die Gunst des Königs wiedererlangen. Das mußte unter allen Umständen verhindert werden.

»Nun, Majestät haben Recht, sie hat nicht gelogen, dennoch hat sie es am nötigen Gehorsam fehlen lassen und sich in Berlin in höchst ärgerlicher Weise geäußert. Und noch etwas gibt es zu bedenken.« Er machte eine Pause um die Wichtigkeit des Folgenden zu unterstreichen. »Haben Majestät jemals in Betracht gezogen, daß die Gräfin vielleicht eine oder sogar mehrere Kopien angefertigt haben könnte?«

Der König wurde blaß.

»Das halten Sie für möglich? Nein, daran habe ich noch nicht gedacht.« Er schluckte trocken.

»Was schlagen Sie vor, Flemming?«

»Es ist Eure Entscheidung, aber mir scheint, daß es gefährlich sein könnte, die Gräfin auf freien Fuß zu setzen, bis nicht auch der letzte Zweifel ausgeräumt ist.« Mit perfider Genugtuung registrierte der Graf, daß er den König überzeugt hatte.

»Wie ich höre, befindet sie sich gesundheitlich ohnehin schlecht, soll sie sich in aller Ruhe auf Stolpen auskurieren, und dann sehen wir weiter«, befahl August der Starke und lächelte plötzlich. »Das Original jedenfalls liegt hier zu meinen Füßen in tausend kleinen Stücken, und die werde ich jetzt im Kamin verbrennen.«

Constantia litt noch immer heftig unter den Folgen ihres Schlaganfalls. Im Juni schrieb sie nach Warschau, daß sie aus der Gefangenschaft den Ehevertrag nicht herbeischaffen könne und bat flehentlich um ihre Freilassung, um dem König beweisen zu können, daß sie gewillt sei, alle seine Forderungen zu erfüllen. Ihr Brief war längst in Polen, als sie erfuhr, daß August der Starke den Ehevertrag bereits erhalten hatte.

»Aber dann muß sich dieser elende Zustand doch alsbald seinem Ende zuneigen! Jetzt hat er doch alles, was er jemals von mir wollte. Ist denn noch kein Befehl zu meiner Freilassung ergangen?« fragte sie Holm, der bedauernd verneinte. Täglich hoffte Constantia auf die erlösende Nachricht, doch Friedrich August hatte andere Prioritäten.

Aus Wien erreichte ihn die frohe Botschaft, daß der Kaiser der Verlobung Maria Josephas mit dem sächsischen Kurprinzen zustimmte.

Am 1. Juli 1717 starb Madame Royale, Anna Sophie von Dänemark. Als der König vom Tod seiner Mutter erfuhr, wunderte sich selbst Flemming, wie gelassen und kühl er darauf reagierte. August der Starke ordnete ein unspektakuläres Begräbnis an und teilte gleichzeitig mit, daß er daran nicht teilnehmen werde. Über den Tod hinaus verübelte er ihr die häufige Kritik an seinem Lebenswandel.

Das Jahr 1717 verging, und Anna Constantia von Cosel wurde noch immer auf der Festung Stolpen gefangengehalten. Flemmings unermüdliches Bestreben trug Früchte, der König gab ihr die versprochene Freiheit nicht zurück. Statt dessen ließ er mit größter Intensität nach dem Depositenschein suchen, der Quittung für ihren in Hamburg eingelagerten Besitz.

## *Der Teufel soll sie alle holen*

Verzweifelt schrieb Constantia an Flemming und bat ihn um Fürsprache beim Monarchen. Noch immer hatte sie das doppelte Spiel des vermeintlichen Freundes nicht durchschaut. Im April 1718 brachte Kommandant Holm schlechte Neuigkeiten. Constantia hatte eine Depesche nach Dresden geschickt, in der sie um Geld bat.

»Ich habe Kosten für Dienstboten und Lebensmittel, die ich so nicht begleichen kann. Immerhin verfüge ich noch immer über ein ansehnliches Vermögen und bitte darum, mir die besagte Summe daraus zukommen zu lassen«, lautete der letzte Satz. Holm oblag die unangenehme Aufgabe, Constantia die niederschmetternde Antwort zu überbringen.

Mit Zustimmung des Geheimen Rates hatte man sie ohne formelles Verfahren gewissermaßen entmündigt und ihr gesamtes Vermögen eingezogen. Der König bestritt daraus die Erziehung der drei gemeinsamen Kinder. Constantia war fassungslos.

»Aber es ist mein Geld, es ist mein Besitz, wie kann er es einfach an sich nehmen und mich unter Vormundschaft stellen? Was sind das für Männer, die jetzt im Namen Seiner Majestät über meine Finanzen verfügen? Ich kenne keinen von ihnen.«

Holm versuchte, sie zu beruhigen. »Es handelt sich um sehr honorige Kuratoren!«

»Was soll mir das nutzen. Ich kann nicht einmal meine Magd bezahlen. Wenn ich nicht die Einkünfte aus Pillnitz hätte, müßten wir Hunger leiden. Der Teufel soll sie alle holen!« fluchte die Gräfin.

Sie hatte sich von dem Schrecken kaum erholt, da führte Friedrich August, geschickt von seinem ersten Minister verleitet, einen weiteren Schlag: Stück für Stück wurden die Möbel aus Pillnitz abtransportiert.

»Majestät verfügt über so viele Güter. Pillnitz ist seit Jahr und Tag im Besitz der kurfürstlichen Familie. Vielleicht könnte man der Gräfin ein anderes Gut zum Tausch anbieten?« träufelte Flemming, der genau wußte, wie sehr Constantia an Pillnitz hing, sein Gift in die königlichen Ohren. August der Starke war begeistert von der Idee.

»Graf, Sie sind wirklich ein Fuchs. Ich biete ihr Gut Zabeltitz an, aus dem Erbe meiner Mutter. Als Einkunftsquelle reicht es völlig, und mir liegt nichts daran.«

Constantia nahm den Brief aus Holms Händen und las.

»Jetzt will er mir auch noch Pillnitz nehmen. Es gehört mir, er hat es mir geschenkt.« stammelte sie. »Aber das Gut werde ich nicht kampflos hergeben. Er muß es schon kaufen, wenn er es zurückhaben will.«

Sie schrieb einen langen Brief an Flemming und legte dar, daß man ihr den Besitz nicht so einfach entziehen könne, schließlich handele es sich um das Erbe ihrer Kinder. Statt einer Antwort annektierte die Krone im Hochsommer 1719 das Gut Pillnitz, ohne der Gräfin eine angemessene Entschädigung zukommen zu lassen. Constantia tobte, weinte, tobte wieder und fügte sich schließlich in ihr Schicksal.

Nachdem man ihr Pillnitz genommen hatte, befand sie sich in einer prekären Lage. Sie verfügte über so wenig Geld, daß sie ihren Verpflichtungen kaum nachkommen konnte.

»Hauptmann, haben Sie ein Herz und helfen Sie mir. Ich muß mit meinen Bediensteten doch von irgend etwas leben. Hier, nehmen Sie diese Diamantohrringe und schicken Sie sie für mich nach Dresden zu meinem Freund Wackerbarth. Er soll mir Geld dafür geben.« Holm nahm die kostbaren Schmuckstücke an sich und erfüllte ihre Bitte.

Als August Christoph Graf von Wackerbarth, inzwischen Kommandant von Dresden, die wertvollen Juwelen in den Händen hielt, verzog er unwillig das Gesicht.

»Was treiben sie nur für ein widerwärtiges Spiel mit dieser Frau?« knurrte er, nahm fünfhundert Taler aus seiner Privatschatulle, legte sie zu dem Ohrschmuck und sandte beides auf schnellstem Weg zurück nach Stolpen. Mit Tränen der Rührung in den Augen nahm Constantia das Päckchen von Holm entgegen.

In der folgenden Nacht trug sich Constantia erstmals mit dem Gedanken, einen Fluchtversuch zu unternehmen. Bis in die frühen Morgenstunden dachte sie darüber nach, wie eine solche Aktion wohl am sichersten vorzubereiten sei und kam zu dem Schluß, daß es großer Sorgfalt bedurfte, aber nicht unmöglich war, von der einsamen Festung zu entkommen. Als erstes mußte sie versuchen, unentdeckt Kontakt mit der Außenwelt aufzunehmen. Das konnte nur über Briefe geschehen, die sie an der Zensur vorbeischmuggeln wollte.

Zu den Soldaten auf der Festung gehörte ein gewisser Leutnant Melchior Johann Helm. Trotz des strengen Redeverbots war es Constantia mehrmals gelungen, ein paar Worte mit dem höflichen jungen Mann zu wechseln. Er und der Lakai Gäbler waren ihr zugetan, und Constantia wartete sehnsüchtig auf die nächste Gelegenheit, mit Helm zu sprechen.

»Ich brauche Ihre Hilfe und werde Sie reichlich dafür entlohnen«, flüsterte sie im Vorbeigehen. Helm verlangsamte seinen Schritt.

»Ich muß einige wichtige Briefe verschicken und bitte Sie, das für mich zu erledigen. Würden Sie das für mich tun?« Helm zögerte einen Moment, dann nickte er zustimmend. Die Gräfin war eine wunderschöne Frau, was mit ihr geschah war unwürdig, und er empfand es als Ehrensache, ihr zu helfen. Zwei Nächte später ließ Constantia zur festgesetzten Zeit an einem dünnen Faden ein kleines Päckchen aus ihrem Fenster herab. Helm absolvierte seinen Patrouillegang und nahm es entgegen. Schon am nächsten Tag sorgte er dafür, daß die Briefe befördert wurden. Einer war an den Bankier Pörlhäffter adressiert. Die Gräfin bat ihn inständig um Geld. Von ihren Fluchtplänen ließ sie kein Wort verlauten. Einige Male gelangten Constantias Schreiben auf diesem Weg aus der Festung, dann wurde Helm die Sache zu heikel. Die Gefangene bestach Gäbler, der ihre Nachrichten von nun an in seinem Hosenbund versteckt aus ihrem Zimmer brachte.

Ein trauriger Brief ihrer Mutter lenkte sie vorübergehend von ihren Plänen ab. Ritter Joachim Brockdorff war im Alter von sechsundsiebzig Jahren nach langem Siechtum gestorben, und die Mutter wünschte sich von Herzen, Constantia möge an der Beerdigung teilnehmen. Doch so sehr die Gräfin auch auf Holm eindrang, ihn bat und flehte, der Hauptmann schüttelte den Kopf.

»Madame, es ist vollkommen ausgeschlossen, Sie gehen zu lassen. Und wenn Sie mir tausendfach schwören, daß Sie nach Stolpen zurückkehren. Wenn es bemerkt würde, kostete es Ihren Kopf und meinen gleich dazu.« Constantia versank in brütendem Schweigen.

Wie Flemming war auch Baron von Löwendahl noch immer damit beschäftigt, Constantias Untergang zu festigen. Im Sommer 1720 präsentierte er ein zur Unterschrift vorbereitetes Schreiben, mit dem sie bestätigen sollte, stets und pünktlich ihre jährliche Pension erhalten zu haben. Constantia zerknüllte das Papier zu einem faustgroßen Ball und trampelte darauf herum wie ein eigensinniges Kind.

»Diese fette Schweinsperson! Was denkt er sich, daß ich zu meinem eigenen Nachteil und Schaden eine Lüge unterschreibe! Nichts habe ich erhalten, gar nichts. Und nichts, aber auch gar nichts werde ich unterschreiben!« Löwendahl schmückte seine Schilderung ihres Protests so gewissenhaft aus, daß August der Starke sich veranlaßt sah, seiner ehemaligen Geliebten wegen schlechten Benehmens die einst fest zugesagte Pension gänzlich zu entziehen.

Die Hochzeit seines erstgeborenen Sohnes mit der Kaisertochter hatte viel Geld gekostet, und der König war nicht bereit, die Staatskasse weiterhin mit Zahlungen an Constantia zu belasten. Löwendahl erhielt erneut die Anweisung, endlich dafür zu sorgen, daß Constantias gesamter Besitz, ganz gleich, wo er sich befand, gesichtet werden konnte. Mit Übereifer widmete sich der Baron ab sofort dem königlichen Auftrag und erschien persönlich bei Constantia. Die Gräfin lachte ihn aus.

»Nach allem, was Sie mir angetan haben, wollen Sie wirklich, daß ich Ihnen helfe, mein letztes bißchen Eigentum an sich zu reißen. Sie müssen von Sinnen sein, Baron, wenn Sie deshalb zu mir gekommen sind. Ich habe alles so verwahrt, daß es erst herausgegeben wird, wenn ich frei bin. Lassen Sie nur gleich anspannen und fahren Sie zurück nach Dresden. Ich kann Sie leider nicht bitten, mein Gast zu sein, denn wie Sie am besten wissen, habe ich kaum Geld und kann mir Gäste nicht leisten.«

Woldemar Baron von Löwendahl wandelte seinen Zorn über Constantias Verhalten in unermüdliche Energie um. Akribisch ließ er nach allen Menschen suchen, die in Berlin und Halle Kontakt zur Gräfin gehabt hatten und versuchte, auf diese Weise herauszubekommen, wo sich der Depositenschein befand.

»Wir müssen an die Kisten, die sie in Hamburg gelagert hat, herankommen. Es ist höchst wahrscheinlich, daß sich just dort Kopien des Ehevertrages befinden, wenn sie solche angefertigt hat«, entfachte Flemming im Hintergrund von Zeit zu Zeit das Feuer neu. August der Starke stimmte ihm zu.

»Unsäglich, daß diese sturen Bankiers sich weigern, mir, dem kurfürstlichen König, die Dinge herauszugeben, auch wenn ich den Schein nicht besitze!« schimpfte er.

Mit Flemmings Rückendeckung war Löwendahl entschlossen, gegebenenfalls auch zu härteren Mitteln zu greifen. Die erste, die dies schmerzlich zu spüren bekam, war Constantias ehemaliges Kammermädchen. Löwendahl ließ die ahnungslose junge Frau verhaften und unterzog sie strengsten Verhören. Doch ganz gleich, wie sehr er drohte, schrie und schikanierte, die Frau konnte ihm nicht behilflich sein. Die harten Haftbedingungen brachten sie jedoch beinahe um den Verstand, und schließlich kündigte sie so glaubhaft an, sie werde sich das Leben nehmen, daß man sie 1723 frei ließ.

Das nächste Opfer des verbissenen Löwendahl war der Hofjude Pörlhäffter. Ganz Dresden wußte, daß der Mann ein Freund der Gräfin war, und Löwendahl versprach sich detaillierte Informationen von ihm. Der Bankier wurde vernommen, hüllte sich jedoch aus Löwendahls Sicht in derart impertinentes Schweigen, daß er ihn im Oktober 1721 verhaften und in den Kerker werfen ließ. Aus Angst, seine Freiheit niemals wiederzuerlangen, erklärte er sich bereit, zu kooperieren. Löwendahl lächelte:

»Sie können etwas für mich tun, und wenn es Ihnen gelingt, setze ich Sie wieder auf freien Fuß.« Pörlhäffter hob den Kopf.

»Ich werde Sie nach Stolpen bringen lassen. Sie werden der Gräfin einen Besuch abstatten. Als alter Freund und Weggefährte. Und dann werden Sie für mich herausbekommen, wo sie den Depositenschein versteckt hält!« Pörlhäffter nickte.

»Ich tue, was in meiner Macht steht.«

Von ihrem Schlaganfall nicht vollständig genesen, hatten die Schicksalsschläge der jüngsten Vergangenheit Constantia schwer zugesetzt. Hinzu kam, daß die Räumlichkeiten in Stolpen alles andere als bequem waren. Durch die Fensterritzen zog es erbärmlich, überall moderte Feuchtigkeit, und der Kamin verrußte das Zimmer mehr, als daß er es heizte. Im kalt-klammen Herbst 1721 wurde Constantia schwer krank. Bei jedem Atemzug rasselten ihre Lungen, quälender Husten zwang sie, halbe Nächte im Sitzen zuzubringen. Hauptmann Holm rief den Apotheker, doch der Mann konnte nicht viel für sie tun. Seine Säfte und Tinkturen erleichterten ihr kurzfristig das Atmen, heilten die Infektion jedoch nicht. Constantia traute ihm nicht.

»Schafft mir den Schabhals aus der Stube. Er wird mich am Ende noch vergiften. Aber wenn ich hier sterbe, dann nur von eigener Hand!« Schimpfte sie keuchend.

Am 4. Dezember erhielt sie Besuch. Joseph Löbel Pörlhäffter und die beiden Dresdener Kuratoren machten auf Befehl Löwendahls ihre Aufwartung. Der Hofjude war entsetzt, die einst so strahlende Gräfin in derart schlechtem Zustand zu sehen.

»Madame, Stolpen bekommt Ihnen nicht. Wir müssen gemeinsam alles versuchen, Ihnen zu Ihrer Freiheit zu verhelfen«, leitete er das Gespräch ein.

»Was Sie nicht sagen, Stolpen bekommt mir also nicht. Dann lassen

Sie mich wissen, was ich tun kann, um diesem grausamen Gefängnis endlich zu entrinnen. Ich bin ganz Ohr«, spottete Constantia.

»Der König will den Depositenschein, um an Ihren Besitz in Hamburg zu gelangen«, platzte Pörlhäffter heraus.

»Und da hat man Sie geschickt, um mit mir zu verhandeln.« Absichtlich ignorierte die Gräfin die beiden Kuratoren. Die Herren saßen schweigend in einer Ecke und protokollierten das Gespräch.

»Es hilft nichts, daß Sie weinen, bitten und flehen, mein lieber Pörlhäffter, ich kann Ihnen beim besten Willen nicht sagen, wo sich der Schein befindet. Ich habe alle meine Sachen so verwahren lassen, daß nur ich an sie herankomme und das erst, wenn ich meine Freiheit wiederhabe.« Jetzt stand einer der Kuratoren auf und reichte der Gräfin ein handgeschriebenes Blatt. Ihre Augen füllten sich mit Tränen.

»Das ist die Schrift Seiner lieben Majestät«, hauchte sie. Dann erst las sie, daß es sich dabei um einen königlichen Durchsuchungsbefehl handelte.

»Ich weiß nicht, was Sie in dieser schäbigen Behausung zu finden gedenken, aber ich will Ihnen gerne behilflich sein.« Sie zerrte ihre Kleider aus dem Schrank und schüttelte sie wie verstaubte Lappen.

»Suchen Sie, meine Herren, suchen Sie nur. Ich stehe Ihnen nicht im Weg.« Constantia lachte überdreht, bis ein schwerer Hustenanfall sie zum Schweigen brachte. In den folgenden zwei Tagen durchwühlten die Männer jeden Winkel. Kein Gegenstand blieb an seinem Platz, jede Kiste, jeder Koffer, jede Schachtel wurde geöffnet. In einer silbernen Zuckerdose fanden sie einige Dukaten und nahmen den Betrag zu Protokoll.

»Das wird ein Nachspiel für den Kommandanten haben. So weit ich weiß, dürfen Sie kein Geld besitzen«, schnarrte der Kurator und steckte die Münzen in seine Tasche. Nachdem sie auch die letzte Mauernische inspiziert und den Depositenschein noch immer nicht gefunden hatten, mußte sich Constantia einer erniedrigenden Prozedur unterziehen.

»Befehl ist Befehl«, sagte der Kurator und wandte sich ab.

»Verlassen Sie mein Zimmer, sonst rühre ich keinen Finger«, zischte

Constantia, doch der Mann verharrte in seiner Position. Beobachtet von der Frau des Kommandanten mußte sich Constantia bis auf die Unterwäsche entkleiden und eine Leibesvisitation über sich ergehen lassen. Tränen des Zorns und der Scham rollten über ihre Wangen.

»Ich schwöre bei allem, was mir heilig ist, daß ich das nicht vergessen werde! Pack seid Ihr, alle miteinander, Mausköpfe, ungehobelte Rüpel!« Sie warf sich auf ihr Bett. Ungerührt verließen die Männer die Festung und kehrten zurück nach Dresden.

»Sie haben meinen Befehl nicht ausgeführt, so bleibt mir zu meinem Bedauern nichts, als Sie in Haft zu behalten«, sagte Löwendahl sarkastisch und ließ den jammernden Pörlhäffter abführen. Der Hofjude saß zitternd in seinem Verlies und dachte nach: Sie werden mich mein Leben lang hierbehalten, wenn ich ihnen nicht helfe. Ich muß von den Briefen erzählen, vielleicht mildert das mein Schicksal. Als Löwendahl ihn das nächste Mal zu sich befahl, berichtete Pörlhäffter unaufgefordert, daß er mehrere Schreiben von Constantia erhalten hatte. Das war ein gefundenes Fressen für den Baron. Unverzüglich setzte er auf Burg Stolpen eine Kommission ein, die ermitteln sollte, wie die Schriftstücke aus der Festung gelangen konnten. Die Übeltäter waren schnell gefunden. Helm und Gäbler wurden verhaftet.

Constantia flehte die Kommissare an, auf sie zu hören.

»Ich allein bin daran schuld. Lassen Sie Gnade vor Recht ergehen und berichten Sie in Dresden, daß nur ich die Verantwortung trage!« Ihre Bitten verhallten, Helm und Gäbler kamen vor Gericht.

»Zwei Finger der rechten Hand sollen ihm abgeschlagen, anschließend soll er enthauptet werden!« Als Leutnant Melchior Johann Helm das Urteil hörte, fiel er in Ohnmacht. Lakai Gäbler kam glimpflicher davon, wegen minderschwerer Schuld wurde er lediglich für zehn Jahre verbannt.

Constantia schrieb Bittbrief um Bittbrief in die Residenz und bettelte um das Leben des jungen Offiziers. Der König persönlich nahm sich der Sache an und entschied, daß der Leutnant zu begnadigen sei.

»Ich will, daß er nichts davon erfährt! Er soll so behandelt werden, als habe sein letztes Stündlein geschlagen, und erst auf dem öffentlichen Richtplatz mag man ihm sagen, daß ich ihm das Leben schenke und mich mit sechs Jahren schwerster Haft für ihn begnüge«, befahl er.

Constantia gab keine Ruhe, bis Hauptmann Holm ihr von dem Richtspruch und seinen Folgen berichtete.

»Aber er muß frei sein! Sechs Jahre Haft für so einen jungen Menschen, und das nur, weil er mir geholfen hat!«

Sie schrieb weiterhin nach Dresden und erreichte endlich, daß der Leutnant zwei Jahre früher aus dem Gefängnis entlassen wurde.

August der Starke war nicht zufrieden.

»Wie kann es sein, daß dieser Depositenschein nicht aufzutreiben ist? Mir scheint, Sie sind der Aufgabe nicht gewachsen, Baron!« herrschte er Löwendahl an, der den Kopf einzog.

»Was ist mit Depenau? Haben Sie bei der Mutter nachgeforscht? Vielleicht sind dort noch Dinge, die der Gräfin gehören!« Löwendahl mußte beschämt zugeben, daß er auf diesen Gedanken bisher noch nicht gekommen war.

»Ich werde die Geheimen Räte damit betrauen, sich darum zu kümmern, sie sollen endlich Bewegung in die Sache bringen!« entschied der kurfürstliche König wütend.

Anna Margarethe von Brockdorff war sofort zu Verhandlungen bereit.

»Meine Herren, selbstverständlich befindet sich hier auf Depenau noch einiges, das meiner geliebten Tochter gehört, und ich will es Seiner Majestät gerne überlassen«, die fünfundsiebzigjährige Dame lächelte verbindlich, dann sagte sie resolut: »Eine winzige Bedingung hätte ich allerdings, wenn Sie das dem König ausrichten möchten. Er muß mein Kind freilassen. Nur wenn sie ihre Freiheit wiedererhält und eine geziemende Unterkunft bei angemessenem Unterhalt beziehen kann, werde ich die Kisten herausgeben.« Sie wunderte sich über ihre eigene Courage, wissend, daß August der Starke Constantias Besitz ebenso leicht würde an sich nehmen können, wie er ihr die Enkeltöchter entzogen hatte. Der König stimmte Verhandlungen zu.

Sie begannen Ende des Jahres 1722 – Pörlhäffter war soeben freigelassen worden – und zogen sich bis Mitte Dezember 1723. Anna Margarethe von Brockdorff erwies sich im Namen ihrer Tochter als zähe Partnerin und erwirkte einen Vertrag, den der König am 16. Dezember 1723 persönlich unterzeichnete. Die Gräfin Cosel sollte freigelassen werden, ein Rittergut bekommen, sich verpflichten, keinen Schritt ohne die Erlaubnis Seiner Majestät zu tun, und zusichern, ihm weder durch Worte noch durch Taten Schaden zuzufügen. Dafür erhielt der König alles, was Frau von Brockdorff für ihre Tochter aufbewahrte. Constantia wußte von alledem nichts, ahnte nicht, daß ihre Kisten und Koffer von Depenau nach Dresden gebracht und dort sorgfältig untersucht wurden.

August der Starke brach sein Wort erneut. Nachdem er den Depositenschein nicht gefunden hatte, erklärte er den mit Margarethe von Brockdorff geschlossenen Vertrag für ungültig und weigerte sich, seinen Teil der Vereinbarung einzuhalten. Margarethe von Brockdorff spie Gift und Galle, ausrichten konnte sie nichts.

»Bevor ich den Schein nicht habe, nicht alles gesehen habe, was sie besitzt, nicht sicher sein kann, daß sie keine Kopie des Ehevertrages hat, wird sie die Festung nicht verlassen!« lautete der königliche Beschluß.

Mitte April 1724 wurde Kurator und Justizrat Karl Gottlieb Ritter auf Burg Stolpen gemeldet. Im Laufe der Jahre war es dem aufrichtigen Mann gelungen, Constantias Vertrauen zu gewinnen.

»Ich bin zwar von Seiner Majestät bestellt, Ihre Gelder zu verwalten, Madame, aber ich verwalte sie in Ihrem Sinne. Wir haben jeden Taler Ihres Vermögens aufgelistet und führen sorgfältig Buch über die Kosten, die Ihnen durch die Erziehung Ihrer Kinder entstehen, ebenso sorgfältig wie über die Einnahmen, die Ihnen aus Ihrem Zinsvermögen zustehen.« Ritter setzte sich.

»Gräfin, ich bin gekommen, Ihnen zu berichten, was sich im vergangenen Jahr ereignet hat, ohne daß Sie davon erfahren konnten.« Detailliert schilderte er die Versuche Ihrer Mutter, Constantias Freiheit auszuhandeln. Constantia war gerührt.

»Das hat sie für mich getan? Wie mutig von ihr«, sagte sie leise.

»Ganz ohne Zweifel. Sehr mutig, Madame, nur leider hat es nicht zum gewünschten Erfolg geführt. Aber noch ist nicht alles verloren, und ich bin vor allem hier, um Ihnen als Freund zu raten, den Depositenschein auszuhändigen. Er ist Ihr Unterpfand für die Freiheit!« Constantia sah ihren Besucher lange an.

»Nach allem, was geschehen ist, kann ich kaum noch glauben, daß ich mich auf irgend etwas verlassen kann. Ich bitte um ein Gespräch mit meiner Mutter und mit Leutnant d'Hautcharmois an der sächsischen Grenze.«

Kurator Ritter blieb zwei Tage in Stolpen, in denen er beinahe ununterbrochen mit Constantia verhandelte. Am Ende seines Besuches sagte er zu, beim König einen Antrag auf das von ihr gewünschte Gespräch zu stellen.

August der Starke lehnte ab.

»Wenn sie unbedingt mit diesem Offizier sprechen will, wird er es wohl sein, der den Schein für sie aufbewahrt«, schloß er scharf. »Ich glaube nicht, daß sie ihn übergeben will, vielmehr wird es ihr Ziel sein, ihn weiter zu verbergen«, folgerte er weiter und sinnierte. »Das beste wird sein, wir nehmen Kontakt zu dem Leutnant auf. Löwendahl, trauen Sie sich das zu?« fragte er verächtlich. Der Baron nickte eifrig. »Dann bieten sie der Charge die Stelle eines Generaladjutanten und eine ordentliche Summe Geldes an!«

Als Löwendahl an ihn herantrat, war d'Hautcharmois zu seinem tiefsten Bedauern nicht mehr in der Lage, den ihm anvertrauten Koffer auszuliefern.

»Ich bitte um Verständnis, Baron, aber ich habe den Koffer der Gräfin dem Fürsten von Anhalt-Dessau gegeben. Dort werden Sie ihn finden.« Löwendahl blieb nichts übrig, als die Spur des Koffers weiter zu verfolgen.

Seit ihrer Verhaftung hatte Constantia immer wieder mit Jakob Heinrich von Flemming korrespondiert. Doch als auch der Vertrag, den der König mit ihrer Mutter geschlossen hatte, nicht eingehalten wurde, beendete sie den Schriftwechsel.

1725 übernahm der über siebzigjährige Kommandant Boblick das Kommando auf Burg Stolpen. Das neunte Jahr von Constantias erbärmlicher Gefangenschaft brach an. Am Hof des kurfürstlichen Königs hatte sich inzwischen einiges verändert. Eines nach dem anderen hatte er seine Kinder um sich geschart und war ihnen ein fürsorglicher Vater. Die Halbgeschwister kamen gut miteinander aus, nur der Kurprinz und Thronfolger mochte sich mit der bunten Menage seines Vaters nicht recht abfinden und kam nur selten zu den abendlichen Vergnügungen im Schloß. August der Starke liebte seine Kinder aufrichtig und kümmerte sich auch um deren Mütter.

Die Damen Königsmarck und Teschen wurden finanziell so ausgestattet, daß ihre Söhne Moritz und Johann Georg eine höfische Erziehung erhielten. Danach veranlaßte der kurfürstliche König, daß die beiden jungen Männer angemessene Stellungen beim Militär erhielten. Die Kinder der Fatima Spiegel waren längst zu Graf und Gräfin erhoben worden. Anna Orzcelska, die Tochter der schönen Henriette Duval, lebte am Hof ihres Vaters und genoß dessen ganz besondere Zuneigung. Vorbildlich sorgte er auch für Constantias Töchter und den gemeinsamen Sohn. In der Residenz wurde der Name Anna Constantia von Cosel so selten wie möglich erwähnt. Die offizielle Sprachregelung lautete, daß die Gräfin auf einem abgeschiedenen Gut wohlversorgt und bei bester Gesundheit lebte. Augusta, Friederike und Friedrich von Cosel wußten, daß ihre Mutter auf Burg Stolpen festgehalten wurde, vermieden jedoch, den Vater darauf anzusprechen. Der honorierte ihre Diskretion mit großzügigen Geldgeschenken, die allesamt aus Constantias Vermögen stammten. Als die Zeit gekommen war, suchte er für beide Töchter Männer von Stand. Augusta Constantia ehelichte am 3. Juni 1725 den Grafen Friesen, einen jungen Adligen aus erstem Hause mit vielversprechenden Karrierechancen. Zu Ehren des Brautpaares veranstaltete der König ein Fest in Pillnitz, das sich über drei Wochen zog.

Die Hochzeitsfeierlichkeiten waren an Pracht und Vielseitigkeit kaum zu überbieten. Musik, Tanz, Theateraufführungen, Wettspiele, Friedrich August hatte viel Zeit auf die Planung verwendet und überwachte stolz das Gelingen der Feier. Als Mitgift gab er seiner Tochter die stolze Summe von einhunderttausend Talern, selbstverständlich aus dem Besitz ihrer Mutter.

Aus knappen Briefen erfuhr Constantia nur einen Bruchteil dessen, was in der Residenz geschah, und nahm gerührt zur Kenntnis, daß ihre älteste Tochter in Pillnitz gefeiert hatte.

Nachdem Löwendahl nun endlich ihren gesamten Besitz zusammengetragen hatte, erstellte er eine präzise Auflistung. August der Starke las sie genau und entschied bei jedem Stück, was damit geschehen sollte.

»Schmuck und Silbergegenstände will ich im Grünen Gewölbe haben, das goldene Service auch«, befahl er und sagte Kurator Ritter zu, für die annektierten Wertgegenstände zweihunderttausend Taler zu zahlen. Ritter führte sorgfältig Buch. Regelmäßig fuhr er nach Stolpen und erstattete Bericht.

»Gräfin, Sie wären eine reiche Frau, wenn alle Ihre Außenstände beglichen wären.« Constantia lachte.

»Wäre, wäre, wäre, lieber Ritter. Aber was nutzt es mir, da ich über das Geld ohnehin nicht verfügen kann und um jedes Leintuch bitten muß. Sagen Sie mir dennoch, wie es um mein Vermögen steht. Für einen Moment macht es mir Freude, zu denken, daß ich wohlhabend bin.« Ritter verlas seine Bilanz.

»Es sind über sechshunderttausend Taler, die Ihnen gehören. Davon stehen knapp zweihunderttausend aus, die Sie vor Ihrer Gefangenschaft verliehen haben, wir klagen auf Rückzahlung, aber das kann noch ein wenig dauern. Und dann ist da noch der König. Er schuldet Ihnen beinahe dreihunderttausend Taler, wir haben sein Wort darauf.«

»Er wird zahlen. Der König ist ein Mann von Ehre, der eine arme Frau wie mich nicht um ihr Geld betrügt«, sagte Constantia, die von gelegentlichen Wutanfällen abgesehen, noch immer nichts auf Friedrich August kommen ließ.

Im folgenden Jahr erkrankte der König schwer. Er magerte erheblich ab und hatte solche Schmerzen im Fuß, daß er wochenlang nicht laufen konnte. Besorgt wechselten sich die Töchter am Bett des Vaters ab und beteten für seine Genesung. Die Ärzte taten ihr Möglichstes, doch seine Kräfte schwanden in beängstigender Geschwindigkeit. Am 15. Dezember 1726 rief er den Kurprinzen an sein Krankenlager.

»So wie es aussieht, mag es Gottes Wille sein, daß ich diese Krankheit nicht überlebe. Mein Fuß setzt mir schrecklich zu. Ein Zeh ist schon brandig. Du bist mein Nachfolger, und ich muß dir einige wichtige Dinge anvertrauen.« Dann besprach er die politische Entwicklung Sachsens und Polens mit seinem Sohn. Der Kurprinz hörte aufmerksam zu und gelobte, sich an die väterlichen Anweisungen zu halten.

»Da ist noch etwas, das mir am Herzen liegt. Wenn ich nicht mehr bin, wünsche ich, daß du dich um deine Mutter kümmerst. Ich weiß, daß euer Verhältnis nicht zum besten ist. Sie hat nicht verwunden, daß du den Glauben gewechselt hast, dennoch, sie ist deine Mutter.« Der Kurprinz nahm die Hand seines Vaters.

»Ihr werdet wieder gesund! Am Ende seid Ihr noch immer stärker als wir alle gewesen.« Friedrich August schloß die Augen.

»Ich wünschte, es wäre so. Ich habe noch viel vor, aber wir müssen jederzeit gewahr sein, daß es auch anders kommen kann, und deswegen höre, was ich dir noch zu sagen habe: Du weißt, daß die Gräfin Cosel seit vielen Jahren auf Burg Stolpen lebt.«

Der Kurprinz zog erstaunt die Augenbrauen hoch. Es war das erste Mal, daß sein Vater davon zu ihm sprach.

»Du wirst deine eigenen Entscheidungen treffen als Kurfürst und König, aber sorg dafür, daß sie dort bleibt. Sie hat vermutlich die Kopie eines Schriftstückes in der Hand, das dir sehr gefährlich werden kann.«

»Mir, aber wie sollte mir etwas aus dem Besitz der Gräfin gefährlich werden?« wunderte sich der Kurprinz.

»Laß es dabei bewenden. Ich würde dir niemals einen Rat geben, der nicht zu deinem Besten ist«, antwortete sein Vater.

Der Zustand des Königs verschlechterte sich drastisch. Er konnte kaum noch Nahrung bei sich behalten und verbrachte Stunden in tiefen Ohnmachten. Seine Leibärzte hatten nach einem berühmten Kollegen geschickt. Jean-Louis Petit brach am 26. Dezember in Paris auf, um dem König von Polen das Leben zu retten. August der Starke litt unter so heftigen Schmerzen, daß er trotz der verabreichten Medikamente im Fieberwahn schrie.

In der Nacht vom 31. Dezember auf den 1. Januar wachte sein Leibbarbier Johann Friedrich Weiß am Bett. Der König lag in tiefer Bewußtlosigkeit und atmete flach. Diesmal war es keine gewöhnliche Ohnmacht. Der Barbier, der das Handwerk des Chirurgen beherrschte, hatte seinem Monarchen eine ordentliche Dosis betäubender Mittel in den Schlummertrunk geschüttet. Jetzt wickelte er behutsam den Verband vom kranken Fuß und betrachtete den faulig schwarzen Zeh bei Kerzenlicht. Was er sah, bestätigte seine bereits am Vortag gefällte Entscheidung. Der Zeh mußte abgenommen werden. Wenn der Eingriff nicht sofort geschah, würde Seine Majestät in den nächsten Tagen an einer Blutvergiftung sterben. Weiß zog sein Besteck hervor und machte sich an die Arbeit. Haut und Fleisch waren schnell durchtrennt. Die Opiate wirkten gut, doch als es daran ging, den Knochen zu zersägen, schreckte der König plötzlich hoch. Mit weit aufgerissenen Augen starrte er seinen Barbier an.

»Was tut Er da!« schrie er empört, schloß die Augen und sank zurück. Der Barbier verrichtete seine Arbeit eilig und mit großer Präzision. Den amputierten Zeh verwahrte er in einer kleinen silbernen Dose, dann legte er einen frischen Verband an und sank neben dem Bett auf die Knie, um zu beten. Die Operation konnte ihn den Kopf kosten. Ohne Erlaubnis hatte er sich am königlichen Körper vergriffen und damit ein schweres Vergehen begangen. Er flehte zu Gott, die Genesung des Regenten zu befördern.

Weiß hatte um ein Wunder gebetet, und das Wunder geschah. Als Jean-Louis Petit am 19. Januar endlich in Warschau eintraf, war er voll des Lobes für seinen mutigen Kollegen.

»Majestät, der Mann hat Euch das Leben gerettet. Weiteres Zögern hätte Euren sicheren Tod bedeutet.« Mit dieser Diagnose war jeder Zweifel beseitigt, und August der Starke versprach Barbier und Medicus reichliche Entlohnung. Ende des Monats verließ er zum ersten Mal das Bett.

Das Fieber klang ab, die Wunde heilte, und ganz allmählich kehrte auch der Appetit zurück. Mehr als dreißig Kilo hatte der Monarch verloren, und jetzt, da er endlich wieder aß und trank, überboten sich seine Töchter gegenseitig, ihn mit Leckereien zu verwöhnen.

Der König konnte das Schloß noch immer nicht verlassen, da erreichte ihn in der zweiten Märzhälfte ein Hilferuf aus Stolpen. Kommandant Boblick schrieb von einem verheerenden Brand, der das Städtchen am 4. März fast vollständig zerstört und viele Menschen obdachlos gemacht hatte.

»Ich will, daß eine Kollekte ausgerufen wird, das sollte mindestens tausend Taler bringen, außerdem soll man den Menschen in meinem Namen zweitausend Stämme Bauholz geben, kostenlos, versteht sich. Und wir werden dort in den nächsten zehn Jahren keine Steuern erheben«, lautete sein Beitrag zum Wiederaufbau der Stadt. Durch Boblick erfuhr Constantia von der in Aussicht gestellten Hilfe.

»Ich habe es immer gesagt, im Grunde seines Herzens ist er ein guter Mensch. Wenn er nur nicht so viele falsche Ratgeber hätte«, seufzte sie, wartete, bis Boblick ihr Zimmer wieder verlassen hatte und nahm einen losen Stein aus der Mauer. Dahinter kam eine kleine Nische zum Vorschein, in der sie ihre eiserne Geldreserve verbarg. Sie zählte einhundert Taler ab und bat den Wachmann, den Kommandanten noch einmal zu rufen.

»Das möchte ich Ihnen geben. Die Turmuhr ist, wie ich höre, den Flammen zum Opfer gefallen. Man soll dafür eine neue fertigen lassen.« Sie reichte ihm das Säckchen mit den Münzen.

»Gräfin, eigentlich müßte ich Sie jetzt fragen, woher Sie so viel

Geld haben, aber angesichts des guten Zweckes will ich darauf verzichten.« Boblick schüttelte den Kopf.

Ende April fühlte sich August der Starke so weit wiederhergestellt, daß er gegen den Rat seiner Ärzte aufbrach, um nach Leipzig zur Frühjahrsmesse zu reisen.

»Ich bin immer dort gewesen, und in diesem Jahr soll es nicht anders sein!« wischte er die Bedenken der Mediziner brüsk vom Tisch.

Auf Stolpen saß Constantia von Cosel und sortierte die soeben geschnittenen Kräuter. Mit königlicher Genehmigung durfte sie seit einiger Zeit einen kleinen Garten bewirtschaften, in dem sie ein wenig Obst und Gemüse sowie medizinische Pflanzen zog. Vor ihr lag ein dickes Buch mit Rezepturen.

»Nun steh doch nicht da wie angewachsen! Geh mir zur Hand, so schwer ist das doch nicht«, ermahnte sie ihr Kammermädchen. Nachdem Löwendahl Katharina Rost verhaftet und keinen Ersatz geschickt hatte, war die Gräfin auf Personal aus dem Städtchen angewiesen. Die Arbeitsbedingungen auf Stolpen waren so hart, daß sich kaum jemand bereit fand, in ihre Dienste zu treten.

»Wie soll ich eine Person finden, die es hier aushält, wenn sie mit niemand sprechen, dieses Gefängnis kaum verlassen darf, und ich immer wieder um Aufschub bitten muß, wenn es daran geht, den Lohn zu bezahlen?« fragte sie Boblick, der darauf keine Antwort wußte.

»Sagen Sie mir, wie das Problem zu lösen ist, und kümmern Sie sich um jemand aus der Stadt, der dumm genug ist, das alles auf sich zu nehmen«, giftete Constantia.

Boblick betraute seine Frau mit der Aufgabe. Charlotte Eleonore Boblick sprach mit elf jungen Frauen, von denen zehn bei näherer Beschreibung des zukünftigen Arbeitsplatzes abwinkten. Nur Elisabeth Klothilde, ein spindeldünnes Geschöpf aus ärmstem Hause, nicht mit Geist und Gut gesegnet, ließ sich schließlich verpflichten. Das Mädchen sprach wenig, verstand noch weniger und betrachtete ihre neue Herrin vom ersten Tage an mit Argwohn.

»Etwas stimmt nicht mit ihr«, vertraute sie ihrer Mutter an.

»Beinahe den ganzen Tag sitzt sie über dicken Büchern, mischt Essenzen und Pasten aus ihren Kräutern und hat ein merkwürdiges Gerät, aus dem es immer gefährlich gluckert, wenn sie es anwirft.«

Constantia hatte schon mehrmals versucht, Elisabeth Klothilde die Funktion ihres Destillierkolbens zu erklären, doch am leeren Blick aus den großen dunklen Augen der jungen Frau erkannte sie, daß es vergeblich war.

## *Meine Gefangenschaft ist vorüber*

Am 22. Juli 1727, das Kammermädchen hatte soeben das Nachtgeschirr ihrer Herrin geleert, hörte sie aufgeregte Stimmen aus dem Zimmer des Kommandanten. Sie schlich zur Tür und lauschte.

»Er wird morgen hier eintreffen. Wir müssen zusehen, daß wir ihn mit allen Ehren empfangen und ein ordentliches Frühstück bereit haben!« hörte sie Boblick zu seiner Frau sagen.

»Das Frühstück werde ich schon richten, aber wo bekomme ich so schnell ein neues Kleid her? Ich kann doch nicht in diesen alten Sachen erscheinen, wenn Seine Majestät der Festung einen Besuch abstattet.«

Elisabeth Klothilde traute ihren Ohren nicht. Sollte es tatsächlich der König sein, der seinen Besuch für den kommenden Tag angekündigt hatte? Sie raffte Rock und Schürze und rannte die Treppen hinauf. Ohne zu klopfen platzte sie in Constantias Zimmer und japste nach Luft.

»Was ist dir denn geschehen, daß du so außer Atem bist? Und wieso stehst du so plötzlich vor mir?« Die Gräfin sah sie mißmutig an.

»Madame, ich bitte um Verzeihung«, keuchte das Mädchen. »Man sagt, daß Seine Durchlaucht der König morgen auf der Burg erwartet wird!« stammelte Elisabeth Klothilde. Constantia wurde weiß wie Kalk. Ihre Hände zitterten, sie erhob sich und stützte sich auf den Tisch, um das Gleichgewicht nicht zu verlieren.

»Wer sagt das? Wer sagt, daß der König nach Stolpen kommt? Nun sprich schon, wo hast du die Nachricht her?«

»Der Kommandant hat es eben seiner Frau erzählt und gesagt, sie soll ein Frühstück machen«, stotterte Elisabeth Klothilde.

»Weißt du, was das bedeutet. Das bedeutet, daß der König mich holen kommt. Meine Gefangenschaft ist vorüber! Er holt mich zu sich, zurück in die Residenz! Nach all den Jahren hat er eingesehen, was für ein Unrecht er mir angetan hat, und jetzt hat all mein Leiden ein Ende!« Constantia klatschte in die Hände.

»Flink, flink, steh nicht herum, wir haben nicht viel Zeit. Eil dich! Wir müssen sehen, was von meinen Kleidern noch zu gebrauchen ist. Der König liebt schöne Kleider! Und wenn ich auch nichts nach der neuesten Mode besitze, so will ich ihm dennoch strahlend entgegentreten. Sehen soll er gleich auf den ersten Blick, daß ich mich nicht verändert habe. Auch nach elf Jahren Haft bin ich dieselbe geblieben. Stolz und mächtig an seiner Seite!« Sie riß ihre Garderobe aus Truhen und Schränken.

»Geh, sorg für Nadel und Faden. Wenn wir diese«, sie hielt zwei golddurchwirkte Ärmel in die Höhe, »an das Mieder nähen«, sie hob ein Oberteil aus schwarzem Samt vom Boden auf, »dann ist das schon ein halbes Kleid. Und einen Rock werden wir auch noch finden. Puh!« Constantia rümpfte die Nase. »Erst einmal müssen wir alles an die frische Luft hängen. Es stinkt erbärmlich nach Kampfer.« Auf den Wangen der Gräfin hatten sich hektische rote Flecken gebildet. Das Mädchen kramte nach Nähzeug und schüttelte den Kopf.

»Wenn sie nicht schon immer verrückt war, dann ist sie es jetzt«, murmelte sie leise und beobachtete aus den Augenwinkeln wie Constantia vor einem Spiegel mit ihren Haaren experimentierte.

»Soll ich die Haare pudern oder nicht? Ich glaube, ich sollte sie pudern. Das ist eleganter.« Sie betrachtete ihr Profil und faßte sich unter das Kinn.

»Beinahe siebenundvierzig Jahre bin ich geworden auf dieser elenden Festung. An manchen Stellen wird die Haut schon welk.« Sie bleckte die Zähne und prüfte sie im Spiegel. »Aber mein Gebiß, das ist noch tadellos. Findest du, daß ich aussehe, als ob ich schon fast siebenundvierzig wäre?« Sie drehte sich zu Elisabeth Klothilde.

Das Kammermädchen betrachtete sie mit ergebenem Kuhblick.

»Nein, ich sehe nicht so aus! Und obendrein ist der König auch nicht jünger geworden. Nur seine Gespielinnen sind es.« Sie zog die Augenbrauen zusammen.

»Doch kein Wort darüber! Kein Wort über die Dönhoff und all die kleinen Kammerkätzchen, die folgten, als sie das Feld räumen mußte. Ich werde keine Szene machen! Er soll mich vorfinden wie er mich verlassen hat.« Sie zog einen Rock aus dem Kleiderhaufen. »Der hier, der wird es sein. Aber er ist ganz zerknittert. Wir müssen ihn noch plätten. Heiz ein, leg viel Holz in den Kamin. Wir brauchen ein heißes Eisen.«

»Aber es ist Juli!« wandte Elisabeth Klothilde zaghaft ein.

»Kann man mit der Sommerhitze einen Rock glätten? Ich kann es nicht! Kannst du es?« Das Mädchen verneinte.

»Also leg Holz in den Kamin!« beharrte Constantia. »Und schick mir eilig den Kommandanten. Ich will es noch einmal aus seinem Mund hören.«

Das Kammermädchen knickste und lief eilig zu Boblick.

»Ich habe jetzt keine Zeit«, beschied der sie. »Sag der Gräfin, daß wir den König morgen erwarten und ich alle Hände voll zu tun habe.« Elisabeth Klothilde überbrachte die Worte des Kommandanten.

»Als ob der König seinetwegen käme!« winkte Constantia ab und widmete sich ihrer Frisur. Die Stunden vergingen. Draußen graute der Morgen. Die Gräfin hatte keine Sekunde geschlafen. Aufgeregt stand sie am Fenster und beobachtete, wie die ersten Sonnenstrahlen langsam hinter den Hügeln hervorkrochen.

August der Starke hatte seine Gewohnheiten nicht geändert. Wie an jedem Sommertag stand er auch heute bei Sonnenaufgang auf und saß wenig später in seiner Reisekutsche. Noch hatte es nicht sechs Uhr geschlagen, da ließ er vor dem Stadttor von Stolpen halten und stieg aus dem Wagen.

»Den Rest des Weges reite ich, Kutscher. Er kann hier warten und sich ein wenig ausruhen.« Der König schwang sich in den Sattel.

Im Park erwartete ihn Christoph August von Wackerbarth.

»Majestät. Wie immer noch vor den Vögeln auf den Beinen!« begrüßte er seinen Monarchen. Friedrich August lachte.

»In unserem Alter hat man mehr davon, wenn die Nächte kürzer und die Tage länger sind, Graf.« Er wurde ernst.

»Wo also sind sie, die neuen Geschütze? Ich kann es kaum erwarten, die Wirkung zu sehen!« sagte er ungeduldig. Wackerbarth hatte alles vorbereiten lassen.

»Wir können sofort beginnen und die Geschütze am harten Basaltfelsen ausprobieren.«

Sorgfältig überprüfte er die aufgestellten Kanonen, trat einige Schritte zur Seite und nickte dem König zu.

»Feuer frei!« brüllte der mit Stentorstimme, und wenig später krachte die erste Kugel gegen den harten Basaltfelsen der Festung. Constantia hörte den Kanonendonner.

»Er ist tatsächlich gekommen. Er ist da«, flüsterte sie ergriffen, da schlug die zweite Kugel gegen den Felsen. Zwei weitere folgten, dann war alles still.

»Gewaltig! Wackerbarth, ich bin beeindruckt«, sagte der Monarch.

»Diese Geschosse, das kann ich Majestät versichern, werden Euren Ruhm an allen Fronten mehren«, antwortete der Graf und sein König nickte erfreut.

»Der Kommandant erwartet Euch mit einer Erfrischung auf der Festung. Wenn Majestät wünschen, können wir jederzeit aufbrechen.« Wackerbarth winkte einen Soldaten herbei.

»Einen Augenblick noch.« Die Stimme des Königs war ungewöhnlich sanft. Er blickte sich um.

»Hier habe ich früher gerne gejagt. Es waren immer schöne Anlässe und herrliche Gelage«, erinnerte er sich. Dann atmete er tief durch und sah herauf zur Festung. Irgendwo da oben war sie, die einzige Frau, die er wirklich geliebt hatte. Sollte er zu ihr gehen? Mit ihr sprechen? Elf Jahre waren eine lange Zeit. Ein Soldat brachte sein Pferd, und der König bestieg es gedankenverloren. Und wenn er mit ihr sprach – was sollte er sagen? Sie würde erwarten, daß er sie mit sich nahm, zurück in die Residenz. Noch immer schrieb sie beinahe jede

Woche und bat um ihre Freiheit. Das Pferd trabte gemächlich den Berg herauf. Aber er konnte sie nicht freilassen. Zuviel war geschehen. Sie war gefährlich. Was, wenn sie auf Rache sann? Er zog die Zügel an, das Pferd verlangsamte das Tempo. Friedrich August brachte es zum Stehen. Seine Entscheidung war gefallen.

»Graf, die Sonne steigt mit jeder Minute höher. Es wird ein heißer Tag. Ich tue besser daran, mich gleich auf den Rückweg nach Dresden zu machen. Bestellen Sie dem Kommandanten meinen Dank und sagen Sie ihm, ich hatte keine Zeit, die Festung zu besuchen.« Er wendete seinen Rappen und sprengte den Berg hinunter.

Constantia stand geschminkt und mit hochgesteckten, gepuderten Haaren am Fenster als es klopfte. Mit pochendem Herzen wandte sie sich um. Kommandant Boblick stand in der Tür.

»Madame, ich wollte Ihnen nur sagen, die Schüsse haben jetzt ein Ende. Der König ist bereits wieder auf dem Weg in die Residenz.«

Constantia öffnete den Mund zu einem lautlosen Schrei. Sie faßte sich an den Hals. In ihren Ohren rauschte es, dann wurde ihr schwarz vor Augen, und sie sank ohnmächtig zu Boden.

## *Ich kann mich nicht bewegen*

Constantia verbrachte den Rest der Woche im Bett. Weinend weigerte sie sich zu essen und sprach kein Wort. Boblick schickte nach dem Apotheker, doch die Gräfin wollte niemand sehen, und so mußte der Mann die Burg unverrichteter Dinge wieder verlassen. Constantia suchte Trost in der Bibel. Mit jedem Tag wuchs die Gewißheit, daß sie die Festung niemals mehr verlassen würde. Dann wieder hoffte sie, die Freiheit eines Tages doch wiedererlangen zu können. Sie verfaßte einen weiteren Bittbrief an den König.

Am 5. September 1727 verstarb in Pretzsch auf ihrem Schloß die kurfürstliche Königin Christiane Eberhardine. Die Einwohner der Stadt trauerten aufrichtig um die liebenswürdige, mildtätige und fromme Frau und schickten einen Boten zum König. August der Starke nahm die Nachricht vom Tod seiner Gemahlin ungerührt entgegen. Zu lange schon waren sie getrennte Wege gegangen. Weder er noch der Kurprinz nahmen an ihrer Beerdigung teil.

Auf Burg Stolpen traf kurz darauf ein Schreiben mit königlichem Siegel ein. Darin hieß es, die Briefe der Gräfin seien von nun an noch strenger zu kontrollieren und allesamt zunächst an den König zu schicken, ganz gleich, wessen Adresse sie trügen.

»Wenn sie wirklich noch eine Kopie des Ehevertrages hat, dann ist jetzt der Zeitpunkt, Nutzen daraus zu ziehen«, sagte Flemming. »Wir werden gewissenhaft vorgehen und ihr keine Möglichkeit geben, etwas gegen Eure Majestät zu unternehmen«, versprach er dem König.

Constantia saß in ihrem Zimmer und wartete auf eine Nachricht von ihrer ältesten Tochter. Sie wußte, daß Augusta ein Kind erwartete und hoffte auf einen Brief. Am 25. November erblickte ihr Enkel das Licht der Welt, doch es dauerte Wochen, bis das Schreiben der Tochter die strengen Kontrollen passiert hatte und Constantia davon erfuhr.

Die Tage vergingen in unveränderter Monotonie. Frühstück, Morgentoilette, Handarbeit oder Bibellektüre, Essen, Mittagsruhe, Hand- oder Gartenarbeit, Lektüre, Schlafen. Constantia hatte sich an den Ablauf gewöhnt. Was sich außerhalb ihres eingeschränkten Lebens abspielte, wurde immer gleichgültiger. Nur noch selten regte sich Widerstand in ihr, dann schrieb sie Briefe an Friedrich August, Wackerbarth oder Löwendahl, bat um ihre Freiheit oder wenigstens eine Erklärung, doch eine Antwort erhielt sie nie.

Ende Februar 1728 erreichte sie eine traurige Botschaft aus der Residenz. Friederike Alexandra schrieb der Mutter, daß ihre Schwester Augusta am 4. des Monats an den Pocken gestorben war.

»Nicht einmal zwanzig Jahre hat ihr junges Leben gedauert«, klagte Constantia unter Tränen. »Und ich altes Weib sitze hier und friste Jahr um Jahr mein nutzloses Dasein.«

Aus den seltenen Briefen ihrer Kinder erfuhr sie, daß der König häufig krank war. Offene Wunden an den Beinen zwangen ihn oft über Wochen in den Rollstuhl. Constantia versäumte nicht, Seiner

Majestät höflich und respektvoll Genesungswünsche zu schicken. Aus der Residenz kam keine Reaktion.

Nach wie vor durfte sie nicht über ihr Geld verfügen. Graf August Christoph von Wackerbarth war der Adressat ihrer Bitten um finanzielle Mittel. Da ihr die Instandhaltung ihrer Räumlichkeiten oblag, und die Zimmer sich inzwischen in einem schäbigen Zustand befanden, fragte sie mehrmals, ob man ihr nicht eine Summe für die Renovierung bewilligen könne. Wackerbarth trug dem König das Anliegen vor, doch der winkte ab. Er hatte andere Pläne mit dem Geld seiner ehemaligen Mätresse.

»Es ist das Erbe meiner Kinder, und das wird möglichst nicht für andere Dinge verbraucht! Schlimm genug, daß der Sohn ständig Schulden macht, die damit beglichen werden müssen«, verfügte er.

Constantia wußte nicht, wie hoch ihr Vermögen inzwischen war. Nach dem Tod des Kuratoren Ritter erhielt sie keinen Besuch mehr und lebte isolierter denn je. Seine Stelle bekleidete jetzt Hofrat Wichmannshausen, doch der zeigte kein sonderliches Interesse an seiner neuen Mandantin. Mehrfach hatte sie an ihre Mutter geschrieben, aber die Briefe waren immer wieder zurückgekommen. Im November 1729 versuchte sie es erneut und schickte den Brief direkt an den König. Unterwürfig bat sie ihn, ihre Zeilen an die alte Dame nach Depenau weiterzuleiten, da alle anderen Versuche, sie zu erreichen, gescheitert seien. Friedrich August las das Schreiben sorgfältig durch und entsprach ihrem Wunsch. Monate vergingen, bis Anna Margarethes Antwort endlich auf Stolpen eintraf und Constantia sich bei Seiner Majestät überschwenglich für die erwiesene Güte bedanken konnte.

Der Januar des Jahres 1730 brachte einen gewaltigen Schrecken. Das Zeughaus, in dem Constantias Zimmer lagen, befand sich in unmittelbarer Nähe des Pulverturms. Schon seit mehreren Jahren hatte die Gräfin sowohl die Kommandanten der Festung als auch den König gebeten, das explosive Material an einem anderen Ort zu lagern, da ihr die Pulverfässer neben ihren Räumen Angst machten. Wie so viele ihrer Bitten war auch diese ungehört verhallt. Am 31. Januar brach ein Feuer aus, das zu einer heftigen Detonation führte. Siebzehn Zentner Pulver explodierten in den Flammen und richteten erheblichen Schaden an.

Constantia hatte Todesängste ausgestanden und schrieb an den König. Sie schilderte die Ereignisse und flehte, das Pulver in Zukunft an anderer Stelle aufzubewahren.

August der Starke fand keine Zeit, ihr zu antworten. Zu beschäftigt war er mit den Vorbereitungen eines großen Ereignisses. Am 18. Februar sollte seine und Constantias zweite Tochter Friederike Alexandra den polnischen Krongroßschatzmeister Anton Mosczynski heiraten. Ganz Dresden war auf den Beinen, um den Feierlichkeiten in der Residenz einen würdigen Rahmen zu verschaffen.

August der Starke wartete auf einen Überraschungsgast. Er wußte, daß er seiner Tochter eine besondere Freude damit machte, und auch für ihn selbst war es eine Ehre, unter den vielen vornehmen Hochzeitsgästen Friedrich Wilhelm I. persönlich begrüßen zu können. Der preußische König traf in allerbester Stimmung ein, umarmte seinen Freund Friedrich August, beglückwünschte das Brautpaar herzlich und trank mit dem Gastgeber bis in die frühen Morgenstunden um die Wette. Die beiden Regenten amüsierten sich so prächtig miteinander, daß der Sachse noch in der Nacht eine Einladung aussprach.

»Es wird im Sommer stattfinden, in Zeithain, und es wird das größte Manöver aller Zeiten sein. Und Ihr werdet mit mir die Truppen inspizieren«, versprach er lallend zu fortgeschrittener Stunde. Friedrich Wilhelm stimmte erfreut zu.

»Ich werde meinen Sohn mitbringen, wenn Ihr gestattet.«

Große Manöver waren unüblich, und so wurde das Zeithainer Lager zu einem Ereignis, das August dem Starken weit über Sachsens Grenzen hinaus zu Ruhm und Ansehen verhalf. Die Feierlichkeiten begannen am 1. Juni 1730, und wie im Februar versprochen war auch der preußische König unter den fünfzig geladenen Fürsten aus aller Herren Länder. Friedrich August hatte nicht Mühe und Kosten gescheut, den Abschluß seiner Heeresreform in beeindruckender Weise zu demonstrieren. An den Ufern der Elbe marschierten dreißigtausend Soldaten in bunten Uniformen zu eigens komponierter Musik und führten ihre Fertigkeiten vor. Unzählige Zelte, mit prächtigen Fahnen geziert, schmückten den Festplatz. Über einhundertsechzig Ochsen und mehr als fünfzigtausend Kannen Wein wurden serviert. Doch den Höhepunkt der kulinarischen Präsentation stellte ein riesiger Dresdner Stollen dar. Der erste Bäckermeister der Stadt, Johann Andreas Zacharias, hatte ihn mit einhundert Helfern in einem eigens gemauerten Ofen angefertigt. Das Festbrot wog fast zwei Tonnen. Auf einem von acht Pferden gezogenen Wagen wurde das Wunderwerk vorsichtig zum Festplatz gebracht und vor den Augen der vierundzwanzigtausend Gäste mit einem anderthalb Meter langen Säbel in Scheiben geschnitten. Friedrich Wilhelm I. zollte Respekt.

»Das macht Euch so schnell keiner nach! Ihr versteht es wirklich zu feiern wie kein zweiter«, gab er neidlos zu und suchte seinen Sohn, den er wegen der vielen hübschen Sächsinnen am liebsten in seiner Nähe wußte. Der Preußische Thronfolger hatte jedoch gar kein Interesse an den Mädchen, vor denen sein Vater ihn schützen wollte. Er hatte nur Augen für die extravagante und bildschöne Lieblingstochter und Gastgeberin des Königs. Anna Orczelska war auch heute ihrer Vorliebe entsprechend gekleidet. In ihrer weißen Männeruniform schien sie dem jungen Mann von außerirdischer Schönheit.

Constantia erfuhr von alledem nichts. Es war ein ungewöhnlich warmer Juni gewesen, und sie hatte sich nicht sonderlich wohlgefühlt. Der Juli brachte noch größere Hitze. Die Gräfin verließ ihr Zimmer nur in den frühen Morgenstunden oder am späten Nachmittag, um unter Bewachung in ihrem kleinen Gärtchen oder auf dem Hof ein wenig frische Luft zu schnappen.

Am Morgen des 6. Juli erwachte sie mit stechenden Schmerzen im rechten Oberschenkel. Vorsichtig versuchte sie aufzustehen, doch ihr Bein versagte den Dienst. Constantia rieb die schmerzende Stelle und klingelte nach Elisabeth Klothilde. Das Mädchen erschien verschlafen neben ihrem Bett.

»Ich brauche Branntwein und ein sauberes Leintuch«, befahl die Gräfin. Auch auf die Branntweinmassage reagierte das Bein nicht. Es blieb gelähmt. Constantia fühlte ihr Herz im Hals schlagen. Gott kann doch nicht wollen, daß ich jetzt auch noch an das Bett gefesselt bin, durchzuckte es sie.

»Sie werden sich in Ihrem Garten übernommen haben«, diagnostizierte der aus Stolpen gerufene Arzt. Boblick atmete erleichtert auf.

»Was immer der Grund ist, Kommandant, ich kann mich nicht bewegen und brauche Hilfe. Das Mädchen ist zu schwach und kann nicht rund um die Uhr um mich sein. Ich brauche mindestens eine Pflegerin, besser noch zwei. Es sollte Ihnen doch gelingen, dafür zu sorgen, nicht wahr?« sagte sie in schmeichlerischem Ton. Boblick stellte den erforderlichen Antrag beim König, und August der Starke genehmigte Krankenwärterinnen, vorausgesetzt man werde sie vorher gut examinieren und die gebotene Vorsicht walten lassen. Der Kommandant kümmerte sich persönlich um die Organisation von zwei Pflegerinnen, die sich Constantias annahmen. Keine Woche war vergangen, da beschwerten sich die Frauen das erste Mal über die schlechte Verpflegung. Constantia war empört und schrieb an Wackerbarth. Sie bat ihn um die Genehmigung, einfache Frauen aus dem Dorf engagieren zu dürfen. Die Pflegerinnen verlangten drei Taler pro Woche und meckerten über das Essen. So krank sei sie nicht, daß ihr nicht auch ungelernte Kräfte helfen könnten. Wackerbarth, der als Oberkommandant der sächsischen Festungen in diesen Dingen die Entscheidungsgewalt hatte, lehnte ab.

Mehr als ein halbes Jahr war vergangen, und Constantia konnte das kranke Bein noch immer nicht richtig bewegen. Immer wieder schrieb sie an Wackerbarth, bat um Geld, um die Pflege bezahlen zu können und beklagte ihre elende Existenz. Manchmal empfand der Graf Mitleid mit der einst so stolzen Frau und schickte ihr aus Dresden Delikatessen auf die Burg. Constantia genoß Kapaunen und Wein und bedankte sich herzlich für die seltenen Genüsse. Sie unternahm einen weiteren Versuch und bat Wackerbarth, sich beim König für ihre Freilassung einzusetzen. Die Antwort war niederschmetternd. Graf Wackerbarth verlieh seinem aufrichtigen Bedauern Ausdruck. Er habe sein Möglichstes getan, doch der König sei noch immer nicht bereit, sie aus der Gefangenschaft zu entlassen. Constantias Tränen tropften auf Tinte und Siegel, dann warf sie das Papier in den Kamin.

Festungskommandant Boblick erwies sich immer wieder aufs Neue als ein Mann, der seine Lebensaufgabe darin sah, der Gräfin die Existenz nach Möglichkeiten zu erschweren. Auf Grund ihrer Lähmung verließ Constantia nur sehr selten das Bett. Ein schwacher Kreislauf und häufiger Schwindel waren die Folge. Die Pflegerinnen baten den Kommandanten, nach dem Arzt zu schicken. Der Mann untersuchte Constantia und kam zu dem Schluß, daß sie kreislaufanregende Einreibungen und Massagen brauchte.

»Man sollte gleich den Bader rufen und so schnell wie möglich damit beginnen, denn je schwächer der Pulsschlag der Gräfin wird, um so länger wird es dauern, ihre Genesung voranzutreiben«, erklärte er Boblick. Der schickte den Mann nach Hause.

»So eilig wird es schon nicht sein. Ich muß mich erst in der Residenz versichern, daß dafür eine Erlaubnis gegeben wird. Ich lasse Ihn rufen, wenn sie vorliegt.«

In einem Brief schilderte er den Zustand der Gräfin und bat um Anweisungen, wie die Therapie auszuführen sei. In Dresden traten die Geheimen Räte zusammen und widmeten sich dem Problem.

Wochen später traf endlich der Bescheid auf der Burg ein. Der Bader, so ließ man den Kommandanten wissen, müsse die benötigte Essenz in der Stolpener Küche zubereiten, und die Kammerfrau solle nach seinen Regeln die Anwendung durchführen, dabei sei es allen Beteiligten streng verboten, miteinander und vor allem mit der Gräfin von Cosel zu sprechen. So wollte man verhindern, daß die Patientin der Kammerfrau eine geheime Botschaft mitteilen und diese die Nachricht dann an den Bader weitergeben konnte. Constantia hob schwach den Kopf.

»Wieviel Zeit man damit verbringt, sich derartigen Unsinn zu meiner Schikane auszudenken, ist kaum vorstellbar«, kommentierte sie.

Anfang des Jahres 1732 ging die Lähmung langsam zurück. Constantia fühlte sich besser. Erneut versuchte sie, ihre kläglichen Lebensbedingungen zu ändern und bestach ihren Diener, Briefe für sie aus der Festung zu schmuggeln.

»Das muß Er doch verstehen! Ich brauche Geld. Ich bin eine reiche Frau, und man läßt mich nicht an mein Vermögen. Wenn Er mir hilft, kommt Ihm das auch selbst zugute, weil ich Ihn ordentlich bezahlen und anständige Lebensmittel kaufen kann.« Der Mann verstand und erklärte sich bereit.

Doch in Dresden gab es eine undichte Stelle, man erfuhr von den Briefen, und so gelangte das Gerücht an den Hof, die Gräfin plane erneut ihre Flucht und habe außerhalb der Festung Kontakte geknüpft. Verärgert ordnete Wackerbarth eine strenge Untersuchung an. Die eingesetzten Kommissäre schnüffelten überall auf der Burg herum, durchsuchten Constantias Zimmer, befragten Personal und Wachleute, fanden aber nichts. Auch die Kommandanten Boblick und Holm wurden verhört, doch bis darauf, daß die beiden Männer sich gegenseitig belasteten und jede Schuld von sich wiesen, kam nichts dabei heraus. Wackerbarth stellte die Ermittlungen ein und begnügte sich damit, den Verantwortlichen eine strenge Rüge zu erteilen.

»Es ist doch ganz gleich, mit wem sie korrespondiert oder was sie unternimmt. Es wird ihr niemals gelingen, diese Festung ohne Genehmigung zu verlassen«, murrte Holm.

Boblick nahm den Vorfall zum Anlaß, Constantias Haftbedingungen zu verschärfen. Als erstes verbot er den Dienern der Gräfin, die Festung zu verlassen, und zwang sie sogar in der Schloßkapelle auf abgelegene Plätze, damit sie nicht mit Familie, Freunden oder Bekannten aus Stolpen sprechen konnten. Zwei Tage später kündigten vier Angestellte der Gräfin.

»Wer soll mir jetzt das Holz zum Heizen holen? Mir beim Ankleiden helfen? Werden Ihre Soldaten das übernehmen? Ich brauche mindestens zwei Mädchen, die mir täglich zur Verfügung stehen«, forderte Constantia vom Kommandanten. Boblick sah ein, daß die Gräfin nicht ohne Bedienstete sein konnte, versprach Ersatz und schrieb nach Dresden.

Die Geheimen Räte schickten zwei junge Frauen, die für das enorme Salär von mehr als zwanzig Talern bereit waren, in die Dienste der Gräfin Cosel zu treten. Die beiden trafen auf der Festung ein und zeigten ein Schreiben aus der Residenz, in dem die Geheimen Räte mitteilten, sie kämen, damit die Gräfin sie »sehen könne«. Boblick legte die Formulierung so aus, daß er Constantia verbat, mit den Frauen zu sprechen. Zornig stampfte sie mit dem Fuß auf.

»Was ist denn das nun wieder für eine Blödigkeit? Wie kann ich wissen, ob sie für mich arbeiten sollen, wenn ich keine Silbe mit ihnen wechseln darf?« schimpfte sie. Man einigte sich schließlich darauf, daß die Kammermädchen einen Eid abzulegen hatten, mit dem sie schworen, kein Wort zu erzählen von dem, was auf der Festung gesprochen worden war.

Aber Boblick war noch nicht zufrieden. Erbost über Wackenbarths Tadel, drohte er seinen Männern mit harten Strafen, wenn er einen dabei ertappe, sich der Gräfin auch nur von Ferne zu nähern.

»Was geschieht, wenn ihr mit ihr sprecht, wage ich gar nicht auszusprechen!« brüllte er.

Briefe wurden nicht zugestellt oder bis auf Belanglosigkeiten zensiert, niemand durfte mit ihr reden, und so hatte Constantia keine Möglichkeit, zu erfahren, was in Warschau und Dresden seit Wochen das beherrschende Thema war. Dem kurfürstlichen König ging es sehr schlecht. Aus dem einst so stattlichen, kraftvollen Monarchen war im Laufe des Jahres ein von schwerer Krankheit gezeichneter Mann geworden. Heftige Magenbeschwerden nahmen ihm die Lust am Essen, offene Wunden an beiden Füßen und Beinen machten jeden Schritt zur Qual, und immer wieder führten Schwächeanfälle und Ohnmachten dazu, daß er das Bett hüten mußte. Die Ärzte untersuchten jeden Zentimeter des fürstlichen Körpers, seiner Zuckerkrankheit als Wurzel allen Übels kamen sie nicht auf die Spur. Die letzten Wochen des Jahres verbrachte der König im Bett.

Anfang des Jahres 1733 trat eine leichte Besserung ein, und Friedrich August bestand gegen den Rat seiner Ärzte darauf, nach Warschau zu reisen.

»Ich weiß, wie es um mich steht, glauben Sie mir, meine Herren, ich fühle, daß das Ende nicht mehr fern ist. Und doch werde ich nach Polen reisen.« Die Mediziner schüttelten die Köpfe und zuckten mit den Schultern.

Die strapaziöse Reise durch die bittere Winterkälte strengte den angeschlagenen Regenten so sehr an, daß er das letzte Stück in tiefer Bewußtlosigkeit verbrachte. Am 31. Januar 1733 rumpelte die kurfürstlich-königliche Reisekutsche auf den Hof des Warschauer Schlosses. Von seinen Kammerherren mehr getragen als gestützt, verließ Friedrich August die Kalesche. Man brachte ihn sofort in sein Bett, wo er noch einmal all seine Kräfte zusammennahm und letzte Befehle erteilte. Während der Nacht versammelten sich Höflinge und Bedienstete in seinem Zimmer, um Abschied zu nehmen. Friedrich August, Kurfürst von Sachsen und König von Polen, starb am 1. Februar 1733.

Eine Woche später hatte sich die Nachricht verbreitet wie ein Lauffeuer. Constantia saß am Fenster und stickte, als am 8. Februar die Glocken der Stolpener Kirche eine Stunde Trauer läuteten. Sie ließ den Kommandanten rufen.

»Weshalb läuten die Glocken? Wer ist gestorben? Es muß doch eine wichtige Person gewesen sein.« Boblick, der genau Bescheid wußte, zog die Achseln hoch.

»Gräfin, ich bedauere, mich hat noch keine Nachricht erreicht, aber ich lasse es Sie umgehend wissen, wenn ich etwas erfahre«, log er und hüllte sich während der folgenden sechs Wochen in Schweigen. Jeden Tag zwischen elf und zwölf Uhr am Vormittag erklang das melancholische Geläut, und Constantia fühlte eine dumpfe Ahnung. Sie wandte sich an Holm.

»Der König ist tot, nicht wahr? Nun reden Sie schon, Holm, was ändert es, ob ich es weiß oder nicht? Ist es der König?« Holm nickte zaghaft. Constantia sank in ihren Sessel und schloß die Augen.

»Siebzehn Jahre hat er mich eingesperrt, und jetzt ist er gegangen ohne ein Wort des Abschieds.« Sie wischte sich eine Träne von der Wange und sagte tonlos:

»Es ist gut, Holm. Lassen Sie mich allein. Mein Mann ist gestorben.« Zwei Stunden verharrte sie ohne eine Regung, dann rief sie das Kammermädchen.

»Ich bin Witwe und wünsche ab sofort nur noch schwarz zu tragen. Hol mir alles, was ich an schwarzen Kleidern besitze, damit ich wählen kann.«

Nach dem ersten Schrecken empfand Constantia einen seltsamen Widerstreit ihrer Gefühle. In die aufrichtige Trauer um den Mann, der ihr so viel angetan und den sie dennoch bis zum Schluß geliebt hatte, mischte sich eine vitale Aufregung.

Anna Constantia Gräfin von Cosel war sicher, daß ihre Haft mit dem Tod des Königs enden mußte, und wartete stündlich auf den entsprechenden Erlaß aus Dresden. Drei Wochen waren vergangen und niemand hatte ihr geschrieben, geschweige denn bei ihr vorgesprochen oder sie gar abgeholt. Sie saß in ihrem Zimmer und grübelte: Der Kurprinz wird seine Nachfolge angetreten haben. Er hat keinen Anlaß, mich weiter hier einzusperren. Er wird sich nicht einmal mehr an mich erinnern. Kaum jemand in Dresden wird sich an mich erinnern. Es ist alles schon so lange her. Ich werde ihm schreiben, sinnierte sie und suchte nach einem passenden Anfang für ihren ersten Brief an den neuen Kurfürsten von Sachsen und König von Polen.

In Sachsen übernahm der Kurprinz den Kurhut seines verstorbenen Vaters. Die Stände huldigten dem Erben Augusts des Starken und gelobten ihrem neuen Regenten, Friedrich August II., die Treue. Schon am Tag seines Amtsantritts wurde deutlich, daß ab jetzt ein anderer Wind in der Residenz wehen würde. Friedrich August II. war seiner Frau in beständiger Liebe zugetan. Mätressen, Seitensprünge und Trinkgelage, wie sein Vater sie so geschätzt hatte, waren die Sache des Sohnes nicht. Statt dessen liebte er die schönen Künste und führte ein zurückgezogenes Leben im Kreise seiner ständig wachsenden Familie.

Mit der Kurwürde wuchs auch sein Selbstbewußtsein. Jetzt, da er für alle Welt endlich als Primus inter pares erkennbar war, zeigte er sich seinen Halbgeschwistern zugeneigter als in früheren Jahren. Besonders mit Friedrich August von Cosel verstand er sich prächtig. Constantias Sohn hatte sich zu einem großgewachsenen, hübschen Burschen entwickelt. Mit Charme und freundlicher Bescheidenheit verstand er es, die Menschen für sich einzunehmen, und war bei Hof überaus beliebt. Seit frühester Kindheit hegte er den Wunsch, eine militärische Karriere zu verfolgen. So wie sein Vater ihn darin unterstützt hatte, förderte ihn jetzt der Halbbruder, bei dem er oft und gerne zu Gast war.

»Ich weiß, es ist ein leidiges Thema, aber ich muß es dennoch immer wieder ansprechen«, sagte er eines Abends nach dem Essen. »Ich sitze hier bei Euch, Majestät, genieße Euer Familienleben und habe meine eigene Mutter vor mehr als fünfzehn Jahren das letzte Mal gesehen. Sie ist eine alte Frau, gebeugt von Gram und Krankheit, und der Gedanke, sie könnte sterben, ohne daß ich noch einmal mit ihr gesprochen habe, zerreißt mir das Herz.« Der Kurfürst sah ihn verständnisvoll an.

»Was soll ich darauf antworten, Sie wissen, daß mir die Hände gebunden sind. Unser Vater hat es immer wieder befohlen: Die Gräfin Cosel darf nicht freigelassen werden! Er hatte große Sorge, daß sie das Ansehen des Hauses Wettin schädigen könnte, und ich, der ich mich kaum noch an sie erinnere, muß mich dem beugen.«

»Lieber«, mischte sich seine Frau mit sanfter Stimme ein, »wer sagt denn, daß sie gleich die Festung verlassen soll? Aber vielleicht gibt es eine Möglichkeit, daß ihre beiden verbliebenen Kinder sie dort besuchen.« Der Kurfürst runzelte die Stirn.

»Ich werde darüber nachdenken«, sagte er schließlich. Friedrich August von Cosel hakte nach.

»Friederike und ich würden selbstverständlich jeden Eid darauf leisten, daß niemand davon erfährt. Was uns betrifft, so soll es bei der offiziellen Sprache bleiben: Unsere Mutter lebt auf einem abgelegenen Gut. So kann doch kein Schaden angerichtet werden.«

Am 4. Dezember 1733 erteilte der Kurfürst den Geschwistern Cosel die Erlaubnis, ihre Mutter auf Burg Stolpen zu besuchen.

»Aber nur, wenn ich mich darauf verlassen kann, daß keine Briefe geschmuggelt, keine Nachrichten überbracht und auch sonst keine Geschichten von den Visiten in Umlauf gebracht werden!« schränkte er ein.

Aufgeregt stand Constantia am Fenster und erwartete ihre Kinder. Im vierundfünfzigsten Lebensjahr war sie noch immer eine schöne Frau. Die schwarzen Haare von silbrigen Strähnen durchzogen, die Zähne noch immer weiß, beinahe faltenlos der Teint.

Befangen sahen Friederike und ihr Bruder aus den Fenstern der Kutsche auf die vor ihnen liegende Festung.

»Ich habe ein wenig Angst vor dem, was jetzt kommt«, sagte die junge Frau und sah auf ihre Fingerspitzen. Ihr Bruder nickte.

»Es ist ein eigenartiges Gefühl – nach so vielen Jahren. Aber ganz gleich, was zwischen ihr und Vater vorgefallen ist, wir sind es ihr schuldig.«

»Was mag ihn nur veranlaßt haben, sie dort oben für den Rest ihres Lebens einzusperren?« sinnierte Friederike.

»Ich fürchte fast, daß wir das niemals erfahren werden, denn auch unser Halbbruder scheint es nicht genau zu wissen.«

»Vielleicht sagt sie es uns. Ich werde sie fragen.«

»Aber nicht heute.« Der junge Graf zog seine Handschuhe hoch und schloß den Vorhang.

»Gleich sind wir oben. Bist du bereit?« Seine Schwester nickte. Die Kutsche passierte die Kontrollen am Tor und fuhr in den Hof. Hauptmann Holm und Hauptmann Boblick begrüßten die Gäste persönlich.

»Ihre Mutter erwartet sie im Zeughaus«, sagte Holm. Die Geschwister bedankten sich und folgten einem jungen Soldaten, der ihnen den Weg zeigte. Friedrich August von Cosel klopfte an die Tür.

»Ja, bitte!« hörte er die Stimme seiner Mutter, und sein Herz begann wild zu schlagen.

Den Blick fest auf die Tür geheftet, ganz und gar in Schwarz gekleidet, stand Constantia schlank und aufrecht in ihrem Zimmer. Hundertmal hatte sie sich überlegt, was sie zum Empfang ihrer Kinder sagen wollte, immer wieder neue Worte zurechtgelegt und sie sogar vor dem Spiegel geprobt, und jetzt, da der Moment gekommen war, verschlug es ihr die Sprache. Hilflos breitete sie die Arme aus und konnte nicht verhindern, daß ihr die Tränen über das Gesicht liefen. Friederike machte einen tiefen Knicks, ihr Bruder verbeugte sich in höfischer Vollkommenheit. Das brachte Constantias Fassung zurück.

»Kommt her, meine beiden, laßt euch umarmen, hier gelten andere Regeln. In diesen Räumen herrsche ich und nicht die Etikette. Sie ging auf die beiden zu und schloß sie nacheinander in die Arme. Dann trat sie zwei Schritte zurück und betrachtete sie mit zusammengekniffenen Augen wie zwei erlesene Kunstwerke von größtem Wert.

»Friederike! Du bist eine wunderschöne Frau! Hat dein Vater dir je gesagt, daß du aussiehst, wie ich in jungen Jahren aussah?« Die Tochter nickte.

»Und du, mein Sohn. Was für ein stolzer junger Mann du geworden bist. Du trägst nicht nur seinen Namen, du ähnelst Seiner Majestät zumindest im Äußeren auch sehr. Bist du ebenso wild und ungestüm, wie er es war?« Friedrich August lachte.

»Nein, Mutter, seine Kraft und Energie hat wohl keiner von uns geerbt.« Er war erleichtert. Durch ihre Spontaneität hatte Constantia die beklemmende Situation entschärft.

»Aber, was bin ich nur für eine schlechte Gastgeberin! Ihr seht, ich bekomme hier oben nicht oft Besuch und habe beinahe vergessen, was sich gehört. Setzt euch.« Sie deutete auf den kleinen Tisch mit den klapprigen Stühlen und sah Friederikes betroffenes Gesicht.

»Ja, mein Kind, so ist das in Gefangenschaft. Auch ich war einst andere Möbel gewohnt, aber wie die Freiheit hat man mir fast meinen ganzen Besitz genommen. Mehr als das kann ich euch nicht bieten. Ich bin schon verwundert, daß es dem Mädchen gelungen ist, drei zueinander passende Tassen zu finden.« Sie sah verlegen auf den Boden. »Aber wir wollen uns die wenigen gemeinsamen Stunden nicht verderben lassen.«

Abwechselnd berichteten Friederike und ihr Bruder von ihrem Leben, von kleinen und größeren Ereignissen aus der Residenz. Constantia hörte zu, fragte nach und wollte vor allem wissen, wie es

August dem Starken in den letzten Jahren ergangen war. Nach und nach legten die Geschwister die Hemmungen ab und erzählten vom Vater, von seiner Krankheit ebenso wie von den immer jüngeren Gespielinnen.

»So lange wie ich hat ihn keine zu halten gewußt«, sagte Constantia mit Genugtuung. »Ich war seine Frau, jetzt bin ich seine Witwe. Erst wenn ich tot bin, findet diese Liebe ihr Ende«, fügte sie mit solcher Bestimmtheit hinzu, daß ihre Kinder nicht wagten zu widersprechen. Als der Abend anbrach wurde Constantia unruhig.

»Ich muß euch sagen, daß meine Möglichkeiten, euch zu bewirten, sehr gering sind«, sagte sie beschämt. Friederike legte die Hand auf den Arm ihrer Mutter.

»Was für Sie gut genug ist, ist allemal auch für uns gut genug. Und wenn wir das nächste Mal kommen, bringen wir alles mit, was Ihr Herz begehrt. Sie müssen es uns nur sagen, und wir werden mit Körben voller Köstlichkeiten vor Ihrer Tür stehen.«

Spät in der Nacht verließ die Kutsche den Burghof. Die Gräfin sah dem Wagen nach, bis er hinter einer Biegung verschwand. Sie war erschöpft und spürte eine Welle melancholischen Glücks in sich aufsteigen. Wundervolle Kinder hatte sie geboren. Schön, stark, geistreich, vielleicht war es ja noch nicht zu spät, sie kennenzulernen. Immerhin hatte ihr Sohn fest versprochen, sich bei seinem Halbbruder für ihre Freiheit einzusetzen. Doch es sollte noch Jahre dauern, bis Friedrich August von Cosel zumindest kleine alltägliche Erleichterungen für seine Mutter erreichte.

## *Wir werden uns schon einrichten*

Die Zeit auf Burg Stolpen verging langsam. Constantia widmete sich ihren Bibelstunden und hielt sich so oft wie möglich in ihrem kleinen Garten auf. Allmählich sah man auch ihr das Älterwerden an. Die einst so prächtigen Zähne wurden schwächer, beinahe durchsichtig, und verloren ihre porzellanene Stärke. Die Besuche ihrer Kinder waren seltener, als die Mutter es sich wünschte, doch sie drängte sie nicht. Lediglich eine Bitte äußerte sie in einem Brief: Friederike und Friedrich August sollten einzeln kommen.

»So habe ich mehr davon«, lautete ihre Begründung. In Wirklichkeit schämte sich Anna Constantia Gräfin von Cosel, nicht mehr als eine Person standesgemäß bewirten zu können. Noch immer erhielt sie nur wenig Geld für den eigenen Bedarf, und mit dem wenigen, das sie hatte, ging sie von Tag zu Tag sparsamer um.

»Was brauche ich denn noch zum Leben. Was ich esse, liefert mir mein Garten, und das ganze Personal, was soll es mir? Mit reicht eine Magd und ein Stubenheizer, der gleichzeitig als Knecht dient«, sagte sie dem Kommandanten und reduzierte ihr Personal auf zwei Bedienstete.

Aus Depenau erreichte sie 1736 ein trauriger Brief. Im Alter von achtundachtzig Jahren war Anna Margarethe von Brockdorff gestorben.

»Ich habe schon meinen Vater nicht bestatten dürfen, aber jetzt ist so viel Zeit vergangen, ich bitte Sie, lassen Sie mich, meinetwegen auch mit Bewachung, nach Depenau reisen und meiner Mutter die letzte Ehre erweisen«, weinte Constantia und sah Boblick flehend an. Der Kommandant lehnte ab.

Die Verstorbene hatte ihrer Tochter ein nicht unerhebliches Erbe hinterlassen, das Christian Detlev von Brockdorff, einst geliebter Bruder, jetzt Herr auf Gut Depenau, seiner Schwester auszahlen sollte. Der frischgebackene Gutsherr sperrte sich gegen seine Verpflichtungen und weigerte sich so beharrlich, daß Constantias Kuratoren sich gezwungen sahen, ihn zu verklagen. Der Prozeß zog sich über Jahre, ging jedoch letztlich zu Gunsten der Klägerin aus.

1740 erwirkte Graf Cosel beim Kurfürsten zwei wesentliche Verbesserungen für seine Mutter. Am 21. September und 10. Oktober kamen gute Nachrichten aus Dresden. Ab sofort durfte sich die Gefangene in Begleitung einer Wache frei auf der Festung bewegen. Kinder und Enkel konnten sie ungehindert besuchen und sogar über Nacht auf Stolpen bleiben. Ihre Briefe unterlagen einer nicht mehr ganz so strengen Zensur, und man versorgte sie mit Zeitungen. Constantia war gerührt.

»Wie er sich kümmert, der gute Junge. Nach all den Jahren endlich wieder Nachrichten aus der Welt. Es grenzt an ein Wunder!« Vergeblich wartete sie auf ihren Sohn. Friedrich August von Cosel stand an der Front. Der Kurfürst hatte inzwischen auch als König August III. von Polen die Nachfolge seines Vaters angetreten und führte gegen Friedrich II. Krieg um Schlesien. Auf Friedrich Augusts Seite kämpften Schulter an Schulter seine vier Halbbrüder. Graf Cosel, bei weitem der jüngste von ihnen, tat sich mit solchem Einsatz und Geschick hervor, daß der kurfürstliche König ihn nach der Schlacht zum General beförderte.

In der Nacht vom 22. auf den 23. Juli 1743 saß Constantia wie gewöhnlich bis spät in den Abend an ihrem kleinen Tisch und las in der Bibel. Draußen tobte ein heftiges Sommergewitter, und die Gräfin lauschte der immer schnelleren Abfolge von Blitz und Donner. Gegen ein Uhr in der Nacht schlug der Blitz plötzlich in den Siebenspitzenturm der Festung. In dem aus massiven Basaltbruchsteinen gebauten Turm befand sich ein Zimmer des Kommandanten – binnen Sekunden war es verwüstet. Damit nicht genug, traf es auch einen der gräflichen Räume. Das vor dem Ofen gelagerte Holz stand in lodernden Flammen, Sand rieselte aus der Decke, und die Fensterscheiben zerbarsten mit lautem Klirren. Constantia sprang entsetzt auf und floh in die Küche, doch auch hier hatte der Blitz beinahe alles zerstört. Sie schlug gegen ihre Tür und schrie nach der Wache. Der Posten rannte die Treppe hinauf und öffnete ihr. Vom Hof aus mußte sie mit ansehen, wie einige Quermauern einstürzten und ein zweiter Blitz eine Schildwache tötete.

»Was ist mit dem Pulver?« schrie Constantia, doch weder Hauptmann Holm noch Boblick, die beide in aller Eile nur den Rock ihrer Uniformen über die Nachthemden geworfen hatten, schenkten ihren Worten Beachtung.

Zwei Stunden später verzog sich das Unwetter und der strömende Regen durchweichte alles, was von der Wucht der Detonation nach draußen geschleudert worden war. Constantia zitterte am ganzen Leib. Bis auf die Haut durchnäßt, ging sie zurück in ihr Zimmer und besah den angerichteten Schaden.

»Bis es hell wird, können wir ohnehin nichts tun«, sagte sie zu ihrem Kammermädchen und trocknete sich ab.

»Das beste wird sein, wir suchen uns ein trockenes Plätzchen und versuchen noch ein paar Stunden zu schlafen«, entschied sie pragmatisch.

Bei Tageslicht besehen, stellte sich heraus, daß die Schäden nicht gravierend waren. Boblick holte Handwerker aus der Stadt, und Constantia hoffte, daß im Zuge der Arbeiten auch die Dinge erledigt würden, um die sie schon so oft gebeten hatte. Doch der Kommandant zeigte kein Entgegenkommen. Stur ließ er nur reparieren, was den Flammen zum Opfer gefallen war. Constantia schüttelte verständnislos den Kopf.

»Was habe ich Ihnen nur getan?« Boblick antwortete nicht.

Auf den Tag genau neun Monate später rächte sich der Starrsinn des Kommandanten. Es war der 22. April 1744, die Gräfin hatte ihren Knecht ordentlich einheizen lassen, denn die Luft war kühl, und die Feuchtigkeit des Winters noch nicht aus den Mauern gewichen. Constantia saß über ihren Stickrahmen gebeugt, da hörte sie ein merkwürdiges Knacken. Mißtrauisch hob sie den Kopf und schaute zum Ofen. Es knackte noch einmal.

»Der Tölpel wird doch kein nasses Holz aufgelegt haben«, murmelte sie und machte den nächsten Stich. Plötzlich ein dumpfer Knall, und ehe sie sich versah, stürzte der große Ofen in sich zusammen. Es geschah so schnell, daß Constantia nicht einmal Zeit hatte, sich in eine schützende Ecke zu begeben. Eisenstücke flogen durch den Raum. Eines zerschmetterte den Knochen ihres Beines. Kleinere Splitter schnitten in Gesicht und Hände. Vor Angst und Schmerz schrie sie so laut, daß zwei Wachmänner gelaufen kamen. Sie packten die blutverschmierte Gräfin und trugen sie ins Freie.

Boblick und Holm inspizierten das Zimmer.

»Hier kann sie nicht mehr wohnen. Es ist schon lange baufällig, und wer weiß, was als nächstes geschieht«, sagte Holm mit fester Stimme und Boblick stimmte ihm zu.

»Wir werden den Turm so herrichten lassen, daß sie ihn beziehen kann«, entschied er und sah aus dem Fenster auf den 1509 gebauten Johannisturm. Einst war er nur zur Verteidigung der Burg gebaut worden, doch vor zwei Jahren hatte Boblick ihn renovieren und für Wohnzwecke umbauen lassen. Verteilt auf sechsunddreißig Meter Höhe gab es vier Etagen, in jeder Etage ein Zimmer. Ganz unten lag die Küche, die gleichzeitig als Eßzimmer und Aufenthaltsraum für die Dienstboten genutzt wurde. Über der Küche befand sich das Wohnzimmer, das mit seinem Eichenparkett einen Hauch von Luxus verströmte. Darüber lag das mit Fichtenholz gedielte Schlafgemach. Vom Schlafzimmer war ein kleiner Verschlag abgetrennt, der zu einem aus dem Turm herausragenden Erker führte. Dieser Aborterker – von den Stolpenern treffend »Scheißnase« genannt, war im Winter so kalt und zugig, daß er beim besten Willen nicht benutzt werden konnte. Constantia bevorzugte ihr aus Zinn gegossenes, mit einem Deckel fest verschlossenes Kammerbecken. Das vierte und höchstgelegene Zimmer behielt Boblick für seine Wachleute.

Constantia bezog ihre neue Bleibe im Frühsommer 1744.

»Nun, herrschaftlich und bequem ist es nicht gerade, aber wir werden uns schon einrichten«, murrte sie und ließ die Kisten mit ihren knapp dreitausend Büchern in ihr Schlafgemach tragen.

In Dresden bemühte sich Graf Cosel noch immer darum, das Leben seiner Mutter zu erleichtern. 1745 hatte er seinen königlichen Halbbruder endlich so weit, daß der zustimmte, der Gräfin zumindest die Zinsen aus ihrem beträchtlichen Vermögen zur freien Verfügung zu überlassen. Constantia lächelte milde, als der Kurator ihr die Nachricht überbrachte.

»Sagen Sie es ihm nicht, sonst ist mein Sohn enttäuscht, aber es ist zu spät. So lange habe ich für dieses Geld gekämpft, inzwischen wüßte ich nicht einmal, wofür ich es ausgeben sollte. Sehen Sie sich um in meinem überirdischen Verlies. Was soll ich noch kaufen? Ein standesgemäßes Leben ist hier mit allen Reichtümern der Welt nicht möglich.«

Im selben Jahr wurde Constantia noch einmal von den politischen Ereignissen außerhalb Stolpens eingeholt. Der Zweite Schlesische

Krieg war ausgebrochen, und vor Burg und Städtchen lagen preußische Soldaten.

»Die Gräfin muß in Sicherheit gebracht werden. Ich wünsche, daß sie nach Schloß Osterburg fährt, dort ist sie im Falle einer preußischen Belagerung außer Gefahr!« lautete der Befehl des kurfürstlichen Königs. Hauptmann Holm trug ihn persönlich zu Constantia.

»Nichts dergleichen werde ich tun. Ich bin doch kein Spielzeug, das man nach Belieben hin- und herverfrachten kann. Gerade gewöhne ich mich an diese neue Behausung, und jetzt soll ich schon wieder woanders hin? Nein, sage ich, nein und noch mal nein!«

»Aber wenn die Preußen uns tatsächlich angreifen und belagern, könnte das eine Gefahr für Leib und Leben bedeuten, Gräfin«, wagte Holm zu widersprechen.

»Und was ist an diesem Leben so, daß es sich lohnen würde, es zu retten?« konterte Constantia. Darauf wußte der Hauptmann keine Antwort. Er verließ den Turm, und die Gräfin blieb, wo sie war.

Zwei Jahre später läuteten die Stolpener Kirchenglocken Trauer. In seinem zweiundneunzigsten Lebensjahr war Generalmajor und Kommandant Johann Heinrich von Boblick gestorben. Constantia sah, wie der Wagen mit seinem Sarg aus dem Burgtor rumpelte.

»Herr, vergib mir, aber ich kann um ihn nicht trauern. Zwei Jahrzehnte hat er mich gequält. Friede seiner Seele, aber vor allem endlich Frieden für mich«, murmelte sie.

Der König ernannte Oberst Johann Adolf von Liebenau zum Nachfolger auf Burg Stolpen. Der ältere Mann hatte die Festung kaum betreten, da führte sein erster Gang ihn zu Constantia. Mit einer tiefen Verbeugung stellte er sich vor.

»Gräfin, ich habe Sie immer sehr verehrt und werde nichts tun, was Ihnen die Existenz beschwert, wenn Sie sich an die Regeln halten.« Die Gefangene sah ihn überrascht an.

»Ich halte mich an alle Regeln, auch wenn sie noch so unsinnig sind. Seien Sie versichert, daß Ihnen von meiner Seite keine Schwierigkeiten drohen. Im Gegenteil, ich bin Ihnen unendlich dankbar, wenn Sie mir keine bereiten«, sagte sie höflich.

Vier Jahre vergingen, dann war es Liebenau und Constantia gemeinsam gelungen, in der Residenz die Genehmigung zu erwirken, ein neues Pulverlager zu bauen.

»So ist mein Geld doch noch zu etwas nutze, und ich brauche mich nicht mehr vor Explosionen zu fürchten«, freute sich Constantia, die die Kosten für den Bau tragen mußte.

Die Gräfin und den Kommandanten verband ein beinahe freundschaftliches Verhältnis. Häufig begleitete er sie als ihr Bewacher auf langen Spaziergängen durch den Park, und Constantia schätzte seine Gesellschaft. Liebenau war ein belesener Mann, der neben Bildung vor allem über einen gesunden Menschenverstand verfügte und manche Schikane seines Vorgängers auf eigene Verantwortung, ohne Dresden zu informieren, rückgängig machte.

»Nicht, daß es jetzt eine Freude wäre, gefangen zu sein«, scherzte Constantia, »aber es ist doch wesentlich erträglicher, als es jemals war.« Liebenau bot ihr den Arm.

»Gräfin, Sie weilen auf der Burg, doch der eigentliche Gefangene bin ich – gefangen von ihrer Schönheit und ihrem Geist!« gab er galant zurück und brachte Constantia damit zum Lachen.

Am 6. Mai 1754 brach im Turm ein gefährliches Feuer aus. Constantia entging den Flammen, behielt als Konsequenz jedoch ein schweres Lungenödem zurück. Blaß und röchelnd lag sie auf dem Bett. Liebenau saß bei ihr.

»So sagen Sie mir doch, was Sie wünschen?« rief er verzweifelt aus. »Soll ich einen Arzt holen lassen, oder lieber einen Geistlichen?« Constantia bemühte sich zu antworten, brachte aber keinen Ton heraus. Schließlich schickte der Kommandant nach dem Arzt.

»Steckfluß«, diagnostizierte der und runzelte die Stirn. »Ob das noch einmal etwas wird, weiß nur der Herrgott allein.« Mit diesen Worten verließ er Constantia.

Mitte Oktober, an ihrem vierundsiebzigsten Geburtstag, war sie so weit wieder hergestellt, daß sie mit Liebenau speisen und einige Gläser Wein genießen konnte. Er geleitete sie persönlich zum Turm.

»Wenn man es nicht besser wüßte, könnte man meinen, es wäre ein ganz normales Leben«, kicherte Constantia und blieb stehen. »Nein, ich bin wohl ein wenig betrunken, denn daß mein Leben normal wäre, kann man nüchtern beim besten Willen nicht behaupten.«

Der Siebenjährige Krieg verbreitete Angst und Schrecken. Preußische Truppen überrannten Sachsen und Kommandant Liebenau fragte schriftlich in Dresden nach Anweisungen, wie mit seiner Gefangenen zu verfahren sei. Er erhielt keine Antwort. In der Residenz hatte man andere Sorgen.

Am 3. September 1756 standen die Preußen vor der Festung, und Liebenau erkannte auf den ersten Blick, daß es keinen Sinn hatte, Widerstand zu leisten. Er trat vor das Burgtor und wollte seinen Degen soeben zum Zeichen der Kapitulation übergeben, da streckte ihn die Kugel eines preußischen Offiziers nieder. In den Bauch getroffen, brach der Kommandant zusammen.

Die Preußen fielen in die Burg ein und begannen Teile der Anlage zu zerstören. Constantia hatte sich ganz oben in ihrem Schlafzimmer verbarrikadiert. In der Mitte des Raumes glühte ein Kohlentopf, den sie zuvor hatte anzünden lassen. Bewaffnet mit einem Schürhaken stand die alte Dame hinter der Tür und herrschte ihr zitterndes Dienstmädchen an.

»Schluß jetzt mit der Heulerei! Wenn sie uns hier oben finden, was ich bezweifle, dann kriegen sie als erstes einen wahrhaft feurigen Empfang! Ich werde doch mein Gefängnis nicht kampflos aufgeben!« hohnlachte sie.

Kommandant Liebenau lag schwer verletzt in seinem Zimmer. Sein Leben hing an einem seidenen Faden, und niemand konnte sagen, ob er die kommenden Tage überstehen würde. Nachdem die Preußen die Festung in ihre Gewalt gebracht und eine Weile sinnlos gewütet hatten, warfen sie Gewehre, Pulver und Blei in den Brunnen und überließen die Bewohner ihrem Schicksal.

Erfolgreich holte der Arzt die Kugel aus dem Körper des Kommandanten. Constantia kümmerte sich um dessen Pflege. Drei Wochen nach dem Überfall schrieb sie nach Dresden und bat, Seine Majestät möge sie wissen lassen, wie es mit ihr weitergehen solle. Stolpen sei in der Hand der Preußen, und sie wolle gerne in Sachsen bleiben, wenn das aber nicht gewünscht sei, würde sie nach Hamburg ziehen. Der König antwortete nicht.

## *Was soll mir ein Pfarrer jetzt noch helfen*

Dank Constantias fürsorglicher Pflege erholte sich Kommandant Liebenau von seiner schweren Verletzung. Der Alltag auf der Festung veränderte sich kaum. Noch immer durfte die Gräfin ihre Zimmer nur unter Bewachung verlassen, noch immer litt sie unter der Einsamkeit.

Im August 1757 drangen bedrohliche Nachrichten auf die Burg. Mehrere Regimenter kaiserlicher Husaren befanden sich im Anmarsch auf Stolpen. Es hieß, die kleine Stadt solle zum Hauptquartier der Soldaten gemacht werden. Tatsächlich rückte am 5. September die gesamte kaiserliche Armee in das Städtchen ein. Einhundertachtzigtausend Militärs mußten in und vor der Stadt untergebracht und verpflegt werden. Die Einwohner stöhnten und waren erleichtert, als der Spuk einen Monat später vorüber war.

Constantia war jetzt siebenundsiebzig Jahre alt. Die kalten Winter setzten ihr von Jahr zu Jahr heftiger zu. Von schmerzhaften Rheumaschüben geplagt, verließ sie den Turm nur noch selten. Die Zeit verbrachte sie mit der Lektüre ihrer Bücher. Religiöse Schriften, aber auch Werke über Chemie, Physik und Geschichte, in Deutsch und Französisch verfaßt. Einst so sehr auf Schönheit und Eleganz bedacht, wurde ihr das Äußere zunehmend gleichgültiger. Statt prächtiger Gewänder trug sie einfache Kleider aus groben Stoffen.

Sohn und Tochter besuchten sie kaum, doch Constantia war ihnen nicht böse. So brauchte sie sich wenigstens nicht zu schämen für die Umstände, unter denen man sie zu leben zwang.

Ihr Wohnzimmer war kahl und ohne Tapeten. Als Möbel dienten zwei alte schäbige Stühle und zwei kleine hölzerne Tische. Ein Sessel ohne Rückenlehne mit zwei Federkissen stand so, daß sie den Rücken am Ofen wärmen konnte. In der kalten Jahreszeit war der Raum so dunkel, daß die Lampe, die von der Decke hing, den ganzen Tag brennen mußte. Ihr Bein, vor Jahren von den Eisenteilen des Ofens zertrümmert, war zwar geheilt, bereitete ihr aber oft heftige Schmerzen.

Johann Adolf von Liebenau hatte sich im Januar 1760 eine schwere Erkältung zugezogen, und hohes Fieber fesselte ihn seit mehr als vier Wochen an sein Bett. Die Infektion griff die Lunge an, und am späten Nachmittag des 24. März tat er seinen letzten Atemzug. Constantia trauerte um den gütigen Begleiter der letzten Jahre. Seinem Nachfolger Oberst Georg von Low schenkte sie keine Aufmerksamkeit.

»Mein Leben wird hier enden, bald, wie ich hoffe, und nach Liebenau ist es mir gleich, wer die Räume des Kommandanten bewohnt«, sagte sie zu ihrem Kammermädchen, als der Offizier seinen Antrittsbesuch bei ihr beendet hatte. Liebenaus Tod setzte ihr sehr zu. Mit traurigem Gemüt und müdem Körper saß sie in ihrem Wohnzimmer, das Bein schmerzte, sie fühlte sich zu matt, um die Treppe ins Schlafgemach hinaufzusteigen.

»Schaff mir mein Bett hier in die Stube«, wies sie ihren Knecht an. »Was brauche ich noch ein Schlafzimmer, es kommt mich ohnehin niemand mehr besuchen, und wenn doch, ist es auch gleich. Hier ist es wärmer, und ich habe nicht die Last mit der Stiege.« Von diesem Tag an verließ Constantia ihr Wohnzimmer kaum noch.

Eine Woche später setzte sie sich an ihren kleinen Tisch und machte ihr Testament. Tausend Taler vererbte sie ihrer Tochter Friederike, den Rest des Vermögens hinterließ sie ihrem Sohn Friedrich August. Sie verfügte, daß es ihr letzter Wunsch sei, auf dem Schafberg unweit der Festung begraben zu werden und siegelte das Papier. Doch auch wenn sie sich immer schwächer fühlte, war ihre Zeit noch nicht gekommen. Ähnlich wie sein Vorgänger hatte auch Kommandant Low Mitleid mit der alten Dame und lud sie von Zeit zu Zeit ein, mit ihm zu speisen.

»Wenigstens eine kleine Abwechslung, ich danke Ihnen«, sagte sie höflich und nutzte die Gelegenheit, um Low eine Bitte vorzutragen.

»Vielleicht, wenn es Ihre Zeit erlaubt, könnten Sie in Dresden ein gutes Wort für mich einlegen. Der Gedanke, hier auf der Festung zu sterben, macht mir das Herz manches Mal schwer. Es ist so viel Zeit vergangen, mag sein, daß der König sich erweichen läßt und mir die Freiheit schenkt.«

Am 26. September schickte Low einen Brief in die Residenz, berichtete, daß die Gräfin Stolpen gerne verlassen würde, und fragte, wie er zu verfahren habe. Er erhielt keine Antwort.

Während auf Stolpen die Tage einer wie der andere vergingen, tobte außerhalb der Festungsmauern der Krieg. Am 7. November 1760 sah Constantia aus ihrem Fenster wie ein langer Troß sich den Weg zur Burg heraufschleppte. Tausend Gefangene waren es, die in der Festung untergebracht werden sollten. Bei Einbruch der Dunkelheit loderten fast einhundert Feuer im Burghof. Um den kalten Nächten zu trotzen, verbrannten die darumlagernden Preußen jeden noch so kleinen Holzscheit.

Drei Tage sah Constantia, wie die Menschen froren, dann ließ sie Low zu sich rufen.

»Ich habe errechnet, daß ich etwa zwanzig Soldaten hier bei mir aufnehmen kann. Mein Schlafzimmer nutze ich schon lange nicht mehr, und in der Küche ist auch noch Platz. Wählen Sie die Schwächsten aus, damit sie sich in der Kälte nicht den Tod holen.« Für einen Moment gewann die Stimme der achtzigjährigen Gräfin wieder die Kraft und Autorität der frühen Jahre. Der Kommandant dankte ihr und schickte siebzehn Männer und eine Frau. Obwohl er eine Wache vor der gräflichen Vorratskammer postiert hatte, ließ sich nicht verhindern, daß die ausgehungerten Gefangenen Constantias Bestände bis auf den letzten Krümel plünderten.

»Es ist verdrießlich, aber man kann es ihnen nicht verdenken«, kommentierte die alte Dame und beugte sich wieder über ihre Bibel.

Drei Jahre später war der Krieg endlich zu Ende. Deprimiert und hilflos mußte Friedrich August II. zugeben, daß sein einst so mächtiges und prächtiges Land völlig ausgeblutet und ohne nennenswerten Einfluß daraus hervorging. Der kurfürstliche König, der das große Erbe seines Vaters so unglücklich verwaltet hatte, starb noch im selben Jahr.

Auf Stolpen trat Oberst Francken seinen Dienst als Kommandant der Festung an. Doch auch er konnte nichts für die Gräfin tun, als ihr das Leben nicht schwerer als nötig zu machen. 1764 erging Weisung, daß Stolpen nunmehr keine Garnison mehr sei. Francken packte seine Koffer, verabschiedete sich von seiner Gefangenen und verließ die Burg.

Anna Constantia Gräfin von Cosel saß allein mit ihrem Kammermädchen und dem Knecht auf der Festung. Keine Soldaten, die sie in ihrem fünfundachtzigsten Lebensjahr auf Schritt und Tritt bewachten, keine Kommandanten, die sie quälten wie Boblick oder ihr halfen wie Liebenau. Nur ein kleines Milizkommando, daß die Tore der Burg sicherte. Der Amtmann von Stolpen kam von Zeit zu Zeit, um nach dem Rechten zu sehen.

»Jetzt werde ich nur noch verwaltet«, seufzte die Gräfin und schüttelte müde den Kopf. Anfang März 1765 schwanden ihre Kräfte. Binnen weniger Tage war Constantia so schwach, daß sie das Bett nicht mehr verlassen konnte. Kammermädchen und Knecht pflegten sie, aber ganz gleich, was sie ihr anboten, ihre Herrin nahm kaum mehr etwas zu sich. Das Monatsende nahte, und wie immer stattete Amtmann Christoph Friedrich Gülden seinen Besuch auf der Burg ab. In respektvoller Distanz stand er im Zimmer.

»Gräfin, wünschen Sie, daß ich Ihnen einen Geistlichen schicke?« fragte er höflich. Constantia öffnete matt die Augen.

»Was soll mir ein Pfarrer jetzt noch helfen? Nein, ich danke Ihnen, aber ich werde mein letztes Stündlein so verbringen, wie Gott mich den Großteil meines Lebens hat verbringen lassen – allein.«

Gülden verbeugte sich und kehrte in seine Amtsstube zurück.

Am 31. März 1765 brachte die Magd die Morgenschokolade und öffnete die Vorhänge. Constantia lag mit gefalteten Händen im Bett und bewegte lautlos die Lippen. Das Mädchen kniete sich neben sie und betete mit ihr. Dann ging sie auf Zehenspitzen hinaus und rief den Knecht. Der legte Holz in den Ofen und stellte sich dann ebenfalls betend hinter sie. Vormittags gegen elf Uhr stieß die Gräfin einen tiefen Seufzer aus, richtete sich für den Bruchteil einer Sekunde auf, sah ihre beiden Bediensteten mit leerem Blick an und starb.

Amtmann Gülden schickte einen Kurier nach Dresden. Zwei Tage später trafen General Friedrich August von Cosel und seine Frau in Stolpen ein. Gemeinsam mit Gülden inspizierten sie die Räume in Turm und Zeughaus. Constantias Nachlaß war schnell erfaßt. Ein paar Goldmünzen, ein Edelstein aus besseren Tagen und eine goldene Uhr mit den Initialen AR – Augustus Rex – im Deckel. Graf Cosel las das Testament seiner Mutter und entschied, ihren letzten Wunsch nicht zu erfüllen, sondern sie auf der Burg bestatten zu lassen.

Am 4. April 1765, nachmittags gegen drei Uhr, paradierte das kleine Milizkommando, als der schmucklose Sarg aus Fichtenholz herabgelassen wurde. Wie Constantia es in ihrem Testament verfügt hatte, ließ ihr Sohn eine gravierte Zinntafel auf dem Sarg anbringen. Die Inschrift lautete:

*HIER*<br>
*RUHT IN GOTT UND ERWARTET DIE FRÖHLICHE*<br>
*AUFERSTEHUNG*<br>
*DIE HOCHGEBOHRNE FRAU FRAU ANNA CONSTANTIA*<br>
*REICHSGRÄFIN VON COSEL GEB. V. BRUCHSDORF*<br>
*SIE ERBLICKTE DAS LICHT DIESER WELT AO. 1680*<br>
*D. 18. OCTBR.*<br>
*AUF DEM ERB-GUTHE DEBENAU IN HOLSTEIN.*<br>
*IHR HERR VATER WAR DER WEYLAND WOHLGEBORNE*<br>
*HERR H.*<br>
*JOACHIM VON BRUCHSDORF, HOCHBESTALLT*<br>
*GEWESENER OBRISTER ÜBER EIN*<br>
*DÄNISCHES CUIRASSIER REGIMENT*<br>
*IHRE FRAU MUTTER DIE HOCHGEBOHRNE FRAU*<br>
*FRAU ANNA MARGARETHE*<br>
*GEBOHRNE GRÄFIN VON MARSELLI.*<br>
*IHR HERR GROSSVATER VON VÄTERLICHER SEITE WAR*<br>
*DER WOHLGEB. HERR DETLEF V. BRUCHSDORF*<br>
*EBENFALLS IN DÄN. DIENSTEN ALS OBRIST ÜBER*<br>
*EIN REG. CÜR.*

*V. MÜTTERLICHER SEITE HINGEGEN ST. LEONHARD*
*GR. V. MARSELLI*
*IHRE FRAU GR.MUTTER ABER DIE WOHLGEB. FRAU*
*FR. ANNA DOROTH.*
*AUS DEM HAUSE RANTZAU IM HOLLSTEINISCHEN*
*SIE VERMÄHLTE SICH NACH SACHSEN AO 1699 IM 19*
*JAHRE AN*
*ADOLPHUM MAGNUM GRAF VON HOYM*
*ENTSCHLIEF IN GOTT NACHDEM SIE IHR RUHMVOLLES*
*ALTER GEBRACHT AUF 84 JAHRE 5 MONATHE 13 TAGE*
*D. 31. MART. 1765*

# *Nachwort*

Wie viele andere gehört auch Anna Constantia von Cosel zu den historischen Figuren, deren Schicksal uns bis in die Gegenwart berührt. Schön, intelligent und ehrgeizig verfolgte sie ihre Ziele und hielt sich länger als alle übrigen Mätressen an der Seite des mächtigen Augusts des Starken. Doch weder ihre Schönheit noch ihr Geist oder ihre Ambitionen konnten ihren tragischen Sturz verhindern. Wer ihren Spuren folgt, stellt fest, daß ihr Leben manches Mal sowohl durch ihr eigenes Verhalten als auch durch äußere Einflüsse Wendungen nahm, die aus heutiger Sicht vielleicht unwahrscheinlich, wenn nicht gar unglaubhaft wirken.

Darum sei an dieser Stelle ausdrücklich darauf hingewiesen, daß die dargelegten Fakten durch Quellen und fundierte Literatur belegt sind.

Im Staatsarchiv Dresden findet sich eine Vielzahl von Akten und Briefen, mittels derer das Leben und Wirken Augusts des Starken und seiner berühmten Gefährtin detailliert darstellbar wird.

Zeitgenössische Zeugnisse, publizierte Briefe, Schriften und Berichte über den Augusteischen und andere Höfe bilden weitere Quellen, derer ich mich bedient habe – allen voran die Erinnerungen der Herren Flemming, Haxthausen und Schulenburg.

Nicht zu vergessen die Fülle der wissenschaftlich forschenden Literatur, die sich mit dem großen Barockfürsten und dem Leben an seinen Höfen beschäftigt. Hier sind vor allem die ausführlichen Schilderungen, Untersuchungen und Beiträge seiner Biographen Czok, Haake und Gurlitt zu nennen.

Die Dialoge und einzelne Ereignisse sind hingegen frei formuliert und ausgestaltet.

Katja Doubek
München

## Dank

Ein dickes Dankeschön, Dir, lieber Josef, Du bist mein Schreib-Schutz-Engel!

Vincent, Dir danke ich für die ausgezeichnete Recherche, Du hast mir sehr geholfen.

Bei Ihnen, Herr Wank, Herr Dockhorn und Frau Leupold, möchte ich mich für die freundliche und engagierte Betreuung bedanken, es macht großen Spaß, mit Ihnen zu arbeiten.

Meiner Agentin, Karin Graf, und ihrem Team vielen Dank! Auf daß wir noch viele gemeinsame Projekte zustande bringen.

Enzo, Ti ringrazio per la presa di corrente. Hai fatto un posto di lavoro stupendo!


## Bildnachweis

Archiv für Kunst und Geschichte: Tafel 9 unten, 14
Burg Stolpen: Tafel 1 oben, 13, 16
Gemäldegalerie Alte Meister, Staatliche Kunstsammlungen Dresden: Tafel 6, 7, 10 oben, 11 oben, 12
Kupferstich-Kabinett, Staatliche Kunstsammlungen Dresden: Tafel 4 oben, 5 oben
Städtische Galerie Dresden, Kunstsammlung: Tafel 1 unten
Sächsische Landes- und Universitätsbibliothek/Abteilung Deutsche Fotothek: Tafel 4 unten, Tafel 5 unten, 10 unten, 11 unten
Ullstein Bild: Tafel 2, 3, 8, 9 oben, 15